A Conventional Reading of Contemporary American Plays

동시대 미국 대표 희곡 선집

– 실천적 / 관습적 읽기

1

김윤철 번역 / 분석

연극과인간

머리말

인문학이 주변으로 밀리기 시작하면서 연극에서 희곡이 차지하는 비중도 함께 축소되었다. 희곡이 주변으로 내몰리면서 배우도 무대의 중심적 존재를 소리 높여 주장하지 못 한다. 배우출신인 나는 이런 시대의 변화 때문인지 연극에서 감동을 경험하기가 점점 어렵게 느껴진다. 무대기술이 첨단과학에 힘입어 현란한 경지에 이미 이르렀고, 정말로 기발한 연출자의 극개념이 자주 나타나지만, 오늘날 많은 연극실천가들이 지향하는 영리한 연극공연들은 나에게 기껏해야 감탄을 자아낼 뿐이다.

연극은 텍스트의 힘을 다시 복원하지 않으면 안 된다. 텍스트가 관객들의 변화하는 수용미학을 적절히 수용하되 살아 있게 창조된 등장인물들이 유기체적인 리듬 안에서 우리에게 공감과 충격, 또는 반발과 저항을 야기하며 객석과 무대 사이에 생생한 만남과 충돌을 생산할 수 있도록 이야기를 효과적으로 구성할 수 있어야 한다. 이 포스트모던한 시대에 모더니스트한 발언으로 치부될 수 있겠지만, 나는 연극경험에서 감동을 주변화할 만큼 포스트모더니스트하지는 않다.

이 책 1, 2권에 모은 희곡들은 바로 위와 같은 생각에 따라 선정, 번역, 분석됐다. 우리가 너그럽게 동시대라 인정할 수 있는 1960년대 말부터 2000년까지 발표된 미국의 희곡 가운데 등장인물의 성격이 생생하게 창조되고 이야기가 유기적인 생체리듬으로 구성된, 그러면서 동시대인들과 그들이 사는 사회에 대해 새로운 인식을 제공해주는 감동적인 작품들이다. 다시 말해 모두 좋은 이야기가 있는 희곡들이다. 1960년대에서 한 편, 1970

년대에서 두 편, 80년대에서는 한 편, 90년대에서는 무려 네 편, 그리고 진정한 동시대라 할 수 있는 2000년도에서 한 편을 골라 총 아홉 편을 이 책에 분석과 번역의 형태로 수록했다.

1960년대의 희곡으로 유일하게 선정된 하워드 새클러의 <위대한 백인의 희망>은 영화 시나리오 작가였던 고인이 참으로 뛰어난 연극적 감각을 지니고 있으며 대하 소설 같은 한 인물의 전기를 극화하면서 사건을 시적으로 응축하는 능력이 빼어남을 증명하였다. 새클러는 이 극에서 미국이 영원히 풀지 못 할 것 같은 인종주의의 파괴성을 서사극적 구조 안에 시적인 에피소드들을 삽입하여서 서정과 서사를 함께 아우르며 전기극의 범례를 보여줄 뿐만 아니라 참으로 비극적인 감동을 우리에게 선사한다.

1970년대의 대표작으로 선정된 제이슨 밀러의 <우리는 영원한 챔피언>과 샘 셰퍼드의 <매장된 아이>는 각각 미국사회의 붕괴되어가는 모습을 초상하고 있는데, <챔피언>이 동시대 미국인들의 바닥까지 타락한 성공 윤리를 극사실주의적으로 고발하고 있다면 <매장된 아이> 또한 거짓에 기초한 한 가정의 붕괴를 통해서 미국사회가 와해되어가고 있음을 부조리극적으로 묘사하고 있다.

1980년대로부터는 마샤 노만의 <주무세요, 엄마> 한 작품만을 골랐는데, 이 작품은 사회가 동의하기를 거부하는 '무가치한 삶'에 대해 한 개인이 느끼는 자살적 절망을 심도 있게 다루면서 심리극과 논쟁극의 성격을 하나로 통일한다. 어쨌든 80년대는 나의 기준으로는 미국희곡계가 가장 빈곤했던 10년이었다.

1990년대는 내가 보기에 미국의 희곡문학이 가장 풍요로웠던 10년이었다. 데이빗 매밋의 <올리애나>, 토니 쿠쉬너의 <미국의 천사들, 제 1부: 새 천년기가 다가오다>, 웬디 와서슈타인의 <로젠스비그 자매들> 등 무려 세 편을 선정했다. 해롤드 핀터적 소재와 주제를 극사실주의적으로 극화하는 데 가장 앞서 있는 매밋의 <올리애나>는 대학의 캠퍼스를 무대로 삼아 전투적 페미니즘의 발흥으로 정치적 정확성이라는 미명 아래 자행되는 인권유린의 사례를 포스트 페미니즘을 연상시키며 격한 톤으로 고발하고 있다. 우리 사회도 비슷한 경로로 이입되고 있는 시점에서 이 극의 시의성은 매우 높다. 쿠쉬너의 <미국의 천사들, 제1부: 새 천년기가 다가온다>는 동시대 최대의 화두인 동성애 문제를 가장 본격적으로 전경화한 작품으로 인정되고 있고 영국과 미국 등 대서양 양쪽에서 극찬을 받은 작품으로 극사실주의와 표현주의를 교직한 글쓰기가 참으로 현대적이다. <로젠스비그 자매들>을 쓴 와서슈타인은 현재 미국에서 가장 인기 있는 여류희곡작가다. 체홉의 <세 자매>를 기본 모델로 삼은 이 극에서 페미니즘에서 휴머니즘으로 이행하고 있는 한 여성작가의 궤적을 분명하게 확인할 수 있다.

2000년대 첫 10년간의 대표작을 고르기에는 아직 이른 감이 있다. 그러나 오번이 쓴 <증명>은 누가 언제 선정하든 반드시 꼽힐 것으로 확신한다. 과학을 소재로 하는 연극이 미국, 영국, 독일 등 서양의 선진국가들에서 뚜렷한 흐름을 형성할 만큼 부흥하고 있는데, 오번은 지적 탐닉을 일삼는 유럽인들과는 달리 미국특유의 반지성적이며 친정서적인 경향에 따라 과학적 소재를 다루고 있어 과학에 과문한 관객들이라도 전혀 문제없이 그의 작품을 즐길 수 있게 만들어 준다.

여기 선정된 아홉 명의 동시대 미국 희곡작가들은 모두 빼어난 스토리텔러들이다. 현대적 소재를 연극적으로 구축해낼 줄 안다. 보편적인 소재와 주제를 유머, 긴장과 이완, 혼종주의적 극 양식으로 구축해내는 이들의 솜씨는 참 놀랍다. 나는 연극이 좋은 이야기를 토대로 할 때 연극이 우리한테 줄 수 있는 최대의 선물인 감동이 가능하다고 믿고 이 아홉 명의 극작가들이야말로 그런 사람들이라고 감히 확신한다.

미국에서 현대미국희곡을 전공한 입장에서 동시대미국희곡을 우리 연극계에 소개해야 한다는 빚진 자의 의식이 나를 늘 강박했던 것이 사실인데, 이 책으로 일단 빚의 일부를 변제하고 싶다. 욕심 부리자면 이 책으로 아직도 허약한 우리의 희곡체질을 다소나마 개선하고 싶다. 우연찮게도 선정된 모든 작품들이 미국의 주요한 희곡상 가운데 하나인 퓰리처상을 수상한 작가들의 창작이라는 공통점이 발견된다. 동시대 미국인들과 미국 사회를 진실하게 반영하는 희곡을 선호하는 퓰리처상의 심사정책과 연극에 대한 나의 생각이 크게 일치하고 있기 때문이리라. 잘 읽어보면 이 작품들이 결코 미국인과 미국에 대한 이야기에 머물지 않음을 알 수 있다. 태평양 이 쪽과 저 쪽은 이 세계화 시대에서는 그리 먼 이웃이 아니기 때문에 공감의 폭이 그만큼 넓은 것이다.

이 희곡들을 분석하면서 나는 한 가지 접근법을 공히 적용하기보다는 의도적으로 다양하게 접근했다. 즉, 각 작품의 필요와 요청에 따라 접근법을 달리 했다. 어떤 작품은 같은 주제의 다른 작품들과 비교함으로써 통시적인 조망을 수립하는 데 주력했고, 어떤 희곡은 순전히 희곡에 내재한 증거들에 의지해서 등장인물들의 동기와 사건전개의 비밀을 캐내는 데 집중했으며, 어떤 경우에는 연극평론가들의 상반된 희곡 읽기를 비교 검증함으로써 작품해석의 외연을 넓히느라 애썼다. 한 가지 분명한 것은 이 모든 다양한 접근에도 불구하고, 내가 문화/문학 이론적인 입장보다는 연극을 만드는 실천가적 입장에서 읽기를 시도했다는 점이다. 참고한 문헌도 이론이나 문학비평 쪽보다는 관객의 반응을 직접 살핀 공연비평 쪽에서 집중적으로 수집했다. 실제로 관객이 어떻게 반응을 했는지가 이론적 비평에 나타난 현학적 학문적 사유보다 내게는 훨씬 더 흥미로웠기 때문이다. 내가 섬기는 학교가 실천 또는 실천적 이론을 강조하는 연극원이기 때문에 그렇기도 하고, 나 스스로 실천가로부터 시작된 연극인생을 걷고 있기 때문이기도 하다. 그러니까 한 연극인이 희곡을 처음 접하고 그것을 무대화하고 싶은 욕구를 갖게 될 때 마주치게 되는 기본적인 이해의 문제들, 이를테면 희곡의 주제와 등장인물의 성격, 극적 구조, 희곡의 시의성 등을 중심으로 분석했다. 나는 희곡을 그렇게 읽어야 재미가 있다. 그래서 보기에 따라서는 나의 읽기가 관습적으로 읽혀질 수도 있겠다. 이 책의 제목은 그렇게 유래했다.

이 졸고를 책으로 기꺼이 출판해 주신 연극과인간의 박성복 사장님, 표지를 디자인해주신 영상원의 장윤희 교수님과 방대한 분량의 원고를 교정보느라 수고해 준 이진아, 우수진, 최영희, 이성곤 등의 젊은 연극학도들에게 감사드린다.

2003년 6월 어느 날 해질녘
석관동 연구실에서
김윤철

Contents 차례

A Conventional Reading of
Contemporary American Plays

제1부: 희곡읽기

데이빗 오번 작 <증명>:
뉴욕과 런던 연극평론가들의 희곡읽기의 차이

1.

2000년 5월 뉴욕의 오프-브로드웨이 맨하탄 시어터 클럽에서 초연된 데이빗 오번(David Auburn)의 <증명(Proof)>은 같은 해 10월 브로드웨이의 월터 커 시어터로 이동하여 장기공연체제에 진입한다. 대니얼 설리번 연출에 메리-루이즈 파커(캐서린), 래리 브리그맨(로버트), 조애나 데이(클레어), 그리고 벤 셍크맨(핼)이 출연했다. 뉴욕의 평론가들은 거의 이구동성으로 이 공연을 극찬했고 데이빗 오번의 희곡에 대해서도 일부 예외는 있지만 압도적인 지지를 보였다. 같은 희곡이 연출가와 출연배우들을 바꿔 2002년 5월부터 한 달 동안 런던의 돈마르 극장에서 공연됐는데 런던의 평론가들은 뉴욕의 평론가들에 비해서 냉정하다 할 수밖에 없는 반응을 보였다. 물론 연출자가 대니얼 설리번에서 영화 <셰익스피어 인 러브>를 감독했던 존 매든으로, 출연진이 메리-루이즈 파커에서 기네스 펠트로우로, 래리 브리그맨에서 로널드 피컵으로, 조애나 데이에서 사라 스튜어트로, 그리고 벤 셍크맨에서 리차드 코일로 바뀌었기 때문에 두 공연에 대한 평론가들의 반응을 공정하게 비교하기는 어렵다. 그런데 지적 접근을 선호하는 영국의 평론가들이 연기라든지, 연출이라든지, 무대디자인이라든지 희곡 외적인 공연요소들에 대해서는 한결 같이 칭찬을 하고 있고 오로지 희곡만 문제 삼고 있기 때문에 양국의 연극비평 속에서 희곡에 대한 부분을 추출하여 들여다보면 비교적 공정한 비교가 가능하다. 희곡은 동일하기 때문이다.

우리의 호기심을 충족시키기 위해 공연에 대한 비평을 잠깐 살펴본다. 제작진이 다른 두 공연에 대해서 대서양 양쪽에서 비평가들은 칭찬 일색이다. 특히 뉴욕에서 캐서린 역을 맡은 메리-루이즈 파커와 런던에서 같은 역을 연기한 기네스 펠트로우에 대해서 온갖 수사를 동원하여 입이 마르도록 칭찬하고 있고, 뉴욕 공연의 연출가 대니얼 설리반과 런던 공연의 연출가 존 매든에 대해서도 "명석한 연출"임을 증언하고 있다. 또 무대의 단일한 배경인 베란다를 각도를 달리 해 여러 다양한 모습으로 디자인한 런던 공연의 무대 디자이너 롭 하월과 양쪽 끝에 벽돌 기둥을 세우고 베란다 한 가운데에 사람들이 돌보지 않아 죽은 나무를 둠으로써 주제에 대한 서브텍스트로서의 무대를 디자인한 뉴욕의 존 리 비티 또한 연출자나 배우 못지 않게 격찬을 받았다. 근본적으로 두 연출자 모두 데이빗 오번의 희곡에 충실한 스테이징을 실현한 셈이다.

앞에서도 말했지만 런던과 뉴욕의 비평가들이 이견을 보이는 것은 희곡에 대해서다. 이 글은 런던과 뉴욕의 연극비평가들이 리뷰 속에서 드러낸 희곡에 대한 가치판단이 과연 데이빗 오번의 글쓰기에 대해서 정당한 평가인지, 희곡 읽기를 통해서 규명하는 것을 목표로 삼는다.

2.

미국의 연극평론가들은 데이빗 오번의 업적에 대해서 대체로 흥분을 감추지 못한다. 특히 이 젊은 작가가 10대 후반을 보냈던 아칸사스 주 리틀 락(Little Rock)의 평론가 데이빗 쿤은 이 '천재극작가'의 금의환향에 대해서 거의 광적인 흥분 상태를 보인다. 2002년 9월 6일자 『아칸사스 타임즈(The Arkansas Times)』에 기고한 글에서 그는 오번을 가리켜 테네시 윌리엄즈나 유진 오닐 수준의 천재라고 극찬한다. 뉴욕의 평론가들은 이 시골의 평론가보다는 좀더 세련되게 객관적으로 평가하려고 애는 쓰는데 그들 역시 흥분해 있기는 마찬가지다. 영국의 평론가들이 <증명>의 결함을 지적할 때 톰 스토파드의 <아카디아>와 함께 흔히 마이클 프레인의 <코펜하겐>을 들먹이는데 『뉴욕(New York)』의 존 사이먼은 이미 2년 전 2000년 6월 5일자의 글에서 "데이빗 오번의 <증명>은 바로 <코펜하겐>이 본받았어야 할 교본이다."라고 일갈한 바 있고, 『뉴욕 포스트(The New York Post)』의 클라이브 반즈는 2000년 10월 25일자 비평문에서 극의 구성이 아름답고 치밀하며 등장인물들은 자연스럽고 신뢰할 수 있게 창조되었다고 했다. 『컴플리트 리뷰(The Complete Review)』가 그들의 홈페이지(http://www.complete-review.com)에 모아 놓은 평가들을 보면 『유에스에이 투데이(USA Today)』의 엘리자 가드너는 이 극작가가 "과학자의 정확성과 시인의 서정성을 가지고 등장인물들의 발전을 추적하고 있다."고 했다. 『뉴욕 옵저버(The New York Observer)』의 존 헤일펀은 2000년 6월 19일자로 기고한 글에서 "<증명>은 그 생생함과 지적인 겸손으로 우리를 놀라게 하며 우리는 이와 같은 등장인물들을 일찍이 가져보지 못했다."며 오번의 탁월한 성격창조에 대해서 열광한다. 희곡에 대한 찬사를 인용하자면 끝이 없다. 한 가지 분명한 것은 미국의 연극평론가들은 대체로 극의 구성과 등장인물의 성격창조에 대해서 데이빗 오번을 높이 평가했다. 『컴플리트 리뷰』를 참고해보면 찬양일색의 비평에 대해서 『뉴 리퍼블릭(The New Republic)』의 로버트 브루스틴이나 『웰 스트리트 저널(Wall Street Journal)』의 애미 개머맨처럼 극의 플롯이 너무 얇음을 지적하는 반미국적 비평가들이 없는 것은 아니다. 다만 극소수에 속하는 그들의 부정적 평가가 대다수 평론가들의 긍정적 평가에 비해 그 강도가 현저히 낮은 것은 부인할 수 없는 사실이다.

  미국 평론가들의 반응에 비해 런던의 평론가들의 반응은 냉정하다. 영국의 주요매체에 실린 연극평들을 모아 잡지 형식으로 다시 발행하는 『시어터 레코드(Theatre Record)』(2002년 Vol. XXII, Issue 10)에 실린 비평문들을 중심으로 런던 평론가들의 비평을 살펴보자. 우선 『인디펜던트(The Independent)』의 평론가 폴 테일러는 2002년 5월 20일자 리뷰에서 증명이 가능한 수학의 세계와 그것이 불가능한 현실의 세계를 대조시키려는 작가의 의도가 회상장면에서 캐서린의 주장을 너무나 명확하게 지지함으로써 실현되지 못했음을 지적했다. 그는 "전체가 부분의 총합보다 못한" "진정으로 감동적인 연극에 대한 브로드웨이의 잘못된 개념"을 증명하는 극이라면서 독설로써 평가를 대신했다(619). 『선데이 익스프레스(The Sunday Express)』의 마크 셴튼은 5월 19일자 리뷰에서 도대체 이 극이 무슨 까닭으로 그 많은 상을 받았는지 모르겠다며 "사이비 가정극", "단순한 연극적 상투극"으로 매도한다. 『이브닝 스탠다드(The Evening Standard)』지의 존경받는 평론가 니콜라스 드 용은 5월 16일자 리뷰에서 이 극을 "사랑과 상실에 대한 감상주의적이고 인위적인 극"이라고 지적하면서 "2002년도 런던에서 공연된 작품 가운데 가장 허식적인" 드라마였다고 비판한다. 영국의 가장 유력한 일간지 『타임즈(The Times)』의 베네딕트 나이팅게일은 같은 날 5월 16일자 리뷰에서 이 작품을 마이클 프레인의 <코펜하겐>에 비해 함량이 크게 떨어지는 극으로 평가하면서 "깊이와 신비가 부족한 정치적 정확성에 대한 습작"이라고 규정했다(624). 영국에서 가장 존경 받는 평론가 마이클 빌링튼은 『가디언(The Guardian)』지의 5월 16일자 리뷰에서 데이빗 오번이 비록 캐서린이라는 위대한 역할을 창조했지만 그것으로 작품의 결함이 은폐되지는 않는다며 가장 큰 결함으로 문제의 수학적 증명이 무엇인지 밝혀져 있지 않음을 지적했다(623). 이는 비단 마이클 빌링튼만의 불만이 아니다. 이 드라마를 부정적으로 평가하는 런던의 모든 연극평론가들은 한결 같이 <증명>에서 '증명'이 부재함을 극의 가장 치명적인 결함으로 지적하고 있는 것이다. <증명>의 런던 공연을 후원했던 『데일리 텔리그래프(Daily Telegraph)』의 비평가 찰스 스펜서는 데이빗 오번이 "가슴의 문제에 관한 한 프레인이나 스토파드보다 훨씬 강하다."고 인정하면서도 바로 '증명 부재'가 증명하는 "지적 정밀함"의 부재를 크게 아쉬워한다(622). 뉴욕에 반미국적인 비평가가 있었듯이 런던에도 반영국적인 평론가가 없지는 않다. 예를 들어 런던에서 가장 단호하고 독설적인 비평가로 알려진 『선데이 타임즈』의 존 피터는 오히려 이 극이 '수학적 증명'을 비밀로 끝까지 간직하고 있기 때문에 삶에 대한 여러 가지 발견들을 획득할 수 있었다면서 그것이야말로 예술과 과학의 공통점이라고 지적하고 작가의 혜안에 감동을 표시한다(623).

3.

미국과 영국의 연극평론가들은 데이빗 오번이 창조한 등장인물의 성격에 대해서는 매우 긍정적으로 평가한다. 정도의 차이는 있지만 네 인물이 모두 살아 있고 개성 있고 믿음 가게, 그리고 흥미롭게 창조됐다는 데 별 이견이 없다. 이 극의 텍스트에 관해서 두 대도시의 연극평론가들이 가장 심한 이견을 보이는 것은 극의 구조와 '증명의 부재'에 대해서다. 먼저 극의 구조에 대한 논의를 살펴보겠다. 구조에 대한 논의의 이해를 돕기 위해서 극의 기본적인 구도를 정리해본다. 극의 모든 행동은 베란다에서 이루어진다.

1막 1장: 현재. 밤. 죽은 로버트와 캐서린의 환상장면으로 시작한다. 로버트의 장례일과 캐서린의 25회 생일이다. 환상장면이라지만 사실차원에서 로버트가 딸 캐서린의 생일을 축하하는 가운데 캐서린은 자신이 아빠처럼 미칠까봐 두려워한다. 로버트는 캐서린에게 사회활동을 하도록 격려

14

한다. 로버트의 옛 제자 핼의 존재가 언급되고, 캐서린의 언니 클레어의 방문이 예고되면서 환상과 현실, 의식과 무의식의 경계가 허물어진다. 핼의 등장으로 장면이 환상에서 현실로 돌아오는데 로버트가 혹시 남겼을지도 모르는 수학적 유산을 발굴하려던 핼은 로버트의 공책을 하나 몰래 빼내가려다가 캐서린에게 들킨다. 그러나 이 공책의 내용은 수학적 증명이 아니라 4년 전 로버트가 자신을 보살펴준 딸 캐서린에게 감사하는 고백이다. 아빠의 사랑을 확인한 캐서린은 로버트를 용서한다.

1막 2장: 현재. 다음날 아침. 클레어가 아버지의 장례식에 참석하기 위해 와 있다. 그녀는 캐서린의 정신이 정상인지를 집요하게 확인하면서 동생에게 뉴욕으로 이사할 것을 설득하려 든다. 지배적이고 인기 있고, 육체지향적인 언니 클레어와 비사교적이며 정신지향적인 캐서린 사이의 성격 차이와 자매간의 경쟁관계가 확연하게 드러난다. 핼이 조사를 계속하기 위해 들린다.

1막 3장: 현재. 그날 밤. 집안에서는 장례식을 마친 문상객들이 클레어와 함께 파티를 열고 있다. 캐서린은 핼과 대화중에 져메인 소수의 발견자인 18세기 프랑스의 소피 져메인에 대한 전기적 지식을 암송함으로써 수학에 대한 열정을 드러낸다. 캐서린은 수학자로서의 실패를 고백하는 핼에게 호감을 느껴 거푸 키스하며 그가 아빠의 서재를 사용하는 것을 허가한다.

1막 4장: 현재. 이튿날 아침. 캐서린은 핼에게 자기의 공책이 있는 서랍의 열쇠를 핼에게 준다. 클레어는 집을 팔겠다며 캐서린에게 계속 뉴욕으로 이사할 것을 설득한다. 아버지를 간병하느라 자기의 삶을 포기했던 캐서린과 집안의 모든 경제적 책임을 지는 대가로 자신의 욕구에 충실했던 클레어 사이에 격렬한 언쟁이 벌어진다. 자매간의 경쟁이 가장 극명하게 노출되는 장면이다. 핼은 서랍 속의 공책에서 위대한 수학적 증명을 발견하고 흥분하는데 캐서린은 그 증명의 저자는 로버트가 아니라 자기라고 주장한다.

2막 1장: 과거. 4년 전 캐서린의 생일날 오후. 캐서린은 병세가 안정세로 돌아선 로버트에게 노스웨스턴 대학에 진학할 것을 통고하고 로버트는 캐서린의 수학적 능력을 폄하함으로써 그녀의 이사를 막으려하지만 결국은 진학과 이사에 동의하고 딸의 수학적 능력에 대한 신뢰를 표시한다. 핼이 박사논문 초고를 제출하고 로버트는 핼이 1막1장에서 읽었던 일기를 쓴다.

2막 2장: 현재. 아침. 1막이 끝난 직후. 위대한 증명이 수록된 공책을 캐서린과 핼과 클레어가 빼앗고 빼앗기는 가운데 핼과 클레어는 캐서린의 저작을 의심하고 부정하며 캐서린은 그것을 주장하는데, 두 사람이 끝까지 의심을 풀지 않자 캐서린은 분노하여 공책을 바닥에 내동댕이친다.

2막 3장: 현재. 다음 날. 클레어와 핼의 대화에서 캐서린이 어제부터 계속 잠만 자고 음식을 전혀 먹지 않고 모든 대화를 거부하고 있음이 밝혀진다. 클레어는 자기한테 아무 소용이 없는 문제의 공책을 핼에게 넘겨준다. 클레어는 핼에게 왜 캐서린과 잤느냐고 힐난하면서 언니로서의 관심을 표명하지만 동생의 뉴욕 이주를 기정사실화하면서 계속 지배적인 태도를 견지한다.

2막 4장: 과거. 3년 반 전. 겨울. 캐서린이 아빠를 살피러 집에 들렀다. 로버트는 최근의 병세호전에 고무되어 캐서린에게 수학에 관한 공동프로

젝트를 제안한다. 로버트는 자신의 천재성의 회복을 기뻐하지만 캐서린은
그 결과로 쓰여진 정신 나간 글을 읽으면서 크게 실망한다. 로버트는 캐
서린에게 떠나지 말 것을 간청하고 캐서린은 아빠의 병세가 악화됐음을
느껴 집에 남겠다고 약속한다.

2막 5장: 현재. 3장이 있은 지 1주일 후. 캐서린과 클레어가 뉴욕으로 떠
날 차비를 하고 있다. 클레어는 가능한 한 뉴욕에 대해서 캐서린이 좋은
인상을 갖도록 확신을 심어주려고 하나 캐서린이 전혀 이사할 생각이 없
음을 알고 화를 내며 나가버린다. 핼은 그 위대한 수학적 증명을 로버트
가 쓰지 않았다는 결정적인 증거들을 발견하고 캐서린에게 공책을 돌려
주며 캐서린과 함께 증명을 검토하는 작업에 들어간다.

총 9개의 장면 가운데 꿈, 환상의 장면이 반 개, 과거회상 장면이 둘, 그
리고 나머지 장면 여섯 개 반이 현실장면이다. 현실과 환상, 과거와 현재
를 혼재한 구성은 당연히 의식적 차원과 시제적 차원에서 비선적(非線的)
인 성격을 띤다. 게다가 장례식과 생일을 같은 날로 설정하고 과거회상과
환상장면을 삽입하면서 극의 구조는 얼핏 대단히 복잡하게 나타난다. 그
러나 세밀하게 따지고 보면 1막의 환상장면은 거기서 이야기되는 모든 것
이 사실적 차원에서 벗어나지 않으므로 사실을 이해하는 데 방해나 혼란
을 야기하지 않으며 다만 아버지 로버트로부터 정신분열까지도 물려받지
않았나 하는 캐서린의 심리와 정신적 조건을 오브제화하는 기능을 할 뿐
이다. 또한 2막의 두 과거회상 장면도 앞의 장면에서 이미 언급되고 회상
됐던 것을 실증하는 장면이므로 극의 과거는 단순한 시제상의 과거가 아
니라 현재의 사건진행과 전향적으로 연결되어 있는 현재적 과거이다. 다
시 말하자면 2막 1장은 1막 1장을 실증하고 2막 4장은 시제적으로는 2막
1장의 후속이지만 증명의 저작자를 수사하는 극의 현재적 행동측면에서

는 캐서린의 저작을 의심하는 2막 3장의 연장이며 캐서린의 저작임이 이미 확인된 2막 5장의 근거로서 기능한다. 그러니까 극은 복잡한 외양과 달리 지극히 단순한 구조를 취하고 있다.

이러한 구도의 극 구성에 대해서 영국의 비평가들은 "깊이가 얕고", "인위적"이다 라는 반응을 지배적으로 보였다. 『파이낸셜 타임즈(The Financial Times)』의 알래스터 맥콜리는 2002년 5월 17일자 리뷰에서 "결말이 너무 부드럽다."고 했고(621), 폴 테일러는 "과거회상장면이 너무 명확하여 캐서린의 주장이 갖는 이중성이 깨진다."라고 주장하면서 부분적인 구조상의 결함을 지적한다. 『쥬이쉬 크로니클(The Jewish Chronicle)』의 존 내이산은 "플롯의 변화들이 극적으로는 효과적임에도 불구하고 예측된다."라면서 전체적인 문제를 제기했다(624). 베네딕트 나이팅게일은 이 극이 매우 "기술적으로 구축되었다."(624)고 하면서도 극 안에 "몇 몇 불이 붙은 순간들이 있었지만 불길이 활활 타오르는 정도는 아니었다."고 부연 설명함으로써 "기술적으로 구축되었다."라는 평가의 의미를 스스로 격하시켰다. 극의 구조에 대한 런던 연극평론가들의 불만은 그러니까 사건진행이 충분히 예측되어 긴장이나 서스펜스가 만들어지지 않는다는 데 모아진다.

같은 구조를 놓고 미국의 많은 연극평론가들은 정반대로 반응을 한다. 존 사이먼은 "모두 강렬하게 살아있고, 복잡하고, 재미있고, 인간적"인 네 등장인물들이 "정서적으로도 지적으로도 우리를 함몰시키는" "4중주 음악"을 창조했다며 오번의 성격창조력을 극찬하고 있지만, 그에 못지 않게 극의 구성에 대해서도 경의를 표한다. <증명>의 맨 첫 장면은 정말 대가다운 솜씨를 보인다. 부녀간의 생일 대화에서 살아있는 캐서린은 거의 죽은 바나 다름없고, 그녀의 저명한 아버지는 비록 죽었지만 눈에 불을 켜고 딸을 활동하도록 충동한다…일반적으로 지루한 장면인데 여기서는 멋지고 새롭게 착상되어 우리를 매료시킨다. 그리고 이는 극 전체에 해당되는 얘기다." 1막 1장에 대해서 존 헤일펀 역시 같은 의견이다. "오번의 온후한 첫 장면은 진실하고 진실로 놀랍다. 그는 값싼 감상을 위해 죽은 아버지의 젖을 짜지 않는다." 『빌리지 보이스(The Village Voice)』의 마이클 페인골드는 2000년 5월 31일~6월 6일 자의 리뷰에서 작품전체에 대해서는 긍정도 부정도 아닌 애매한 입장을 취하고 있지만 "거의 모든 장면이 마지막 순간까지 정보의 한 조각을 교활하게 억제하고 있다."며 서스펜스 중심으로 구축된 극의 구조를 분석하고 있다. 클라이브 반즈 역시 앞에서 인용한 대로 "극의 플롯이 아름답고 치밀하"여 "극의 긴장이 시종 훌륭하게 유지되고 있다."며 극의 구조에 만족해했고 엘리자 가드너는 한 걸음 더 나아가 "오번의 글쓰기의 가장 놀라운 점이 상상력 풍부하고 동시에 매우 논리정연한 구조감각이다."라면서 다른 어느 요소보다도 구조를 이 극의 최고 업적으로 지목하였다.

물론 런던에도 알래스터 맥콜리처럼 이 극의 진정한 주제를 "서스펜스"라고 분석하면서 그런 의미에서 "감상적인 결말부분만 빼놓으면 〈증명〉은 즐길 만한 극이다."라며 반영국적으로 극의 구조를 긍정하는 평론가도 있다. 이는 뉴욕에도 앞에서 인용했던 바처럼 로버트 브루스틴이나 애미 개머맨처럼 극의 플롯이 너무 얇음을 지적하는 반미국적 비평가들이 있는 것과 마찬가지다. 어쨌든 같은 극의 구조를 놓고 대서양 이 쪽 저 쪽에서 이렇게 평가가 갈리는 것은 어인 연유일까.

앞에서 극의 구조를 정리했듯이 극은 세 가지 트랙을 따라 구축되어 있다. 첫째는 로버트-캐서린의 부녀관계, 자매관계 등 가족관계를 중심한 것이고, 둘째는 캐서린과 핼 사이의 사랑의 관계를 둘러싼 것이며 마지막은 '증명'의 실제 저작자를 찾는 조사/수사과정에 초점을 둔 것이다. 양국의 변절자들을 빼놓으면 한 가지 흥미로운 사실이 발견된다. 즉 뉴욕의 평론가들은 주로 첫째와 둘째의 행동트랙을 따라 작품을 읽는 데 반해 런던의 평론가들은 셋째 트랙을 따라 극적 행동을 이해한다는 것이다. 영국

의 평론가들이 이구동성으로 '증명'의 부재를 작품의 돌이킬 수 없는 결함
으로 탓하는 것이나 미국의 평론가들이 역시 입을 모아 극을 정서충만한
'가족극'으로 규정하면서 오번의 '위대한 성격창조'를 칭송하는 것이 그 증
거다. 그러니까 미국인들은 '반지성주의적'인 미국문화에 충실하게 첫째와
둘째의 트랙을 따라 작품을 읽은 것이고, 영국인들은 지적 편중의 전통에
따라 셋째 트랙을 고집하며 작품을 읽은 것이다. 데이빗 쿤의 인용에 따
르면 데이빗 오번 스스로가 이 극을 '가족극', '특히 부녀관계를 다룬 극'이
라고 규정했다. 작가의 의도대로 글쓰기가 실현됐는지는 따로 따져볼 일
이지만 어쨌든 미국의 평론가들은 이 유망한 청년작가의 희망에 화답하
는 읽기를 실시한 것이고 그 결과는 대만족으로 나타난 것이다. 그러나
영국의 평론가들은 관객들이 이해를 정확하게 하든 말든 과학의 이론을
극 안에 적극적으로 수용한 마이클 프레인이나 톰 스토파드를 그리워하
면서 그와 같은 지적 접근이 구조적으로 이루어지지 않은 것을 매우 아쉬
워한다. 예를 들어, 비교적 호감 있게 <증명>을 본 알래스터 맥콜리마저
도 "오번의 인물들이 수학에 대한 이야기를 시작할 때마다 무대지문은
'퇴장' 또는 '암전'을 말하는 듯하다."며 아쉬움을 표했다(621). 한 예만 더
들자면 마이클 빌링튼은 미국의 연극을 새롭게 정의할 수 있었던 <증명>
이 그러지 못한 이유를 작가의 지적 회피에서 찾는다. "클레어가 핼에게
'그 증명이 무엇인지 내게 설명해줄래요?'라고 물으면 두 사람은 바삐 애
기를 주고받으며 무대 밖으로 걸어나가는데 나한테는 이 장면이 바로 미
국연극의 현주소를 말해주는 것이었다. 이 지적 회피의 장면을 스토파드
의 <아카디아>나 프레인의 <코펜하겐>과 비교해 보라. 이들은 관객들이
아주 중요한 과학적 세부사항들을 늘 이해하지는 못 할지라도 적어도 흡
수할 수는 있다고 가정한다. 이런 이유로 <증명>은 예술가가 아닌 기술
자의 작품밖에 안 되는 것이다."(623)

　이제 내가 따질 일이 분명해졌다. 첫 번째 트랙인 부녀관계를 둘러싼

과거회상장면이 너무 분명해서 극의 전개를 예측가능하게 만들고 있는가? 두 번째 트랙인 사랑의 관계에서 캐서린과 핼이 '증명을 검토하자'며 맺어지는 극의 해피 엔딩이 과연 연극적으로 충분히 정당한가? 마지막으로 '증명'의 저자를 찾는 수사과정에서 '증명의 부재'는 작가의 지적 회피이며 다른 두 트랙의 업적을 무화시킬 만큼 치명적인 결함인가? 결국은 구조의 문제를 검토하는 일이 남았다.

4.

과거회상 장면은 2막 1장과 2막 4장 등 두 장면이다. 2막 1장은 1막의 클라이막스라고 할 수 있는 1막 4장에서 캐서린이 문제의 '증명'을 자신이 썼다고 주장한 바로 다음 장면이다. 이때부터 극의 모든 관심은 과연 캐서린이 그 '증명'을 정말로 썼느냐 하는 의문에 쏠린다. 그러니까 2막 1장은 주제적으로 캐서린의 저작을 증명하기 위한 전향성을 띄지 않을 수 없다. 그것이 구조적인 의무다. 다시 말해 캐서린의 수학적 재능을 긍정하거나 부정하기 위한 구성으로부터 자유로울 수 없다. 작가가 시간을 4년 전으로 돌려놓는 것도 바로 그 때문이다. 로버트가 살아 있을 때 캐서린이 그 '증명'을 썼을 것이기 때문에 그녀의 수학적 재능은 로버트와의 관계 안에서 암시할 수밖에 없는데 로버트는 이미 죽어 있다. 작가가 과거로 돌아가지 않을 수 없는 이유가 여기 있다. 그러니까 2막 1장의 회상장면은 비록 시제를 과거로 후퇴시키고 있다 해도 사건전개의 관점에서 보면 전향적 발전의 축 위에 있는 것이다. 이런 의도에서 작가는 이 2막의 첫 장면에 캐서린의 생애 중 그녀의 수학적 재능을 제도적으로 가장 확실하게 보증하는 일화를 심는다. 즉, 좋은 교수들이 있는 노스웨스턴 대학의 수학과가 그녀를 2학년에 편입시키기로 허용한 사건이다.

　캐서린의 통고를 받은 로버트는 처음에 그녀의 수학적 능력에 대해서 부정하는 듯한 태도를 취하지만 곧 우리는 그것이 타도시로 이사를 가려는 캐서린을 막기 위한 것임을 알게된다. 나중에 로버트는 딸의 의지를 확인한 뒤 속내를 이렇게 드러낸다. "어쩌면 내가 못 다 하고 떠난 곳에서 네가 시작할 수 있겠지."(2막 1장, 이 책 186쪽) 딸을 자기의 후계자로 생각할 만큼 그의 기대가 큰 것이다. "기대가 너무 커요."라고 겸손해하는 딸에게 로버트는 더욱 확신에 차서 "자신을 과소평가하지 마라."고 한다. 수학적 천재가 딸의 '천재가능성'을 언급하는 것을 단순히 아버지로서의 희망사항으로 치부하기에는 대학편입사실이 갖는 객관적 인정의 의미가 너무 크다. 그러니까 2막 1장은 과거회상장면이긴 하지만 1막 4장이 강제하는 극의 전향적 진행을 구조적으로 충실히 실현한 의무장면으로써 설정된 것이다.

　이 장면의 끝에서 딸을 이사 보내기로 결심한 로버트가 일기를 쓰는데 그 내용은 이미 1막 1장의 끝에서 핼을 통해 낭독된다.

　　나는 자동차 정비공이다. 형편없이 망가진 자동차를 위해 기름때 묻히며 수년간 작업한 끝에 시동을 켜니 드디어 약하게나마 기침 소리가 들리는 듯하다. 아직 운전은 못하고 있지만, 낙관할 근거는 있다. 학생들과 이야기하는 것이 도움이 된다. 밖에 나가고, 레스토랑에서 식사하고, 버스를 타는 등 정상적인 생활의 모든 활동들이 도움이 된다. 특히 캐시의 도움이 크다. 나를 돌보느라 딸아이는 수많은 세월을 잃어버렸다. 아니 낭비했다. 그런데도 딸아이는 날 정신병원에 입원시키기를 거부한다. 확실히 그 애가 날 집에 두고 직접 돌보아줌으로써 난 생명을 건졌다. 이들을 쓰는 것도 그래서 가능해졌다. 수학을 다시 하는 것을 상상할 수 있게 해줬다. 그 아이의 힘은 어디서 오는 것인가? 이 은혜를 어떻게 갚는단 말인가? 오늘은 그 아이의 생일이다. 이제 스물 한 살이다. 데리고 나가 식사를 해야지." (1막 1장, 이 책 145~6쪽)

　이 일기는 로버트와 캐서린의 부녀관계를 성격 짓는 데 중요한 단서가 된다. "이 은혜를 어떻게 갚는단 말인가?"라는 스스로의 질문에 아버지는 딸의 유학을 허락하는 것으로 대답한 것이다. 희생적인 딸과 감사하는 아버지의 이상적인 관계가 마치 <리어왕>의 종결부에서 리어와 코델리어의 관계 같은 형상을 띤다. 나중에 다시 언급하겠지만 2막 4장의 과거회상장면이 병세가 다시 악화된 아버지를 간병하기 위해서 딸이 수학자로서의 학업을 포기하는 장면이라면 2막 1장은 딸의 자기실현을 위해 병든 아버지가 양보하는 대위법적인 장면이라 할 수 있다. 1막 1장에서 살아있으나 죽은 것처럼 모든 사회활동을 끊은 캐서린에게 이미 죽은 로버트가 적극적인 사회활동을 충고하면서 부녀가 서로를 진정으로 위하는 사랑의 관계를 환상으로 보여줬지만 그러한 조화로운 관계는 2막 1장과 4장에서 보이듯이 아버지와 딸이 서로를 위해 자기를 희생하는 어려움을 겪은 뒤에 형성된 것이라서 더욱 단단하게 느껴진다. 그러므로 1막 4장의 의무장면으로서 기능하는 것 이외에 1막 1장의 환상장면에서 보인 부녀간의 이상적인 관계에 동기와 근거를 제시하기 위해 2막 1장과 4장의 사실적인 과거회상장면이 필요했던 것이라고 할 수 있다.

　2막 4장은 특히 영국의 폴 테일러가 앞에서 인용했듯이 불만스럽게 여긴 장면인데, 1장으로부터 6개월이 지난 뒤인 이 장면에서 로버트는 천재성이 돌아와 다시 수학을 시작했다고 주장하고 그 증거로 자기가 새로 쓴 수학적 증명을 캐서린에게 보여주지만 캐서린은 그 정신 나간 횡설수설을 읽고 아버지의 정신분열증이 악화된 것을 깨달아 스스로의 학업을 포기하고 아버지 곁에 남아 있기로 결정한다. 그러니까 작가는 '증명'의 저자가 절대로 로버트일 수 없음을 노골적으로 밝힌 셈이다. 폴 테일러와 존 내이산 등 영국의 다른 여러 평론가들은 이와 같은 작가의 처리 때문에 캐서린의 주장이 갖는 이중성이 없어졌고 그 결과로 극의 결말이 예측되었다고 비판했다. 여기서 '이중성'이란 캐서린이 저자가 아닐 수 있다는 가능성을 시사하는 말인데, 이 대목에서 나는 영국의 논객들을 이해하기 어렵다. 작가가 로버트는 '증명'의 저자일 수 없음을 극 안에서 확실하게 밝혔다면 그가 노리는 서스펜스는 누가 '증명'의 저자인가? 라는 의문에 의지한 것일 수 없음이 분명하다. 그것이 분명하다면 평론가는 당연히 다른 데서 작가의 서스펜스의 실체를 찾아야 한다. 그리고 그 실체를 찾기 위해서는 2막 1장과 4장의 과거회상장면 사이에 위치한 두 현재장면들의 성격과 기능을 규명해야 한다.

시간적으로 2막 2장은 1막 마지막 장의 연속장면이다. 1막 4장에서 캐서린이 그 놀라운 수학적 '증명'을 자기가 썼다고 주장했기 때문에 2막 2장은 존재한다. 2막 2장에서 캐서린의 언니 클레어는 수학적 무지에 의지하여, 그리고 핼은 수학적 지식에 의거하여 캐서린의 저작을 의심하고 부정한다. 캐서린은 이 장면에서 극 전체를 통해 가장 적극적이고 논리적으로 그 증명의 저자가 자신임을 주장한다. 1막의 소극적인 캐서린과는 사뭇 다르다. 캐서린의 태도를 변화시킨 인물은 물론 핼이다. 이미 1막 3장에서 핼은 캐서린에게 수학적 절정기를 이미 지난 자신의 초라한 모습을 진술하게 고백하고 캐서린은 그 인간적인 모습에 호감을 느껴 스스로 그에게 다가가 키스할 정도로 마음을 열었다. 1막 1장의 환상장면에서 아버지 로버트가 캐서린에게 남자들과 데이트도 하라는 충고를 하지만 그의 소원은 핼이라는 '신사방문객'으로 당장 실현된다. 환상과 현실 사이의 간극이 무너진 또 하나의 사례다. 둘은 그 날밤 함께 잔다. 핼에 대한 캐서린의 호감과 신뢰는 1막 4장에서 더욱 발전하여 그녀는 문제의 '증명'이 기록된 공책이 들어있는 서랍의 열쇠를 핼에게 준다. 캐서린의 변화는 사랑하고 신뢰할 사람을 발견한 데서 비롯된 것이다. 그러나 캐서린이 동침과 열쇠로 핼에게 표했던 사랑과 신뢰가 2막 2장에서 캐서린의 저작을 의심하는 핼에 의해 배반된다. 그 배반이 생산한 분노가 얼마나 치열했던지 2막 3장에 가면 캐서린이 전 날부터 일체의 음식도 대화도 거부하며 계속 잠만 자고 있음이 드러난다. 언니 클레어와는 애초부터 경쟁관계였고 더구나 클레어는 수학을 전혀 모르기 때문에 그녀의 의심은 전혀 상처가 되지 않지만, 평생 처음으로 사랑하고 신뢰하게 된 남자 핼로부터의 예기치 않은 불신은 캐서린이 감당하기에는 너무나 벅찼던 것이다. 이 2막 3장에서 클레어는 문제의 공책을 핼에게 넘겨주고 핼은 그것을 동료수학자들에게 가져가 누가 저자인지를 조사해보겠다고 하는데 외면적으로는 여기서 캐서린이 최대의 위기에 빠지게 된다. 이 다음의 장면이 바로 캐서린이 저자임을 증거하는 회상장면 2막 4장인 것이다. 작가는 캐서린에 대한 거짓증언의 혐의를 안팎으로 최대한 확대한 다음에 그것을 정면으로 부정하는 이 회상장면을 삽입하여 '증명'의 저자가 누구인가가 이제 더 이상 서스펜스의 원천이 되지 못하게 한다. 그러니까 로버트와 캐서린 사이의 이 마지막 회상장면은 사랑과 희생을 감수하는 이상적인 부녀관계를 한편으로 완성하면서 다른 한편으로는 극의 서스펜스의 방향을 바꿔준다. 즉 캐서린과 핼의 관계가 회복될 것인가? 라는 쪽으로. 그리고 그것은 전혀 예측되지 않는다. 핼과 그의 동료들이 진실과 관계없이 '증명'의 저자에 대해 어떤 결론을 내릴지 아무런 단서도 제공되지 않는 것이다.

5.

이제 해피 엔딩의 정당성 여부에 대해서 논할 차례가 되었다. 이 극에서 해피 엔딩이라 함은 캐서린, 클레어 및 핼 등 세 살아 있는 인물들이 형성하는 인간관계의 발전과 무관할 수 없다. 먼저 캐서린과 클레어 사이의 경쟁적 자매관계의 발전과정을 살펴보자. 이 극을 긍정적으로 평가하는 사람들은 한결같이 작가가 캐서린과 클레어 사이의 경쟁적 자매관계를 효과적으로 그려냈다고 칭찬한다. 오번은 두 자매의 성격을 아주 대조적으로 그렸다. 캐서린이 세련미가 없고, 주의가 산만하고, 자기를 방어할 줄 모르며, 비사교적이고, 외부의 자극에 쉽게 영향받으며 남을 잘 돌보는 타입의 낭만적 수학천재라면, 클레어는 뉴욕주민답게 세련되고, 사교적이며, 목표에 대한 집착이 강하고, 남을 지배하려는 욕망이 강하며, 어떠한 자극에도 자신의 의지를 굽히지 않는 현실적 화폐분석가로 설정되어 있다. 얼핏 보기에 작가는 캐서린을 동정 받는 인물로, 클레어를 동정 받을 게 없는 인물로 설정한 것 같아 일방적으로 캐서린을 옹호하는 것처럼 보이지만, 클레어가 동생의 뉴욕행을 강요하고 설득하려는 동기를 동생의 정신건강을 걱정하는 것 말고는 다른 어떤 현실적 이익과도 관련시키지 않기 때문에 작가는 클레어에 대해서 도덕적 판단을 삼가고 있다고 볼 수 있다. 오히려 캐서린이 언니의 삶에 대해서 전혀 무관심하다.

두 자매의 성격차이는 병든 아버지 로버트에 대한 대응에서 가장 극명하게 표출된다. 캐서린은 자신의 커리어를 희생하며 아버지 곁에 남아 간병을 했고 클레어는 자신의 커리어를 위해 집을 떠나 독립적인 삶을 꾸렸다. 작가의 균형 잡힌 시각은 이 문제에 관해서도 일방적으로 캐서린의 손을 들어주지 않는다는 데서 잘 나타난다. 클레어에게도 캐서린 못지 않게 선택의 정당성을 인정하고 있는 것이다. 1막 4장에서 두 자매의 라이벌리는 극에 달한다. 클레어가 캐서린에게 뉴욕으로 이사가자고 설득하려하자 캐서린은 그 동안 억제해온 서운함과 분노를 쏟아낸다.

> 클레어: 뉴욕으로 와.
> 캐서린: 말도 안 돼.
> 클레어: 아주 좋을 거야. 넌 변화가 필요해. 아마 너한테 완전히 새로운 모험
> 이 될 거야.
> 캐서린: 왜 이러는거지?
> 클레어: 도와주고 싶어.

캐서린: 날 내 집에서 발로 차 내쫓으면서?

클레어: 내 집이기도 했어.

캐서린: 여기서 안 산지가 벌써 몇 년인데.

클레어: 알아. 너 혼자 고생했지. 나도 정말 뉘우치고 있어, 케이티.

캐서린: 그러지 마.

클레어: 내가 널 실망시켰어. 그 생각하면 마음이 무거워. 그래서 이제 도와
　　　 주고 싶은 거야.

캐서린: 지금 날 도와주고 싶다구?

클레어: 그래.

캐서린: 아빠 돌아가셨어.

클레어: 알아.

캐서린: 돌아가셨어. 돌아가시고 없으니까 언닌 주말에 날라와서 날 도와주
　　　 겠다는 거야? 늦었어. 그 동안 어디 있었지?

클레어: 난—

캐서린: 5년 전엔 어디 있었어? 그땐 전혀 안 도와주더니.

클레어: 직장 때문에.

캐서린: 난 여기 있었어. 아빠랑 단 둘이 살면서.

클레어: 하루에 열 네 시간씩 일했다. 그래도 모든 청구서는 내가 지불했잖
　　　 니. 난 브루클린의 한 칸 방짜리 주택에 살면서 침실이 세 개인 이 집
　　　 의 저당금을 다 갚았어.

캐서린: 언닌 자기의 인생을 살았어. 학교도 마쳤고

클레어: 너도 학교를 중퇴하지 않아도 됐었어!

캐서린: 어떻게?

클레어: 나 같으면 뭐든지 했겠다—너한테 말했지? 너한테 뭐든지 하고 싶은
　　　 대로 하라고 수백만 번은 얘기했을 거야.

캐서린: 아빠 어떻게 하고? 누군가 아빠를 돌봐줘야 했잖아.

클레어: 아빠 병자였어. 24시간 전문 치료가 가능한 곳에 입원시켜야 했어.

캐서린: 아빨 어떻게 정신병원에 보내?

클레어: 차라리 그게 아빠한테 날 뻔했어.

캐서린: 어떻게 그런 말을?

클레어: 이쯤이 내가 죄의식을 느껴야 되는 지점이라는 거지, 그렇지?

캐서린: 맘대로 생각해. (1막 4장, 이 책 171~2쪽)

캐서린과 클레어의 긴장관계는 둘이 끝까지 상대에 대한 생각을 고집하기 때문에 화해관계로 돌아서지 못한다. 결국 클레어는 캐서린을 설득하지 못한 채 혼자 비행기로 뉴욕에 돌아간다. 그러니까 두 자매는 시종 변함없는 긴장관계를 유지한다.

비록 캐서린과 클레어의 자매관계가 그 자체로는 변하지 않지만 작가는 그 라이벌리와 긴장관계를 이용해서 캐서린과 핼의 이성관계에 지대한 영향을 미치도록 극을 구성한다. 우선 장례식을 치른 바로 그날 밤, 클레어는 문상객들인 핼의 괴짜 수학자 친구들과 안에서 파티를 즐기고 있고, 캐서린은 그것이 못 마땅하여 베란다에서 혼자 쓸쓸해 한다. 이 장면은 아주 단순해 보이지만 심리적 복선이 많이 깔린 복합적 처리이다. 앞의 긴 인용장면에서 봤듯이 캐서린은 아버지가 살아 계실 때 클레어가 전혀 도와주지 않았던 것에 대해서 분개하고 있다. 그런데 그 아버지가 죽어 장례를 치른 바로 그날 밤에 이 무심한 언니는 무심한 문상객들과 함께 술을 취하도록 마시면서 아버지의 죽음을 모독하고 있는 것이다. 그때 핼이 무심한 집단에서 빠져나와 캐서린에게 다가와서 로버트의 위대함을 추모한다. "선생님의 작품은 아름다웠어. 읽으면 즐겁지. 다림질이 잘 됐다고나 할까. 이를테면 시속 95마일 짜리 직구처럼 전혀 불필요한 동작이 없어요. 한 마디로…우아해."(1막 3장, 이 책 163~4쪽) 한편으로는 자신의 수학적 전성기가 지나갔음을 고백하고 다른 한편으로는 아버지의 천재성을 추앙하는 이 소박한 제자의 모습은 친아버지의 장례를 치른 뒤에 아무렇지도 않은 듯이 손님들과 술 마시고 해롱대는 언니의 모습에 대비되어 더욱 호감 있게 접수되는 것이고 그 감동은 캐서린의 마음의 문을 활짝 열어 그녀로 하여금 마침내 핼에게 다가가 연거푸 키스를 퍼붓게 한다. 키스는 동침으로까지 이어진다. 긴장된 자매관계가 대증요법적으로 개방된 이성관계의 주어진 상황이 된 것이다.

클레어 대 캐서린+핼의 대치국면이 '증명'의 등장으로 캐서린 대 클레어+핼의 대치국면으로 바뀐다. 문제의 '증명' 때문이다. 캐서린이 '증명'을 자기가 썼다고 주장하는 1막 4장의 실시간 연속인 2막 2장에서 수학을 전혀 모르는 클레어는 상식적인 이유와 캐서린에 대한 단순한 불신으로 캐서린의 저작을 의심한다. "아빠가 부르는 걸 네가 받아 썼단 얘기냐?" "언제 썼니?" "아빠도 보셨니?"라며 끊임없는 질문공세를 퍼붓는 것이다. 클레어의 반복되는 의문문은 캐서린에 대한 불신의 기표다. 클레어가 핼에게 '증명'이 쓰여 있는 공책을 어디서 발견했냐고 물을 때 캐서린이 대신 대답하려고 하자 클레어는 "넌 가만 있어."라며 캐서린의 진술자체를 봉쇄할 만큼 그녀의 불신은 크다. 그녀의 태도는 마치 죄인을 심문하는 수사관을 방불케 한다. 그녀의 의문문은 계속된다. "어디서 (공책을) 찾았어요?" "왜 서랍이 잠겨 있었을까?" "서랍엔 이것(공책) 말곤 아무 것도 없었어요?" 드디어 그녀는 핼로부터 공책을 넘겨받아 스스로 조사해보지만 '수학 치'인 그녀는 당연히 해독하지 못한다. 그저 상식적인 불신만 드러낼 뿐이다. "이 공책은 서랍에 있었고…넌 그에게 어디서 찾으라고 말했고…열쇠를 줬고…네가 이 엄청난 것을 썼는데 아무한테도 얘길 안 했단 말이지?" 클레어가 습관적으로 상식적으로 캐서린을 불신했다면 핼은 좀 더 과학적으로 의문을 표시한다. 즉 캐서린이 썼다는 증거가 없다는 것이다. 그는 캐서린의 저작을 믿기 어려운 이유로 일단 공책이 로버트의 공책과 똑 같고, 로버트가 쓴 것을 캐서린이 받아 썼을지도 모르며, '증명'의 내용으로 보아 최고의 수학자가 절정기에 있을 때에나 가능한 업적인데 캐서린은 노스웨스턴 대학에서 두어 달 동안 수업을 받은 게 수학적 경력의 전부이고, 그리고 '증명'의 내용은 자기도 이해하기 힘들 만큼 너무나 앞서 있다는 사실 등을 제시한다. 캐서린은 핼의 불신에 더욱 절망한다. "언니가 날 믿지 않는 것은 이해가 되지만, 당신은 왜?"

캐서린은 핼이라는 '신사방문객'을 맞아 같이 잘 만큼 그 동안 굳게 닫혔던 마음의 문을 활짝 열었다. 그 신뢰의 관계가 무너지는 것을 막기 위해 그녀는 1막에서의 소극적인 태도를 완전히 바꾸어 필사적으로 자신을 주장하는데, "당신이 했을 수가 없어."라는 핼의 굳은 의심을 당해 그녀는 급기야 둘 사이의 관계를 무너뜨리는 공격성을 폭발시킨다. "만일 내가 썼다는 게 사실이라면" "당신한텐 정말로 재앙이 될 거라는 거죠, 안 그래요?" 그녀는 핼의 비겁한 무능력과 열등의식을 탄핵하고 있는 것이다. 관계결렬을 선언이라도 하려는 듯이 핼은 휙 나가버리고, 캐서린은 '증명'이 쓰여 있는 공책을 바닥에다 내동댕이친다(이 책 195쪽). 핼이 클레어와 함께 불신의 연대를 맺음에 따라 캐서린과 핼 사이에 막 움텄던 사랑의 관계도 무너진 것이다. 긴장된 자매관계가 동증요법적으로 남녀관계에 영향을 미친 사례다.

2막 3장은 유일하게 캐서린이 등장하지 않는 장면이다. 캐서린은 이미 삶을 포기한 듯 먹지도 얘기도 하지 않은 채 안에서 잠만 자고 있다. 클레어와 핼, 둘만의 장면이다. 그래서 자매관계와 남녀관계는 간접적으로 표현된다. 클레어는 캐서린을 강제로라도 뉴욕에 데려가겠다며 일방적인 호의와 지배욕을 드러내면서 더욱 긴장된 자매관계를 드러낸다. 핼은 본인의 의사를 존중해줄 것을 요청하며 캐서린을 옹호하고 나선다. 캐서린의 독립을 허용하지 않는 듯한 지배자와 피지배자, 보호자와 피보호자의 자매관계가 핼로 하여금 더욱 적극적으로 캐서린의 자기관리력과 정신건강을 주장하게 만든 것이다. 클레어는 핼을 심하게 몰아부친다. "당신 정신 나갔어요? 당신 때문에 (캐서린이) 지금 저 위에 처박혀 있는 건데! 당신은 걔가 뭘 원하는지 전혀 몰라요. 당신은 걔를 몰라요! 걘 내 동생 예요. 빌어먹을, 당신네 씨발놈의 수학자들은 생각이 없어요." 바로 어제 위태롭게 맺어졌던 불신연대가 벌써 금이 간 것이다. 사실 핼은 어제 일을 사과할 겸 다시 찾아온 것이다. 자매관계가 더욱 경직되면서 남녀관계의 복원가능성이 다시 보이기 시작한다. 두 관계 사이의 또 다른 상호작용이다.

2막 5장은 3장이 있은 지 1주일 뒤다. 여기서 자매관계는 완전한 파국을 맞는다. 캐서린이 뉴욕에 갈 차림을 하고는 있지만 마음은 오히려 언니에 대한 복수심으로 가득하다. 무감각한 클레어가 훤히 알아차릴 정도다. 클레어가 이번엔 깊은 상처를 받는다.

클레어: 가지 마라.

캐서린: 아니, 갈 거야.

클레어: 여기 그냥 살아, 얼마나 잘 하나 보게.

캐서린: 잘 하고 말고.

클레어: 넌 단 닷새도 자신을 돌보지 못해.

캐서린: 조까네!

클레어: 넌 일주일 내내 잠만 잤어. 난 비행기표도 취소해야 했어. 일주일 동안 일도 못했어―거의 널 병원에 데려가려고 했었단 말야! 마침내 네가 자리에서 꿈틀대고 일어날 때 도저히 믿어지지 않더라.

캐서린: 피곤했으니까!

클레어: 넌 완전히 죽어 있었어, 캐서린, 넌 한 마디도 안 했어!

캐서린: 언니랑 말하고 싶지 않았어.

(사이)

클레어: 내가 그렇게 미우면 여기 그냥 있어라.

캐서린: 뭘 하고?

클레어: 넌 천재니까 잘 생각해봐. (2막 5장, 이 책 209~10쪽)

이렇게 이 극에서 자매관계는 미움과 분노로 끝을 맺는다. 클레어가 눈물을 흘리면서 나가자마자 핼이 숨을 헐떡이며 등장하여 '증명'의 완벽함과 캐서린의 저작임을 확인해준다. 앞에서 수학적 지식에 의거하여 캐서린의 저작을 의심했던 핼은 이제 다시 과학적인 증거들에 의지해서 캐서린이 '증명'의 저자임을 증언한다. 즉 문제의 '증명'에 로버트가 병때문에 아무 것도 할 수 없었던 지난 10년 사이에 개발된 신기술들이 사용되었고, 로버트는 모든 기록에 날짜를 어김없이 기입했는데 이 '증명'엔 날짜가 적혀 있지 않다는 등등의 확실한 증거들 말이다. 캐서린은 핼이 자기를 불신했던 것을 힐난하지만, 결국 자신의 정신건강과 성인의 자격을 믿어주는 핼의 진정한 사랑 앞에서 이전의 신뢰를 스스로 복원한다. 그러니까 이 마지막 장면은 자매관계의 결렬과 남녀관계의 복원을 대위법적으로 병치한 셈이다. 캐서린과 핼이 함께 '증명'을 읽어가면서 검토할 때 막이 내린다.

데이빗 오번은 이와 같이 캐서린과 핼 사이의 해피 엔딩을 항상 자매관계의 발전 양상과 관련 지으면서 구축해갔다. 이제 유일하게 살아남은 가족인 언니와의 관계가 경직에서 결렬로 치닫는 과정에서 캐서린의 마음은 그 공백을 채워줄 다른 대안을 갈망하게 했을 것이다. 거기에 수학에 대한 열정을 함께 나눌 수 있고, 더구나 사랑하는 아버지의 제자로서 아버지를 연상케 하며, 자신의 수학적 천재성을 의심하지 않는 이 소박한 '신사방문객'이 나타난 것이다. 곡절이 있었지만 결국 둘 사이에 사랑과 신뢰의 관계가 회복되는 해피 엔딩은 끝내 화해하지 못하는 자매관계로 인해서 동기를 부여받고 있기 때문에 감상으로 받아들여지지 않는다. 다시 말하면 연극적으로 정당화된다.

6.

　이제 마지막으로 영국의 비평가들이 입을 모아 작품의 결함으로 지적했던 '증명'의 실체가 극 안에 부재하는 것에 대해서 살펴볼 때가 됐다. 즉 그것이 연극적으로 정당한지, 아니면 작가의 지적 무관심을 나타내는 것인지를 따져보자는 것이다.

　문제의 '증명'이 처음 언급되는 것은 1막 4장이다. 그런데 흥미롭게도 핼이 전하는 '증명'에 대한 코멘트를 보면 작가가 아예 처음부터 '증명'의 부재를 의도하고 있음을 알 수 있다. 클레어의 질문을 받고 핼은 '증명'을 이렇게 설명한다. "어떤 논리적 명제…소수에 관한 하나의 수학적 정리를 증명하는 것처럼 보입니다. 많은 수학자들이 아주 오래 전부터…사실상 이 세상에 수학자들이 처음 생긴 때부터 증명하려고 노력했던 거죠. 대부분의 사람들은 그게 불가능하다고 생각했어요." 『뉴욕 타임즈(The New York Times)』의 브루스 웨버가 조사한 것이 사실이라면 데이빗 오번의 대학시절 수학과목의 성적은 B-에 불과했는데(June 2, 2000), 그런 그가 무슨 수로 "수학자들이 처음 생긴 때부터 증명하려고" 노력했고 "대부분의 사람들이" "불가능하다고 생각했던" 명제를 발명해낼 수 있겠는가. 스토파드가 <아카디아>에서 사용한 양자론이나 프레인이 <코펜하겐>에서 사용한 핵물리학은 이미 정립된 이론들이었지만 오번의 '증명'은 아직 누구도 증명하지 못한 새로운 명제인 것이다. 작가는 문제의 '증명'의 내용보다는 그 위대성을 강조한다. 우리를 대신해서 상식인들의 궁금증을 극 안에서 대변하고 있는 클레어—그녀는 등장인물 중 유일하게 수학자가 아니다—가 '증명'의 뜻을 재차 묻자 핼은 또 다시 내용보다는 업적의 위대함을 강조한다. "모든 사람들이 댁의 아버님이 미쳤다고, 또는 겨우 꾸려간다고 생각했던 시기에…선생님은 이 세상에서 가장 중요한 수학을 하고 계셨던 겁니다. 이 증명이 확인되면 바로 출판하세요. 그러면 전 세계

의 신문들이 이 공책을 발견한 사람과 이야기를 하려고 달려올 겁니다."(1
막 4장, 이 책 175쪽). 이후 '증명'에 대한 논의는 내용보다 그 저자의 정체
를 밝히는 데 집중된다. 작가는 '증명'의 내용보다 그 위대함을 거듭 강조
함으로써 '증명'을 지적 유희의 도구로써 사용하기보다는 인간관계를 변
화시키는 촉매로써 활용하려 했던 것이고 그 점에 대해서는 앞의 두 장에
서 충분히 언급했다.

따라서 극이 강제하는 것은 '증명'의 내용이 아니라 그 저자가 캐서린
일 수 있음을 증명하는 것이다. 이 극에서 발전하는 세 짝의 인간관계가
바로 캐서린의 수학적 능력을 토대로 발전하고 있기 때문이다. 오번이 1,
2막의 9개 장면 모두에서 일관되게 캐서린의 재능을 암시하거나 증명하
는 장면을 라이트모티프처럼 삽입한 것도 같은 이유에서다. 1막 1장의 환
상장면에서 캐서린은 로버트와 "두 숫자의 세 제곱을 더한 합을 두 가지
방법으로 표현할 수 있는 최소 숫자"를 함께 풀고 그것을 로버트는 "너의
절망조차 수학적이잖냐."고 딸의 재능을 인정한다(이 책 130쪽). 1막 2장에
서는 그것이 자매간의 대화에서 간접적으로 암시된다. 클레어가 광고에서
얻어 들은 부정확한 과학적 지식을 캐서린이 거듭 수정해주는 것이다. 클
레어가 캐서린더러 '호호바'가 들어있는 컨디셔너를 머리에 발라보라고
권하는 데서 시작하는 대화를 보자.

> 클레어: 맘에 들 거야. 호호바가 들었거든.
> 캐서린: "호호바"가 뭔데?
> 클레어: 건강한 머리를 위해 넣는 거 있어.
> 캐서린: 머리카락은 무생명체야.
> 클레어: 뭐라구?
> 캐서린: 죽은 조직이라구. 그걸 "건강하게" 만들 수 없어.
> 클레어: 어쨌든, 네 머리카락에 좋은 거야.

캐서린: 뭐, 화학약품이야?

클레어: 아니, 유기약품이지.

캐서린: 유기약품이면서 화학약품일 수도 있어.

클레어: 난 그런 거 몰라. (이 책 148쪽)

1막 3장에서는 캐서린의 수학적 재능이 역사적 지식의 형태로 나타난다. 현역 수학자인 핼과 '져메인 소수'에 대해 이야기할 때 캐서린은 핼보다 훨씬 정확하게 18세기의 여자 수학자 소피 져메인의 수학적 전기를 기억한다. 그녀의 수학에 대한 열정이 소피 져메인이라는 역할모델의 전기를 암송하는 정도로 나타나는 것이다. 이어서 핼과 함께 져메인 소수를 예시하는 장면에서는 그녀의 수학이 핼보다 훨씬 고등함이 명백하게 드러난다.

핼: 난 참 멍청한가봐. 소피 져메인, 맞아.

캐서린: 그 여잘 알아요?

핼: 져메인 소수를 발견한 사람.

캐서린: 맞아요.

핼: 아주 유명한 거야. 이 소수에 2를 곱해서 1을 더하면 또 다른 소수가 되지. 2처럼. 2는 소수인데, 2에 2를 곱해서 1을 더하면 5라는 또 하나의 소수가 나온단 말이지.

캐서린: 맞아요. 또는 92,305 곱하기 2의 16,998제곱 더하기 1을 해도 마찬가지죠.

핼: (놀래서) 맞아.

캐서린: 그게 가장 큰 소수예요. 이제까지 알려진 것 중에…

(사이)

(이 책 161쪽)

핼이 가장 작은 져메인 소수를 예로 들 때 캐서린은 가장 큰 져메인 소수로 응답하면서 그녀가 수학적 문헌들을 계속 추적해왔음을 아울러 시사하는 대목이다. 이 장면이 주요한 것은 나중에 핼이 문제의 '증명'을 로버트가 쓴 것일 수 없다고 주장하는 근거로 제시할 때 명백해진다. 그는 로버트가 정신질환을 앓으면서 도저히 익힐 수 없었던 "신기술들"이 '증명'에 사용됐다고 지적하는데, 바로 위의 장면은 캐서린이 수학적 연구의 발전을 최근까지 추적해왔음을 증명하는 것이다. "그게 가장 큰 소수예요. 이제까지 알려진 것 중에…" 그 다음의 무대 지문(사이)은 핼이 캐서린의 수학적 지식과 능력, 열정에 놀랐음을 웅변해주는 '사이'로 무리 없이 읽힌다.

1막 4장에서는 클레어가 직접 캐서린의 수학적 재능이 유전임을 말한다. "내 생각엔 네가 아빠의 재능 일부와 아빠의 불안정한 기질을 물려받은 것 같아."(이 책 173쪽)

2막 1장은 캐서린이 로버트한데 노스웨스턴 대학 수학과 2학년에 편입된 것을 통고하는 장면이고 이 장면에 대해서는 앞에서 이미 살펴본 바 있다.

2막 2장에서는 핼과 클레어가 캐서린이 '증명'을 썼다는 사실을 의심하는 장면인데, 이 장면에서도 작가는 캐서린의 수학적 재능에 대해서 빼놓지 않고 거들고 있다. 핼은 '증명'이 담겨 있는 공책이 로버트의 것이었다며 캐서린의 저작을 절대부정한다. 필적을 감정해보라는 캐서린의 요구에도 핼의 부정은 완강하다.

> 핼: 아니. 필요없어. 선생님이 당신한테 받아쓰도록 시켰을지도 모르니까. 그렇다 해도 아직 이해가 안 돼.
>
> 캐서린: 왜요?
>
> 핼: 나도 수학자야.

캐서린: 그래서요?

햄: 이런 것을 따라잡는다는 게 얼마나 어려운지 난 알아. 아니, 불가능해. 근
　본적으로 당신이…당신이 선생님이 되지 않는 한. 그것도 절정기의 선
　생님 말이지. (이 책 193~4쪽)

그러니까 햄은 필적이 캐서린의 것일 수 있음을 부분적으로 인정하면
서 '증명'을 캐서린이 직접 저작하지 않고 로버트로부터 받아 쓴 것일지도
모른다고 가정한다. 물론 이 가정은 캐서린의 저작을 부정하려는 의도에
서 발화되지만 언어적으로는 오히려 캐서린의 천재성을 증언하는 형색을
띠게 된다. 받아 쓰는 데에도 똑 같은 천재성이 요구된다고 자기모순적으
로 주장함으로써.

캐서린이 등장하지 않는 2막 3장에서도 작가는 캐서린의 수학적 재능
을 빼놓지 않고 강조한다. 1막 4장에서 클레어는 마지못해 캐서린의 수학
적 재능이 유전임을 인정했지만 그것은 캐서린이 그것과 함께 아버지로
부터 정신질환까지 물려받았음을 강조하기 위한 발언이었다면 여기서는
다른 의도 없이 오로지 수학적으로 "캐서린이 더 많이 물려받았음"을 햄
한테 고백한다. "난 통화분석가예요. 그래서 숫자계산이 빠른 편이에요. 아
마 아빠의 능력의 천분의 일쯤은 유전적으로 물려받았겠죠. 그 정도도 충
분해요. 캐서린이 더 많이 물려받았기는 했는데, 얼마나 더 받았는지, 그
건 잘 모르겠어요."(이 책 199쪽)

앞에서 살펴본 바와 같이 2막 4장의 회상장면에서 로버트는 캐서린에
게 자기의 뒤를 이어줄 것을 희망할 만큼 딸의 수학적 재능을 인정한다.
로버트가 쓴 글이 그의 정신분열을 확실하게 증거하는 만큼 캐서린의 수
학적 천재성은 반증된다.

그리고 2막 5장에서는 햄이 과학적이고 객관적인 증거들을 통해서 캐
서린이 '증명'의 저작자임을 증명한다.

이상에서 살펴본 바와 같이 데이빗 오번은 극 안의 모든 장면에서 캐서린의 수학적 천재성을 암시했다. 다시 말하면 '증명'의 내용보다 '증명'의 저작권에 관심을 더 표했다. 영리하게도 그는 '증명'의 내용을 밝힐 수 없을 만큼 천재성을 초월한 명제로 설정함으로써 지적 의무를 비켜갔고 그 천재적 증명의 저작권을 인정할 만한 충분한 증거들과 암시들을 모든 장면에서 반복주제화함으로써 극의 성격을 지적 유희에서 인간관계 쪽으로 유도했다. 물론 영국의 평론가들이 주장하듯 모두가 궁금해하는 '증명'의 불가능한 내용이 정체를 드러냈다면 극의 차원이 보다 다양해졌겠지만 그렇다고 '증명의 부재'가 앞에서 자세히 점검해본 인간관계를 중심한 다른 두 트랙의 업적을 무화시킬 만큼 치명적인 결함은 아닌 것이다.

결국 대서양 양쪽에서 <증명>이라는 같은 희곡을 놓고 상반되는 반응을 보인 것은 희곡의 드라마투르기에서 비롯됐다기보다는 감성적 읽기를 특징으로 하는 미국과 지적 유희를 즐기는 영국의 문화적 차이에서 비롯된 것으로 생각된다.

참고 문헌

Auburn, David. *Proof.* New York: Faber and Faber, 2001.

The Arkansas Times, September 6, 2002.
New York, June 5, 2000.
The New York Observer, June 19, 2000.
The New York Post, October 25, 2000.
The New York Times, June 2, 2000.
The Village Voice, May 31-June 6, 2000.
Theatre Record. Vol.XXII: 2002. Issue 10.
http://www.complete-review.com

웬디 와서슈타인 작 <로젠스비그 자매들>:
해피 엔딩을 향한 글쓰기 전략

1.

웬디 와서슈타인(Wendy Wasserstein)은 동시대 미국의 대표적인 여성극작가 가운데 하나다. 그녀의 희곡이 여성주의를 논할 때 자주 언급되기는 하지만 궁극적으로 여성주의는 와서슈타인에게 있어서 하나의 소재로서 작용할 뿐이다. 그녀가 천착하는 주제는 대체로 그 이념적 경계를 늘 상회한다. 예를 들어 퓰리처상 희곡부문 수상작인 <하이디 연대기(The Heidi Chronicles)>(1989)에서도 주인공 하이디는 비록 미국미술사에서 그 동안 조명되지 않았던 미국의 여류화가들의 그림을 찾아내서 역사적 의미를 부여하는 일을 맡은 큐레이터이고 자의든 타의든 독신여성으로서 삶을 꾸려나가는 인물로 설정됨으로써 여성주의적 화두를 풍요롭게 생산하고는 있지만 극의 결말에 이르면 그녀는 남성중심사회가 여성의 대표적인 정체성으로 강요하는 모성을 실천하려는 듯 아이를 하나 입양하는 것이다.

이 점은 <로젠스비그 자매들(The Sisters Rosensweig)>(1993)의 경우도 마찬가지다. 체홉의 <세 자매>를 연상케 하듯 이 극은 로젠스비그가의 세 자매들을 주인공으로 삼고 있는데, 그 자매들이 특별히 남자들 또는 남성적 가치들을 정죄하지도 않거니와 맏언니 사라처럼 가부장적 사회에서 남성적 지위를 쟁취한 자매도 있지만 고저스처럼 아내와 엄마로서의 역할에 충성하는 자매도 있고, 양성애자인 남자를 떠나보내는 막내 여동생

페니도 있어서 이러한 인물구성에서 딱히 이념적 여성주의를 지향하려는
작가의 의도를 읽기 어려운 것이다. 굳이 여성주의와 연관을 지어본다면
주인공을 여성으로 삼고, 극의 행동을 발전시키는 데 신체적 접촉 같은
여성적 이디오싱크러시(idiosyncrasy)를 자주 사용하면서 그들에게 완전한
크기와 깊이의 성격을 부여함으로써 결과적으로 여자배우에게 좋은 역을
제공하고 있다는 점에서 미학적 여성주의의 시도가 발견되기는 한다. 내
가 이 극을 이념적 여성주의의 관점에서 읽기보다 관습적인 방법으로 읽
기를 택한 것은 그렇게 하는 것이 작가의 의도에 보다 적합하다는 판단과
함께 작품을 인간보편적 측면에서 성적 경계를 뛰어넘어 보다 폭 넓게 이
해하고 싶은 마음 때문이다.

2.

　뉴욕의 연극평론가들은 <로젠스비그 자매들>의 1992년 10월 22일 링컨
센터 밋치 E. 뉴하우스에서의 초연과 이듬해 3월 배리모어 극장에서의 브
로드웨이 공연에 대해 다소 엇갈린 반응을 보였다. 『뉴욕 연극평론가들의
비평 모음(New York Theatre Critics' Reviews)』(이하 NYTCR)의 1993년 제4호
에 수록된 주요 언론방송매체의 연극비평들을 종합해 보면 일단 링컨센
터의 공연이나 브로드웨이 공연은 일부 캐스트가 바뀐 것 이외에는 별 차
이가 없는 것으로 짐작된다. 두 공연 사이의 현격한 발전이나 차이를 기
록한 비평은 찾아볼 수 없고 첫 비평 때의 의견을 두 번째 비평에서 재확
인하는 경우가 대부분이고 극에 대한 가치평가에서도 일관된 입장을 표
명하였다. 『버라이어티(Variety)』의 제레미 지라드는 상업적 성공을 위한
결말부의 낙관적인 처리에 대해서 불만을 표하면서도 이 극을 웬디 와서
슈타인의 "기술적으로 가장 완벽한 극"이라고 평가했다(NYTCR, 70). 『뉴

욕 포스트(New York Post)』의 클라이브 반즈는 "사랑스럽고, 재미있는" 이
극에는 "뭔가 새로운, 지속적인 미스터리가 있다."며 근년에 접한 "최고의
상업적 희극 가운데 하나"라고 칭찬을 아끼지 않는다(NYTCR, 72). 『유에
스에이 투데이(USA Today)』의 데이빗 패트릭 스턴즈는 웬디 와서슈타인
이 "요즘의 연극에서 듣기 힘든 재치있고 세련된 대화와 정서적 밀도로"
"아주 따뜻하고 사랑스러운 희곡을 썼다."고 평가한다(NYTCR, 74). 『데일
리 뉴스(Daily News)』의 덕 워트는 이 극을 "웬디 와서슈타인의 가장 풍요
롭고, 가장 자신있게 쓰여진 희곡"이라 했고(NYTCR, 77), 『뉴욕 타임즈(The
New York Times)』의 멜 거소우는 "재치와 통찰이 있는 희곡"이라 평가하
면서 작가가 세 특이한 여성들과 그들의 사랑, 정체성 및 자아실현에 대
한 매우 매혹적으로 관찰했다고 했다(NYTCR, 79). 『뉴욕(New York)』의 까
다로운 평론가 존 사이먼마저도 이 극이 지금까지 웬디 와서슈타인의 작
품 가운데 가장 완성도가 높은 작품이라고 극찬했다(NYTCR, 81).

위와 같은 긍정적 평가의 다른 한 편에서는 『크리스챤 사이언스 모니
터(Christian Science Monitor)』의 토니 벨렐라처럼 "희극성은 강하지만 깊이
가 없다."(NYTCR, 78)고 부정적인 평가를 하는 평론가들도 발견된다. 웬디
와서슈타인의 대학시절 스승이었던 『뉴 리퍼블릭(The New Republic)』의 로
버트 브루스티인은 관객들을 즐겁게 만들어주는 이 작가의 재능을 인정
하면서도 이제는 그녀가 자신의 장기에 안주하는 버릇을 내던질 때가 되
지 않았냐고 따끔하게 훈계한다(NYTCR, 79).

긍정적인 평가를 하든 부정적인 평가를 하든 뉴욕의 연극평론가들이
이 극의 성격을 규정함에 있어 예외 없이 동의하는 바는 그 상업성이다.
그리고 맏언니 사라와 모피업자 머브의 결합으로 마무리되는 종결부가
상업성의 대표적인 증거로서 지적된다. 이러한 해피 엔딩은 관객들의 욕
구에 야합하는 것일 뿐, 극이 원래 추구했던 세 자매들의 진정한 관계발
전이나 고통을 통한 정체성의 발견이라는 진지한 주제를 훼손한다는 의

견인 것이다. 과연 그러한가. 플롯과 성격창조와 주제가 해피 엔딩을 필요 충분하게 정당화하지 못하는가?

3.

비록 이 극이 유태인 가족의 세 자매를 주인공으로 삼고 있다 해도 작가는 예수의 죽음에서 부활에 이르는 기독교적 해피 엔딩의 틀을 차용하여 극적 행동이 금요일 늦은 아침에 시작해서 일요일 새벽에 끝나도록 시간을 설정한다. 이러한 설정은 그 정당한 실현여부를 떠나서 작가가 해피 엔딩을 처음부터 의도했음을 시사한다.

극은 세 자매의 맏언니인 사라의 54번째 생일을 축하하러 막내 여동생인 페니와 둘째 자매인 고저스가 사라의 집에 찾아오는 것으로 시작하는데 이 1막 1장과 2장에서 작가는 사라를 특히 그 성경적인 이름이 암시하듯 난소종양 때문에 자궁을 적출당한 육체적 불임녀(1막 2장, 이 책 252쪽)로 설정한다. 더나아가 딸 테스로부터는 유머 감각이 없는 무신론자로(1막 1장, 이 책 229쪽), 동생 고저스로부터는 메마른 여자로(1막 2장, 이 책 255쪽) 규정함으로써 그녀의 정서적 종교적 불임을 강조한다. 금요일 늦은 아침과 오후의 시간설정과 이와 같은 성격창조는 무관할 수 없다.

작가의 의도를 더욱 확연히 드러내주는 상징물이 하나 있다. 페니가 인도에서 가져온 시바상이다. 페니는 팔이 많이 달린 이 시바상을 "희망과 부활"의 상징이라며 조카 테스에게 주려하자 테스는 "희망과 부활이 절대적으로 필요한 분"은 바로 엄마라고 말하면서 사라의 절망과 황폐함을 대신 증언한다(1막 1장, 이 책 228쪽). 결국 페니는 사라에게 시바상을 건넨다. 그러니까 이 극에서 가장 명백한 상징물로 사용되는 시바상의 종착지는 사라인 것이다. 물론 사라가 머브와 결합한 뒤에 시바상을 머브에게 건네주기는 하지만 이 때는 이미 극적 행동이 사실상 완료된 뒤다. "희망과 부활이 절대적으로 필요한" 사라에게 "희망과 부활"의 상징인 시바상이 안착함으로써 죽음에서 부활로 이어지는 극의 행동선이 시간설정의 의미를 더욱 강화하는 것이다.

4.

극은 세 종류의 인간관계를 상호반영적으로 추적한다. 모녀관계, 자매관계, 남녀관계 등이다. 세 관계가 비슷한 과정을 거쳐서 갈등에서 화해로, 오해에서 이해로 발전하는 것으로 미루어 이러한 극구조는 해피 엔딩을 3중으로 정당화하기 위한 작가의 의도로서 읽힌다. 극초반에 작가는 위의 세 관계 모두에 긴장과 불화를 심는다. 해피 엔딩의 결말구조가 언해피한 시작을 요구하기 때문이다. 먼저 모녀관계의 시작 상황을 살펴보자.

이 극은 보이는 모녀관계와 보이지 않는, 그러나 현존하는, 모녀관계를 나란히 병치하면서 같은 주제를 동어반복적으로 강조한다. 사라와 테스가 보이는 모녀관계를 이룬다면 사라, 고저스, 페니 등 세 자매와, 지금은 고인이 됐지만 아직도 이 딸들의 의식과 무의식에 큰 영향을 미치고 있는 리타는 보이지 않는 모녀관계를 형성한다. 이 두 가지 모녀관계는 극의 첫 장면에서 이미 막내 여동생 페니에 의해서 성격적으로 연결된다.

극은 테스가 사라의 대학시절 노래를 듣는 장면으로 시작한다. 작가가 이 극에서 모녀관계의 주제를 얼마나 중요하게 생각하는지 알 수 있다. 곧이어 페니가 사라의 생일을 축하하러 멀리 인도에서 도착하는데 둘은 만나자마자 포옹하고 춤을 출 만큼 가깝다. 그러나 이 친밀한 질녀-이모 사이의 첫 대화에서부터 사라와 테스의 긴장된 모녀관계가 드러난다. 사라는 비유태인이었던 두 번째 이혼한 남편의 성을 자신의 성으로 삼고 딸에게도 유태인식 이름 대신 토마스 하디의 여주인공 테스라는 이름을 주면서까지 유태인적 전통으로부터 자유하고 런던에 살면서 영국식 액센트를 고집하는 등 미국적 뿌리로부터 해방되고자 해왔지만, 테스는 오히려 "하버드와 예일을 이류대학으로 치는" 엄마의 런던 집을 빨리 떠나 고향인 미국의 학교로 돌아가고 싶어한다(1막 1장, 이 책 225쪽). 둘은 서로의 남자친구에 대한 혐오 때문에 더욱 갈등한다. 테스는 엄마가 "사회적으로 용인될만한 인종차별주의자요, 남녀차별주의자요, 무엇보다 반유태주의자인 니콜라스 핌"과 사귀는 것이, 그리고 사라는 자기의 '명석한' 딸이 리투아니아의 보잘 것 없는 가문출신의 멍청한 청년 톰과 사귀는 것이 못마땅하여(이 책 228~30쪽), 모녀는 서로에 대한 불만을 강하게 표출하면서 갈등을 노골적으로 드러내는 것이다. 사라는 페니에게 딸과의 긴장된 갈등관계를 이렇게 요약한다. "걘 나하고 반대되는 인생을 살겠다는 결심이 단단해."(이 책 231쪽)

페니는 언니의 말을 받아서 세 자매와 엄마의 관계도 마찬가지였음을 상기시킨다.

> 페니: 우리도 엄마 때메 그랬잖아.
> 사라: 그래, 하지만 그땐 우리가 옳았지.
> 페니: 그러니까 테시도 옳을 수 있어. (이 책 231쪽)

그러는 페니 역시 엄마인 리타한테는 몹시 반항적인 딸이었음을 이미 테스한테 고백한 바 있다. "늬 리타 할머니 말씀이 미친 사람들만 쇼핑백들을 들고 여행다닌다고 하길래 그 담부터 그걸 내 트레이드 마크로 삼기로 작정했다."(이 책 227쪽) 1막 1장에서 리타와 세 자매 사이의 보이지 않는 모녀관계는 이처럼 잠깐씩 스쳐 언급될 뿐이지만 주장이 센 엄마와 반항하는 딸들 사이의 긴장을 읽어내기에는 충분하다.

그렇다면 자매관계의 시작 상황은 어떠한가. 세 자매 사이엔 세 쌍의 관계가 가능하다. 사라와 페니, 페니와 고저스, 그리고 고저스와 사라 등. 극의 진행순서에 따라 먼저 사라와 페니의 관계는 어떻게 시작하는지 살펴보자. 극의 첫 장면에서 두 자매사이의 관계는 일단 외면적으로 매우 가깝게 나타난다. 사라는 페니를 처음 만나자 볼에다 뽀뽀를 하고, 긴 소파에 함께 앉아서는 발을 페니 위에 올려놓고, 아이들 놀이를 하면서 함께 노래를 부르기도 하는 등 여성특유의 몸짓으로 서로의 친밀한 관계를 표현한다. 그러나 둘의 대화 패턴에서는 공격적인 언니와 방어적인 동생 사이의 심리적이며 내면적인 긴장관계가 느껴진다. 둘이 만나 처음 나누는 대화를 보자.

> 페니: 언니를 만나니 좋네.
> 사라: 비행기 안에서 눈 좀 붙였니? 방금 전에 올 해외언론상을 탄 네 친구가 쓴 러시아의 쿠데타에 관한 그를 파이낸셜 타임즈에서 읽고 있었다. 너도 그 상을 탈 때가 되지 않았니?
> 페니: 테시, 이리 와서 네 엄마로부터 날 좀 보호해다오. (1막 1장, 이 책 226쪽)

페니는 자신의 저서가 대학의 교재로 채택될 만큼 기자와 작가로서 자기실현을 이룩했음에도 사라는 막내한테 그 이상을 요구하면서 공격을 해댄다. 이는 사라가 학교 다니던 "어느 날 99점을 받고 집에 왔더니 나머지 1점은 어디 갔냐구." 막 소리지르면서 사라를 공격했던 엄마 리타의 태도(1막 2장, 이 책 257쪽)와 동일하다. 1막 1장에서 본인을 통해서 직접 전달되든 아니면 테스를 통해서 간접적으로 전달되든 사라는 페니의 성격을 '방어적'이라고 여러 차례 규정한다. 그래서 둘은 절대로 정면충돌하지 않는다. 사라의 습관적인 공격을 페니는 반격하는 법이 없이 언제나 쟁점을 돌려 피한다. 이처럼 사라와 페니의 관계는 그 긴장과 불편이 외적으로 드러나지는 않지만 내면적 심리적으로 잠복하고 있는 것이다. 페니의 남자친구 제프리가 두 자매의 불편하고 긴장된 관계를 이렇게 요약한다. "정말 당신은 언니를 사랑하는군. 그러면서 언니 곁에 있는 걸 참지 못 하고, 그러면서 언니의 칭찬은 되게 바라고, 그러면서 언니의 의견은 전혀 참작 안 하고."(1막 2장, 이 책 237쪽)

1막 1장의 페니에 이어 1막 2장에서는 둘째 자매 고저스가 역시 언니의 생일을 축하하러 미국에서 도착한다. 이제 세 자매가 다 모였다. 그러므로 1막 2장은 세 자매 사이의 모든 관계의 출발상황을 알 수 있는 장이고 작가는 그 가능치를 여러 층위에서 효과적으로 실현하고 있다. 고저스와 페니의 불편한 관계는 작가가 두 자매의 충돌을 직접적으로 그리고 있지 않기 때문에 잘 드러나지는 않지만, 고저스가 사라로부터 페니가 아직도 제프리와 잔다는 이야기를 듣고는 "페니를 만날 필요 없어."라고 대꾸할 때 우리는 두 아래 자매 사이에도 불편과 긴장이 있음을 짐작할 수 있다. 그러나 그 원인이 두 자매가 아닌 제프리라는 제3의 인물에서 비롯되는 것이기 때문에 그 정도가 미약한 것은 사실이다(1막 2장, 이 책 254쪽).

앞의 1장에서 사라는 페니한테 고저스가 순전히 자기의 생일을 축하하러 오는 것이 아니라며 그녀의 방문을 다소 폄하하는 듯한 태도를 보인 바 있는데(이 책 232쪽), 여기서 이미 두 자매의 관계 역시 어느 정도 꼬여 있음이 슬쩍 비쳐졌었다면 2장은 그것을 아주 분명하게 가시화한다. 사라와 고저스는 만나자마자 포옹을 하며 자매로서의 친밀한 관계를 표시하지만, 삶에 대한 태도의 현격한 차이에서 오는 불화를 금새 드러낸다. 뉴욕의 피복상으로 제프리의 초대를 받아 사라의 집을 방문한 머브 칸트에 대해서 고저스가 습관적인 호의를 보이며 자기가 아는 피복상들을 "가장 흥미로운 사람들"로 치켜세우자 사라는 그 사람들이 구체적으로 누구냐고 다그쳐 묻는다. "말을 하려면 구체적으로 해. 네가 내뱉는 말 한 마디 한 마디에 책임을 져. 인생은 진지한 거야, 고저스. 인생은 장난이 아냐." 이 말에 상처를 받은 고저스는 얼른 생일 선물을 꺼내 건네주고는 사라의 집을 떠나려고 한다(1막 2장, 이 책 254쪽). 관대하지만 허술한 고저스와 엄격하고 용의주도한 사라 사이의 관계는 이처럼 시작부터 결렬의 위험이 비칠 만큼 불편하게 설정된다. 더구나 사라가 이미 버린 종교를 고저스는 아직도 충실하게 신봉하기 때문에 둘의 불화는 더욱 노골적으로 드러난다. 고저스가 이 안식일 해질녘에 "안식일을 기억하고 거룩하게 지키라"는 계명에 따라 촛불을 켜고 기도를 올리는데 사라는 도무지 동생의 기도를 존중하지도 협조하지도 않거니와 오히려 조롱하고 방해한다. "여기서 얼마나 많은 안식일 해질녘이 촛불을 밝히지 않은 채 지나갔는지 몰라. 그런데두 다음 날이면 어김없이 해가 떠오르더라." 고저스가 사라의 방해를 힘들게 무시하면서 기도를 계속하는 가운데 외출에서 막 돌아온 막내 페니는 스스로 기도에 방해가 된 것을 사과하지만 사라는 오히려 큰 소리로 기도를 끝낼 것을 강권한다. 고저스는 "언닌 고약한 여자가 됐어, 사라!" 라고 분노하며 이층으로 올라가 버린다. 이어지는 대화는 사라와 고저스, 사라와 페니, 페니와 고저스 등 세 자매 사이에 가능한 모든 관계에서 사라와 고저스의 관계를 긴장과 불편의 정점에 둔다.

테스: 엄마, 어떻게 그럴 수가 있어요?

사라: 내가 뭘 어쨌는데? 그게 너랑 무슨 상관야? 회교도가 우리 집엘 방문 했다고 우리가 갑자기 메카를 향해 고개를 숙여야겠니?

테스: 하지만 고저스 이모한텐 아주 중요한 일이잖아요.

사라: 페니, 촛불을 꺼라.

페니: 고저스가 방금 켰는데.

사라: 착한 동생 노릇 그만 하고 저 빌어먹을 촛불이나 빨리 꺼! (페니는 촛

블을 불어서 끈다. 방안이 갑자기 어두워진다. 테스가 위층으로 뛰어 올라간다.) (1막 2장, 이 책 259쪽)

이제 남녀관계의 시작상황을 살펴볼 차례가 됐다. 이 극에서는 세 쌍의 남녀관계가 다소 복잡한 양상을 띠고 전개된다. 맨 아래 세대로는 좌파적 이념을 신봉하는 사라의 딸 테스와 리투아니아의 독립을 위해 레지스탕스 운동에 가담하고 있는 청년 톰이 이념적 열정으로 서로를 사랑하다가 결국은 문화적 민족적 정체성의 차이로 인해 헤어지게 된다. 그 위로 세 자매의 너무나 다른 애정행로가 극 안팎에서 펼쳐지는데, 먼저 작가 겸 기자이기도 한 커리어 우먼 페니와 연극연출가이며 양성애자인 제프리는 애정관계로 출발하지만 제프리가 남자를 그리워하며 떠나기로 하면서 둘의 관계는 우정관계로 정리된다. 하버드 출신의 변호사 남편 헨리와 가장 완벽한 가정을 이루고 있다고 여겨지던 고저스마저 극이 진행되면서 남편의 실직과 그로 인한 정신적 장애로 인해 그녀 스스로 가장의 역할을 취할 수밖에 없었던 저간의 사정을 실토하지만 헨리는 극에서 등장하지 않는 인물인데다가 둘 사이의 관계는 이미 애정이니 우정이니 하는 관계를 벗어나 있기 때문에 여기서는 논외로 한다. 맨 위로, 그리고 극적 행동의 중심에서, 이혼녀인 사라와 홀아비인 머브 사이의 로맨스가 펼쳐진다. 이 글의 초점이 해피 엔딩의 정당성 여부를 점검하는 것이고, 또 이 극의 해피 엔딩이라고 하면 그것은 사라와 머브의 결합을 주로 말하기 때문에 여기서는 사라와 머브를 중심으로 남녀관계의 시작상황을 살펴보기로 한다. 앞에서 언급한 다른 남녀관계들은 자매관계와 모녀관계의 발전을 점검할 때 더 요긴하게 활용될 것이다.

사라의 동의 없이 제프리의 일방적인 초대를 받아 머브가 사라의 생일 파티에 찾아오는 것은 1막 2장에서다. 작가는 그를 "따뜻한 인간미가 금방 느껴지며" "섹시"한 인물로 묘사한다. 그래서인지 페니나 고저스는 그를 처음 만나자마자 금새 경계의 벽을 허물고 허물없이 대한다. 그러나 사라는 왠지 처음부터 적대적이다. 페니가 테스를 만나러 나가면서 둘만 남게 되자 사라는 "문가에 서서 머브가 자발적으로 나가주기를 기다리고", 자꾸 시계를 보면서 떠나라는 암시를 보이며, 그래도 머브가 넉살 좋게 자리를 버티자 손을 내밀어 작별인사를 하고, 머브가 충실한 유태인임을 알고는 유태교 교리상 먹기 곤란한 음식이 제공될 것을 통고하면서 "무례한 행동으로" 그를 쫓아내려고 한다. 머브가 홀아비 된 사실과 자기가 이혼녀라는 사실을 교환하고 나서는 재혼하지 않을 것임을 강력히 시사하면서 사라는 머브를 쫓아내는 대신 스스로 자리를 뜬다. 서브텍스트를 일단 차치하면 적어도 텍스트 상에서 사라는 사람 좋고 섹시한 머브를 적대하면서 두 사람의 관계를 애초부터 긴장과 대치국면으로 몰고 가는 것이다.

　지금까지 살펴본 바와 같이 작가는 해피 엔딩의 종결부를 위해서 이 극이 추적하는 세 종류의 관계, 즉 모녀관계, 자매관계, 남녀관계 모두에 언해피한 시작을 설정한다. 그러면 작가는 언해피한 시작에서 해피한 앤딩으로 가기 위해 중간과정을 어떻게 발전시키는가? 각 관계의 중간상황을 점검해볼 차례다.

5.

　"아무래도 우리 엄마는 소련이 쪼개지는 날 밤에 저녁 파티를 갖게 되실 모양야."(이 책 260쪽). 1막 3장의 시작을 알리는 테스의 대사다. 작가는 소련이 붕괴하던 바로 그 날을 사라의 생일로 설정하고 딸 테스로 하여금 그것을 강조하도록 함으로써 지구촌의 냉전체제에 지각변동을 일으킨 소련의 붕괴를 '변화의 불가피함'의 기표로 삼아 삶에 대한 사라의 태도변화를 예시한다. 육체적으로 난소를 적출당한 이후 정신적으로 재혼에 대하여 '가게 문'을 닫았던 사라에게 변화는 곧 사랑의 수용을 의미할 것이다.

그러나 1막 3장의 생일파티는 그렇게 순조롭게 진행되지 않는다. 닉 핌과 머브 칸트가 '반유태주의'에 대한 이견때문에 노골적으로 충돌하고, 테스는 사라의 친구인 닉 핌의 국수주의적 태도를 비난하고 사라는 테스의 남자친구인 톰의 무식을 놀려댐으로써 모녀가 반목하고, 주책없는 고저스는 '오늘을 즐기라'는 충고를 한답시고 테스가 훗날 몹시 고생할 것을 염려함으로써 사라의 심기를 불편하게 만드는 것이다. 정치적 변혁의 대우주적 환경과 아직 변화를 수용하지 못하는 등장인물들의 소우주적 관계가 강한 대조를 이룬다.

제프리가 연출가답게 이 난국을 타개한다. 페니와 함께 "사라 굿의 생일을 축하하고 바로 오늘 망한 소련의 붕괴를 기념하기 위하여" 오락 프로그램을 마련한 것이다. 제프리 역시 사라의 생일과 소련의 붕괴를 연결지움으로써 다시 한번 사라의 변화를 예시한다. 모두는 제프리가 연출하고 있는 뮤지컬 "주홍별 봄맞이 꽃"의 주제가를 합창한다. 마침내 사라는 모든 사람들에게 마음 문을 열기 시작한다. "고마워요. 고마워요. 내 아름다운 딸과 내 가족과 친구들이 이렇게 함께 자리를 해주니 오늘 밤 난 정말로 운이 좋군요. 제프리, 내 막내 동생이 옳았어요. 당신이 내 인생에 질감을 더해주고 있어요."(이 책 267쪽). 사라는 식당에 있는 다른 사람들과 합석하고 모두 우아한 저녁 식사를 위해 앉으면서 1막 3장은 끝난다. 긴장과 불편의 관계에서 화합의 관계로의 전이를 작가는 시각적으로 그렇게 표현한 것이다.

1막 4장은 식사 후 밤 11시 30분 경, 파티가 끝나 모두 흩어지는 장면이다. 사라와 테스 모녀는 여전히 서로의 남자친구 닉 핌과 톰을 용납하지 않으며 반목을 계속한다. 자매들 역시 생일파티가 끝나고 곧 다른 일로 자리를 뜸으로써 별다른 관계변화를 보이지 않는다. 이 장면에서 변화가 확연하게 나타나는 것은 사라와 머브 사이의 남녀관계다. 남자한테 '가게문'을 닫았던 사라가 머브에게 마음의 문을 조금 열기 시작하는 것이다.

파티가 끝나고 모두가 서둘러 흩어지면 무대엔 머브와 사라만 남아 이 희곡 전체에서 등장인물의 구성이 바뀌지 않는 단일 장면으로는 가장 긴 장면, 즉 아내와 사별한 머브가 이혼녀인 사라에게 구애하는 낭만적인 장면을 연출한다. 그렇지만 두 사람 다 50대 중반의 중년이기에 낭만의 성격은 사뭇 다르다. 작가는 머브로 하여금 꿈과 희망과 도취보다는 현실과 자신에 대한 정확한 인식을 매개로 사라에게 접근하게 한다. 이제까지 우리한테 보여지고 작가와 등장인물들이 묘사한 사라는 "위엄과 권위"가 있고, "명석"하고, "지배적"이고, "메마르고", "불알이 가장 큰", 주로 남성적인 가치로 무장되고 위장된 여성상이었다. 그런데 뜻하지 않게 그 위/무장이 얼마나 상투적이었으며 허약한 것이었음을 증명하는 사고가 발생한다. 사라가 파티가 끝난 집안을 청소하던 중 내프킨 바구니를 쳐서 떨어뜨리는데 이 흔한 사고에 그녀는 히스테리컬하게 반응을 보인다. "젠장할, 고저스!" 머브가 그녀를 진정시키려 하자 그녀는 더욱 흥분한다.

> 사라: 인생에서 정말로 날 짜증나게 하는 게 뭔지 알아, 머브? 당신 같은 남자들이 여자들에게 진정하라고 말할 땐 모든 여자들이 내면적으로 다 히스테리환자들이라고 믿기 때문이야.
> 머브: 생사람 잡지 말아.
> 사라: 어서 제발 집에 가줘! (그녀는 울기 시작한다. 그는 팔로 그녀를 감싼다.) (이 책 274쪽)

이 장면에서 사라는 자신이 "모든 여자들"과 똑 같이 상투화될 것을 걱정하면서, 그러니까 자신의 상투적인 여성성이 드러날 것을 두려워하면서 다른 한편으로는 머브를 "당신 같은 남자들"과 똑같이 상투화함으로써 자신의 '다름'을 방어하려는 모순적인 태도를 드러낸다. 이 짧은 장면단위의 결국은 강한 남자가 약한 여자를 위로하는 상투적인 모습이다. 강한 사라가 무너지기 시작하는 것이다. 자신감을 얻은 머브는 사라의 할아버지가 그녀를 불렀던 애칭으로 그녀를 부르면서 그녀의 사적인 영역에 침입해 들어가고, 급기야 위기를 느낀 사라는 단도직입적으로 "당신은 참 좋은 남자지만, 내 타입은 아냐." 하면서 단호하게 저항해보지만 머브의 공격은 더욱 가열해진다. "새디, 당신도 내 타입은 아냐. 따뜻하고 쉽게 접근할 수 있는 여자가 아니니까." "대답해봐요, 당신은 언제부터 당신이 모든 해답을 갖고 있다고 생각하게 됐지?" 머브는 로젠스비그 자매들이 친밀감을 표시하는 이디오싱크러시를 아는지 사라의 어깨를 주무르며 강온 양면 작전을 구사한다. 사라는 마지막 방어의 몸짓으로 다시 한번 상대를 상투화해본다. 그녀는 다시 사랑을 하고 싶다고 고백하는 머브에게 "당신을 돌봐줄 사람이 필요하다는 거겠지." 라고 일갈해버리는 것이다. 머브는 정색을 하고 사라의 잘못된 시각을 정면으로 교정한다. "내가 학교를 마치고 아이들이 다 자라자 그녀는 마침내 미술강의를 듣기 시작했는데 그로부터 4년 뒤에 세상을 떠났어. 재능 있고 지적인 여자한테 그게 공평한 일인가? 새디, 난 이미 다른 사람한테 보살핌을 받았던 사람야." 마침내 사라는 자신의 잘못을 사과한다. "미안해. 내가 상투적으로 생각했던 것 같애."(이 책 278쪽) 명석하고 독단적인 사라로서는 가히 항복에 해당하는 패배시인이라 할 수 있다. 자신을 지키기 위해 스스로를 상투적인 남성성으로 무장하고 상대 남자의 개체성을 부정하여 상투화함으로써 자신의 '다른' 여성성을 방어하려는 전략이 실패로 정리되는 순간이다. 결국 사라는 머브를 위해 노래를 부를 수는 없다는 조건을 달지만 그의 인도를 받아 이층의 침실로 향함으로써 일단 하룻밤의 '가게문'을 조금 연다(이 책 279쪽).

이처럼 극의 중심행동을 구성하는 사라와 머브의 남녀관계는 머브가
사라에게 가한 인식의 전환을 통해서, 즉 내면에서부터, 그 변화가 이루어
지기 때문에 상당한 설득력을 갖고 우리한테 접수된다. 또한 그것이 인식
의 전환속도에 맞춰 조건적, 단계적으로 변화하기 때문에 긴장과 대립의
관계에서 상호수용의 관계로 호전되는 것이, 그러니까 언해피한 관계의
시작에서 다소 해피한 관계의 중간으로 전이되는 것이, 아직은 무리스럽
지 않다.

6.

1막이 사라의 생일을 축하하기 위해 가족과 친구들이 모이는 파티장면
이기 때문에 비록 극의 행동을 구축하고 있는 세 종류의 관계에서 다소간
의 갈등과 긴장이 발견된다 하더라도 그것은 최대한 억제되며 호의와 선
의가 기본적으로 모든 관계를 압도한다. 그러나 파티가 끝난 다음의 2막
은 사정이 다르다. 모두가 현실로 돌아오는 것이다. 세 자매에게 있어 그
현실은 자기를 직면하면서 스스로를 규정하거나 인식하는 형태로 나타난
다. 그리고 세 자매의 자기인식에 따라서 세 종류의 인간관계 모두가 변
화를 입는다. 구조적으로 1막의 도입부에서 모든 등장인물들이 소개되고
서로의 행동에 얽혀들기 때문에, 2막에서 세 자매의 자기직면은 자매관계
뿐만 아니라, 모녀관계와 남녀관계와도 상호적으로 영향을 주고받게 된
다. 단순히 장면의 순서를 따라서 각 관계의 변화양상을 살펴봐도 그 상
호영향이 선명하게 나타난다.

2막 1장은 파티가 있던 다음 날, 토요일 이른 아침이다. 내복 차림의 제
프리가 페니를 리드하며 노래하고 춤추면서 장면은 밝고 경쾌하게 출발
한다. 그리고 그러한 출발에 걸맞게 제프리의 청혼을 페니가 받아들인다.

둘 다 떠돌이의 삶을 청산하고 함께 정착하기로 합의한다. 1막의 진행과정에서 제프리와 페니의 관계는 제프리의 양성애, 페니의 끊임없는 유랑생활 등으로 정착이 매우 어려울 것임이 다른 자매들에 의해서 암시된 바있는데, 그러한 예측에 비해 두 사람은 너무 쉽게 결혼에 합의하는 듯하다. 그러나 이 경솔한 합의는 극작상의 소홀이 아니라 정확한 계산이었다. 바로 그날 오후에 양성애자 제프리는 스스로 남자를 그리워한다며 페니곁을 떠나는 것이다. 이와 같이 2막 1장은 해피한 남녀관계로 시작하되 그 관계는 어딘지 불안함을 노정한다. 둘 사이의 대화 가운데 아주 짧게 제프리는 사라와 머브의 결합가능성을 예측하고 페니는 그 불가능함을 확신하는 장면이 있는데, 같은 장 마지막에 사라가 머브의 청혼을 거절함으로써 둘의 관계는 일단 종결된다. 둘의 결합으로 종결되는 극의 결말에 기대어 결과론적으로 구조를 관찰해보면 페니-제프리의 남녀관계는 사라-머브의 남녀관계와 엇 방향으로 진행되도록 설정되었음을 알 수 있다. 즉 한 쪽은 해피한 데서 언해피한 쪽으로, 다른 한 쪽은 언해피한 데서 해피한 쪽으로 진행되는 것이다. 작가는 극의 행동의 중심축을 이루는 사라-머브의 남녀관계의 변화를 촉발하는 장치로서 자매들의 자기직면과 새로운 모녀관계의 설정을 세운다. 세 자매는 모두 정도의 차이는 있지만 상대에 대해서는 긍정적인 자기인식을 촉구하고 스스로에 대해서는 부정적인 자기인식을 노정한다. 그리고 그들은 죽은 엄마의 역할을 할 대역을 찾거나 스스로 자임하고 나선다. 1장과 특히 2장에서 그런 노력들이 최대한 발휘된다.

　제프리가 자리를 뜨면 무대 위에는 극의 처음이자 마지막으로 페니와 고저스만 남는다. 제프리의 양성애 때문에 동생을 위해서 마치 엄마처럼 걱정하는 고저스에게 페니는 제프리가 이상적인 사위감이 아니듯이 자기도 이상적인 딸이 아니라며 그를 옹호하지만 언니는 동생에게 "더 이상 엄마한테 반항하느라고 시간을 낭비하지 마."라고 충고한다(이 책 288쪽).

이에 페니는 "나는 마감시간에 와 있어." 라며 자유롭게 세계를 떠돌아다니는 기자작가답지 않은 초조함을 고백한다. 고저스의 엄마대역이 페니로 하여금 자기를 직면하게 한 것이다.

이번에는 사라가 머브와 함께 잔 침실에서 내려오자 고저스는 다시 엄마 역할을 자임하고 나서며 사라의 정착을 위해 충고한다. "난 언제나 엄마한테 사라 언니가 모피업자나 치과의사를 만났으면 좋겠다고 말씀드렸거든."(이 책 291쪽) 고저스의 엄마대역은 실패해서 페니처럼 사라한테도 거절당한다. "고저스, 넌 아마 뉴턴 전체에서 가장 행복한 여자일지도 몰라. 또 매사츄세츠 고속도로를 누비면서 모든 사람들을 치유하고 다닐지도 모르지! 하지만 넌 우리 엄마가 아냐. 우리 엄만 돌아가셨어." 언니의 정착을 위해서 엄마 역할을 대행하려던 고저스는 사라의 차가운 반응에 상처를 받는다. 이 극에서 가장 격한 자매 사이의 언쟁이 이어진다.

고저스: 나도 멍청한 여자가 아냐, 사라!

사라: 그렇다면 왜 말도 안 되는 것에 마음을 쏟고 있는지 설명해봐.

고저스: 내 말 잘 들어, 사라. 펠슈타인 랍비님이 뭐라고 하셨냐면 언닌 우리
　　　　엄마가 기대했던 여자로 성장하지를 못해서 지금 곤란을 겪고 있는 거래.

사라: 다시 말해봐.

고저스: 나도 일들이 언니가 바라던 대로 되지 않은 것에 대해선 유감이야.
　　　　그렇다고 언니가 내 남편, 내 가족, 그리고 내 업적에 대해서 갖는 긍
　　　　지 때문에 위협을 받아 계속 내 감정에 상처를 주는 것은 더 이상 용
　　　　납할 수 없어!

사라: 정말 말 같은 소리를 해야지!

고저스: 아, 그래에! 비록 언니가 고상한 영국식 억양으로 말을 할 수가 있다
　　　　고 해도, 또 페니가 세계 곳곳의 수도에서 우편엽서를 내 아이들한테
　　　　보낼 수 있다고 해도, 난 알아, 두 사람이 다 속으로는 나를 부러워하

고 있다는 걸! 고저스 타이텔바움 박사, 가짜 페라가모 구두를 신고 다니는 에스트 뉴턴의 중년가정주부가 아주 가까운 시일 안에 독자적인 케이블 전화 토크 쇼를 갖게 돼 있거든! (퇴장하면서 비틀거린다.) (이 책 291~2쪽)

고저스의 엄마대역 실패는 뜻밖에 자기부정의 형식으로 자기직면을 가능하게 한다. 비록 가짜 구두를 신고 다녀도 다른 자매들보다 더 행복하다면서 행복이 물질적 사회적 성취에 꼭 비례하는 것이 아님을 외쳤던 그녀가 "퇴장하면서 비틀거리며" 내뱉는 말은 "젠장할! 난 언제 씨발놈의 진짜 마눌로 구두를 신어보나!"였던 것이다. 고저스의 자기직면이다.

고저스와 페니, 고저스와 사라의 자매관계가 악화되면서 사라와 테스의 모녀관계도 위기에 처한다. 테스는 이모들이 엄마를 위해서 걱정하는 것을 매몰차게 거절하는 엄마가 도무지 못마땅하여 사라를 정죄한다. 그러면서 톰과 함께 다음 날 리투아니아의 수도 빌니어스를 향해 떠나겠다고 선언하며 자리를 박차고 일어선다. 페니와 단 둘이 남은 사라는 테스가 페니를 너무 닮았다며 몹시 걱정한다. 앞에서 고저스는 페니와 리타의 보이지 않는 모녀관계가 아직도 긴장관계에 있음을 언급했는데, 여기서는 사라와 테스의 보이는 모녀관계도 같은 궤적을 그리며 위기를 향해 치닫는다.

앞에서 고저스 언니한테 "마감시간에 와 있다."고 자기를 고백했던 페니는 이제 사라에게 보다 근원적으로 자기를 직면한다. 여성의 권익과 해방을 위하여 취재하고 글을 쓴다는 그녀가 아프가니스탄의 여성들에 대해서 "끔찍한 소식을 들으면 들을수록" 점점 더 흥분되는 자신의 이중성을, 자기 "인생에 충만감을 느끼기 위해서 아프가니스탄 여자들의 고난과 쿠르드족의 고통"을 필요로 하는 위선성, 여성의 권익과 해방을 위하여 여자들을 이용하는 자기모순성을 고백하면서 긍정적인 의미에서는 양심

의 고뇌를, 부정적인 의미에서는 자기정체성의 상실위기를 진솔하게 토로
하는 것이다. 사라는 막내동생의 자기부정 형식의 자기직면을 맏언니답게
긍정적으로 교정해주면서 스스로의 자기직면의 편린을 보여준다.

> 난 꽤 훌륭한 은행가이긴 하지만 그건 열정이라고 할 수 없는 거지. 반면
> 에 넌, 진정한 소명을 갖고 있어. 다만 슬프고 놀랍게도 약한 것이 있다면 네
> 가 그걸 적극적으로 회피하고 있다는 거야. 내 생각엔 네가 세상일을 너무
> 많은 애정을 갖고 너무 많이 걱정을 하면서 또한 그것을 피할 구실들을 찾
> 고 있는 것 같아. (이 책 295쪽)

사라의 충고에 위로를 받은 페니는 언니의 손을 잡으며 "내 인생에 언
니만큼 의지가 되는 사람이 없"다며 사라에게 엄마의 역할을 부여하지만
사라는 얼른 손을 빼면서 그러한 책임으로부터 회피한다.

사라의 회피행각은 머브와의 관계에서도 지속된다. 머브는 지난 밤의
기적을 가져다 줬던 마력의 노래 "오늘 밤 그 모습대로만(Just the Way You
Look Tonight)"를 콧노래로 부르며 침실에서 내려와 사라에게 더욱 적극적
으로 접근하지만 그녀는 머브라는 정다운 애칭대신 머빈이라는 첫 이름
을 정식으로 부르면서 도망간다. 머브가 사라로 하여금 자기를 직면시키
려는 듯이 정면으로 공격한다. "사라, 당신은 유태계 미국인 여자로서 런
던에 살면서 중국계 홍콩은행을 위해 일하고 주말은 리투아니아로 달아
나고 있는 딸과 함께 폴랜드의 휴양도시에서 보내지!"(이 책 299쪽) 요컨
대 사라가 자기정체성을 의도적으로 전방위적으로 회피하고 있다는 것이
다. 머브의 저돌적인 공격은 사라로 하여금 부정하고 싶었던 자기를 직시
하게 만든다. "난 가족도 종교도 조국도 배반한 차갑고 못된 여자야! 무척
자제한 것이 그 정도였어. 죄의식이 너무 심해서 병에 걸렸고 그 결과 난
소에 문제가 생겼지." 이러한 부정적 자기인식이 그녀로 하여금 머브의

구혼을 거절하게 만든 것이다. 사라는 머브가 원하는 "따뜻하고 행복한 가정"을 만들어줄 여자, "안식일을 정말로 잘 지킬 그런 여자", 즉, 평범한 여자가 될 수 없다는 이유를 내세워 머브가 다시 한번 강조하는 대로 자신이 둘의 관계에 대해 마지막 대답을 갖고 종지부를 찍는다. 그리고는 머브가 떠난 뒤, 그가 지난 밤 자기를 위해 노래를 불러 달라 했을 때 거절했던 그녀가 이제는 빈 응접실에서 홀로 남아 대학시절 자신이 리더로 있었던 보컬그룹의 노래를 가사를 바꿔 부르는데, 놀랍게도 가사의 내용은 그녀가 평생을 그토록 부정하려고 애썼던 유태인적 정체성을 강조하고 있다.

> 오 내이름은 모시 푸피크
> 팔레스타인에서 왔고요,
> 빵과 꿀을 먹고 살죠
> 그리고 마니셰비츠 포도주를 마시고요.
> 아 우리 엄마는 전국에서
> 게필트 생선요리를 제일 잘 만들어요…
>
> (그녀의 목소리가 갈라진다.)
>
> 그리고 난 맥나마라 악대의
> 유일한 유태인 처녀예요. (이 책 301쪽)

가까이는 머브와의 만남과 그의 도전이, 조금 멀리는 다른 두 자매들의 자기직면이 사라로 하여금 자기의 정체성을 확인하고 회복하게 만든 것이다. 그래서 항상 모든 마지막 대답을 갖고 있던 강하고 권위 있고 명석하고 메마른 여인이 닉 폼의 무신경한 생일선물을 꺼내보고서 허물어지듯 우는 것이다. 그 울음은 사실상 사라가 "메마른 여자"가 아니라 부드러운 여자임을, 고저스나 페니처럼 평범하게 "따뜻함과 포옹과 키스가 필요한 여자"임을, 무엇보다 머브에게 자기는 될 수 없다고 했던 그 "따뜻하고 행복한 가정을 만들어 줄 여자"가 될 수 있음을 반증해주는 기표다.

7.

세 자매의 자기직면이 2막 1장에서 부분적으로 이루어졌다면 같은 날 오후 4시에 시작되는 2장에서는 특히 아래 두 자매가 자신의 고통과 불행을 가감 없이 토해내고 인정한다. 이미 앞에서 부분적으로 언급했지만 제프리는 2장이 시작하자마자 남자가 그립다며 동성애를 위해서 페니 곁을 떠난다. 페니는 아픔을 못 이겨 울음을 터뜨린다. 그러나 페니와 제프리의 남녀관계의 변화는 사라와 페니의 자매관계를 더욱 공고하게 만든다. 앞장에서 페니가 자기한테 의지하며 손을 내밀 때 사라는 엄마의 역할을 거부하며 이내 손을 빼냈었는데 이번에 페니가 남자를 잃고 울음을 터뜨리자 그녀를 껴안고 위로하는 것이다(이 책 308쪽). 페니는 또한 이 상처를 통해서 그 동안 그토록 반항해왔던 죽은 엄마 리타와의 관계도 회복한다. 제프리를 잃고 그 고통을 삭이면서 페니는 "브리오시"가 필요함을 절실히 느낀다. 브리오시는 옛날에 페니가 엄마와 함께 브루클린에서 로즈메리 클루니가 "당신의 힛 퍼레이드"에 출연하여 슬픈 사랑의 노래를 부르는 것을 보면서 가슴을 몹시 아파할 때 엄마가 페니더러 나중에 크거든 많이 먹으라고 충고했던 것이다. 앞에서 고저스가 걱정한 바와 같이 이제까지 "엄마한테 반항하느라고 시간을 낭비"했던 페니가 엄마의 옛 충고를 기억해서 브리오시가 필요함을 인정한다(이 책 308쪽). 페니가 사랑의 아픔을 당해 비로소 엄마의 말씀에 순종하게 된 것이다. 죽은 엄마와의 보이지 않는 모녀관계의 회복이다.

　사라가 페니를 위로하고 있을 때 고저스가 쇼핑에서 돌아와 이 극에서 처음으로 세 자매만의 장면을 함께 연출한다. 그런데 그녀는 한 쪽 구두만을 신고 있다. 그 슬픈 사연을 이야기하면서 고저스는 능력 있고 훌륭한 남편과 사랑스러운 자식들로 이루어진 행복한 가정의 주부라는 위장된 이미지를 과감히 버린다. 앞 장면에서 잠깐 싸구려 구두 때문에 비틀거리면서 물질적으로 빈궁함을 내비쳤던 고저스는 삶에 너무 "지쳤고 딱 한 번쯤은 그럴 권리가 있다고" 생각해서 무려 400달러나 주고 고급 구두를 사 신고 지하철의 에스컬레이터를 타고 가다 그만 한 쪽 굽이 끼어 망가지게 된 것이다. 사라가 고쳐주겠다고 나서자 고저스는 "인생에는 언니도 해답을 찾지 못하는 문제들이 있어."라며 사건의 의미를 확대한다. 머브가 떠남에 이미 눈물을 흘릴 만큼 약해진 사라는 고저스의 본의와는 다르게 자신의 한계를 더욱 크게 느꼈을 것이 틀림없다. 사라가 고저스의 남편한테 전화를 걸어 같은 브랜드의 구두를 사놓게 하려고 하자 고저스는 마침내 거짓된 행복론을 고백한다. 하버드 출신의 변호사였던 남편은 이미 실직한 지 2년이 됐고, 게다가 지금은 일감을 찾는 대신 추리소설을 쓴다고 술집들을 밤새 누비고 다닌다는 것이다. 고저스가 페니에게 여러 차례 섹스를 대수롭게 여기지 말라고 충고하던 것이 사실은 그녀와 남편 사이에 섹스가 없었음을 고백한 것과 다름없음이 이제 드러난다. 가부장적 사회에서 여성의 역할에 만족해하는 이 평범한 여인 고저스가 사랑도 경제도 다 망가진, 그래서 토크 쇼, 여행 가이드 등 닥치는 대로 일을 하지 않으면 안 될 처지가 된 것이다. 성공과 행복의 가면을 쓰고 극중 내내 명랑하고 활기에 찼던 고저스는 극이 거의 끝나갈 즈음에야 자신의 행복하지 않은 삶을 자매들에게 고백한다. 그만큼 고통의 크기가 컸던 것이다.

　이렇게 아래 두 동생들이 자신의 진정한 아픔을 고백하면서 사라도 자기방어의 벽을 허물고 자신을 직시하기 시작한다. 세 자매가 모두 자기를 직면하면서 놀라운 변화가 일어난다. 로젠스비그 자매들이 스스로를 특징 짓는 가장 큰 성격적 특징은 '명석함'이었는데 이제 바로 그 점에 대한 확신을 잃기 시작하는 것이고, 오히려 좀더 적극적으로 '바보'임을 자인하고 나서기까지 하는 것이다.

> 페니: 제프리는 허쉬코비츠 부인(역주: 고저스)을 만나고 나서 자기가 남자들을 그리워한다는 사실을 알았대.
>
> 고저스: 막내야, 너무 사적으로 받아들이지 마.
>
> 페니: 난 바본가봐.
>
> 고저스: 사라 언니, 애한테 리타 로젠스비그의 딸들은 아무도 바보가 아니라는 점을 말해 줘.
>
> 사라: 바보지이. 표범가죽업계의 세계일인자 머브도 여길 완전히 떠났어. 내가 거만하고 예민하고 고약하게 굴어서 쫓아낸 거야. (이 책 312쪽)

고저스가 왜 그랬냐고 묻자, 사라는 전에 머브로부터 도전 받고 고저스로부터 지적 당한 것을 스스로의 이야기로 자신의 불완전성을 이렇게 정리한다. "모르겠어, 고저스 네가 방금 전에 말했듯이 인생엔 내가 해답을 갖고 있지 못한 것도 있는가 봐."(이 책 312쪽)

세 자매가 자신에 대해서 좀더 겸허해지고 자신의 진실에 대해서 좀더 개방적이 되면서 셋 사이에는 좀더 강한 연대가 형성된다. 페니의 제안으로 그 동안의 담론을 위한 티타임을 끝내고 세 자매는 이제 축제의 포도주 파티로 이동한다. 자매 간의 연대는 남자를 잃은 아픔마저도 웃음으로 승화할 수 있게 해준다.

> 사라: 고저스, 넌 내 동생, 방랑하는 이교도를 만나본 적 있니?

고저스: 페니, 제프리가 남자가 그립다고 했을 때 넌 뭐라고 했니?
페니: 나도 남자가 그립다고.

(모두 웃는다.) (이 책 313쪽)

그리고 세 자매는 죽은 엄마 리타를 위하여 힘차게 건배한다. 자기직면을 통한 자매 간의 연대가 모녀관계의 완전한 회복을 가능케 한 것이다. 사라는 잔을 높이 들어올리며 "리타를 위하여! 그리고 놀랍도록 명석한 그녀의 딸들을 위하여!" 라며 건배사를 외치고 두 동생도 합창한다. '바보'가 다시 '명석'해진 것이다. 그러나 여기서의 '명석'은 종전의 '명석'과 성격이 다르다. 앞의 '명석'이 남과 비교해서 경쟁적 의미에서 명석함을 의미했다면 여기서는 자신의 부족함과 고통, 슬픔을 수용하는 태도를 일컬음이다.

보이지 않는 엄마와의 관계를 완전히 회복하고 자매간의 연대를 공고히 다진 세 자매들은 그들의 관계를 매우 상징적으로 자연스럽게 조형한다. 지문에 따르면 "둘은 사라에게 머리를 대고 눕는다. 사라는 그들의 머리카락을 쓰다듬는다." 죽은 엄마 대신 큰언니 사라가 드디어 엄마의 역할을 수락한 형상이다. 그들의 대화도 이 점을 확인해준다.

고저스: 사라, 엄마가 언제나 한 말이 있어, 언니는 쉬타커라고 이제부터 언니가 우리들을 돌봐줘야 할 것 같아.
페니: 그럼 참 좋겠다.
고저스: 페니, 너 쉬타커가 무슨 뜻인지 아니?
페니: 명령권자. 코사크 군대의 장군.
사라: 그래서 내가 그렇게 인기가 좋구나! (이 책 314쪽)

자매관계와 보이지 않는 모녀관계가 완전히 회복된 상태에서 두 동생들은 사라에게 머브한테 전화를 걸어 다시 만나도록 부추긴다. 그리고 다음 3장을 보면 사라는 그 충고를 따랐고 그 결과 머브와의 해피한 결합을 이루며 극도 아울러 해피 엔딩으로 끝난다. 두 동생들이 남자 때문에 언해피해지기는 했지만 머브는 고저스의 무능한 남편과는 달리 인조모피업계의 세계일인자로서 탁월한 능력이 있고, 페니의 양성애자인 남자친구 제프리와는 달리 이성애자이기 때문에 성적인 문제로는 그녀를 떠날 리없고, 이미 전처로부터 보살핌을 받았었기 때문에 사라에게 보살핌을 기대하기보다는 제공할 가능성이 더 크고, 무엇보다 사라가 새롭게 발견한 유태인적 정체성을 그는 확고하게 갖고 있기 때문에 둘의 결합은 현실적으로 전혀 무리가 없다. 더구나 그러한 결정에 이르는 통과의례가 자기를 직면하여 고통을 통해 얻은 자기인식, 그로 인해 더욱 공고해진 자매관계, 늘 반항의 대상이었던 죽은 엄마의 지혜를 깨달음으로써 복원된 모녀관계 등 인식작용을 통해서 이루어진 것이기 때문에 머브와 사라의 결합이라는 해피 엔딩은 작가 웬디 와서슈타인이 관객들의 감상주의를 위해 상업적으로 선택한 것이 아니라 연극예술적인 필연에 따른 당연한 귀결이라고 할 수 있다. 시간설정이나 행동구성에 있어 해피 엔딩은 작가의 극개념의 출발이고 종착인 것이다. 아마도 해피 엔딩에 대한 부정적 평가의 근본은 작가가 여자의 행복이 남자와의 행복한 결합에 달려 있다고 보는 듯한 보수적 남성중심적 가치관 때문이지 극구조상의, 논리상의 결함 때문은 아닐 것이다.

8.

작가의 미흡한 처리는 오히려 보이는 모녀관계의 복원과 관련되어 발견된다. 앞에서 이미 언급한 것처럼 사라와 테스의 모녀관계는 주로 서로의 남자친구 때문에 발생한다. 테스가 혐오하는 부도덕한 자본주의자 닉 펌은 사라와 친구 이상의 관계로 발전하지 않기 때문에 극이 진행하면서 불화의 요인으로서는 작용하지 않는다. 문제는 테스의 남자 친구 톰을 사라가 거부하기 때문에 보이는 모녀관계가 원만하지 못한 것이다. 그런데 작가는 이 문제를 너무 쉽게 서둘러 해결한다. 2막 2장에서 우리가 테스를 마지막으로 봤을 때 그녀는 리투아니아로 가려고 짐을 싸고 있었는데, 3장에 이르면 느닷없이 그녀가 페니 이모한테 지난 밤 리투아니아의 독립을 위한 대회장에서의 소외감을 이야기하면서 톰과 헤어지기로 했다고 말한다. 모녀 사이의 갈등이 내부에서 인식적으로 이루어지지 않고 외부적인 요인을 제거함으로써 편의적으로 해소되는 것이다. 이러한 처리야말로 머브와 사라가 결합하고 모두가 각자의 삶의 현장을 향해 새로운 기운으로 떠나는 마지막 장의 해피 엔딩을 위해 급조한 비연극적 처방이다. 그래서 극이 시작할 때처럼 테스가 과제를 위해 사라를 인터뷰할 때 그녀가 유태인으로서의 뿌리를 이야기하고 대학시절의 노래를 불러주는 중요한 주제가 그다지 설득력 있게 전달되지 않는 것이다.

9.

세상이 하도 혼돈과 무질서와 가치상실에 빠져 있는 탓인지, 인간성이 하도 황폐화된 탓인지, 평론가들은 연극의 해피 엔딩을 습관적으로 감상주의적이고 상업적인 처리로서 치부하는 경향이 있다. 극의 분위기와 상관없이 극의 결말이 세상과 인간에 대해서 어둡고, 우울하고, 참담하고, 위악적으로 그리면 그릴수록 평론가들은 또 습관적으로 작품을 동시대사회와 동시대인들의 진실한 초상으로 평가하기 일쑤다. 요컨대 작품을 기준으로 작품을 평가하지 않고 선입견이나 선입관을 잣대로 삼는다. <로

젠스비그 자매들>을 해피 엔딩을 이유로 상업주의적이라고 폄하하는 것
은 공정하지 못하다. 왜냐하면 그 해피 엔딩은 지금까지 살펴본 것처럼
작가의 극개념상의 시발이고 종착이며 중간의 통과의례가 매우 치밀하게
정서적으로나 인식론적으로, 또한 연극미학적으로 그러한 발전을 정당화
하고 있기 때문이다.

참고 문헌

Wendy Wasserstein, *The Heidi Chronicles & Other Plays*, New York: Vantage Books,
       1991.
_____, *The Sisters Rosensweig*, New York: Harcourt Brace &
       Company, 1993.

New York Theatre Critics' Reviews. Vol. LIV. Number 4. New York: Theatre Critics'
       Reviews, 1993.

샘 셰퍼드 작 <매장된 아이>:
사회비평을 위한 가정붕괴의 초상

1978년 6월 27일 샌 프란시스코의 매직 시어터(Magic Theatre)에 초연된 <매장된 아이(Buried Child)>는 그 해 12월초 오프-브로드웨이의 시어터 들리스(Theatre DeLys)로 옮겨졌고 이듬해 퓰리처상과 오비상을 받았다.

마이클 버뮬렌(Michael VerMeulen)에 따르면 작가 샘 셰퍼드(Sam Shepard)가 이 작품을 일컬어 "전형적인 퓰리처상감"이라며 빈정거렸다지만(81쪽), 어쨌든 일반에게 널리 알려지지 않은 작품에 이 상이 주어진 것은 매우 뜻밖이었다. 평론가들의 평가 또한 심히 엇갈렸다. 스탠리 커프만(Stanley Kaffmann)은 셰퍼드가 "신화를 너무 꽉 쥔 나머지 놓쳤다."라고 했고(167쪽), 잭 크롤(Jack Kroll)은 작품의 호소력에 압도되었다면서 종래의 셰퍼드에 대한 회의를 철회하였다("Bucking Bronco", 106쪽). 클라이브 반즈(Clive Barnes)는 매장된 아이가 다른 작품에 비해 덜 인상적이라 했으나1) 제랄드 버코위츠(Gerald M. Berkowitz)는 이 작품이 "논쟁의 여지는 있지만 1970년대 미국의 최고 걸작희곡이다."라고 극찬했다(131쪽).

이러한 논란은 강력한 사회적 메시지를 담은 시사적 주제와 그것이 연극화된 부조리극적 양식 사이의 갈등에서 빚어진다. 셰퍼드의 희곡은 대체로 부조리극적이라고 하기에는 너무 사실주의적이고 또 사실주의적이라고 하기에는 너무 부조리극적이다. 그러나 어느 평론가도 셰퍼드가 사회비평가라는 점에는 이의를 달지 않는다. 셰퍼드의 사회비판은 특히 그의 가정극 3부작에서 강하게 나타나는데, 미국가정의 파괴와 해체가 일관된 주제다. 3부작 중 첫 번째인 <기아계급의 저주(Curse of the Starving

Class)>(1976)에서 작가는 도덕적 정신적 기아로 인해 붕괴된 한 시골가정을 그린다. 여기서는 가족의 구성원들이 저마다 거짓되고 파괴적인 "오염된 꿈에 중독되어 있다."(Kalem, 84쪽) 거짓되다 함은 꿈이 그릇된 정보에 기초하고 있기 때문이며, 파괴적이다 함은 각자의 꿈이 다른 구성원들의 꿈을 짓밟기 때문이다. 이 도착된 꿈은 이 가정의 자기파괴적인 씨앗을 내포한다. 지평을 좀더 확대하면 이들은 또한 "사람들을 속여 끝에 가서 벗겨먹는 사기꾼들과 도둑들의"(Eder, "The Starving Class", 84쪽), 그리고 "개발이라는 미명하에 땅과 사람들의 영혼을 통째로 먹어치우는 보이지 않는, 알려지지 않은 세력들에 의해 질식당하고 있는 미국정신의"(Watt, 340쪽) 사회적 제물이기도 하다. 이와 같이 이 가족은 안팎의 세력들에 의해서 파괴되며, 이미 불모의 땅이 되어버린 농장을 그들이 떠남으로써 가정의 해체가 완결된다.

3부작 중 마지막 작품인 <진짜 서부(True West)>에서 셰퍼드는 미국의 꿈을 실현할 수 있었던 그 옛날의 진정한 서부의 죽음을 애도한다. 여기서 사막으로 묘사되고 있는 진정한 서부는 윌리엄 클렙(William Kleb)이 관찰한 것처럼 이미 "실재하지 않는 듯이" 보인다(71쪽). 그리고 론 모트램(Ron Mottram)이 간파한 대로 "옛 서부에 대한 동경"을 표현하기 위해서 트럭에서 말로 갈아타는 장면을 설정하고 있는(146쪽) 리의 영화대본도 어딘지 "허황되고" "억지스럽게"느껴진다(Kleb, 71쪽). 그래서 두 형제—사막을 향해 떠나려는 오스틴과 이미 사막에 다녀온 리—는 "허공한 꿈과 실체 없는 현실 사이에서 동결된 채"(Kleb, 71쪽) 생사의 결투를 벌이고 있는 것이다. 초연한 어머니는 모텔을 향해 떠나가고 없다. 이 마지막 장면에서 우리한테 남는 것은 한 가족의 완전히 붕괴된 모습뿐이다.

<매장된 아이> 역시 미국가정의 해체를 묘사하고 있음이 분명하고, 또 그 붕괴의 원인이 '매장된 아이'라는 것도 확실하다. 그러나 '매장된 아이'가 무엇을 표상하는지에 대해서는 여전히 의견이 분분하다. 도리스 아우

복판에서 자라는 걸 방치할 수 없었어. 그 아인 우리가 이룩한 모든 것들이 마치 아무 것도 아닌 것처럼 보이게 만들었거든. 이 단 하나의 실수로 인해서 모든 것이 무너져버린 거야. 단 하나의 약점 때문에. (3막, 이 책 424쪽)

이 범죄에는 주목해야 할 또 다른 측면이 있다. 즉, '아이'를 죽인 것은 다지였지만 심정적으로는 틸덴을 제외한 가족의 모든 구성원들이 공범이라는 점이다. 위에서 인용했듯이, 이 점은 다지가 죽기 직전에 자신의 범죄를 고백할 때 "I"가 아닌 "we"를 주어로서 일관되게 사용하고 있음이 증명해준다. 그리고 '아이'를 매장했을 때는 "we" 속에 틸덴까지도 포함된다. 이는 틸덴이 그의 아들 빈스를 알아보지 못하면서 던지는 대사에서 드러난다. "전에 아들이 하나 있었는데 우리가 매장했어(I had a son once but we buried him)."(2막, 이 책 374쪽) 그러므로 아이를 죽여 매장한 것은 이 가정의 집단적인 현실은폐라 할 수 있다.

두 번째 증거로는 작품전체에 걸쳐 나타나는 바, 유아살해에 대한 가족들의 공통적인 은폐기도를 들 수 있다. 진실이 밝혀지려고 할 때마다 가족 중 누군가가 맹렬하게 저항한다. 1막에서 다지가 비밀을 슬쩍 흘리자 헤일리가 즉시 그것을 막으려고 병든 몸을 이끌고 필사적으로 저지한다. 3막에서 마침내 다지가 사건의 전모를 밝히는데 이때 그것을 막으려는 헤일리와 다리 하나를 잃은 둘째 아들 브래들리의 노력은 가히 필사적이다. "브래들리! 저 입 좀 막아라!"하며 헤일리가 부르짖지만 목발을 셀리에게 빼앗긴 브래들리로서는 속수무책이다(이 책 424쪽). 이들의 집단적 은폐기도는 이 가정을 파괴한 긴 현실회피의 역사에 대한 뚜렷한 증거가 된다.

더욱이 작가는 무대 위에 여러 가지 상징적인 소도구들—진통제병, 위스키, 텔레비전 수상기, 장미꽃 등—을 통해서 이 가정의 현실도피적 분위기를 재삼 강조한다. 헤일리는 다지가 기침을 심하게 하자 진통제의 장점들을 열거하며 복용하도록 설득하는데, 그때 작은 나이트 테이블 위에 있는 여러 진통제병들의 상징적 의미들을 암시해준다.

> 기독교적인 처방은 아니지만, 하여간 듣는다구요. 꼭 기독교적이라고 할
> 순 없지만, 듣는 걸 어떡해요. 우린 몰라요. 목사님들도 대답 못하는 일들이
> 있더라구요. 난 개인적으로 그게 잘못이 아니라고 봐요. 통증은 통증이니까.
> 간단명료하게. 그러나 고통은 다른 문제예요. 완전히 달라요. 약도 어느 해
> 답 못지 않게 좋은 해답이 될 수 있어요. (1막, 이 책 331~32쪽)

헤일리는 관습적인 기독교인으로서 자신이 하는 말의 진의를 깨닫지
못한 채, 고통을 피하는 것이 옳지 않음을 얘기한다. 그렇기 때문에 그녀
는 하나의 좋은 해결책으로서 비기독교적인 '진통제'를 취할 수 있는 것이
다. 진통제는 통증을 제거하지 않고 마취시킬 뿐이다. 문제를 해결하지 않
고 은폐할 뿐이다. 이 가정의 진통제에 대한 의존도는 진통제병이 여럿인
사실에서 확연하게 드러난다.

위스키 또한 온 가족이 크게 의존하는 것 가운데 하나다. 작품전체가
위스키 냄새로 흠뻑 배어 있다. 특히 다지의 경우는 심하다. 위스키병이
없어진 것을 발견한 뒤부터 빈스가 술을 사겠다고 나갈 때까지—작품 전
체길이의 1/7에 해당—다지는 "술 사다 줘."라는 말만 되풀이한다. 고통스
러운 현실을 대면하도록 강요하는 온전한 정신을 견딜 수 없어 그들은 이
와 같이 위스키로 회피하는 것이다.

소리도 영상도 없이 번쩍거리기만 하는 대형 텔레비전 수상기는 "현대
문화의 무의미함"을 의미하며(Auerbach, 58쪽), 다지가 그런 스크린을 응시
하는 것은 현실로부터 공허에로 도피하는 것을 시사한다.

장미꽃 역시 이 가정에서는 은폐용으로 쓰인다. 헤일리가 장미의 향기
에 매혹되는 이유는 그것이 "이 집안을 감싸고 있는 죄악의 악취"(3막, 이
책 412쪽)를 가려주기 때문이다. 빈스는 마지막 장면에서 죽은 다지가 풍

기는 악취를 가리기 위해 장미를 사용하는데 역시 같은 맥락에서다. 여기서 셰퍼드는 빈스로 하여금 장미의 냄새를 네 번 맡게 하면서 일찍이 헤일리가 그 냄새의 효용성에 대해서 언급했던 바를 되새기게 한다. 처음에그는 "듀이스 신부 쪽으로 담요를 들고 가서 장미의 냄새를 맡는다." 두번째, 듀이스 신부가 떠나는 소리를 들은 뒤, "그는 장미의 냄새를 맡는다. 층계 위를 쳐다본다. 그리고 다시 냄새를 맡는다." 마지막으로 그는 다지가 죽은 것을 확인하고 "소파에 앉아서, 장미의 냄새를 맡으며 다지의 시신을 응시한다." 그리고 한참 후에 빈스는 다지의 가슴 위에 장미를 놓는다. 결국 장미 또한 이 가족의 죄의 악취를 숨기는 데 쓰이고 있다.

이상에서 살펴본 비유적 증거 위에 셰퍼드는 틸덴이 뒤뜰에서 들어오는 실존적 증거들을 통해서 현실도피에 대한 상징을 완성한다. 옥수수와당근은 '아이'가 묻혀 있는 뒤뜰에서 나온 것이므로 쉽게 '아이'와 동일시된다. 말을 바꾸면 '아이'가 옥수수와 당근의 형상을 띠고 가족 앞에 가시적 현실로 나타난다. 그리고 이에 대한 가족들의 반응이 그들의 도피적태도를 반영한다. 1막에서 틸덴이 옥수수를 한 아름 안고 들어오자 다지는 즉시 옥수수의 정체―뒤뜰의 소산―를 부인하고 나선다.

다지: 누구 올 사람 있냐?
틸덴: 아뇨
다지: 어디서 땄냐?
틸덴: 저 뒤에서요
다지: 저 뒤 어디?
틸덴: 저 뒷 마당요
다지: 뒷 마당엔 아무 것도 없어!
틸덴: 옥수수는 있어요
다지: 1935년 이후 저기선 옥수수가 자라지 않았어! 그 해가 내가 마지막으

로 옥수수를 심었던 해야! (1막, 이 책 338~39쪽)

헤일리도 1935년 이래 옥수수가 없었다고 확인해줌으로써 다지를 지원한다. 틸덴은 이들의 얘기를 무시한 채, 옥수수의 껍질을 벗기면서 다지가 옥수수를 심었었다고 단언한다.

어떤 의미에서, 심는 것과 묻는 것은 동일한 행위라고 할 수 있다. 구멍을 파고, 그 안에 대상물을 집어넣은 다음, 흙으로 덮는 것이 전혀 똑같은 것이다. 그러므로 틸덴의 "아버지가 심었어요."라는 말은 "아버지가 묻었어요"라는 말로 치환되어도 무방한 것이다. 자신이 심은 자임을 인정할 수 없는 다지는 틸덴한테 집을 떠나라고 명령한다. 그는 '아이'의 가시적 실체적 현존을 보지 못하거나 또는 보기를 거부하는 것이다. 헤일리 역시 옥수수의 출처를 의심하면서 "이 옥수수의 의미가 뭐니, 틸덴!"하며 큰아들을 힐난한다(1막, 이 책 348쪽). 부모들의 완강한 부인에 부딪혀 틸덴은 조용히 흐느끼기 시작하며 계속 옥수수의 껍질을 벗긴다.

헤일리가 묻던 그 의미는 2막에서 틸덴이 뒤뜰로부터 당근을 들여올 때 대답된다. 이번에는 다지가 전혀 관심을 보이지 않는다. 위스키를 병째 도둑 맞았기 때문이다. 헤일리는 나가고 없다. 브래들리도 없다. 여러 해 만에 뿌리를 찾아 집에 돌아온 틸덴의 아들 빈스가 그나마 당근에 흥미를 느낄 듯한데 전혀 그러지 않는다. 오히려 이방인인 그의 애인 셸리가 팔을 내밀어 당근을 받아든다. 빈스는 틸덴과 다지가 자기를 알아보지 못하는 것도, 셸리가 당근을 안고 서 있는 것도 도무지 이해할 수 없다. 그래서 그는 셸리의 팔에서 당근을 떨어뜨리려 하지만 뜻밖에 그녀로부터 거센 저항을 받는다. 모트램의 지적처럼 당근은 '아이'의 상징으로 볼 수 있고 그것을 안고 있는 셸리의 모습이 이러한 대비를 더욱 강화시켜준다. 따라서 "셸리로부터 당근을 가로채려는 빈스의 행동은 틸덴에게서 '아이'를 죽이려고 빼앗던 다지의 행위를 그대로 복사한 것이다"(Mottram, 144

쪽). 빈스가 이 가족들이 오랜 동안 회피해왔던 현실인 '아이', 즉 당근의
의미를 알 까닭이 없다.

마지막으로 틸덴은 3막 끝에서 '아이'의 잔해를 직접 안고 들어온다. 집
에는 빈스 혼자밖에 없다. 그는 이미 이 집의 통치권을 물려받은 터다. 브
래들리는 다리를 찾아 집 밖으로 기어 나갔고, 두 외부인인 셸리와 듀이
스 신부는 가고 없다. 무엇보다 헤일리는 2층에 있고 다지는 죽어 있다.
틸덴이 '아이'의 해골을 안고 등장한다. 그러나 향후 이 가족을 이끌어 갈
빈스의 반응은 다지의 그것과 차이가 없다.

> 틸덴이 무대 왼쪽에서 무릎 아래로 진흙을 뚝뚝 떨어뜨리며 들어온다. 그
> 의 팔과 손이 전부 진흙으로 덮여 있다. 그는 가슴께쯤에서 두 손으로 작은
> 아이의 시체를 들고 있다. 그는 아이를 응시하고 있다. 시체는 진흙 투성이
> 의 썩은 천에 싸여 있는데 주로 뼈들만 남아 있다. 그는 소파 위의 빈스를
> 무시하며 천천히 층계를 향하여 앞 무대 쪽으로 움직인다. 빈스는 마치 틸덴
> 이 거기 없는 듯이 줄곧 천장만을 응시한다. (3막, 이 책 436쪽)

빈스는 가장 구체적인 현실인 '아이'의 해골마저도 보지 않는다. 그가
"천장을 응시하는 것"은 분명한 회피다. "마치 틸덴이 거기 없는 것처럼"
이라는 무대지문이 그 점을 더욱 확실하게 증거해준다. 이렇게 빈스도 이
가족의 현실도피의 전통을 따른다.

현실―옥수수, 당근, '아이'의 해골―은 1, 2, 3막 등 각 막마다 집 밖에
서 집 안으로 들여져오면서 극적 행동의 중심을 이루고 또한 그 상존성을
강력하게 암시하지만, 이 가정의 집단적인 회피로 인해서 계속 부정된다.

이제까지 살펴본 현실도피의 허다한 증거들 외에 "회피하다", "피하다"
라는 뜻을 가진 다지(Dodge)라는 이름이 이 가정의 전통적인 현실 외면을
결정적으로 확인해준다.

3.

이제 '매장된 아이'가 현실을 의미한다는 것과 이 가정을 파괴시킨 것이 현실 외면임이 분명해졌다. 셰퍼드는 이 농가를 미국사회의 소우주로 삼아 가정의 붕괴를 통해 미국사회의 와해를 조명한다. 가정과 사회를 연계시키기 위해서 작가는 오랜 동안 미국사회를 지탱해주던 버팀목 가운데 하나인 기독교의 현실 외면과 이 농가의 현실 외면을 병치시킨다.

작품은 기독교가 무의미해졌음을 분명하게 묘사하고 있다. 극의 초반에 헤일리가 진통제의 효과에 대해 언급하면서 "목사님들도 대답 못하는 일들이 있더라구요."(1막, 이 책 331쪽)라고 하는데, 이는 기독교의 정신적 파산을 시사하는 바가 크다. 도움이 필요한 헤일리를 2층에 놔둔 채 듀이스 신부가 이 집을 떠나면서 빈스에게 하는 말이 결정적으로 그 점을 증거한다.

> 할머닌 지금 돌봐줄 사람이 필요해. 난 아무 도움이 안 돼. 뭘 어떻게 해야 할지를 모르니까. 내 위치가 뭔지도 모르겠고 난 그냥 차를 마시러 들렀거든. 이런 골치 아픈 일이 생기리라곤 짐작 못했어. 전혀. (3막, 이 책 435쪽)

기독교를 대표하는 듀이스 신부가 습관처럼 되뇌이는 "모르겠어(I don't konw)…"가 기독교의 영적 파산을 웅변해준다. 그는 자신이 인도하는 양들에 대해서도 모를 뿐만 아니라 기독교 자체에 대해서도 아는 바가 없다. 그래서 헤일리가 "목사님, 우리 집에 낯선 사람이 하나 있군요. 어떻게 충고하시겠어요? 어떻게 하는 것이 기독교적일까요?"라고 물으면서 구체적인 도움을 요청할 때도 그는 대답을 몰라 그저 의미 없이 중얼거리기만 할뿐이다. "오, 글쎄…난…난 사실…"(3막, 이 책 411쪽)

듀이스 신부의 정신적 부도 역시 기독교의 현실도피에서 온 결과다. 듀이스의 기독교에서는 하나님도 현실을 외면하신다. "하나님은 듣고 싶으신 것만 들으시지요."(3막, 이 책 408쪽) 그러한 기독교의 사도로서 듀이스는 셸리가 헤일리로부터 오랜 동안 무시를 당하다가 끝내 더 이상 참지를 못하고 컵과 컵받침을 박살내며 브래들리의 목발을 빼앗을 만큼 거칠게 나오자, 그녀에게 "현실을 직면할 수 없다면 목사직을 택하지도 않았을 것입니다."(3막, 49쪽)라고 말은 하지만 그는 문제점들을 직시해서 해결하기보다는 피해서 은폐하려고 애쓴다. "아무 것도 두려워 할 게 없어요. 다 선량한 사람들이니까. 다 의로운 사람들이구."(3막, 이 책 419~20쪽)

셸리의 돌연한 폭력, 다지의 죄의 고백, 빈스의 침입 등으로 야기된 혼란을 수습해달라고 헤일리가 간청할 때 듀이스의 현실도피는 극명하게 드러난다. 그는 "난 이 집의 손님일 뿐이요, 헤일리. 내 위치가 정확히 뭔지 모르겠소 어쨌거나 이 집은 내 관할 밖이니까."(3막, 이 책 428쪽)라고 하면서 곤란한 상황을 피하는 것이다.

사람들은 현실 속에서 죄도 짓고 고난도 당한다. 현실을 외면해서는 기독교가 인간영혼의 구원이라는 본래의 사명을 다 할 수 없다. 듀이스 신부가 대표하는 기독교는 영적으로 파산하였기 때문에 오늘날 미국사회에서 그 기능을 상실한 것이다. 그것은 오히려 미국인들—다지네 가족들—의 정신적 아사를 재촉했을 뿐이다.

4.

이 황폐해진 집안의 꼴을 처음 보고 빈스가 데려온 외부인 셸리는 히스테리컬한 웃음을 터뜨리는데, 그 웃음은 "칠면조와 애플 파이"로 상징되던 노만 라크웰(Norman Rockwell)의 "깊고 따뜻하며, 위대하고 키 큰" (Mendoza, 1쪽) 미국의 대표적인 가정으로부터 이 다지 일가가 얼마나 전락했는지를 반영해준다. 그 와해의 결과가 여러 가지 증상으로 나타나는데, 우선 가족구성원들 상호간의 고립과 대화 기피현상을 들 수 있다.

극이 시작되면 몹시 여위고 병색이 짙은 다지가 소파에 홀로 앉아서 소리도 영상도 없는 텔레비전을 바라보고 있다. 그는 심하게 기침을 한다. 갑자기 2층으로부터 아내 헤일리의 목소리가 들려온다. 그는 기침을 뚝 멈춘다. 이로부터 현대연극 중에서 가장 독창적이고도 강력한 소외의 장면이 벌어진다. 무대 위의 다지와 무대 밖의 헤일리 사이에 극 전체 길이의 약 1/7에 해당하는 시간 동안 긴 독백성의 대화가 진행되는 것이다. 두 사람 사이의 공간적 거리는 그들의 심리적 분리뿐만 아니라 서로에 대한 대화기피증을 노출시켜준다. "거리 때문에 그들은 소리를 질러댈 수밖에 없다."(Mottram, 138쪽) 이와 같은 고립과 대화거부현상은 부부에만 국한되지 않고 가족전체에까지 파급되어 있다.

셰퍼드는 작품전체에 걸쳐서 공간적 거리를 통해 구성원들간의 심리적 고립을 시각화한다. 가족들이 동시에 무대 위에 있는 그 허다한 장면들에서 어느 누구도 다른 구성원과 함께 같은 영역을 공유하지 않는 것이다. 결과적으로 그들은 사방에 흩어져 각자의 자리를 지킬 뿐이다. 예를 들어, 두 사람 이상이 공유할 수 있는 유일한 공간인 소파는 언제나 한 사람한테만 점거된다. 다지, 브래들리, 빈스의 순으로.

가족구성원들간의 고립은 대화기피로 재확인된다. 그들은 서로에게 말을 하기도 싫어하고 말을 듣기도 원하지 않는다. 듣기 싫은 말이 발화되려고 할 때마다 얘기를 끊는다. 한 예로 다지가 헤일리를 질책하는 장면을 보자.

> 다지: 당신이 그렇게 시켰잖아!
>
> 헤일리의 음성: 그런 적 없어요!
>
> 다지: 시침 떼지마! 당신이 무슨 엉뚱하고 멍청한 만남을 꾸며논 거야! 시체

에 옷을 잘 입혀서 남한테 보일 시간이 된 거지! 귀를 약간 내리고! 이
마를 조금 세우고! 어째 입에단 파이프를 물리고 테이프로 바르지 않
았을까! 그럼 멋있었을 텐데! 안 그래? 파이프말야? 중산모자는 어때!
무릎 위엔 월스트리트 저널 한 부를 올려놓고 말이지!

헤일리의 음성: 당신은 언제나 사람들한테 최악의 것만 상상해요!

다지: 최악이라니! 최악 중 최선을 얘기한 거야!

헤일리의 음성: 그만 듣기 싫어요! 하루 종일 그딴 소릴 들었으니까 더 이상
은 안 듣겠어요, 다지. (1막, 이 책 336쪽)

헤일리의 "그만 듣기 싫어요"는 틸덴의 항의를 들은 다지의 "아무 얘
기도 하기 싫어!"로 메아리쳐진다.

아무 얘기도 하기 싫어! 어려움에 대해서 얘기하기도 싫고 50년 전에 또
는 30년 전에 있었던 일들에 대해서도, 경마장에 대해서도, 플로리다에 대한
얘기도, 또 내가 마지막으로 옥수수를 심었던 얘기도 다 싫어! 난 얘기하고
싶지 않아! (1막, 이 책 351~52쪽)

의사소통은 말하기와 듣기를 함께 필요로 한다. 그러므로 말하고 들을
욕구가 전혀 없는 이들에게 의사소통이 이루어지지 않을 것은 자명하다.

그러나 이 가족 구성원들간에 의사소통이 불가능한 것을 가장 특징적
으로 드러내주는 것은 역설적이게도 이들이 얘기할 때 자주 사용하는 대
화의 패턴이다. 약간의 변화는 있으나 이들의 대화는 대부분 한 쪽의 질
문이나 진술로 시작해서 상대편의 부인, 역부인, 힐책, 역힐책으로 이어지
다가 돌연한 대립으로 끝나기 일쑤다. 1막의 처음 장면에서 이루어지는
다지와 헤일리 사이의 대화는 이 가족내에서 이루어지는 모든 대화의 원
형적인 패턴을 담고 있다.

헤일리의 음성: 그럼 뭘 보고 있어요? 흥분시키는 프로는 안 돼요! 경마는 절
    대로!

다지: 일요일엔 경마가 없어.

헤일리의 음성: 뭐라구요?

다지: (더 크게) 일요일엔 경마가 없어!

헤일리의 음성: 일요일에 경마를 하면 안 되죠.

다지: 안 한다니까!

헤일리의 음성: 잘 하는 거예요. 아직도 그런 법이 있다니 놀랍네요. 정말 놀
    라워요.

다지: 그래, 놀랍다.

헤일리의 음성: 뭐라구요?

다지: (더 크게) 놀랍다구!

헤일리의 음성: 그래요. 정말 그래요. 난 요즘 같아선 성탄절날에도 경마를
    할 거라고 생각했을 거예요. 결승점에선 커다란 크리스마스 트리가 반
    짝거리며 서 있구요.

다지: (고개를 저으며) 아냐.

헤일리의 음성: 설날에는 경마가 있었어요! 그건 생각나요.

다지: 설날에 무슨 경마야!

헤일리의 음성: 가끔 있었다니까요.

다지: 한번도 없었어!

헤일리의 음성: 우리가 결혼하기 전엔 있었어요! (다지는 진저리를 내며 계단
    에 대고 주먹질을 해보인다. 소파에 기대고 TV를 응시한다.) (1막, 이
    책 332~33쪽)

이 부부간의 대화패턴은 부자간에도 정확히 반복된다.

틸덴: 아버진 내 걱정은 안 하시죠, 그렇죠?

다지: 그래, 니 걱정은 안 한다.

틸덴: 아버진 내가 여기 없을 때도 내 걱정을 안 했어요. 내가 뉴멕시코에 있
    을 때.

다지: 그래, 그때도 네 걱정을 안 했지.

틸덴: 그땐 걱정을 해주셨어야 했는데.

다지: 뭣 때메? 거기서 넌 아무 일도 안 했잖니?

틸덴: 아무 것도 안 했죠.

다지: 그런데 뭣 때메 네 걱정을 해?

틸덴: 외로웠거든요.

다지: 외로웠었어?

틸덴: 예. 그렇게 외로웠던 적이 없었어요.

다지: 왜 그랬을까? (1막, 이 책 341쪽)

2막에서 다지와 손자 빈스는 역시 동일한 패턴의 대화를 주고 받는다.

빈스: 할아버지, 헤일리 할머닌 어디 가셨어요? 전화라도 했으면 좋겠는데.

다지: 무슨 소릴 하는 거야? 네가 지금 무슨 말을 하고 있는지 알고서 지껄
    이는 거냐? 아니면 그저 말이 하고 싶어서 하는 거냐? 입이 말라서 침
    을 바르려구?

빈스: 이 집에 무슨 일이 벌어지고 있는지 알아보려는 겁니다!

다지: 그러냐?

빈스: 예. 기대했던 것하고 모든 게 너무 달라서요.

다지: 네 놈이 뭔데 기대를 해? 네 놈이 뭔데?

빈스: 저 빈스예요! 할아버지 손자!

다지: 빈스 내 손자라.

빈스: 틸덴의 아들.

다지: 틸덴의 아들, 빈스라.

빈스: 할아버진 절 오랜 동안 못 보셨어요.

다지: 마지막으로 본 게 언제냐?

빈스: 기억 안 나요.

다지: 기억이 안 나?

빈스: 예.

다지: 기억이 안 난다. 네 놈이 기억이 안 나는데 내가 어떻게 나겠냐? (2막,
　　　이 책 368∼69쪽)

모자간의 대화패턴 역시 부자간의 그것과 다르지 않다.

헤일리: 이 옥수수의 의미가 뭐니, 틸덴?!

틸덴: 저한테도 참 신기한 일이었어요. 뒷마당에 나갔었는데, 비가 오고 있더
　　　군요. 그런데 다시 안으로 들어오고 싶은 기분이 아니었어요. 별로 춥
　　　다는 생각도 안 들었고요. 젖는 것쯤은 문제가 안 됐어요. 그래서 그냥
　　　걸었죠. 진흙 투성이었지만 신경 쓰지 않았어요. 고개를 들고 봤더니
　　　옥수수밭이 있는 거예요. 사실은 제가 그 속에서 있었던 거죠. 그래서
　　　그냥 계속 서 있었어요.

헤일리: 밖에는 옥수수가 없다, 틸덴! 한 자루도 없어! 그러니까 넌 이 옥수
　　　수를 훔쳤거나 산 거야.

다지: 저 애가 무슨 돈이 있누.

헤일리: (틸덴에게) 그럼 훔쳤구나!

틸덴: 훔치지 않았어요. 일리노이주에서 추방되고 싶지 않아요. 뉴멕시코에서
　　　한번 추방당한 걸로 족해요. 일리노이에서 또 쫓겨나고 싶지 않아요.

헤일리: 내가 널 이 집에서 추방해버릴 거다, 틸덴. 옥수수가 어디서 났는지

사실대로 얘기해주지 않는다면!

(틸덴은 소리나지 않게 조용히 흐느끼면서 계속 껍질을 벗긴다.) (1막, 이 책
348~49쪽)

결국 이러한 일관된 대화패턴은 부정과 힐난과 대결이 대화의 내용에
우선함으로써 의사소통이 불가능해진 상태, 즉 이 가정의 파괴와 해체가
가져온 하나의 치명적인 결과를 반영해준다고 하겠다.

5.

폭력은 셰퍼드의 모든 회곡에서 항상 중요한 요소로서 작용한다. 그의
가정극 3부작 중 특히 <매장된 아이>에서 폭력은 이 가정의 가장 두드러
진 특징 가운데 하나로 기능한다. <기아계급의 저주>에서는 폭력이 외부
로부터 가정 안으로 유입되거나 가족으로부터 외부로 유출된다. <진짜
서부>에서는 두 형제 사이로 한정된다. 그러나 <매장된 아이>에서는 폭
력이 전적으로 가족내부—또는 집 울타리 안에서—행사되며 심지어 부모
자식간에도 발생한다. 브래들리가 깎은 다지의 머리에서 가족간의 폭력이
극명하게 노출된다. "그의 머리는 지극히 짧게 깎이었고 머리 가죽 곳곳
이 상처가 나 피가 흐른다."(2막, 이 책 358쪽)

폭력은 너무나 오랜 동안 이 무너진 가정의 삶의 중심에 있어왔기 때문
에 외부인 셸리나 다지의 손자 빈스가 폭력을 통하지 않고 나머지 가족들
로부터 인정을 받는 것이 불가능할 정도가 돼버렸다. 외부인 셸리는 이
버림받은 가정이 잃어버린 모든 가치들을 대표한다. 그녀는 틸덴이 들여
온 당근을 빈스로부터 보호하고(2막, 이 책 376쪽), 틸덴으로부터 '아이'에

대한 가족범죄의 고백을 들으며, 병 깊은 다지를 위해서 쇠고기 수프를 만드는 등 인간적인 애정과 관심을 충만히 표현하지만 이 황량한 가정의 구성원들로부터 학대와 거부, 그리고 무시를 당할 뿐이다. 무시당함에 대한 그녀의 분노는 마침내 헤일리가 듀이스 신부와 함께 돌아올 때 폭발한다. 헤일리는 듀이스 신부와 희롱하느라 이 낯선 아가씨에게 관심을 쓸 겨를이 없다. 셸리는 벌떡 일어서서 헤일리에게 직접적으로 관심을 요구한다. "내가 누군지 알고 싶지도 않다 이거죠! 내가 여기서 뭘 하고 있는지 궁금하지도 않군요! 난 죽지 않았어요!"(3막, 이 책 415쪽) 그러나 헤일리는 계속 무관심하다. 셸리는 헤일리의 손자 빈스와의 관계를 설명해보지만, 헤일리는 빈스가 누구인지도 모르는 것 같다. 셸리는 점점 더 공격적으로 관심을 요구한다.

셸리가 분노를 얼마나 거칠게 표현하는지 브래들리가 "울 엄마한테 소리지르지 마!"라고 경고할 정도다. 이 가족들은 브래들리가 다지로부터 담요를 나꿔채면서 더욱 심한 혼란 속으로 빠져들고, 관심을 요구하는 셸리의 절규는 완전히 무시된다. 마침내 셸리는 폭력을 구사한다. "갑자기 셸리가 컵과 받침을 무대 오른쪽 문에다 내동댕이친다. 듀이스가 몸을 숙인다. 컵과 받침은 박살이 난다." 드디어 헤일리도 셸리에게 돌아서며 "모두가 그 자리에 얼어붙는다." 그녀는 폭력을 행사함으로써 겨우 이 가족들의 주목을 획득할 수 있었던 것이다. 그러나 브래들리가 그녀를 창녀 취급하면서 계속 조롱하자 그녀는 더욱 쉽게 두 번째 폭력을 사용한다. "셸리는 갑자기 목발에서 그녀의 코트를 집어들고는 코트와 다리 둘 다를 브래들리에게서 멀리 앞 무대 쪽으로 가져온다."(3막, 이 책 418쪽) 그녀의 돌연한 폭력은 이 가족들, 특히 다지를 감동시켜 그로 하여금 그가 오랜 세월 동안 숨겨왔던 가족범죄를 자백하게 만든다.

6년만에 가족과 뿌리를 알기 위해서 집에 돌아온 빈스는 할아버지인 다지도 아버지인 틸덴도 자기를 알아보지 못하는 것에 경악과 좌절을 금치 못해 다시 집을 뛰쳐나간다. 그러나 다음날 아침 그는 이 폭력적인 가정의 정회원이 되어 돌아온다. 그는 스크린도어를 부수고 들어온다. 현관 바닥에 빈 유리병들을 박살낸다. 아우어바크가 관찰한대로 빈스는 해병군가를 부름으로써 다지의 폭력세계에 대한 충성을 보여준다(이 책 425쪽). 셰퍼드는 무대지문에서 병 깨는 소리를 녹음으로 하지 말고 실제로 병을 깨도록 요구하면서 빈스의 폭력의 리얼리티를 강조한다.

모트램은 이런 종류의 등장을 통해서 다지와 헤일리가 빈스를 즉각 알아보는 것을 아이러니라고 지적했지만(142쪽), 이 가족의 가장 두드러진 특징 가운데 하나를 덧입은 사람을 구성원들이 알아보는 것은 오히려 당연한 것이다. 진짜 아이러니는 이제 빈스가 사람들을 알아보기를 거부하는 데서 찾아진다.

셸리: (침묵 후) 빈스?

(빈스는 그녀를 향해 돌아선다. 스크린을 통해 엿본다.)

빈스: 누구? 뭐라구? 빈스 누구? 거기 안에 있는 게 누구야?

(빈스는 베란다에서 스크린에 얼굴을 밀어대면서 안에 있는 모든 사람들을 응시한다.)

다지: 내 술병 어디 있어!
빈스: (다지를 들여다보며) 뭐라구? 당신 누구야?
다지: 나다! 니 할에비! 바보짓 그만해! 내 돈 2달라 어디 있어?
빈스: 당신 돈 2달라?

(헤일리는 듀이스에게서 벗어나 뒷무대 쪽으로 가서 밖에 있는 빈스를 엿본
다. 그를 기억해내려고 애쓰면서.)

헤일리: 빈센트? 너니, 빈센트?

(셸리는 헤일리를 응시한 뒤 다시 밖의 빈스를 쳐다본다.)

빈스: (베란다에서) 빈센트 누구? 어떻게 된 거야, 이거! 당신들 누구야? (3막,
  이 책 426~27쪽)

폭력은 이 산산조각 난 가정의 가장 효과적인 의사전달수단이다. 육체
적 파괴성을 상징하는 폭력은 이 파괴된 가정의 적합한 특성인 것이다.

6.

폭력이 이 가정의 외적인 특성이라면 사랑의 부재는 그 내적인 특성이
다. 셰퍼드의 가정극 3부작 모두가 사랑의 부재라는 주제를 강하게 표현
하고 있다. 셰퍼드는 오늘날 미국가정의 가장 무서운 위기를 사랑의 부재
에서 발견하고 있다.
  첫째, 이 황량한 가정에는 아버지의 사랑이 없다. <기아계급의 저주>
의 무책임한 주정뱅이 아버지 웨스턴이 영양가가 전혀 없는 국화과의 식
물만 집에 가져오면서 자식들을 돌보지 않듯이, 역시 술주정뱅이에 역시
무책임한 <진짜 서부>의 노인이 오로지 "하나의 소문, 유령, 기억"으로서
만 존재할 뿐 가족 앞에 나타나지도 않듯이(Kleb, 71쪽), 다지 또한 "자식
들에 대한 책임을 항상 회피(다지)해왔던 아버지"인 것이다(Auerbach, 54

쪽). 틸덴이 뉴멕시코에서 "외로워 했을 때"도 그는 지금처럼 걱정하지 않았다. 그는 달리 갈 데가 없어 집으로 돌아온 틸덴한테 피난처를 제공해 주기를 거부하며 오히려 집을 떠나라고 한다. 브래들리에 대해서는 그가 자기의 아들인 것도 부인할 정도다.

둘째, 어머니의 사랑도 부재한다. 물론 헤일리는 정신적으로 불구가 된 틸덴과 육체적으로 불구가 된 브래들리에 대해서 깊은 걱정을 표하기는 한다. 그러나 3부작의 다른 두 어머니들처럼 그녀 역시 가족들로부터 동떨어져 있다. <기아계급의 저주>의 엘라가 사막 땅을 팔아 유럽으로 도망치기 위해서 토지개발업자와 놀아나고, <진짜 서부>의 엄마가 알래스카로 휴양을 떠나 두 아들의 혈투를 방관하듯이, 헤일리 역시 병든 남편과 살아 있는 딱한 두 아들을 팽개쳐둔 채 죽은 아들 안젤의 동상을 세우기 위해 듀이스 신부와 놀아나며 밖으로만 나돈다.

셋째, 형제간에도 사랑이 없다. 잭 크롤이 "일종의 통속적 카인과 아벨" (California Dreaming, 63쪽)이라 규정한 <진짜 서부>에서 리가 동생 오스틴의 시나리오 작가로서의 성공을 시기한 나머지 그를 파멸시키려고 발버둥치듯이, 브래들리와 틸덴 역시 카인과 아벨의 관계에 있다. 형 틸덴은 한때 촉망과 기대를 한 몸에 받던 청년이었다. "쟤가 한 때는 미국대표선수였어. 쿼터백인지 풀백인지, 뭐 정확히는 모르겠지만…" "맞아, 한 때는 대단했었어. 레터맨 스웨터를 입고 다녔어. 목에다 메달을 주렁주렁 달고 다녔지. 정말 멋있었어. 대단했어."(2막, 이 책 395쪽) 동생 브래들리는 그런 형을 항상 시기해왔다. 그러나 틸덴이 뉴멕시코에서 감옥살이를 하고 돌아와 반쯤 정신이 돈 상태를 보이자 브래들리는 배반감마저 느끼며 마치 자신의 육체적 불구를 보상이라도 하려는 듯이 한 때 막강했던 틸덴을 공포에 떨게 함으로써 계속 조롱해댄다. 그래서 이 극에서 두 형제간의 유일한 만남은 짧게 끝내며, 황급히 도망치는 틸덴을 향해 브래들리는 승리의 웃음을 터뜨린다. "좆나게 겁 먹었구만! 늘 저 모양이었어!"(2막, 이 책 396쪽)

7.

가족을 가족이게 해주는 사랑이 부재하기 때문에 각 구성원들은 가정 내에서의 관계적 역할을 상실한다. 또한 상대방의 역할도 부정한다. 진실이 아닌 것에 삶을 기초하게 하는 현실외면의 긴 역사가 가져온 이 공통된 역할상실은 한편으로 이 가정의 파괴를 반영하고 다른 한편으로는 각자의 정체상실을 증거한다.

셰퍼드가 셸리로 하여금 이 가족의 집단적 자기상실을 목격하게 한 처리는 매우 적절하다. 왜냐하면 그녀만이 유일하게 자기상실에서 면역된 진정한 외부인으로서 이 죄 많은 가정이 그 동안 포기한 모든 가치들을 대표하고 있기 때문이다.

셸리는 그녀가 만든 쇠고기 수프를 다지가 거부할 때 이 가족의 정체상실에 대한 그녀의 느낌을 처음 토로한다. 그녀의 이해 안에서는 가족이 서로 사랑을 주고받기를 거절할 때 그것은 이미 가족이 아니다. 셸리에게 이 가정은 점차 비실체, 즉 공허한 영혼들의 단순한 집합체로 느껴진다.

> 이곳엔 나만 살고 있다는. 그러니까 다들 떠나고 없는 것 같은 느낌요. 할아버지도 여기 계시긴 하지만 이곳에 계셔야 할 분 같지 않아요. (브래들리를 가리키며) 저 사람도 여기 있어야 할 사람 같지 않고요. 그게 뭔지 나도 모르겠어요. 아마 집 때문일 거예요. 왠지 친숙해서. 집안 풍경이 낯익어서요. 할아버지도 그런 느낌 가져본 적 있어요? (3막, 이 책 402쪽)

나중에 셸리는 보다 분명하게 이 가족의 참상을 증언한다.

> 당신들은 전부 빈스를 기억하지 못한다고 말해요. 좋아요, 기억 못할 수도

있죠. 어쩌면 빈스가 미쳤는지도 모르죠. 어쩌면 걔가 이 가족에 대한 모든 애길 꾸몄는지도 모르겠어요. 그랬대두 이젠 상관없어요. 난 차를 얻어 타려고 같이 왔을 뿐이니까요. 좋은 제스처라고 생각했어요. 그리고 사실 호기심도 있었구요. 걔가 당신들 모두를 아주 낯익게 만들어줬어요. 당신들 하나하나를. 그래서 이름 하나 하나마다 내겐 이미지가 있었어요. 걔가 어떤 이름을 말할 때마다 난 그 사람을 보는 것 같았어요. 사실, 당신들 하나 하나가 내 마음속에서 너무 뚜렷했기 때문에 난 당신들을 실제로 믿었어요. 그래서 저 문으로 들어왔을 때 난 여기 사는 사람들이 내 상상 속에 있던 그 사람들과 똑같으리라고 기대를 했었죠. 그렇지만 지금 난 당신들을 하나도 알아보지 못해요. 단 한 사람도. 조금도 닮은 점이 없어요. (3막, 이 책 420쪽)

여기에서 "이름"과 "이미지"는 동의어로서 "정체성"을 뜻한다. 셸리가 "이미지"와 그 "사람" 사이에 유사점을 전혀 찾지 못하는 것은 그들이 그만큼 철저하게 정체성을 상실했기 때문이다. 사랑의 집단적 포기에 따른 역할 상실에서 직접 연유한 이들의 자기상실은 현실도피의 당연한 귀결로서 이 가정의 붕괴를 완성한다.

8.

셰퍼드의 가정극 3부작의 세 가정들이 과연 클라이브 반즈가 주장하는 대로 "인류의 전체 가족"(341쪽)이나 모트램의 표현대로 "인간조건 자체"를 대표하느냐하는 문제는 논란의 여지가 있다. 왜냐하면 셋 모두 너무나 미국적인 가정들이기 때문이다. 그러나 분명한 것은 이들이 최소한 미국 사회에 대한 셰퍼드의 메타포라는 점이다. 이 가정들과 미국사회 사이의 연결을 강화시키기 위하여 셰퍼드는 대단히 사회적인 환경과 상황을 극적 배경으로 설정하고 있다. <기아계급의 저주>의 가정은 급속도로 산업화, 비인간화되어 가는 미국사회를 대표하는 토지개발업자와 사기꾼들의 함정에 걸려든다. <진짜 서부>의 가정은 소비중심의 사회문화를 대표하는 쇼핑센터 근방에 놓여진다. <매장된 아이>에서는 이 가정만큼이나 영적으로 궁핍한 기독교에 의해서 가정과 사회가 연계된다.

이 망한 집안의 대단히 암울하고도 황량한 초상에도 불구하고 많은 평론가들이 매장된 아이가 미국의 재건에 대한 희망을 남겨주며 끝난다고 결론지었다. 해롤드 클러만(Harold Clurman)은 "무언가가 종말에 이르고 있지만, 이 재앙의 다른 한 편에는 희망이 있다. 맨 밑바닥에서는 올라갈 곳밖에 없는 것이다."라고 했고(622쪽), 아우어바크는 틸덴이 마지막 장면에서 들여오는 아이의 잔해를 부활의 상징으로 보면서 그것이 미국의 아이들을 튼튼하게 키워주며 다시 한 번 믿도록 해주는 "갱생된 미국"의 도래를 의미한다고 했다(61쪽). 제랄드 버코위츠는 셰퍼드의 메시지가 절망적인 것이 아니라고 결론지으면서 그 이유를 이렇게 설명한다.

> 손자의 귀환과 더불어서 과거 어느 시점에 부끄럽게 매장된 아이를 다시 파내는 행위로 상징되는 지난 날의 죄를 받아들임으로써 농장은 다시 마술처럼 갱생한다. 이 농장의 메마른 흙은 갑자기 환상적으로 다양하고 풍부한 농산물들을 생산하기 시작한다. (131쪽)

이 낙관적인 견해들은 여러 가지 이유로 설득력을 갖지 못한다. 셰퍼드가 미국사회에 대해 일관되게 회의적인 견해를 갖고 있는 한, 그의 가정극 3부작의 다른 두 작품들과 상이한 결말을 유독 이 작품에만 부과할 근거가 없다. <기아계급의 저주>는 아버지가 떠나버리고 딸이 살해되며 어머니가 아들에게 가족의 현재상황을 암시하는 듯 독수리와 고양이가 서로 죽이는 이야기를 하는데 극은 이와 같이 가정의 완전한 해체와 더불어

끝난다. <진짜 서부> 또한 어머니가 떠난 상태에서 두 형제가 필사의 결투를 벌이며 극이 종결되는데, 역시 가정의 와해가 강력히 암시된다. <매장된 아이>의 가족들은 다른 두 가정이나 마찬가지로 길을 잃고 무너져 있는 것이다.

둘째, 앞에서 언급한 희망적인 평론가들은 이 극의 한 가지 중요한 사실을 간과했다. 즉 빈스가 다지의 집을 인수했다는 사실이다. 그런데 술 취한 채 대단히 폭력적이 되어 돌아온 빈스는 다지만큼이나 삶보다는 죽음을 지향하는 쪽으로 변해버린 것이다.

셋째, 이 평론가들은 틸덴이 헤일리한테 '아이'의 해골을 데리고 가는 것과 헤일리가 기적적으로 소생된 뒤뜰을 증언하는 것은 강조하면서 이 가정의 새로운 지도자 빈스가 의도적으로 그 해골을 외면하는 것은 무시했다. 제랄드 윌즈(Gerald Weales)가 이 마지막 장면을 매우 예리하게 관찰한다. "우리의 마지막 이미지는 바닥에 죽어 있는 다지와 소파에 사지를 뻗고 있는 빈스의 것인데, 그의 몸은 죽은 할아버지의 자세를 그대로 취하고 있다."(44쪽) 더욱이 빈스 자신이 셸리와 함께 이 집을 떠날 것을 거부하면서 죽음을 지향하는 다지의 노선을 계속 따를 것임을 분명히 밝히고 있다.

> 셸리: (스크린의 구멍 쪽으로 움직이며) 넌 안 가?
>
> (빈스는 앞 무대에 그대로 남아 몸만 돌아서서 그녀를 쳐다본다.)
>
> 빈스: 방금 집을 상속 받았잖아.
> 셸리: (베란다에서 구멍을 통해) 여기 남을 거야?
> 빈스: (브래들리의 목발을 손이 못 닿게 발로 밀면서) 가계를 이어가야지. 전통이 끊어지지 않게 내가 감독해야 돼. (3막, 이 책 432~33쪽)

무엇이 빈스를 이토록 변하게 만들었는가? 무엇 때문에 그는 가업을 지키는 것에 대해 그토록 막중한 책임을 느끼게 되었는가? 빈스는 이 가족으로부터 탈출을 시도하던 중 자기 안에서 가족 대대로 물려내려오는 "저주"를 발견했던 것이다. 빈스의 메시지를 강조하기 위해 셰퍼드는 빈스로 하여금 "완전정면"의 몸의 방향(full front)을 취하면서 고백하도록 요구한다.

어젯밤 난 달릴 참이었어. 계속 달리고 달려볼 참이었어. 밤새 차를 몰았지. 아이오와 경계까지 몰았어. 저 영감의 2달라가 내 옆 자리 위에 놓여 있었어. 밤새 비가 내렸고 한번도 그친 적이 없어. 난 한번도 서지 않았어. 앞 차창에 내 모습이 보이더군. 내 얼굴. 내 눈. 난 내 얼굴을 자세히 살펴봤지. 아주 꼼꼼하게 들여다봤어. 마치 다른 사람을 쳐다보고 있는 것처럼. 마치 그 뒤로 그의 인종 전체를 다 볼 수 있는 것 같았지. 미라의 얼굴처럼. 난 죽어 있으면서 동시에 살아 있는 그를 봤어. 동시에 말야. 차창 속에서 마치 시간 속에 얼어붙은 듯이 숨을 쉬고 있는 그를 봤어. 숨쉴 때마다 그에게 자국이 남았어. 본인도 모르게 영원한 자국을 남겼어. 그때 그의 얼굴이 바뀌었어. 그의 얼굴이 그의 아버지의 얼굴이 된 거야. 같은 뼈. 같은 눈. 같은 코. 같은 숨. 그리고 그의 아버지의 얼굴은 그의 할아버지 얼굴로 바뀌었어. 그리고 계속 그렇게 변해갔지. 내가 한번도 본적이 없지만 그러나 친숙한 얼굴들로 계속 바뀌어갔어. 그 밑의 뼈, 눈, 숨, 입들이 내가 본 적은 없었어도 다 알아보겠더라 이거야. 난 아이오와에 진입할 때까지 내 가계를 분명하게 따라갔지. 마지막 한 사람까지. 옥수수 벨트 너머까지 따라갔어. 그들이 날 데리고 가는 데까지 끝까지 추적했어. 그러다가 한꺼번에 사라져버렸어. 모든 것이 없어져버렸어. (3막, 이 책 433~34쪽)

빈스는 차의 방풍유리에서 자신의 얼굴, "미이라의 얼굴", "죽으면서 동시에 살아 있는 얼굴"을 봤고, 그것은 또 "아버지의 얼굴"이 되었다. 빈스가 본 이 얼굴은 <기아계급의 저주>의 아버지 웨스턴이 비록 스스로 원하지는 않았다 해도 운명적으로 감염되었던 "그의 아버지의 독"(2막, 168쪽)이다. 웨스턴의 아들 웨슬리가 아버지의 옷을 입고, 아버지의 야구모자를 쓰고, 아버지의 테니스화를 신고, 아버지의 외투를 입기 시작하면서 아버지의 한 부분이 자기 안에서 자라나 자기를 덮치는 것을 느꼈듯이(3막, 196쪽) 빈스 역시 방풍유리에 출몰하는 그의 가족들을 추적하면서 자신의 뼈이기도 한 가족의 뼈를 알아볼 수 있었던 것이다. 그는 이 무서운 "저주"로부터 도망칠 수 없었고, 이 "저주"를 일단 깨달은 이상 가족한테로 돌아와 그 죽음을 지향하는 전통을 이어 가지 않을 수 없었던 것이다. 따라서 빈스가 다스릴 이 가정의 미래, 궁극적으로 미국사회의 미래는 다지가 이끌었던 지금까지의 과거와 전혀 다를 바가 없다.

가족에 대한 빈스의 통치권은 마지막 장면에서 그가 소파 위에서 다지의 자세를 취하는 것에서 확인된다. 소파는, 마치 왕좌처럼, 통치권의 상징으로서 기능해 왔다. 다지가 아직 가장으로서 군림하는 1막에서 그는 결코 소파를 떠나지 않으며, 3막에서는 셸리의 코트로 다지를 매장한 브래들리가 소파를 빼앗으며, 브래들리가 무력해진 이후에 비로소 빈스가 소파를 인계 받는다. 새 지도자로서 빈스는 종전처럼 서로를 파괴하고 또 파괴당하는 가문의 전통을 이을 것이 틀림없다.

미국사회에 대한 셰퍼드의 회의적인 관점은 극의 순환구조에서도 나타난다. 즉, 극은 낮에 시작해서 아침에 끝난다. 소파에 앉아 빈 텔레비전을 쳐다보고 있는 다지로 시작해서 역시 소파에 누워 천장을 바라보는 빈스로 끝난다. 연극에서 순환구조는 현재상황의 반복을 시사하는 데 자주 사용되어온 기법이다. 매장된 아이에서 그것은 동일한 목적을 매우 효과적으로 섬겨준다.

9.

셰퍼드에게 있어서 현실도피는 월남전 이후 미국사회의 가장 현저한 특징이었다. 월남전 이후의 희곡인 <매장된 아이>는 지리적으로 미국의 중심부에 위치한 일리노이주의 한 소우주적 농가의 와해를 통해 현실도피가 어떻게 미국사회를 파괴시켜왔는지를 조명하고 있음이 분명하다.

■주

1) Clive Barnes, "Menace, Muster in Shepard's *Buried Child*", New York Post, December 6, 1978, rpt. *New York Theatre Critics' Reviews*, vol.Ⅹ Ⅹ ⅩⅨ, No21, December 18, 1978, p.148. 반즈는 이 글에서 <매장된 아이>가 셰퍼드의 대표작에 들지 못한다고 주장하면서 그 이유로 이 작품이 The Tooth of Crime 만큼 직접적이지도 않고, Operation Sidewinder처럼 다양하지도 않으며, Curse of the Starving Class처럼 음울한 충격도 주지 못한다는 점을 들었다.

2) 보다 자세한 정보를 위해서는 반즈의 공연평 "Menace, Mystery in Shepard's *Buried Child*", 148면과 Robert Coe의 "Interview with Robert Woodreff", *American Dreams: The Imagination of Sam Shepard*, ed., Bonnie Marranca(New York: Performing Arts Journal Publications, 1891), 154면을 참고하기 바람.

참고 문헌

Auerbach, Doris, *Sam Shepard, Arthur Kopit, annd the Off Broadway Theatre*, Boston: Twayne, 1982.

Barnes, Clive, "Menace, Mystery in Shepard's *Bured Child*", New York Post, December 6, 1978, rpt, *New York Theatre Critics' Reviews*, vol.Ⅹ Ⅹ ⅩⅨ, No. 21, December 18, 1978.

Berkowitz, Gerald M., *New Broadways: Theatre Across America 1950~1980*, Totowa, N.J.: Rowman and Littlefield, 1982.

Clurman, Harold, *The Nation*, December 2, 1978.

Cohn, Ruby, "Sam Shepard: Today's Passionate Shepard and His Loves", *Essays on Contemporary American Drama*, Eds., Bock, Hedwig and Wertheim, Albert, Munchen: Max Hueber Verlag, 1981.

Eder, Richard, "Theatre: *The Starving Class*", *The New York Times*, Late City Ed., March 3, 1978.

Kalen, T. E., "Bad Blood: *Curse of the Starving Class by Sam Shepard*", *Time*, March 20, 1978.

Kauffmann, Stanley, *Theatre Criticism*, New York: Performing Arts Journal Publications, 1983.

Kleb, William, "Sam Shepard's *True West*", *Theatre*, vol.12, No.1, 1980.

Kroll, Jack, "Bucking Bronco", *Newsweek*, October 30, 1978.

_____, "California Dreaming", *Newsweek*, January 5, 1981.

Mendoza, George, *Norman Rockwell's American ABC*, New York: Dell Publishing Company, Harry N. Abrams, 1975.

Mottram, Ron, Inner *Landscapes: The Theatre of Sam Shepard*, Columbia: University of Missouri Press, 1984.

Nash, Thomas, "Sam Shepard's *Buried Child:* The Ironic Use of Folklore", Modern Drama, vol. X X VI. No.4, 1983.

Shepard, Sam, *Buried Child*, New York: Urizen Books, 1979.

_____, *Curse of the Starving Class in Sam Shepard: Seven Plays*, Toronto: Bantam Books, 1981.

_____, *True West*, Garden City, N.Y.: Nelson Doubleday,1981.

VerMeulen, Michael, "Sam Shepard: Yes, Yes, Yes", *Esquire*, February 1980.

Watt, Douglas, "In the End, Emptiness", *Daily News*, March 3, 1978. rpt, New York Theatre Critics' Reviews, Vol. X X XIX, No.5, March 20, 1978.

Weales, Gerald, "The Transformations of Sam Shepard", *American Dreams: The Imaginations of Sam Shepard*, Ed., Marranca, Bonnie, New York: Performing Arts Journal Publications, 1981.

하워드 새클러 작 <위대한 백인의 희망>:
한 백인 극작가의 흑색 인종주의극

1.

남성 극작가들이 여성주의적인 희곡을 드물지 않게 써왔듯이 백인 극작가들도 백인의 흑인 차별을 고발하는 인종주의극을 간헐적으로 써왔다. 물론 이 경우 여성 페미니스트들이나 흑색인종주의자(black racist)들로부터 그 합법성을 쉽게 인정받지 못했던 것은 사실이다. 그러나 하랄트 뮐러(Haralt Muller)나 테네시 윌리엄스(Tennessee Williams), 샘 셰퍼드(Sam Shepard)와 같은 남성 극작가들이 남성 인물들을 보다 격렬하게 정죄하거나 회화하는 강력한 급진적 여성주의극을 창조해 내면서 여성주의극의 정전에 때때로 가세했던 것처럼, 백인 극작가 하워드 새클러(Howard Sackler) 역시 한 위대한 흑인 권투 선수의 비극을 다룬 <위대한 백인의 희망(The Great White Hope)>에서 백인 사회 전체를 통렬하게 고발하면서 급진적 흑색 인종주의극의 정전에 합류했다. 따라서 그의 <위대한 백인의 희망>을 인종주의극 연구의 일환으로 삼아 인종 차별주의에 대한 다양한 층위의 복합적인 의미를 점검해 보는 것은 현대 미국 희곡문학의 주요 주제이며 미국 사회의 핵심적 딜레마인 인종적 편견을 이해하는 데 필요한 과제가 아닐 수 없다.

<위대한 백인의 희망>에서 새클러는 한 인간의 비극과, 그 비극을 초래하게 한 내부적, 외부적 요인들에 관심을 모은다. 이는 그의 미완성 희곡 <새멀위스(Semmelweis)>에서도 나타났듯이 그의 일관된 관심사였다. 그리고 주인공이 흑인일 경우, 인종 차별이 그의 파멸을 야기하는 하나의

주요한 사회적 요소로서 개입되기 십상이다. 주지하다시피, 흑인과 백인 사이의 인종 차별—대부분이 백인의 흑인 차별이었지만—은 오랫동안 미국 생활의 부인할 수 없는 부분이었다. 백인 극작가 새클러는 이 작품에서 특이하게도, 흑인으로서 가장 과격한 흑백 분리주의자들인 이마무 아미리 바라카(Imamu Amiri Baraka)와 제임스 볼드윈(James Baldwin)과 동일한 문제 접근법을 취한다. 즉 "백인의 학대를 먼저 보여준 다음 흑인의 저항을 외삽한다."1) 얼핏 그는 감정적이고 위험하며, 불합리하고 편집증적인 입장에서 백인사회 전체를 흑인들의 개체성과 집단적 선을 파괴하는 악의 집단으로 규정짓는 듯이 보인다. 존 사이먼(John Simon)은 이 극의 도덕적 우주를 "르로이 존스(LeRoi Jones)(Baraka)의 우주만큼이나 단순하고 거짓된 것"으로 보고, 그 속에서 "엘리(Ellie)와 골디(Goldie)가 백인인데도 선하게 그려진 까닭은 그들이 유태인이기 때문이다."라고 비판했다.2) 그러나 메시지를 전달하기 위해서 인물의 성격과 극적 행동을 자주 희생시키는 바라카나 볼드윈과는 달리 새클러는 주인공의 몰락을 야기시키는 내면적인 요소들, 즉 성격을 강조하며 행동을 통해 행동을 모방하기 때문에 그의 극은 교훈에 빠짐이 없이 매우 극적이다.

　최초의 흑인 세계 헤비급 챔피언이었던 잭 존슨(Jack Johnson)(극의 잭 제퍼슨)의 생애를 바탕으로 씌어진 <위대한 백인의 희망>은 존슨이 1908년 리노에서 챔피언십을 획득하는 것으로 시작해서 1915년 쿠바의 아바나에서 그것을 잃는 것으로 끝난다. 3막 19장의 방대한 서사적 구성은 한 선한 흑인이 세계 챔피언에 등극하지만, 흑인 증오에 똘똘 뭉친 사악한 백인들에게 배반을 당해 나라 밖으로 쫓겨난 뒤 육체적, 정신적으로 타락의 길을 걷다가 마침내 처참하게 무너지는 과정을 추적한다. 비록 반세기 전의 이야기지만, 극은 1960년대의 미국 사회가 직면한 가장 심각한 문제를 다룬다. 특히 1910년대의 제퍼슨(존슨)과 1960년대의 무하메드 알리(Muhammed Ali) 사이의 많은 공통점들—애정관계를 제외하고—을 감안하면 새클러가

1960년대 말의 미국 사회를 상정하고 있음이 더욱 분명해진다. 새클러는 "미국 문화의 중심부와 이 공동체의 삶과 인식의 중심부를 향하여 최소한 부분적인 거울이라도" 비추어본 것이다.3) 그리고 그 거울에 비친 미국 사회는 "백인 사회를 조롱하고" "백인 여자와 잠자리를 같이 하는" "고약한 '깜둥이놈'을 용서하지 못하는" "인종 차별주의자들의 사회였다."4) 새클러는 모든 백인들에게 흑인들을 억압하고 파괴시키는 일에 직접적으로 참여했거나 간접적으로 공모한 것에 대한 죄의식을 함께 나누자고 초대하고 있음이 분명하다. 이 흑인 권투 선수의 정당한 승리로부터 불가피한 패배에 이르기까지의 극의 구조는 일차적으로는 한 참회하는 백인 작가의 양심선언이지만 이차적으로는 인종 차별이 그 희생자뿐만 아니라 그 시행자들까지도 파괴한다는 엄숙한 경고이기도 하다.

2.

악한 집단으로서의 백인 사회가 선한 희생자로서의 흑인 개인에게 가하는 파괴력을 비극적으로 도해하기 위해서 새클러는 먼저 사실적인 존슨을 연극적인 제퍼슨으로 확대한다. 새클러는 도덕적인 힘이 있는 주인공을 필요로 했던 것이다. 그래야만 그의 파멸이 일반의 동정을 불러일으켜서 극의 목적을 달성할 수 있기 때문이다. 사실적인 존슨은 그러한 이상에서 다소 거리가 있는 인물이었다. 새클러의 목적은 사실을 충실하게 그리는 데 있지 않고, 사실을 수정 가능한 소재로 삼아서 인종적 편견의 사회적 폐해를 고발하는 데 있었다. 그리고 그 고발을 전달하는 형식으로서 심미적 거리를 강조하는 희곡보다는 감정이입을 전제로 하는 비극을 택했다. 인종 차별의 아픔을 백인 관객들이 흑인 주인공과의 감정적 동화작용을 통해서 일인칭적으로 체험할 때 작가가 바라는 깨달음에 더욱 확실하게 도달할 수 있으리라고 믿었던 것이다.

이를 위해서 새클러는 첫째, 방어하는 백인 챔피언을 토미 번스에서 짐 제프리스(극의 프랭크 브래디)로 교체했다. 1908년 12월 26일 오스트레일리아 시드니에서 존슨에게 챔피언십을 빼앗겼던 토미 번스는 역대 헤비급 챔피언 가운데 가장 왜소하여 170cm의 신장에 79.5kg의 체중밖에 나가지 않았다.5) 제퍼슨 같은 거한이 이처럼 왜소한 챔피언을 물리친다는 것은 대단한 승리가 아니어서 연극적으로 힘이 없다. 설령 그것이 흑인 도전자의 백인 챔피언에 대한 승리일지라도 거기엔 인종적 상처가 깊이 파이지 않는다. 더구나 백인들에게 번스는 "챔피언십을 쟁취한 자라기보다는 타이틀을 잠시 맡은 자일 뿐이었다."6) 따라서 작가는 존슨보다 거구이며 무패의 기록으로 은퇴한 바 있고 "백인 종족에게 헤비급의 권좌를 돌려줄 것으로 믿어졌던"7) 전 백인 챔피언 짐 제프리스를 방어하는 현 챔피언 프랭크 브래디로 소생시켰고, 대전 장소도 호주의 시드니에서 미국의 리노로 바꾸었다. 그 결과 제퍼슨의 승리를 실제보다 훨씬 큰 크기를 갖는 한편 육체적인 우월성을 상실한 백인들의 깊은 상처를 더욱 예리하게 만들면서 인종적 갈등을 분명하게 미국적인 주제로 부각시켰다.

새클러는 또 그의 주인공을 확대하고 고결하게 만들기 위해 내면적인 수단도 동원한다. 클라이브 반즈(Clive Barnes)와 줄리어스 노빅(Julius Novick) 등을 포함해서 많은 평론가들은 주인공이 너무 선하고 너무 고상해서 도저히 믿기지 않는다며 새클러의 지나친 표백을 비판했다. 그들은 이것을 극의 중대한 결함으로 본 것이다. 새클러가 존슨의 삶과 시대의 사실에 충실하지 않았다는 점에서는 이 평론가들의 주장이 옳다. 그러나 연극적인 관점에서는 옳지 않다. 새클러는 연극적인 필연에 의해서 제퍼슨을 고상한 인물로 만든 것이다.

작가는 백인 창녀들을 전전하며 방탕한 생활을 했던 잭 존슨을 단 하나의 여인 엘리너 백먼에게 충실한 잭 제퍼슨으로 변신시킴과 동시에 극의 초점을 확립하기 위해서 여러 명의 백인 창녀들을 하나의 백인 여인으로 통합시켰다. 법정에 서서 존슨이 그녀를 유괴하기 않았다고 증언한 여인은 루실 캐머런(Lucille Cameron)이었고,[8] 제퍼슨이 맨(Mann) 법령을 범했다고 체포됐을 당시 같이 있던 여인은 벨 슈라이버(Belle Schreiber)였으며,[9] 자살을 한 여인은 에타 듀리아(Etta Duryea)였고,[10] 그의 유배 생활과 아나 바에서 제시 윌라드(Jessie Willard)와 마지막으로 싸울 때까지 그와 동행했던 여인은 다시 루실 캐머런이었다.[11] 새클러는 이 백인 창녀들의 행동에서 부도덕성을 제거하고 그들을 정숙한 엘리너 백먼으로 통합하면서 그녀로 하여금 제퍼슨을 고결한 인물로 만드는 데 기여하게 했다. 즉 그녀 자신의 정숙함과 충성스러움은 제퍼슨이 그녀에게 충실한 한 그의 도덕적인 힘을 확립하는 데 도움을 준다. 또 정숙한 그녀가 제퍼슨을 오로지 육체적이며 성적인 의미로 파악하려는 시카고의 백인 검사 앞에서 제퍼슨을 옹호하며 "그이는 너그럽고, 친절하고, 예민해요."(1막 5장, 이 책 490쪽)라고 진술할 때, 제퍼슨은 백인 사회의 편견과는 달리 매우 인간적이고 정신적인 강점이 있는 인물로 확립되는 것이다.

새클러가 주인공의 크기를 확대하기 위해서 실제의 인물이 지녔던 중요한 특성 하나를 그대로 따른 것이 있다. 즉 인종적 이슈로부터의 독립이다. 실제의 존슨이나 극중의 제퍼슨은 모두 같은 흑인들로부터 존경과 사랑을 받기 원한다. 그러나 그것은 피부색과 관계없이 그들이 성취해낸 것에 대한 존경과 사랑이지 결코 그들이 백인을 정복한 흑인이기 때문에 쏟아지는 성질의 것이 아니다. 그들은 '흑인의 희망'이기를 거부한다. 한 예를 살펴본다. 리노에서 타이틀 매치가 있기 직전에 제퍼슨은 그의 승리를 위해 기도하는 한 떼의 흑인 무리들을 만나는데, 그는 곧 그들이 기도하는 진정한 목적이 그의 승리로 유색인종으로서의 긍지를 찾는 데 있음을 발견하고 분개한다. 흑인들 역시 그를 하나의 도구로 이용하고 있는 것이다. 기도하는 무리를 이끄는 집사가 제퍼슨에게 피부색은 검은데 생

각이 검지 않다고 힐난하자 그는 단호한 어조로 인종적 속박으로부터의
해방을 선언한다.

> 생각이야 항상, 절대적으로, 확고하게 유색인처럼 하죠, (멀리서 미국 국
> 가가 연주된다.) 너무 그래서 어떨 땐 그거 외엔 아무 것도 안 보여요. 다만
> 나는 당신들처럼 우리 유색인, 우리 유색인 하지는 않아요. 당신들이 우리
> 유색인, 우리 유색인 할 때마다 나한테 뭐가 떠오르는지 알아요? 바구니 속
> 에 가득 든 바닷게들, 꼬물락, 꼬물락— (1막 3장, 이 책 473쪽)

그는 인종을 위해서가 아니라 한 인간을 위해서 이렇게 기도해 줄 것을
요구한다. "오, 하나님, 저 자가 코를 부러뜨리지 않게 해주소서", "아니면,
오 하나님, 저 자가 총 맞지 않고 도시를 빠져나가게 해주소서."(1막 3장,
이 책 473쪽) 이렇게 그는 소망하고 있는 흑인들의 마음에 상처를 입힌다.
결과적으로 그는 이미 백인 사회의 증오의 대상이 되어 있는 터에 동족으
로부터도 고립되고, 또한 스스로를 격리시킨다.

노스롭 프라이(Northrop Frye)가 지적했듯이 비극은 한 사회 집단내의 여
러 인물들보다는 한 개인에 더 관심하며,12) 주인공의 휴브리스(hybris)를
측정할 사회적 규범을 표현한다.13) 바꾸어 말하면 비극의 영웅은 사회로
부터 고립되어야 한다는 것이다. 이 작품에서의 사회적 규범은 인종 편견
이며 주인공의 휴브리스는 인종주의로부터의 독립성이다. 새클러는 제퍼
슨을 흑백 모두의 사회로부터 고립시킴으로써 비극적 영웅으로서의 그의
크기를 확대한다.

흔히 '비극적 결함'이라고 번역되기도 하는 하마르티아(hamartia)는 아리
스토텔레스의 비극 이론의 본질로서, 비록 그 해석과 적용이 다양하게 이
루어지고 있기는 하지만, 아직 현대 비극에도 상당히 유효한 개념이다.
아서 밀러(Arthur Miller)는 '비극적 결함'을 "자신의 존엄성, 자신의 정당한

신분에 대한 이미지가 위협받을 때 수동적으로 남아 있기를 거부하는”
성격으로 해석한다.14) 그리고 수잔 랭어(Susanne Langer)는 비극의 행동을
“자기 완성의 리듬 안에서 자신의 모든 가능성을 실현하는 것”이라 했
다.15) 제퍼슨은 비극의 영웅에 대한 이 두 가지 개념을 종합한 주인공이
다. 그는 맨 법령 위반이라는 부당하고 억울한 누명으로 4년형을 선고받
고 인생의 절정기를 감옥에서 가만히 썩여야 된다는 생각을 도저히 참을
수 없었다.

> 내 식으로 살고 싶습니다. 돈도 좀 벌고 싶고요, 권투도 하고 싶어요! 난
> 세계 챔피언이 될 차례가 됐고 또 실제로 됐어요! 무슨 일을 해서라도 챔피
> 언으로 남아 있을 겁니다! (1막 7장, 이 책 513쪽)

그래서 그는 보석 중에 도피하여 챔피언으로서의 자기 실현을 위해 유
럽으로 자기 유배의 길을 떠난다. 그는 자기가 원하는 것을 얻기 위해, 그
리고 자기의 정당한 신분을 유지하기 위해, 모든 것을 잃을 지도 모르는
위험을 무릅쓰는 것이다.

새클러는 제퍼슨의 비극적 결함을 실제의 존슨의 것보다 더 영웅적으
로 만든다. 이 흑인 챔피언의 유럽 유배생활에 대해서는 두 가지 상반되
는 기록이 있었다. 잭 존슨은 자서전에서 그의 유럽생활이 어디를 가나
권투 챔피언으로서, 훌륭한 레슬링 선수로서 그리고 완벽한 연예인으로서
환영을 받고 유쾌하고 풍족했던 것으로 회고한다.16) 그러나 다른 많은 기
자들은 그의 유럽생활이 미국의 인종차별을 그대로 복사한 유럽판 박해
의 연속이었다고 기록한다.17) 그들에 따르면 이 챔피언이 호텔이나 식당
과 같은 공공장소에 입장을 거부당한 적도 부지기수이며 거기서의 삶은
가난과 폭음을 향한 점진적인 추락이었다. 새클러는 후자를 택한다. 역경
속에서 자기의 원칙을 지키는 것이 더 영웅적이기 때문이다.

부주의함, 흑인 여인들에 대한 심한 편견, 무의미하고 거짓된 가치에 대한 중독 등 인간적인 약점을 전혀 배제하지는 않았지만 어쨌든 새클러는 도덕적인 힘과 불굴의 자기실현 의지를 지닌 흑인 영웅을 창조했다. 잭 제퍼슨의 선한 정도가 지나치는 만큼, 새클러는 그의 몰락을 강요한 부도덕하고 파괴적인 인종적 편견에 사로잡힌 백인 사회를 철저하게 사악한 집단으로 해부한다. 백인 미국인들의 통렬한 참회를 겨냥한 처리이겠다. 그러나 비록 극이 일방적인 흑백논리에 의해 전개되기는 하지만, 작가는 파괴당하는 쪽이나 파괴하는 쪽이 극적 상황과 유기적인 맥락을 유지하며 거의 완벽한 인과율을 적용하고 있기 때문에 다른 과격한 흑인 작가들의 작품에서 나타나는 작위적인 분노가 여기서는 느껴지지 않고 따라서 연극성이 희생되는 경우도 찾아보기 어렵다.

3.

백인이 지배 인종인 미국 사회는 흑인 헤비급 권투 선수가 챔피언십에 도전한 것을 백인의 우월성에 대한 중대한 위협으로 간주한다. 도전자가 백인들을 물리치며 챔피언십에 점점 다가오자 부패한 프로모터들, 기자들 등 전 미국이 백색의 우월성을 회복하기 위해서 '위대한 백인의 희망'을 찾아 나서며 마침내 이미 은퇴한 백인 챔피언 브래디를 설득하여 링에 복귀하게 만든다. 이렇게 해서 한 도전자와 챔피언 사이의 평범할 수 있었던 싸움이 하나의 중요한 사회적 이슈로 발전한다. 백인 사회가 인종적 우월성을 회복할 수 있는 유일한 길은 새로이 떠오른 흑인 도전자를 물리치는 것뿐이다. 비록 제퍼슨은 흑인도 백인도 아닌 한 독립된 인간임을 선언하지만, 하얀 미국은 그가 흑인이고, 또 그가 백색의 우월성을 위협했기 때문에 파괴되어야 한다고 한사코 고집한다. 그래서 백인들은 즉시 제퍼슨을 무너뜨리는 작업을 개시한다.

여기서 한 가지 놀라운 결과가 파생한다. 백인 사회의 인종 차별에 의한 제퍼슨의 몰락은 당연히 예정된 것이었지만, 그러는 와중에 동원된 '백인의 희망들'도 함께 파괴되는 것이다. 인종적 편견은 개인이 선택한 소신이 아니라 일종의 사회적인 관습이기 때문에 개개인의 희생을 문제삼지 않으며, 새클러는 바로 이 그릇된 사회의식의 자기 파괴력을 증거하고자 하는 것이다. 브래디의 패배는 그래도 덜 충격적이다. 자신의 노쇠를 느껴 은퇴 생활로 자족하겠다는 그를 대통령까지 가담한 사회적 압력을 통해서 링으로 복귀시킨 백인 사회가 애당초 그의 패배를 필연화하고 있기 때문이다. 여러 해 뒤 이름도 없는 꼬마(Kid)—그의 이름 없음은 그가 한 개체이기보다 한 사회의식임을 시사한다—가 드디어 제퍼슨을 물리치는데, 역설적이게도 이 키드의 승리에서 가장 처참한 패배가 읽혀진다. 그의 승리는 왠지 공허하다. 작가는 극의 마지막 장면에서 환호하며 날뛰는 군중들과 움직임을 잃은 키드를 대조시킨다. 군중들이 키드를 어깨에 메고 밀짚모자를 공중에 던지며 행진할 때 키드는 "하얀 로우브를 입은 채 거의 움직임이 없다. 글로브를 낀 한 손은 뻗고 있다. 챔피언 벨트가 그의 목 주위를 감고 있고 머리 위로 타올을 썼다. 뭉개진 붉은 얼굴은 거의 보이지 않는다. 그는 카톨릭 행렬의 나무로 만든 성자의 모습과 흡사하다."(3막 5장, 이 책 595쪽) 그는 마치 십자가에 못 박힌 그리스도상이다. 백인들에게는 그가 탈환된 백인의 우월성을 상징하겠지만 그에게는 오직 짓뭉개져 핏빛으로 물든 얼굴만이 남아 있다. 그 역시 백인 사회의 파괴적인 인종 차별주의를 충족시켜 주기 위해 제공된 희생 제물인 것이다.

키드의 승리는 이전의 제퍼슨의 승리와 강한 대조를 이룬다. 제퍼슨이 브래디를 누르고 '챔피언 카페'를 열어 승리를 자축할 때 그의 흑인 지지자들이 그와 함께 기쁨을 나누기는 하지만, 그 승리는 순전히 그의 것이며 흑인 사회는 그것을 위해 아무 것도 기여하지 않았다. 제퍼슨은 혼자

힘으로 백인 챔피언과 싸워 승리한 것이다. 요컨대 그의 승리에는 영웅적인 성질이 있다. 반면에 키드의 승리는 오래 전부터 하얀 미국이 의도적으로 준비한 것이다. 하얀 미국은 제퍼슨을 속이고 고문하여 국외로 내몰아 인생의 절정기를 낭비하게 하였고 그에게 가난과 절망을 강요하였으며, 결국 이 위대한 챔피언은 백인 사회의 핍박에 맞서 영웅적으로 싸우지만 그 과정에서 육체적인 자기 학대와 정신적인 분열을 경험하게 된다. 키드와의 시합이 있기 전부터 제퍼슨은 이미 탈진한 상태였다. 키드는 이기도록 되어 있었고 그 거짓된 승리는 그가 대표하는 위선적인 백인 사회의 것으로서 영웅성을 전혀 띠지 못한다.

백인 사회가 파괴할 표적은 그들의 인종적 절대 우월성을 위협하는 제퍼슨이다. 그가 챔피언이 된 바로 그 순간부터 하얀 미국은 그를 파괴할 음모를 시작한다. 아니 그전부터 이미 시작되었다. 타이틀전을 얼마 앞두고 제퍼슨이 백인 여자인 엘리와 함께 있는 모습을 백인 기자들에게 들킨 것이다. 유태인인 매니저 골디는 기자들에게 이 금지된 관계에 대해서 언급하지 말아달라고 간청한다. 그 역시 소수 민족에 속해 있기 때문에 이 위험한 사랑이 궁극적으로 초래할 화를 너무나 잘 알고 있었다. 기자들은 잠시 '사이'를 둔 뒤 그의 청을 들어준다. 이 '사이'는 기자들의 응낙이 조건적임을 시사한다. 제퍼슨이 질 경우 그들은 백인 사회의 인종적 긍지에 손상을 가하는 이 금지된 관계를 구태여 폭로할 까닭이 없다. 그러나 제퍼슨이 이긴다면 그들은 상처받은 인종적 우위성을 회복하기 위해 그를 파괴해야 하므로 둘의 사랑을 들춰내지 않을 수 없는 것이다.

브래디의 승리를 위한 다각적인 장치에도 불구하고 제퍼슨이 승리한다. 이제까지 세계 헤비급 챔피언십은 많은 백인들에게 백인의 절대 우월성을 표상해 왔기에 그들은 브래디의 패배를 "최대의 국가적인 재앙"으로 받아들인다. 제럴드 윌즈(Gerald Weales)가 지적한대로 백인의 인종차별주의를 대표하는 캡틴 댄[18] 은 하얀 미국이 흑인에게 패배한 것에 대한 분

노와 충격을 감추지 않으면서 이 타이틀이 갖는 육체적 우월성의 상징이
그들에게 얼마나 중요한지를 이렇게 설명한다.

> 당신들은 "아 그거야 스포츠의 타이틀에 지나지 않는다"고 말들 하겠죠
> 만, 그렇지 않아요, 그 이상입니다. 시인하세요. 뭐 세계 최고의 엔지니어라
> 거나 가장 영리한 정치가라든가 최고의 오페라 가수라거나 또는 땅콩 제품
> 을 만드는 데 세계 최고의 천재라거나, 그런 것하고는 달라요. 거기엔 재앙
> 이랄 게 없어요. 그러나 헤비급 세계챔피언이라면, 온 세계가 그 그림자에
> 가리는 것 같은 느낌이 들지 않습니까? (1막 3장, 이 책 475쪽)

당장에 이 새 흑인 챔피언을 물리칠 만한 '백인의 희망'을 찾지 못한 하
얀 미국은 제퍼슨의 존재를 잠시도 용납할 수 없어 그들의 불법적인 목적
을 위해 그를 합법적으로 함정에 빠뜨릴 음모를 꾸미기 시작한다.

시카고의 시민 지도자들이 지방검사의 사무실에 모여 부도덕을 이유로
제퍼슨을 체포할 것을 요구한다. 이들은 얼핏 지방검사에게 제퍼슨을 체
포하지 않는다고 항의하는 것 같지만 사실은 그에게 백인여자와 동침하
는 제퍼슨을 파멸시킬 합법적인 흉계를 꾸미도록 부추긴다. 아이러니컬하
게도 이 시민 지도자 집단에 끼여 있는 '잘 생긴' 흑인 의사─이 인물의
이름 없음에 주목하라─가 그들의 방문 의도를 명확하게 요약하면서 인
종 문제가 주요 이슈임을 선언한다. 그는 제퍼슨이 법으로 억제해야 할
모든 것을 대표하고 있다고 주장하며 모두의 동의를 얻는다.

새클러는 백인의 인종적 편견이 갖는 또 하나의 파괴적 기능을 보여주
기 위해 이 흑인 인물을 시민 지도자 집단에 포함시켰다. 즉 인종 차별주
의는 그것에 순응하는 흑인들마저도 파괴한다는 것이다. 이 흑인 의사는
외견상 백인들이 받아들이고 있는 것처럼 보인다. 그러나 그의 수용은 피
상에 그쳐서 다른 백인 지도자들이 그의 면전에서 "깜둥이"라는 모욕적

인 호칭을 주저하지 않고 사용할 정도다. 이 의사는 백인 사회에 간신히 받아들여지기 위해 정체 상실이라는 너무나 엄청난 대가를 치러야 했다. 우선 그는 극의 다른 모든 흑인 인물들과 달리 백인의 언어를 사용하면서 백인의 가치관을 옹호한다. 제퍼슨이 흑인들에게 잘못된 인생관을 심어주고 있다는 것이다. "오늘날 흑인한테는 공장에서 일 달러를 버는 것이 잭 제퍼슨씨를 흉내내는 일에 그 일 달러를 쓰는 것보다 훨씬 더 값지게 보여야 합니다."(1막 5장, 이 책 486쪽) 의사로서 특권적인 삶을 사는 그는 제퍼슨이 표상하는 흑인들의 자기실현 투쟁을 탄핵한다. 그는 자신의 특권적 신분을 유지하고자 백인들이 그에게 기대하는 말만 하면서 백인들의 거짓된 환영에 묻혀 그의 이름 없음이 증명하는 정체 상실을 애써 외면한다.

이제 지방검사는 연방 경찰인 딕슨과 공모하여 제퍼슨을 와해시키는 공작에 엘리를 끌어들이려고 유혹한다. 그는 제퍼슨이 엘리와의 관계를 시작하면서 돈이나 술로 유혹하거나 또는 강압적인 방법을 동원했는지를 확인하고자 하나 엘리로부터 오히려 그녀가 더 적극적으로 그에게 접근했다는 증언을 듣는다. 법적으로 제퍼슨을 함정에 빠뜨리려는 첫 번째 계획이 실패하자 지방검사는 오로지 육체적이고 성적인 의미로 제퍼슨을 인식하면서 그녀에게 흑인 남자와 잠자리를 같이 하는 것에 대한 수치심을 일깨우고자 한다.

> 엘리: 난 절대로 그이를 포기하지 않아요. 절대로—
> 캐머론: 물론 그러시겠지. 하지만 왜 부끄러워하죠?
> 엘리: 천만에, 맹세코 그러지 않아요—
> 캐머론: 그래 보이는데요, 실례지만—
> 엘리: 그렇지 않아요—
> 캐머론: 그렇게 말씀을 하신다면야—

엘리: 난 그이한테 미쳤어요! 됐어요? 맘대로들 하라 그래요! 이게 진실이니
　　까! 난 그이와 함께 자보기 전까진 그게 뭔지 몰랐어요! 누구한테도
　　이 말을 할 거예요. 어떻게 들리든 상관없어요—

캐머론: 그 자가 당신을 그런 식으로 행복하게 만들어준다고—

엘리: 그래요—

캐머론: 그리고 그 자를 사랑하며 그 자를 위해선 뭐든지 하겠다고—?

엘리: 예—

캐머론: 부끄럼도 없이—?

엘리: 천만예요, 절대로—

캐머론: 아무리 그게—

엘리: 그래요—

캐머론: 부자연스러워 보여도—

엘리: 그래요—

캐머론: 그 자와 잠을 잘 땐 당신은 오로지—

엘리: 뭐라구요—?

캐머론: 그 자를 행복하게 만드는 데 열중한다, 이거죠? (1막 5장, 이 책 491
　　~92쪽)

　엘리가 필요하다면 백인의 우아함을 버리고 흑인의 천박함을 취할 수
도 있다는 강한 결의를 보이려는 듯이 흑인의 억양을 취하여 욕설을 퍼붓
자 지방검사는 비로소 심문을 멈춘다.

　제퍼슨 쪽에서 강압이나 유혹 또는 유괴했다는 증거를 찾는 데 실패한
지방검사는 딕슨에게 연방 차원의 지원을 요청하고, 연방 경찰로서 정부
를 대변하는 딕슨은 맨 법령으로 제퍼슨을 옭아맬 음모를 꾸민다. 일명
'백인 노예 운송법'이라 불렸던 맨 법령은 1910년 일리노이 주의 제임스
맨(James R. Mann) 하원의원이 제안하여 그해부터 시행된 윤락 행위에 관

한 법으로서,19) 부도덕한 목적을 위해 여인을 다른 주로 이송하는 것을 금하는 법이었다.20) 따라서 제퍼슨은 맨 법령 위반이라는 혐의의 대상이 되지 않는다. 엘리는 창녀가 아니기 때문이다. 그러나 딕슨을 포함하여 하얀 미국은 법의 전체적인 정신이 문제가 아니라 여인을 다른 주로 이송하는 것을 금하는 법의 일부 조문이 중요할 뿐이다. 백인을 완전 악의 존재로 규정하는 새클러의 흑색 인종주의 안에서는 백인종의 우월성을 회복하기 위한 백인 사회의 법 왜곡이 불가피하다.

제퍼슨이 체포되기 직전에 새클러는 두 남녀의 순결한 사랑을 "미국 연극사상 가장 낭만적이고 달콤한 사랑의 장면"21) 속에 담아 맨 법령 위반이라는 혐의의 무근거함을 강조한다. 장소는 위스콘신 주 보 리바지의 어느 오두막집. 엘리가 제퍼슨과 나란히 누워 그녀의 백일몽에 대해 얘기하는데, 제퍼슨과 하나가 되려는 생각에 스스로 흑인이 되는 꿈을 상상한다.

> 햇볕에 누워서 꿈을 꿨어, 그렇게 누워서…계속 살을 태우면…하루 이틀 사흘 나흘…내 피부가 정말로 검어질 때까지…9월까지 계속 태우면…나는 날마다 더 검어지겠지…정말로 까매지면…그 담엔 머리를 염색하고…그 담엔 이름을 바꾸고…그런 다음에 당신을 시카고로 찾아가는 거야…새로 생긴 당신의 유색인 정부처럼, 크레올이래도 좋고…당신 외엔 아무도 못 알아보지… (1막 6장, 이 책 497쪽)

이 독백은 사랑의 고백인 동시에, 사랑의 정신적 가치를 외면하면서 오로지 피부색에만 열중하는 백인들의 인종적 편견의 잔인성에 대한 고발이다. 이 백일몽은 한편으로 제퍼슨에 대한 그녀의 사랑의 깊이를 노정하지만, 다른 한편으로는 그녀가 제퍼슨에 대한 사랑과 그녀를 압박하는 백인들의 인종적 편견 사이의 갈등으로 인해서 자신의 정체성을 포기할 위험에 처해 있음을 시사해 준다.

제퍼슨은 마침내 체포된다. 엘리를 일리노이 주에서 위스콘신 주로 데려와 성관계를 맺었다는 혐의다. 연방 경찰 딕슨은 맨 법령의 요지인 '부도덕한 목적'에 대해서는 묻지 않는다. 하얀 미국은 인종 문제에 관한 한 법의 정신은 고사하고 법의 문자마저도 왜곡하는 것이다.

제퍼슨은 보석 중에 유럽으로 도피한다. 그의 자기 유배는 하얀 미국에게 그의 상징적 파멸을 의미한다. 그것은 백인들이 그들의 인종적 우위성을 위협한 흑인에게 집중 투사한 파괴성의 일차적 결실이다.

4.

1막에서 새클러가 미국 장면들을 통해 백인들의 인종 차별이 제퍼슨을 공략하는 과정에 초점을 맞추었다면 2막에서는 유럽 장면들을 통해 그것이 제퍼슨에게 미친 영향, 즉 그의 인격적 타락과 분열상을 검증한다. 작가는 우선 유럽의 인종적 편견이 미국의 그것과 같은 성질임을 증거한다. 영국만 하더라도 제퍼슨에게 '권투 선수로서의 직업을 추구하기 위해'라는 목적을 승인하여 그의 망명 입국을 허락하지만 그로 하여금 권투 선수로서 싸울 기회를 철저히 박탈함으로써 그의 자진 출국을 유도한다. 또다시 백인의 나라로부터 추방을 당한 제퍼슨은 유럽의 이곳 저곳을 떠돌며 몰락의 길을 걷는다.

그의 몰락은 그가 부다페스트에서 한 보드빌 극단과 함께 '엉클 톰'을 연기할 때 가장 극적으로 노출된다. 흑인이기 때문에 그에게 강요된 가난과 굴욕이 그로 하여금 자신의 타고난 독립성과 강한 자부심에 정면으로 배치되는 노예 근성의 엉클 톰을 연기하게 할 만큼 그를 축소시켰다. 역과 자신과의 심한 갈등으로 인해서 그의 연기는 졸렬해지고 관중들은 그에게 심한 야유를 퍼붓는다. 백인 사회에 의해 바닥까지 몰락했음에도 불구하고 그는 아직도 그들로부터 이 수모를 당하는 것이다. 제퍼슨은 불가피한 자신의 운명을 미리 보는 듯이 엉클 톰의 가발을 벗고 표정 없는 얼굴로 점점 커지는 야유의 저편을 바라본다.

5.

육체적 자기 학대와 물질적 전락은 마침내 정신적, 인격적 파탄을 수반한다. 작품에서는 이 내면적 붕괴가 제퍼슨 특유의 미소 상실 및 엘리와의 관계 결렬로 나타난다.

제퍼슨은 본래 낙천적인 인물이어서 늘 밴조와 같이 큰 미소를 머금고 다녔다. 심지어 사각의 링에서 적을 때려눕히면서도 그는 이 특유의 미소를 짓고는 했다. 백인들은 그 미소에서 그의 잔인성을 읽고 전율했으나 제퍼슨은 전혀 다른 의미에서 미소를 지었다. 백인 기자들이 그에게 싸울 때 웃는 이유를 묻자 그는 이렇게 대답한다.

> 알다시피 난 행복한 사내요. 항상 기분이 좋아. 그리고 싸울 땐 기분이 두 배로 좋아져. 찡그리고 다닐 이유가 없는 거지. 알다시피 권투는 스포츠요, 놀이요, 그러니 내가 때리는 상대가 누구든 그가 나를 친구로 여겨주기를 바라는 거지. (1막 2장, 이 책 461쪽)

제퍼슨에게 미소는 행복과 우정의 표시였다. 매리언 트라우스데일 (Marion Trousdale)은 제퍼슨이 맨 법령 위반죄로 체포되기 직전 엘리와의 사랑의 장면에서 한 차례 더 함박미소를 짓는 것을 관찰했는데,[22] 그 순간은 그의 미소가 나타나기에 매우 적절했다. 그는 행복했던 것이다. 그러나 이후 제퍼슨은 그의 '큰 밴조 같은 미소(big banjo smile)'를 보이지 않는다. 그는 체포된 이후 하얀 인종주의에 의해서 강제로 전락의 길을 걷게 되는데 그때부터의 생활은 행복과는 너무나 거리가 멀었던 것이다.

대서양 양쪽의 백인들의 집단적인 불의로 인해서 행복을 박탈당한 제퍼슨은 우정 대신 증오를 키운다. 정당한 싸움으로 챔피언으로서의 자신을 증명할 수만 있다면 사회적인 불의에도 불구하고 제퍼슨은 행복해 했을 것이다. 그러나 그런 싸움을 계속 거부당하자 그는 다른 방법으로 자신의 챔피언십을 확인할 절실한 필요를 느끼게 된다. 그래서 그는 파리에서 '5류급'의 백인 선수 클로소프스키와 대결하기 전에 트레이너 틱으로 하여금 자신을 '챔프'로 부르도록 요구한다. 틱은 지난 행복했던 시절 제퍼슨을 '슈거'로 부르면서 호흡이 잘 맞는 챔피언과 트레이너의 이상적인 관계를 표현했었고 제퍼슨도 그런 호칭에 전혀 개의치 않았다. 이제 제퍼슨은 그런 친밀한 사적 관계보다는 자신이 챔피언임을 확인할 수 있는 소원한 공적 관계를 고지하는 것이다. 자신이 원하는 방법으로 자신을 증명할 수 없게 된 제퍼슨은 클로소프스키와의 치욕스러운 결투를 맞아 예의 미소 대신 살기를 띤다. 자신의 그런 모습을 보이기 싫어 이미 엘리로 하여금 관전하지 못하도록 한 터다. 제퍼슨은 이미 곤죽이 된 그를 사정없이 두들겨 팬다. 보다못해 사람들이 그를 링 밖으로 끌어낸다. 상대는 이미 그의 친구가 아니고 그 역시 단지 성난 투사일 뿐이다. 제퍼슨의 미소 상실은 그의 정신적 분열이 이미 시작되었음을 노정한다.

그의 내면적인 와해는 엘리와의 관계 결렬에서 가장 첨예하게 노출된다. 왜냐하면 두 사람의 사랑이 극의 중심부를 차지하고 있기 때문이다. 두 사람이 '벌과 꿀'의 관계였을 때 엘리는 그에게 항상 '특별한 사람(somebody)'이었다(1막 2장, 이 책 455쪽). 그는 엘리에게 사랑을 고백할 때도 그녀의 예외성을 분명히 표현했다. "오… 난 당신을 언제나 하니라고 불러…이제까지 어떤 여자도 그렇게 불러본 적이 없어…."(1막 6장, 이 책 498쪽) 그러나 장면이 베를린의 유배 생활로 바뀌었을 땐 두 사람의 관계는 이미 급속도로 악화되어 있다.

길가의 카페에서 술을 마시며 제퍼슨은 독일의 경관들과 팔씨름을 하면서 시간을 죽인다. 홍행사 라고시가 접근하여 그에게 보드빌 극단에 가담할 것을 종용하자 그는 광대짓으로 팔짝팔짝 뛰며 스스로를 조롱한다. 엘리는 제퍼슨이 술 취한 상태로 대중에 노출되는 것을 걱정하여 그를 제지하고자 한다. 제퍼슨도 그녀의 진의를 모르는 바 아니지만 자신의 본의와는 상관없이 상스러운 어휘를 사용하면서까지 그녀를 헐뜯는다. "궁뎅이 도로 붙이지 못 해!"(2막 5장, 이 책 540쪽) 엘리는 이제 그에게 자신의 불행을 반영하고 또한 아이러니컬하게도 백인의 인종 차별을 되새겨줄 뿐이다.

그는 엘리를 만나기 전 다른 여인들을 부르던 것처럼 그녀를 심지어 '아가씨(girl)'라고 부른다. 그녀는 이제 더 이상 '특별한 사람'이 아니다. 작품상에 엘리의 정숙과 신실함에는 전혀 변화가 나타나지 않으므로 이와 같은 관계 악화는 전적으로 제퍼슨에게 책임이 돌아간다. 물론 제퍼슨의 엄청난 변화 이면에는 백인 사회의 악의적인 인종적 편견이 도사리고 있지만.

제퍼슨의 인격적 와해는 원칙적으로 국내외적인 인종 차별이 원인이긴 하지만, 그것은 그 자신의 내면적 파괴성의 결과이기도 하다. 뜻만 있었다면 그는 자신의 정체성을 유지하고 엘리와의 관계도 보존할 수 있었을 것이다. 왜냐하면 그의 시련은 순전히 외부로부터 강요된 것이기 때문이다. 여기서 우리는 백인 사회의 그릇된 가치관이 그러한 관습적 의식을 위협하는 위험한 개인을 파괴시킬 뿐만 아니라 그 개인으로 하여금 타인과 사회에 대해 파괴적인 태도를 취하도록 선동한다는 사회적 원리를 확인하게 된다.

6.

한편, 미국의 백인 사회는 비록 제퍼슨을 나라 밖으로 몰아내 상처를 달래기는 했지만 그로부터 챔피언 벨트를 탈환하기 전까지는 그들의 인종적 긍지를 회복할 수 없음을 알고 집요하게 제퍼슨에게 접근한다. 이번만큼은 '백인의 희망'이 이겨야 하겠고 그러기 위해서는 제퍼슨의 패배를 보장받아야 하겠기에 그들은 제퍼슨에게 미국에서 담합경기를 갖자며 감형이라는 미끼로 유혹한다. 제퍼슨은 거부한다. 챔피언으로서의 명예를 위해서가 아니라 하얀 미국에 의해 파괴당한 자신의 인생을 복수하기 위해서다. 그는 일행을 이끌고 미국의 경계 바로 너머에 있는 멕시코로 가서 챔피언 벨트를 휘두르며 거꾸로 하얀 미국을 밖으로 유인한다. 하얀 미국의 사회적 파괴성과 제퍼슨의 개인적 파괴성 사이의 충돌이 불가피해진다.

이 역경의 한복판에서 엘리가 자살한다. 구성적으로 볼 때 그녀는 사회와 개인의 파괴성의 공동 희생제물이 된 셈이다. 장면은 후아레스의 한 헛간. 극심한 가난 속에서 제퍼슨은 자신이 원하는 공정한 경기를 머리 속에 그리며 훈련에 임하고 있다. 엘리가 그의 식사를 들고 찾아온다. 그는 쳐다보지도 않는다. 그녀가 무슨 말을 하든 빈정거림으로 답한다. 빈대에 물린 팔자국과 충혈된 눈이 그의 육체적 저하를 반영한다면 야비함이 그의 정신적 저락을 드러낸다. 엘리는 헛된 챔피언십 때문에 한 고결한 인간이 무너짐을 보고 드디어 그에게 담합 경기에 임하고 챔피언십을 포기할 것을 종용한다. 그러나 제퍼슨은 엘리의 어쩔 수 없는 하얀 피부를 의식하고 그녀로부터 자신을 격리시키면서 비아냥거릴 뿐이다. "마침내 친정 팀을 응원하겠다, 엉?"(3막 3장, 이 책 572쪽) 그녀가 지금까지 그에게 헌신한 결과로 얻게 된 흙빛의, 빈민가의 반점으로 얼룩진, 그녀의 하얀 피부조차 견딜 수 없게 느껴진다. 그것이 그녀가 부당하게 강요당한 불행을 환기시켜서가 아니라―그는 이제 더 이상 남을 위해 걱정하지 않는다―백인들이 그에게 자행한 학대와 불의를 반영하기 때문이다. 엘리는 제퍼슨을 행복하게 만들어줄 단 한 번의 기회마저 거절당한 채, 7년 전 제퍼슨의 상식혼에 의한 아내 클라라가 당했던 것처럼, 거칠게 밖으로 내쫓긴다. 그녀는 클라라의 말투를 흉내내며 자신의 불행과 그의 파괴성을 요약한다. "당신이 이겼어요, 아빠."(3막 3장, 이 책 577쪽)

그녀는 곧 돌아온다. 익사체로서. 비로소 눈을 뜬 제퍼슨은 오열한다. "여보! 여보, 우리 아기, 제발, 제발, 오 안 돼−! 내가−내가−내가−당신한테 무슨 짓을 한 거지, 여보, 여보, 당신 이게 무슨 짓야, 저들이 우리한테 한 짓 좀 봐…"(3막 3장, 이 책 582쪽)

그녀의 자살을 통해 제퍼슨은 엄청난 결과(whut you done)를 부른 자신의 파괴성(Whut Ah done to ya)을 깨닫는다. 더욱 중요하게 그는 그들(dey)이 강요한 그녀의 죽음 속에서 자기 자신의 파멸(whut dey done to us)을 인식한다. 이는 제퍼슨에게 있어서 매우 중요한 자기 인식의 순간이다. 그는 이제 그의 챔피언십이 얼마나 공허하고 파괴적이었는지를 확실하게 알았기 때문에 드디어 버릴 준비를 갖춘다. 그는 하얀 미국의 마지막 '희망'인 키드와의 담합 경기를 승낙한다. 그러나 이는 일부 평론가들이 주장하듯 하얀 미국에 대한 항복이 아니다. 새로운 자각에 따른 자유 의지의 행위이다.

7.

사이먼은 <위대한 백인의 희망>을 부정적으로 평가하는 여러 이유 중의 하나로 이 작품이 권투를 영웅적이고 고상한 행위로 묘사했다는 점을 들고,[23] 이 극이 긍정하는 중심 가치를 심히 불쾌하게 받아들이면서 작품 자체를 폄하했다. 제럴드 윌즈는 반대로 새클러가 권투선수를 주인공으로 택한 것에 대해 충분한 이해를 보인다. "즉, 인기 있는 미국의 모든 스포츠 종목 중에서 권투만이 팀이 아닌 개인이 상대와 맞서 싸우는 경기"24) 라는 것이다. 새클러가 권투를 소재로 선택한 것은 옳았다. 백인 중심의 미국 사회가 한 반항적인 흑인에게 가하는 파괴력을 그리는 데 있어서 파괴적인 권투야말로 적절한 배경이 되어준 것이다.

새클러는 19장면으로 구성된 이 대하 드라마를 통해 인종적 편견이 그 희생자뿐만 아니라 그 추종자까지도 파괴하는 위험한 사회의식임을 성공적으로 도해했다. 이 가공할 게임에서는 승자가 있을 수 없고 오로지 패자만이 존재할 뿐이다. 이긴 키드나 진 잭 제퍼슨이나 다같이 육체적으로도 정신적으로도 패배한 모습을 띠고 있음이 그것을 증명한다. 그럼에도 불구하고 이 극을 흑색 인종주의극으로 보는 이유는 새클러가, 이제까지 살펴본 바와 같이, 엘리와 골디 등 두 소수민족에 속하는 유대인들을 제외한 모든 백인들을 이 파괴적인 관습의 사악한 가해자로 묘사하고, 반면에 극에 등장하는 모든 흑인들을 선량한 희생자로 미화하는 등 균형이 한쪽으로 쏠린 흑백논리에 의해서 이분법적으로 인물을 설정하고, 사건을 백인의 박해와 흑인의 역경에만 초점을 맞추어 전개함으로써 결과적으로 전체 백인에 대해 무차별적인 적개심을 고취하고 있기 때문이다.

■주

1) Ethan Mordden, *The American Theatre*(New York: Oxford University Press, 1981), 278쪽.

2) John Simon, *Uneasy Stage: A Chronicle of the New York Theatre*, 1963~1973(New York: Random House, 1975), 161쪽.

3) Marion Trousdale, "Ritual Theatre: *The Great White Hope*"(The Western Humanities Review, vol. 23, no 4, 1969), 296쪽.

4) Julius Novick, *Beyond Broadway: The Quest ofr Permanent Theatres*(New York: Hill and Wang, 1968), 50쪽.

5) Rex Lardner, *The Legendary Champions*(New York: American Heritage Press, 1972), 173쪽.

6) Al-Tony Gilmor, *Bad Nigger: The National Impact of Jack Johnson*(New York: National University Publications, Kennikat Press, 1975), 133쪽.

7) 같은 곳.

8) 같은 책, 96쪽.

9) Rex Lardner, 앞의 책, 186쪽.

10) 같은 책, 185쪽.

11) John D. McCallun, *The World Heavyweight Boxing Championship: A History*(Radnor, Pennsylvania: Chilton Book, 1974), 77쪽.

12) Northrop Frye, "The Mythos of Autumn: Tragedy", *Tragedy: Vision and Form*, 2nd ed., ed. Robert W. Corrigan(New York: Harper and Row, 1981), 124쪽.

13) 같은 책, 132쪽.

14) Arthur Miller, "Tragedy and the Common Man", *The Essays of Arthur Miller*, ed., Robert A. Martin(New York:Penguin, 1978), 4쪽.

15) Susanne Langer, "The Tragic Rhythm", 2nd ed., ed. Robert W. Corrigan(New York: Harper and Row, 1981), 113~114쪽.

16) Jack Johnson, *Jack Johnson Is a Dandy. An Autobiography*(New York: Chelsea House, 1969), 89~111쪽.

17) Finis Farr, *Black Champion: The Life and Times of Jack Johnson*(New York: Charles Scribner's Sons, 1964), 174~222쪽.

18) Gerald Weales, "In White America", *Commonweal*, November 22, 1968, 283쪽.

19) Al-Tony Gilmore, 앞의 책, 117쪽.

20) U. S. Code, White Slave Traffic Act, vol. 18, sec. 242(1910).

21) Martin Gottfried, *Opening Nights: Theatre Criticisms of the Sixties*(New York: G. P. Putnam's Sons, 1969), 163쪽.

22) Marion Trousdale, 앞의 글, 298쪽.

23) John Simon, 앞의 책, 161쪽.

24) Gerald Weales, 앞의 글, 283쪽.

참고 문헌

Farr, Finis, *Black Champion: The Life and Times of Jack Johnson*, New York: Charles Scribner's Sons, 1964.

Frye, Northrop, "The Mythos of Autumn: Tragedy", *Tragedy: Vision and Form*, 2nd ed., ed. Robert W. Corrigan, New York: Harper and Row, 1981.

Gilmore, Al-Tony, *Bad Nigger: The National Impact of Jack Johnson*, New York: National University Publications, Kennikat Press, 1975.

Gottfried, Martin, *Opening Nights: Theatre Criticisms of the Sixties*, New York: G. P. Putnam's Sons, 1969.

Johnson, Jack, *Jack Johnson Is a Dandy: An Autobiography*, New York: Chelsea House, 1969.

Langer, Susanne, "The Tragic Rhythm", *Tragedy: Vision and Form*, 2nd ed., ed. Robert W. Corrigan, New York: Harper and Row, 1981

Lardner, Rex, *The Legendary Champions*, New York: American Heritage Press, 1972.

McCallum, John D., *The World Heavyweight Boxing Championship: A History*, Radnor, Pennsylvania: Chilton Book, 1974.

Mordden, Ethan, *The American Theatre*, New York: Oxford University Press, 1981.

Novick, Julius, *Beyond Broadway: The Quest for Permanent Theatres*, New York: Hill and Wang, 1968.

Simon, John, *Uneasy Stage: A Chronicle of the New York Theatre, 1963 ~1973*, New York: Random House, 1975.

Trousdale, Marion, "Ritual Theatre: *The Great White Hope*", The Western Humanities Review, vol. 23, no.4, 1969.

Code, U. S., *White Slave Traffic Act*(1910).

Weales, Gerald, "In White America", *Commonweal*, November 22, 1968.

A Conventional Reading of
Contemporary
American Plays

제2부: 희곡들

증 명

데이빗 오번 작

124

배경   시카고에 있는 어느 집의 뒷 베란다.

등장인물들

로버트   50대
캐서린   25세
핼   28세
클레어   29세

1막

1장

밤. 캐서린이 의자에 앉아 있다. 그녀는 녹초가 돼 있고 옷은 되는대로 입었다. 눈을 감고 있다. 로버트가 그녀의 뒤에 서 있다. 그는 캐서린의 아버지다. 헝클어진 머리에 학자풍이다. 캐서린은 그가 거기에 있는 것을 모른다. 잠시 후

로버트   잠이 안 오냐?

캐서린   어머, 놀랬잖아.

로버트   미안.

캐서린   여기서 뭐 해?

로버트   잘 자나 보려고 왔지. 왜 안 자?

캐서린   아빠 학생이 아직 여기 있어. 아빠 서재에.

로버트   지가 어련히 알아서 가겠지.

캐서린   일을 마칠 때까지 기다려주려고.

로버트   이젠 학생이 아니다. 벌써 가르치고 있어. 똑똑한 놈이지.
　　　　(잠시 후)

캐서린   지금 몇 시야?

로버트   한 시 다 됐다.

캐서린   흠.

로버트   자정도 지났고….

캐서린   그래서? (그는 뒤에 있는 식탁 위의 무언가를 가리킨다. 샴페인 병이다.)
　　　　생일 축하한다.

캐서린   아빠.

로버트   언제 내가 잊더냐?

캐서린   고마워요.

로버트   스물 다섯. 참 믿기지 않네.

캐서린   나두. 지금 마실까?

로버트   네 맘대로 하렴.

캐서린   마실래.

로버트   따줄까?

캐서린   내가 딸게. 지난번에도 아빠가 여기서 샴페인 병 따다가 유리창
         을 깨뜨렸잖아.

로버트   태고적 얘기를 다시 꺼내다니, 아빠 화낸다.

캐서린   눈 하나 잃지 않은 걸 다행으로 아셔.

         (펑 소리. 거품이 난다.)

로버트   스물 다섯이라!

캐서린   노인네 같애.

로버트   아직 어린애야.

캐서린   잔은?

로버트   이런, 또 잊어버렸네. 내가 가서—

캐서린   관둬.

         (캐서린은 병 째 마신다. 길게. 로버트는 그녀를 지켜본다.)

로버트   맛이 괜찮니? 통 못 고르겠더라.

캐서린   이런 맛없는 샴페인은 첨 먹어봐.

로버트   나는 와인에 대해 아무것도 아는 게 없음을 자랑스럽게 여긴다.
         난 "이건 몇 년도 산, 저건 몇 년도 산"하고 늘 떠들어대는 따위
         의 인간들을 증오해.

캐서린   이건 샴페인도 아냐.

로버트   병 모양은 그럴 듯 하던데.

캐서린   "그레잇 레이크 포도원." 위스콘신 주에서도 포도주를 만드는지
       몰랐네.

로버트   병 째 마시는 아가씨는 불평할 자격이 없다. 꿀떡꿀떡 마시지 마.
       우아한 음료다. 홀짝홀짝 마셔라.

캐서린   (병을 건네며) 아빠도—

로버트   싫어, 너나 마셔.

캐서린   정말이지?

로버트   그래. 네 생일이니까.

캐서린   내 생일을 축하합니다.

로버트   생일에 뭐 할 거냐?

캐서린   마셔봐. 조금만.

로버트   싫어. 생일을 혼자 보내지 않았으면 좋겠구나.

캐서린   내가 왜 혼자야.

로버트   나는 빼.

캐서린   왜?

로버트   난 네 아빠다. 늙은 에비는 놔두고 친구들이랑 나가렴.

캐서린   그래야지.

로버트   친구들이 너를 데리고 나가지 않겠대?

캐서린   응.

로버트   왜?

캐서린   친구들이 날 데리고 나가려면 나한테 먼저 친구가 있어야 하잖
       아.

로버트   (받아들이지 않으며) 오—.

캐서린   재밌지.

로버트   네가 왜 친구가 없어? 고 깜찍한 블론드, 걔 이름이 뭐였더라?

캐서린   누구?

로버트　엘리스 애비뉴에 사는 애 – 전엔 늘 붙어다녔잖아.

캐서린　신디 제이콥슨?

로버트　신디 제이콥슨!

캐서린　초등학교 3학년 때야, 아빠. 걔네 집은 1983년에 플로리다로 이사
　　　　갔어.

로버트　클레어는 어떠냐?

캐서린　클레어는 친구가 아니라 언니야. 지금 뉴욕에 살아. 난 언니가 싫
　　　　어.

로버트　그 애가 오는 줄 알았지.

캐서린　내일 와.

　　　　(잠시 후)

로버트　충고 한 마디 하마. 밤늦게 잠이 안 오면, 책상에 앉아서 수학문
　　　　제를 풀어.

캐서린　됐네요.

로버트　나랑 함께 풀어도 되고.

캐서린　싫어.

로버트　왜 싫어?

캐서린　최악의 샴페인이군. 정말 안 마실 거야?

로버트　그래. 전엔 좋아하더니.

캐서린　이젠 싫어.

로버트　넌 글자를 읽기도 전에 자연수가 뭔지 알았지.

캐서린　이젠 다 까먹었어.

로버트　(냉정하게) 재능을 낭비하지 마라, 캐서린.

　　　　(잠시 후)

캐서린　그런 말 할 줄 알았어.

로버트　너한테 어려운 때가 있었던 건 안다.

캐서린 고마워요.

로버트 그러나 그건 평계가 되지 못해. 게으르지 마.

캐서린 나 게으른 적 없어, 아빠를 돌봤잖아.

로버트 임마. 내가 장님인줄 아냐. 정오까지 자지, 싸구려 인스턴트 식품만 먹지, 일은 도무지 안 해서 싱크대에 접시가 산처럼 쌓여 있지. 외출은 잡지 살 때만 하고, 한번 나가선 잡지를 이만큼 싸들고 돌아오고―너 도대체 그런 쓰레기들을 어떻게 읽냐. 그런 날은 그래도 괜찮은 편이지. 어떤 날은 일어나지도 않아, 침대에 콕 박혀서.

캐서린 그런 날이 좋은 날이야.

로버트 시끄러. 그런 날들은 낭비야. 날려버린 거라구. 날만 날려버린 줄 아니―네가 오후 네 시까지 침대에서 빈둥거리지만 않았다면 할 수 있었던 여러 발견들, 가질 수 있었던 여러 아이디어들, 잃지 않아도 됐던 일마저 함께 날려버렸지. (잠시 후) 내 말이 맞지. (잠시 후)

캐서린 하루 이틀 정도 손해본 것뿐야.

로버트 며칠이라구?

캐서린 음, 모르겠어.

로버트 모르긴.

캐서린 뭐?

로버트 너 셀 줄 알잖아.

캐서린 집어치워요.

로버트 셀 줄 안다는 거냐, 모른다는 거냐?

캐서린 몰라.

로버트 천만에, 모르긴. 그래 며칠이나 손해봤지?

캐서린 한 달. 한 달쯤.

로버트   정확하게.

캐서린   그만 해, 난—

로버트   며칠이었어?

캐서린   33일.

로버트   정확해?

캐서린   몰라.

로버트   정확하게 대라니까.

캐서린   오늘은 정오까지만 잤어.

로버트   33과 1/4일이구나.

캐서린   그래, 맞아.

로버트   농담 아니니!

캐서린   아니.

로버트   경이로운 숫자야!

캐서린   존나게 절망적인 숫자지.

로버트   캐서린. 만일 네가 잃어버렸다고 말하는 날들을 년으로 치면 아
        주 존나게 재미있는 숫자가 되요.

캐서린   33과 1/4년, 참 재미도 있다.

로버트   그만 해. 내가 무슨 말 하는지 너도 잘 알잖아.

캐서린   (마침내 지며) 1729주.

로버트   1729. 위대한 숫자야. 두 숫자의 세 제곱을 더한 합을—

캐서린   두 가지 방법으로 표현할 수 있는 최소 숫자.

로버트   12의 세 제곱 플러스 1의 세 제곱은 1729.

캐서린   10의 세 제곱 플러스 9의 세 제곱도 1729. 와, 우리가 풀었네. 고마
        워.

로버트   봐라. 너의 절망조차 수학적이잖냐. 그만 빈둥대고 일을 해. 네가
        갖고 있는 잠재력은—

캐서린   난 잘 하는 게 하나도 없어.

로버트   넌 젊어. 시간이 많다.

캐서린   아빠가 내 나이였을 땐 벌써 유명했잖아.

로버트   아빠가 네 나이였을 땐 이미 최고의 업적을 낸 뒤였지.

         (잠시 후)

캐서린   그 뒤는요?

로버트   그 뒤라니?

캐서린   아빠가 병든 뒤.

로버트   그 뒤 뭐?

캐서린   아빤 일을 하지 못했어.

로버트   아냐. 오히려 난 더 날카로웠지.

캐서린   (참지 못하고 웃으며) 아빠.

로버트   그랬어. 사실야, 임마. 명료성─그건 정말 대단한 물건이더라. 정
         말 그래.

캐서린   행복했어?

로버트   그래, 바빴다.

캐서린   의미가 다른데.

로버트   다를 게 뭐 있냐. 난 내가 뭘 원하는지 알았고 또 원하는 일을 할
         수 있었다. 한 가지 문제를 하루 종일 풀고 싶으면 그렇게 했고,
         비밀들, 복잡하고 흥미로운 메시지 같은 정보를 찾고 싶으면 내
         주변에서 그것들을 찾을 수 있었지. 공기 속에서. 어떤 이웃사람
         이 쓸어 모은 낙엽 더미 속에서. 신문의 스코어 기록에서, 커피잔
         에서 모락모락 피어오르는 김이 만드는 글자에서. 온 세상이 나
         한테 말을 하고 있었다. 그냥 눈을 감고 싶으면, 베란다에 조용히
         앉아서 여러 메시지들에 귀를 기울이곤 했지, 그럼. 정말 좋았다.
         (잠시 후)

캐서린　몇 살 때였수? 그게 시작된 게.

로버트　20대 중반. 스물 셋이나 넷. (잠시 후) 네가 걱정하는 게 그거냐?

캐서린　그냥 생각이 되더라구.

로버트　정말?

캐서린　어떻게 그 생각을 안 해?

로버트　그런 걱정을 하다니, 넌 의학계 소식을 통 모르는구나. 벼라별 요인들이 많아요. 꼭 유전만은 아냐. 내가 정신병을 앓았다고 너도 꼭 앓으란 법이 없어요.

캐서린　아빠….

로버트　잘 들어라. 20대 때는 인생의 변화가 빨라서 우리가 송두리째 흔들리기도 한다. 넌 지금 기분이 저조해. 이번 주 내내 나빴거든. 지난 이년 동안 넌 정말 힘들었지. 내가 누구보다도 잘 알아. 하지만 곧 나아질 거야.

캐서린　정말?

로버트　그럼. 내 약속하마. 너도 노력해라. 잡지는 그만 읽고. 차분히 앉아서 기계를 가동시키면 맹세컨대 기분이 한결 나아질 거야. 우리가 이 문제를 함께 이야기 할 수 있다는 단순한 사실이 좋은 신호다.

캐서린　좋은 신호?

로버트　그래!

캐서린　그게 어떻게 좋은 신호지?

로버트　왜냐면! 미친 사람들은 함께 앉아서 자기들이 정말로 미쳤는지 궁금해하지 않거든.

캐서린　정말?

로버트　그럼, 물론이지. 더 좋은 일이 얼마든지 있는데. 내 경우처럼. 미쳤다는 아주 좋은 신호는 "내가 미쳤나?"라는 질문을 하지 못한다는 거거든.

캐서린 그 대답이 예스일때도?

로버트 미친 사람들은 묻질 않아요. 알겠냐?

캐서린 예.

로버트 그런데 넌 묻잖냐…

캐서린 그러니까 안 미쳤다.

로버트 그러나 만일 네가 묻는다면, 그건 아주 좋은 신호지.

캐서린 좋은 신호…

로버트 네가 정상이라는.

캐서린 맞아.

로버트 이제 알았냐? 이런 일들은 생각을 끝까지 밀고 나가야 돼. 자 이
제, 어떻게 할래? 밤도 깊었으니, 올라가서 눈 좀 붙이고 아침에
일어나—

캐서린 잠깐만. 싫어.

로버트 왜 그래?

캐서린 소용없어.

로버트 왜?

캐서린 말이 안 돼.

로버트 돼.

캐서린 안 돼.

로버트 뭐가 또 문제냐?

캐서린 아빤 미친 사람이잖아!

로버트 그게 무슨 상관야?

캐서린 시인했잖아—방금 나한테 아빠가 미쳤다고 말했잖아.

로버트 그래서?

캐서린 미친 사람은 절대로 미쳤다는 걸 시인 않는다매.

로버트   맞아, 하지만 그건…아, 알았다.

캐서린   그런데?

로버트   예리한데.

캐서린   그런데 아빠 그걸 어떻게 시인할 수 있지?

로버트   왜냐면. 나는 또한 죽기도 했으니까. (잠시 후) 안 그러냐?

캐서린   일주일 전에 돌아가셨지.

로버트   심장마비로. 금방 죽었지. 내일이 장례식이고.

캐서린   그래서 클레어 언니가 뉴욕에서 날아오는 거고.

로버트   맞아.

캐서린   아빠 지금 여기 앉아 있고, 나한테 충고를 하고 있고, 샴페인을
         사왔어.

로버트   그래.
         (잠시 후)

캐서린   그게….

로버트   너한테 무슨 의미냐?

캐서린   응.

로버트   캐서린, 내가 몹시 사랑하는 나의 딸인 너한테…나쁜 신호일 수
         있지.
         (둘은 잠시 함께 앉는다. 밖에서 소음. 핼이 들어온다. 세미-힙 차림. 그
         는 백팩을 지고 있고 재킷은 접어서 들고 있다. 그는 문을 쾅 닫히게
         놔둔다. 캐서린이 벌떡 일어선다.)

캐서린   뭐라구요?

핼   오, 미안해―내가 깨웠나?

캐서린   뭐라구요?

핼   자고 있었어?
         (잠시 후. 로버트는 사라지고 없다.)

캐서린 놀랬잖아요, 제기럴. 뭐하고 있어요?

핼 미안해. 이렇게 늦은 줄 몰랐어. 오늘밤은 이걸로 끝내려고.

캐서린 아아.

핼 혼자 마시는 거야?

 (캐서린은 자기가 샴페인 병을 들고 있음을 깨닫는다. 얼른 내려놓는다.)

캐서린 예.

핼 샴페인인가?

캐서린 예.

핼 뭘 축하하는 중인가보지?

캐서린 아뇨. 그냥 샴페인을 좋아해요.

핼 축제 때 보통들 마시거든.

캐서린 뭐라구요?

핼 축제. (그는 어색한 몸짓으로 "파티"를 표현한다.)

캐서린 좀 마실래요?

핼 좋지.

캐서린 (그에게 병을 주며) 난 끝냈어요. 나머지 다 마셔도 돼요.

핼 아니, 조금만.

캐서린 가져요. 난 다 마셨어요.

핼 안돼. 운전해야 돼. (잠시 후) 그만 가봐야겠네.

캐서린 그래요.

핼 언제 다시 올까?

캐서린 다시 와요?

핼 일을 끝내려면 아직 멀었어. 내일 어때?

캐서린 내일은 장례식예요.

핼 아 참, 그렇지. 미안해. 괜찮다면 나도 참석할 생각인데.

캐서린 그러세요.

핼   일요일은 어때? 집에 있을 건가?

캐서린 사흘이나 지났는데.

핼   며칠 더 작업을 해야할 것 같아서.

캐서린 얼마나 걸리겠어요?

핼   적어도 일 주일은.

캐서린 농담하세요?

핼   아니. 일거리가 얼마나 많은지….

캐서린 일주일요?

핼   지금 누가 옆에서 성가시게 굴면 싫겠지. 이해해. 지난 이틀 동안
      자료를 전부 분류해놨어. 대부분 노트북들인데. 선생님이 날짜를
      다 기록해 놓으셨더라구. 다 정리를 했으니까 꼭 여기서 작업할
      필요는 없겠지. 집에 가져가서 읽어보고 돌려주면 안 될까?

캐서린 안 돼요.

핼   조심해서 다룰게.

캐서린 아버지가 원치 않으실 거고 저도 싫어요. 아무 것도 내갈 수 없
      어요.

핼   그럼 여기서 작업할 수밖에 없군. 방해하지 않을게.

캐서린 시간 낭비하지 말아요.

핼   누군가 아버님의 논문들을 점검해야 해.

캐서린 저 위엔 아무 것도 없어요. 다 쓰레기예요.

핼   노트북이 자그마치 백 세 권이야.

캐서린 내가 다 봤어요. 횡설수설뿐예요.

핼   누군가 읽어야 한다니까.

캐서린 아빠 미쳤었어요.

핼   맞아, 하지만 그것들을 다 쓰셨어.

캐서린 아빠 낙서광이었어요, 해롤드. 그게 뭔지 알아요?

핼 알지. 충동적으로 쓰셨지. 그냥 핼이라고 불러.

캐서린 아이디어 사이에 연결점이 없어요. 아이디어 자체가 없는 거죠. 마치 원숭이가 타이프친 것 같아요. 백 세 권이 다 똥으로 가득 찼어요.

핼 정말 똥인지 확인해보자구.

캐서린 틀림없어요.

핼 난 한 페이지 한 페이지 다 들여다 볼 준비가 됐어. 당신은?

캐서린 아뇨, 난 미치지 않았어요.

(잠시 후)

핼 이런, 늦겠네…. 악단에 든 친구들이 있는데 저 디버시에 있는 어느 술집에서 연주를 해. 아마 두 시, 아니 두 시 반까지는 연주를 하고 있을 거야. 내가 가겠다고 했거든.

캐서린 좋겠네요.

핼 다 수학과 교수들이야. 정말로 연주를 잘 해. 아주 훌륭한 곡을 갖고 있는데—당신도 좋아 할 걸—"아이"라고 하는—소문자 아이(i)가 제목인데. 무대 위에 서서 3분 동안 아무것도 연주하지 않아.

캐서린 상상의 곡, 또는 "허수"라는 말이군요.

핼 수학적 농담. 그들의 인기가 왜 바닥인지 알만 하지?

캐서린 악단 벌레들을 만나러 그 먼 길을 가요?

핼 사람들이 그런 말을 하면 참 싫더라. 별로 멀지 않아.

캐서린 벌레는 틀림없군요.

핼 성난 괴짜들이지. 하지만 옷도 제법 잘 입을 줄 알고, 주요 대학에 직장을 갖고 있고… 어떤 친구들은 안경을 콘택트 렌즈로 바꿨어. 운동도 잘 하고, 악단에서 연주도 하고, 그러니까 당신들이 즐겨 쓰는 멍청이, 벌레, 괴짜, 건달, 바보 등등의 용어들에 대해서 그 의미를 재고해봐야 하지 않겠어?

캐서린   당신도 악단 멤버죠, 그렇죠?

핼   그래, 맞아. 난 드럼을 맡았어. 가보지 않을래? 난 절대로 노래는 안 해. 절대로.

캐서린   고맙지만 싫어요.

핼   좋아. 그럼, 캐서린, 월요일은 어때?

캐서린   실업자예요?

핼   이번 학기엔 내 연구 말고도 강의가 꽉 찼어.

캐서린   거기다 밴드 연습도 해야겠죠.

핼   시간만 허락한다면 그것도 해야지. 물론 당신이 좋다면. (사이) 난 아버님을 참 사랑했어. 선생님 같은 분이 어느 날 갑자기 폐업하다니 믿어지지 않아. 정신이 청명했던 시절이 있었어요. 4년 전엔 한 해 동안 내내 멀쩡하셨어요.

캐서린   1년까진 아니고, 9개월쯤 그러셨죠.

핼   학교 달력으론 1년이야. 아버님은 학생들 논문지도를 맡고 계셨고… 난 박사과정 중 딜레마에 빠졌었어. 거의 포기상태였지. 그때 선생님을 만났고, 선생님은 내 연구의 방향을 올바로 잡아주셨어. 내 은인이셔.

캐서린   안 됐네요.

핼   잠깐. 내가 알아맞춰보지—지금 나이가 스물 다섯, 맞지?

캐서린   당신은 몇 살예요?

핼   그건 상관없고. 내 말 들어봐.

캐서린   씨발, 몇 살이냐니까?

핼   스물 여덟. 됐어? 선생님이 우리 둘보다 젊으셨을 때 세 분야에 중요한 기여를 하셨어. 게임 이론, 대수기하학, 그리고 비선형 연산이론. 우리들 대부분은 한 분야에 머리를 내밀기도 어려운데.
선생님은 기본적으로 합리적 행동을 연구하는 수학적 방법들을
창안하셨어. 그걸 경제학자들이 우유짜듯 짜내서 노벨상들을 줄
줄이 탔고. 선생님은 천체물리학자들이 연구할 과제도 엄청나게
제공하셨지. 맞지?

캐서린 내게 강의하지 말아요.

핼 강의라니. 내 말은, 만일 선생님이 내신 업적의 십분의 일만 내가
만들어낼 수 있다면 난 전국 어느 대학의 수학과 교수 자리도 스
스로 정할 수 있다는 거지.

(사이)

캐서린 그 배낭 이리 줘봐요.

핼 뭐?

캐서린 배낭을 달라고요.

핼 왜?

캐서린 안을 좀 봐야겠어요.

핼 뭐라구?

캐서린 열어서 줘봐요.

핼 아, 이러지 마.

캐서린 이 집에서 아무것도 빼내가지 못해요.

핼 나도 그럴 생각 없어.

캐서린 위층에서 출판할 만한 뭔가를 찾으려는 거 아녜요.

핼 물론.

캐서린 그 담엔 그걸로 교수 자리를 얻고.

핼 뭐? 아냐! 선생님의 이름으로 출판할 거야. 선생님을 위해서 하는
일이야.

캐서린 당신을 못 믿겠어요. 그 배낭에 노트북이 있죠.

핼   무슨 소릴 하는 거야?

캐서린   이리 줘요.

핼   당신 좀 편집증이 있는 거 아냐?

캐서린   편집증?

핼   약간의.

캐서린   좆까지 마, 핼. 난 당신이 내 노트북 중 하나를 갖고 있는 걸 알
        아.

핼   좀 진정하고 자신이 지금 무슨 말을 하고 있는지 잘 생각해봐.

캐서린   나는 당신이 내게 거짓말을 하고 있고 우리 가족의 재산을 훔치
        고 있다고 말하고 있어.

핼   그게 바로 편집증이라는 거야, 내 말은.

캐서린   내가 편집증이 있다고 그 배낭에 뭔가가 없는 건 아니지.

핼   아까 저 위층에 아무 것도 없다고 당신 입으로 말했잖아. 안 그
        랬어?

캐서린   난—

핼   그렇게 말 안 했어?

캐서린   했어요.

핼   그런데 내가 뭘 가져가겠어? 안 그래?

        (사이)

캐서린   당신 말이 맞아요.

핼   고마워.

캐서린   그러니까 다시 오실 필요도 없어요.

해   (한숨 지으며) 제발 부탁해. 누군가는 꼭 알아야 해요, 혹시—

캐서린   난 아빠랑 함께 살았었어요. 내 일생을 함께 보냈어요. 먹이고,
        얘기하고, 아빠가 말할 때, 있지도 않은 사람들과 말할 때도 난
        들으려고 노력했죠…. 유령처럼 거니는 것을 봤어요. 아주 냄새

가 심한 유령이었어요. 더럽고, 목욕했는지 늘 체크했죠. 내 친 아버지가.

핼　미안해. 내가 잘못…

캐서린　엄마가 돌아가시자 이 집엔 나밖에 없었어요. 난 아빠가 무슨 백 치 같은 프로젝트를 수행하고 있어도 행복하게 해드리려고 노력 했어요. 아빠 하루 종일 책을 읽곤 했어요. 점점 더 많은 책을 요 구했어요. 난 도서관에서 차 가득히 책들을 대출 받아왔어요. 위 층에 수백 권도 더 있었어요. 그러던 어느 날 난 아빠가 그 책들 을 읽지 않는다는 사실을 발견했어요. 아빠 외계인들이 도서관 책들에 찍혀 있는 듀이의 십진법수를 통해서 자기에게 메시지를 보내고 있다고 믿었죠. 아빠 암호를 해독하려고 했던 거예요.

핼　무슨 메시지를?

캐서린　아름다운 수학. 가장 우아한 증명, 완벽한 증명, 음악 같은 증명 들.

핼　괜찮은데.

캐서린　거기에 패션정보, 어린애들 말장난 퀴즈 -완전히 돌았어요. 알 아들었어요?

핼　편찮으셨으니까. 비극이야.

캐서린　다음 단계는 글쓰기였어요. 하루에 열 아홉, 스무 시간을 써대셨 어요…. 난 공책을 상자 째 주문해드렸고 아빠 하나도 남기지 않 고 다 쓰셨어요. 난 학교를 중퇴했어요…. 아빠가 돌아가셔서 다 행이에요.

핼　당신이 왜 그렇게 느끼는지 이해해.

캐서린　조까네.

핼　당신이 맞아. 나 같으면 그런 상황을 어떻게 다룰지 상상도 못하 겠어. 아주 끔찍했을 거야. 당신이-

캐서린 당신은 날 몰라요. 혼자 있고 싶어요. 그가 주위에 있는 게 싫어
        요.
핼   (혼동이 되어) 그라니? 그게 무슨—
캐서린 당신 말예요. 당신이 여기 있는 게 싫어요.
핼   왜?
캐서린 아빠 돌아가셨어요.
핼   하지만 난—
캐서린 아빠 돌아가셨어요. 아빠의 제자는 더 이상 필요 없어요.
핼   다른 사람들이 또 있을 텐데.
캐서린 뭐라구요?
핼   나 혼자일 것 같아? 사람들은 벌써 선생님의 자료를 분석하기 시
        작했어요. 누군가 그 노트북들을 읽을 걸.
캐서린 내가 읽겠어요.
핼   아니, 당신은—
캐서린 내 아빠니까 내가 할래요.
핼   그건 안 돼.
캐서린 왜요?
핼   수학을 모르잖아. 그냥 종이 위에 아무렇게나 휘갈겨 쓴 것들인
        데, 당신이 좋은 것과 쓰레기를 구별할 수 있겠어?
캐서린 다 쓰레기예요.
핼   혹 그렇지 않을 경우를 대비해서, 우린 어떤 방심도 허용할 수 없
        어.
캐서린 나도 수학을 알아요.
핼   만일 저 위에 뭔가가 있다면 그건 아주 고급한 수학일 걸. 전문
        가만이 알아볼 수 있는.
캐서린 나도 알아볼 수 있어요.

핼	(참을성 있게) 캐시….
캐서린	왜요?
핼	물론 아빠가 수학의 어떤 기본적인 것을 가르쳐 주셨겠지, 하지만….
캐서린	날 믿지 않는군요.
핼	미안해. 당신은 못 해. (잠시 후. 캐서린이 그의 배낭을 낚아챈다.) 어이! 왜 이래. 그러지 마. (캐서린은 배낭을 열어서 조사한다.) 여기가 공항인 줄 알아? (캐서린은 물건들을 하나 하나 꺼낸다. 물병 하나. 작업복. 오렌지 하나. 북채. 그게 전부다. 그녀는 물건을 다 다시 집어넣고 돌려준다. 잠시 후)
캐서린	내일 와도 좋아요. (사이. 둘 다 당황해 있다.)
핼	대학 보건소가 제법 좋아. 우리 어머니가 2년 전에 돌아가셨을 때 난 몹시 상심했었지. 공부도 잘 안 됐고… 그래 보건소를 찾아가서 한 여의사를 만났어. 두 달쯤 다녔는데 정말 도움이 됐어.
캐서린	난 괜찮아요. (사이)
핼	그리고 운동도 많은 도움이 돼요. 난 일주일에 두어 번 호수를 따라 뛰어. 아직 기온이 그렇게 차갑지 않아. 언제고 같이 가고 싶으면 내가 차로 데려다 주지. 꼭 서로 말을 해야 되는 것도 아니고….
캐서린	고맙지만 싫어요.
핼	알았어. 쇼에 늦겠는데. 그만 가봐야겠어.
캐서린	가요. (사이)

핼	클럽까지 20분이면 충분해. 정말로. 같이 가서, 연주 듣고, 우리 연주는 정말 형편없지만, 나중에 그 보상으로 우린 모두에게 술을 쏘지. 네 시, 네 시 반이면 집에 돌아올 수 있을 텐데….
캐서린	잘 가요.
핼	잘 자. (그는 나가기 시작한다. 재킷을 잊어버렸다.)
캐서린	기다려요. 코트를 안 입었어요.
핼	괜찮아, 내가—
	(캐서린은 그의 재킷을 집어든다. 그러자 코트 안에 접어두었던 작문 공책이 바닥에 떨어진다. 사이. 그녀는 그것을 집는다. 분노로 떨고 있다.)
캐서린	내가 편집증이라구?
핼	잠깐.
캐서린	나더러 조깅을 하라구?
핼	잠깐만 참아.
캐서린	나가!
핼	글쎄 내 애길 좀—
캐서린	어서 내 집에서 꺼져.
핼	잠깐만 내 애길 들어봐.
캐서린	(공책을 흔들며) 이걸 훔쳤어!
핼	설명해줄게!
캐서린	나한테서, 아빠한테서 이걸 훔쳤어—
	(그는 공책을 낚아챈다.)
핼	보여줄 게 있어. 진정해.
캐서린	돌려줘.
핼	잠깐만 기다려봐.
캐서린	경찰을 부르겠어. (그녀는 전화기를 집어들고 다이얼을 돌린다.)

헬   그러지 마. 내가 잠깐 빌린 거야, 알았어? 미안해, 아래층에 내려
      오기 전에 그냥 집어들고는 생각하기를—

캐서린 (전화로) 여보세요?

헬   그럴 이유가 있었어.

캐서린 여보세요, 경찰이죠? 예, 도둑신고를 하려고요.

헬   난 아버님께서—선생님이 쓰신 뭔가를 발견했어. 알겠어? 선생님
      이 수학이 아닌 무언가를 쓰신 거야. 봐, 내가 보여줄게.

캐서린 절도요.

헬   그 씨벌 놈의 전화 좀 내려놓고 내 말 좀 들어봐.

캐서린 (전화로) 예, 남구 5724번지—

헬   당신에 대한 거야. 알겠어? 당신. 당신에 대해 쓰신 거라구. 여기
      당신 이름이 있어. 캐시. 봐?

캐서린 남구…

      (캐서린은 잠시 멈춘다. 그녀는 듣고 있는 듯하다. 헬이 읽는다.)

헬   "맑은 날. 캐서린으로부터 아주 좋은 소식이 왔다." 난 그게 뭘 말
      하는지는 몰랐지만 생각에 당신이 혹시…

캐서린 언제 쓰셨죠?

헬   내 생각에 4년 전인 것 같아. 필적이 안정돼 있어. 선생님께서 회
      복기에 계실 때가 분명해. 더 있어. (잠시 후, 캐서린은 수화기를 내
      려놓는다.) "기계가 아직 작동을 못하지만 나는 인내심을 갖고 기
      다린다." "기계"란 선생님의 마음, 수학적 능력을 말하는 거야.

캐서린 알아요.

헬   (읽는다) "나는 언젠가 목적지에 도달할 것을 안다. 나는 자동차
      정비공이다. 형편없이 망가진 자동차를 위해 기름때 묻히며 수년
      간 작업한 끝에 시동을 거니 드디어 약하게나마 기침 소리가 들
      리는 듯하다. 아직 운전은 못 하지만, 낙관할 근거는 있다. 학생

들과 이야기하는 것이 도움이 된다. 밖에 나가고, 레스토랑에서 식사하고, 버스를 타는 등 정상적인 생활의 모든 활동들이 도움이 된다.

특히 캐시의 도움이 크다. 나를 돌보느라 딸아이는 수많은 세월을 잃어버렸다. 아니 낭비했다. 그런데도 딸아이는 날 정신병원에 입원시키기를 거부한다. 확실히 그 애가 날 집에 두고 직접 돌보아줌으로써 난 생명을 건졌다. 이 글을 쓰는 것도 그래서 가능해졌다. 수학을 다시 하는 것을 상상할 수 있게 해줬다. 그 아이의 힘은 어디서 오는 것인가? 이 은혜를 어떻게 갚는단 말인가?

오늘은 그 아이의 생일이다. 이제 스물 한 살이다. 데리고 나가 식사를 해야지." 9월 4일이라고 날짜가 적혔군. 내일 말야.

캐서린　오늘예요.

헬　　　그렇군. (그는 그녀에게 공책을 건네준다.) 당신이 보고 싶어 할 거라고 생각했어. 몰래 빼낼 생각을 하지 말았어야 했는데. 내일 내가 —좀 쑥스러운 얘기이긴 하지만. 포장을 잘 해서 주려고 했었지. 생일 축하해.

　　　　(그는 나간다. 캐서린은 이제 혼자다. 그녀는 두 손에 머리를 파묻는다. 운다. 마침내 울음을 멈추고 눈물을 닦는다. 밖에서 경찰 차 사이렌 소리가 점점 가까이 다가온다.)

캐서린　제기랄.

　　　　　　　　　　　　　　　　　　　　　　　　　　암전

2장

다음날 아침. 세련된 차림의 매력적인 클레어가 머그로 커피를 마시고 있다. 그녀는 쟁반에 베이글과 과일을 담아 베란다로 내왔다. 그녀는 두 접시 위에 음식들을 나눈다. 바닥에 샴페인 병이 나뒹굴고 있음을 발견한다. 병을 집어 식탁 위에 놓는다. 캐서린이 등장한다. 그녀의 머리는 샤워 탓에 젖어 있다.

클레어 낫다. 훨씬.
캐서린 고마워.
클레어 기분 좀 나아졌니?
캐서린 응.
클레어 백만 배는 더 예뻐보인다. 커피 마셔.
캐서린 그래.
클레어 어떻게 마시니?
캐서린 블랙으로.
클레어 우유를 조금 넣자. (그녀는 우유를 붓는다.) 바나나 먹을래? 내가 먹을 것 가져오길 참 잘 했지. 집안에 통 먹을 게 없더라.
캐서린 장보러 가려던 참이었어.
클레어 베이글 먹어라.
캐서린 싫어. 난 아침 안 먹어. (사이)
클레어 드레스를 안 입었구나.
캐서린 아직 그러구 싶지 않아서.
클레어 한번 입어봐. 맞나 안 맞나 보게.
캐서린 나중에 입어볼게.
　　　　(사이)

클레어 머리 말릴래? 헤어 드라이어를 갖고 왔는데.

캐서린 아니.

클레어 내가 갖다준 콘디셔너 발랐니?

캐서린 아니, 제기럴, 까먹었어.

클레어 내가 제일 좋아하는 거야. 너도 그럴 걸. 한번 발라봐, 케이티.

캐서린 다음번에 써볼게.

클레어 맘에 들거야. 호호바가 들었거든.

캐서린 "호호바"가 뭔데?

클레어 건강한 머리를 위해 넣는 거 있어.

캐서린 머리카락은 무생명체야.

클레어 뭐라구?

캐서린 죽은 조직이라구. 그걸 "건강하게" 만들 수 없어.

클레어 어쨌든, 네 머리카락에 좋은 거야.

캐서린 뭐, 화학약품이야?

클레어 아니, 유기약품이지.

캐서린 유기약품이면서 화학약품일 수도 있어.

클레어 난 그런 거 몰라.

캐서린 유기화학이라고 못 들어봤어?

클레어 그걸 바르면 느낌도, 모양도, 냄새도 다 좋아져. 내가 알고 있는 지식은 그게 다다. 한번 써보기로 작정하면 너도 좋아할 거야.

캐서린 고마워. 써볼게.

클레어 그래. (사이) 드레스가 맞지 않으면 시내로 가서 바꾸면 돼.

캐서린 알았어.

클레어 나가서 점심 사줄게.

캐서린 좋아.

클레어 내가 돌아가기 전 일요일이 어떨까. 너 뭐 필요한 것 없니?

캐서린   옷 같은 거?

클레어   뭐든지. 내가 여기 있는 동안에 말해.

캐서린   아냐, 필요 없어.

   (사이)

클레어   오늘 저녁에 손님을 좀 부를까 생각했어. 너만 괜찮다면 말이야.

캐서린   난 괜찮아, 클레어, 그 말 좀 이제 그만 해.

클레어   넌 무슨 계획 없니?

캐서린   없어.

클레어   내가 음식을 좀 주문했다. 와인, 맥주.

캐서린   오늘 오후에 아버지를 묻을 건데.

클레어   그러는 게 괜찮겠다고 생각했어. 장례식에 왔던 사람으로 누구든
   먹고 싶은 사람은 오게 하려고. 내 옛날 시카고 친구들을 이 때
   아니면 언제 만나겠니. 괜찮을 거야. 장례식이라고 마냥 엄숙할
   필요는 없잖아. 너만 괜찮다면.

캐서린   그래, 그렇게 해.

클레어   스트레스도 많이 받았고. 야하지 않게 기분을 푸는 것도 좋아. 미
   치가 안부 전해달라더라.

캐서린   안녕, 미치.

클레어   못 와서 정말 미안해 해.

캐서린   후회할 거야, 얼마나 재미있을 텐데.

클레어   널 보고 싶어했어. 사랑을 전해 달래. 곧 만나게 될 거라고 내가
   말해줬지. (사이) 우린 결혼할 거야.

캐서린   말도 안 돼.

클레어   정말야! 막 결정했어.

캐서린   자알 했다.

클레어   그럼!

캐서린 언제?

클레어 1월.

캐서린 허.

클레어 간소하게 치를 거야. 그 사람 부모님도 다 돌아가셨고. 시청에서
하기로 했어. 하지만 저녁은 한번 크게 쏠 거야, 우리가 제일 좋
아하는 레스토랑에 친구들을 전부 초대해서. 물론 너도 와. 결혼
식에 와줬으면 해.

캐서린 물론 가지. 축하해, 클레어. 나도 정말 기뻐.

클레어 고마워. 나도 행복해. 우린 이제 시간이 됐다고 생각했지. 그이
직장도 좋고. 나도 막 승진했고….

캐서린 허.

클레어 너 올 거지?

캐서린 그럼, 가야지. 1월이라고 했지? 나야 뭐 달력을 볼 필요도 없이
시간이 많으니까. 갈게.

클레어 네가 온다니 정말 기쁘다. (사이. 이제부터 클레어는 치밀하게 접근한
다.)

클레어 넌 잘 지내고 있니?

캐서린 그럭저럭.

클레어 느낌이 어때?

캐서린 느낌이라니?

클레어 아빠에 대해서.

캐서린 아빠의 무엇에 대해서?

클레어 아빠의 죽음에 대해 어떤 느낌이 들어? 너 괜찮아?

캐서린 응, 괜찮아.

클레어 정직하게 말해봐.

캐서린 정말야.

클레어   어떤 의미에서 아빠 적기에 돌아가신 거야. 적기라는 게 있다면
              말이지. 넌 이제 뭘 할 거니, 계획 있어?

캐서린   아니.

클레어   여기 그냥 머물고 싶니?

캐서린   모르겠어.

클레어   복학할래?

캐서린   그건 아직 생각 못 해봤어.

클레어   생각할 게 참 많지? 기분이 어떠니?

캐서린   육체적인? 괜찮아. 머리카락이 좀 부실해지는 것만 빼면. 무슨 처
              치할 방법이 있으면 좋겠어.

캐서린   솔직히 말해봐, 캐서린.

캐서린   도대체 언니 질문의 요점이 뭐야?

              (사이)

클레어   케이티, 네가 샤워하는 동안 경찰이 다녀갔어.

캐서린   그래?

클레어   현장검증하러 왔다더라. 오늘 아침 사정이 어떤지 보려고.

캐서린   (중립적으로) 친절하군.

클레어   어젯밤 전화신고를 받고 들렀다는 거야.

캐서린   그래?

클레어   네가 어젯밤 경찰에 전화했니?

캐서린   응.

클레어   왜?

캐서린   도둑이 들었다고 생각했지.

클레어   그런데 도둑이 아니었어?

캐서린   응. 내가 생각을 바꿨어.

              (사이)

클레어 넌 911 긴급신고를 해놓곤 전화를 끊었다며—

캐서린 경찰을 진짜 부른 건 아냐.

클레어 그럼 왜 전화했니?

캐서린 어떤 작자를 이 집에서 쫓아내려고 그랬어.

클레어 누군데?

캐서린 아빠 제자 중의 한 사람.

클레어 아빤 몇 년간 학생이 없었는데.

캐서린 그랬지. 옛날 때 학생, 지금은—수학강사야.

클레어 그 사람이 왜 이 집에 와 있었니?

캐서린 아빠의 공책들을 들여다 본다고 며칠 째 왔었어.

클레어 한밤중에?

캐서린 음, 늦었지. 난 그 사람이 작업을 끝내기를 기다리고 있었고, 어 젯밤엔 그 사람이 훔치고 있을지 모른다고 생각했어.

클레어 아빠의 공책들을 훔친다.

캐서린 응. 그래서 그 사람더러 가라고 했어.

클레어 정말 훔쳤니?

캐서린 응. 그래서 경찰에 전화를 했지—

클레어 그 사람 이름이 뭐야?

캐서린 헬. 해롤드. 해롤드 덥스.

클레어 경찰 얘기로는 집에 너밖에 없었다던데.

캐서린 경찰이 오기 전에 떠났어.

클레어 공책들을 가지고?

캐서린 아니, 클레어, 바보 같이 굴지마, 공책이 백 권도 넘어. 그 사람은 그 중에서 한 권만 훔치려고 했고, 그것도 나한테 돌려주기 위해서 훔치려고 했을 뿐야. 그래서 보내줬지, 북쪽 어디서 악대친구들하고 연주하라고.

클레어 악대?

캐서린 그 사람은 늦었어. 나더러 함께 가자고 했지만, 내가 안 가길 잘
했지.

(사이)

클레어 (부드럽게) "해롤드 덥스"가 네 남자친구냐?

캐서린 아니!

클레어 그 사람이랑 함께 자니?

캐서린 뭐라구? 우웩! 아니! 그 사람은 수학 벌레야!

클레어 악대단원이라며? 락 밴드냐?

캐서린 아니, 행진악대야. 트롬본을 맡았대. 락 밴드라구!

클레어 그 악대 이름이 뭐니?

캐서린 내가 어떻게 알아?

클레어 "해롤드 덥스"가 그의 락 밴드 이름도 안 가르쳐줬어?

캐서린 아니. 나도 몰라. 신문을 봐봐. 어젯밤에 연주를 했다니까. 존재하
지 않는 "허수"라는 곡을 연주한대. (사이)

클레어 미안해, 아직 이해가 안 되는 게 있어서. 그러니까 "해롤드 덥스"
가—

캐서린 꼭 "해롤드 덥스"라고 불러야겠어?

클레어 그러니까 이 사람이…

캐서린 해롤드 덥스는 존재해.

클레어 물론 그렇겠지.

캐서린 시카고 대학의 수학자야. 그 씨벌놈의 수학과에 전화해봐.

클레어 화내지 마. 난 다만 이해하려고 노력하는 것뿐이니까! 만일에 어
떤 섬뜩한 대학원 학생이 아빠의 서류를 빼내려는 것을 네가
발견하고 경찰에 전화를 했다면 그건 이해하겠어, 또 네가 여기
바깥에서 파티를 하면서 남자친구와 술을 마시고 있었다면 그것

　　　　도 이해하겠어. 그러나 이 두 이야기는 양립할 수 없어.

캐서린　언니가 "남자친구" 이야기를 꾸며냈기 때문이야. 난 여기 혼자 있
　　　　었어.

클레어　해롤드 덥스가 여기 없었다구?

캐서린　없었지, 그 사람은―아냐, 있었어, 다만 우리는 파티를 하고 있지
　　　　않았어!

클레어　함께 술을 마시고 있었던 게 아냐?

캐서린　아니라니까!

클레어　(샴페인 병을 들어 보인다.) 이게 바로 여기 나뒹굴고 있었다. 그럼
　　　　누구랑 마시고 있었다는 얘기니?
　　　　(캐서린은 주저한다.)

캐서린　혼자서.

클레어　정말?

캐서린　그래.
　　　　(사이)

클레어　경찰은 네가 욕을 많이 했다더라. (캐서린은 아무 말도 하지 않는다.)
　　　　잡아넣지 않은 걸 다행으로 여기라던데.

캐서린　놈들이 얼마나 병신 같아야지. 영 가질 않는 거야. 나더러 조서를
　　　　쓰라면서….

클레어　너 욕도 했니?

캐서린　경찰 한 놈이 말할 때마다 나한테 침을 튀기잖아. 어이 더러워.

클레어　네가 "좆대가리"라고 했어?

캐서린　생각 안 나.

클레어　한 경찰더러는…다른 경찰의 엄마한테 가서 씹이나 하라고 했다
　　　　며?

캐서린　아니.

클레어　그랬다던데.

캐서린　표현이 달라.

클레어　둘 중 한 사람을 때렸니?

캐서린　집에 자꾸 들어오려고 하잖아!

클레어　하나님 맙소사.

캐서린　아마 조금 밀기는 했을 거야.

클레어　그 사람들 얘기는 네가 취했거나 제정신이 아니었다던데.

캐서린　집안에 들어와서 수색을 하겠다는 거야—

클레어　네가 신고를 했으니까.

캐서린　맞아, 하지만 진짜로 와달라는 게 아니었단 말야. 그런데 와서는 마치 이게 지네들 집인 것처럼 날 밀질 않나, "아가씨"라고 부르 질 않나, 날 보고 싱글싱글 웃질 않나, 병신 같은 새끼들.

클레어　아주 친절해 뵈던데. 그 사람들 비번인데도 네가 어쩌고 있는지 보려고 일부러 찾아왔어. 아주 점잖더라, 얘.

캐서린　사람들이 언니한텐 늘 그러지.

　　　(사이)

클레어　케이티. 뉴욕에 가지 않을래?

캐서린　그래, 간다니까. 1월에 갈 거야.

클레어　더 일찍 와도 돼. 우리랑 함께, 함께 살자. 재미있을 거야.

캐서린　그러고 싶지 않아.

클레어　미치가 요리를 얼마나 잘 하는지 몰라. 요리가 취미인가봐. 요리 기구란 기구는 다 사들여. 마늘 짜는 기계, 올리브유 분무기… 매 일 밤 새 게 들어와. 맛있고, 멋진 식사. 하루는 글쎄 베지테리안 칠리를 다 만들었단다!

캐서린　씨발 지금 무슨 얘길 하고 있는 거야?

클레어　우리랑 잠시 살자. 아주 재미있을 거야.

캐서린   고맙지만, 여기도 괜찮아.

클레어   시카고는 죽은 도시야. 뉴욕이 훨씬 더 재미있어. 믿기지 않을 만
         큼.

캐서린   지금 이 순간 내 진정한 관심의 초점은 "재미"가 아냐.

클레어   내 생각엔 뉴욕이 너한테 정말로 재미있고… 안전할 것 같아―

캐서린   난 안전한 곳이 필요 없고 또 재미를 찾고 싶지도 않아! 난 여기
         가 정말 좋아.

클레어   넌 지쳐 보여. 좀 쉬는 시간이 필요하지 않겠니?

캐서린   쉬는 시간?

클레어   케이티. 부탁야. 넌 너무 어려운 시간을 보냈어.

캐서린   난 정말 괜찮아.

클레어   내 생각에 넌 화나 있고 지쳤어.

캐서린   언니가 여기 도착하기 전까진 말짱했어.

클레어   그래, 하지만―

핼   (밖에서) 캐서린?

클레어   누구니?

         (사이. 핼이 들어온다.)

핼   어이, 난―

         (캐서린은 일어서서 승리한 듯이 그를 가리킨다.)

캐서린   해롤드 덥스야!

핼   (혼동스러운 듯이) 안녕하세요.

캐서린   됐지? 정말로 필요 없어, 언니. 난 괜찮아, 보시다시피, 아주 말짱
         해, 그런데 언니가 휙 쳐들어 와서 수만 가지 질문들을 퍼붓고,
         "너 괜찮니?"하고 묻고, 아주 상냥한 목소리로 "아, 불쌍한 경찰
         아저씨들"하고 탄식하고―경찰이 스스로 어련히 알아서 잘 할라
         구!―베이글에다 바나나에다 호호바에다 "뉴욕에 와라" 베지테리

안 칠리다 정신없이 떠들어댔어. 이제 정말 못 참겠으니까 그만

해줘.

(사이)

클레어   (상냥하게, 핼에게) 클레어예요. 캐서린의 언니.

핼   오, 안녕하세요. 핼입니다. 만나서 반가워요. (잠시 어색한 사이) 제

       가⋯ 너무 일찍 오지 않았나 모르겠군요. 장례식 하기 전에 몇

       가지 일을 끝내놓으려구요─허락, 허락⋯.

클레어   물론이죠!

캐서린   그래요, 하세요.

       (핼은 나간다. 잠시 후)

클레어   저게 해롤드 덥스란 말이지?

캐서린   응.

클레어   귀엽네.

캐서린   (역겨워) 우엑.

클레어   수학자라고 했니?

캐서린   나한테 사과해야 하는 것 아냐?

클레어   몇 가지 결정할 일들이 있어. 아침 일찍부터 시작할 일은 아니었

       는데. 싸우기 싫으니까. (사이) 핼이 베이글 먹겠다고 안 할까?

       (사이. 캐서린은 눈치를 알아채지 못한다. 그녀는 나간다. 잠시 망설이

       다가 클레어는 바나나와 베이글을 하나씩 들고 안으로 들어간다.)

암전

3장

밤. 집 안에서는 파티가 진행중이다. 솜씨가 훌륭하진 못하지만 대단
히 열정적인 밴드의 시끄러운 음악 소리. 캐서린이 베란다에 혼자
있다. 화려한 검정 드레스를 입고 있다. 안에서 밴드가 한 곡의 연주
를 마친다. 환호 소리, 박수 소리. 잠시 후 핼이 나온다. 그는 어두운
색의 옷을 입고 있다. 넥타이는 풀었다. 연주 탓에 땀을 흘리며 들떠
있다. 맥주병 두 개를 들고 있다. 캐서린이 그를 바라본다. 사이.

캐서린   장례식 리셉션 치곤 좀 정도를 벗어났다고 생각 안 해요?
핼   뭐얼. 아주 좋은데. 들어갑시다.
캐서린   난 괜찮아요.
핼   연주는 더 안 할게, 약속해.
캐서린   고맙지만 싫어요.
핼   맥주 마실래?
캐서린   괜찮아요.
핼   당신 주려고 한 병 가져왔는데.
         (사이. 캐서린은 망설인다.)
캐서린   좋아요. (그녀는 병을 받아 홀짝홀짝 마신다.) 저 안에 사람이 몇 명
         이나 있어요?
핼   한 40명 될 걸.
캐서린   40?
핼   핵심 파티꾼들이지.
캐서린   언니 친구들예요.
핼   아니, 수학자들야. 언니 친구들은 벌써 몇 시간 전에 떠났어. 저
         친구들 파티에 불러줘서 얼마나 좋아하는지 몰라. 아버님 숭배자

들이거든.

캐서린   클레어 생각이었어요.

핼   좋은 생각이었어.

캐서린   (지며) "허수"의 연주는…제법…감동적이었어요.

핼   좋은 장례식이었어. "좋다"라는 말에 어폐가 있긴 하지만—

캐서린   알아요. 그래요.

핼   사람들이 얼마나 많이 왔는지 알아?

캐서린   나도 놀랐어요.

핼   아버님도 흐뭇하셨을 거야. (캐서린은 그를 쳐다본다.) 미안, 내가
          주제 넘게—

캐서린   아니, 당신이 맞아요. 모든 것이 내가 생각했던 것보다 나았어요.
          (사이)

핼   당신 근사한데.

캐서린   (드레스를 가리키며) 언니가 줬어요.

핼   맘에 들어.

캐서린   잘 맞지는 않아요.

핼   아냐, 캐서린, 정말 좋아.
          (사이. 안에서 시끄러운 소리가 난다.)

캐서린   사람들이 언제 떠날 것 같아요?

핼   알 수 없지. 수학자들은 다 미친놈들이니까. 지난 가을 토론토의
          학술대회에 갔었거든. 난 젊겠다, 맞지? 체격도 좋겠다, 덩치 큰
          자들하고 어울릴 수 있을 것 같더라구. 천만에. 내 평생 그렇게
          녹초가 됐던 적이 없어. 48시간을 스트레이트로 파티하고, 마시
          고, 마약 하고, 논문발표하고, 강의하고….

캐서린   마약을 해요?

핼   음. 대부분 신경안정제지. 난 안 해. 나이 든 몇몇 친구들은 아주

중독이 돼 있어.

캐서린 정말?

핼 정말, 그게 필요하다고 믿는가봐.

캐서린 왜요?

핼 그들 생각에 수학은 젊은이들의 게임이거든. 속도가 그들을 달리게 하고 스스로 예리하다고 느끼게 만들어주지. 인간의 창의력이 스물 셋에 정점에 올랐다가 그 뒤론 하향길이다 라는 공포가 있어. 50이 되면 이미 끝난 거야. 고등학교 선생이나 할 수 있겠지.

캐서린 아빠도 그렇게 생각했어요.

핼 난 잘 모르겠어. 계속 생산을 해내는 이들이 있거든.

캐서린 많지는 않죠.

핼 그래, 당신이 맞아. 정말로 독창적인 작업은—다 젊은 친구들의 몫이지.

캐서린 젊은 친구들.

핼 젊은 사람들.

캐서린 대부분 남자들이죠.

핼 여자도 있긴 있어.

캐서린 누구?

핼 스탠포드 대학 교수인데, 이름은 생각 안 나.

캐서린 소피 져메인.

핼 그런가? 모임에서 이래 저래 봤을 텐데, 전혀 만났던 기억이 없어.

캐서린 1776년에 파리에서 태어났죠.
(사이)

핼 그러니 만났을 리가 없군.

캐서린 그녀는 자기 집에 갇혀 있었어요. 프랑스 혁명이 한창일 때였죠. 그녀는 안전을 위해서 집안에 머물러야 했고 할 수 없이 아버지

의 서재에서 책을 읽으며 시간을 보냈죠. 그리스의 철학, 문학 등
등…. 나중에 그녀는 진짜 교육을 받고자 했지만 당시 학교들은
여학생을 받아들이지 않았어요. 그래서 그녀는 편지를 썼어요.
가우스에게. 남자의 이름을 사용했어요. 어—앙트와느—오귀스트
르 블랑이라는. 그에게 중요한 연구결과, 특정한 종류의 소수에
관한 몇몇 증명들을 보냈어요. 가우스는 그런 명석한 젊은이와
편지를 주고받게 된 것을 매우 기뻐했죠. 아빠가 그녀에 관한 책
을 나한테 주셨어요.

핼	난 참 멍청한가봐. 소피 져메인, 맞아.
캐서린	그 여잘 알아요?
핼	져메인 소수를 발견한 사람.
캐서린	맞아요.
핼	아주 유명한 거야. 이 소수에 2를 곱해서 1을 더하면 또 다른 소수가 되지. 2처럼. 2는 소수인데, 2에 2를 곱해서 1을 더하면 5라는 또 하나의 소수가 나온단 말이지.
캐서린	맞아요. 또는 92,305 곱하기 2의 16,998제곱 더하기 1을 해도 마찬가지죠.
핼	(놀래서) 맞아.
캐서린	그게 가장 큰 소수예요. 이제까지 알려진 것 중에…

(사이)

핼	그 양반이 그녀가 누군지 끝내 알아냈나? 가우스말야.
캐서린	예. 양쪽 모두에게 친구였던 사람이 그 명석한 젊은이가 여자임을 말해줬어요.

가우스가 이런 편지를 그녀에게 썼어요. "숫자의 신비에 대한 호
기심은 매우 드문 것이고, 더구나 우리의 관습이나 편견에 의해
여자가 이러한 어려운 이론들에 친숙해지려면 남자에 비해 엄청

나게 많은 난관들을 봉착하게 될 터인데, 그럼에도 불구하고 가
장 모호한 부분들을 간파하는 데 성공했다는 것은 그녀가 가장
고귀한 용기와 매우 특별한 재능과 탁월한 천재성을 가졌음을
증명합니다."

(이제 검연쩍어 하며) 다 외웠어요…

(핼은 그녀를 응시한다. 그는 갑자기 그녀에게 키스하고는 당황해서 멈
춘다. 그는 물러선다.)

핼   미안. 내가 좀 취했나봐.

캐서린   괜찮아요. (어색한 침묵.) 어제 일 사과해요. 도움을 못 준 것에 대
해서. 당신이 하고 있는 일에 대해서. 필요하면 언제든지 위층을
쓰세요.

핼   당신이야 잘못한 게 없지. 내가 너무 내 입장만 생각했어.

캐서린   내가 아주 나빴어요.

핼   아니. 내가 시간을 잘못 선택했었어. 어쨌든, 당신 말이 맞는 것
같아.

캐서린   뭐가요?

핼   쓰레기라고 한 말.

캐서린   (끄덕이며) 그래요.

핼   오늘 대충 대충 아주 많이 읽어봤는데, 내가 훔쳤던 공책 말고는—

캐서린   아, 제발, 그 점에 대해서 정말 미안해요.

핼   그러지 마. 당신이 옳았어.

캐서린   경찰에 전화를 하지 말았어야 했는데.

핼   내 실수였는 걸.

캐서린   아네요.

핼   중요한 건 그 공책만 유일하게 온전한 정신으로 쓰여진 게 아니
냐는 생각이 들기 시작한다는 사실이지. 그리고 그 안엔 수학이

　　　　　없어요.

캐서린　　맞아요.

핼　　　　내 말은, 내가 계속 읽기는 하겠지만 이틀 안에 아무 것도 발견
　　　　　못하면….

캐서린　　북 치는 일로 돌아가겠다….

핼　　　　그렇지.

캐서린　　그리고 본연의 연구로 돌아가겠다….

핼　　　　그럴 수밖에.

캐서린　　그런데 그게 뭐가 문제죠?

핼　　　　그걸로 세상에 불지를 수 없다는 것.

캐서린　　오, 왜 이래요.

핼　　　　근본적으로 틀렸어.

캐서린　　해롤드.

핼　　　　내 논문들은 채택이 되지 않아. 당연하지―하찮은 것들이니까.
　　　　　대단한 아이디어가 거기엔 없어.

캐서린　　대단한 아이디어가 중요한 게 아녜요. 일이 중요해요. 한 문제를
　　　　　조금씩 벗겨가는 거죠.

핼　　　　선생님은 그러지 않으셨어.

캐서린　　어느 의미에선 그렇게 하신 셈예요. 아빠 측면에서, 이상한 각도
　　　　　에서 문제를 공격해 들어가서 올라타고, 갈아 으깨곤 했죠. 아빤
　　　　　서두르지 않았어요. 단지 아빠 속도가 누구보다도 빨라서 밖에서
　　　　　보기엔 마술 같았죠.

핼　　　　난 잘 모르겠어.

캐서린　　그렇게 추측이 돼요.

핼　　　　게다가 선생님의 작품은 아름다웠어. 읽으면 즐겁지. 다림질이
　　　　　잘 됐다고나 할까. 이를 테면 시속 95마일 짜리 직구처럼 전혀 불

필요한 동작이 없어요. 한 마디로… 우아해.

캐서린   그래요.

핼   그런 건 모방할 수 없는 거야. 적어도 나는 못 하겠어. 상관없어.
         어느 시점에 이르면 그런 일이 자신한테 불가능하다는 걸 깨닫
         게 되지, 스스로 기대치를 낮출 수밖에. 난 가르치는 일을 좋아해.

캐서린   언젠가 당신도 대박을 터트릴 수 있을 거예요.

핼   내 나이 스물 여덟이야. 기억해? 이미 내리막길에 접어들었어.

캐서린   각성제를 써봤어요? 도움이 된다고들 하던데.

핼   (웃으며) 써봤지.

         (사이)

캐서린   그런데, 핼.

핼   응?

캐서린   뭘로 섹스를 해요?

핼   뭐라구?

캐서린   학술대회 때 말예요.

핼   아, 난 그저 —

캐서린   학술대회를 하는 이유가 그게 아닌가요? 여행. 룸 서비스. 커다란
         호텔 방 침대 위에서의 세금공제되는 섹스.

핼   (웃으며, 불편하게) 글쎄. 난 잘 모르겠어.

캐서린   당신들은 뭘 하죠? 덩치 큰 사내들이 모여서.
         (사이. 그녀는 그를 유혹하고 있는가? 핼은 헷갈린다.)

핼   우린 과학자들이니까.

캐서린   그래서요?

핼   여러 가지 실험들을 하지.

캐서린   (웃으며) 알 만해요.
         (사이. 캐서린이 그에게 다가간다. 그에게 키스한다. 길게. 끝낸다. 핼은

놀랬지만 아주 흐뭇하다.)

핼   허.

캐서린   아주 좋았어요.

핼   정말?

캐서린   예.

핼   또 할까?

캐서린   해요.

        (키스)

핼   난 늘 당신을 좋아했어.

캐서린   그랬어요?

핼   당신을 알기 전부터. 당신이 학교로 아버님 연구실을 들렸을 때 힐끔 힐끔 봐뒀지. 말을 걸고 싶었지만, 생각을 고쳐먹었지. 박사 과정 지도교수님의 딸과 연애하면 되겠어?

캐서린   특히 그 지도교수가 미쳤을 땐.

핼   특히 그럴 땐.

        (키스)

캐서린   당신은 여기에 한 번 왔었어요. 4년 전에. 기억나요?

핼   물론. 당신도 기억한다니 믿기지 않는 걸. 아버님께 내 논문의 초고를 드리려고 왔었지. 그때 얼마나 떨었었는지.

캐서린   불안해 보였어요.

핼   당신이 그걸 다 기억하다니 믿기지 않아.

캐서린   당신을 기억해요. (키스) 생각에 당신은… 고리타분할 것 같지 않았어요.

        (둘은 키스를 계속한다.)

                암전

4장

이튿날 아침. 캐서린이 로우브 차림으로 베란다에 혼자 있다. 핼이 반쯤 옷을 걸치고 들어온다. 그녀의 뒤로 조용히 다가간다. 그녀는 그가 오는 소리를 듣고 돌아선다.

핼   깬 지 오래됐어?

캐서린 아니, 금방.

핼   내가 늦잠을 잤나?

캐서린 아뇨.
      (사이. 숙취 뒤의 어색함.)

핼   언닌 일어났어?

캐서린 아니. 두 시간 뒤엔 비행기를 타고 집에 갈텐데. 가서 깨워야 할까봐요.

핼   자게 놔둬. 어젯밤 이론물리학자들하고 아주 거나하게 마시더군.

캐서린 일어나거든 커피를 만들어 줘야겠어요.
      (사이)

핼   일요일 아침엔 난 보통 밖에 나가지. 신문도 사고 커피도 마실 겸.

캐서린 좋아요.
      (사이)

핼   같이 안 갈래?

캐서린 오, 아니. 클레어가 떠나기 전까진 집을 못 비워.

핼   알았어. 나도 그냥 있을까?

캐서린 맘대로. 올라가서 일을 하던지.

핼   (당황하여) 알았어.

캐서린   그래요.

핼   꼭 그래야 하나?

캐서린   원한다면.

핼   내가 가길 바래?

캐서린   가고 싶어요?

핼   당신과 함께 있고 싶어.

캐서린   오….

핼   가능하다면 당신과 하루를 보내고 싶어. 가능하면 당신과 오랜
         시간을 함께 보내고 싶어, 물론 내가 지금 당신을 너무 압박해서
         당신이 두려워하는 것이라면 난 즉시 페달을 거꾸로 밟겠지만,
         그런 게 아니라면….
         (캐서린은 웃는다. 맘이 풀린 것이 역력하다. 핼도 마찬가지. 둘은 키스
         한다.)
         어젯밤이 근사했다고 말하기가 왜 이리 어색한지.

캐서린   내가 동의하지 않는다면 어색하겠죠.

핼   아, 그래….

캐서린   어색해하지 말아요. (둘은 키스한다. 잠시 후 그녀는 떨어져 나온다.
         그녀는 결정을 내리면서 주저한다. 드디어 그녀는 목에 두른 체인을 푼
         다. 체인에는 열쇠가 달려 있다. 그녀는 그것을 핼에게 던져준다.) 받아
         요.

핼   이게 뭔데?

캐서린   열쇠.

핼   아.

캐서린   열어봐요.

핼   어디를?

캐서린   아빠 연구실 책상의 맨 밑 서랍.

핼   거기 뭐가 있는데?

캐서린   열어보면 압니다, 교수님.

핼   지금? (캐서린은 어깨를 움츠린다. 그는 웃는다. 농담인지 아닌지 분간
           이 안 된다.) 알았어.
           (핼은 재빨리 그녀에게 키스하고 안으로 들어간다. 캐서린은 몰래 미소
           짓는다. 그녀는 행복하다. 어지러울 정도로. 클레어가 등장한다. 술이 깨
           지 않은 듯하다. 그녀는 앉는다. 곁눈질한다.)

캐서린   잘 잤어?

클레어   제발 소리지르지마, 제발.

캐서린   언니 괜찮아?

클레어   아니. (사이. 머리를 움켜쥔다.) 씨벌놈의 물리학자들.

캐서린   무슨 일이 있었어?

클레어   나 혼자 그 사람들하고 놔두다니 고마웠다.

캐서린   언니 친구들은 다 어디 갔고?

클레어   나의 바보 같은 친구들은─11시밖에 안됐는데 말야!─전부 집에
           가서 베이비시터에게 돈을 주거나 빵을 굽거나 그래야만 했단다.
           나 혼자 이 미치광이들한테 남겨졌어…

캐서린   왜 그렇게 술을 많이 마셨어?

클레어   그자들 상대가 될 줄 알았지. 언젠간 그만 마시겠지, 했더니 그게
           아니었어. 맙소사. "테킬라 한잔 더…"

캐서린   커피 마실래?

클레어   조금 있다가. (사이) 그 밴드 말야.

캐서린   응.

클레어   형편없더라.

캐서린   괜찮았어. 자기네들이 재미있어 했으니까.

클레어   다들 재미를 봤다니 됐다. (사이) 드레스가 제법 괜찮던데.

캐서린   아주 맘에 들어.

클레어   그래에.

캐서린   응, 아주 예뻐.

클레어   네가 입은 것만 보고도 난 놀랐다.

캐서린   맘에 들어, 클레어. 고마워.

클레어   (놀라서) 천만에. 기분이 좋구나.

캐서린   그러면 안 되나?

클레어   무슨 말을 그렇게 해? 천만에. 난 너무 기뻐. (사이) 두어 시간 뒤
         에 난 떠난다.

캐서린   알아.

클레어   집이 아주 엉망이야. 넌 청소하지마. 사람을 불러서 시킬게.

캐서린   고마워. 커피 줘?

클레어   아니, 관둬.

캐서린   (안으로 들어가기 시작하며) 어려운 일도 아닌데, 뭐.

클레어   잠깐만, 케이티. 난 그냥… (심호흡을 한다.) 난 곧 떠나. 난―

캐서린   아까 말했잖아. 알고 있어.

클레어   난 아직도 네가 뉴욕에 왔으면 좋겠어.

캐서린   그래. 1월에.

클레어   뉴욕으로 이사를 오란 얘기야.

캐서린   이사?

클레어   생각 좀 해봐. 날 위해서? 우선은 나랑 미치랑 함께 사는 거야.
         방이 아주 많아. 그러다가 네 집을 구하렴. 널 위해서 몇 군데 아
         파트를 이미 봐뒀어, 정말 아담한 아파트를.

캐서린   내가 뉴욕에서 뭘 해?

클레어   여기선 뭘 하는데?

캐서린   살지.

클레어 뭐든지 다 할 수 있어. 일을 해도 되고 학교를 다녀도 되고.

캐서린 모르겠어, 언니. 이건 중대한 일이야.

클레어 물론이지.

캐서린 언니의 좋은 뜻은 알아. 단지 내가 뭘 하고싶어 하는지 아직 모르겠어. 솔직히 어젠 언니 말이 맞았어. 난 조금 혼란스러워. 피곤하고. 최근 2년간 참 이상한 시간을 보냈거든. 나한텐 생각할 시간이 좀 필요해.

클레어 뉴욕 가서 생각해.

캐서린 여기서도 할 수 있어.

클레어 하지만 나로선 너한테 뉴욕에 아파트를 구해주는 것이 훨씬 쉽고—

캐서린 난 아파트가 필요 없어. 그냥 이 집에 머물래.

클레어 이 집을 팔 거야.

(사이)

캐서린 뭐라구?

클레어 우린—난 이 집을 팔 거라구.

캐서린 언제?

클레어 이번 주에 서류작업을 끝낼 참이야. 너무 갑작스럽게 느껴지겠지만.

캐서린 아무도 이 집을 보러오는 사람이 없었는데, 누구한테 팔겠다는 거야?

클레어 대학에. 이 동네에 눈독 들인지 꽤 오래 됐거든.

캐서린 내가 살고 있는데.

클레어 얘, 아빠가 돌아가셨는데 여기 뭐 하러 사니. 집 꼴도 말이 아니고. 난방을 하는데 돈이 엄청 들어. 이제 처분할 시간이 됐어. 미치도 아주 현명한 생각이라고 동의해줬어. 우린 운이 좋아, 아주 후한 값을 제안 받았거든—

캐서린   나더런 어디 살라고?

클레어   뉴욕으로 와.

캐서린   말도 안돼.

클레어   아주 좋을 거야. 넌 변화가 필요해. 아마 너한테 완전히 새로운 모험이 될 거야.

캐서린   왜 이러는 거지?

클레어   도와주고 싶어.

캐서린   날 내 집에서 발로 차 내쫓으면서?

클레어   내 집이기도 했어.

캐서린   여기서 안 산지가 벌써 몇 년인데.

클레어   알아. 너 혼자 고생했지. 나도 정말 뉘우치고 있어, 케이티.

캐서린   그러지 마.

클레어   내가 널 실망시켰어. 그 생각하면 마음이 무거워. 그래서 이제 도와주고 싶은 거야.

캐서린   지금 날 도와주고 싶다구?

클레어   그래.

캐서린   아빤 돌아가셨어.

클레어   알아.

캐서린   돌아가셨어. 돌아가시고 없으니까 언닌 주말에 날라 와서 날 도와주겠다는 거야? 늦었어. 그 동안 어디 있었지?

클레어   난—

캐서린   5년 전엔 어디 있었어? 그땐 전혀 안 도와주더니.

클레어   직장 때문에.

캐서린   난 여기 있었어. 아빠랑 단 둘이 살면서.

클레어   하루에 열 네 시간 씩 일했다. 그래도 모든 청구서는 내가 지불했잖니. 난 브루클린의 한 칸 방 짜리 주택에 살면서 침실이 세 개인 이 집의 저당금을 다 갚았어.

캐서린   언닌 자기의 인생을 살았어. 학교도 마쳤고.

클레어   너도 학교를 중퇴하지 않아도 됐었어!

캐서린   어떻게?

클레어   나 같으면 뭐든지 했겠다—너한테 말했지? 뭐든지 하고 싶은 대로 하라고 수백만 번은 얘기했을 거야.

캐서린   아빠 어떻게 하고? 누군가 아빠를 돌봐줘야 했잖아.

클레어   아빠 환자였어. 24시간 전문 치료가 가능한 곳에 입원시켜야 했어.

캐서린   아빨 어떻게 정신병원에 보내?

클레어   차라리 그게 아빠한테 날 뻔했어.

캐서린   어떻게 그런 말을?

클레어   이쯤이 내가 죄의식을 느껴야 되는 대목이라는 거지, 그렇지?

캐서린   맘대로 생각해.

클레어   그래, 난 매정하다. 내 친아버지를.

캐서린   아빠 이곳이 필요했어. 자기 집이, 대학과 가까운 곳이, 학생들이 가까이 있는 곳이, 아빠를 행복하게 만드는 것이라면 뭐든지 가까이 있는 곳이.

클레어   그럴지도 몰라. 또는 이 더러운 집에서 너의 보살핌을 받으며 사는 것보다 정말로 전문적인 치료를 받았다면 그게 아빠한테 더 나았을 지도 모르지. 미안해, 캐서린. 네 잘못이 아냐. 널 그러도록 만든 내가 잘못이지.

캐서린   아빠를 이곳에 계시게 한 건 내가 옳았어.

클레어   아냐.

캐서린   아빠의 병세가 한 때 좋아졌던 건 무슨 이유라고 생각해? 4년 전 얘기야. 아빠 거의 1년 내내 건강하셨어.

클레어   그러곤 바로 다시 내리막길이셨잖니.

캐서린	병원에 계셨더라면 훨씬 나빴을 지도 몰라.
클레어	훨씬 좋았을 지도 모르지. 한번이라도 일을 다시 하신 적 있니?
캐서린	없어.
클레어	없다. (사이) 너한테도 훨씬 좋았을 거고.
캐서린	(목소리를 억제하며) 어떤 면에서?
클레어	아빠랑 여기서 함께 산 것이 너한텐 아무 도움이 안 됐어. 너도 그렇게 말했잖아. 넌 재능이 아주 뛰어났었어….
캐서린	언닌 내가 아빠랑 똑같다고 생각하는 거지.
클레어	내 생각엔 네가 아빠의 재능 일부와 아빠의 불안정한 기질을 물려받은 것 같아.
	(사이)
캐서린	클레어, 언닌 날 위해 뉴욕에 예쁜 아파트를 물색해준 것에 덧붙여 그 엄청난 정력을 쏟아부어서 혹시—
클레어	진정해.
캐서린	이 미친 동생을 위한 또 다른 종류의 생활설비까지 마련해둔 것 아냐?
클레어	아냐! 절대로 그런 일 없어. 내 말을 곡해하지 마.
캐서린	거짓말 마, 클레어. 난 언니보다 영리해.
	(사이)
클레어	내가 조사한… 자료들에 다르면—
캐서린	하나님, 맙소사.
클레어	—너만 좋다면, 내 말은, 뉴욕의 의사들이, 그리고 뉴욕 사람들이 최고라는 거야, 그 사람들—
캐서린	조까네.
클레어	다 너한테 달렸어. 한번 살아보면 절대로 딴 데—
캐서린	언니가 미워.

클레어   소리지르지 마. 제발 진정해.

캐서린   언닐 증오해. 난—

(핼이 공책을 든 채 들어온다. 클레어와 캐서린은 갑자기 멈춘다. 사이)

클레어   여기서 뭐 해요?…

(클레어는 캐서린을 응시한다.)

핼   이런 게 있는 걸 언제 알았어?

캐서린   꽤 됐어요.

핼   왜 나한테 얘길 안 했지?

캐서린   말을 해줘야 할 지 잘 몰라서.

(사이)

핼   고마워.

캐서린   천만에.

클레어   무슨 일이야?

핼   오, 캐서린, 고마워.

캐서린   보고 싶어할 것 같았어요.

클레어   그게 뭐예요?

핼   놀라워.

클레어   뭐냐니까?

핼   아, 이건 하나의 결과죠. 증명. 하나의 증명처럼 보인다는 얘깁니다. 아니, 하나의 증명, 아주 긴 증명이라는 얘깁니다. 아직 다 읽어보지도 점검해보지도 못했고, 또 점검할 수 있을지 여부도 모르겠지만, 이게 만약 내가 생각하는 바와 같은 증명이라면, 이건… 아주… 중요한… 증명입니다.

클레어   그게 뭘 증명하는데요?

핼   어떤 논리적 명제…소수에 관한 하나의 수학적 정리를 증명하는 것처럼 보입니다. 많은 수학자들이 아주 오래 전부터… 사실상

이 세상에 수학자들이 존재하기 시작했던 때부터 증명하려고 노력했던 거죠. 대부분의 사람들은 그게 불가능하다고 생각했어요.

클레어 어디서 찾았죠?

핼 댁의 아버님 책상에서요. 캐시가 얘기를 해줬어요.

클레어 너도 이게 뭔지 아니?

캐서린 물론.

클레어 좋은 거니?

캐서린 그럼.

핼 역사적인 거죠. 제대로 확인만 된다면.

클레어 무슨 내용인데요?

핼 아직 모릅니다. 처음 몇 페이지만 읽었으니까요.

클레어 그래도 대충 뜻은 알 것 아네요?

핼 그 뜻은 이런 겁니다… 모든 사람들이 댁의 아버님이 미쳤다고, 또는 겨우 꾸려간다고 생각했던 시기에… 선생님은 세상에서 가장 중요한 수학을 하고 계셨던 겁니다. 이 증명이 확인되면 바로 출판하세요. 그러면 전 세계의 신문들이 이 공책을 발견한 사람과 이야기를 하려고 달려올 겁니다.

클레어 캐시 말이군요.

캐서린 난 발견하지 않았어.

핼 당신이 했지.

캐서린 아니.

클레어 네가 발견한 거야, 핼이 발견한 거야?

핼 난 아닙니다.

캐서린 그건 내가 쓴 거야. 발견한 게 아니고.

—막

2막

1장

로버트가 혼자서 베란다에 있다. 조용히 않는다. 술을 음미하며, 조용한 9월의 오후를 즐기며. 펴지 않은 공책이 옆에 있다. 그는 눈을 감는다. 조는 것 같다. 1막의 사건보다 4년 앞선 시점이다. 캐서린이 조용히 들어온다. 그녀는 아빠의 뒤에서 잠시 서 있는다.

로버트   안녕.

캐서린   내가 여기 있는 걸 어떻게 알았어?

로버트   소릴 들었지.

캐서린   자는 줄 알았지.

로버트   이런 좋은 오후에? 천만에.

캐서린   뭐 필요한 것 없어?

로버트   없다.

캐서린   장보러 가려고.

로버트   저녁에 뭘 먹을 건데?

캐서린   뭘 먹고 싶어?

로버트   스파게티는 싫다.

캐서린   알았어.

로버트   끔찍한 음식야.

캐서린   사실은 그걸 만들려고 했었어.

로버트   어째 예감이 불길하더라. 말하길 잘 했군. 넌 그걸 너무 자주 만들어.

캐서린   뭐가 먹고 싶어, 그럼?

로버트   넌 뭘 먹고 싶냐?

캐서린   아무 것도.

로버트   아무 것도?

캐서린   생각 없어, 난. 파스타가 만들기 쉬우니까.

로버트   파스타, 오, 맙소사, "파스타"라는 말도 꺼내지 마라. 마치 항복할 때처럼 아주 절망적으로 들리는구나. "파스타가 쉬울 거야." 맞아, 맞아, 그럴 거야. 파스타라. 아무 뜻도 없어요. 사람들이 스파게티 먹는 게 지겨워질 때 듣기 좋으라고 만들어 낸 말일 뿐이야.

캐서린   아빠, 뭘 먹고 싶은데?

로버트   모르겠다.

캐서린   나도 뭘 장봐 와야 할지 모르겠어.

로버트   내가 갔다올게.

캐서린   안 돼.

로버트   내가 장 봐 올게.

캐서린   안 돼. 아빠. 쉬어.

로버트   어차피 산보 나가려던 참이었거든.

캐서린   정말?

로버트   그럼. 호수까지 산보가지 않으련? 너하고 나하고.

캐서린   좋아.

로버트   호수에 산보 가고 싶어. 돌아오는 길에 가게에 들러서 아무거나 눈에 띄는 대로 사오자.

캐서린   날씨가 따뜻해. 아빠가 견뎌낼 수만 있다면.

로버트   견뎌내고 말고. 갔다 오면 식욕도 나겠지. 10초만 기다려. 이것 치워놓고 바로 나가자.

캐서린   나 학교 들어갈 거야.

           (사이)

로버트　언제?

캐서린　이 달 말에 노스웨스턴대학에서 시작하려구.

로버트　노스웨스턴?

캐서린　내 성적을 아주 높이 평가해줬어. 바로 2학년부터 시작하래. 아빠한테 언제 얘기하는 게 좋을지 잘 모르겠더라.

로버트　노스웨스턴이라구?

캐서린　응.

로버트　시카고 대학은 어째서?

캐서린　아빠가 아직 거기 교순데. 미안해, 하지만 아빠네 과에서 수업을 받는다는 게 영 어색해.

로버트　거긴 멀잖니.

캐서린　뭐, 별로. 차로 한 30분쯤.

로버트　그래도 하루에 두 번씩…

캐서린　아빠, 나 거기로 이사갈래.

　　　　(사이)

로버트　그러니까 에반스톤에서 살겠다구?

캐서린　응. 여기서 멀지도 않아. 아빠가 원하면 언제든 달려올게. 아빠 거의 일곱 달 동안, 아무 문제없이 건강했잖아. 내가 여기 하루 스물 네 시간 꼬박 붙어 있을 이유가 없어.

　　　　(사이)

로버트　이미 거래가 끝난 거냐? 마음을 정했어?

캐서린　응.

로버트　정말이냐?

캐서린　응.

로버트　돈은 누가 대냐?

캐서린　전액 장학금을 준대. 나한테 정말 잘 해줘.

로버트 등록금이야 그렇게 한다고 치고. 식비, 책값, 옷값, 기름값, 외식
       비는 어떻게 할래? 거기 가서는 사람들과 사귈 거냐?

캐서린 몰라.

로버트 데이트할 때 네 몫은 네가 지불해야 해, 적어도 처음에, 처음 세
       번 정도는. 그러지 않으면 사내들이 뭔가를 기대해요.

캐서린 돈 문제는 괜찮아. 클레어 언니가 도와주겠지, 뭐.

로버트 클레어한테는 언제 얘기했니?

캐서린 글쎄. 한 2주 전쯤 됐나.

로버트 나보다 그 애한테 먼저 얘기했구나?

캐서린 자잘하게 처리할 일들이 여간 많아야지. 언니가 큰 도움이 됐어.
       모든 비용을 자기가 다 대겠대.

로버트 이건 대단한 도약이야. 다른 도시에서―

캐서린 장거리 전화요금도 물지 않는 덴데, 뭐.

로버트 아주 큰 도시야. 사람들이 아주 진지해요. 정말 진지해. 풋볼이야
       엉망이지만, 수학자들은 절대로 놀고먹지 않아. 넌 학교를 안 다
       닌지도 오래 됐어. 정말 준비는 된 거냐? 잘못 가서 괜히 매장 당
       할 수도 있어요.

캐서린 해낼 수 있어.

로버트 넌 한참 뒤져 있어요.

캐서린 알아.

로버트 적어도 1년은.

캐서린 그만 해, 나도 알아. 아빠, 나도 이게 좋은 생각인지 모르겠어. 이
       일을 감당해낼 수 있을지, 뭐래도 내가 당해낼 수 있는 일이 있
       을지, 자신이 없어.

로버트 진작에 나한테 얘길 했어야지, 이놈아.

캐서린 아빠, 내 말 잘 들어. 만약에… 어떤 이유로든 아빠가 이곳에서

　　　　　날 스물 네 시간 필요로 하는 일이 또 생기면—

로버트　그런 일은 없을 거야. 내 말은 그런 뜻이—

캐서린　언제든 한 학기 휴학하고 돌아—

로버트　싫어. 그만 해. 난 단지—이 달 말이라고 했니? 왜 진작 말하지
　　　　　않았니?

캐서린　아빠, 몰라서 물어. 이렇게 결정하는 데 상당한 시간이 걸렸어,
　　　　　아주 최근에 들어서 겨우, 아빠의 건강이—

로버트　방금 내가 오랜 동안 건강했다고 해놓고선.

캐서린　맞아, 하지만 난 아빠의 이런 상태가 오래 지속될지, 그렇게 희망
　　　　　은 했지만 확신하지 못했어. 그래서 아빠에 대해 확신이 들 때까
　　　　　지 기다리자고 스스로 타일렀어. 아빠의 기분이 다시 좋아질 때
　　　　　까지, 꾸준하게 좋아질 때까지.

로버트　그러니까 이 대화에 대해 나더러 신임투표를 해달라는 거구나?
　　　　　영광이다.

캐서린　맘대로 생각해. 난 아빠가 나을 거라고 믿었었어.

로버트　거 참 고맙구나.

캐서린　고마워하지마. 다른 대안이 없었으니까. 난 아빠랑 함께 살고 있
　　　　　었어.

로버트　좋아, 그만하면 됐다, 캐서린. 화제를 돌리지 말자.

캐서린　이게 바로 화젠데! 이층 서재에 도서관 책들이 천장에까지 쌓여
　　　　　있었지, 기억 나? 메시지들을 해독한다고 아빠는—

로버트　그 책들 다 치웠다, 내가 직접 반납했어. 넌 왜 그런 쓰레기들을
　　　　　집에 들여오니?

　　　　　(밖에서 노크 소리. 사이. 캐서린은 문을 열어 주러 안으로 들어간다. 핼
　　　　　과 함께 돌아온다. 그는 마닐라 봉투를 하나 들고 있다. 좀 불안해 보인
　　　　　다.)

로버트   돕스 군.

핼   안녕하세요. 나쁜 시간에 오진 않았겠죠.

로버트   아주 나쁜 시간에 왔어. 더 이상 나쁠 수가 없는 시간에.

핼   아, 이런…

로버트   논쟁을 방해했어.

핼   죄송합니다. 다시 오죠.

로버트   괜찮아. 잠시 휴전하려던 참이었으니까.

핼   정말입니까?

로버트   그래. 논쟁의 주제는 메뉴였네. 뭘 먹을 것인가. 자네 무슨 제안 없나?

(핼이 현장에 있는 가운데 잠시 사이)

핼   여기서 별로 멀지 않은 곳에 파스타 요리를 아주 잘 하는 집이 있어요.

로버트   싫어!

캐서린   (로버트 곁에서) 아주 좋은 생각이네요!

로버트   오, 하나님, 맙소사, 싫어.

캐서린   (로버트 곁에서) 식당 이름이 뭐죠? 주소를 가르쳐 주세요.

로버트   싫다니까! 미안하네. 대답이 틀렸어. 어쨌든 생각해줘서 고맙네.

(핼은 둘을 쳐다보며 거기 서 있는다.)

핼   다시 오겠습니다.

로버트   그냥 있게. (캐서린에게) 넌 어디 가냐?

캐서린   들어가 있을 게요.

로버트   식사는 어떻게 하고?

캐서린   손님은 어떻게 해요?

로버트   무슨 일로 왔나, 돕스 군?

핼   제가 시간을 잘못 맞췄습니다. 정말로 죄송합니다.

로버트 바보 같은 소리.

헬 연구실로 찾아 뵙겠습니다.

로버트 그만 하고 앉아. 잘 왔네. 식사 문제로 화내지 말게. 걱정 안 해도
돼. (캐서린에게) 이 편이 더 쉽겠어. 문제로부터 잠시 후퇴하자,
지가 알아서 하게 가만 놔둬보자, 마음이 편안해지면 다시 논의
하고.

캐서린 좋아요. (나가며) 실례하겠어요.

로버트 이런, 내가 예의 없이 굴었구만. 헬, 얘는 내 딸 캐서린일세. (캐서
린에게) 가지 마라, 우리랑 한 잔 하자. 캐서린, 해롤드 돕스야.

캐서린 안녕하세요.

헬 안녕하세요.

로버트 헬은 대학원생이야. 박사과정에 있는데 아주 유망한 연구를 하고
있어. 불행하게도 이 친구의 연구가 내가 과로 돌아온 때와 일치
해서 나한테 꽉 붙들렸지.

헬 아닙니다, 선생님―제가 운이 좋았던 거죠.

캐서린 시카고 대학엔 얼마나 계셨어요?

헬 논문을 쓰기 시작한 지가―

로버트 우리 대학의 "무한정" 프로그램에 속해 있다. 이 사람이 논문을
완성해 감에 따라 시간도 무한대를 향해 접근하고 있어. 한 잔
하려나, 헬?

헬 그러겠습니다. 그리고 이건, 제가 존경하는 선생님께….
(헬은 로버트에게 봉투를 건넨다.)

로버트 정말 해냈군. (그는 봉투를 열어서 안을 들여다본다.) 지난 두 달 동
안 아주 재미있었겠구만.

헬 (유쾌하게) 제 인생 최악의 여름이었죠.

로버트 축하하네.

핼	초고일 뿐입니다. 지난봄에 선생님과 얘기했던 것이 기초가 됐죠. (로버트는 술을 따른다. 핼은 혀 짧은 소리를 해댄다.) 다음 학기가 시작할 때까지 기다려야 하나, 아니면 지금 당장 드려야 하나, 그것도 아니면 연기해서 다른 초고를 쓸까 등등 여러 가지로 망설였었어요. 그러다가 에이 쌍, 아니 그냥… 일단 종결을 짓자, 그래서 혹시 계신가 하고 댁에 들려봤습니다―
로버트	이거 마시게.
핼	고맙습니다. (마신다.) 이 정도면 완성된 거다 싶기도 하고, 잘 모르겠어요.
로버트	그렇지 않아, 완성됐다고 하기엔 중요한 오류들이 여럿 있네.
핼	어, 저는―
로버트	괜찮아, 걱정 말게. 함께 찾아서 교정하면 돼. 걱정 말게. 자넨 단단한 출세길에 이미 올라 서 있고, 아마 곧, 자네보다 더 젊고 자네보다 더 자극적인 후배들을 가르치게 될 걸세.
핼	고맙습니다.
로버트	캐서린은 노스웨스턴 대학의 수학과에 재학중이네. (캐서린이 놀라서 올려다본다.)
핼	아아, 지도교수님이 누구예요?
캐서린	이번 가을 학기에 시작할 거예요. 학부과정에.
로버트	곧 시작해… 3주만 있으면.
캐서린	아네요, 좀더 늦게. (사이)
로버트	노스웨스턴에 좋은 교수들이 좀 있어요. 오도너휴. 카민스키.
캐서린	알아요.
로버트	너 아마 혼쭐날 거다.
캐서린	알아요.

로버트　따라 가려면 공부를 아주 열심히 해야 될 걸.

캐서린　자신 있어요.

로버트　물론 그렇겠지. (사이)

핼　　가슴 설레겠네요.

캐서린　그래요.

핼　　1학년 땐 정말 재미있죠.

캐서린　그래요?

핼　　그럼요, 사람도, 장소도 다 새롭고, 무엇보다 집을 떠난다는 게.

캐서린　(당황해서) 아, 예.

핼　　(당황하여) 또는, 아닙니다, 전ー

로버트　말 잘 했네. 맞아, 이 지옥 같은 집을 떠날 시간이 됐지. 이 아이
　　　　등을 보게 돼서 기쁘네.

캐서린　정말?

로버트　물론이지. 나도 어쩌면 이 집에서 잠시 혼자 살고 싶은 건지도
　　　　몰라, 너 그 생각 해봤니? (핼에게) 자식들이 즈이 부모들을 감상
　　　　적으로 만들고 있어요. 고약하게. (캐서린에게) 이 곳이 얼마나 조
　　　　용해질까. 잘 활용해야지.

캐서린　걱정 마. 돌아온다니까. 일요일마다 돌아와서 아빠가 일주일 동
　　　　안 먹고도 남을 만큼 파스타를 만들어 놓을게.

로버트　나도 운전하고 가서, 에반스턴을 휘젓고 다니다가 네 동급생들
　　　　앞에서 너를 당황하게 만들거야.

캐서린　좋아요. 어쨌든 연락은 닿겠네.

로버트　물론이지. 어떤 문제가 잘 안 풀리면 즉시 나한테 전화해라.

캐서린　좋아요. 아빠도.

로버트　그러마. 나한테 전화번호를 꼭 남겨야 돼. (핼에게) 사실 난 요즘
　　　　어떤 연구를 거의 마무리짓고 있는 중일세.

핼   아, 무슨 연구신데요?

로버트   아무 것도 아냐. (사이) 아직은 내놓을 게 못돼. 그래서 다행이긴
         하지만 말야. 해마다 이때쯤이면 아무 것에도 묶이고 싶지 않지.
         바깥에 있고 싶은 거야. 난 9월의 시카고를 사랑해. 완벽한 하늘.
         호수 위에는 작은 요트들. 지기만 하는 시카고 컵스. 날씨는 덥고,
         태양은 아직 따갑지… 북극의 찬바람이 가끔 불어와 겨울을 상
         기시키며 발을 동동 구르게 만들고. 학생들은 돌아오고, 책방마
         다 북적대고, 모두가 바쁘지. 어제 책방에 들렀었네. 발 디딜 틈
         이 없더군. 학생들이 책을 사거나… 구경하면서… 요즘 학생들
         엄청나게 구경을 많이 해. 대강 훑어보는 거 말야. 배낭을 맨 채
         로 책을 넘겨보고, 빈둥거리면서, 장소만 차지하는 거야. 어슬렁
         거린다고 하는 게 더 맞는 표현이지, 이따금 책을 하나 꺼내서
         페이지를 넘기며 구경하는 것만 빼면. 감탄이 절로 나와. 하루 오
         후를 그렇게 죽이는 게 얼마나 정직한 방법인가 말야. 헌 책방의
         뒤편에서, 또는 누군가의 옛날 레코드판들을 뒤적이면서─실제
         로 아무 것도 찾지 않으면서 그저 보기만 하는 거지, 제기럴, 낡
         은 책 커버를 만지면서, 누군가 버린 것을 보면서, 그들이 밑줄
         친 것을 보면서… 그러다 보면, 보물들이 발견되기도 해요, 이를
         테면 40년대의 그림 그린 커버가 있는 추리소설이라든지, 지도교
         수가 학생 때 쓰던 교과서라든지─그의 이름이 아주 정성스럽게
         쓰여져 있는… 그래, 난 그걸 좋아해. 난 학생들을 관찰하는 걸
         즐겨. 저 애들이 무슨 책을 살까, 무슨 책을 읽을까 궁금해하면서.
         학생들이 자릴 잡고 앉아서 공부를 하면 어떤 아이디어들을 생
         각해낼까… 요새 난 연구를 많이 하진 못하네. 그게 점점 더 어
         려워져. 유감스럽게도 그게 나한테, 자네한테, 아니 우리 모두한
         테 진짜로 일어나고 있는 상투적인 현상일세.

캐서린   아빠 운이 좋아질 거예요.

로버트   그럴테지. 어쩌면 내가 못 다하고 떠난 곳에서 네가 시작할 수도 있겠지.

캐서린   기대가 너무 커요.

로버트   자신을 과소평가하지 마라.

캐서린   아무튼.

　　　(사이)

로버트   한 잔 더? 캐시? 핼?

캐서린   난 그만 할래.

핼   감사합니다만, 전 그만 가봐야 합니다.

로버트   정말인가?

핼   예.

로버트   내가 다 읽어보고 전화하지. 그 때까진 싹 잊어버리고, 재미있게 놀기나 하게. 영화를 봐도 좋고.

핼   알았습니다.

로버트   일주일 뒤에 연구실로 들리게. 전화 먼저─

핼   11일 말씀입니까?

로버트   그래, 우린… (사이. 캐서린에게 돌아선다. 우울하게) 미안하구나. 전에 숫자에 개한 기억력이 참 좋았는데. 생일 축하한다.

캐서린   고마워요.

로버트   미안하다. 민망하구만.

캐서린   아빠, 바보 같이 굴지마.

로버트   선물을 전혀 준비 못했잖아.

캐서린   괜찮아, 걱정마.

로버트   함께 나가자.

캐서린   그러지 않아도 돼.

로버트　밖에 나가자. 사실은 장보는 것도 요리하는 것도 다 싫었어. 외식
　　　　 하자. 이 그지 같은 동네를 벗어나 보자. 뭐 먹을래? 노스 사이드
　　　　 로 가자. 챠이나타운에 가든지. 아니면 그리스타운도 좋고. 어디
　　　　 가 좋은지 난 이제 몰라.

캐서린　아빠가 정해요.

로버트　네가 정해라, 캐서린. 네 생일이잖니.

　　　　 (사이)

캐서린　스테이크 먹으러 가요.

로버트　스테이크. 좋지.

캐서린　아니, 먼저 맥주 한 잔 해요, 아주 차가운 맥주, 아주 싼 맥주.

로버트　그러자.

캐서린　시카고 맥주는 향도 없이 물 같기만 해서 얼마든지 마실 수 있어.

로버트　미시간 호수에서 물을 퍼다 그냥 병에 담기만 하는가봐.

캐서린　형편없는 맥주야.

로버트　난 그런대로 괜찮아.

캐서린　그 다음에 스테이크를 먹자, 아주 검게 잘 태운 걸로, 감자하고
　　　　 크림 바른 시금치도.

로버트　한 곳이 생각난다. 아직 거기 있다면 좋을 텐데.

캐서린　그리곤 디저트를 먹고.

로버트　그거야 말할 것도 없지. 네 생일 만세다. 이렇게 해서 식사에 관
　　　　 한 논쟁은 해결됐구나. 상기시켜 주어 고맙네, 해롤드 돕스 군.

캐서린　(핼에게) 우리가 무례했죠? 같이 갈래요?

핼　　　아닙니다. 제가 낄 수 있나요?

로버트　왜 못 껴? 같이 가세.

캐서린　그래요, 같이 가요.

　　　　 (핼과 캐서린 사이에 잠깐의 대결. 핼이 고개를 흔든다. 그러고 나서)

핼   안되겠어요. 다른 약속이 있어서. 어쨌든 고맙습니다. 생일 축하
       해요.

캐서린   고마워요. 그럼, 그만 가보세요.

로버트   11일날 보세, 핼.

핼   알겠습니다.

캐서린   가서 옷을 갈아입고 나올게, 아빠. 금방이면 돼.
       (핼과 캐서린이 나간다. 사이. 더 어두워졌다. 로버트가 어두워진 바깥
       을 내다본다. 공책과 펜을 집어든다. 앉는다. 빈 쪽을 편다. 쓰기 시작한
       다.)

로버트   "9월 4일. 맑은 날…" (그는 계속해서 쓴다.)

                                                        암전

2장

아침. 1막이 끝난 직후. 캐서린, 클레어, 그리고 핼.

핼   이걸 당신이 썼어?

캐서린   예.

클레어   아빠가 부르는 걸 네가 받아썼단 얘기니?

캐서린   아니, 이건 나의 증명야. 내 거야. 내가 썼어.

클레어   언제 썼니?

캐서린   학교를 그만 둔 뒤에 쓰기 시작했어. 아빠가 돌아가시기 두 달
       전쯤 마쳤고.

클레어   아빠도 보셨니?

캐서린	아니. 아빠 내가 연구하는 걸 모르셨어. 아셨어도 별 상관 안 하셨을 걸. 병세가 너무 심하셨으니까.
핼	이해가 안 돼─당신 혼자서 한 거란 말이지?
캐서린	그래요.
클레어	아빠의 공책에 쓰여 있는데.
캐서린	아빠의 빈 공책을 내가 하나 사용한 거야. 위층에 그런 게 엄청 많아.

(사이)

클레어	(핼에게) 당신이 이걸 정확하게 어디서 찾았지 말해보세요.
핼	서재에서요.
캐서린	책상 속. 내가 열쇠를─
클레어	(캐서린에게) 넌 가만있어. (핼에게) 어디서 찾았어요?
핼	서재에 있는 책상 맨 밑 서랍입니다. 잠겨 있었죠. 캐서린이 열쇠를 줬습니다.
클레어	왜 서랍이 잠겨 있었을까?
캐서린	그건 내 거야. 내 사물을 보관하던 서랍이란 말이야. 몇 년째 사용했어.
클레어	(핼에게) 서랍엔 이것 말곤 아무 것도 없었어요?
핼	예.
캐서린	없었어. 그게 단 하나─
클레어	내가 좀 볼까요? (핼은 클레어에게 공책을 준다. 그녀는 페이지를 넘겨본다. 사이) 미안해요, 난 단지… (캐서린에게) 이 공책은 서랍에 있었고… 넌 그에게 어디서 찾으라고 말했고… 열쇠를 줬고… 네가 이 엄청난 것을 썼는데 아무한테도 얘길 안 했단 말이지?
캐서린	두 사람한테 지금 얘기하고 있잖아. 학교를 중퇴한 뒤 아무 할 일이 없었어. 난 우울했어, 정말로 우울했어, 그러다가 어느 시

점에 이르러 난 결심했지, 조까라고 해라, 난 그들이 필요 없다. 단지 수학뿐이라면 나 혼자 할 수 있다. 그래서 여기서 연구를 계속한 거야. 주로 밤에, 아빠가 잠든 뒤에 작업을 했어. 어려웠지만 결국 해냈어.

(사이)

클레어   캐서린, 미안하지만 나로선 믿기가 아주 힘들구나.

캐서린   클레어. 내가 썼어. 그 증명을.

클레어   미안해, 난—

캐서린   클레어….

클레어   이건 아빠의 글씨체야.

캐서린   아냐.

클레어   아주 똑 같애.

캐서린   내가 쓴 거야.

클레어   미안해—

캐서린   핼에게 물어봐, 아빠의 글씨를 벌써 몇 주 째 봐왔으니까.

(클레어는 핼에게 공책을 준다. 그는 쳐다본다. 사이)

핼   모르겠네요.

캐서린   핼, 말해요.

클레어   누구의 글씨체 같아요?

핼   언뜻 보면… 난 캐서린의 글씨체를 모릅니다.

캐서린   그것과 같아요.

핼   알았어. 이건… 글쎄. (사이. 그는 공책을 돌려준다.)

클레어   내 생각엔—이러는 게 어떨까? 아직 시간도 이르고, 사람들이 피곤해서 감정적인 문제에 관해 결정을 내리기에 최적의 상태에 있지 않거든. 그러니까 잠시 우리가 휴식을 취한 뒤….

캐서린   언닌 날 안 믿지?

클레어 모르겠어. 난 이 일에 대해선 전혀 모르겠어.

캐서린 걱정 마. 내가 왜 무슨 일이든 언니가 날 믿어줄 거라고 기대했
        는지 몰라.

클레어 지금 우리한테 그 증명을 얘기해줄 수 있니? 그렇다면 네가 쓴
        게 확실하겠지.

캐서린 언닌 무슨 소린지 모를 걸.

클레어 핼에게 말해.

캐서린 (공책을 집으며) 우리가 함께 말하면서 검토해 보죠. 시간이 꽤 걸
        릴 걸.

클레어 (공책을 뺏으며) 보지 말고 해봐.

캐서린 맙소사, 40페이지나 되는데. 외워두지 않았어. 이게 무슨 머핀 만
        드는 요리법인 줄 알아? 바보 같은 짓야. 이건 내 공책, 내 글씨,
        내 열쇠, 내 서랍, 내 증명야. 핼, 언니에게 말해요!

핼   뭘 말하지?

캐서린 저게 누구 공책이죠?

핼   난 몰라.

캐서린 당신까지 왜 이래요? 아빠의 다른 자료들을 다 본 사람이라면 이
        것하고 조금이라도 비슷한 게 없다는 걸 알 것 아녜요?!

핼   이봐요, 캐서린—

캐서린 함께 이 증명을 검토해요. 앉읍시다—클레어가 공책을 돌려주는
        대로—

클레어 (공책을 준다) 좋아. 서로 끝까지 말로 점검해봐.

핼   며칠이 걸릴 지도 몰라요, 그런 뒤에도 캐서린이 이걸 썼다는 게
        증명되지 않을 수도 있구요.

캐서린 왜 그렇죠?

핼   선생님이 쓰시고 당신한테 나중에 설명해 주셨을 수도 있으니까.

꼭 그렇다는 게 아니라, 당신이 이걸 썼다는 증거가 없다는 거지.

캐서린 물론 없어요, 하지만 아, 치사해! 아빠 쓰시지도 않았고, 쓸 수도 없었어요. 몇 년째 수학이라곤 전혀 하지도 않으셨는데. 건강이 좋았던 해에도 연구를 못하셨어요, 당신도 알잖아요. 당신도 과학자라고 하면서.

(사이)

핼 좋아요, 알았어. 내가 제안을 하나 하지. 우리 수학과에 선생님을 잘 알고 선생님의 연구에 대해서도 잘 아는 아주 예리하고, 공정한 친구들이 서 너 명 있는데, 이걸 그 친구들에게 가져가 보여주겠어.

캐서린 뭐라구요?

핼 그 친구들한테 우리가 뭔가, 아주 중요할 수도 있는 뭔가를 발견했는데, 그 저자가 누군지 확실하지 않다고 말해주는 거야. 내가 그 친구들하고 함께 앉아서 아주 꼼꼼하게 검증을 해 볼게—

클레어 좋아요.

핼 —우리 손에 든 이것의 실체가 무엇인지 말이지. 길어봤자 한 이틀쯤 걸릴 거야, 그 뒤엔 우리가 훨씬 많은 정보를 갖게 되요.

클레어 아주 좋은 제안이라고 생각해요.

캐서린 안 돼요.

클레어 캐서린.

캐서린 안 돼요! 가져가지 말아요.

핼 가져가는 게 아니지.

캐서린 당신 정말 그렇게 하고 싶어요?

핼 오, 제발 이러지 마.

캐서린 시간을 낭비하기 싫다는 것 아녜요. 주저없이 친구들한테 당신의 그 빛나는 발견을 보여주고 싶은 거죠?

핼   난 이것의 실체를 확인하려는 것 뿐야.

캐서린   이미 내가 말해줬잖아요.

핼   알지도 못하면서!

캐서린   내가 썼어요.

핼   이건 당신 아버님의 필적이야. (사이. 고통스러운 듯) 적어도 이 글
       씨는 다른 공책들에 쓰인 것과 체가 아주 비슷해. 혹 당신의 필
       적이 선생님 것과 아주 비슷할 수도 있지. 난 모르겠어.

캐서린   (부드럽게) 그래요, 비슷해요. 아직 아무한테도 보여주지 않았어요.
       일부러. 당신이 맨 먼저 보기를 원했던 거죠. 어젯밤까지는 그 사
       실도 몰랐어요. 내가 쓴 거예요. 난 당신을 믿었어요.

핼   알아.

캐서린   내가 잘못한 건가요?

핼   아니. 난—

캐서린   언니가 날 믿지 않는 것은 이해가 되지만, 당신은 왜?

핼   공책이 선생님 거잖아. 다른 것과 종류가 똑 같아.

캐서린   아까 말했잖아요. 아빠의 빈 공책을 내가 하나 쓴 거라고. 여분이
       있었어요.

핼   서재엔 여분의 공책이 하나도 없어.

캐서린   내가 이 증명을 쓰기 시작했을 땐 있었어요. 내가 아빠를 위해
       사준 것들예요. 아빠가 나중에 나머질 다 쓰신 게 분명해요.

핼   필적은.

캐서린   필적을 감정해볼래요?

핼   아니. 필요 없어. 선생님이 당신한테 받아쓰도록 시켰을 지도 모
       르니까. 그렇다 해도 아직 이해가 안돼.

캐서린   왜요?

핼   나도 수학자야.

캐서린   그래서요?

핼   이런 것을 따라잡는다는 게 얼마나 어려운지 난 알아. 아니, 불가능해. 근본적으로 당신이… 당신이 선생님이 되지 않는 한. 그것도 절정기의 선생님 말이지.

캐서린   나도 수학자예요.

핼   선생님과는 급이 다르지.

캐서린   그러니까 이런 증명은 오로지 아빠만 할 수 있다는 거예요?

핼   내가 아는 한.

캐서린   정말 그렇게 생각해요?

핼   선생님은 최고의―

캐서린   당신하고 나머지 주정뱅이들이 아빠를 숭배한다고 해서 이 증명을 아빠가 썼다고 말할 순 없어요, 핼!

핼   선생님은 최고셨어. 우리 세대는 누구도 선생님 같은 업적을 못 냈어. 불과 스물 두 살 전에 이미 수학계를 두 번이나 뒤집어 놓으셨지. 미안해, 캐서린, 당신은 노스웨스턴에서 두어 달 동안 수업을 몇 개 들은 게 고작이잖아.

캐서린   내 교육은 노스웨스턴에서 받은 게 아녜요. 이 집에서 22년을 살면서 배운 거예요.

핼   그렇다 해도, 마찬가지야. 이건 너무 앞서 있거든. 나도 거의 이해 못할 만큼.

캐서린   너무 앞서 있단 말이죠.

핼   그래.

캐서린   당신한텐 그렇겠죠.

핼   당신이 했을 수가 없어.

캐서린   만일 내가 했다면?

핼   그랬다면 뭐?

캐서린   당신한텐 정말로 재앙이 될 거라는 거죠, 안 그래요? 그리고 이
제 겨우 박사학위를 끝낸 다른 주정뱅이들한테도, 시간을 재면서
뒤떨어진 연구나 하고, 참가했던 학술대회에 대한 자랑이나 늘어
놓고 – 와우 – 형편없는 밴드에서 연주하고, 그리고는 불과 스물
여덟 살에 지적으로 한물 갔다고 불평이나 해대는 쓰레기들한테
도. 정말 한물 간 작자들예요.
(사이. 핼은 주저하다가 획 나가버린다. 캐서린은 너무나 분한 나머지
현기증을 느끼는 듯하다.)
클레어   케이티. 안으로 들어가자. 케이티?
(캐서린은 공책을 펴고 페이지를 찢으려고 한다. 클레어가 다가가 공책
을 뺏으려고 한다. 둘은 싸운다. 캐서린이 공책을 뺏는다. 둘은 숨을 몰
아쉬며 서로 떨어져서 서 있다. 잠시 후, 캐서린이 바닥에다 공책을
내동댕이친다. 나간다.)

암전.

3장

다음날. 베란다가 비어 있다. 밖에서 노크 소리. 아무도 나타나지 않
는다. 잠시 후 핼이 베란다 옆을 돌아와 뒷문을 노크한다.

핼   캐서린?
(클레어가 들어온다.)
핼   떠나신 줄 알았는데요.
클레어   출발을 연기했어요.

(사이)

헬　　　캐서린이 안에 있습니까?

클레어　지금은 시간이 좋지 않아요, 헬.

헬　　　만날 수 있을까요?

클레어　지금은 안 돼요.

헬　　　무슨 일이죠?

클레어　자고 있어요.

헬　　　깰 때까지 여기서 기다려도 됩니까?

클레어　어제부터 계속 잠만 자고 있어요. 일어나려고 하질 않아요. 먹지
　　　　도 않고 얘기도 안 해요. 그런 앨 놔두고 떠날 수가 없었어요. 그
　　　　애가 여행할 수 있을 만큼 호전될 때까지 기다리려고 해요.

헬　　　저런, 안 됐군요.

클레요　그러게요.

헬　　　얘기하고 싶은데.

클레어　좋은 생각이 아닌 것 같아요.

헬　　　무슨 말을 하지 않았나요?

클레어　당신에 대해서? 아뇨.

헬　　　어제… 내가 좀 지나쳤던 것 같아요.

클레어　나도 마찬가지예요.

헬　　　어떻게 말해야 할지 모르겠더라구요. 기분이 영 찜찜해요.

클레어　그 애랑 왜 잠을 같이 잤죠?

　　　　(사이)

헬　　　미안하지만, 그건 댁이 상관할 일이 아닌데요.

클레어　웃기지 말아요. 난 걔를 돌봐야 해요. 당신이 찝쩍거리면 돌보기
　　　　가 더 어려워져요.

헬　　　난 찝쩍거리지 않았어요. 자연스럽게 그렇게 된 거요.

클레어 타이밍이 좋지 않았어요.

헬   내가 일방적으로 그런 게 아니고, 둘이 함께―

클레어 왜 그랬어요? 걔 상태를 알잖아요. 연약한 애를 당신이 이용했어
       요.

헬   아니오. 우리 둘 다 원해서 같이 잤을 뿐요. 상처를 입히고 싶은
       생각 없었어요.

클레어 걔 상처를 입었어요.

헬   제발 캐서린과 얘기하게 해주쇼.

클레어 안 돼요.

헬   그녀를 데리고 갈 거요?

클레어 그래요.

헬   뉴욕으로.

클레어 맞아요.

헬   강제로 끌고 갈 거란 말이죠.

클레어 그래야 한다면.

헬   본인의 의사를 존중해줘야 하는 것 아뇨?

클레어 말을 않는데, 무슨 수로 존중해줘요?

헬   내가 해보죠. 얘기하게 해줘요.

클레어 헬, 포기해요. 당신과 아무 상관이 없는 일이니까.

헬   난 그녀를 알아요. 당신이 생각하는 것보다 훨씬 강해요, 클레어.

클레어 뭐라구요?

헬   자신을 다스릴 줄 알아요. 나하고 얘기하는 걸 충분히 감당할 수
       있어요―도움이 될 거요. 좋아할 수도 있고.

클레어 좋아할 수도 있다고요? 당신 정신 나갔어요? 당신 때문에 지금
       저 위에 처박혀 있는 건데! 당신은 걔가 뭘 원하는지 전혀 몰라
       요. 당신은 걔를 몰라요! 걘 내 동생예요. 빌어먹을, 당신네 씨발

놈의 수학자들은 생각이 없어요. 당신은 자기가 무슨 일을 하는지 모르고 있어요. 비틀거리고 싸돌아다니며 말썽만 피우고 그러면 나 같은 재수 없는 사람들이 그걸 치워야 해요. (사이) 걘 시카고를, 이 집을 벗어날 필요가 있어요. 뉴욕 전화번호를 가르쳐주죠. 걔가 거기서 어느 정도 정착되면 전화를 해요. 그게 다예요. 더 이상은 안 돼요.

핼   좋아요. (사이. 그는 움직이지 않는다.)

클레어   실례지만 내가 할 일이 많아서 이만.

핼   한 가지만 더. 당신이 좋아하지 않을 줄 알지만.

클레요   그래요, 그 공책 가져가요.

핼   (놀라서) 난―

클레어   잠깐만 기다려요, 내가 가서 가져올 게요. (그녀는 안으로 들어가서 공책을 들고 다시 나온다. 핼에게 준다.)

핼   이렇게 쉽게 내주실 줄 몰랐습니다.

클레어   걱정 말아요. 나도 이해해요. 당신은 참 다정한 사람예요, 캐서린을 보자고 하는 걸 보면. 하지만 공책도 함께 보고 싶은 거겠죠.

핼   (성급하게) 그건―아닙니다, 전문가로서―꼭 해야 되는 일을 방기할 수가 없어서요―

클레어   괜찮아요. 상관없어요. 가져요. 내가 가져봤자 뭘 하겠어요?

핼   정말입니까?

클레어   예, 그래요.

핼   나한테 이걸 맡기는 거죠?

클레어   그래요.

핼   방금 나더러 내가 무슨 일을 하는지 모르고 있다고 하셨잖아요.

클레어   내 생각에 당신이 좀 천치 끼가 있지만 부정직한 것 같진 않아요.

누군가 그 안에 무엇이 들어 있는지 밝혀 내야죠. 여기 시카고에서. 아빠도 그걸 좋아하실 거예요. 나중에 결론이 나면 우리 가족이 어떻게 해야 하는지 알려줘요.

핼　　고마워요.

클레어　고마워할 필요 없어요. 나로선 그게 가장 편리한 선택이니까. 그 안에 명함을 넣어뒀어요, 언제든지 필요하면 전화하세요.

핼　　알았어요.

　　　　　(그는 나가기 시작한다. 클레어는 주저한다. 그러다가)

클레어　핼.

핼　　예?

클레어　나한테 설명해줄 수 있어요? 그 증명에 대해서. 그냥 궁금해서요.

핼　　시간이 좀 걸릴 겁니다. 수학은 어느 정도 했어요?

　　　　　(사이)

클레어　난 통화분석가예요. 그래서 숫자계산이 빠른 편예요. 아마 아빠의 능력의 천분의 일쯤은 유전적으로 물려받았겠죠. 그 정도도 충분해요. 캐서린이 더 많이 물려받았기는 했는데, 얼마나 더 받았는지, 그건 잘 모르겠어요.

　　　　　　　　　　　　　　　　　　　　　　　　　　　암전

4장

겨울. 3년 반 전쯤. 로버트가 베란다에 있다. 그는 티셔츠를 입고 있다. 공책에다 뭘 쓴다. 잠시 후 우리는 무대 밖으로부터 캐서린의 음성을 듣는다.

캐서린   아빠? (그녀는 파카를 입고 등장한다. 아버지를 보고 멈춘다.) 밖에서
         뭘 하고 있어?

로버트   일.

캐서린   12월에. 기온이 영한데.

로버트   안다.

         (캐서린은 당황하여 그를 응시한다.)

캐서린   코트 안 입어?

로버트   어련히 알아서 입을까?

         (사이)

캐서린   안 추워?

로버트   춥지! 궁뎅이가 날아갈 것 같다!

캐서린   그런데 여기서 도대체 뭘 하고 있어?

로버트   생각하고! 글쓰고!

캐서린   동사하겠다.

로버트   집안은 너무 더워. 라디에이터 때문에 공기가 건조해. 그리고 철
         꺼덕거리는 소리 때문에 ─ 집중할 수가 없어. 집이 저렇게 낡지만
         않았으면 집중 공기난방이 될 텐데. 그게 안 되니까 밖에 나와서
         일을 할 수밖에.

캐서린   라디에이터를 끌게. 그럼 조용할 거야. 들어가요, 여긴 안전하지
         못해.

로버트   난 괜찮다.

캐서린   계속 전화를 했는데. 벨 소리 못 들었어?

로버트   성가시게.

캐서린   무슨 일인지 알 수가 있어야지. 그래서 먼길을 이렇게 달려온 거
         야.

로버트   그랬겠구나.

캐서린	강의도 빼먹고. (그녀는 로버트에게 코트를 갖다 준다. 그는 입는다.) 왜 전화를 안 받았어?
로버트	미안하구나, 캐서린, 하지만 그건 우선 순위의 문제야, 그리고 나한텐 일이 먼저고, 너도 알잖니.
캐서린	아빠가 일을 한다구?
로버트	빌어먹을, 그래, 일 말이다! 이 내가—이 기계가, 이 기계가 드디어 일을 시작했어요. 캐서린, 가동률 100%. 모든 실린더들이 발화하고 있어서 난 지금 연소중이다. 그래서 밖에 나온 거야, 식히려고. 이런 느낌은 몇 년만에 처음이야.
캐서린	농담하긴.
로버트	농담 아냐!
캐서린	믿을 수가 없어.
로버트	나도 안 믿어져! 하지만 사실이야. 일주일 전쯤 시작됐어. 일어나 아래층에 내려와서 커피를 만들었는데, 미처 우유를 붓기도 전에 마치 누군가가 내 머리 속에서 불을 켜는 것 같았어.
캐서린	정말?
로버트	불 정도가 아니라 고압 배전반 전체를 확 켜는 것 같았어. 불을 켰더니, 스물 한 살 이후 시간이 전혀 흐르지 않은 것 같더라.
캐서린	거짓말!
로버트	아냐! 난 회복됐어! 난 이제 내 원천—샘—그 시절 내 창의력의 원천이었던 것과 다시 접속이 된 거야. 다시 접촉을 하게 된 거야. 난 지금 그 위에 앉아 있다. 그것은 간헐온천이고 나는 그것이 뿜어내는 물길의 꼭대기에서 하늘로 치솟고 있어.
캐서린	맙소사.
로버트	난 지금 하나님이 주시는 영감에 대해서 얘기하고 있는 게 아냐. 영감이 하늘에서 내 머리 속으로 그리고 공책 위에 퍼부어 내려

지고 있는 게 아냐. 이것들을 정리하는 데엔 많은 노력이 필요해. 엄청나게 많은 양의 작업이 안 든다는 얘기를 하는 게 아니라구. 무지하게 많은 양의 작업이 들어요. 결코 쉬운 일이 아니지. 하지만 천연자료가 거기 있어. 마치 내가 교통이 혼잡한 속을 운전하다가 갑자기 내 앞에서 차로가 열려서 드디어 악셀을 밟을 수 있게 된 것과 같아. 전체 풍경이 보이는 거야-작업을 해야 할 곳, 새로운 기술들, 혁명적 가능성들. 난 수학계의 모든 가지들로 하여금 서로 소통하게 만들 거야. 난-미안하다, 내 일만 얘기했구나. 학교는 어떠냐?

캐서린   (당황하여) 괜찮아요.

로버트   공부는 열심히 하냐?

캐서린   그럼.

로버트   교수들이 널 잘 대해주고?

캐서린   응. 아빠-

로버트   친구들은 좀 사귀었니?

캐서린   그러엄. 난-

로버트   데이트도 해?

캐서린   아빠, 그만 해.

로버트   자세한 얘기는 싫으면 그만 둬. 그냥 궁금해서.

캐서린   학교는 재미있어. 난 아빠가 하는 일에 대해서 얘기하고 싶어.

로버트   그래. 하자.

캐서린   이 일 말야.

로버트   그래.

캐서린   (공책을 가리키며) 여기에 써 났어?

로버트   일부분은 써 났지.

캐서린   나 좀 보여줘.

로버트   아주 초기 단계야.

캐서린   괜찮아.

로버트   솔직히 말하자면 아무 것도 완성된 게 없어. 다 진행중이야. 아마
          몇 년은 족히 걸릴 걸.

캐서린   괜찮아, 상관없어. 그냥 좀 보여줘 봐.

로버트   정말 보고 싶니?

캐서린   응.

로버트   정말로 흥미가 있구나.

캐서린   아빠, 물론이지!

로버트   물론 그렇겠지. 네 분야니까.

캐서린   맞아.

로버트   그래서 난 얼마나 행복한지 모른다.

          (사이)

캐서린   응.

로버트   여기에 내가 평생 동안 일할 일감이 있는 것 같아. 나만이 아니
          지. 난 이제 끝났다고 생각하기 시작했었거든. 캐서린, 정말로 끝
          났다고. 오해하지 마라, 내가 연구소에 가서 나의 삶을 가질 수
          있다는 것에 대해선 감사했지, 하지만 속으론 내가 다시 일할 수
          없을 것 같아서 두려움에 떨었었다. 너 그거 알았니?

캐서린   짐작은 했어.

로버트   씨발 좆나게 무서웠어. 그러다가 문득 무언가를 기억해냈고 공포
          의 한 부분이 사라졌어. 너를 기억해낸 거야. 너의 창조생활은 이
          제 막 시작하고 있었지. 학위를 따고, 자신만의 연구를 하겠지.
          넌 막 시작하고 있었어. 네가 수학을 하지 않았다면, 그것도 괜찮
          았겠지. 클레어도 지 딴에 얼마나 잘 하고 있냐. 난 네 언니한테
          만족한다. 그러나 너에 대해선, 아주 자랑스럽다. 너를 거북하게

만들 생각은 없다. 우리가 자식을 낳는 부분적인 이유는 자식이 우리 뒤를 이어주기를 바라고, 우리가 못하는 일을 성취해줄 것으로 믿기 때문이지. 이제 내가 다시 게임으로 돌아왔으니까 또 하나, 더 좋은 아이디어를 갖고 있음을 시인하마.

캐서린   뭔데요?

로버트   너도 따로 공부할 게 있다는 걸 알고 있어. 네가 그걸 게을리 하는 걸 원치 않아. 하지만 조금 도움이 필요해. 나랑 함께 일하자. 네 강의 일정이나 그 밖의 계획을 잘 조정해서 나를 도와준다면 나도 너를 도와주마, 네 교수들한테 전화를 걸어서 양해를… 내가 너무 앞서 가는구나. 제기럴, 내가 왜 이러지. 네가 뭘 보고 싶다고 했지. 이것부터 시작하자. 여기 대충 갈겨놨는데, 한 증명의 일반적인 개요를 말이지. 중대한 결과. 중요한 거야. 아직 완성은 못 시켰지만 그 진행방향은 알 수 있을 거야. 보자. (그는 공책을 하나 골라 집는다.) 여기. (그는 캐서린에게 준다. 그녀는 공책을 펴서 읽는다.) 아직은 아주 거칠어.
        (한참 후에 캐서린은 공책을 닫는다. 사이. 그녀는 로버트 곁에 앉는다.)

캐서린   아빠, 안으로 들어가요.

로버트   건너 뛴 게 너무 많아서 따라가기가 어려울지도 몰라. 함께 이야기로 풀어보자.

캐서린   추워요. 들어가요.

로버트   어쩌면 우리가 이 과제를 공동으로 연구할 수 있을 거야. 시작하기엔 아주 좋은 위치다. 어떠냐? 어떻게 생각해? 얘기를 마무리 짓자.

캐서린   다음에. 나도 추워. 여기 바깥은 정말 춥네. 안으로 들어가자니까.

로버트   저 안은 숨막힌다고 하지 않았니, 제기럴. 라디에이터 때문에. 자, 처음 두 줄만 읽어봐. 거기서 출발하는 거야. 네가 읽어라, 우리 함께 한 줄 한 줄 큰 소리로 읽으며 논쟁의 끝까지 가보는 거야. 더 나은 길이 있는지, 더 짧은 길이 있는지 보자. 우리 협력하자.

캐서린 싫어. 관둬.

로버트 난 이걸 몇 년째 기다려왔어. 이게 바로 내가 하고자 하는 일야. 어서, 함께 일을 시작하자니까.

캐서린 여기 바깥에선 못해. 너무 추워. 안으로 모셔들이지.

로버트 이 증명에 대해서 이야기하기 전엔 싫어.

캐서린 나도 싫어.

로버트 빌어먹을, 캐서린, 그 공책을 펴서 나한테 몇 줄 읽어 줘.
(사이. 캐서린은 공책을 펼친다. 억양 없이 천천히 읽는다.)

캐서린 "X를 X의 총량의 합과 이콜이라고 치자. X 이콜 추위. 12월은 춥다. 추운 달 이콜 11월부터 2월까지. 네 달은 춥고 네 달은 덥다, 나머지 네 달은 기온이 애매하다. 2월에는 눈이 온다. 3월의 호수는 얼음판이다. 9월에 학생들이 돌아오고 서점들은 붐빈다. X를 서점이 붐비는 달과 이콜이라고 치자. 추운 달의 수가 4를 접근하면 책의 수는 무한대를 접근한다. 나는 현재보다 미래에 더 추울 것이다. 추운 미래는 무한하다. 더운 미래는 추운 미래다. 서점은 무한하고 9월 말고는 학생들이 득실거리지 않는다…" (그녀는 읽기를 멈추고 천천히 공책을 닫는다. 로버트는 심히 떨고 있다. 그녀는 팔로 그를 두르고 부축해서 일으켜 세운다.) 괜찮아요. 들어갑시다.

로버트 춥구나.

캐서린 따뜻하게 해줄게.

로버트 떠나지 마라. 제발.

캐서린 안 떠날게. 안으로 들어갑시다.

암전

5장

현재. 3장의 사건이 있은 지 1주일 후. 클레어가 베란다에 있다. 휴대
용 컵에 커피가 들어 있다. 클레어는 지갑에서 비행기표를 하나 꺼
내어 날짜를 체크한다. 잠시 후. 캐서린이 여행가방을 들고 들어온
다. 클레어가 커피컵을 건네준다. 캐서린은 말없이 마신다. 사이.

캐서린   커피가 맛있네.
클레어   괜찮지, 그렇지? (사이) 단골 커피 가게가 하나 있어. 거기서 직접
         구워. 지하실에 옛날커피 굽는 기계가 있거든. 길거리에서도 냄
         새를 맡을 수 있어. 어떤 아침엔 우리 집까지 냄새가 날아와. 4층
         이나 위인데. 아주 좋은 가게야. 어떤 잡지는 "맨해탄의 최고"라
         고 썼어. 사실인지 모르지만, 커피 맛 하나는 끝내주지.
캐서린   좋겠네.
클레어   너도 좋아할 거야.
캐서린   좋았어.
         (사이)
클레어   예쁘다.
캐서린   고마워. 언니도 그래.
         (사이)
클레어   날씨가 아주 맑네.
캐서린   그러게.
클레어   내가 그리워하는 것 중에 하나가 바로 이거야. 넓은 공간, 빛. 아
         침 내내 이곳에 앉아 있고 싶으면 그렇게 해.
캐서린   날씨가 따뜻하지 않아.
클레어   춥니?

캐서린 아니, 별로. 그냥—

클레어 날씨가 차졌어. 미안하다. 안으로 들어갈래?

캐서린 난 괜찮아.

클레어 여기 밖에서 우선 커피 한 잔 하는 게 좋겠다고 생각했지.

캐서린 맞아, 잘 했어.

클레어 거기다 부엌이 온통 엉망이고. 추우면—

캐서린 안 추워. 견딜 만해.

클레어 재킷 입을래?

캐서린 응, 줘. (클레어는 준다. 그녀는 입는다.) 고마워.

클레어 벌써 계절이 왔구나.

캐서린 그러게. 오는 게 느껴지네. (사이. 그녀는 마당을 내다보기 시작한다.)

클레어 애, 서두를 것 없어.

캐서린 알아.

클레어 혼자 있고 싶으면, 잠시—

캐서린 아냐. 그럴 것 없어.

클레어 떠나려면 아직 20분 정도 시간이 있어.

캐서린 알아. 고마워, 클레어.

클레어 짐을 다 쌌구나.

캐서린 응.

클레어 빠뜨린 게 있어도 걱정할 것 없어. 이사짐 센터에서 내달에 다 보내줄 테니까. (캐서린은 움직이지 않는다. 사이.) 힘들지.

캐서린 괜찮아.

클레어 이건 잘 한 결정야.

캐서린 알아….

클레어 네가 이사하는 것을 부드럽게 할 수만 있다면 무슨 일이든 할 게. 미치도 마찬가지야.

캐서린   그래.

클레어   정말로 떠날 때가 가장 어렵지. 일단 그곳에 도착하면 마음이 편
         해질 거야. 즐길 수 있을 거야.

캐서린   알아.

         (사이)

클레어   너도 뉴욕에 폭 빠질 걸.

캐서린   가슴이 설레네.

클레어   아주 좋아하게 될 거야. 가장 흥미진진한 도시거든.

캐서린   알아.

클레어   시카고 같지 않아. 정말로 살아 있어.

캐서린   나도 읽었어.

클레어   금방 그곳이 편해질 거야.

캐서린   내가 고대하는 게 뭔지 알아?

클레어   뭔데?

캐서린   브로드웨이 뮤지컬 보는 거.

         (사이)

클레어   미치가 무슨 표든 다 구해줄 거야.

캐서린   겨울엔 록펠러 센터에 가자—스케이터들이 다 모인다며!

클레어   너두 제법—

캐서린   그리고 미술관, 박물관은 또 얼마나 많아!

         (사이)

클레어   너한테 이게 얼마나 힘든 일인지 나도 알아.

캐서린   언니가 나더러 힘들겠다고 말하는 걸 듣는 것이 더 힘들어.

클레어   일단 그곳에 가면 모든 수단을 다 동원해서 치료해보자.

캐서린   감금과 리튬과 전기충격 같은 거.

클레어   학교도 있어. 뉴욕 지역에만 뉴욕대, 콜롬비아대—

캐서린 행복한 대학시절! 풋볼 경기에, 답사여행에, 기숙사단지 안에서
     키스하기.

클레어 그런 게 싫다면 우리가 직장을 얻어줄게. 미치는 도시 전역에 손
     이 미치지 않는 데가 없어.

캐서린 폰-섹스 업계에도 아는 사람이 있대?

클레어 난 널 도와주려는 거야, 편안하게 이사할 수 있도록.

캐서린 걱정 마, 편안할 테니까. 언니가 믿지 못할 만큼 좆나게 편안할
     걸.

클레어 고맙구나.

캐서린 뉴욕 가는 비행기 안에서 아주 얌전히 앉아 있을 거야. 아담한
     아파트에서 조용히 살 거야. 그리고 폰 하임리히 박사의 질문에
     는 공손히 대답할 거야.

클레어 의사는 네가 골라서 만나, 싫으면 아무도 안 만나도 되고.

캐서린 난 폰 하임리히 박사라는 이름의 의사를 만나고 싶어. 찾아 줘.
     나는 그 사람이 외눈 안경을 썼으면 좋겠어. 아주 부드럽고 푹신
     한 소파가 있으면 좋겠네, 거기 편안하게 앉아서 모든 걸 언니
     때문이라고 뒤집어 씌우게.

     (사이)

클레어 가지 마라.

캐서린 아니, 갈 거야.

클레어 여기 그냥 살아, 얼마나 잘 하나 보게.

캐서린 잘 하고 말고.

클레어 넌 단 닷새도 자신을 돌보지 못해.

캐서린 조까네!

클레어 넌 일주일 내내 잠만 잤어. 난 비행기표도 취소해야 했어. 일주일
     동안 일도 못했어-거의 널 병원에 데려가려고 했었단 말야! 마

침내 네가 자리에서 꿈틀대고 일어날 때 도저히 믿어지지 않더라.

캐서린   피곤했으니까!

클레어   넌 완전히 딴 세상 사람이었어, 캐서린, 넌 한 마디도 안 했어!

캐서린   언니랑 말하고 싶지 않았어.

(사이)

클레어   내가 그렇게 미우면 여기 그냥 있어라.

캐서린   뭘 하고?

클레어   넌 천재니까 잘 생각해봐.

(클레어는 화가 나 있다, 거의 울 지경이다. 그녀는 가방을 뒤져서 비행기표 한 장을 꺼내 식탁 위에 던져 놓는다. 그녀는 나간다. 이제 캐서린 혼자다. 그녀는 차마 베란다를 떠나지 못한다. 사이. 핼이 들어온다─집을 통해서가 아니라 옆으로부터. 그는 옷차림이 엉망이고 무척 피곤해 보인다. 뛰어온 탓인지 숨을 헐떡인다.)

핼   아직 여기 있군. (캐서린이 놀란다. 그녀는 아무 말도 하지 않는다.) 클레어가 현관 밖으로 떠나는 걸 봤어. 당신이 아직 여기 있는지─ (그는 공책을 쳐든다.) 이 씨발놈의 물건이 말야… 합격야. 난 두 번을 검토해봤어, 한번은 늙은 놈들하고, 또 한번은 영계들하고. 괴상해. 어디서 그런 방식들이 왔는지는 모르겠지만, 일부 움직임들은 따라가기가 아주 어려워. 하지만 아무런 하자를 발견하지 못 했어! 뭔가 하자가 있을 법하기는 한데 발견을 못하겠더라구. 난 한잠도 못 잤어. (그는 숨을 고른다.) 유효한 증명야. 당신이 알고 싶어 할 것 같아서.

캐서린   난 벌써 알고 있었어요.

(사이)

핼   같이 검토한 친구들 전부한테 비밀을 지키도록 맹세를 받았지.

모두가 얼마나 흥분했는지. 이메일 한 통이면 전 세계에 좌악 퍼
지는 거야. 단단히 협박해뒀어. 안심해도 될 거야. 되게 겁 많은
친구들이거든. (사이) 당신을 만나고 싶었어.

캐서린 난 곧 떠나요.

핼 알아. 잠깐만 기다려줄래, 응?

캐서린 뭘 해요? 공책도 갖고 있겠다. 당신이 그걸 가지러 와서 언니가
줬다메요. 맘대로 처분해. 출판을 하든지.

핼 캐서린.

캐서린 클레어의 허락을 받아 출판해요. 언닌 상관 안 하니까. 거기에 대
해서 아무 것도 모르니까.

핼 난 클레어한테 허락을 받고 싶지 않아.

캐서린 내가 허락해줘요? 출판해요. 어서. 기자회견도 하고. 세상에 우리
아빠가 발견하신 걸 공표해요.

핼 그러고 싶지 않아.

캐서린 씨발 아빠는 빼고 당신이 발견한 것이라고 발표해 버려요. 아무
려면 어때? 전국 아무 대학의 수학과든 자리를 당신 스스로 찍어
버려요.

핼 내 생각에 이걸 선생님이 쓴 것 같지 않아.

(사이)

캐서린 지난 주엔 그렇다고 하더니.

핼 그건 지난 주고. 이 증명을 읽으면서 이번 주를 다 보냈어. 어느
정도 이제 이해가 되는 것 같아. 새로운 수학적 방식들, 지난 십
년간 개발된 기술들이 대거 사용되었더군. 타원형 곡선들. 가군
의 형식들. 난 대학원 4년보다 이번 주에 수학을 더 많이 배운 것
같아.

캐서린 그래서요?

핼   그래서 이 증명은 아주… 탁월해.

캐서린   눈 좀 붙여요, 핼.

핼   선생님은 지난 10년 동안 무엇을 하셨지? 건강이 안 좋으셨잖아,
        안 그래?

캐서린   할 말 다 했어요?

핼   난 선생님이 그 신기술들을 익혔다고는 도저히 생각이 안 돼.

캐서린   아빠 천재셨어요.

핼   하지만 미쳤어.

캐서린   나중에 읽으셨겠죠.

핼   글쎄. 선생님이 필요로 했음직한 책들은 위층에 있는데.

        (사이)

        당신의 아버님은 모든 것에 날짜를 기록하셨어. 도무지 알 수 없
        는 목록마저도 날짜를 기입하셨어. 그러나 여기엔 날짜가 없어.

캐서린   필적이-

핼   -선생님의 것과 비슷해. 부모 자식이 때때로 필적이 같은 경우가
        있어요. 특히 서로 많은 시간을 함께 보낸 사이라면.

        (사이)

캐서린   흥미로운 이론이네요.

핼   맞는 이론 같아.

캐서린   나도 그렇게 생각해요. 지난 주에 내가 말한 게 바로 그거예요.

핼   알아.

캐서린   당신이 뭉개놓고는.

핼   난-

캐서린   유감예요, 그 나머지는 정말 좋았는데. 전부가. "선생님을 사랑했
        다." "늘 당신을 좋아했다." "당신과 모든 순간을 당신과 함께 보
        내고 싶다…" 달콤한 이야기들. 나랑 씹 한 번 하고 공책을 손에

넣었어요! 당신은 천재예요!

핼　날 너무 높이 평가하지 마. (사이) 당신이 나랑 행복할 수 있다고 는 기대하지 않아. 난 다만… 모르겠어. 당신이 떠나기 전에 이 증명의 일부라도 토론을 하고 싶었어. 순전히 학문적으로. 다른 기대는 전혀 없어.

캐서린　잊어버려요.

핼　내 얘긴 질문이 있다는 거야. 이 연구를 하는 동안 황홀했을 것 같아. 그 일부만이라도 당신한테 듣고 싶어.

캐서린　싫어요.

핼　결국은 이야기를 하게 될 걸. 외면하지 마. 언젠가 출판을 해야 할 테니까. 누군가에게 말을 할 수밖에 없어. 도로 받아요. 최소한. 그러면 내가 가지. 자.

캐서린　갖고 싶지 않아요.

핼　이러지 마, 캐서린. 모든 걸 바로 잡고자 하는 거야.

캐서린　불가능해요. 내 말 듣고 있어요? 당신이 뭔가를 생각해냈다고 믿 어요? 마음을 바꾸니까 너무 흐뭇해서 여기까지 뛰어온 거예요? 이제 당신을 확실히 알겠어요. 당신은… 건성예요. 아무 것도 몰 라요. 그 공책, 수학, 날짜들, 필적, 당신이 친구들하고 함께 결정 한 그 모든 것들은 한낱 증거에 불과해요. 그걸로 일이 끝나진 않죠. 그건 아무 것도 증명해주지 못하니까.

핼　알았어, 그럼 뭐가?

캐서린　아무 것도. 진작에 날 신뢰했어야죠.

　(사이)

핼　알겠어. (사이. 캐서린은 자기 물건들을 모은다.) 클레어가 집을 팔았 다구?

캐서린　맞아요.

핼	시카고에 그냥 머물러. 당신은 성인이야.

핼　시카고에 그냥 머물러. 당신은 성인이야.

캐서린　언니가 뉴욕에 오길 원해요. 날 돌봐준다고.

핼　당신은 돌봐줌이 필요한 사람인가?

캐서린　언니 생각엔 그래요.

핼　선생님을 5년이나 돌봐드렸던 당신인데.

캐서린　그래서 이젠 내 차례라는 거죠. 발로 차고 소리도 지르고 했지만, 이젠 잘 모르겠어요. 남한테 돌봄을 받는다는 것, 뭐 그다지 나쁠 것 같지 않아요. 난 지쳤어요. 집도 거의 폐가나 다름없고. 사실을 직시해야죠. 애초에 이 집은 아빠 거였고….

　　　(사이)

핼　좋은 집이야.

캐서린　낡았어요.

핼　그렇긴 하지만.

캐서린　외풍이 얼마나 심한지, 겨울엔 정말 힘들어요.

핼　시카고가 그렇지, 뭐.

캐서린　집안도 얼어붙듯 춥고, 그래서 스팀을 때면 이번엔 숨이 막힐 지경이죠.

핼　난 차가운 날씨도 괜찮아. 정신을 바짝 차리게 해주니까.

캐서린　몇 년 더 살아봐요.

핼　여기서 평생을 살았는 걸.

캐서린　그래요?

핼　물론. 당신과 같아.

캐서린　그래도, 여기서 한 겨울을 더 나고 싶진 않아요.

　　　(사이)

핼　당신한텐 아무 문제가 없어.

캐서린　내가 아빠를 닮았나봐요.

핼   내 생각에도 그래.

캐서린   난… 아빠를 닮은 게 두려워요.

핼   그래도 본인은 아니니까.

캐서린   언젠가 그렇게 될 것 같아요.

핼   어쩌면, 어쩌면 아빠보다 더 훌륭해질 지도.

        (사이. 핼은 그녀에게 공책을 건네준다. 이번에는 캐서린이 공책을 받아
        쥔다. 그녀는 앉는다. 그녀는 공책을 내려다본다. 손가락으로 표지를 어
        루만진다.)

캐서린   난 "황홀"까지 느끼진 못했어요―당신이 사용한 단어가 그거였던
        가요?

핼   음. 황홀.

캐서린   아. 그냥 점과 점을 연결해주는 작업이었거든요. 어떤 밤엔 셋 또
        는 넷을 연결할 수 있었죠. 어떤 밤엔 점들이 서로 너무 멀리 떨
        어져 있어서 다음 점까지 어떻게 도달할 지 도무지 앞 길이 막막
        하기도 했죠, 만약에 다음 점이 있었다면 말이죠.

핼   선생님은 정말 전혀 모르셨어?

캐서린   그래요. 난 자정이 지나서 작업을 했으니까. 아빤 대개 주무셨어
        요.

핼   매일 밤에?

캐서린   아뇨. 일이 막히면 난 티비를 보곤 했죠. 가끔 아빠가 잠을 못 이
        루시면 내려와서 나와 함께 앉고는 했죠. 우린 얘길 했어요. 수학
        얘기는 아니었어요, 아빠가 불가능했기 때문에. 우리가 보고 있
        던 영화에 대해서 얘길 했어요. 내가 주로 이야기를 설명해 드렸
        죠. 한번은 히터를 고치는 일에 대해서 얘기했는데, 결국 안 고치
        기로 결정했어요. 한밤 중에 덜커덩거리는 소리를 내며 공기를
        건조하게 만들기는 했어도 우린 그걸 좋아했거든요. 어떤 때는

아침에, 아침에 뭘 같이 먹을까, 그런 것을 계획짜기도 했어요.
그때의 밤들은 대체로 좋았어요. 난 알아요… 이 증명이… 유효
하다는 걸. 하지만 내 눈에 띄는 건 전부, 타협들, 근사값들, 바늘
자국이 선명한 부분들뿐이었어요. 아빠의 것들이 훨씬 우아했죠.
아빠가 젊었을 때 말예요.
(사이)

핼   나한테 끝까지 말해줄 수 없어? 어떤 부분들이 당신 맘에 안 드
      는지. 당신은 개선할 수 있을 거야.

캐서린 모르겠어요….

핼   아무 거나 골라서 당신이 다시 생각을 해보면, 우아한 것이 발견
      될 지도 몰라.
      (사이. 핼이 캐서린의 옆에 앉는다. 마침내 그녀는 공책을 펴고 천천히
      페이지를 넘기다가 한 곳을 찾는다. 그녀는 그를 쳐다본다.)

캐서린 여기.
      (그녀는 말하기 시작한다.)

                                                —막

로젠스비그 자매들

웬디 와서슈타인 작

머릿말

　나는 1992년 9월 25일 이 연극의 시연회 동안 내내 링컨 센터의 예술감독인 내 오랜 친구 앙드레 비숍 옆에서 거의 반 충격상태로 앉아 있었다. 내 생각에 <로젠스비그 자매들>은 나의 가장 진지한 노력이었다. 단일 세트에 극도 비삽화적이고 시간과 장소와 행동의 일치들이 완벽하게 지켜졌고 역사적인 사건의 전야를 일부러 택해 시대배경으로 삼았고 그리고 심지어 지난날 모스크바를 열망했던 훨씬 더 유명한 연극적 세 자매들을 짐짓 반향하는 듯한 꾸밈마저도 느껴지지 않느냐 말이다.

　그런데 1막이 시작되고 5분도 되지 않아서 관객들이 낄낄거리기 시작했고 죠지어스 박사가 핑크 빛 가짜 샤넬 정장차림으로 비닐로 만든 루이비통 짐 가방을 들고 등장했을 즈음에는 배꼽을 쥐고 웃는 것이었다. 앙드레가 내 어깨를 토닥거리면서 물었다. "웬디, 지금 무슨 일이 벌어지고 있는 거지? 이런 일은 생전 처음 봤어."

　머릿속에서 이런 생각이 들었다. "관객들이 좋아하니까 반갑기는 하지만 내 작품에 대한 나의 평가가 영 빗나갔네." 그래서 작품의 제목을 정하는 데 시간이 엄청 들었다(<죠지어스 자매들>, <유럽 연주회>, <사라, 페니, 죠지어스> 등이 처음 생각했던 제목들이었다). 그날 밤 만일 내가 <메디아>를 썼더라면 그것은 필경 옛 텔레비전 드라마 <하루 동안의 여왕>과 비슷하지 않았겠느냐 하고 생각했다.

그러나 흥미롭게도 그 시연회가 2막의 어두운 장면들로 진입하자 관객들은 점차 불안해하기 시작했다. 공연이 끝나고 연출자인 대니얼 설리반과 내가 출연배우들의 파티장에 가고 있을 때 그는 내게 말했다. "힘든 작업은 이제부터야. 균형을 찾아야 하거든."

댄한테는 항상 문제의 핵심을 정확하게 집어내는 빼어난 능력이 있다. 이 극은 진지한 극도 희극적인 극도 아니다. 희망 섞어 얘기하면 둘 다. 이 극을 쓰고, 연기하는 요령은, 심지어 읽는 요령조차도 유머의 밝은 색깔들과 정체성, 자기혐오의 진지한 이슈들, 그리고 더 이상 가능해 보이지도 않고 또 슬프게도 더 이상 필요해 보이지도 않는 사랑과 친밀한 관계의 가능성 사이에 균형을 찾는 것이다.

난 작가가 굳이 희곡을 설명해야 한다면 그 희곡은 극이 아니라고 생각한다. 체홉한테 세 자매가 있었던가? 죠지 커프만과 모스 하트가 그것을 더불어 가져가기를 원했을까? 그리고 노엘 카워드가 삶의 설계도를 갖고 있었던가? 나는 이런 류의 질문들은 늦은 밤의 애매한 토크 쇼의 객원 해체주의자들한테 미뤄둔다. 내가 할 수 있는 말은 <로젠스비그 자매들>이 방금 말한 네 명의 극작가들한테 빚진 바가 많다는 사실뿐이다.

기록을 위해서 밝혀두는데, 나는 세 자매의 막내다. 제일 큰언니는 인조 모피상과 한번도 데이트한 적이 없다. 그러나 내가 아는 많은 여배우들이 늙는다는 치명적인 실수를 범해서 좋은 연기기회들을 놓치고 있다. 그래서 나는 40이 넘은 여성들을 위한 영리하고 재미있는 역들을 의도적으로 써내는 일에 착수한 것이다. 희망 섞어 얘기하자면 이 자매들 가운데 한 사람과 첫눈에 반해서 사랑에 빠지는 아주 좋은 남자 역도 하나 창조했다. 이 작품은 성난 연극이 아니다. 가능성에 대한 극이다. 나에게 희곡 쓰기를 처음 가르친 선생님은 예술에는 질서가 있고 인생에는 그것이 없다고 말씀하셨다. 나의 주장은 예술가가 기존의 변수들을 바꾼다면 인생이 예술을 모방할 수도 있지 않느냐 하는 것이다. 모조 동물보호피복계의 세계

1인자 머빈과 국제적인 금융가 사라는 낭만적인 환상이 아니라 우리가 무대 위에서 자주 보지 못할 뿐인 어른들이다.

<로젠스비그 자매들>에 관해 자주 논의되지 않았던 이슈가 있다면 그것은 정체성에 관한 것이다. 이 극의 인물 중 내가 가장 좋아하는 인물 가운데 하나이고 세계적인 연출가인 제프리는 그가 사랑하는 페니에게 이렇게 고백한다. "당신은 자기 자신이 누군지 전혀 짐작할 수 없을 때의 기분을 몰라!" 이 극에 등장하는 대부분의 인물들은 다 성숙한 사람들임에도 불구하고 자기자신과 심한 갈등을 느끼고 있다. 이 세 자매들이 다 브루클린 출신이면서 극이 런던의 퀸 앤즈 게이트에서 벌어지는 데에는 이유가 있는 것이다.

연극은 희곡으로 출판됐을 경우조차도 협력작업이다. 이 극은 지면에서 무대로 옮겨졌을 때나 거꾸로 무대에서 지면으로 다시 되돌아갔을 때도 대니얼 설리반의 도움을 크게 받았다. 내가 알기로 댄은 <로젠스비그 자매들>을 그가 다룬 유태인 주제의 삼부작 가운데 세 번째 작품으로 간주하고 있다. 이 극에 앞서 그는 허브 가드너 작 <아버지와의 대화>와 존 로빈 베이츠 작 <불의 내용>을 연속적으로 연출했었다. 어쩌면 댄은 연극의 구세주일지도 모른다. 시애틀 출신의 아일랜드 사람으로서 나쁜 일은 아니다.

이 극은 앙드레 비숍과 나한테도 삼부작인 셈이다. 그는 나의 지난 두 작품 <하이디 연대기>와 <참 낭만적이지 않아요?>를 플레이라이츠 호라이즌스에서 제작했고 이 극은 우리 둘이 링컨 센터에서는 처음으로 손잡고 일한 작품이다. 나는 자주 사람들한테서 미국의 신작희곡들을 다루는 앙드레의 천부적인 은사가 정확하게 무엇인지에 대해서 질문을 받아왔다. 앙드레는 항상 언제 자기의 의견을 강요하고 언제 남의 의견을 따를지를 아는 것 같다. 그리고 그가 입을 열 때 그것은 절대로 강요가 아닌 것이, 이는 당혹스러운 사실이기는 하지만, 그는 언제나 옳기 때문이다.

캐스팅을 도와준 대니얼 스위, 가혹하게 때리고 자상하게 감싸준 드라마터그 앤 카타네오, 그리고 첫 독회 때부터 세 명의 로젠스비그 자매들 모두를 으깬 우리의 무대감독 로이 해리스에게 감사를 드린다. 우리의 세 자매들은 캐롤린 애론, 크리스토퍼 듀랑, 윌리엄 핀, 미치코 카쿠타니, 피터 파넬, 그리고 폴 러드니크의 변함없이 관대한 우정을 통해서 많은 자양을 얻었다.

내가 이 극을 처음 끝냈을 때 난 등장인물 어느 하나에 대해서도 그들이 어떻게 무대에 등퇴장하고 어떻게 층계를 오르내려야 하는지에 대해서 전혀 아는 바가 없었다. 더더군더나 나는 죠지어스 박사의 의상에 대해 매우 세밀한 묘사를 포함시키기는 했지만 알고서 그렇게 묘사한 것이 전혀 아니었다. 예를 들어 "그녀는 모조 웅가로 칵테일 드레스를 입고 등장한다."라고 지문을 썼는데 실제로 나는 내가 그 옷을 어쩌다 입고 있다 해도 그것을 구별할 줄 모른다. 그러니까 여러 가지 측면에서, 이 극에 내재하고 있는 여러 가지 일치들은 무대장치 디자이너인 리 비티와 의상 디자이너인 제인 그린우드가 창조해낸 것들이다. 마지막으로, 로젠스비그 자매들은 조명 디자이너인 팻 콜린즈가 없었더라면 존재할 수 없었을 것이다. 그는 로스 앤젤레스에서 〈하이디 연대기〉의 기술연습 중에 나를 옆으로 끌어내더니 집에 가서 희곡을 하나 쓰라고 말했던 장본인이다.

〈로젠스비그 자매들〉이 개막된 지 한 달이 지난 일요일 낮 공연 때 나는 이 연극을 보러 미치 뉴하우스 극장을 다시 들렀다. 내가 조명실에 은둔을 하지 않은 것도, 또는 객석의 맨 뒷줄에 익명으로 숨어서 시연회의 메모를 끄적이지 않은 것도 그때가 처음이었다. 연극을 보면서 나는 솔직히 작가에 대해서 조금 질투를 느꼈었다. 누가 이 극을 썼든 그는 정말로 빼어난 배우들의 덕을 톡톡히 보고 있었던 것이다. 한 가지 분명한 것은 그날 저녁의 성공은 작가가 배우들 하나 하나와 연습 때 항상 함께 있었던 사실에 힘입은 바 크다.

그날 저녁의 끝에 가서 내가 관객들이 더 이상 불안해하지 않고 실제로 우는 것을 봤을 때 나는 작가가 아주 성숙한 사람임에 틀림없다고 확신했다. 그녀는 가족 및 개인의 역사를 확신하고 있었고 잘 짜여진 극의 도전과 전통에 대해 신념이 확고했다. 그녀는 아직 희망이 있다고 믿는 게 확실했다. 그러니까 어떻게 내가 이 극의 작가이겠는가. 천만의 말씀이다.

웬디 와서슈타인
뉴욕에서, 1992년 12월

로젠스비그 자매들

1막

1991년 늦은 팔 월의 어느 주말.
런던의 퀸 앤즈 게이트의 한 응접실.

1장

(금요일 늦은 아침. 방은 전문적인 실내장식가의 손을 거친 듯, 아늑하고 편안하고 비싼 사라사 무명의 긴 소파와 의자들이 있고 창문처리도 세련됐다. 무대 후면 우측에 식당이 있고 무대 후면 좌측에는 침실로 올라가는 계단이 있다. 열일곱 먹은 테스가 청바지에 플란넬 셔츠를 입고 사라의 대학여성대표 노래그룹이 부르는 "빛나는 추수의 달님(Shine on the Harvest Moon)"의 카펠라 판을 듣고 있다. 그녀는 녹음기에 대고 말을 한다.)

테스   달에 대한 말씀을 더 드리자면 추수의 달님이란 9월의 보름달을 얘기하죠. (초인종이 울린다.) 은어적인 의미로 사용될 때엔 "난 애인이 없어요"라는 뜻입니다.

(초인종이 울린다.)

사라   (무대 밖에서) 테시, 문열어! (초인종이 울린다.)

(테스는 음악의 볼륨을 줄이고 문으로 달려간다. 이모인 페니가 들어오는데 그녀의 나이는 40이다. 옷가지, 선물들이 가득 찬 적어도 다섯 개의 쇼핑백들과 랩탑 컴퓨터를 들고 있다. 페니는 실제 나이보다 젊어

보이며 편안한 바지와 재킷을 입고 있다. 기자들이나 세계여행가들의
전형적인 차림이다.)

페니   그 사람 이름은 제시였어.

테스   페니 이모!

페니   시크교도 제시.

테스   기다리고 있었어요. 엄마도 저도 언제 이모가 도착하실지 감을
       잡을 수가 없었어요.

페니   다 제시 탓이야. 시크교도 제시.

테스   누구요?

페니   택시 운전사 이름이다. 시크교도래. 인도의 사자.

테스   엄마가 그러던데 이몬 허풍쟁이래요.

페니   그 작자가 어젯밤 내내 날 태우고 봄베이를 쏘다녀서 마지막 비
       행기를 탈 수밖에 없었다.

테스   이모가 정말로 나타나셔서 엄마가 되게 반가워하실 거예요.

페니   너는? 넌 안 반가워? (둘은 포옹한다. 음악은 바뀌어 아까 여성대표그
       룹이 새로 부른 "수녀회를 시작하라"가 들린다. 둘은 춤을 추기 시작한
       다.) 네가 듣는 게 뭐냐?

테스   엄마의 대학그룹예요. 이게 대표곡이죠. 우리 학교 여름방학 숙
       제로 우리 부모님들의 어린 시절에 대한 전기를 쓰고 있거든요.
       노래가 가식적예요. 빨리 런던을 떠나 고향의 학교로 돌아가고
       싶어요.

페니   엄마가 허락한대?

테스   농담 마세요. 두루베르비유의 테스라고 내 이름을 지으신 엄만데.
       하바드와 예일을 이류대학으로 치는 미국사람은 아마 우리 엄마
       하나 뿐일 거야. 얘기조차 못 꺼내게 해요.

(사라가 위층에서 등장한다. 54세의 매우 날씬한 여성이다. 목욕가운을 입고 있는데 거기서도 권위와 위엄이 배어난다.)

사라 테스, 너랑 얘기하는 게 누구냐? 안녕, 내 막내 동생! 와 있는 줄 몰랐지. (볼에다 뽀뽀를 한다.) 테시, 내가 언제 하바드나 예일이 이류대학이라고 했니? 이류대학으로 가느라고 발버둥치고 있다고 했지.

페니 언니를 만나니 좋네.

사라 비행기 안에서 눈 좀 붙였니? 방금 전에 올 해의 해외언론상을 탄 네 친구가 쓴 러시아의 쿠데타에 관한 글을 파이낸셜 타임즈에서 읽고 있었다. 너도 그 상을 탈 때가 되지 않았니?

페니 테시, 이리 와서 네 엄마로부터 날 좀 보호해다오.

테스 웨스트민스터의 영문과 선생님이 페니 이모의 책을 다음 학기 교재로 정하셨어요.

사라 정말? 어느 책?

테스 <아프가니스탄 마을의 삶>. 여성학 시간의 교재로. 그 선생님 얘기는 페니 이모가 자기의 전문지식을 여행담 쓰는 데 사용하면서 반혁명적이 됐대요.

페니 그 선생이 내 치과의사가 누군지 말해주던?

사라 페니의 책들은 최고야. 명석해. 여성의 글쓰기라는 항목을 별도로 갖는 것, 그게 반혁명적이다, 애.

테스 아무튼 나하곤 상관없는 일이야. 난 이 세상에 발을 들여놓을 수 있게 미용술을 공부할거니까.

사라 테시, 애, 네가 미용사가 되겠다면 난 아직 너를 사랑하겠고 또 자랑스럽게 생각할거야. 요즘 경제가 돌아가는 모양으로 봐서 덜 화려한 분야를 선택하는 쪽이 훨씬 현실적이지.

페니   테시, 너 용접 같은 건 생각 안 해봤니?

사라   페니, 얘기를 딴 데로 돌리지 마.

페니   (액센트를 넣어서) 먹고 살자니까…

사라   우린 지금 테시의 장래에 대해 토론하고 있어! (전화벨이 울린다.) 네, 여보세요? 아, 안녕하세요, 닉! 목소릴 들으니 정말 반가워요.

테스   (눈알을 굴리며) 맙소사, 그 사람이야!

사라   부엌에 가서 전화를 받을 테니까 잠깐만 기다려요. 페니, 테시한 테 세상 사는 도움말을 좀 잘 해주렴. (퇴장)

테스   엄만 내가 이모를 너무 닮아서 걱정이래. 이모가 충동적으로 여행을 다니는 게 뭔가 하나에 헌신하는 걸 무서워하기 때문이래나. 그래서 어디 한 군데 머물게 되면 이몬 바로 나처럼 감정적이 되고 방어적이 된대요.

페니   테시, 얘, 미안하다. 난 그게 전염성인지 몰랐어. (그녀의 쇼핑백들을 뒤지기 시작한다.) 여기 너한테 줄 아주 귀한 선물이 있다.

테스   페니 이모, 왜 여행 가방을 안 들고 다녀?

페니   늬 리타 할머니 말씀이 미친 사람들만 쇼핑백들을 들고 여행다닌다고 하길래 그 담부터 그걸 내 트레이드 마크로 삼기로 작정했다. (테스에게 꾸러미를 하나 건네준다.) 자 받아. 이 신께서 모든 악을 물리치고 너에게 희망과, 부활을 가져다 줄 거야. 그리고 무엇보다 네가 어떤 환경 안에서도 절대로 나처럼 자라지 않을 것임을 보장해줄 거야.

테스   왠 팔들이 이렇게 많아?

페니   솜씨가 보통이 아네요. 이름이 파괴자 시바야. 어제 봄베이 해안 바깥에 있는 코끼리 섬에서 발견했어. 인도양에서 쇼핑하려면 거기로 가봐.

테스   페니 이모?

페니   왜, 테스 조카?

테스   이거 엄마한테 드려도 돼? 엄마야말로 희망과 부활이 절대적으
       로 필요한 분예요. 엄만 아마 나를 통해 다시 인생을 사신다면
       굉장히 만족해하실 걸.

       (사라가 등장한다.)

사라   좋은 소식. 닉 핌이 오늘 저녁 식사에 온댄다.

테스   엄마, 체어링 크로스 역 밑에 가면 집이 없어 거기서 자는 사람들
       이 많아요.

사라   니 생각엔 닉 핌이 내 생일 저녁식사를 그들과 함께 하기를 더
       원할 것 같니?

테스   엄마, 난 그냥 체어링 크로스 역 아래에 상자 속에서 사는 사람들
       이 있는데 우리가 니콜라스 핌 같은 자본주의자들과 부르조아
       저녁 만찬을 갖는다는 게 옳다는 생각이 들지 않아요.

사라   (테스를 응시하며) 페니, 테스가 참 똘똘하게 자라지 않았니?

테스   엄마, 이젠 엄마가 화제를 돌리네!

사라   나도 영문을 모르겠지만, 정말로 아름답고 명석한 딸을 갖게 돼
       서 얼마나 기쁜지 몰라. 내 딸은 그냥 완벽해. 그래서 페니 이모
       한테도 그런 아리스토텔레스적인 삶을 사는 동안 적어도 아이
       하나를 꼭 가지라고 말을 해줬어. 내 인생에 가장 큰 기쁨이 바
       로 너거든.

테스   엄마, 그건 감상적인 수정주의적 사관이야! 허미아 콕스 존스의
       아빠가 그러던데 전세계 홍콩/상하이 은행 가운데 엄마 불알이
       제일 크대.

페니   피. 피.

사라　페니, 오늘 네 말씨는 아주 뉴욕적이구나.

페니　두 시간대를 살아서 미안해요.

테스　뉴욕적이라니 무슨 뜻이야?

사라　응…

페니　테시, 아주 아주 옛날, 늬 엄마가 래드클리프 대학 1학년이고 내가 브루클린의 플랫부시에서 늬 할아버지 할머니랑 집에서 살고 있을 때, 해리 로우즈라고 하는 참 좋은 남자가 매일 아침 우리 집에 전화를 했어. 로우즈 씨는 할아버지의 아동복 공장에서 수석외판원이었다.

사라　요점만 말해, 페니.

페니　테시, 로우즈 씨는 온 집안 식구가 잠에서 깨어날 무렵 할아버지를 붙잡고 전화로 그날의 사업을 토론하기를 즐겼지. 그래서 매일 아침 일곱 시면 나는 전화로 달려가 로우즈 씨가 "안녕하세요, 모리, 모리 맞죠?" 하는 소리를 들었어. 그러면 내가 이렇게 대꾸했어. "틀려요, 로우즈 씨. 저예요. 모리의 딸 페니에요." 그러면 늘 이렇게 응수해오는 거야. "아이구, 내가 또 실수했구나, 페니, 헌데 날 어떻게 알아봤지?"

테스　그러니까 뉴욕적이란 해리 로우즈 씨를 말해요?

사라　우리랑은 아무 상관없는 방면에서 뉴욕이지. 수정주의적 사관을 가진 죄인은 내가 아니라 페니 이모다, 애. 페니는 우리가 한번도 속해본 적이 없는 낭만적인 세계를 날조한 거야.

페니　내가 착각했어. 매일 아침 전화한 게 로우즈 씨가 아냐. 루이스 어친클로스였어.

사라　봐라, 테시, 페니가 너처럼 방어적이지 않니?

테스　엄마는 도무지 유머 감각이 없어, 하나도.

사라　(액센트를 넣어서) 뭐? 넌 지금 내가 모르는 소리를 하고 있다고 생각하지? (미소지으며) 매우 뉴욕적이구나.

테스   그만 나가봐야 돼. 톰을 만나. 저녁 식사에 같이 불러도 돼?

페니   톰이 누구냐?

사라   톰이 누구냐, 테시?

테스   요새 내가 만나는 남자, 톰 밸리어너스.

사라   페니 이모한테 더 자세히 얘기해봐. 사람들 아는 데 귀신이야.

테스   톰의 아버지는 리버풀에서 라디오 부품 가게 사장님이신데, 경제
        가 좋아지면 자기도 사업을 하겠대.

페니   괜찮게 들린다, 야.

테스   엄만 생각이 달라요.

사라   난 그렇겐 말 안 했다. 단지 라디오 부품을 팔겠다고 하는 사람
        과 네가 무슨 공통점을 갖고 있는지 모르겠다고 했을 뿐야. 더구
        나 라트비아까지 그 사람을 따라 다닐 필요는 없다는 거였어.

테스   리투아니아에요. 페니 이모, 톰하고 전 리투아니아 레지스탕스
        운동에 깊이 가담하고 있어요. 쿠데타 때문에 톰은 우리가 그곳
        에 있어야 한다고 생각해요.

페니   빌니어스는 한 때 리투아니아의 예루살렘이었지.

사라   넌 별로 도움이 안 되고 있어, 페니.

페니   그리고 아주 좋은 식당이 하나 있는데, 유명하고 전통 깊은 올드
        셀라 식당. 그리고 연극을 보고 싶으면 빌니어스 중앙극장에 알
        아봐.

사라   그래, 테시, 저들이 탱크를 밀고 쳐들어오면 너랑 톰은 햄버거나
        하나씩 사들고 연극이나 보렴.

테스   엄마, 우습지도 않아요.

사라   알아. 난 유머 감각이 없잖니.

테스   페니 이모, 오늘 톰이랑 저랑 함께 차 마시지 않을래요?

사라	페니 이모야, 니 생각엔 어떠냐, 코넥티컷 출신의 얌전한 유태인 아가씨가 리투아니아의 레지스탕스 운동에 소명을 느낀다는 게 좀 어색하지 않니?
테스	난 코넥티컷 출신의 얌전한 유태인 아가씨가 아냐. 지난 5년 동안 런던에서 산 추방된 미국인이고 한 무신론자의 딸일 뿐이지.
사라	이 일은 조직 종교와 아무 상관이 없어.
테스	엄마, 톰은 아주 안정되고 정상적인 집안출신이야, 엄마는 비록 <포츈지>에 표지인물로 두 차례나 실렸었지만 그런 가정은 한번도 꾸려본 적이 없어. 하지만 엄마가 원하신다면 그 사람더러 사회적으로 용인될 만한 인종차별주의자요, 남녀차별주의자요, 무엇보다 반유태주의자인 니콜라스 핌과 함께 할 이곳의 저녁 만찬에는 초대되지 않았다고 말해줄게.
사라	(조용하게) 테시, 오늘 저녁에 톰을 초대해라.
테스	(사라의 볼에 키스하며) 포트남 찻집에서 다섯 시에 만나요.
사라	누가 차 값을 내는지 알아 맞춰 봐. 먹기 싫어하는 자유투사는 난 아직 못 만나봤다니까. 페니, 네가 얘기해 줘.
페니	벌써 말했어.
사라	쟨 나하고 반대되는 인생을 살겠다는 결심이 단단해.
페니	우리도 엄마 때메 그랬잖아.
사라	그래, 하지만 그땐 우리가 옳았지.
페니	그러니까 테시도 옳을 수 있어. (사라는 쇼핑백들을 치우려고 움직이기 시작한다.) 사라, 맘 편하게 먹어. 내가 나중에 애들하고 얘기해 볼게.
사라	(시바를 집으며) 테시는 왜 포토벨로 로우드에서 이런 쓰레기를 늘 집에 들어다 놓겠다는 건지 몰라.
페니	봄베이에서 내가 가져 온 거야.

사라   아, 예쁘다.

페니   (페니가 그녀에게 시바를 준다.) 이것이 모든 악을 물리치고 언니한
        테 희망과 부활을 가져다 줄거야.

사라   난 너무 늙었어.

페니   그렇지 않아.

사라   넌 몰라. 아직 사십밖에 안 됐으니.

페니   사십도 늙은 거지.

사라   오, 페니, 네가 와줘서 얼마나 좋은지 모르겠다.

페니   아니 고저스 박사가 언니 생일 축하한다고 여기 오는걸 허락한
        내가 안 올 줄 알았어?

사라   늬 언닌 내 생일만을 위해서 오는 게 아냐. 베델 수도원 자매들
        을 인솔하고 대관용 보석들을 감상하는 여행을 하는 중야.

페니   하지만 언니 생일에 맞춰서 일정을 짰잖아.

페니   그래. 넌 참 좋은 동생이야. 페니 로젠스비그. 페니! 맙소사, 무슨
        이름이 그러니! 나 같으면 바꿨겠다, 얘. (페니와 함께 긴 소파에 앉
        는다. 발을 페니 위에 올려 놓는다.)

페니   뻬니 로젠스비그는 뭐 더 낫나? 하지만 사라 굿, 그건 참 위대한
        이름이란 말야.

사라   다중이혼이 참 근사한 것 같애. 고를 이름들이 참 많아. 내 두 번
        째 이름이 단연 좋아서. 생각해봐, 이 세상에 사만타 굿 부인, 멜
        리사 굿 부인, 파멜라 굿 부인, 그리고 작년에 드디어 스물 네 살
        짜리 수시로 굿 부인까지 있게 된 게 얼마나 좋니. 우린 케네스
        굿의 마누라 클럽을 만들 수도 있을 거야. 시카고, 뉴욕, 런던, 도
        쿄에 지부까지 두고. 걱정 마. 난 우리 둘이 함께 늙는 게 기다려
        져. 뮤리엘 스파크의 소설에 나오는 두 늙은 처녀하녀들처럼.

페니   사라, 너무 끔찍해.

사라 그렇지 않아. 오히려 아늑하잖니. 넌 여행을 중단하고 마침내 아
      래층 아파트를 하나 얻어 정착을 해서 점점 더 괴팍해지는 거야,
      그리고 난 점점 더 못되고 심술맞아지고.

페니 내겐 제프리가 있는 걸.

사라 놀러 오라고 하지, 뭐. 어차피 여기서 늘 지내는 사람이니까.

페니 자기 집이 완성되면 함께 살자고 했어.

사라 그 남자는 애당초 그곳에서 살 생각이 없어. 여기서 친구들이 전
      부 호의를 갖고 대해주는데, 뭐하러.

페니 제프리가 그래도 언니의 삶에 조금은 맛을 더해주고 있어요.

사라 내 인생에 그만큼의 맛은 필요 없어. 나랑 함께 늙어 가는 편이
      너한테도 날 걸. 제프리도 오늘 저녁에 올거니?

페니 그럴 걸.

사라 (소파에서 일어나며) 잘 됐구나. 어쩌면 그 사람이 우리의 문제들도
      풀어주고 또 톰과 사랑에 빠져 톰을 빌니어스로 가는 어린아이
      들의 십자군행진에 데려갈지도 몰라. (사이) 날 좀 봐줘라, 페니.
      아까 얘기한 것처럼 난 늙고 비정한 여자야.

페니 언닌 늙지도 비정하지도 않아. 언닌 지금 희망과 부활의 시대를
      기대하고 있어.

사라 약속해 줘, 이번엔 한 동안 머물겠다고. 어떤 날 밤에 내가 부엌
      에서 노래를 부르고 있었더니 테시가 나더러 그만 하라더라. 내
      가 노래하는 걸 싫어해. 이젠 너무 늙어서 노랫소리가 끔찍하대.
      정말 그러니?

페니 그 이상야. 그런데 걔 여름 과제는 그게 아니던데. 여기 들어올
      때 걘 언니의 대학 그룹 노래를 듣고 있었거든.

사라 걔 논문의 요지는 나의 어린 시절이 현재의 삶에 전혀 흔적을 남
      기지 못했다는 점을 증명하는 거야. 솔직히 나도 나의 어린 시절

을 거의 기억하지 못하겠어. 지난밤에 내가 뭘 생각하고 있었는지 아니? <아 럼프 다데야데데이> 이후 카니발 킹에게 무슨 일이 일어났지? 그거였어.

페니   또 비비 꼰다.

사라   커다란 코 반지를 달았던 카니발 킹 말야.

페니   아 그 커다란 코 반지를 달았던 카니발 킹! (노래를 부르기 시작한다.)
그 우울한 처녀와 사랑에 빠졌네
매일 밤 창백한 달빛 속에서
그녀가 하는 말…

(사라와 페니는 동요를 부르면서 하는 아이들 놀이를 한다.)

사라와 페니   (말로)

아 럼프, 아 럼프, 아 럼프, 다-데-야-데-데이,
아 럼프, 아 럼프, 아 럼프, 다-데-야-데-데이.

사라   다음이 뭐지?

페니   (그녀는 빠르게 노래부르기 시작한다.)

둘이 들어갈 방갈로를 지어요,
둘이 들어갈 방갈로를, 내 사랑아…

사라   페니, 그거야. 바로 그거야. 넌 천재다!

페니 둘이 들어갈,
      둘이 들어갈,
      결혼하면 우린 참 행복할거야,
      대나무 아래서
      대나무 아래서.

사라와 페니   (페니가 노래를 계속 할 동안 사라는 아이들 놀이를 한다.)

      그대가 내 것이 된다면
      나는 그대의 것이 되리오,
      나 항상
      그대를 사랑하리.

      종달새를 공원에 데려가요,
      내 어둠 속에서
      그대에게 입맞추리라.

      그대는 최고.
      누구보다 멋져요,
      나 항상
      그대를 사랑하리.

      (40세의 매력적인 남자 제프리가 허리까지 닿는 가죽 재킷과 '페낭의 석
      양' 티셔츠를 입고 등장한다. 그는 여행용 가방을 들고 있는데 들어오자
      마자 박수를 치기 시작한다.)

제프리   와, 멋졌어요! 멋졌어요! 후렴 부분만 조금 더 빠르고 경쾌하게
        했더라면 더 좋았을걸.
페니   (그에게 손짓을 한다) 안녕, 제프리.
제프리   안녕, 내 사랑. 자 준비, "그대는 최고, 누구보다 멋져요." 자, 하나,
        둘, 셋… (그는 여자들을 지휘한다.)
사라와 페니   (아주 빠르게)

        그대는 최고
        누구보다 멋져요,
        나 항상
        그대를 사랑하리.

제프리   (박수를 치며) 브라보! 브라보! 로젠스비그 시스터즈 브라보! (페니
        를 번쩍 들어 올려 아래층으로 데려가며 퇴장한다.)

        (사라는 창 밖을 산란한 듯이 내다보며 무대 위에 남는다.)

2장

        (그날 오후. 페니는 아래층인 그녀의 아파트로부터 등장한다. 제프리
        가 뒤를 따른다.)

제프리   당신의 문제는 말야, 페니, 여자들을 별로 좋아하지 않는다는 거
        야.
페니   그렇지 않아.

제프리 그래, 페니. 생각해봐. 여자들이 당신을 불안하게 그리고 경쟁적
      으로 만들고 있다구.

페니   말이 되는 소리를 해야지.

제프리 뭐 그래도 괜찮아. 모든 사람을 다 좋아할 순 없으니까.

페니   그러는 당신은 나와는 반대로 성과 인종과 피부색에 관계없이
      모든 사람에게 개방적인가?

제프리 (노래부르기 시작하며) "나는 평범한 사람." 슬라이 엔 패밀리 스토
      운, 1969.

페니   사라는 우리 둘이 그만 만나야 된대. 언니랑 나랑 둘이서 함께
      늙어가재.

제프리 내 사랑, 페니, 당신은 여기 온 뒤로 온통 사라 얘기뿐이야. 언니
      가 아프다고 너무 죄의식이 심한 것 같아. 언니가 혼자 사는 것
      도 가책이 되고. 정말 당신은 언니를 사랑하는군. 그러면서 언니
      곁에 있는 걸 참지 못하고, 그러면서 언니의 칭찬은 되게 바라고,
      그러면서 언니의 의견은 전혀 참작하지 않고.

페니   그렇지 않아.

제프리 당신은 언니랑 함께 있으면 언제나 우리 그만 만나자는 얘기뿐
      이야. 이봐, 우리가 자주 만나는 것도 아니잖아. 난 항상 연습이
      고, 당신은 일 년의 반을 팀북투에 머물지. 우리 관겐 정말 더럽
      게 지적야. (그녀의 이마에 키스한다.)

페니   맙소사, 내 인생도 이젠 꽉 붙잡혔어. "이태리 말로 창문을 뭐라
      고 하는지 잊어버렸네."

제프리 잘 했어! 〈세 자매〉, 제 3막. 이봐 페니, 날 알고 지낸 걸 고맙게
      생각해. 내가 아니었다면 당신은 아직도 〈바냐 아저씨〉를 닐 사
      이몬이 브롱크스에 사는 자기의 불쌍한 아저씨에 대해서 쓴 희
      곡쯤으로 알았을 거 아냐.

페니   덕분에 난 지금 국제적으로 유명한 연출가이면서 양성애자인 사
       람과 3년 동안의 관계를 유지해왔지.

제프리 또 식물학자이기도 해. 캠브릿지 다닐 때 식물학 책도 많이 읽었
       어. 그리고 당신 이름의 철자 사이에 "에프" 자를 집어넣은 것도 나
       야. 내가 아니었더라면 당신은 그저 평범하고 단순한 뻬니 로젠
       스비그일 거야.

페니   고마워. 그 "에프" 때문에 내가 얼마나 따뜻한지 몰라.

제프리 제기랄, 무조건적인 사랑을 하고 싶거든 아이를 하나 가져. 빨갛
       고 곱슬곱슬한 애를 하나 양자로 입양해. 더 좋은 것은 인공수정
       을 해버리는 거야. (물 잔을 들어올린다.) "안녕, 아가, 내가 아빠다.
       아빠한테 안녕하세요, 한번 해봐." "안녕, 아빠." 그게 싫으면 레
       즈비언이 되든지. 내가 아는 대부분의 흥미로운 여성들은 레즈비
       언이더군.

페니   한 가지만 대답해봐. 당신이 우리 관계로부터 얻는 것이 뭐야?

제프리 전세계 방방곡곡에서 온 티셔츠들. 당신이 아니었다면 내가 페낭
       의 석양이라는 티셔츠를 입고 있을까? 한 가지 나도 늘 묻고 싶
       었던 게 있는데, 페낭이 어디지?

페니   말레이지아. 서머셋 모음도 거기 살았었어.

제프리 착한 유태계 미국인 아가씨랑 데이트하는 재미가 바로 그거야!
       영국의 식민역사를 꿰뚫고 있거든. (그녀를 껴안는다.) 페니, 여보,
       날 믿어 줘. 난 아직 당신하고 있으면 행복해.

페니   좋은 남자를 만나고 싶진 않아?

제프리 좋은 남자들이야 늘 만나는걸. 직업이 연출간데.

페니   집에 데리고 올 좋은 남자 말야.

제프리 벌써 그 짓은 해봤어. 그 자는 럼-텀-터거를 따라 날 버리고 떠
       났지.

페니   누가?

제프리   죠단은 <캐츠>의 그 코러스 보이를 찾아 날 떠났어.

페니   태고적 얘기네.

제프리   맞아. 그 다음에 난 당신을 발레 공연에서 만났고 죠단은 영국에
        서 가장 뜨는 은접시류 디자이너가 됐어. 곧 "컷러리 경"으로 작
        위를 받게 될 거야.

페니   하지만…

제프리   하지만 뭐? 내 연극에 출연하고 있는 누구에게 내가 눈독을 들이
        고 있는지 알고 싶어? 사람들이 <주홍 별맞이꽃>에 대해서 수군
        수군대는 게 사실야? 여보, 난 이제 맘 잡았어. 난 오로지 당신한
        테만 싸인을 했다구. 내가 만화영화 <폴티 타워즈>의 제안을 받
        았다는 얘기 했나? 다음 시즌에 <말피의 공작부인>과 <오클라
        호마!> 사이에 시간이 좀 있으니까 그때 하면 돼. 하지만 나의 영
        화 이력은 보잘 것 없지. 불행하게도 영화는 로스엔젤레스에서
        끝없이 긴 시간을 기다려야 함을 의미하거든. 왜 영화본부를 좀
        더 개화된 곳, 이를테면 데스 모인즈 같은 데 두지 않는지 모르
        겠어. <불어식으로 한번 발음해봐>.

페니   뭘?

제프리   데스 모인즈, 아이다호 주.

페니   아 데 모앵. 아이오와 주야. 내가 할 수 있는 일이 뭔지 알아 보
        지.

제프리   페니, 나의 천사여, 당신은 정말로 멋진 여자야, 그거 알아?

페니   멋진 여자는 내가 아니라 언니야.

제프리   내 사랑, 당신의 자기부정과 자기비하의 소리를 듣는 데 더 이상
        시간을 낭비하고 싶지 않아. 당신은 이제 거의 나만큼이나 자기도
        취에 빠져 있어. 난 지금 체어링 크로스 역 아래 사는 2백 명의 집

	없는 사람들이 이곳에 2, 3분 이내로 도착하기를 기다리고 있어.
페니	여기로 온다구? 사라의 집으로?
제프리	실제로 2백 명 전원이 오지는 않을 거야. 대표단만 오라고 했으니까. 그리고 사라네 벨 말고 아래층의 벨을 누르라고 일러뒀지.
페니	잘 했어!
제프리	당신 생각을 말해봐. 난 집 없는 사람들을 위한 자선공연을 올해는 국립극장에서 이야기극 형식으로 갖고 싶어. 그들의 명증한 음성으로 인간의 단순한 생존담을 듣고 싶단 말야. 요즘 연극은 절망적일 만큼 소수 엘리트를 위한 연극으로 빠지고 있어. (초인종이 울린다.) 무슨 소리지?
페니	초인종 소리.
제프리	아래층 벨 소리가 아니잖아.
페니	응.
제프리	어쩌지?
페니	사라 언니의 생일 파티에 당신의 대표단을 초대하지, 뭐.

(초인종이 다시 울린다.)

제프리	그 사람들을 사라의 집으로 불러들일 수는 없어. 절망적인 사람들이야. 뭐든지 집어가요. 우리가 수세기 동안 박해를 했기 때문에 우리를 죽인다 해도 할 말은 없지만.
페니	진정해. 아래층으로 가. 사람들을 아래층으로 내려보낼게.
제프리	좋은 생각이야.

(제프리는 아래층 전용문으로 나간다. 페니가 문을 연다. 58세의 미국인 머브 캔트가 구겨진 린넨 복장을 하고 문가에 서 있다. 따뜻한 인간미

가 금방 느껴진다. 매우 섹시하다. 그는 턴불 엔 매써 가방을 들고 있
다.)

머브   안녕하세요!

페니   던컨씨가 당신과 대표단 일행을 아래층에서 만나고 싶다고 하시
        더군요. 저 뒤에 다른 출입문이 있어요.

머브   대표단이라뇨? 내 악단 말씀인가요?

페니   영국분이 아니시죠?

머브   아닙니다. 댁도 아닌 것 같군요.

페니   체어링 크로스 역 아래에 사시나요?

머브   체어링 크로스 역 너머 사보이 호텔에 묵고 있습니다. 제프에게
        이걸 좀 전해주시겠습니까? (들어온다.)

페니   누구요?

머브   전 제프라고 부르죠. 그러면 아주 미치려고 해요. 그 친구도 나한
        테, "머프, 서프와 운이 맞는 자만 나를 제프라고 부를 수 있네."
        라고 응수하죠.

페니   댁의 이름이 "머프 더 서프에요?"

머브   처음 뵙겠습니다.

페니   페니 로젠스비그에요. 곧 불러올게요.

머브   제가 턴불 세일에 가서 우리가 열심히 찾았던 보라색 셔츠를 찾
        았다고 전해주세요. 그 셔츠를 봤을 때 난 마치 DNA 분자 속에
        있는 이중나선구조를 발견한 듯한 느낌이었죠. (페니가 문을 노크
        한다.) 머프가 왔어요, 방금 이중나선구조를 발견했대요.

(제프리가 나온다.)

머브   제프리, 잘 있었나, 마침내 벽장 속에서 나왔군.
제프리   안녕하쇼, 머프 영감님?
머브   야호! (방을 돌아다니며 노래하기 시작한다.)

턴불의 세일가게에서 그 셔츠를 발견했지, 내니-내니-노.
턴불의 세일 가게에서 그 보라색 셔츠를 발견했지, 내니-내니-노.
하나는 그대 것, 하나는 내 것.

(제프리에게 꾸러미를 준다.)

(머프와 제프리가 함께 노래부르고 춤을 춘다.)

턴불의 가게에서 셔츠를 발견했지. 아-내니-내니-노!

(둘은 거창하게 마지막 구절을 부른다.)

머브   (페니에게), 당신 것도 하나 사려고 했는데 사이즈를 알아야죠.
제프리   내가 여기 있는 줄 어떻게 알았수?
머브   일곱 시에 만나자고 메시지를 남겼잖아.
제프리   집 없는 사람들은 어떻게 하고?
머브   집 없는 사람들이라니?
제프리   내가 영감을 만나려는 장소에서 그들을 만나기로 일러됐거든.
머브   거기가 어딘데?
제프리   일곱 시 사보이 호텔의 바. (코트를 집어든다.) 페니, 머프 영감에게
        한 잔 줘, 난 사람들을 보내놓고 올테니. (그녀에게 키스한다.) 사랑
        해, 천사님. (나간다.)

머브   다녀오게.

페니   다녀와.

머브   한 잔 마셔야 하나?

페니   드려요?

머브   관두세요. 여긴 누구 집이죠?

페니   우리 언니 사라요.

머브   좋네요. 남편이 뭐 하는 사람인데요?

페니   언니는 홍콩/샹하이 유럽은행의 지점장예요.

머브   똑똑한 아가씨로군요.

페니   제프리를 어떻게 만났어요?

머브   친구의 친굽니다. 제프리를 어떻게 만나셨어요?

페니   <지젤>을 보는데 옆자리에 앉아 있었어요. 나더러 다짜고짜 자
        기 아이들의 엄마가 돼 달랬어요.

        (사라가 들어온다. 바지와 스웨터를 입었고 그 위에 행주치마를 걸치고
        있다.)

사라   페니! 누가 오셨니? 안녕하세요?

머브   안녕하세요. 머브 캔트라고 합니다.

페니   제프리의 미국친구셔.

머브   페니의 동생이시군요.

사라   하하하. 휴가 받아 오셨어요?

머브   지난주에 유태계 미국인 국회의원들과 함께 부다페스트에 갔었
        죠.

사라   아 그래요, 요즘 부다페스트가 인기 좋더군요.

머브   일요일엔 아일랜드에 가서 더블린의 랍비하고 아침 겸 점심을

먹게 돼 있어요.

사라   멋져요! 당신 친구 제프리는 어디 있죠?

머브   체어링 크로스 역 아래 사는 집 없는 사람들을 만난다고 날 이렇게 세워놨어요.

사라   예, 그 사람들도 요즘 인기가 아주 좋은 것 같아요.

페니   난 이제 나가봐야 할 것 같아. 톰하고 테시를 만나러. 택시를 함께 타고 가셔도 되겠어요, 머브?

머브   (사라를 쳐다본다) 난, 괜찮아요.

사라   페니, 지금 테시를 만나러 가면 언제 돌아올 거니?

페니   금방.

사라   벌써 두 시간이나 늦었잖니.

페니   사라 언니, 곧 온다니까. (액센트를 넣어서) 저건 정말로 뉴욕적이었어! 문을 활짝 열어놓는 거.

(사라는 문가에 서서 머브가 자발적으로 나가주기를 기다린다.)

머브   동생이 방금 나한테 한 잔을 권하려던 참이었는데, 찬물 한 잔이면 족할 것 같습니다. 고맙습니다. (사라는 물을 가지러 간다.) 그러니까 당신과 동생 두 분 다 뉴욕에서 오셨군요!

사라   내 동생은 여행가예요. 전 바로 여기 퀸 앤즈 게이트에서 살아요. 자, 물 여기 있어요, 캔트 씨.

머브   고맙습니다. 동생 말씀이 당신이 아주 명석한 여자라대요.

사라   유럽의 공동화폐에 대해서는 몇 가지 의견이 있지만 그렇다고 내가 명석한 건 아니죠.

머브   당신은 내가 만난 여자 중에 홍콩 은행을 경영하고 있는 첫 번째 유태계 여성입니다.

사라　유태계건 아니건 난 홍콩 은행을 경영 맡은 첫 번째 여자예요.

머브　전에는 칸틀로비츠였었죠. 자꾸 시계를 보시는군요. 제가 떠나기
　　　를 바라십니까?

사라　내 딸이 언제 집에 오나 생각하고 있었어요.

머브　맘 놓으시죠. 내게도 집에 돌아오지 않은 아이들이 셋 있었는데
　　　지금은 다들 괜찮습니다. 큰 놈 키프는 보스턴 대학의 기호학 교
　　　수로 있습니다. 직업이 그래서 <히로시마, 내 사랑>을 매주 한
　　　번씩 보나봐요. 작은 놈은 노스 캐롤라이나의 채펄 힐에서 방사
　　　선 관계로 일을 하고 있고 내 귀여운 아기 에바는 이스라엘에서
　　　삼림경비원으로 일하고 있죠. 하이파에서 공원과에 근무합니다.
　　　댁의 따님은?

사라　내년에 옥스퍼드에 진학할 예정예요.

머브　대학을 여기서 다니겠답니까?

사라　요새 들리는 미국 소식이 하도 한심해서 그러는 편이 날 것 같아
　　　요.

머브　무슨 얘길 들으셨는데요?

사라　상식적인 얘기들.

머브　정말입니까?

사라　미국사회가 변환기를 맞고 있는 것 같아요. 산업경제가 급속도로
　　　유통경제화 되고 있어요. 권리를 박탈당하는 계층이 증가하고 내
　　　부 도시들이 부패하고 교육체계가 파산을 맞아 상황은 더욱 악
　　　화되고 있어요. 날 오해하지는 마세요, 캔틀로비츠씨.

머브　철학자처럼 칸트라고 발음합니다.

사라　많은 면에서 미국은 뛰어난 나라예요. 하지만 미국도 여기처럼
　　　계층의 구별이 심화되고 있어요.

머브　그러니까 당신은 잘 나가는 유태계 여인이면서 음성적인 맑시스

트로군요.

사라 이 시대에 맑시스트가 되기는 어려워요.

머브 동생 말이 맞습니다. 정말 명석하시네요!

사라 잠깐 실례해요, 칸트 씨, 고기를 보고 올게요.

머브 우리가 불고기하고 요크셔 푸딩을 먹게 됩니까? 이런! 옛날 식으로 좋은 고 콜레스테롤 영국식 식사를 해봤으면 하고 바라던 참입니다. 오늘 아침엔 포크 소시지를 먹었죠.

사라 (손을 내밀며) 만나서 반가웠어요, 칸트 씨.

머브 이곳에 올 때마다 전 스트랜드의 심프슨 식당에서 거한 식사를 하죠.

사라 미국 사람들이나 거길 가죠. 여행자들이 바가지 쓰는 데예요.

머브 그래서 제프리가 오늘밤 날 이곳에 초대했을 때 정말 반가웠어요.

사라 제프리가 뭘 했다구요?

머브 혼잣말을 다 했다니까요, "머브, 드디어 자넨 스트랜드의 여행객들의 함정인 심프슨 식당을 피하고 근사한 옛날 식의 앵글로-색슨 유태인식 식사를 하게 됐구나."

사라 제프리하고 가까운 사이신가요, 칸트 씨?

머브 사업상 친밀한 관곕니다.

사라 네에…

머브 제프리의 뮤지칼 <주홍 별봄맞이꽃>이 지난 시즌에 뉴욕에 왔을 때 연습 중에 샤르트뢰즈 진짜 모피가 긴급하게 필요해진 일이 생겼죠. 영국의 공연에선 염색한 주홍 여우털을 사용했지만 뉴욕의 모피사용 반대 로비 때문에 일찍 행동에 들어가지 않으면 안 됐어요. 제프리의 제작자인 버나드 레스커 씨가 내게 도움을 요청해왔습니다. 그것이 우리들의 매우 아름다운 우정의 시발점입니다.

사라   당신은 쇼 비즈니스의 모피상이군요.

머브   쇼 비즈니스 및 희귀 모피상이었습니다. 지금은 합성 동물보호 피복업계의 세계 일인잡니다. 오늘날까지도 내게 후회로 남는 게 하나 있는데 모피 사용반대자들이 피켓을 들고 시위를 하는 동안 제프리한테 그 공연 수익금의 25%를 나한테 넘기도록 하지는 않았다는 겁니다. 내년엔 토쿄, 레이캬비크를 비롯해서 전세계 47 개 도시에서 순회공연을 하게 될텐데 말이죠.

사라   칸트 씨…

머브   그냥 머브라고 부르십쇼. 칸트 씨라고 하니까 내가 마치 당신의 고등학교 교장선생처럼 느껴지네요. 어림 짐작에 우린 동갑인 것 같은데.

사라   머브 씨, 오늘이 제 쉰 네 번째 생일예요.

머브   동갑이 맞군요. 대충 맞아요.

사라   막내 동생 페니는 봄베이에서 날아 왔고 다른 동생 고저스는 메사추세츠 뉴튼에서 곧 도착할 예정예요.

머브   당신의 생일파티에 내가 온 것도 바로 그 이유 때문입니다. 대단히 흥미로운 사람들이 모일 것 같군요. 당신 이름을 사라로 지어놓고 어떻게 동생의 이름을 고저스라고 지을 수가 있죠! 아버지가 괴짜신가봐요.

사라   우리가 꼭 불고기만 먹는 건 아네요. 불고기는 카슐레의 한 부분이고, 콩, 양고기, 오리하고 돼지 소시지가 더 들어가죠. 교리가 정확하게 생각나진 않지만 혹시 게 중에 당신이나 더블린의 랍비께 종교적으로 먹기 곤란한 음식이 끼어 있다면 스트랜드의 심프슨 식당에 가서 드셔도 돼요.

머브   제프리한텐 뭐라고 말할까요?

사라   제가 무례한 행동으로 당신을 쫓아냈다고 하세요.

머브   남자들을 보통 이런 식으로 대하십니까?

사라   모피장사 말고 정신분석도 하세요?

머브   쉿! 합성 피복업이라니까요.

사라   댁의 질문에 대답을 하자면, 네, 그래요, 어떤 남자들은 날 위협 적으로 봐요.

머브   내 딸도 자기를 위협적으로 보는 남자들이 있다고 하더군요. 물 론 내 딸은 하이파 공원에서 삼림감시원으로 근무하지 않을 땐 이스라엘 육군의 대위이지만요.

사라   부인께선?

머브   아내는 평범한 로즐린의 가정주부였습니다. 삼 년 전에 세상을 떠났죠.

사라   안됐군요.

머브   그렇습니다. 이름은 헬렌이었는데 그렇게 위협적이진 않았어요. 그래서 딸년이 지금 이스라엘 육군에 있게 된지도 모르죠. 당신 은?

사라   저요?

머브   남편 말입니다.

사라   두 번째 남편은 지금 다섯 번째 부인과 살고 있어요. 첫 번째 남 편은 소식을 몰라요. 세 번째 남편은 있을 것 같지 않아요.

머브   가게문을 닫으셨단 말이군요.

사라   전 바빠서 그만 실례하겠어요, 머브씨. (나간다.)

머브   아, 그러시죠. 편히 쉬게나, 나여. (작은 식탁 위에 놓여 있는 책들을 본다.) 사라, 디스레일리에 관한 책들을 많이 갖고 있군. 나 개인 적으로는 아들라이 스티븐슨을 더 좋아해. 당신 아직도 스티븐슨 단추를 보관하고 있어, 사라? 난 1955년도 콜럼비아 대학 박람회에서 구한 것들을 아직 갖고 있지. 내가 장계석 부인 역을 했지 않소. 사실은 진짜 술을 한 잔 하고 싶구려. 스카치와 물? 좋지! (스스로 바에서 한 잔 따른다.) 이봐요, 난 유태인들이 술을 마시지 않는다는 사실을 곧이 곧대로 믿지 않아. 우리네 엄마들이 천진한 처녀들한테 유태인 남편이 훨씬 더 좋은 남편감이라는 걸 설득하기 위해 꾸며낸 일종의 신화 같은 얘기야. 다른 말로 하면, 나의 괴벽, 나의 심기증, 세상문제들에 대한 나의 견해들이 내가 술을 마시지 않기 때문에 그런 대로 받아들여진다 이거지. (한 모금 마시고 그녀의 레코드들을 뒤져보기 시작한다.) 음악 좀 들을까, 사라? 엘피판이 아주 많네. 시디야 은행에 속하는 거니까. 물론 내가 말 안 해도 잘 알겠지만. 당신이 프랭크 시나트라와 브로드웨이 뮤지컬 곡들을 다 좋아하는 것 같아 반갑네. 난 아직도 <피니안의 무지개>를 들으면 눈물이 나. 아니 <브리가둔>이었나? (그가 두 개의 앨범을 꺼낼 때, 46세 가량의 매우 아름답고 뚱뚱한 고저스가 열려 있는 문으로 등장한다. 그녀는 악세사리가 무지하게 많이 달린 가짜 샤넬 정장을 하고 있고 역시 가짜 루이 비통 서류가방을 들고 있다. 그는 그녀를 알아차리지 못한다.) 어느 게 "무지개를 봐라"지?

고저스   "피니언의 무지개." 제프리의 친구세요?

머브   어떻게 아셨소?

고저스   제프리의 친구들은 전부 뮤지컬을 좋아해요.

머브   고저스가 틀림 없네요. 우리도 방금 당신에 대한 애기를 하고 있었소.

고저스   내 이름 참 좋죠! 고저스, "멋지다!" 사람하고 이름하고 딱 맞죠?! 문을 열어놔 줘서 고마워요. 엘리야가 된 느낌이에요.

머브   당신 동생 페니도 만났죠.

고저스   우리 자매들 근사하죠? 정말로 골치 아픈 여자들이죠!

머브 　사라 언니를 골치 아픈 여자라고 하기는 싫소.

고저스 　그럼 결혼하세요.

머브 　5분밖에 사귀지 않았는데.

고저스 　어때요? 첫눈에 반한 사랑도 있는데. 사람들이 날 메사추세츠 고
　　　속도로라고 불러요. 남자들이 휴게소에서 잠깐 만나서는 나한테
　　　사랑에 빠지거든요.

머브 　그런 사람들하고 얘기를 해요?

고저스 　보스턴에 가보신 적 있어요?

머브 　내 아들놈이 거기서 삽니다.

고저스 　아들을 방문하러 가서 혹시 라디오를 들어보시면 모든 사람들이
　　　고저스 박사한테 전화하는 걸 들으실 수 있을 거예요. (타이틀 송
　　　을 부르기 시작한다.)

　　　고저스 박사님께 전화를, 때릉 때릉 때릉
　　　고저스 박사님께 전화를, 때릉 때릉 때릉
　　　(수화기를 듣는 시늉을 하며)
　　　"안녕하세요, 고저스 박삽니다. 뭘 도와드릴까요?"

　　　대단하지 않아요! 어려운 일예요! 난 생애 최고의 시간을 갖고 있
　　　어요. 미안해요. 이름을 몰라요.

머브 　머빈 칸트라고 합니다.

고저스 　(접시에 있는 넛츠를 집어 먹으며) 멀린, 얘기 하나 해줄게요. 전 아
　　　이가 넷 달린 뉴턴의 가정주부였어요. 남편 헨리는 아주 유명한
　　　변호사예요. 우린 아주 편안하게 생활하고 있어요. 달리 말하자
　　　면 만사가 잘 굴러가고 있었는데 내 인생을 완벽하게 만들기 위
　　　해서 내겐 작은 불꽃이 필요했던 거예요.

머브　만사 틀림없다는 자매가 당신이군요. 변호사랑 결혼해서 아이를 낳고 그러고는 교외로 이사를 했겠죠.

고저스　날 그렇게 상식적으로 몰아부치지 말아요. 그보단 약간 나아요. 멀린, 난 진짜 일류 마술사예요. 너츠를 참 좋아하는데 너츠는 날 싫어해요. 아야! 뚱뚱해져요! 난 돼지처럼 먹죠! 실례지만, 부탁 하나만 들어줘요. 하나만 더 주고 나머진 다른 식탁 위로 옮겨주세요. 사라 언니도 참, 이런 걸 집에다 놔두고. 고저스 박사 쇼는 이제 라디오에서 케이블 티비로 도약을 할거예요. 이제 텔레비전 이 안 보여주는 게 없다니까요.

머브　아무 문제없을 거요.

고저스　아주 명석한 여인 사라 언니가 내가 방송관계 일로 성공할 거라고 했어요. 입심이 여간 좋아야지.

머브　맞아요, 아주 자연스럽소.

고저스　사실 내 첫 번째 쇼는 우연히 시작됐어요. 뉴턴 베델 신전 여전 도회 소속의 많은 여자들이 오늘의 이 광적인 시대에 내가 어떻 게 따뜻하고 전통적인 가정을 경영해나갈 수 있었는지 알고 싶어했어요. 자기네 참사회에 나와서 강연을 해달라고 간청을 해왔어요. 청중 가운데 누가 있었는지 아세요? "해돈이의 뉴턴" 프로그램을 맡고 있는 랍비 칼 펄슈타인. 그 펄슈타인이 내 강연에 깊은 인상을 받았다며 자기 쇼에 나를 초대했어요.

머브　펄슈타인 얘기는 나도 들었지. "나는 일 학년 때 필기하는 것 빼놓고 다 배웠다"를 쓴 사람이죠?

고저스　"다시 사랑하는 법, 다시 사는 법"을 한번 읽어보세요. 모든 베스트 셀러 명단에 26주 째 올라 있어요.

머브　읽어보죠. 헌데 최근에 기소되지 않았나요?

고저스　펄슈타인 랍비는 위대한 분예요. 그분의 회계사가 나쁜 사람예요.

머브 그 사람은 나도 쓰고 있는데. 미안하지만 그 다음은 어떻게 됐죠?

고저스 난 펄슈타인 쇼에 고정출연자가 됐어요. 그런 뒤에 그 분이 기소됐어요. 나머진 역사가 판단하겠죠. 보스턴의 교외지역, 프레밍검, 내티크, 린 등 어디든지 가서 고저스 박사를 뺑끗만 해보세요. 다들 날 알죠. 멀린, 난 소위 말하는 중년의 성공사례거든요. 사는 게 정말 재미있어요. 정말로 신나요.

머브 부군께서 대단히 자랑스러워 하시겠네요?

고저스 신이 나 있죠. 날 얼마나 잘 도와주는지.

머브 한 가지만 더 묻죠. 언제 박사가 됐소?

고저스 닥터 페퍼라고 들어 봤어요?

머브 예.

고저스 나도 그런 의미로 닥터 고저스예요. (웃으며 그의 팔을 잡는다.) 멀린, 당신과 참 재밌게 얘길 나눴어요. 제프리의 친구들은 언제 봐도 푸근하고 좋아요, 당신은 좀 나이가 들어보이기는 하지만. 이제 그만 가서 언니한테 인사를 해야겠어요. 우리 언니 사라는 정말로 명석한 여인예요. 하지만 동시에 아주 여리기도 하고 아주 사랑스럽고 아주 부드럽기도 해요. 올 해 운수가 좀 나빴어요, 아프기도 했고, 급성난소종양, 그래서 엄마의 장례식에도 오지 못했어요. 우리가 언니 생일에 다 모인 것은 그 때문이죠. 우린 정말로 사이 좋은 자매예요. (다시 부른다.) 사라! (머브에게 돌아서며) 난 우리 자매들을 정말 사랑하고 존경해요. (다시 부르며) 사라! 내가 왔어. 사라, 나야, 고저스.

(사라가 등장한다.)

사라   (아주 영국식으로) 잘 지냈니, 고저스!

고저스   (언니를 흉내내며) 잘 지냈어, 사라! (둘은 포옹한다. 고저스는 앞치마
         를 입고 있는 사라를 훑어본다.) 어머, 어머, 정말로 풍만하다, 야!

사라   고저스, 헨리는 어디 있니?

고저스   지금 아주 무거운 사건을 하나 맡고 있어. 또 릴리가 라크로스
         게임을 하는 걸 보고 싶기도 하고. 이 분 멀린이 방금 언니 칭찬
         을 잔뜩 하고 있었어. 요즘 남자들은 정말로 강한 여자들을 찾고
         있는 것 같아. 우린 90년대에 살고 있거든. 강하면서도 여성적인
         여자가 존경받는 시대야. 그렇게 생각 안 하세요, 멀린?

머브   전 사보이에 가서 기운 좀 차리고 오겠습니다.

고저스   아래층에 가서 쉬세요. 제프리가 늘 가는 데가 거기예요. (그에게
         윙크하며) 잘 알고 계셨겠지만.

사라   그걸 어떻게 아셨겠니. 제프리의 뉴욕 피복상인데.

고저스   어머 멋져라! 요즘도 바깥에서 피켓 들고 시위하나요?

머브   고저스, 아무래도 당신은 날 실제보다 훨씬 더 흥미로운 사람으
         로 만들어 논 것 같아 사실 좀 불안합니다.

고저스   당신은 매우 흥미로운 분이라고 난 확신해요. 메사추세츠 뉴턴에
         사는 내가 아는 가장 흥미로운 사람들 중 몇 몇은 피복상들예요.

사라   메사추세츠 뉴턴에 사는 피복상을 정확하게 몇 명이나 아는데?

고저스   너댓 명은 될 걸.

사라   그래, 하지만 정확하게 몇 명이야?

고저스   내가 단골로 가는 뉴턴의 무슈 죠셉이 있고, 리리의 친구 죠나 마
         자렐리의 아버지도 죠단 마시에서 피복상을 했었고, 헨리도 한
         때 어느 도산당한 피복상의 일을 했었어.

머브   맙소사.

사라   그 사람들이 다, 죠셉 씨와 마자렐리, 그리고 헨리의 도산업자가

　　　　　다 뉴턴의 가장 흥미로운 사람들에 속한단 말이지.

고저스　사라, 난 지금 피곤해!

사라　　말을 하려면 구체적으로 해. 네가 내뱉는 말 한마디 한마디에 책임을 져. 인생은 진지한 거야, 고저스. 인생은 장난이 아냐.

고저스　(쇼핑백에서 선물을 꺼내며) 생일 축하해, 언니. 난 내 여사님들과 함께 머물 거야. (그녀의 여행가방과 지갑을 든다.)

사라　　또 이러는 구나. 페니한테 인사는 하고 가야지.

고저스　페닌 아직도 제프리랑 자나?

사라　　응.

고저스　그럼 페닐 만날 필요 없어.

사라　　고저스!

고저스　이젠 걔도 좀더 먼 데서 남자를 찾을 때가 되지 않았어? 언제까지 외국에 나가 또 3학년을 다니는 애처럼 살 거래?

머브　　당신이 좀 도와주시지 그래요. 그렇게 많은 사람들을 도와주고 있다면서.

고저스　맞아요. 그래요. 고마워요, 머빈.

머브　　날 마술사라고 부르지 않아서 고맙소.

고저스　언니가 원한다면 저녁 때까진 있을게.

머브　　사라?

사라　　소시지를 다른 접시에 올려놓을 수도 있지.

머브　　숙녀님들, 잠깐 실례해도 되겠소? 아래층에 가서 셔츠를 갈아입고 오고 싶은데.

고저스　위층의 손님방을 쓰세요. 거기가 훨씬 아늑해요.

머브　　고맙소. 누가 압니까? 오늘밤에 재미있는 일이 일어날지. (위층으로 사라진다.)

고저스　맘에 들어.

사라 저런 부류의 사람들이 있지.

고저스 참 메마른 여자가 돼 버렸네, 언니.

사라 이미 알고 있는 일에 대해 어떻게 놀라겠니.

고저스 펠슈타인 랍비님이 언니한테 기대가 크다고 하대. 언니를 다시 부드러운 여자로 만들어줄 남자가 필요하다면서.

사라 테시가 내 얘기를 더 이상 못 듣겠다 싶을 때 뭐라고 하는 줄 아니? "엄마, 나 토할 것 같아!" 고저스, 나 토할 것 같다!

고저스 펠슈타인 랍비님은 아주 지혜로운 분이셔.

사라 자기 소득세에나 더 관심을 가지라고 해라. 그건 그렇고 내 인생에도 누군가가 있단다. 닉 핌이 오늘 밤 저녁 먹으러 와.

고저스 닉 핌은 나치야.

사라 닉 핌의 족보를 거슬러 올라가면 말보로 백작이 있단다.

고저스 제법인데. 그 사람은 바람둥이이자 나치야.

사라 그 이는 대처 당 국회의원이었고 지금은 다른 여자들 몇몇 하고도 데이트를 하고 있어.

고저스 언니가 전에 그 사람이 오입쟁이라고 말했었어.

사라 난 그런 소리 한 적 없다!

고저스 뉴턴의 세이프웨이 슈퍼마켓에서 그런 소릴 안 했다구?! 누가 알아, 그 사람이 정말로 보증수표일지? 사라, 전문가들 얘기로는 언니 같은 병을 앓고 난 다음에는 다시 정상적인 성생활로 돌아가는 게 대단히 중요하대.

사라 정상적인 생활, 성은 빼고.

고저스 언니만 아픈 게 아냐. 뉴스위크지를 보니까 열 명 중 세 명은 아프대.

사라 그러니! 정말 큰 여전도회로구나. 하다시 여전도회보다도 크겠다, 애.

고저스   난소종양은 최근 10년 동안 가장 큰 건강문제였어.

사라   난소종양? 솔직한 병명도 있잖니. 난소암 말이다, 고저스. 자궁적
출. 전문가들이 이구동성으로 난 이제 회복이 완전히 돼서 오래
살 거래.

고저스   언니의 분노, 언니의 노여움에 내가 동참하기를 바래?

사라   아니, 난 내 인생을 더 연장하고 싶어.

고저스   펠슈타인 랍비님은 우리가 느끼는 바를 좀더 공개적으로 토론해
야 한다고 하셔.

사라   난 "우리의 느낌"이 공개적으로 억압받고 있는 나라에서 살게 된
것을 정말로 다행으로 여긴다. 대화 끝, 고저스!

고저스   좋아. 맘 대로 해. 아야! 발 때메 죽겠어. (구두를 벗고 긴 소파에 눕
는다.) 해롯가와 슬로안가를 오르내리며 스무 명이나 되는 바보
같은 여자들하고 씨름을 했더니. 그 중에 허시코비츠 부인이라고,
왜 그 딸이 릴리의 여름 캠프에서 상담 역을 했었지, 그 부인은
어디를 가더라도 웨지우드 물건을 하나씩은 반드시 산다는군, 글
쎄. 웨지우드 시계, 웨지우드 초인종, 웨지우드 내프킨 꽂이, 별
걸 다 갖고 있어요. 그런데 그 딸은 캠프 파인허스트에서 최대의
마약거래상이었어.

사라   (웃으며) 넌 참 재주도 좋아. 나 같으면 그런 사람들은 도저히 못
참아.

고저스   그 사람들도, 언니, 언니를 좋아하지 않을 거야.

사라   그렇겠지, 다행이야.

고저스   (구두를 집으며) 아무려면 어때. 나한텐 이 발만 문제야. 헨리한테
내가 만일 이 케이블 티비 일을 하게 되면, 우선적으로 싼 구
두 신는 짓을 멈추겠다고 했지. 삭스 백화점에 당당히 들어가
서 마글리스, 페라가모스, 마눌로 블랜치키스 같은 구두를 하

나 살테야.

사라　마눌로 누구라구?

고저스　마눌로 블라니크. 뭐든지. 전부 내 또래의 여자들이 최고 브랜드
　　　라고 치는 것들야. 언니, 그 웃기는 년들은 말야—아니지, 그런
　　　언사를 쓰면 안 되지—그 여자들이 오늘 아침 내게 뭐랬는지 알
　　　아? "고저스, 당신은 이제 명사예요. 왜 진짜 샤넬 정장을 한 벌
　　　사지 않아요? 당신은 정말로 명석하고 매력적인 여잔데, 가짜 루
　　　이 비통 지갑을 들고 있는 걸 보면 정말 민망해요." 그 샤넬 옷이
　　　한 벌에 얼마 하는지 알기나 알어? 사라, 나의 명석한 언니, 우리
　　　가 자랄 때 왜 아빠 돈 얘길 전혀 안 해주셨을까?

사라　여자애들이 알 일이 아니었으니까.

고저스　하지만 언닌 은행가가 됐잖아.

사라　나를 아무도 예쁜이 고저스라고 부르지 않았기 때문이지. (고저
　　　스의 이마에 키스하고 그녀의 머리카락을 쓰다듬기 시작한다.)

고저스　난 지쳤어, 언니. 정말로 피곤해. 조금 더 위로. 으음. 아 시원해.
　　　엄마가 우리 머리카락을 쓰다듬던 것 생각나?

사라　어느 날 99점 받고 집에 왔더니 나머지 1점은 어디 갔냐구 나한
　　　테 막 소릴 지르셨지.

고저스　엄마가 임종 때 언니를 정말로 보고 싶어 하셨어.

사라　엄마와 난 난소종양 때문에 많이 다퉜어.

고저스　우리 모두가 행복하기를 바라셨는데.

사라　우리 행복하지 않니, 고저스. 단지 엄마가 바라는 것과 다른 의미
　　　로 행복한 것 뿐이지. 테시가 왜 여태 안 돌아올까.

고저스　지금 몇 신데?

사라　7시 45분쯤 됐어.

고저스　해가 방금 졌는데.

사라   "이 어둡고 황량하고, 무덤 같은 섬. 왕들의 권좌여."

고저스   (일어서서 구두를 신는다.) 아유 어두워! 촛불을 켜야겠어.

사라   왜? 전기도 있는데.

고저스   사라. 안식일 해질녘이야. 초 엇다 뒀어?

사라   식당에 아스프레이 촛대가 둘 있어.

고저스   벽난로 선반 위에 있는 저 촛대를 쓰면 안 돼?

사라   마졸리카야. 1893년 빅토리아 시대의.

고저스   머리에 쓸 두건이 필요한데.

사라   아마 없을 걸.

고저스   괜찮아. 내프킨이면 돼.

사라   천으로 된 거, 종이로 된 거?

고저스   사라, 해가 지고 있어.

사라   자 이걸 써. (페니가 긴 소파에 두고 간 인디아에서 천을 걷어 준다.)

고저스   성냥은?

사라   내 생일 케이크 올 때까지 기다리면 안 되니?

고저스   사라, 안식일을 기억하고 거룩하게 지키라. (촛불을 켠다.)

사라   여기서 얼마나 많은 안식일 해질녘이 촛불을 밝히지 않은 채 지
       나갔는지 몰라. 그런데두 다음날이면 어김없이 해가 떠오르더라.

고저스   (촛불 너머로 기도하며) 바루치 아타 아도나이! 엘로헤누! 멜레크
       하-올람!

       (테스와 톰이 등장한다. 톰은 스무 살로 머리를 고정시켰고 검은 부츠
       를 신고 있다. 노동자계급의 영웅이다. 그는 고저스의 기도를 깨뜨린
       다.)

톰   안녕하세요, 굿부인, 교령회를 갖고 계시는 중인가요?

사라　　어서 와, 톰. 테시.

톰　　　전 스톤헨지를 무척 좋아해요.

고저스　쉬잇! (기도를 계속한다.) 나셔! 키디시! 샤누브미츠보소브!

톰　　　왜 머리에 내프킨을 쓰고 계시죠?

테스　　쉬잇!

사라　　테시의 이모가 지금 고대 부족의식을 거행하고 계셔.

고저스　(사라를 쳐다본다.) 빗 지 바누! 레하들릭 네르!

페니　　(등장하며) 테시, 방금 널 만나러 갔었다. 미안, 고저스!

사라　　늦을 거라고 그랬지?

고저스　사라, 아직 안 끝났어!

사라　　테시야, 조용히! 이모가 아직 안 끝나셨대.

고저스　(기도를 끝낸다.) 셸 샤바스. 아멘.

사라　　이제 끝났니?

고저스　언닌 고약한 여자가 됐어, 사라! (여행가방을 들고 위층을 향해 간다.)

테스　　엄마, 어떻게 그럴 수가 있어요?

사라　　내가 뭘 어쨌는데? 그게 너랑 무슨 상관야? 회교도가 우리 집엘
　　　　방문했다고 우리가 갑자기 메카를 향해 고개를 숙여야겠니?

테스　　하지만 고저스 이모한텐 아주 중요한 일이잖아요.

사라　　페니, 촛불을 꺼라.

페니　　고저스가 방금 켰는데.

사라　　착한 동생 노릇 그만 하고 저 빌어먹을 촛불이나 빨리 꺼! (페니
　　　　는 촛불을 불어서 끈다. 방안이 갑자기 어두워진다. 테스가 위층으로 뛰
　　　　어 올라간다.) 8시 반에 여기 응접실에서 술을 마실 거야.

3장

(저녁 8시 30분 경. 프랭크 시나트라의 노래가 스테레오로 들린다.
니콜라스 핌이 방안으로 들어온다. 58세 가량 된 아주 단정한 차림
의 전형적인 영국신사다. 톰이 아래층으로 내려온다. 둘이 서로를 바
라보는 동안 핌이 시나트라의 노래를 끈다. 테스가 청바지를 입고
부엌에서 들어온다.)

테스   아무래도 우리 엄마는 소련이 쪼개지는 날 밤에 저녁 파티를 갖
       게 되실 모양야.

톰   빌니우스의 군중들이 오늘 레닌의 동상을 무너뜨렸어. 놀라운 일
       이야.

테스   핌 선생님, 소련이 50년 동안 점령하면서 환경훼손을 얼마나 심
       하게 했는지 그것을 복구하려면 리투아니아 사람들이 적어도
       1,500억 달러를 투입해야 된다는데 그 사실을 아세요?

닉 핌   궁금해서 그러는데, 대체 어디서 이 발칸반도에 대한 열정이 솟
       아나는 거지?

톰   저의 아버지가 리투아니아 출신입니다. 삼촌들하고 숙모님들은
       아직 거기 사시고요.

닉 핌   빌니우스에 가면 아주 오래된 격조 있는 식당이 있지.

테스   올드 셀라. 페니 이모가 벌써 말해줬어요.

닉 핌   테시, 캔터키 주가 미국 없이도 살아남을 것 같나?

톰   리투아니아는 소련으로부터 독립된 문화와 사람들이 있습니다.

닉 핌   캔터키도 그래. 경마를 생각해봐.

테스   서양의 문화가 살아남으려면요, 선생님, 우리가 미국, 영국, 프랑
       스, 또는 독일의 경계 너머를 볼 수 있어야 돼요. 솔직히 제가 백

인 유럽 여자로서 나이가 들어간다는 게 통 어색하게만 느껴져
요.

닉 핌   저런, 테스, 정말 안됐구나.

테스   더 나쁠 수도 있었어요. 제가 백인 유럽 남자로 태어났다면.

(사라가 쟁반을 들고 들어온다. 우아한 호스테스의 옷을 입고 있다.)

사라   약속한 대로, 니블리를 조금 가져왔어요.

테스   니블리?

사라   오르 되브르 말야. 닉?

닉 핌   정말 맛있어 보이는군. 톰과 테시는 방금 나하고 소련의 붕괴에
대한 흥분을 나누고 있었소.

테스   엄마, 이제 동구라파의 모든 것이 변할 거예요.

닉 핌   글쎄, 나라마다 좀 다르지 않을까. 예를 들어 헝거리인들은 언제
나 근면한 사람들이었으니까. 오, 이 치즈 정말 맛있군!

사라   월튼가의 가게에서 샀어요. 새로 나온 셰브르 종류예요.

톰   셰브르가 뭐죠?

사라   염소의 일종야. 좀 먹어볼래?

톰   괜찮습니다, 굿 여사님. 전 노란 것 말고는 치즈를 별로 좋아하지
않아요. 원색의 음식만 먹습니다.

사라   테시가 유아원에 다닐 때 제일 좋아했던 음식이 스시였어. 그런
데도 테시의 팔레트는 언제나 복잡하고 다채로왔지.

테스   그렇지 않아, 엄마. 난 생선하고 칩하고 햄버거만 먹는걸.

머브   (노래하며 들어온다) 짚-파-디-다, 난 내 새 셔츠를 사랑한다! 다들
안녕하세요. 머브 칸트라고 합니다.

닉 핌   (일어서며) 닉 핌입니다. 처음 뵙겠습니다.

머브   아가씬 테시일 거고 그대는 리투아니아 민족주의자 톰이 틀림없
      군. 대학살이 있기 전에 빌리우스에는 약 65,000명의 유태인들이
      살고 있었지.

사라   마실 것 좀 드려요, 머브?

머브   테시, 내 생각에 늬 엄마께선 손님이 방에 들어오지도 않고 즉시
      화제를 대학살 쪽으로 몰고가는 걸 좋아하실 주인이 아닌 것 같
      은데. 난 스카치로 하겠소.

닉 핌 적어도 영국정치나 유럽경제공동체, 또는 뭣 같은 왕족들의 사생
      활에 대한 것이 아니니 그나마 다행이죠.

머브   그렇습니다. 더 나쁜 화제도 있거든요, 사라. 나 같으면 아마 표
      범가죽옷에 대해서 떠들 수도 있었겠죠. 올 가을 나의 표범가죽
      패션.

톰   근사한데요.

닉 핌 오, 모피업을 하세요?

사라   제프리의 매우 재능 있는 뉴욕 모피업자일 뿐만 아니라 칸트 씨
      께서는 최근 유태계 미국인 연합회원들과 동구라파를 방문하고
      오셨어요.

머브   국회의원들입니다.

닉 핌 그들이 다 모피업자들이었나요?

머브   (잠시 사이를 두고 핌을 쳐다본다) 아뇨.

닉 핌 말씀 좀 해보시죠, 머브, 여행 중에 뭘 새로 발견하셨는지.

머브   테시, 혹시 근대사에서 유럽의 콘서트라고 불렸던 사건을 기억하
      나?

테스   1815년 나폴레옹 이후 메터니히 백작이 유럽의 안정을 재확립하
      려던 계획이었죠.

톰   테시는 정말 똑똑해요, 굿 여사님. 우리 가문의 두뇌예요. (테스에

게 다가간다. 사라는 돌아선다.)

머브   (사라를 보고 미소지으며) 모전여전이지.

테스   메터니히의 목표는 민족주의였어요.

사라   (매우 빠르게) 그리고 더 구체적으로는 영국, 오스트리아, 러시아
         및 프러시아 사이에 연맹을 맺자는 것이었어.

닉 핌   또 하나의 재앙적인 유럽 경제공동체로군!

사라   상황이 전혀 달라요, 닉.

머브   은행가들은 더 기다려야 해요. 역사가들이 아직 일을 끝내지 않
         았으니까. 그리고 테시, 유럽의 민족주의와 늘 손에 손을 잡고 다
         니는 게 뭔지 알아?

테스   미국영화와 씨엔엔?

머브   안됐군, 톰, 정답은 반유태주의야.

닉 핌   일반화가 너무 심하십니다.

머브   여행 중에 뭘 발견했냐고 물으셨죠? 내가 발견한 게 유감스럽게
         도 바로 그겁니다. 어느 나라도 마찬가지예요. 러시아, 프랑스, 오
         스트리아, 헝거리. 그것은 메터니히 백작 이전부터 시작해서 향
         후로도 수세기를 더 지속될 거라고 전 확신합니다. 물론 영국은
         그 문제가 좀더 예의 있게 취급되곤 있지만.

닉 핌   그 따위 넌센스가 어디 있소? 유태인들은 여러 세대에 걸쳐서 영
         국의 재정적인 중핵을 담당해오지 않았냐 말요.

사라   난 언제나 메터니히를 좋아했어요. 내가 보수당 디즈레일리에게
         약속만 돼 있지 않다면 아마 우리 둘은 좋은 커플을 이룰 거예요.

머브   하지만, 사라, 영국에 대한 내 얘기에 일리가 없지 않죠? 당신은
         런던에 사는 유태인 여성이잖소.

사라   난 이 문제에 대해선 정말 아무 견해가 없어요.

테스   왜요?

사라 　우리랑 상관없는 얘기니까.

톰 　　테시가 유태인인줄 알았습니다.

사라 　맞아요. 하지만 칸트 씨는 지금 러시아나 동구라파에서 자기네
　　　종교를 신봉할 수 없는 가족들에 대한 얘기를 하고 있는 거예요.

톰 　　전 소련을 증오해요.

사라 　그 방백은 만일 테시가 영국에서 자기 종교를 신봉하기로 선택
　　　한다면 아주 잘 해낼 거야.

닉 핌 　이스트 엔드에 가면 게필트 샌드위치도 먹을 수 있고.

사라 　자네도 좋아할 거야, 톰. 생선으로 만든 케이큰데, 끄넬레와 아주
　　　비슷해요.

테스 　엄마, 그만 하세요!

사라 　내가 뭘 어쨌는데?

테스 　톰을 계속 귀찮게 굴면 우린 그만 떠날래요.

（고저스가 방안으로 휘몰듯 들어온다. 가짜 웅가로 칵테일 옷을 입고
있다. 악세사리를 여러 개 달았다.）

고저스 　안녕들 하세요! 안녕들 하세요!

닉 핌 　（일어선다) 고저스, 눈부시게 아름답군!

톰 　　이름을 눈부시다 스매싱으로 바꾸셔야겠네요.

고저스 　가만, 가만, 가만, 꽤나 재미있는 집단이 모였네.

닉 핌 　우린 반유태주의와 유럽의 콘서트에 관해 잡담을 나누면서 엄청
　　　나게 좋은 시간을 갖고 있는 중이요.

고저스 　무슨 콘서트라구요? 내가 놓쳤나봐.

사라 　걱정 마, 고저스. 1815년의 일이니까.

고저스 　난 지금 보스턴 심포니에서 음악감상 강의를 듣고 있어. 헌데 왜

오페라 가수들은 죄다 그렇게 뚱뚱하지? 솔직히, 그 사람들이 어떻게 숨을 쉬는지 모르겠어, 노래는 고사하고. 그거 염소치즈 아냐? 젠장, 난 염소 치즈가 딱 질색야. (테스에게 키스한다.) 테시, 테시, 정말 아름답구나. 내 조카딸이 예쁘지 않아요? 미안해요, 이름을 잊었어요.

톰　　톰입니다.

고저스　내 조카딸이 예쁘죠, 톰? 내 딸 아이들이 전부 테시를 얼마나 질투하는지 몰라요. 사촌들 가운데서 쟤가 가장 예쁘고 똑똑했거든. 난 걔네들한테 있는 걸 최대한 잘 가꾸라고 말하지. 내가 아는 여자애들 가운데는 고등학교 때는 테시처럼 아름답고, 재능 있고, 명석하다가도 나중에 몹시 고생하던 애들이 여럿 있어요. 테시, 카피디엠, 오늘을 즐기란 얘기야.

사라　고저스, 한 잔 할래?

고저스　내가 뭐 말 잘못 했어? 난 늘 말 실수를 한다니까.

(불이 밝아졌다 어두어졌다 한다. 제프리가 이브닝 옷을 입고 깃털 모자를 쓰고 들어온다. 라인석 안경을 쓴다.)

제프리　신사 숙녀 여러분! 우리의 상냥한 여관주인 사라 굿의 생일을 축하하고 바로 오늘 망한 소련의 붕괴를 기념하기 위하여 내 사랑하는 페니 로젠스비그와 나는 아주 특별한 손님을 초대하여 오늘밤의 오락 프로그램을 마련했습니다. 신사 숙녀 여러분, 산타모니카 우체국에서 거의 한 세기를 은둔해 사시다가 드디어 세상에 나오신 위대하시고 거룩하신 대공작부인 마나스타시아 로젠스비그 로마노프를 소개해 올립니다.

페니　(무도회 차림으로 관을 쓴 채 계단을 내려온다) 다스 비 다냐.

사라   페니, 그건 내가 아끼는 이브닝 가운이야!

페니   다! 난 이곳에 내 사랑하는 언니 사라 굿 로마노프의 생일을 축
        하하기 위해 왔노라.

제프리   다른 언니도 잊지 마옵소서, 페트로그라드의 큰 의사 닥터 고저
        스 "국수" 로마노프.

고저스   저 둘은 늘 날 놀려요, 머브.

제프리   가지 마세요, 착하신 "국수"님, 그대가 부르신 이 머프는 누군가
        요? 아 저 놀라운 총천연색 셔츠를 보세요.

닉 핌   브라보, 제프리! 내가 아는 많은 유태계 미국인 남자들이, 대부분
        프로페셔널들인데, 저런 셔츠를 입더군요. 왜 그렇소, 머브?

머브   고리대금업자들의 유니폼이거든.

닉 핌   뭐라구?

머브   디자인이 참 좋아서 하나 사는 데 일 파운드의 살코기가 들었다
        는 걸 아무도 몰라요.

사라   (방안이 머브와 함께 웃음을 터뜨릴 때 핌을 쳐다보며) 제프리, 우리
        연극 어떻게 됐어요?

고저스   (박수를 치며) 연극을 시작하라! 연극을 시작하라!

닉 핌   요정들을 물러내라!

사라   주홍 별봄맞이 꽃을 불러내라!

        (모두 "별봄맞이 꽃! 별봄맞이 꽃!"을 외친다.)

제프리   (노래한다)

        사람들이 그이를 여기서 찾아요,
        사람들이 그이를 거기서 찾아요,

프랑스 사람들이 그이를 어디서나 찾아요.

모두   (노래한다)

난 그이를 잘 알아요, 잘 알아요, 주홍 별봄맞이 꽃을!

(제프리가 톰을 일으켜 세우고 깃털 모자를 씌워준다.)

톰   니네 집 정말 재미있다, 테시!

제프리   (사라 앞에서 무릎을 꿇으며) 귀부인, 부인께 가장 행복하고, 가장
        즐겁고, 가장 흥겨운 생일을 염원하기 위해 부인의 자매들이 저
        를 말에 태워 열 이틀이나 달려오게 했습니다…이랴…이랴…

모두   만세!

제프리   이랴…이랴…

모두   만세! 연설을…연설을!

사라   고마워요. 고마워요. 내 아름다운 딸과 내 가족과 친구들이 이렇
        게 함께 자리를 해주니 오늘밤 난 정말로 운이 좋군요. 제프리,
        내 막내 동생이 옳았어요. 당신들이 내 인생에 질감을 더해주고
        있어요.

제프리   사라 굿 만세.

모두   사라 굿 만세.

사라   주홍 별봄맞이꽃도 만세.

제프리   그리고 그의 모든 순회단원들도 만세!

모두   그의 모든 순회단원들도 만세!

사라   저녁이 준비됐어요.

제프리   "다시 한번 바닷가로 가시죠, 친구들이여."

(톰, 테스, 고저스, 페니, 그리고 닉 핌이 제프리를 따라 행진하며 나가면서 노래한다.)

사람들이 그이를 여기서 찾아요,
사람들이 그이를 거기서 찾아요,
프랑스 사람들이 그이를 어디서나 찾아요.

(고저스가 노래한다.)

난 그이를 잘 알아요!
난 그이를 잘 알아요!

(그들은 식당으로 행진해 들어간다. 머브가 뒤에 남아서 오르되브르를 치우는 사라를 지켜본다. 그는 다른 사람들이 노래를 계속할 때 합세한다.)

벨이 울리네,
처녀의 노래를 들어봐요,
난 그이를 잘 알아요.

머브   노래를 안 하시네.
사라   난 50년대 뮤지컬 곡만 불러요.

(톰, 테스, 고저스, 페니, 닉 핌, 제프리가 식당에서 노래를 부르고 머브는 사라에다 대고 직접 노래한다)

주홍 별봄맞이 꽃!

머브   사라, 당신 참 안식일 저녁을 멋지게 보낼 줄 아는군.

(사라가 쟁반으로부터 고개를 든다. 그녀가 식당에 있는 다른 사람들과 합석할 때 조명이 서서이 꺼진다. 모두 우아한 저녁 식사를 위해 앉는다.)

4장

(저녁 식사 후, 11시 30분 경. 제프리, 페니, 사라, 머빈, 닉 핌, 테스, 그리고 톰이 발작적으로 웃으면서 식당에서 들어온다. 고저스는 접시들을 치운다.)

제프리   (아직도 웃으며) 그럼, 그럼, 사실이지.
사라   저런.
제프리   (웃으며) 기다려봐요, 아직 안 끝났어요. 그래서 대니 케이가, 그래서 대니 케이가 세관원 복장을 하는 겁니다. 그리고! 그리고 래리 경님! 죄송합니다!
톰   래리 경은 누구죠?
사라   로렌스 올리비에. <마라톤 맨>이라는 영화에 나왔지, 왜.
테스   엄마!
제프리   그래서 대니 케이는 뉴욕 공항의 세관원 복장을 하도록 돼 있었는데, 래리 경이 나타나자 이 친구가 그를 특별실로 불러서 옷을 죄 벗긴 다음 몸 구석구석을 샅샅이 뒤지는 거야!

사라   왜? 밀수라도 했나?

제프리   사라, 두 사람은 "아주 친한 사사로운 친구"였거든요.

사라   대니 케이! 한스 크리스챤 앤더슨을 맡았을 때처럼!

제프리   그런 다음 두 사람은 아마 밖으로 나가서 세인트 레지에서 매우
         따뜻하고 재미난 시간을 가졌대요.

사라   이 사건을 누가 기록해뒀어요?

제프리   누가 관심이나 주나요.

고저스   (유리잔을 네 개 들고 식당 쪽에서 들어온다.) 사라, 언니네 크리스탈
         잔은 다시 와서에 들어가?

사라   고저스, 그만 해. 설거진 내가 나중에 할게.

제프리   (시계를 본다.) 아차, 우린 그만 가봐야겠군.

페니   우리?

제프리   할리우드 친구들이 시내에 와 있어, 여보, <바디 히트>의 제작자
         들하고 그루쵸에서 만나서 한 잔 하기로 약속했거든.

톰   <바디 히트>라구요? 그러면 캐슬린 터너를 만나시겠군요.

제프리   영화말고 연극 얘기야. 토미, 난 여성의 관능미를 가지고 무대에
         불을 붙일 수 있는 유일한 연극연출갈세.

사라   언제부터 여성의 관능미의 전문가가 됐어요?

제프리   내 클레오파트라를 보셨던가요? 또는 룰루라도? 사랑은 사랑입
         니다, 사라. 성은 단순히 예비 부품일 뿐이죠. 대니 케이에게 물
         어보세요.

         (페니와 제프리가 나간다.)

톰   누굴 만나기엔 너무 늦은 시간 아닙니까?

머브   제프리는 24시간 일을 한다네, 톰. 한번은 제프리하고 내가 브로

드웨이에 총싸움이 벌어지는 현장을 걸어서 지나간 적이 있는데 경찰이 숨으라고 소릴 질렀어. 그런 판에서도 제프리가 나한테 자기가 <쇼우보트>를 텔레비전 용으로 만들어야 할지를 물었어.

사라   그런 뮤지컬이 있어, 톰.

테스   엄마.

고저스   (황금색 바구니에 내프킨 홀더를 들고 들어온다.) 굉장한 뮤지컬이었어요, 톰. 자, 언니, 이걸 어디다 둬야할지 모르겠네. 딴 건 다 치웠어. (바구니를 벽난로 위에 둔다.) 나한테 감사해 할 필요 없어. 정말 재미 난 밤이었지만 지금은 너무 피곤해. 잘들 자요, 사랑하는 여러분들.

모두   안녕.

톰   편히 주무세요, 고저스 이모님.

고저스   잘 자요. (위층으로 사라진다.)

닉 핌   나도 이제 그만 자리를 떠야겠군.

사라   포도주 한 잔 더 해요.

닉 핌   그러면 좋겠지만 내일 아침 일찍 조카딸을 만나게 돼 있어.

테스   조카딸요?

머브   조카딸들은 다 예쁜 거야, 테시.

닉 핌   그래, 맞아. (선물을 준다.) 생일 축하해요. 머브. 잘 있게, 톰. 잘 자라, 테시. 라트비아에서 행운이 있기를. 소련하고 관련된 모든 일들을 생각해볼 때 정말로 충격적인 것은 도대체 20세기는 무엇을 위한 세기였는지를 모르겠다는 거야. (나간다.)

테스   저런 사람들이 이 나라의 문제예요.

사라   테시, 그런 엉터리 말이 어디 있니.

테스   사실이잖아요. 저 사람은 어느 한 군데 몸을 바치는 일이 없어요.

사라   네 식으로는 없지.

테스   엄마, 저 사람은 나하고 강의를 같이 듣는 어떤 여자애의 가장 좋
       은 친구와 데이트를 하고 있어요. 변태적인 영국의 은행가들 패
       거리 중의 한 사람예요. 열 여섯 짜리 모델들을 데리고 아나벨의
       최고급 식당에 가서 저녁을 먹고 그러고는 집에 혼자 가서 머리
       위로 팬티 스타킹을 뒤집어 쓴 채 <파르시팔> 음악에 맞춰 춤을
       추는 사람예요.

사라   테시, 네가 그런 말을 할 이유가 없어.

톰   <파르시팔>이 뭐야?

사라   바그너의 오페라 제목이야, 톰.

테스   가, 톰.

사라   어디 가니?

테스   이층.

톰   내일 하이드 파크 공원에서 촛불 야경이 있어요. 우리 둘이 코디
       를 하고 있어요.

사라   그걸 지금 하겠다는 거냐?

테스   엄마, 우리 일정을 다 알려드려요?

사라   아니, 필요 없어. 잘 자라. 잘 자요, 톰.

톰   멋진 파티였습니다, 굿 여사님. 스튜도 아주 맛있었구요.

사라   스튜가 아니라 카술레였어요. 잘 자요.

       (둘이 이층으로 나간다.)

머브   대단히 명석한 청년이로군. 아이 큐가 적어도 150은 되겠어.

       (사라는 응접실을 정돈하기 시작한다.)

사라	그만 가서 자지 그래요? 아주 늦었는데.
머브	당신이 청소하는 걸 볼 수 있을 동안에는 안 갑니다.
사라	여자가 청소하는 걸 즐겨 보나보죠?
머브	청소하고 또 청소할 필요가 없는 여자를 보기 좋아하죠.
사라	내가 할 수밖에 없어요. 파출부는 휴가를 갔고 집은 정돈이 돼야 하고.
머브	꼭 당신 엄마를 닮았어.
사라	엄만 청소를 하지 않으셨어요. 내가 대학에서 돌아오면 엄만 모든 빨래를 침대 밑에다 밀어넣곤 하셨지.
머브	요리는 틀림없이 잘 하셨겠지.
사라	요리도 안 하셨어요. 우린 매일 저녁을 스파키 가족식당에 가서 사먹었어요.
머브	엄마가 유태인 맞아요?
사라	꽤 지적으로 보이는 분이 시야가 대단히 좁으시네.
머브	고맙소.
사라	실례해요.
머브	날 지적이라고 했는데, 그걸 언제 알아채셨소?
사라	난 당신을 알아요, 머브. 당신은 내가 고등학교를 같이 다닌 다른 남자들하고 똑 같애. 당신은 영리하고, 가족 부양을 잘 하고, 타임지를 매일 읽고, 50에 젊음을 되찾겠다고 조깅을 시작했고, 건강에 대해 다소 지나치게 걱정하고, 바람도 피워볼까 생각을 해봤지만 실천한 적은 없고, 그리고 이젠 세상을 떠났으니 죽은 아내 로즐린을 성녀처럼 회상하겠지.
머브	그녀의 이름은 헬렌이었어. 로즐린은 우리가 살던 도시이름이고.
사라	여행도 많이 했을 거고 자식들은 다 착할 거야, 그리고 머브, 내 동생들이나 내가 정신이 있는 사람이라면 모두 당신과 결혼을

했었겠지.

머브   고저스는 어때? 나랑 결혼할 줄 알았더니. 늙은 헨리도 꽤 괜찮은 친구처럼 들리긴 하던데, 변호사에다 좋은 아버지에다, 아이들이 라크로스 놀이를 하는 걸 보려고 집에 남지를 않나.

사라   (벽난로의 먼지를 털며) 그래요, 헨리는 좋은 사람이야, 당신도 좋은 사람이고 톰도 그래. 당신들 모두 좋은 신랑 깜들야. (내프킨 바구니를 쳐서 떨어뜨린다.) 젠장할, 고저스!

머브   가만, 가만, 진정해, 진정해.

사라   인생에서 정말로 날 짜증나게 하는 게 뭔지 알아, 머브? 당신 같은 남자들이 여자들에게 진정하라고 말할 땐 모든 여자들이 내면적으로 다 히스테리 환자들이라고 믿기 때문이야.

머브   생사람 잡지 말아.

사라   어서 제발 집에 가줘! (그녀는 갑자기 울기 시작한다. 그는 팔로 그녀를 감싼다.)

머브   괜찮아. 걱정 말아.

사라   (가볍게 웃으며 벗어난다.) 이젠 정말로 모든 여자들이 히스테리 환자들이라고 믿겠네. 미안해. 정말로. 테시는 나더러 스트레스 푸는 약을 먹으래요.

머브   당신은 멀쩡해. 화제를 바꿉시다. 미국의 계급제도가 어때? 아냐, 더 흥미진진한 토픽이 있지. 메터니히 백작과 유럽의 콘서트. 새디, 고등학교 3학년 이후로 이 단어들을 입밖에 내보긴 오늘이 처음이야.

사라   왜 날 새디라고 불렀지?

머브   당신은 날 캔트로비츠라고 불렀고 고저스는 날 마술사 멀린이라고 불렀어. 이 집에선 아무렇게나 불러도 되는 줄 알았지.

사라   우리 할아버지가 날 새디라고 불렀어. 사라는 너무 성서적이라고 느끼셨나봐. 내가 커서 가수가 되기를 바라셨는데.

머브   노래 정말 잘 하대!

사라   래드클리프 대학 다닐 때 여성 그룹의 멤버였었지. 클리프 클래
       프라는. 내가 그 단원이었어!

머브   조금 들려줘봐.

사라   이런 일에 우린 너무 늙었어요.

머브   무슨 일?

사라   당신은 참 좋은 남자지만, 내 타입은 아냐.

머브   새디, 당신도 내 타입은 아냐. 따뜻하고 쉽게 접근할 수 있는 여
       자가 아니니까.

사라   착한 로즐린하고는 다르게.

머브   착한 로즐린하고는 다르게. 대답해봐요, 당신은 언제부터 당신이
       모든 해답을 갖고 있다고 생각하게 됐지?

사라   고등학교 때. 선생님이 질문을 하기 전에 무슨 질문을 할 건지
       미리 알았고, 우리 반 애들이 나중에 뭐가 될지도 다 알았지. 그
       리고 또 하나, 어떤 이유로든, 난 다른 애들과 다르다는 사실을
       알았어.

머브   당신은 착한 유태인 소녀가 아니었지.

사라   또 그 얘기야?

머브   레퍼토리가 짧아서 그래. 당신처럼 영리하지도 못하고, 대학 입
       학성적도 당신보다 훨씬 못하고.

사라   그 시험 성적을 공표하지 않았는데.

머브   학교에서 당신 엄마한테 알려준 게 틀림없어. 아냐? 내가 맞군.

사라   대단한 것도 아닌데.

머브   대단한 일이지. 졸업생 대표로 뽑혔던 애도 당신의 지능을 도저
       히 못 따라갔지.

사라   소냐 커셴블랏. 브린 모 대학을 나와서 천문학교수와 결혼, 현재
      프린스턴에 살면서 교육관계 시험기관에서 일하고 있어.

머브   갈색 곱슬머리. 푸들 스커트. 열여섯 살 때부터 그리니치 빌리지
      의 서점엘 다니기 시작했고.

사라   그 앨 알아요?

머브   부모가 브라이튼 해변 온천장에 오두막집을 하나 갖고 있었는데
      내가 하우스 보이 였었거든. 브린 모에 가기 전 해에 내가 먹어
      줬지.

사라   소냐 커셴블랏이 처녀가 아닌 상태로 브린 모에 갔겠네.

머브   그게 뭐 대단한 일이라구.

사라   무슨 소리! 삼십 년 전에 그랬다면 대단한 일이지.

머브   하나님 도움으로 개가 임신을 안 했기에 망정이지 하마터면 내
      가 지금 프린스턴의 천문학 교수가 될 뻔했잖아. 당신하고 얘기
      하는 게 재밌어, 새디. 그 재떨이 좀 가만 놔둬요. 그러다가 어깨
      가 내려앉겠어. (그녀의 어깨를 주무르기 시작한다.) 무슨 어깨가 이
      리 높지? 금방 천정에 닿을 것 같애.

사라   머브, 당신 오늘 밤 여기 퀸 앤즈 게이트에서 날 먹을 거야? 옛날
      그 덥고 음탕한 한 여름 밤에 소냐 커셴블랏을 브라이튼 해변 온
      천장에서 그랬던 것처럼?

머브   개하곤 콜롬비아 대학의 내 기숙사였던 존 제이 홀에서 했어.

사라   그때 콜롬비아는 여자들이 기숙사에 출입하는 걸 허용 안 했는데.

머브   소냐는 대단히 천재적인 데가 있었거든. 반편이 졸업생 대표로
      뽑혔겠어?

사라   그렇다고 아주 똑똑한 애도 아니었지. 공부를 열심히 했을 뿐야.
      (소파에서 일어선다.) 이봐요, 머브. 지금 당신이 어떤 생각을 하고
      있는지 알 수 있을 것 같아. "내 옆에 앉아 있는 여자가 누군지

난 알아. 이 여자랑 함께 자랐고, 또 이 여자를 닮은 여자들과 더불어서 자랐으니까. 이 여잔 살면서 이따금씩 나로부터 도망을 쳤어. 영국으로 이사를 갔고 머리도 염색했고, 딸도 테스라고 이름을 지어 웨스트민스터로 보냈단 말야. 이 여잔 자기의 거친 꿈 이상으로 다른 환경에 적응했는데 이제는 외로워서 집에 오고 싶어 해." 생각하는 게 빤히 보여. 맞아, 난 외로워, 하지만 집에 가고 싶진 않아.

머브 그래도 무슨 끈이 있어야지 않아, 새디?

사라 끈이라니?

머브 다른 사람과 매어줄.

사라 로즐린이 죽었을 때 당신은 얼마나 많은 후원단체에 가담했지? 미안해. 질문이 좀 잔인했어.

머브 잔인한 건 아니고, 품위가 좀 없군. 두 단체. 그리고 작년에 아웃워드 바운드에 갔었는데 내가 에드워드 황태자 섬의 절벽 끝에 서 있더군.

사라 자신에 대해 뭘 새로 배웠어?

머브 난 시인이 아니라는 걸. 그리고 머브 칸트의 평화계획으로는 중동문제를 해결할 수 없다는 거. 내가 특별히 독창적인 생각의 소유자가 아니라는 거. 그리고 무엇보다 난 다시 사랑을 하고 싶어한다는 거.

사라 당신을 돌봐줄 사람이 필요하다는 거겠지.

머브 내 말 잘 들어, 내 아내의 이름은 로즐린이 아니었고 성녀도 아니었어. 실의에 빠져 술을 조금, 아주 조금 마셨지, 나만 아니었다면 인생의 승리자가 될 수 있었을 텐데 라고 생각했어. 내가 학교를 마치고 아이들이 다 자라자 그녀는 마침내 세상을 떠나기 사 년 전에 미술강의를 듣기 시작했어. 재능 있고 지적인 여자한테 그게 공평한 일인가? 새디, 난 이미 다른 사람한테 보살핌을 받았던 사람야.

사라 미안해. 내가 상투적으로 생각했던 것 같애.

머브 고마워.

사라 천만에.

머브 난 아직 인생이 행복할 수 있다고 믿어, 사라. 비록 짧은 순간이나마.

사라 행복의 조건을 누가 정하지?

머브 당신인가?

사라 난 그런대로 괜찮아. 테스가 대학에 들어가면 이 집을 팔아서 아늑한 아파트를 하나 얻으려고 해.

머브 섹스는?

사라 하고 싶지. 늘 섹스를 좋아했으니까.

머브 게필트 경은 어떠서?

사라 테시 애기 들었잖아. 그 사람은 젊은애들을 좋아해.

머브 당신은 정말 고저스해, 멋져.

사라 내 동생 이름이 고저스야.

머브 아니, 당신 사라 로젠스비그가 고저스하다구.

사라 (웃는다.) 맙소사. 지난 삼십 년 동안 그런 소리 처음 들어봤다. (그는 자못 열정적으로 그녀에게 키스한다.) 난 당신을 사랑할 수 없어, 머브. 그리고 이젠 나도 당신이 날 사랑하지 않도록 배려할 만큼 친절하기도 하고 나이도 먹었어. 하지만 머브, 단 하룻밤 동안이라면 난 브라이튼 해변 온천장의 소냐 커셴블랏이 되고 당신은 콜롬비아 대학의 2학년이 될 수도 있지.

머브 나한테 콜롬비아 2학년 짜리 정력이 있을 것 같아?

사라 그러기를 바래, 머브.

(그녀는 그를 이층으로 인도하기 시작한다. 그는 갑자기 멈춰 선다.)

머브   새디, 한 가지 청이 있어.

사라   뭔데?

머브   날 위해 노래해주겠어?

사라   머브, 난…

머브   나도 같이 부를게. 나도 괜찮은 가수야. 이래뵈도 1955년 콜롬비 아 버라이어티 쇼에서 내가 장계석 부인을 맡았던 사람야!

사라   나도 얘길 들었어.

머브   잘 부르지 않아도 돼. 난 그저 당신이 노래하는 걸 듣는 것만으 로도 행복해.

사라   머브, 나한테 시나트라 노래는 다 있는데, 프랭크더러 노래를 하 라고 하는 게 낫지 않아?

머브   그 친군 클리프 클레프 단원이 아니었잖아.

사라   제발 부탁야, 프랭크 노랠 하나 고르고 우린 이층으로 가.

머브   ("Just the Way You Look Tonight."를 튼다. 노래를 부르기 시작한다.)

사랑하는 그대여, 영원히 변치 마오,
그 황홀한 매력을 간직해요…
받아 줘, 사라…

사라   (조용히) 머브, 난 당신을 위해 노래부를 수 없어.

머브   (그녀의 얼굴을 만진다. 노래를 부르면서 이층으로 그녀를 인도한다.)

오늘밤 그 모습대로만.

2막

1장

(토요일 이른 아침. 제프리가 "Save the Rose" 티셔츠와 청록색 내의 를 입고 <퍼 탑스(The Four Tops)>에 나오는 "슈가 파이 하니 번치 (Sugar Pie Honey Bunch)"의 노래에 립싱크로 따라 하면서 춤을 추고 있다. 그는 안무된 '스팟츠 앤 턴즈(spots and turns)'를 한다.)

제프리

슈가 파이 하니 번치,
내 그대를 얼마나 사랑하는지,
나도 어쩔 수 없어,
오로지 당신만을 사랑해,
내 인생 사이사이로
당신은 드나들면서
당신의 사진만 남겨놨지만
난 그 사진에 천 번도 더 키스를 했다오!

(페니가 그녀의 아파트에서 나와 그를 응시한다. 그는 그녀를 의식한 다.)

신사숙녀 여러분, 나의 가장 사랑하는 댄싱 파트너를 소개합니다, 사랑스럽고 재능 있는 "페니!"

(둘은 함께 춤춘다. 둘 다 대단한 춤꾼들이다. 갑자기 페니가 소파에 주

저앉는다.)

페니   제프리, 지금이 새벽 여섯 시예요.

제프리   내 사랑, 우리가 연습을 안 하면 사람들이 우리를 아이스 스케이
팅 쇼에 뽑아주겠어? 우리가 더 템프테이션스, 더 미라클즈, 더
퍼 탑스를 생산해냈는데 어느 누가 미국문화를 깔보겠어. 홀랜드
/도시어/홀랜드 모타운이 부른 곡마다 다 뛰어나. 다 걸작야. "슈
가 파이 허니 번치, 내 그대를 얼마나 사랑하는지"는 모든 면에
서 "내 그대를 여름날에 빗대리오"와 맞먹어.

페니   제프리…

제프리   사실 난 여름날보다 슈가 파이 하니 번치가 되는 게 낫다고 생각
해. 덜 엘리트적이거든.

페니   제프리… 지금이 아침 6시 12분예요.

제프리   이 음악이 좋은 게 바로 그 점 때문이야, 나의 천사여. 모든 사교
적 사회적 행사에 완벽하게 들어맞거든! 좋아요, 미스 유 에스 에
이, 2백점 짜리 질문인데요, 퍼 탑스의 이름을 대보세요. 네, 시간
이 지났군요. 미스 영국, 대답해보세요. 예, 브래크널 아가씨, 대
답해보세요. "네 명의 정상들은 레비 스터브즈, 압둘 듀크 파키르,
로렌스 페이튼, 그리고 레날도 오비 벤슨입니다. 모두 다 자동차
의 도시 디트로이트에서 태어나서 거기서 자랐죠. 퍼 탑스가 첫
공연을 가진 것은 1954년 고등학교 졸업식의 파티에서였어요." 축
하합니다, 브래크널 아가씨. 당신은 디트로이트 시내에서 두 사
람이 이 주일간 휴가를 상금으로 받겠습니다. 그리고 일 년간 맥
비티의 소화촉진 비스킷을 무료로 제공받게 됩니다. (페니를 다시
일으켜 세운다.)

페니   제프리!

제프리   딩! 딩! 딩! 신사 숙녀 여러분, 막간 휴식시간이 끝났습니다. 자리
         로 돌아가 주세요. 일 분 안에 오늘 아침 공연을 재개하겠습니다.

         (레코드를 전보다 더 크게 틀고 춤을 추기 시작한다.)

         난 너의 사랑이 필요해.
         너의 모든 사랑을 다 내게로…

         (페니가 음악을 끈다.)

페니   제프리.
제프리   들어와요, 빅 벤 아줌마.
페니   제프리, 지금 6시 16분이야, 내의를 입고 큰언니네 집에서 춤을
         추고 돌아다니다니.
제프리   당신을 깨우고 싶진 않았어.
페니   사라 언니는?
제프리   다른 남자랑 놀고 있는 것 같은데.
페니   그래?
제프리   당신 언니는 매력적인 여자야. (페니를 붙잡고) 당신 친척이니까.
페니   사라와 머브 얘기군. 불가능해.
제프리   아무 것도 불가능한 건 없어, 내 사랑. 우릴 봐.
페니   언니 타입이 아닌데…
제프리   당신도 내 타입은…
페니   그만 해, 제프리.
제프리   (그녀를 껴안으며) 페니, 난 숨은 양성애자야.
페니   언니들 말고는 아무한테도 얘기 안 했어.

제프리　그래 뭐라고 합디까?

페니　둘 다 당신을 먼저 만났었다면 하대.

제프리　(페니의 이마에 키스한다.) 당신은 참 좋은 사람야, 페니 로젠스비그. 당신을 영원히 잊지 못할 거야. (방안을 거닐기 시작한다.) 빌어먹을 수지 쿠퍼는 어디 있지?

페니　누구?

제프리　오늘 오후에 죠단을 시골로 데려갈 건데, 내가 당신 언니한테 지난 크리스마스날 빌려줬던 그 친구 접시를 찾아내야 하거든. 만날 때마다 돌려달라고 졸라대니까. 그 수지 쿠퍼가 몇 개 없는 귀중품이라는 거야.

페니　죠단은 아직도 럼-텀-터거와 사나?

제프리　누구?

페니　고양이말야.

제프리　아, 이언. 음, 그 고양이랑 사이가 좋대나봐.

페니　잘 됐네. 그럼 이언도 시골에 같이 가?

제프리　그만 해, 페니.

페니　뭘?

제프리　죠단은 내 가장 친한 친구야. 그렇잖아도 복잡한 우리들의 삶을 더 복잡하게 만들지마.

페니　당신 삶이 뭐가 복잡해. 지 멋대로 살면서.

제프리　당신은 안 그렇고? 이봐요, 항상 봄베이에서 불쑥 불쑥 나타나는 게 누구야? 당신 때문에 난 어젯밤도 꼬박 샜어. 쿠르드족이 자식들의 무덤 속으로 몸을 던지는 장면을 보고 또 보고 계속 보면서 말이야. 사랑하는 여자와 함께 침대에 누워 있었지만 여자의 마음이 이미 쿠르드랜드에 가 있다는 걸 알았지. (노래를 부르기 시작한다.)

함께 와서 들어요,
쿠르드랜드의 자장가를!

페니   (노래를 끊으며) 커디스탠이라구 해. 그런 것들을 봐 두는 게 얼마나 중요한지 몰라.

제프리   불쌍한 여자. 당신은 너무 예민하고 너무 쉽게 다쳐.

페니   제프리…

제프리   왜 그래, 페니? 내 천사여, 당신이 원하는데 아직도 갖지 못한 것이 뭐지? 결혼하고 싶어? 우린 결혼할 거야. 당신이 떠날 때마다 난 혼자 생각해요, "저 여잔 왜 또 가는 걸까? 페니가 있어야할 곳은 여기 나와 함껜데." 당신은 아침에 내가 제일 먼저 보고 싶은 사람이면서 밤에 맨 나중까지 얘기하고 싶은 사람이야. 아이를 갖고 싶어? 좋지. 한 부대를 낳읍시다. 걔네들은 일곱 살이 되기 전에 메트로-골드윈-메이어를 운영하게 될거야.

페니   걔네들은 유태인 아이가 될까?

제프리   엠지엠을 운영하려면 유태인이라야 돼.

페니   제프리, 난 벌써 마흔이야.

제프리   시간은 우리 편야. 그것이 비관습적인 인생의 기쁨이지.

페니   어떤 날은 내가 당신이었으면 하고 바랄 때가 있어.

제프리   "아뿔사, 우리의 약점은 명분에 있지, 우리 자신이 아니지. 우리는 그렇게 만들어졌으니 그렇게 되는 수밖에."

페니   바지라도 좀 입어, 제프리.

제프리   뭐라고?

페니   바지 입으라구.

제프리   당신은 너무 얌전해.

페니   여긴 언니네 집이야.

제프리 언니가 바지 안 입은 남자를 한번도 보지 못했다는 얘기야, 뭐야?

페니 바지 안 입은 당신은 못 봤지.

제프리 당신이 어떻게 알아?

페니 당신이 정말로 반여성주의, 반유태주의의 음모에 가담하지 않았어?

제프리 뭐? 내가 유태인 여자들을 좋아하리라고 기대하는 거야, 뭐야?

페니 기가 막혀! "모스크바에 갈 수만 있다면!"

제프리 난 당신과 함께 있는 게 좋아. 페니, 지금 무슨 일을 하고 있지?

페니 바로 지금? 당신이랑? 오늘 아침 여기서 말야? 사라 언니의 응접실에서? 여기 우리가 앉아 있는 것처럼, 난 지금 타지키스탄의 한 가마솥에다 성과 계급에 관한 새로운 책을 준비하고 있어. 아직은 잘 써져.

제프리 그 얘기가 벌써 몇 년째야. 움직일 시간이 됐잖아?

페니 나야 항상 움직이지. 기행문 작가니까.

제프리 페니, 혹시 릴리 레만이라는 가수에 대해서 들어본 적 있어?

페니 어떤 그룹이었는데?

제프리 역사상 가장 위대한 오페라 가수 중 한 사람이었지.

페니 아, 그래.

제프리 그런데 그녀가 레코드를 만들 즈음엔 이미 너무 늙어서 목소리가 제대로 나오질 않았어요. 자, 이 얘기의 교훈은?

페니 일찍 레코드를 만들라.

제프리 페니, 난 지금 심각해. 올 해에 난 벌써 세 번째 주소록을 바꿨어. 더 이상 이름들 위에 ×표를 할 수가 없어서. 이미 너무 많은 친구들을 잃었어요. 빛을 낼 기회 한번 가져보지 못하고 하룻밤 사이에 꺼져버리는 전구들을 너무 많이 봐왔단 말야. 난 그 의미를 생각하느라고 오랜 세월을 노력했지. 결론은 아주 간단해. 인생은 마구잡이이고 외롭거나 사랑하시는 하나님의 존재를 증명할 아무 사례가 없다는 거야. 그러니 우린 어떻게 나아가야 할까? 연출적인 용어로 얘기해서 도대체 목표가 뭘까? 물론 우린 우리가 사랑하는 사람들을 아끼고 귀하게 대해야지. 그거야 당연한 거고. 하지만 그에 못지 않게 중요한 것은 당신과 나 같은 사람들이 더욱 열심히 일을 해서 최고의 예술, 최고의 연극, 타지키스탄에서 성과 계급에 관한 최고의 빌어먹을 책을 창조하는 일야. 그리고 나머지, 즉 아이들이라든지, 시골 닭, 가정적 행복, 그런 것들은 다른 유감을 갖고 있는 다른 사람들한테 맡기는 거야. 페니, 당신과 나는 낭비할 시간이 없어요.

페니   사랑해, 제프리. 이제 여행은 그만 할게. 당신과 함께 머물겠어.

(그녀는 고저스가 플란넬 나이트가운을 입고 등장할 때 그의 손을 잡는다.)

고저스   안녕. 안녕.
제프리   안녕하세요!
고저스   안녕하세요! 아래서 떠드는 소리가 들리길래 커피 마실 시간이 됐나보다 했어요. 제프리, 당신 다리가 정말 멋지네요! (그녀는 나이트가운을 치켜들고 자기의 다리를 그의 다리 옆에 대본다.) 내 다리 또한 늘씬하기 때문에 금방 알아봤지. 페니도 발목은 괜찮은데 장딴지가 조금 두꺼워. (제프리의 무릎을 잡으며) 제프리, 제프리, 당신이 우리 일행들과 함께 오늘 아침 국립극장에서 아침을 같이 먹기로 동의했다고 전하자 그들이 얼마나 좋아했는지 알아요?

제프리 (당황하며) 내가 그랬어요? 좋은 일이지.

고저스 웨지우드의 허쉬코비츠 여사님이 이렇게 말할 정도였어요, "아고저스, 당신들은 친척이죠?" PLO를 위한 글을 쓰는 내 동생과 그 유명한 연출가 남자친구에 대해서 얘기해줄 때마다 사람들이 얼마나 감동을 받는지 몰라요.

페니 내가 언제 PLO를 위해 글을 썼수? 4년 전에 내 책을 위해서 하난 마쉬라쥐와 인터뷰를 했을 뿐이야.

고저스 그 여잔 PLO의 꼭두각시야.

페니 비르자이트 대학의 교수야.

고저스 네 맘대로 부르렴. 제프리, 새 집에 대해서 말 좀 해봐요. 이제 거의 끝나가죠?

제프리 한 달만 더 있으면 됩니다. 근사할 거구만. 아마 가장 아름다운 템즈강 경치를 즐길 수 있을 겁니다.

고저스 아하. 그럼 당신하고 페니도 곧 그리로 함께 이사를 가겠네?

페니 고저스!

고저스 난 아이들한테 꿈을 꼭 붙잡기만 하면 무슨 일이든 가능하다고 가르쳐요. 당신은 꿈을 고수했어요, 제프리. 모든 창조적인 사람들이 다 그렇지만. 그래서 당신이 우리 가족이 된 게 난 참 기뻐요.

테스 (밖에서) 엄마, 엄마, 거기 계세요? 내 여권 못 봤어요?

고저스 테스야. 여기 내려오지마. 제프리가 옷을 안 입었어.

제프리 (일어서며) 이제 허쉬코위츠 여사를 위해 체면을 차려야겠군.

고저스 허쉬코비츠. 비츠라고 해. 위츠가 아니라.

제프리 (페니에게 키스하며) 잘 있어요, 내 사랑. (고저스의 손을 잡는다.) 고저스, 당신과 당신의 사랑스러운 여사님들을 곧 뵙도록 하죠. (고저스의 손에 키스한다. 고저스도 무릎을 살짝 굽혀 인사한다. 제프리는 나가면서 중얼거린다.) 허시코비츠라. 비츠라 이거지.

고저스   정말 재미있는 사람이다! 사람들 얘기는 결혼생활의 90%는 동무하는 거래. 최고의 섹스조차도 2년이면 사라진대. 나도 확인했어, 헨리하고 내가 가장 맛있는 섹스를 가져봤거든!

페니   언니 지금 뭐하는 거야?

고저스   "뭐 하다니" 그게 무슨 소리니? 페니, 난 커피 마시려고 내려왔어. 네 남자친구가 내복바램으로 빈둥거리길래 상쾌한 아침의 대화를 가져보려고 했던 것뿐야.

페니   그래서 우리가 내달에 함께 이사할거냐고 물은 거야?

고저스   예쁜아, 내가 늬들의 성생활에 대해 묻지 않은 것을 기뻐해라. 사실은 궁금해 죽겠지만. 말해봐, 제프리는 아직도 남자들하고 하니?

페니   남자들하고 뭘?

고저스   페니, 아직도 모르고 있다면 문제가 참 곤란한데.

페니   고저스, 우린 지금 세계적인 건강의 위기 속에서 살고 있어!

고저스   알아. 하지만 아직도 안전하게 그걸 하는 방법이 있어. 뉴턴에서도.

페니   난 제프리를 사랑해. 이제까지 내가 사랑했던 다른 어떤 남자보다도. 나도 또 그만큼 사랑을 받았어. 제프리가 모든 유태인 엄마들의, 아니 유태인은 관두고 침례교도나, 불교도나, 바하이교도라도 상관없이 모든 엄마들이 자기네 딸과 데이트했으면 하는 이상적인 사위감이냐고 묻는다면, 그렇지 않아, 고저스. 나 역시 모든 엄마들의 이상적인 딸이 아니고.

고저스   예쁜아, 더 이상 엄마한테 반항하느라고 시간을 낭비하지 마. 여기 계시지도 않잖니. 이젠 우리뿐야.

페니   난 마감시간에 와 있어.

고저스   애, 예쁜아, 왜 내 충고를 안 듣니. 넌 지금 니가 아닌 다른 사람
인 척 꾸미고 있어! 남자들, 나이와 상관없이 좋은 남자들은 40대
의 괴짜여자들한테는 관심이 없어. 20대의 괴짜여자들이라면, 특
히 긴 머리를 휘날리는 여자라면 혹시 흥미를 느낄지 모르지만.
30대의 괴짜여자들은 아주 말랐거나 대단히 성공했다면 그런 대
로 괜찮지. 그렇지만 나이 40에 세계를 쏘다닌다고 하면, 페니, 넌
시장 바깥에서 방황하는 거나 마찬가지야. 제프리가 네 껀 줄 안
다면 그건 오산야. 표지만 보고 책을 판단할 수 없지만, 예쁜아
넌 도서관을 잘못 찾아온 거야. 페니, 넌 보통의 정상적인 여자들
이 뭘 원하는지 알고 싶지 않니?

페니   정상적이라는 말이 도대체 무슨 의미야?

고저스   페니, 너나 나나 평범한 여자들야. 우린 사라 언니하고 달라. 우
린 따뜻함과 포옹과 키스가 필요한 여자들야.

페니   강아지네, 그럼.

고저스   페니, 똑똑한 큰언니한테 얘길 들어보렴. 아직 시간이 있어. 낭비
하지 마. (그녀의 볼을 톡톡 두드리며) 네 피부는 아주 건성이구나.
콜라겐 마스크를 매주 써야겠다, 애.

페니   그래?

고저스   레틴 에이를 써봐.

(톰과 테스가 위층에서 나타난다.)

톰   안녕히 주무셨어요, 페니 이모님. 고저스 이모님도.

고저스   그래, 그래, 그래. 십대들이라니, 십대들, 십대들.

테스   우리 엄마 못 보셨어요?

톰   어젯밤 모피업자 머빈 선생님과 춤추시는 걸 봤습니다.

고저스   저런, 저런, 저런. 만원사례였겠구나.

테스   엄마를 위해선 벤자민 디즈레일리보다 나은 선택이세요.

톰   벤자민 디즈레일리가 누구야?

고저스   유명한 유태인 박애주의자야. 해롯 백화점을 세운 분이지.

(페니와 테스는 고저스와 함께 웃는다.)

테스   모피업자께서 프랭크 시나트라 노랠 부르시대요.

고저스   테시, 늬 페니 이모도 말하겠지만, 좋은 남자 찾기가 요샌 아주
어려워.

페니   테시, 내 목숨이 달려 있지 않는 한 난 그런 말 안 한다.

(사라가 등장한다.)

사라   뭘 말해? 잘들 잤니, 동생들아? 잘 잤어, 테시. (아침 신문을 집으러
간다.)

톰   안녕히 주무셨습니까, 굿 여사님?

사라   잘 잤어, 톰? 일찍도 모였다. 다들 커피 마셨어?

테스   엄마…

사라   그래, 테시, 내 사랑.

테스   아무 것도 아네요.

고저스   난 낯이 두꺼우니까. 그래 어땠어?

사라   뭐가?

고저스   (윙크하며) 밤새 재미있었어?

사라   그럼. 내 가족들하고 친한 친구들 몇이 모여 함께 시간을 보냈는
데, 뭐. 네 밤은 어땠니, 고저스?

고저스	가족하고 친구하고 헤어진 뒤의 밤 애기를 묻는 거야.
사라	고저스, 윙크 좀 그만 해라. 난시 걸린 사람처럼 그게 뭐니?
테스	엄마, 어젯밤 그 모피업자랑 주무셨잖아요. 여기 계신 분들이 다 알고 있어요.
사라	그래.
고저스	우린 그 분을 좋아해.
톰	좋은 남잔 찾기 어렵습니다.
테스	행복하지 않아요?
고저스	정말 재미있어. 난 언제나 엄마한테 사라 언니가 모피업자나 치과의사를 만났으면 좋겠다고 말씀드렸었거든.
사라	공인회계사는 왜 뺐니? 고저스, 난 식사를 한번 같이 한 남자하고 차를 타고 석양 속으로 사라지고 싶지는 않다.
고저스	왜?
테스	그분이 너무 착해서?
고저스	너무 따뜻해서? 그 양반 지금 어디 있지?
사라	넌 "사생활", "분별"이란 말을 들어본 적이 없니?
고저스	난 언니가 정착하는 걸 보고 싶을 뿐야.
사라	그렇다면, 걱정 마, 고저스. 날 믿어줘. 난 정착했어.
고저스	테시, 넌 늬 엄마가 좋은 남자랑 정착하는 걸 보고 싶지 않니?
사라	고저스, 넌 아마 뉴턴 전체에서 가장 행복한 여자일지도 몰라. 또 메사추세츠 고속도로를 누비면서 모든 사람들을 치유하고 다닐지도 모르지! 하지만 넌 우리 엄마가 아냐. 우리 엄만 돌아가셨어.
고저스	나도 멍청한 여자가 아냐, 사라!
사라	그렇다면 왜 말도 안 되는 것에 마음을 쏟고 있는지 설명해봐.
고저스	내 말 잘 들어, 사라. 펼슈타인 랍비님이 뭐라고 하셨냐면 언닌

우리 엄마가 기대했던 여자로 성장하질 못해서 지금 곤란을 겪고 있는 거래.

사라   다시 말해봐.

고저스   나도 일들이 언니가 바라던 대로 되지 않은 것에 대해선 유감이야. 그렇다고 언니가 내가 내 남편, 내 가족, 그리고 내 업적에 대해서 갖는 긍지 때문에 위협을 받아 계속 내 감정에 상처를 주는 것은 더 이상 용납할 수 없어!

사라   정말 말 같은 소릴 해야지!

고저스   아, 그래에! 비록 언니가 고상한 영국식 억양으로 말을 할 수가 있다고 해도, 또 페니가 세계 곳곳의 수도에서 우편엽서를 내 아이들한테 보낼 수 있다고 해도, 난 알아, 두 사람 이 다 속으로는 나를 부러워하고 있다는 걸! 고저스 타이텔바움 박사, 가짜 페라가모 구두을 신고 다니는 에스트 뉴턴의 중년가정주부가 아주 가까운 시일 안에 독자적인 케이블 전화 토크 쇼를 갖게 돼 있거든! (퇴장하면서 비틀거린다.) 젠장할! 난 언제 씨벌놈의 진짜 마눌로 구두를 신어보나! 내 불어를 용서해 줘, 톰. (위층으로 나간다.)

톰   불어가 아니었어요, 굿 여사님.

사라   고마워, 톰.

테스   엄마, 우린 여기 아래층에서 정말 좋은 시간을 갖고 있었는데, 엄마를 위해서 다들 행복해 했는데, 엄마가 내려 와서 죄 망쳐버렸어.

사라   여긴 내 집이다.

테스   알아요. 내 여권 어디에 뒀어요? 우린 내일 아침 빌니어스로 떠나.

톰   독립시점에 맞게 도착하고 싶습니다.

사라   테시, 이 문젠 아침 먹고 나서 조용하게 상의하고 싶구나.

테스 "아침 먹고 나서 조용하게"라면 톰이 없는 데서라는 얘기겠네. 싫어요. 톰 있는 데서 얘기해.

사라 그래, 알았다. 페니, 조카딸이 내일 비행기 타고 날아간다는 데 뭐 보낼 말이 없니?

테스 페니 이모는 전 세계를 다니시는데요, 뭐.

사라 이모야 이유가 있지. 넌 혁명 중인 빌니어스에 날아갈 이유가 전혀 없어!

테스 가자, 톰. 엄마가 인생살이에서 열정을 갖는 걸 별로 중요하지 않게 생각한다고 우리까지 그럴 필요는 없어. (나간다.)

사라 (뒤에다 대고 부르며) 무슨 말버릇이 그러냐, 테시.

톰 굿 여사님, 우리 엄마하고 누이들도 늘 다툽니다. 모두 열 두 명인데 다 독실한 천주교인들이죠, 굿 여사님.

사라 좋겠네.

톰 좋은 하루 되십쇼, 굿 여사님. 우리 아빠도 프랭크 시나트라의 노래를 부르세요. (나간다.)

사라 차라리 IRA의 사랑스러운 청년을 붙잡지. 그렇다면 가깝기라도 할 게 아냐.

페니 사라, 한 가지 알고 싶은 게 있어.

사라 뭐가?

페니 어땠어?

사라 오! 어땠냐구? 그 모피업자가 특별한 기술이 있더라.

페니 정말! 합성동물피복 같았단 말이지?

사라 (웃으며) 그냥 "인조모피"라고 하자.

페니 뭐?

사라 넌 아직 어려서 몰라.

페니 언니 생각엔 고저스하고 헨리가 정말로 "가장 맛있는 섹스"를 가졌을 것 같아? 언닌 늘 그렇게 말하지만.

사라 　어쩌면 고저스가 우리 중에서 가장 영리한 앤지도 몰라. 내가 만일 정착해 있다면 내 딸이 뉴 에이지의 에마 골드먼이 되려고 길에 나다니진 않을 거야.

페니 　언닌 그걸 믿지 않지.

사라 　전혀. 오늘 테시에게 말 좀 해줘. 걔가 널 어찌나 닮았는지 무서워 죽겠다.

페니 　내가 어떻게 테시더러 빌니어스에 가지 말라고 해? 밤새도록 쿠르드족 피난민들이 소개되는 장면을 보는 주제에. 미친 소리 같겠지만 나도 거기 있었으면 하는 바램이 없지 않아 있거든.

사라 　내 딸과는 달리 넌 성인이고 저널리스트야. 그런데 넌 왜 안 가니?

페니 　그런 종류의 글은 이제 안 써.

사라 　왜?

페니 　모르겠어. 앞으로도, 지금도. 또 누가 알어?

사라 　참으로 명확하고 사려 깊은 대답이구나.

페니 　사라, 지난주에 난 참으로 황당한 경험을 했어. 봄베이에 가기 전에 아프가니스탄의 마을 두반디를 다시 찾아갔지. 내가 글을 썼던 여자들을 방문하고 싶어서. 그런데 도착해보니까 그 중 반은 죽었고 나머지 반은 피난을 갔다는 거야. 그런데 말야, 언니, 끔찍한 소식을 들으면 들을수록 난 점점 더 흥분되더라.

사라 　이해가 안 된다.

페니 　아마 난 내 인생에 충만감을 느끼기 위해서 아프가니스탄 여자들의 고난과 쿠르드족의 고통이 필요한가봐. 내 인생이 그렇게 공허하니까 계속해서 가장 좋은 호텔, 식당, 포장마차를 떠돌아 다니는 게 아니겠어.

사라	네가 그 사람들 이야기를 전해주지 않으면 어떻게 그들을 도울 수 있겠니? 별 네 개짜리 카라치 호텔에 대해 리뷰를 쓰는 것보다 그 편이 도덕적으로 낫지 않아?
페니	이 여자들을 이용하는 게 옳지 않아.
사라	페니, 진정한 동정은 어떤 정확한 일정보다도 드물어. 난 꽤 훌륭한 은행가이긴 하지만 그건 열정이라고 할 수 없는 거지. 반면에 넌, 진정한 소명을 갖고 있어. 다만 슬프고 놀랍게도 약한 것이 있다면 네가 그걸 적극적으로 회피하고 있다는 거야. 내 생각엔 네가 세상일을 너무 많은 애정을 갖고 너무 많이 걱정을 하면서 또한 그것을 피할 구실들을 찾고 있는 것 같아. 테시 말이 토크쇼를 가질 사람은 고저스가 아니라 나라더라. "사라 굿의 상담시간." (다시 신문을 읽기 시작한다.)
페니	(사라의 손을 잡는다) 내 인생에 언니만큼 의지가 되는 사람이 없어. 언니보다 더 감사해야 할 사람도 없고.
사라	(손을 빼내며) 페니, 그러지 마, 그러지 마.

(머브가 "오늘 밤 그 모습대로만 Just the Way You Look Tonight"를 허밍으로 부르며 등장한다.)

머브	안녕.
페니	안녕, 머브. 다시 만나 정말 반가워요. 마감시간이 다 돼서 그만.
사라	"봄베이의 밤"은 다 끝낸 줄 알았는데.
페니	맞아, 이제 "봄베이의 낮"을 써야하거든. (아래층으로 나간다.)
머브	정말로 열심히 일을 하네. 당신 동생 말야.
사라	우린 다 일 벌레들이야. 당신의 안건은 어떻게 돼?
머브	내 안건이라니?

사라   (영국식 발음으로) 당신의 일정, 스케쥴.

머브   스케쥴, 발음 참 멋있다. "비타민" 해봐.

사라   (영국식으로) 바이타민.

머브   다시.

사라   (낄낄거리며) 바이타민.

머브   귀여워. (키스한다.)

사라   오늘 아침 테니스 약속이 있는데, 당신은?

머브   나? 난 오늘 아침 테니스 약속 없는데.

사라   그냥 분명히 해두는 게 좋을 것 같아서.

머브   보통은 그 반대 아냐? 일을 치르고 난 다음 날 아침 여자들은 보
       통 아늑하고 다정해지고 남자들은 이성적이 되고.

사라   난 모르겠어.

머브   당신 같은 사람은 첨 봤어, 사라. 당신은 따뜻하면서 동시에 차가
       워. 당신의 얼굴은 아주 친근하면서 동시에 아주 낯설어. 가끔 당
       신을 보고 있노라면 우리 외할머니와 외할머니 가족 전체의 사
       진을 보는 것 같아.

사라   그렇게 보일 뿐이지, 뭐.

머브   우리 엄마네 가족들은 치초치네크라는 폴랜드의 휴양지에 빌라
       를 하나 갖고 있었지. 우리가 갖고 있던 사진들은 가족들이 피크
       닉 때 만나서 찍은 거야. 남자들은 카메라를 향해 손을 흔들거나
       웃고 있고, 메론을 든 채 말이지! 참 다정한 사람들이었지, 일부
       는 아주 잘 생기기도 했고. 그런데 그 분들은 여자를 위해서 촛
       대 하나 들어주질 못했어. 팔짱을 끼고 상당히 큰 옷을 입고 있
       는 여자들은 눈이 당신처럼 총명해보였어—이미 다 바래고 꼬부
       라진 사진이지만 눈들은 반짝 반짝 빛났어. 불행히도 그들 대부
       분과 그 가족들은 살아남질 못했지. 하지만 사라, 당신의 눈을 들

여다보면 난 이 여자들의 힘과 지능이 보여. 나한테는 당신이 아름답고 매우 뛰어난 여인이야. 왜 웃지? 십대 소녀 같아. 당신이 아름답다고 하는데 웃기 시작하는 건 무슨 의미야?

사라 무슨 멍청한 대답이 듣고 싶지, 머브?

머브 당신이 멍청할 수도 있어? 당신이 멍청할 수 없다는 것이 당신한테 불리한 거야.

사라 나도 치초치네크에 가본 적이 있어. 홍콩/상하이 은행이 보내서.

머브 우리 엄만 그곳이 폴랜드의 팜 비치라고 늘 말씀하셨지.

사라 지금은 잿빛 신더 블록이 다양하게 얼룩진 포스트모던한, 조립식 주택이 즐비한 탈냉전시대의 휴양지가 됐어.

머브 코랄 게이블즈 말고도 은퇴해서 갈 데가 한 군데 더 생겼으니 다행이군. 새디… (웃기 시작한다.) 왜 홍콩/상하이 은행이 당신을 치초치네크에 보냈지? 내 평생에 이런 질문을 여자한테 하게 되리라곤 꿈에도 생각 못 했지.

사라 국영기업을 민영화하려면 누군가 지불을 해야 해. 자본주의는 돈이 많이 들어, 머브. 그 사람들이 융자를 요청해왔고 난 합리적으로 명쾌하게 처리했어.

머브 얼마나 명석하게 처리했을까!

사라 그런 대로 잘 처리했지. 그런데 그 사람들이 난방사업을 혁신하고 농업협동조합의 구획을 다시 정리하겠다는 계획서들을 검토하면서 난 내가 하는 일이 우리 엄마의 빛 바랜 사진 속의 반짝이는 눈과 똑 같은 눈을 가진 여인들을 위한 작은 승리로 읽히더란 말야. 소수의 운 좋은 여자들이 가짜 여권을 가지고 탈출한지 50년이 지나서 에스터 말차의 손녀인 사라가 그들을 기분 좋게 내몰았던 자들의 식탁 위에 빵을 어떻게 차릴 것인가를 결정하고 있자니까 만감이 교차하더군.

머브   당신을 좀더 잘 알고 싶어, 사라. 함께 즐거운 시간을 좀 가졌으
        면 하는데. 당신은 내 아이들을 만나고, 난 벌써 테시를 좋아하게
        됐어. 우린 젊지 않아요, 사라.

사라   그리고 좋은 남자는 여간해서 찾기 어렵고. 머빈…

머브   "머빈." 당신은 다시 도망가고 있어.

사라   우리 자매 중에서 사람을 잘못 고른 게 아닌가 싶어.

머브   당신은 동생하고 짝 지어주려는 남자를 테스트하기 위해서 밤을
        같이 보내는 사람인가?

사라   당신은 고저스 같은 여자와 살면 참 행복할 것 같아. 둘 다 아주
        명랑하잖아.

머브   무슨 뜻이야?

사라   공통의 흥미들이 많아.

머브   그러니까 우리 둘이 약간 지나치게 명랑하고 약간 지나치게 유
        태인적이다는 얘기겠군. 우리 둘의 공통점이라면 그거니까. 사라,
        당신을 보니까 생각나는 사람이 있어. 브롱크스에 있는 드윗 클
        린톤 고등학교 같은 반 친구들 중에 마치 드윗 클린톤이 이제 와
        서 코넥티컷 강이 구비 흐르는 그로튼 마을에 있는 예비학교거
        나 성바오로 학교라도 되는 것처럼 허세부리는 애가 있거든.

사라   성바오로 학교는 뉴 햄프셔에 있고 그로튼 학교는 메사추세츠
        주에 있어. 그로튼은 코넥티컷 주의 조선업 마을이고.

머브   알긴 아네.

사라   이 얘기가 당신과 고저스 같은 여자한테 무슨 상관이 있지?

머브   상관이 되는 건 당신이야. 당신 혹시 게필트 경을 좇고 있는 거
        아냐? 고저스하고 난 그렇게 행복할 것 같지 않아. 도무지 당신
        한테 뭐가 잘못된 건지 모르겠어, 사라. 당신을 좋아해.

사라   당신의 세계는 나와 너무 달라.

머브 그렇지 않아. 내 이름도 칸틀로비츠에서 바꿨고, 내 딸은, 그 이
     스라엘 대위 말야, 성바오로 학교를 다녔어. 그리고 당신은 어디
     출신이지?

사라 날 개종시키지 마, 머브.

머브 사라, 당신은 유태계 미국인 여자로서 런던에 살면서 중국계 홍
     콩 은행을 위해 일하고 주말은 리투아니아로 달아나고 있는 딸
     과 함께 폴랜드의 휴양도시에서 보내지!

사라 그런 당신은 누군데? 번쩍이는 갑옷을 입은 나의 기사님이라도
     되나? 저녁 먹으러 방문한 모피업자일 뿐야. 왜 그렇게 고집이
     세? 난 가족도 종교도 조국도 배반한 차갑고 못된 여자야! 무척
     자제한 것이 그 정도였어. 죄의식이 너무 심해서 병에 걸렸고 그
     결과 난소에 문제가 생겼지. 많이 들었던 얘기, 뻔한 얘기지, 뭐.

머브 왜 날 그렇게 싫어하지?

사라 싫어하지 않아, 머브.

머브 그렇다면 당신의 문제는 뭐야, 아가씨?

사라 "아가씨", 아주 브루클린 말투로군.

머브 아니, 실제로는 브롱크스 말투지. 내가 너무 고향 생각을 나게 해
     서 그러나?

사라 머브, 당신이 얘기하는 고향은 브롱크스고, 브루클린이고 40년 전
     의 미국이야. 지금은 존재하지도 않아.

머브 존재하지 않는다면, 그걸 잊기 위해서 왜 그렇게 열심히 일하는
     거지?

사라 열 여섯 살 때도 "당신"은 내 인생에 없었어. 지금도 "당신"을 가
     질 생각이 전혀 없어. 당신한텐 안식일을 정말로 잘 지킬 그런
     여자가 필요해. "따뜻하고 행복한 가정"을 만들어줄 여자, 공휴일
     이나 가족들이 모일 때면 품위 있으면서도 밝은 크레이프 오렌

지색 정장을 하고 나타날 수 있는 여자.

머브   당신은 그럴 수 없단 말이지, 사라 로젠스비그?

사라   당신은 자기가 생각하는 것만큼 날 몰라. 오렌지색은 이미 너무 창백한 내 피부를 더 창백하게 만들어.

머브   (손을 뻗으며) 만나서 즐거웠었어, 사라.

사라   (그의 손을 잡으며) 당신은 참 좋은 남자야.

머브   여자들은 "미안하오. 당신은 참 좋은 여자요." 라는 소리를 들으면 좋아하나?

사라   아니. 특별히 밤을 막 같이 지낸 남자한테서 그런 소리를 들으면 지옥이지.

머브   아직도 당신이 모든 대답을 갖고 있어, 사라. (나간다.)

(사라는 레코드 플레어로 가서 시나트라의 앨범을 치운다. 그녀가 클리프 클레프 앨범을 집어서 레코드 플레어 위에 올려놓을 때 전화벨이 울린다. 그녀는 수화기를 든다.)

사라   오, 안녕, 닉. 응, 정말 즐거운 저녁이었어요. 화요일 글린번에서? 좋아요. 오, 정말 미안해요. 당신의 선물은 정말 좋았어요. 테시도 같은 생각이었고. 정말 고마워요. 화요일에 봬어요. 안녕.

(그녀는 레코드 플레어를 튼다. 창가의 의자 위에 뜯어진 채로 있는 선물상자를 집는다. 그녀가 선물을 열어보기 위해 앉을 때 레코드 판 소리가 들린다. "안녕하세요, 전 뉴욕 브루클린의 사라 로젠스비그이고요, 우린 1959년의 클리프 클레프예요." 여기 저기서 환성이 들린다. "오늘 밤은 유럽의 콘서트인데요." 여기 저기서 웃음 소리. 사라는 웃으며 어깨를 으쓱해본다. "우리가 그렇게 부르는 것은 메터니크, 탤리랜드, 그

밖의 유명한 하바드 남자들한테 경의를 표하기 위해서죠." 더 많은 웃
음 소리. "올 해 졸업하는 우리들은…" 더욱 광적인 환성이 들리고 사라
는 승리감에 젖어 팔을 들어올린다. "저희들 각자는 오늘 밤 자기가 가
장 좋아하는 노래를 리드하게 될 텐데요, 이 노래는 내가 일 학년 때부
터 제일 좋아했던 노랩니다." 그룹이 카펠라 "맥나마라의 악대"를 부르
기 시작한다. 사라는 듣는다. 계속해서 선물을 뜯는다. 갑자기 그녀는
다른 가사를 부르기 시작한다.)

오 내 이름은 모시 푸피크
팔레스타인에서 왔고요,
빵과 꿀을 먹고 살죠
그리고 마니셰비츠 포도주를 마시고요.
아 우리 엄마는 전국에서
게필트 생선요리를 제일 잘 만들어요…

(그녀의 목소리가 갈라진다.)

그리고 난 맥나마라 악대의
유일한 유태인 처녀예요.

사라   (그녀는 선물상자에서 표준적인 차주전자를 꺼내들고 울고 있다.) 멋진
       선물이군, 닉. 드럽게 멋진 선물야.

2장

(그날 오후 4시 경. 페니가 아래층에서 노트북 컴퓨터를 들고 나타난다. 창가의 의자에 앉아 일을 한다. 테스가 찻잔과 차 주전자를 쟁반 위에 얹고 들어온다. 클리프 클레프의 노래 "내 사랑이 거리를 걸을 때(When My Sugar Walks Down the Street)"의 마지막 소절이 스테레오로 들린다.)

테스   차 마셔, 이모.

페니   고마워, 테시. 난 조카딸들의 친절에 의지하고 살어.

테스   새로운 걸 쓰시나 보지?

페니   착상이 떠올랐어. 아주 좋은 착상이.

(제프리가 등장한다.)

제프리   크리미아에서 돌아왔어, 내 사랑, 내가 당신을 얼마나 그리워했는지! 이게 우리 꼬마 테시 아가씨 아닌가? 어디 좀 보자. 아주 아름다운 숙녀로 자랐구나. 맙소사, 난 이제 갔어! 네 눈에 내가 오늘 몇 살로 보이니?

테스   음. 한 70.

제프리   고약한 것. 이제부터 과자는 일체 없을 줄 알어, 꼬마 아가씨.

테스   위층에 가서 짐을 싸야겠어요.

제프리   정말로 발트 국가에 가려고?

테스   네에! 오늘밤엔 이곳에서 대회가 있기 때문에 톰이 내일 떠나재요. (그녀는 노래를 부르며 계단을 뛰어 오른다.)

모든 작은 새들이 짹-짹-짹!

제프리 영화를 하나 만들 생각야, 제목은 <로젠스비그 세 자매들을 뒤흔
든 3일간>, 여기서 고저스 박사는 트로츠키 역으로 영화에 데뷔
를 하게 되지.

페니 테스가 가는 게 부러워.

제프리 하지만 내 사랑, 걘 아무 데도 안 가. 날 믿어, 페니. 내겐 진짜 재
능을 알아보는 눈이 있어.

페니 아유 속물!

제프리 그런 적이 있었지. 하지만 지금은 아냐. 베델 수도원 수녀들 전체
가 잠자는 내 양심을 깨웠어.

페니 (그에게 키스하며) 취소할게, 당신은 속물이 아니고. 성자야.

제프리 난 아이다 허스코비츠 부인한테서 아주 꿰뚫는 질문들을 처리한
적도 있었어. "던컨씨, <주홍 별봄맞이 꽃>의 연출자로서 당신의
기능이 정확히 무엇이었는지 알고 싶어요. 극본을 쓰지도 않았고
음악을 작곡하지도 않았고 연기자도 아니고. 내 관점에서 보기에
당신은 거기 그냥 앉아서 아무 일도 하지 않는 대가로 거액의 보
수를 받고 있는 것 같아요."

페니 불쌍한 고저스.

제프리 고저스는 아주 즐겨요! 스타야! 뉴턴에서 가장 아름답고 연줄도
가장 많은 여사가 됐어. 나더러 미국에 와서 웨스트 뉴턴 커뮤니
티 센터가 재공연하는 <젖과 꿀>을 연출해달라는 요청이 왔어.
그래서 <마라/사드>를 하는 게 어떠냐고 역제안했지. (그녀에게
키스한다.) 당신은 지금 내가 무슨 소리를 지껄이고 있는지 전혀
모를 거야. 죠단이 전화했나? 이 시간쯤 오겠다고 했는데.

페니 아니. 전화 없었어. 죠단도 같이 있었어?

제프리	여자들이 그 친구를 보고 싶어할 것 같았지. 요즘 미국에서 로얄 죠단 은식기류하면 인기가 대단해. (페니의 차를 한 모금 마시다가 다시 컵에 내뱉는다.) 무슨 차가 이 모양야? 에엑! 마실 수가 없네!
페니	제프리, 그건 내 꺼야!
제프리	"맥주 한 잔하고 안전만 보장해준다면 내 명성 모두를 주겠어."
페니	제프리, 제발 앉아. 사람 불안하게 만들지 말고.
제프리	(노래하면서 춤춘다.)

> 오 예쁜 아기, 난 앉을 수가 없어.
> 악대 소리가 들리지 않아? 난 앉지 못하겠어.
> 어서 모터를 돌려요.
>
> 자, 미국 아가씨, 50점?

페니	"넌 앉지 마", 1963년. 비둘기 자매.
제프리	당신처럼 똑똑한 여자를 본 적이 없어.
페니	아니, 우리 사라 언니처럼 똑똑한 여자를 본 적이 없다고 해놓고.
제프리	(마침내 앉으며) 페니…
페니	왜 그래? 오늘은 증상이 더 심하네.
제프리	페니, 고저스 일행들한테 연설을 끝내고 난 런던을 몇 시간씩 드라이브했어. 아일 어브 더그즈를 지나 그린위치까지 갔지. 마침내 커티 사크선의 뱃머리 끝 물가에 앉아서 우리 둘에 대해 생각을 해봤지. 대부분 당신 생각이었지만. 페니, 당신을 사랑해. 앞으로도 늘 사랑할거야. 하지만 솔직히 난 남자들을 그리워해. 뭐라구?
페니	아냐.

제프리　난 우리 둘이 가장 진지한 친구가 됐으면 좋겠어. 이 시대의 노
　　　　엘과 거티가 되는 거야.

페니　　난 연극쟁이가 아냐. 저널리스트지.

제프리　내가 당신을 얼마나 좋게 생각하는지 알지? 당신하고 같이 있는
　　　　동안 난 전혀 연기를 하지 않았다는 사실을 당신이 알아야 해.
　　　　한 번도 속인 적이 없어.

페니　　정말? 커티 사크선 얘기도 사실이야, 그럼?

제프리　당신 답지 않게 왜 빈정거리지?

페니　　미안해.

제프리　그렇다고 그렇게 겸손해할 것도 없지.

페니　　난 당신과 함께 있을 때만 마음이 편하고 가깝게 느껴.

제프리　페니, 발레 공연장에서 내가 당신 바로 옆자리에 앉았던 무렵은
　　　　내 인생의 암흑기였어. 죠단이 내 곁을 막 떠나버렸고 많은 친구
　　　　들의 병이 점점 더 깊어갔던 때였거든.

페니　　그래서 혼자 생각하기를 이제 완전히 다른 걸 시도해보자. 상처
　　　　와 두려움으로부터 가장 멀리 달아나 보자. 그랬더니 내가 당신
　　　　옆에 앉아 있더란 말이지. 예쁘고 괴짜 같고 그리고 조금 외로워
　　　　보이는 내가. 맞아. 당신은 진짜 재능을 알아보는 눈이 있어!

제프리　페니, 그만 해.

페니　　왜? 내가 자기연민에 빠지고 있나? 왜, 재수 없게 들려? 제프리,
　　　　그 첫날밤 우리가 결혼해야 한다고 말한 사람은 당신이었어. 오
　　　　늘 아침만 해도 당신은 우리가 얼마나 아름다운 아이들을 가질
　　　　것인지 떠들었잖아.

제프리　하지만 우리가 아이들은 낳는다면 다 예쁠 거야. 페니, 내 친구들
　　　　이 날 필요로 하고 있어.

페니　　내가 언제 당신이 그들과 함께 거기 있는 걸 못하게 한 적 있어?

제프리   난 무서웠어.
페니   지금은 안 그렇구?

(사이)

제프리   사람이 자기가 누군지 전혀 모르겠을 때, 당신은 그 기분을 몰라.
페니   뭐라구?
제프리   쾌속선의 뱃머리에 앉아서 이 문제를 생각해봤어. 당신은 늘 떠
        돌아다니고 있지만 기본적으로는 언제나 같은 사람이야―언니들
        이 있고, 관점도 변함없고, 불쑥 불쑥 드나드는 습관도 여전하지.
        페니, 난 말야, 어두운 극장에 있을 때에만 내가 누구이며 내가
        어디를 가는지에 대해서 확실한 느낌을 가져. 허구의 세계를 만
        들면서. 가려운 데를 긁는 데서 출발하는 거지. 하지만 난 이제
        극장 바깥에서도 진짜로 살고 싶어. 그래서 어쩌면 이번 선택을
        후회하게 될지도 몰라. 틀림없이 당신을 그리워 할거야. 하지만
        난 본능적인 사람이야, 그 여자들한테 애기를 하면서 뭔가 번쩍
        떠올랐어. 오늘은 이게 나야. 다른 방법이 없어. 난 남자들을 그
        리워 해.
페니   괜찮아, 제프리, 나도 그런데, 뭐. (차의 경적 소리가 들린다.) 죠단이
        야.
제프리   나 안 가도 돼.
페니   기다리고 있잖아.
제프리   급할 게 없다니까.
페니   제발, 제프리, 제발 가줘.
제프리   (그녀의 머리에 키스한다.) 슈가 파이, 허니 번치.

(사라가 테니스 복을 입고 등장한다.)

사라 죠단이 밖에 와 있어요, 제프리. 잘 나가나 보던데. 빨간색 미아타 컨버터블을 타고 있더라구. 은식기류 디자인계가 요즘 사업이 잘 되는 모양예요. 죠단더러 컵하고 컵받침도 해보라구 제안했어요, 우리 모두가 사업에 발을 들여놓는 거죠. 페니는 세계 전역으로 유통을 책임지고, 제프리 당신은 특별행사의 연출자가 되고 죠단은 고저스의 토크 쇼에서 새로운 디자인을 소개하는 거예요. 좋은데, 우리 모두의 미래를 내가 해결했어!

제프리 당신이 이렇게 다정한 사람인지 아무도 몰라요. (다시 경적 소리.) 난 아무래도 로젠스비그 자매들 모두한테 빠졌나봐. (나간다.)

사라 아마 유태인 여자들을 좋아하는가봐. 얘, 내가 빨간색 컨버터블을 타면 주책이라고 하겠지? 죠단 얘기는 그게 나이와 상관없이 어울린다고 하던데.

페니 착하기도.

사라 뭐가 착해?

페니 죠단이 하는 소리는 다 착해.

사라 네가 죠단을 특별히 좋아한다는 생각은 한 번도 못했다.

페니 좋은 사람이야. 단지 난 사람들을 별로 좋아하지 않아.

사라 넌 왜 언제나 자신을 그렇게 학대하니? 맙소사, 비가 또 오네. 죠단이 차 지붕을 달았어야 할텐데.

페니 제프리가 남자가 그립대.

사라 뭐라구?

페니 제프리는 방금 아일 어브 더그즈로 드라이브를 갔다가 자기가 남자들을 그리워한다는 사실을 깨달았대.

사라 불쌍한 내 막내 동생.

페니   난 정말 사람들을 좋아하지 않아, 사라.

사라   페니, 넌 아름답고 명석한 여자야. 다음 번엔 <지젤> 공연 때 옆
        에 앉은 남자하고 결혼하는 데 동의하지 마라. 차라리 <백조의
        호수>를 봐. 얘, 차 한 잔 하자.

페니   난 브리오시가 필요해.

사라   뭐?

페니   (부드럽게 노래한다) "많이 먹고, 많이 마시고, 브리오시를 드시라,
        브리오시를 드시라!" 유명한 브리오시 박사님 이름을 따서 지은
        이름일 거야. 어느 날 밤 아홉 시쯤 됐을까, 엄마랑 브루클린에서
        로즈메리 클루니가 "당신의 힛 퍼레이드"에서 출연한 걸 보고 있
        는데, 로즈메리는 참 슬픈 사랑의 노래를 부르고 있었지. 내가 엄
        마한테 가슴이 몹시 아프다고 말했더니 엄만 내가 가슴앓이를
        하는 줄 알고 이담에 크거든 브리오시를 먹으라고 하셨어.

사라   넌 그런 것들을 어떻게 다 기억하니?

페니   어떻게 잊어버려? 사라, 난 제프리와 엄마를 한꺼번에 잃고 싶지
        않아. 요샌 브리오시를 만들지도 않아.

사라   (페니가 울기 시작하자 그녀를 껴안는다.) 만들어. 그만, 페니, 그만!

        (고저스가 우산과 쇼핑 백을 들고 젖은 채 들어온다. 구두를 한 짝만
        신고 있다.)

고저스   이 나라에선 도대체 비가 그치기는 하니? 산보하다가 익사하는
        수도 있겠어, 정말.

사라   조금 아까만 해도 날씨가 쾌청했는데.

고저스   그래서 더 지랄 맞아. 도무지 감을 잡을 수가 있어야지. (그녀는
        사라에게 웨지우드 선물을 준다.) 이거 언니 꺼야, 사라. 정말 고마워.

잘 묵다가 가. 바로 위층에 올라가서 짐을 싸고 한 시간 안으로 떠날 거야. 허쉬코비츠 부인이 오늘밤은 자기랑 방을 같이 쓰재. 페니, 내가 다시 내려오기 전에 네가 먼저 보라 보라나 카라치로 떠날지도 모르니까 미리 작별해두자. 널 만나서 정말 좋았어, 막내야. 네 남자친구가 오늘 아침 우리 아줌마들을 정말 매료시켰어. 놓치지 마. 보석야. (층계를 오르기 시작한다.)

사라　　고저스?

고저스　응, 언니.

사라　　구두 한 짝은 어디 갔니?

고저스　무슨 구두? (백에서 힐 한 짝을 꺼낸다.) 이걸 구두라고 불렀어? 힐 이라구 해야지. 이태리에서 수입한 400달러짜리, 완전 100퍼센트 수제품 힐야, 이 빌어먹을 게!

사라　　고저스, 앉아. 차 좀 마셔.

고저스　그냥 서 있을래. 펄슈타인 랍비님이 나더러 여행을 끝내고 집으로 돌아오랬어.

페니　　언니가 전화했어?

고저스　굳이 한 마디 하자면, 둘 때문에 이번 여행은 나한테 별로 즐겁지 못했어. 이틀 낮은 여전도단과 런던 구경을 한다고 쏘다녔고 이틀 밤은 두 자매들로부터 내가 하는 모든 일이 잘못 됐다고 잔소리나 들었잖아. 그래서 난 이제 더 이상의 스트레스를 견딜 수가 없기 때문에 뭔가 나 자신을 위해서 하기로 결정을 했지.

사라　　고저스, 난―

고저스　내 말을 끝까지 들어. 그래서 난 슬로안 가의 구두 가게를 여덟 개나 다녔어―어떤 가게는 다른 가게보다 좀 낫더라. 타니노 크리시 구두에 발가락을 펴보기도 했고, 나비 매듭이 달린 페라가모스 따가닥 따가닥 구두에 발을 밀어넣어보기도 했고, 앞축도

뒷축도 없는 로얄 벨벳 마눌로 블란치키 구두를 신고 따가닥 따 가닥 걸어보기까지 했어. 그러곤 마침내 하나를 골랐지ー전에 내 가 퍼기나 다이 세자비나 켄트의 미셸 공작부인이 신던 걸 봤던 아주 우아한 걸로. 신용카드로 지불했어ー세금 포함해서 200파운 드니까 구두 한 켤레에 400달러를 쓴 거지. 나더러 미쳤다고 말하 지마, 나도 아니까, 하지만 난 지쳤고 딱 한 번쯤은 그럴 권리가 있다고 결정했어.

사라   물론이지!

고저스 아직 내 말 안 끝났어! 그래서 새 구두를 신고 해롯 가를 지나 걸 어오는데, 내가 이곳에 도착한 이후로 처음 나도 사람이구나 하 는 느낌을 가졌어. 택시를 타고 퀸 앤즈 게이트로 돌아갈까 생각 도 해봤지만 다이애나 세자비와 같은 구두를 신기는 했어도 그 녀처럼 돈을 써서는 안 된다고 마음을 고쳐먹었지. 그래서 켄싱 턴 역에 지하철을 타려고 갔어. 에스컬레이터를 탔지, 그런데 무 슨 일이 일어났는지 알아? 그 멋지게 생겨처먹은 망할 놈의 굽이 끼어가지고 내 400달러짜리 구두를 똥바가지 쓰게 만들었어! 게 다가 컵을 들고 있는 맹인이 쭉 나를 지켜보고 있는 거야. 혼자 서 생각을 했지, 하나님이 나를 벌주신 거라고, 왜냐하면 그 맹인 이 설령 가짜였더라도 돈을 내가 줬어야 했거든!

사라   어디 구두를 좀 보자, 고저스. 나 구두 잘 고쳐요.

고저스 사라, 아무리 명 구두수선공이라 해도 이건 못 고쳐!

사라   보자니까.

고저스 사라, 인생에는 언니도 해답을 찾지 못하는 문제들이 있어, 그 중 에 하나가 내 구두야. (그녀는 백에서 구두의 나머지 부분을 꺼낸다.) 완전히 망가졌어, 구제불능야! (석탄 상자에 구두를 던져 넣는다.)

사라   헨리가 다른 구두를 사주겠지, 뭐. 내가 전화로 브랜드를 알려줄

게. (전화기로 손을 뻗는다.)

고저스   전화기 내려놔, 언니.

사라   헨리도 내 말은 들을걸. 언니가 뭣 때메 있니?

고저스   헨리는 나나 가족 누구한테나 구두를 사줄 능력이 없어. 내 알량
한 남편은 지난 2년 동안 일을 못 했어.

사라   그런 말이 어디 있니. 변호산데.

고저스   언니도 은행가로서 지금 무슨 일이 진행되고 있는지 알아둘 필
요가 있어. 불황이라는 것.

사라   하지만 헨리는 하바드 출신 변호사 아니니.

고저스   그리고 나는 고저스 박사이고. 체.

사라   난 그 사람이 공동경영자인줄 알았지.

고저스   사라, 우리 천재 은행가 언니, 그 공동경영은 이미 와해돼버렸어.

페니   그렇지만 뭔가 또 일거리가 나타나겠지.

고저스   막내야, 그 사람의 임금 반만 주면 젊고 원기왕성한 변호사를 얼
마든지 쓸 수 있어. 나 그만 올라가서 짐 쌀래. 좀 쉬었다가 집에
갈래.

사라   내가 좀 알아볼게.

고저스   알아볼 필요 없어! 헨리는 일감을 찾고 있지도 않아. 지하실에서
추리소설을 쓰고 있어.

사라   뭐?

고저스   그 사람은 자기가 스카즈데일에서 자라지만 않았어도 레이몬드
챈들러나 대실 해미트가 될 수 있었다고 믿고 있어요. 그래서 요
즘 밤 열 시만 되면 그 사람이 트렌치 코트를 입고 사우스엔드의
술집들을 누비고 다녀요. 새벽 다섯 시에 집에 들어와서는 지하
실에서 타이프를 치다가 정오에 곯아떨어지는 거야. 홀에서 지나
가다 마주치면 그 사람은 내가 아직 여기 있는 것이 자기한테는

얼마나 큰 의미가 있는지 모른다고 말을 해요. 그리고 정말 웃기는 것은 그 사람은 술을 안 마신다는 거야. 밤새도록 코카 콜라를 마시며 싸돌아다녀요.

사라 　정신과 의사를 만나봐야 될 것 같구나.

고저스 　내가 정신과 의사야.

사라 　넌 평신도 분석가지.

고저스 　체. 그 사람들은 나만큼도 몰라. 제프리한테 달라 붙어라, 페니. 잘 생겼고, 부자 아니니. 섹스야 아무려면 어떠니, 어차피 6개월이면 시들해지는 법인데. 우리 아줌마들이 제프리한테 홀딱 반했어. 허쉬코비츠 부인은 그 사람이 너무나 사랑스럽다며 이 진짜 웨지우드 차치카를 보내왔어. 내 구두만큼이나 비싼 건데.

사라 　나한테 온 선물인줄 알았다, 애.

고저스 　허쉬코비츠 부인은 두 사람 다를 위해 보낸 거야. 제프리는 어디 있니?

사라 　죠단과 주말을 보내겠다며 떠났다.

페니 　제프리는 허쉬코비츠 부인을 만나고 나서 자기가 남자들을 그리워한다는 사실을 알았대.

고저스 　막내야, 너무 사적으로 받아들이지 마.

페니 　난 바본가 봐.

고저스 　사라 언니, 애한테 리타 로젠스비그의 딸들은 아무도 바보가 아니라는 점을 말해 줘.

사라 　바보지이. 표범가죽업계의 세계일인자 머브도 여길 완전히 떠났어. 내가 거만하고 민하고 고약하게 굴어서 쫓아낸 거야.

고저스 　왜 그랬어?

사라 　모르겠어, 고저스. 네가 방금 전에 말했듯이 인생엔 내가 해답을 갖고 있지 못한 것도 있는가봐.

고저스   언닌 그 사람이 맘엔 들었수?

사라   실제로 좋은 시간을 가졌지.

고저스   그렇게 애길 해줬어?

사라   아니. 그 대신 참 좋은 사람이라고 말해줬어.

고저스와 페니   (한숨을 지으며) 맙소사.

고저스   어떻게 그 착한 우리 유태인 엄마는 우리를 이렇게 못나게 가르
쳤을까?

사라   엄만 죄 없다. 엄만 늘 나더러 고마워요, 참 좋은 시간을 가졌어
요 라고 말하라고 가르치셨는데, 뭘.

고저스   그렇다고 아빠의 잘못도 아니잖아. 나더러 멋쟁이 고저스라고 부
르셨으니까.

페니   (일어서며) 개인적으로 이 티 타임은 끝난 것 같아. 이제 포도주를
마시는 쪽으로 발전적 이동을 해보지.

사라   막내는 참 착해.

고저스   착하고 재능 있고.

페니   (포도주 걸이에서 병을 하나 꺼낸다.) 이 술은 만병통치약처럼 정평
이 나 있는데.

고저스   피. 피. .

사라   (낄낄거리며) 피. 피. 피. 피.

페니   (모두에게 포도주를 다르며) 피피라니 도대체 무슨 뜻이야?

사라   고저스, 넌 내 동생, 방랑하는 이교도를 만나본 적 있니?

고저스   페니, 제프리가 남자가 그립다고 했을 때 넌 뭐라고 했니?

페니   나도 남자가 그립다고.

(모두 웃는다.)

고저스 저런!

사라 명석해! 리타 로젠스비그가 결국 딸들을 잘못 기른 건 아냐.

페니 (잔을 들어올리며) 리타를 위하여!

고저스 (잔을 들어올리며) 리타를 위하여!

사라 (잔을 들어올리며) 리타를 위하여! 그리고 놀랍도록 명석한 그녀의 딸들을 위하여!

고저스와 페니   그리고 놀랍도록 명석한 그녀의 딸들을 위하여. (그들은 포도주를 한 모금 마신다.) 음, 만병통치적인 맛.

고저스 (앉으며) 술을 마시면 바로 발에 영향이 온단 말야. 너도 그러니, 페니?

페니 아니. 난 머리. 바로 머리로 가. 언닌 어때, 사라?

사라 (앉으며) 난 머리카락. 머리카락에서 술기운이 느껴져.

고저스 난 아주 녹초가 됐어.

페니 나도. 정말 피곤해.

(둘은 사라에게 머리를 대고 눕는다. 사라는 그들의 머리카락을 쓰다듬는다.)

고저스 사라, 엄마가 언제나 한 말이 있어, 언니는 쉬타커라고. 이제부터 언니가 우리들을 돌봐줘야 할 것 같아.

페니 그럼 참 좋겠다.

고저스 페니, 너 쉬타커가 무슨 뜻인지 아니?

페니 명령권자. 코사크 군대의 장군.

사라 그래서 내가 그렇게 인기가 좋구나!

(고저스는 사라의 손에 키스한다.)

고저스 언니 손은 참 예뻐. 그런데 뜨거운 기름요법을 좀 써야할 것 같
      아. 그럼 각피가 좀 부드러워질 거야. 안 그러니, 페니?

페니   사라언니가 그 착한 멀린한테 스타머 노릇을 했나봐.

사라   쉬타커. 하지만 잘 알지도 못하는 남잔데, 뭘.

고저스 알아보면 되잖아. 전화해봐.

고저스와 페니 (연호하듯) 전화해! 전화해! 전화해!

사라   제발. 기집애들두. 기집애들두. (두 동생의 얼굴을 손으로 쥔다.) 내
      두 동생들! 고저스와 또 고저스. 우린 모두―

셋 다 고저스 자매들! (모두 웃는다.)

고저스 내가 제일 바라는 게 뭔지 알아?

사라   뭔데?

페니   뭐야?

고저스 우리중 누군가의 생일날, 남자들하고 애들이 다 자러 위층에 올
      라가 있을 때…

사라   무슨 남자들?

고저스 마침내 우리끼리 함께 앉아서, 우리 세 자매들만 앉아서…

페니   사모바르를 가운데 놓고.

고저스 그리고 인생에 대해 얘길 하는 거야!

페니   그리고 예술도.

사라   페니!

고저스 고마워, 사라. (사라의 손에 키스한다.) 그래서 어느 시점에 각자가
      우리가 정말로 순전하고 무구한 행복의 순간을 가졌었다라고 말
      할 수 있게 말이지! 그게 가능할까, 사라 언니?

사라   잠깐이면. 한 일 이 분 정도라면.

페니   좋겠다.

고저스 그래.

(사이)

사라   고저스, 너한테 늘 얘기하고 싶은 게 있었는데.

고저스   뭔데?

사라   네 목이 아주 건조해.

고저스   아냐.

사라   얘 목이 건조하지 않니, 페니?

페니   어디 봐. (그녀를 만진다.) 맞아, 굉장히 건조해!

사라   특수 재활치료를 받아야 할 것 같지 않니? 대대적으로!

페니   맞아, 대대적인 재활치료를 받아야 해! 맞아, 나도 그렇게 생각해.
       (둘은 갑자기 고저스 위로 뛰어 올라 그녀를 간지럼 먹인다.) 펼슈타인
       랍비님 왈 콜라겐 주사를 더!

고저스   그만! 그만! 페니, 그만 해, 내 남은 구두 한 짝 줄게! (소파에서 벌
        떡 일어선다.)

페니   그 구두 갖고 싶어. 고저스, 그 구두 이리 줘! 고저스! (위층으로 고
      저스를 추적한다. 그들은 어린아이들처럼 웃고 낄낄거린다.) 고저스!

(사라는 들으면서 미소를 지으며 긴 소파에 그대로 남아 있다.)

3장

(일요일 이른 아침. 클레프 그룹의 "그리고 나이팅게일이 노래를 불
렀다"를 노래하는 소리가 들린다. 톰과 테스가 층계를 내려온다. 그
들은 끌어 안는다. 톰이 가방을 들고 떠난다. 테스는 음악을 듣기 시
작한다. 그녀는 녹음기에 대고 말을 한다.)

테스   버클리 광장에서 나이팅게일이 정확히 무슨 노래를 불렀을까? 그리고 왜 하이드 공원이나 햄스테드 황야에선 그 노래를 부르지 않았을까?

(고저스가 에어로빅 차림으로 등장한다.)

고저스   안녕! 안녕! 방금 아침 운동을 끝냈는데 무슨 소리가 들리는 것 같더라. 테시, 넌 왜 좀더 현대적인 음악을 듣지 않니? 내 에어로빅 테이프를 빌려줄까?

테스   여름 과제를 거의 끝내가고 있어요. 이모를 인터뷰하고 싶은데 허락해주실래요?

고저스   물론이지.

테스   성함은요?

고저스   고저스 타이텔바움 박사예요. 가정주부고, 엄마고, 그리고 라디오 프로그램 진행자예요.

테스   우리 엄마의 소녀 시절에 대해 말씀 좀 해주세요.

고저스   늬 엄마는 스타일에 대한 감각이 전혀 없었어. 인형들을 언제나 반쯤 발가벗겨 놓곤 했지. 반면에 난 완벽하게 치장을 시켰고. 사실은 내가 늬 엄마한테 자신을 추스리는 법을 가르쳤어. 성공하려면 어떻게 옷을 입어야 하는지 내가 처방을 줬지.

테스   어떤 건데요?

고저스   패션에는 악세사리가 열쇠야. 얘, 테시, 네가 필렌네의 지하실에서 정말로 싸구려 옷을 사 입는다 해도 귀걸이, 팔찌, 그리고 스카프만 제대로 하면 넌 언제나 "첨단"을 걸을 수 있다. 오늘 당장이라도 내 옷장을 뒤져서 전체적인 조화를 한번 연출해봐, 집안을 돌아다니며 실습도 해보렴, 내가 체크해줄게. 내 딸들을 그렇게 교육시켰는데 다들 고마워해요.

(페니가 쇼핑 백들과 컴퓨터를 들고 등장한다.)

테스   지금 떠나게, 페니 이모?
페니   너도 그러니, 테스 조카딸아? 지금쯤 빌니어스로 가는 길 위에
      있어야 되는 거 아냐?
테스   어젯밤에 톰이랑 대회장엘 갔었는데, 모두들 손에 손을 잡고 리
      투아니아 민요를 부르대. 그 사람들이 내게 더 미소를 짓고 손을
      잡을수록 난 점점 더 소외감을 느꼈어. 페니 이모, 왜 우리는 맨
      날 구경만 하고 한번도 소속되지를 못 할까?
페니   젊은 애가 굉장히 지적이구나.
고저스 넌 지금 어디로 가니, 막내야?
페니   다시 일을 해야지. 타지키스탄의 찻집으로 가는 거야.
고저스 왜 거기를 선택했지? 난 철자도 모르겠다, 야.
페니   언니도 "봄베이의 밤"만 쓴다면, 그리고 사랑을 절대로 돌려주지
      않는 남자들한테 사랑에 빠진다면, 어느 날 아침 갑자기 큰언니
      네 집에서 마흔 살의 나이에 잠을 깨게 되는 거지. 거기서야 분
      명해지지 않을 수 없으니까. (고저스에게 키스한다.) 안녕, 고저스.
고저스 크림을 꼭 바르거라, 햇볕에 타지 않게.
테스   페니 이모, 이모가 필요할 땐 어떻게 해?
페니   내가 지금까지 받은 인생충고 중에 가장 좋은 것은 늬 엄마한테
      받았고, 가장 좋은 가습제는 늬 이모한테 받았어. 두 분이 세속적
      인 세계와 영적인 세계 전체를 카바해주실 거야. (테스를 껴안는
      다.) 테시, 곧 다시 만나게 될 거야.
테스   언제?

페니　　곧.

（초인종이 울린다.）

고저스　이 집은 언제나 활기에 차 있다니까.

（페니가 문을 연다.）

머브　　（큰 상자를 들고 등장한다.） 안녕들 하시오, 숙녀님들.

고저스　멀린!

머브　　참 일찍도 일어나는 식구들이네! 미안해요, 바로 가야 돼요. 밖에
　　　　서 차가 기다리고 있어서.

고저스　앉으세요, 멀린, 걱정 마시고, 차야 기다리는 게 일인데요, 뭐. 테
　　　　시더러 사라의 환상적인 오트밀을 가져오라고 하죠.

머브　　사실을 말씀드리면, 사라한테서 내가 셔츠를 두고 갔다는 연락을
　　　　받고 온 겁니다. 문가에 두겠다고 했는데.

페니　　사라가 전화를 했군요!

고저스　테시, 가서 오트밀 가져와! 난 멀린이 들고 있는 저 상자 안에 뭔
　　　　가가 있다는 걸 알아, 빵상자나 곰 모피보다 더 큰 걸 거야. 멀린
　　　　은 사라한테 그걸 주려고 어서 우리가 떠나기를 기다리고 있어.
　　　　（부른다.） 사라!

머브　　사실은 당신 거요.

고저스　내 꺼라구요!

머브　　（메모를 본다.） 봐요, "고저스에게, 사랑과 함께." 내가 도착해보니
　　　　까 바깥 계단에 놓여 있더군요.

고저스　허쉬코비츠 부인과 여전도단이 보낸 거예요. "사랑하는 고저스,

세상에 당신보다 더 열심히 일하는 사람은 없어요. 이제 뭔가 진짜를 가져도 될 시간이 된 것 같아요. 정말 우리를 잘 보살펴줘서 고마워요." (상자를 열자마자 가슴을 손으로 꽉 쥔다.) 오 맙소사! 오 맙소사! 나 좀 붙들어줘, 테시.

페니   테시, 늬 고저스 이모를 붙들어드려라.

(고저스는 상자에서 샤넬 정장을 꺼낸다.)

고저스   진짜야! 진짜 샤넬 정장이야! 그리고 지갑도! 귀걸이도! 그리고 구두도! 구두를 다 샀네! (그녀는 즉시 에어로빅 슈즈를 벗어던지고 샤넬 구두를 신는다.) 고전적인 펌프 구두야! 7AA. 어떻게 내 사이즈를 알았을까? 아, 정말 편하다! 둥둥 떠다니는 것 같아! (방안을 빙빙 걸어서 돈다.) 맞어, 난 지금 떠다니고 있어. 테시, 그 스커트 좀 줘봐. 멀린, 당신은 모피업자죠, 스카프를 좀 걸어줘요. (스커트와 재킷을 에어로빅 복장 위에 걸친다.)

머브   최고급이오! 길거리에서 파는 걸 보내오지 않아 정말 다행이군.

고저스   내가 사라언니를 제치고 치어리더가 됐던 이후 이렇게 행복해보긴 처음이야! (완전히 차려 입고 포즈를 취해본다.) 오드리 햅번처럼 보이지 않아? 기분은 꼭 오드리 햅번인데!

머브   고저스해보여요!

페니   고저스 이상이야!

고저스   귀걸이가 필요해. (귀걸이를 낀다.) 클래리지로 당장 가서 허쉬코비츠 부인과 아줌마들에게 뵈 줘야지.

테스   지금?

고저스   그래, 그런 다음 다시 샤넬 가게로 가서 다 돌려줄 거야.

페니   뭐어?

고저스   이번 가을 학기에 등록금을 내야할 친구가 하나 있어. 헨리나 내가 내는 것보다 샤넬이 내는 게 낫지. 테시, 내 운동화하고 지갑을 저 상자에 넣어 줘. 페니 이모더러 떨어뜨려 달라고 하고 돌아올 땐 재미 삼아 조깅할 거야. 핑크 대신 블루를 보내줬으면 좋았을 걸. 왜냐면 블루는 내 색깔이 아니거든. 페니, 어서 서두르자, 머뭇거렸다간 내 의지력을 잃을 것 같아. 나로선 기쁨을 연장하는 것이 어려워. 내 손에 뭘 2분 이상 쥐고 있으면, 그걸 갖거나 먹고 싶어져. 멀린, 내가 돌아올 때까진 안으로 들어와 있기를 바래요. (상자를 들고 나간다.)

페니   (위층에 대고 부른다.) 사라! 사라! 나 가.

테스   고저스 이모가 귀걸이만이라도 간직하면 좋을 텐데.

페니   사라!

테스   엄마! (사라가 내려온다.) 엄마, 손님이 오셨어요!

사라   안녕, 머브.

머브   안녕, 사라.

페니   안녕하쑈, 머프 아저씨! 잘 있어, 큰언니.

사라   (페니의 얼굴을 만지며) 네가 보고 싶을 거야.

페니   난 방랑하는 유태인이야, 사라. 곧 다시 만나요. (나간다.)

머브   사라, 내 셔츠 가져가도 될까? 더블린의 랍비하고 점심 약속이 돼 있어서.

사라   머빈, 퀸 앤즈 게이트까지 먼 길을 와서 바로 갈려구? 잠깐 앉아.

테스   앉으세요, 머브. 셔츠 갖다 드릴게요. (엄마에게 윙크한다.)

사라   테시, 너 이모한테 난시를 전염받았구나. (테스는 층계를 뛰어오른다.) 한 잔 할래요?

머브   사라, 지금이 아침 8시야.

사라   카술레를 조금 하든지?

머브   무슨 말을 하고 싶은 거지?

사라   이 벽지에 캐비지 장미꽃 부케가 몇 개나 있는지 알아? 마흔 여섯.

머브   그 얘길 하려고 나더러 퀸 앤즈 게이트까지 오게 한 건가? 사라, 난 잡아 타야할 비행기가 있는 성인 남자고, 당신은 매우 성숙하고 책임감이 강한 여자야. 당신이 원하는 게 뭐지?

사라   "매우 성숙하다"는 표현이 싫어.

머브   좋아. 그럼 당신은 "드럽게 어른다워."

사라   머브, 어제 오후 티 타임 때부터 해질녘까지 난 이 소파에서 벽지 위에 있는 장미를 세면서 시간을 보내다가 당신이 전화해주길 기다리고 있었어. 그리고 날 이런 처지에 빠뜨린 당신한테 정말 화가 나.

머브   당신이 내가 전화해주길 바란다는 걸 내가 어떻게 알겠어?

사라   나의 일관되게 따뜻하고 환영하는 행동으로 미루어서 눈치를 챘어야지. 머브, 내게 소망이 있다면 단 하나야, 토요일날 밤에 침대에 일찍 기어들어가서 추리 소설을 읽으며 내가 가장 좋아하는 통밀가루 비스킷의 쵸코렛을 다 핥아먹는 거. 그런데 어젯밤, 내 동생들이 잠자리에 들고 난 뒤에, 추리 소설도 통밀가루도 전과 같은 흐뭇한 동반자가 이미 아니더란 말야. 머브, 당신한테 내가 전화를 한 것은 도무지 당신한테 뭐가 잘못됐는지 그 해답을 찾을 수가 없었기 때문이야. 난 당신 좋아해.

머브   왜?

사라   왜?

머브   간단한 질문야.

사라   어른이 필요한 남자라고 말해서.

머브   침대에 누워 통밀가루 비스킷을 핥아먹는 여자가 어른야?

사라 당신도 한 번 해보면 알아.

머브 사라, 내 생각에 당신한테 필요한 사람은 뭔가 좀 더…

사라 뭐라구?

머브 아니, 뭔가 좀 덜…

사라 머브, 난 우리가 결혼한다거나, 또는 아이들을 함께 모은다거나 그런 건 바라지 않아, 단지 가끔씩 유럽의 콘서트에 대한 얘기를 더 듣고 싶을 것 같아.

머브 후기산업사회의 시온주의자의 관점에서 말이지?

사라 논쟁을 정 원한다면 좋아.

머브 당신하고 쉽지 않을텐데.

사라 어른이 어려운 일도 해야지.

머브 어렵다는 것은 매혹적이라는 뜻도 되거든. 놀랍다는 뜻도 될 수 있고. 무슨 뜻이냐면, 어젯밤 난 여행자의 덫이라는 스트랜드의 심프슨 식당에서 저녁을 먹었는데 버블 앤 스퀴크(역주 – 잘게 썬 양배추와 감자(와 고기)의 튀김)가 실제로 괜찮더군.

사라 그래?

머브 인생에는 진짜 가능치들이 있는 법야, 사라, 먹다 남은 고기나 양배추도 쓸 데가 있어요. 양배추 얘기가 나왔으니 하는 말이지만, 그 더블린의 랍비라니!

사라 가요, 가, 가. (그에게 시바의 상을 준다.) 받아, 순례여행길에 가지고 다녀. 시바 신이야.

머브 그 파괴자! 난 곧 비행기를 탈 사람이야.

사라 그것이 악을 몰아내주고 희망과 부활을 가져다준대.

머브 나더러 이교도의 우상을 숭배하라는 거야, 뭐야?

사라 난 당신의 삶을 조금 뒤흔들어놓고 싶어요, 머빈 칸틀로비츠. 맙소사, 왜 당신의 이름이 꼭 머빈이라야 돼? (그녀는 그를 때리기 시작한다.) 모피업자 주제에!

머브   잘 있어, 사라. (그녀에게 키스한다.)

사라   소식 줘.

머브   아직 내 셔츠를 돌려주지 않았어.

사라   랍비에게 안부를 전해주고.

머브   오늘은 더블린의 랍비. 내일은 코크의 낭송자. (나간다.)

(테스가 고저스의 원래 핑크색 종합 차림을 하고 악세사리를 있는대로
걸치고 힐을 신은 채 등장한다. 거의 걸음을 걸을 수조차 없다.)

사라   뭘 입었니?

테스   고저스 이모 말씀이 악세사리는 많을수록 좋댔어. 집안에서 연습
       도 해보라고 하셨고. 아주 "너무-너무"하네.

사라   리투아니아 저항군한테는 너무 "너무-너무"하겠지.

테스   톰더러 혼자 가라고 했어.

사라   고맙다, 애야.

테스   엄마를 위해서 그런 결정을 한 건 아냐. 날 위해서였어. 누구나
       자기만의 삶을 꾸려야 하니까.

사라   정말? 난 네 인생을 나눌 수 없니?

테스   엄마가 원치 않을 걸. 내 삶이 뭔지 나도 모르는데, 뭐. 엄마, 만
       일 내가 진짜 유태인이 아니었다면, 그리고 실제로 난 더 이상
       미국인도 아니니까, 그럼 영국인도 아니고 유럽인도 아니고, 그
       럼 난 누구야?

사라   테시야, 내가 어렸을 때 늬 리타 할머니가 어렸을 때의 이야기를
       들었었는데, 할머니가 어찌나 영리하고, 예쁘고 용감했던지 어느
       날 코사크 군대가 쳐들어 왔을 때 할머니한테 인상을 깊게 받아

서 놀라 도망갔다더라.

테스　무슨 말이야?

사라　다들 나한테 말했어, "새디, 늬 딸 테시는 어쩜 그렇게 리타 같니!" 리타 할머니가 코사크인들을 달아나게 할 수 있었다면 너도 충분히 영리하고 충분히 용감하고 또 충분이 예쁘니까 이 세상에서 네 자리를 찾을 수 있을 거라는 얘기야.

테스　고마워, 엄마.

사라　인생엔 정말 가능성이 있는 법이거든, 테시.

테스　엄마!

사라　그래, 왜?

테스　할머니가 그렇게 예뻤다면 그 사람들이 왜 도망갔어?

사라　나도 그건 이해 못하겠더라. (의자에 앉는다.)

테스　리포트를 위해서 한 두 가지 질문을 해도 돼? 내일이 마감이거든. (녹음기를 틀고 엄마 곁에 무릎을 꿇고 앉는다.) 성함은요? 우습지만 이런 것들을 꼭 물어봐야 한대.

(사이)

사라　내 이름은 사라 로젠스비그예요. 리타와 모리 로젠스비그의 딸이죠. 1937년 8월 23일 뉴욕의 브루클린에서 태어났어요.

테스　언제 처음 노래를 부르셨죠?

사라　열 네 살 때라 스칼라에서 데뷔했어요.

테스　엄마!

사라　동 미드우드 유태인 센터에서 하누카 축제 때 처음 불렀어요. 촛불 역할을 했었죠.

테스　어떻게 클리프 클레프의 멤버가 되셨죠?

사라   늬 증조부님이 내게 노래 소질이 있다고 생각하셨지.
테스   지금 한 곡 불러줄 수 있어?
사라   애, 지금은 시간이 너무 일러.
테스   한 곡 불러 줘. (노래하기 시작한다.)

빛나라, 빛나라, 추수의 달님아
하늘 높이.

사라   1월, 2월, 6월, 7월 이후로 난 사랑을 갖지 못했지.

테스   계속 해, 엄마!
사라   (노래한다.)

눈 오는 시간은 밖에서 희롱할 시간이 아니라오.

테스와 사라   (노래한다.)

그러니 빛나라, 빛나라, 추수의 달님아.

사라   (딸의 얼굴을 만지며 노래한다.)

나와 내 딸을 위해.

— 끝

매장된 아이

샘 셰퍼드 작

등장인물

다지	70대
헤일리	그의 아내, 60대 중반
틸덴	장남
브래들리	차남, 다리를 절단한 불구자
빈스	틸덴의 아들
셸리	빈스의 여자 친구
듀이스 신부	개신교 목사

1막

장면: 대낮. 앞무대 왼쪽에 엷은 색의 닳아빠진 카페트로 덮힌 낡은 나무 계단이 있다. 계단은 층계참 없이 왼쪽 뒷무대의 다리막 속으로 사라진다. 뒷무대 오른 쪽에 군데군데 속이 터져나온 암녹색의 헌 소파가 하나 있다. 소파의 오른쪽에 색이 바랜 노란색의 갓이 달린 직립 램프와 작은 침실용 탁자가 있는데 탁자 위에는 알약이 들어 있는 작은 병들이 몇 개 있다. 소파의 아래 왼쪽에 커다란, 구형의 갈색 텔리비전이 화면을 소파로 향한 채 놓여 있다. 스크린에서 파란빛이 깜빡거리며 나오는데 영상도 없고 소리도 없다. 어둠 속에서 램프와 텔리비전의 빛이 서서히 밝아진다. 소파 뒤의 뒷무대 공간에 방충용 스크린으로 둘러싸인 커다란 베란다가 있고 그 바닥은 판자로 돼 있다. 소파 오른쪽에 무대 위의 방으로 통하는 견고한 실내문이 있고, 뒷무대 왼쪽에는 베란다에서 바깥으로 통하는 스크린 도어가 하나 더 있다. 그 너머로 짙은 느릅나무의 형체들이 보인다.

서서히 다지의 모습이 드러난다. 텔리비전을 향한 채 긴 소파에 앉아 있는데 파란빛이 그의 얼굴 위에서 깜빡거린다. 몹시 닳은 티셔츠에 멜빵을 하고 카키색의 작업복 바지와 갈색의 슬리퍼를 신고 있다. 낡은 갈색 담요로 몸을 두르고 있다. 칠십대 후반의, 아주 여위고 병색이 완연한 노인이다. 그는 그저 멍하니 텔리비전을 쳐다보고 있을 뿐이다. 더 많은 빛이 무대를 부드럽게 채운다. 가벼운 빗소리. 다지는 천천히 고개를 뒤로 젖히고 잠시 천장을 응시하면서 빗소리를 듣는다. 다시 고개를 내리고 텔리비전을 본다. 그는 천천히 고개를 왼쪽으로 돌려 지금 앉고 있는 소파 옆자리의 방석을 응시한다. 담요에서 왼 팔을 빼내어 방석 밑으로 손을 슬며시 밀어 넣고는 위스키 병 하나를 꺼낸다. 그는 앞무대 왼쪽의 계단을 바라보면서 병마개를 열고 길게 한 모금 마신 다음 다시 막는다. 술병을 다시 방석 밑으로 밀어 넣고 텔리비전을 응시한다. 그는 천천히 그리고 부드럽게 기침을 하기 시작한다. 기침이 점점 거칠어진다. 한 손으로 입을 막아 기침을 멈추려고 애쓰지만 기침소리는 더 커진다. 갑자기 계단 꼭대기로부터 아내의 소리가 들리자 그는 기침을 뚝 멈춘다.

헤일리의 음성 다지?

(다지는 그냥 티비만을 응시한다. 긴 사이. 짧게 기침을 두 번 하고 멈춘다.)

헤일리의 음성 다지! 약 줘요, 다지?

(그는 대답하지 않는다. 술병을 다시 꺼내 또 한 번 길게 마신다. 술병을 제자리에 다시 넣고 티비를 본다. 목까지 담요를 끌어올린다.)

헤일리의 음성 왜 기침이 나는지 알죠, 몰라요? 비 때문예요! 날씨. 그 때문예요. 매 번. 당신이 기침할 때마다 보면 비가 와요. 비가 온다 싶으면 바로 기침을 한다니까요. (사이) 다지?

(그는 대답을 하지 않는다. 스웨터에서 담배갑을 꺼내고 한 가치에 불을 붙인다. 티비를 응시한다. 사이)

헤일리의 음성 이리 올라 와서 비오는 걸 봐야 하는데. 억수로 쏟아져요. 파란 시트가 내려 앉는 것 같아요. 다리도 거의 물에 잠겼어요. 거기 아래에선 어떻게 보여요? 다지?

(다지는 고개를 왼쪽 어깨 너머로 돌려 들고 베란다 쪽을 내다본다. 다시 티비 쪽으로 고개를 돌린다.)

다지   (혼잣말로) 비극적으로.
헤일리의 음성 뭐라구요? 뭐라고 했어요, 다지?
다지   (더 크게) 비처럼 보인다구! 평범한 보통 비!
헤일리의 음성 비요? 누가 비인 줄 몰라요! 당신 또 발작 난 거 아네요?! 다지? (사이) 대답을 안 하면 오 분 내로 내려갈 거예요!
다지   내려오지 마.
헤일리의 음성 뭐라구요?!
다지   (더 크게) 내려오지 마!

(다시 기침이 터진다. 멈춘다.)

헤일리의 음성 약을 먹어요! 왜 약을 안 먹는지 몰라. 먹기만 하면 멈출 텐데. 영원히. 뚝.

(그는 술병을 다시 꺼낸다. 길게 들이마신다. 제자리에 돌려놓는다.)

헤일리의 음성 기독교적인 처방은 아니지만, 하여간 듣는다구요. 꼭 기독교적이라고 할 순 없지만, 듣는 걸 어떡해요. 우린 몰라요. 목사님들도 대답 못하는 일들이 있더라구요. 난 개인적으로 그게 잘못이 아니라고 봐요. 통증은 통증이니까. 간단명료하게. 그러나 고통은 다른 문제예요. 완전히 달라요. 약도 어느 해답 못지 않게 좋은 해답이 될 수 있어요. 다지? (사이) 다지, 지금 야구 보고 있어요?

다지 아니.

헤일리의 음성 뭐라구요?

다지 (더 크게) 아니라구!

헤일리의 음성 그럼 뭘 보고 있어요? 흥분시키는 프로는 안 되요! 경마는 절대로!

다지 일요일엔 경마가 없어.

헤일리의 음성 뭐라구요?

다지 (더 크게) 일요일엔 경마가 없어!

헤일리의 음성 일요일에 경마를 하면 안 되죠.

다지 안 한다니까!

헤일리의 음성 잘 하는 거예요. 아직도 그런 법이 있다니 놀랍네요. 정말 놀라워요.

다지 그래, 놀랍다.

헤일리의 음성 뭐라구요?

다지 (더 크게) 놀랍다구!

헤일리의 음성 그래요. 정말 그래요. 난 요즘 같아선 성탄절날에도 경마를 할 거라고 생각했을 거예요. 결승점에선 커다란 크리스마스 트리가 반짝거리며 서 있구요.

다지 (고개를 저으며) 아냐.

헤일리의 음성 설날에는 경마가 있었어요! 그건 생각나요.

다지 설날에 무슨 경마야!

헤일리의 음성 가끔 있었다니까요.

다지 한번도 없었어!

헤일리의 음성 우리가 결혼하기 전엔 있었어요!

(다지는 진저리를 내며 계단에 대고 주먹질을 해보인다. 소파에 기대고
티비를 응시한다.)

헤일리의 음성 나도 한번 가 봤어요. 어떤 남자랑.

다지 (그녀를 흉내내며) 아, "남자랑."

헤일리의 음성 뭐라구요?

다지 아냐!

헤일리의 음성 좋은 남자였어요. 사육사.

다지 뭐라구?

헤일리의 음성 사육사! 말 사육사! 경주마를 사육하는.

다지 아, 경주마 사육사. 근사하군.

헤일리의 음성 맞아요. 그 사람은 모르는 게 없었어요.

다지 그 자한테 한 두 가지 배웠겠군, 안 그래? 당신한테 마굿간 주위
를 한 바퀴 우아하게 돌게 해줬겠지!

헤일리의 음성 말에 관해선 하여튼 척척박사였다구요. 우린 그날 돈을 엄청 벌
었어요.

다지 뭐라구?

헤일리의 음성 돈! 경주마다 다 이겼으니까.

다지 엄청 벌었어?

헤일리의 음성 경주마다 모조리 이겼어요.

다지 돈을 엄청 벌었다?

헤일리의 음성 바로 그런 좋았던 날 가운데 하루였어요.

다지 설날 말이군!

헤일리의 음성 맞아요! 아마 플로리다였을 거예요. 아니면 캘리포니아! 둘 중에
하나였어요.

다지 내가 골라줄까?

헤일리의 음성 플로리다였어요!

다지   아하!

헤일리의 음성 멋졌어요! 정말로 멋졌어요! 태양은 작열하죠, 홍학들은 춤추죠,
         부겐베리아, 종려나무.

다지   (자신에게, 그녀를 흉내내며) 부겐베리아, 종려나무.

헤일리의 음성 어딜 가나 활기에 넘쳤어요! 산지사방에서 별의별 사람들이 다
         모여들었어요. 모두들 성장을 했어요. 요즘 같지 않았어요. 요즘
         사람들이 옷 입는 거하고 달랐어요.

다지   그게 언제였다구?

헤일리의 음성 내가 당신을 알기 훨씬 전.

다지   그렇겠군.

헤일리의 음성 오래 전이었어요. 남자가 날 호위해줬죠.

다지   플로리다까지?

헤일리의 음성 예. 아니 캘리포니아였던가. 헷갈리네.

다지   그 먼길을 내내 호위해줬다구?

헤일리의 음성 그래요.

다지   그런데두 그자는 당신 몸에 손가락 하나 대지 않았구? (긴 침묵)
         헤일리?

         (대답이 없다. 긴 사이)

헤일리의 음성 당신 오늘 외출할 거예요?

다지   (비를 가리키며) 이 비를 맞고?

헤일리의 음성 그냥 물어보는 거예요.

다지   햇빛이 쨍쨍한 날에도 거의 외출을 않는 내가 비오는 날 왜 나
         가?

헤일리의 음성 오늘은 내가 쇼핑을 안 나갈 거라서 묻는 거예요. 필요한 게 있으
　　　　　　면 틸덴한테 시켜요.
다지　　　틸덴은 여기 없어!
헤일리의 음성 부엌에 있어요.

　　　　　　(다지는 무대 왼쪽을 쳐다보고 다시 티비로 고개를 돌린다.)

다지　　　알았어.
헤일리의 음성 뭐라구요?
다지　　　(더 크게) 알았다구!
헤일리의 음성 소리지르지 말아요. 괜히 기침만 도질 테니까.
다지　　　알았어.
헤일리의 음성 틸덴한테 뭐가 필요한지 말하면 구해 줄 거예요. (사이) 나중엔 브
　　　　　　래들리도 올 거고.
다지　　　브래들리가?
헤일리의 음성 예. 당신 머리 깎으러.
다지　　　내 머릴? 머리 깎을 때 안 됐어!
헤일리의 음성 안 아프게 깎아줄 거예요!
다지　　　필요 없어!
헤일리의 음성 벌써 두 주일이 넘었어요, 다지.
다지　　　필요 없어!
헤일리의 음성 난 듀이스 목사님과 점심 약속이 있어요.
다지　　　당신이 브래들리한테 말해, 만일 머리 깎는 가위를 들고 나타나
　　　　　　기만 하면, 내가 죽여버릴 거라구!
헤일리의 음성 많이 늦진 않을 거예요. 아주 늦어도 네 시까진 와요.
다지　　　꼭 전해! 지난번엔 아주 대머리를 만들 뻔했어! 내가 깨어 있지도

않았는데! 내가 잠자고 있는 동안에! 깨어보니 벌써 가고 없더라
구!

헤일리의 음성   그게 내 잘못이우?!

다지   당신이 그렇게 시켰잖아!

헤일리의 음성   그런 적 없어요!

다지   시침 떼지마! 당신이 무슨 엉뚱하고 멍청한 만남을 꾸며논 거야!
시체에 옷을 잘 입혀서 남한테 보일 시간이 된 거지! 귀를 약간
내리고! 이마를 조금 세우고! 어째 입에단 파이프를 물리고 테이
프로 바르지 않았을까! 그럼 멋있었을 텐데! 안 그래? 파이프말
야? 중산모자는 어째! 무릎 위엔 월스트리트 저널 한 부를 올려
놓고 말이지!

헤일리의 음성   당신은 언제나 사람들한테 최악의 것만 상상해요!

다지   최악이라니! 최악 중 최선을 얘기한 거야!

헤일리의 음성   그만 듣기 싫어요! 하루 종일 그 딴 소릴 들었으니까 더 이상은
안 듣겠어요.

다지   브래들리한테 말을 해줘!

헤일리의 음성   당신이 직접 해요! 당신 자식 아녜요. 친자식한테 얘기도 못해서
야 되겠어요?

다지   자고 있는데 어떻게 얘길 하누? 녀석은 내가 잠자고 있을 때 내
머리를 깍았단 말야!

헤일리의 음성   다신 안 그럴 거예요.

다지   누가 그걸 보장해?

헤일리의 음성   당신의 동의 없인 깍지 못하게 할게요.

다지   (사이) 그 녀석은 이 집에 드나들 이유조차 없는 놈야.

헤일리의 음성   책임을 느끼나 봐요.

다지   내 머리에 대해?

헤일리의 음성 당신의 외모에 대해서요.

다지   내 외모는 놈이 간섭할 사항이 아냐! 나도 어쩌지 못하는데! 사실
        상 난 실종됐거든. 난 보이지 않는 인간이야!

헤일리의 음성 실없는 소리.

다지   내 머리에 손만 댔다봐라. 내가 할 말은 이게 다야.

헤일리의 음성 틸덴이 당신을 지켜줄 거예요.

다지   틸덴은 브래들리로부터 나를 보호하지 못해!

헤일리의 음성 걘 장남예요. 당신을 보호해줄 거예요.

다지   제 스스로도 지키지 못하는 놈이 무슨!

헤일리의 음성 소리가 너무 커요! 듣겠어요. 지금 부엌에 있단 말예요.

다지   (왼쪽에 대고 소리지르며) 틸덴!

헤일리의 음성 다지, 무슨 짓을 하려는 거죠?

다지   (왼쪽에 대고 소리지르며) 틸덴, 이리 들어와!

헤일리의 음성 당신은 왜 말썽 일으키기를 즐기죠?

다지   난 아무 것도 즐기지 않아!

헤일리의 음성 그런 끔찍한 얘기가 어디 있어요.

다지   틸덴!

헤일리의 음성 사람들을 벼랑 끝으로 내몰아치는 그런 말은 하지 말아요.

다지   틸덴!

헤일리의 음성 사람들이 그리스도한테 구원을 요청하는 것도 당연해요!

다지   틸덴!!

헤일리의 음성 하나님의 말씀을 전하는 사자들이 공공장소에서 소리를 못내는
        것도 당연해요!

다지   틸덴!!!

        (틸덴이 들어오는 것과 동시에 다지는 발작적인 기침을 하기 시작한다.

틸덴은 갓 딴 옥수수를 한 아름 가득 안고 등장한다. 틸덴은 다지의 장남으로 40대 후반인데 진흙 투성이의 무거운 건축용 장화를 신고 있고 어두운 녹색의 작업복 바지와 격자무늬의 셔츠, 색이 바랜 갈색의 잠바를 입고 있다. 짧은 머리를 하고 있는데 비에 젖어 있다. 무언가 심히 소진되고 얼이 빠진 듯한 느낌을 준다. 그는 옥수수를 안은 채 무대 중앙에 멈춰 서서 다지의 발작적인 기침이 잦아들 때까지 다지를 멍하니 바라다본다. 다지는 천천히 고개를 들어 그를 쳐다본다. 옥수수를 응시한다. 둘이 서로를 응시하는 동안 긴 침묵이 흐른다.)

헤일리의 음성 다지, 당신이 약을 안 먹겠다면 나도 강요하진 않겠어요.

(두 사나이는 못 들은 채 한다.)

다지 (틸덴에게) 그거 어디서 났나?
틸덴 땄어요.
다지 그걸 다 땄다구?

(틸덴은 고개를 끄덕인다.)

다지 누구 올 사람 있나?
틸덴 아뇨.
다지 어디서 땄냐?
틸덴 저 뒤에서요.
다지 저 뒤 어디?
틸덴 저 뒷 마당요.
다지 뒷 마당엔 아무 것도 없어!

틸덴   옥수수는 있어요.

다지   1935년 이후 저기선 옥수수가 자라지 않았어! 그 해가 내가 마지막으로 옥수수를 심었던 해야!

틸덴   지금은 있어요.

다지   (계단을 향해 소리지르며) 헤일리!

헤일리의 음성 예, 여보!

다지   틸덴이 옥수수를 한 아름 안고 집안에 들어왔는데, 우리 뒷마당엔 옥수수가 자라지 않지?

틸덴   (자기 자신에게) 엄청 많은데.

헤일리의 음성 내가 아는 한 없어요!

다지   나도 그렇게 생각했어.

헤일리의 음성 1935년경 이후론 없었어요!

다지   (틸덴에게) 맞아. 1935년.

틸덴   지금은 있다니까요.

다지   당장 나가서 옥수수를 제자리에 갖다 놔!

틸덴   (사이를 두고, 다지를 응시하며) 내가 딴 거예요. 비를 맞으며 내가 다 딴 거예요. 한 번 딴 건 도로 꽂을 수 없어요.

다지   지난 57년간 난 이웃들과 말썽 없이 잘 지내왔다. 이웃들이 누군지 알지도 못했어! 그리고 알고 싶지도 않고! 어서 원래 있던 자리에 도로 놓고 와.

(틸덴은 다지를 응시하더니 천천히 그에게로 걸어가서 다지의 무릎 위에 옥수수를 쏟아놓고 뒤로 물러선다. 다지는 옥수수를 쳐다본 후 다시 틸덴을 바라본다. 긴 사이)

다지   틸덴, 너 여기서 무슨 문제가 있지! 무슨 문젠지 말해봐.

틸덴   아무 문제도 없어요.

다지   있으면 얘기해. 아직 니 에비 아니냐.

틸덴   그건 알아요.

다지   네가 뉴멕시코에서 약간 문제가 있었던 걸 알아. 그래서 여기로
        온 거 아니냐.

틸덴   아무 문제도 없었어요.

다지   늬 에미한테 다 들었어.

틸덴   어머니가 뭐랬는데요?

(틸덴은 자켓에서 씹는 담배를 꺼내 한 입 뜯는다.)

다지   늬 에미가 한 얘기를 내가 또 반복할 건 없지! 하지만 죄 들었다!

틸덴   부엌에서 내 의자를 가져와도 될까요?

다지   물론이지. 가서 가져와.

(틸덴은 왼쪽으로 나간다. 다지는 무릎 위의 옥수수를 다 바닥으로 털
어 낸다. 그는 화난 듯이 담요를 벗어 소파 한쪽 끝에 던져버린다. 술병
을 꺼내 길게 한 모금 마신다. 틸덴이 우유 짤 때 쓰는 걸상(다리가 셋
으로 반달형인)과 양동이를 들고 왼쪽에서 다시 등장한다. 다지는 틸덴
이 보기 전에 얼른 술병을 방석 밑으로 숨긴다. 틸덴은 걸상을 소파 곁
에 놓고 그 위에 앉는다. 양동이를 자기 앞의 바닥에 놓는다. 틸덴은 옥
수수를 하나씩 집어들고 껍질을 벗긴다. 그는 옥수수 껍질과 실을 무대
중앙에 던지고 알맹이는 다듬는 대로 하나씩 양동이에 떨어뜨린다. 둘
이 대화를 하는 동안 그는 이 작업을 계속한다.)

다지   (사이를 둔 후) 옥수수가 잘 생겼구나.

틸덴   최고예요.

다지   개량종이냐?

틸덴   예?

다지   무슨 희한한 개량종이냐구?

틸덴   아버지가 심었잖아요. 전 뭔지 몰라요.

다지   (사이) 틸덴, 너 말야, 여기서 아주 눌러 앉을 생각은 마라. 너도
      알고 있지, 그렇지?

틸덴   (타구에 침을 뱉는다) 눌러 앉지 않아요.

다지   나도 그렇게 믿는다. 그 점은 걱정 안 해. 내가 이 문젤 꺼낸 이
      유는 그게 아냐.

틸덴   그럼 뭐죠?

다지   네가 앞으로 뭘 해 먹고 살 건지 궁금해서 그런다.

틸덴   아버진 내 걱정은 안 하시죠, 그렇죠?

다지   그래, 니 걱정은 안 한다.

틸덴   아버진 내가 여기 없을 때도 내 걱정을 안 했어요. 내가 뉴멕시
      코에 있을 때.

다지   그래, 그때도 네 걱정을 안 했지.

틸덴   그땐 걱정을 해주셨어야 했는데.

다지   뭣 때메? 거기서 넌 아무 일도 안 했잖니?

틸덴   아무 것도 안 했죠.

다지   그런데 뭣 때메 네 걱정을 해?

틸덴   외로웠거든요.

다지   외로웠었어?

틸덴   예. 그렇게 외로웠던 적이 없었어요.

다지   왜 그랬을까?

틸덴   (사이) 아버지가 갖고 계신 위스키 좀 마셔도 돼요?

다지   무슨 위스키? 나 위스키 같은 거 없다.

틸덴   소파 밑에 꼬불쳐 두셨잖아요.

다지   소파 밑에 뭘 꼬불쳐? 이런, 네 일이나 신경 써라! 맙소사, 아무데
       나 굴러다니다가 느닷없이 집에 나타나더니만, 지난 20년간 네
       놈 코빼기를 봤냐, 소식 한 장 받았냐, 헌데 이제 와서 나한테 시
       비야?

틸덴   시비 거는 게 아네요.

다지   아, 지금 나더러 위스키를 소파 밑에 꼬불쳐 뒀다고 하지 않았어!

틸덴   시비 거는 게 아네요.

다지   방금 나더러 소파 밑에 위스키를 숨겨놨다고 얘기했잖았어!

헤일리의 음성 다지?

다지   (틸덴에게) 늬 엄마도 이제 알겠다!

틸덴   어머닌 모르세요.

헤일리의 음성 다지, 혼자 뭘 그렇게 중얼거려요?

다지   틸덴과 얘기하고 있어!

헤일리의 음성 틸덴이 거기 있어요?

다지   바로 여기 있어!

헤일리의 음성 뭐라구요?

다지   (더 크게) 바로 여기 있다구!

헤일리의 음성 거기서 뭘 해요?

다지   (틸덴에게) 대답하지 마라.

틸덴   (다지에게) 전 나쁜 짓 안 해요.

다지   나도 알아.

헤일리의 음성 거기서 뭘 하고 있냐니까요!

다지   (틸덴에게) 잠자코 있어.

틸덴   알았어요.

헤일리의 음성 다지!

(두 사나이들은 침묵하며 앉아 있다. 다지가 담배에 불을 붙인다. 틸덴은 계속 껍질을 벗기고 씹은 담배를 타구에 간헐적으로 뱉는다.)

헤일리의 음성 다지! 걔, 혹시 술 마시는 거 아니죠, 그렇죠? 걔, 아무것도 못 마시게 해야 돼요! 당신이 감시를 잘 해요. 부모 된 책임이니까. 걘 이제 더 이상 스스로를 돌볼 수 없어요. 우리가 대신 해줘야 해요. 누가 그 일을 하겠어요. 아무 데나 내보낼 수도 없어요. 우리한테 돈이나 많다면 어디든 보내겠지만, 돈도 없죠. 앞으로도 마찬가지죠. 그래서 우린 건강해야 한다구요. 당신과 내가. 아무도 우릴 돌봐주지 않아요. 브래들리도 못해요. 브래들리는 제 자신도 거의 돌보지 못해요. 난 언제나 틸덴이 나이가 들면 브래들리를 돌봐주겠지하고 희망했는데. 브래들리가 한 쪽 다리를 잃은 뒤에 말예요. 틸덴이 장남이니까, 난 언제나 걔가 책임을 져줄 걸로 생각했어요. 틸덴이 저렇게 말썽을 필지 꿈에도 몰랐죠. 누가 상상인들 그렇게 했겠어요. 틸덴은 미국의 국가대표선수였어요, 잊지 말아요. 그걸 잊으면 안돼요. 풀백, 아니 쿼터백이었었나. 뭐였는지 까먹었네.

틸덴 (자신에게) 풀백요. (아직도 껍질을 벗기고 있다.)

헤일리의 음성 그런데 틸덴한테 문제가 아주 많다는 게 나타났어요. 그래서 그 담엔 안젤한테 모든 희망을 걸었죠. 물론 안젤은 자기 형만큼 잘 생기진 않았지만 아주 똑똑했어요. 아마 형제 중에 머리가 제일 좋았을 거예요. 브래들리보다 똑똑했던 건 틀림 없어요. 나가서 쇠사슬 톱으로 다리를 잘라내지도 않았으니까. 적어도 그런 짓을 안 할 만큼 똑똑했어요. 그리고 틸덴보다도 영리했다고 생각해요. 특히 틸덴한테 문제가 생긴 뒤로는. 틸덴처럼 감옥에 가려고 노력도 안 했죠. 다들 그 점은 알잖아요. 그런데 안젤마저 죽었어요. 우린 혼자 남게 된 거죠. 혼자 있는 거나 마찬가지였어요. 애들이 다 죽은 거나 다를 게 없었어요. 걔가 제일 똑똑했었는데. 걘 아마 돈을 많이 벌었을 거예요. 엄청나게 많이.

(헤일리는 말을 계속하면서 계단 꼭대기로부터 천천히 나타난다. 그녀가 계단을 내려올 때 처음에는 두 발만 보인다. 한 번에 한 발씩 내려온다. 그녀는 마치 상중에 있는 것처럼 온통 검은 색으로 입었다. 검은 핸드백, 베일이 달린 모자, 팔꿈치까지 오는 검은 장갑. 65세 정도이고, 순백의 하얀 머리를 하고 있다. 그녀는 계단을 내려오면서 자기가 하고 있는 말에 푹 빠져 있어서 아래에 있는 두 남자를 사실은 의식하지 못하는 듯하다. 사내들은 그녀가 내려오기 전부터 그랬던 것처럼 계속 앉아서 담배를 피고 껍질을 벗기고 있다.)

헤일리 걔 같으면 우리를 돌봐줬을 거예요. 우리가 키워준 보상을 꼭 해줬을 거예요. 걘 그런 애였어요. 영웅이었죠. 그 점을 잊지 말아요. 진정한 영웅. 용감하고, 강하고, 그리고 아주 총명했어요. 안젤은 위대한 인물이 될 수도 있었죠. 가장 위대한 사람 가운데 하나가 될 수도 있었어요. 단 한 가지 걔가 활동하다 죽지 못한 것이 유감이에요. 그런 애가 모텔 방에서 죽다니 어울리지 않잖아요. 군인이었다면 훈장감이었죠. 용맹스러워서 훈장을 많이 받았을 거예요. 듀이스 목사님에게 안젤을 위해 작은 비석을 하나 세우자고 했더니, 좋은 생각이라고 하시면서 동의하셨어요. 농구를 하던 당시의 안젤을 아셨거든. 시합이 있을 때마다 다 가셨대요. 안젤을 제일 좋아하셨죠. 목사님은 시의회에다 안젤의 동상

을 세우자고 추천까지 하셨어요. 한 손엔 농구공을 다른 한 손엔
장총을 든 커다란, 높은 동상을 말예요. 그 정도로 안젤을 끔찍히
생각하고 계세요.

(헤일리는 이제 무대에 이르러 무대 위를 빙빙 다니기 시작한다. 그녀
는 남자들이 그저 앉아 있는 동안 아직도 자기 생각에 빠진 채 장갑을
끌어올리고 옷에서 실 보푸라기를 쓸어내고 계속해서 혼잣말을 한다.)

헤일리   가톨릭 여자와 결혼하지만 않았어도 걘 아직 살아 있을 거예요.
마피아 집안이었죠. 걔가 어떻게 그걸 몰랐는지 아직도 난 이해
가 안돼요. 정말 모르겠어요. 주위 사람이 다 그 사실을 알았는데.
심지어 틸덴마저도 그 아이에게 여러 번 얘기해줬어요. 가톨릭
여자들은 악마의 화신이다. 그런데 그 애가 듣질 않았어요. 사랑
에 눈이 멀었던 거죠. 난 알고 있었어요. 다들 알았어요. 결혼식
이 마치 장례식 같았어요. 기억나요? 그 많은 이태리 사람들. 그
무섭게 검고 번질번질한 머리. 값 싼 향수 냄새. 주례 신부조차
권총을 차고 있는 것 같았어요. 그 애가 신부한테 반지를 주었을
때 그 아인 이미 죽은 사람이었어요. 난 알았어요. 반지를 줄 때
이미 알았어요. 하지만 그 아일 죽인 건 신혼여행이었어요. 신혼
여행. 난 그 애가 신혼여행에서 돌아오지 못할 것을 알았어요. 키
스를 했더니 꼭 시체같더라니까. 창백하고, 차갑고, 얼음처럼 차
가운 푸르스름한 입술. 그 애가 전엔 그렇게 키스한 적이 없어요.
한번도 없어요. 그때 난 그 애가 신부의 저주를 받았다는 걸 알
았어요. 그 애 영혼을 빼앗아 가버린 거예요. 신부의 눈에 그것이
나타나 있더라구요. 신부는 특유의 가톨릭 웃음을 내게 지어 보
였어요. 눈으로 내게 침대에서 그 아이를 죽이겠다고 말했어요.

내 아들을 살해하겠다고. 그렇게 말하는데 난 속수무책이었어요. 전혀 아무 것도 할 수 없었어요. 그 아이는 신부랑 가면서 이제 자유를 얻었다고 생각했죠. 그게 사랑이라고 생각하며. 내가 뭘 할 수 있었겠어요? 신부가 마녀라는 얘기를 도저히 못 하겠더라구요. 말을 못 하겠더라구요. 그 말을 했다면 그 아인 내게 반기를 들고 날 증오했을 거예요. 그 애가 날 증오하고 날 다시 보기도 전에 죽는다는 건 도저히 견딜 수 없었어요. 죽음의 침상에서 날 증오한다는 것. 날 증오하고 그녀를 사랑한다는 것! 내가 그걸 어떻게 허용하냐구요? 그래서 그 앨 보낼 수밖에 없었어요. 어쩔 수 없이. 그 애가 떠나는 걸 지켜봤죠. 신부를 리무진에 태우면서 가드니아를 던지는 걸 봤어요. 차창 너머로 그 애 얼굴이 사라지는 걸 봤어요.

(그녀는 갑자기 멈춰 서더니만 옥수수 껍질을 응시한다. 마치 잠에서 금방 깨어난 듯이 주위를 살핀다. 그녀는 고개를 돌려서 계속 조용히 앉아 있는 틸덴과 다지를 노려본다. 다시 옥수수 껍질을 쳐다본다.)

헤일리   (껍질을 가리키며) 내 집 안에 이게 다 뭐야! (껍질을 발로 차며) 이게 다 뭐야!

(틸덴은 껍질 벗기기를 중단하고 그녀를 응시한다.)

헤일리   (다지에게) 당신이 부추겼죠?!

(다지는 담요를 다시 뒤집어쓴다.)

다지　비가 오는데 외출하려구?

헤일리　지금은 비 안 와요.

(틸덴은 다시 껍질 벗기기를 시작한다.)

다지　플로리다에선 비가 안 오지.

헤일리　여긴 플로리다가 아네요!

다지　경마장에도 비는 안 와.

헤일리　당신 약 먹었어요? 저놈의 약을 먹고 나선 꼭 미친 사람처럼 말하더라. 틸덴, 아버지가 저 약 드시던?

틸덴　아무 것도 안 드셨어요.

헤일리　(다지에게) 뭘 먹었어요?

다지　캘리포니아도, 플로리다도 경마장도 다 비가 안 와. 오로지 일리노이에서만 오지. 여기가 비가 오는 유일한 곳이야. 나머지 세계 전체는 밝은 황금의 햇살이 쩽쩽 내려쬐고 있어.

(헤일리는 소파 옆에 있는 작은 탁자로 가서 약병을 체크한다.)

헤일리　어느 걸 먹었수? 틸덴, 아버지가 뭘 드시던?

틸덴　아무 것도 안 드셨어요.

헤일리　그런데 왜 정신 나간 소리를 하시니.

틸덴　제가 여기에 내내 있었는데요.

헤일리　그럼 둘이 함께 먹었구나!

틸덴　난 옥수수 껍질만 벗기고 있었어요.

헤일리　그건 그렇고 옥수수는 다 어디서 났니? 왜 갑자기 집안이 온통 옥수수 투성이냐?

다지   대풍작이다!

헤일리   (가운데로 움직이며) 이 집에 지난 30년이 넘도록 옥수수가 없었는데.

틸덴   뒷마당 전체가 옥수수 밭예요. 끝없는 옥수수 밭이에요.

다지   (헤일리에게) 당신이 위층에 있는 동안에도 많은 일들이 벌어지는 거야. 당신이 위층에 있다고 세상이 멈춰 서나. 옥수수도 계속 자라고. 비도 계속 오고.

헤일리   나도 내 주변 세상에 대해선 알아요! 고맙기도 해라. 미안하지만 위층에선 전체가 다 보여요. 내 방의 창 밖으로 뒷마당이 한 눈에 다 들어왔구요. 옥수수는 없었어요. 한 개도 없었어요!

다지   틸덴은 거짓말 안 해. 쟤 말이 있다면 있는 거야.

헤일리   이 옥수수의 의미가 뭐니, 틸덴?!

틸덴   저한테도 참 신기한 일이었어요. 뒷마당에 나갔었는데, 비가 오고 있더군요. 그런데 다시 안으로 들어오고 싶은 기분이 아니었어요. 별로 춥다는 생각도 안 들었고요. 젖는 것쯤은 문제가 안 됐어요. 그래서 그냥 걸었죠. 진흙 투성이었지만 신경 쓰지 않았어요. 고개를 들고 봤더니 옥수수 밭이 있는 거예요. 사실은 제가 그 속에 서 있었던 거죠. 그래서 그냥 계속 서 있었어요.

헤일리   밖에는 옥수수가 없다, 틸덴! 한 자루도 없어! 그러니까 넌 이 옥수수를 훔쳤거나 산 거야.

다지   저 애가 무슨 돈이 있누.

헤일리   (틸덴에게) 그럼 훔쳤구나!

틸덴   훔치지 않았어요. 일리노이주에서 추방되고 싶지 않아요. 뉴멕시코에서 한번 추방당한 걸로 족해요. 일리노이에서 또 쫓겨나고 싶지 않아요.

헤일리   내가 널 이 집에서 추방해버릴 거다, 틸덴. 옥수수가 어디서 났는지 사실대로 얘기해주지 않는다면!

(틸덴은 소리나지 않게 조용히 흐느끼면서 계속 껍질을 벗긴다.)

다지   (헤일리에게) 그 따위 소릴 뭐하러 해? 저 애가 어디서 옥수수를
      가져왔든 무슨 상관야? 뭐하러 그런 소리를 했어?

헤일리 (다지에게) 잘못은 당신이 해놓구선! 이 일이 다 당신이 뒤에서 꾸
      민 거지! 재미 삼아서! 참 재미도 있네! 옥수수 껍질로 집안을 온
      통 뒤덮자. 브래들리가 보기 전에 치워두는 게 좋을 걸요.

다지   브래들리 놈, 저 현관문 안으로 발을 들여놓기만 해봐라!

헤일리 (껍질을 발길로 차면서 앞뒤로 쾅쾅 걷는다.) 이 꼴을 보면 브래들리
      가 굉장히 화를 낼 걸요. 집안이 어지러진 걸 아주 싫어하니까.
      뭐 하나 제 자리에 안 있으면 못 견뎌 해요. 아무리 하찮은 것이
      라도. 당신도 그 애 성질 잘 알죠?

다지   여기서 살지도 않는 놈이 무슨!

헤일리 그 애도 이 집에 대해서 우리와 똑같은 권리가 있어요. 이 집에
      서 태어났잖우!

다지   그 놈은 돼지우리에서 태어났어.

헤일리 시끄러워요! 그런 말이 어디 있어요!

다지   그 놈은 더러운 돼지우리에서 태어났어! 거기가 그 놈이 태어난
      곳이고 거기가 그 놈이 살 곳야! 이 집은 어림도 없어!

헤일리 (멈춰 선다.) 당신 어디가 어떻게 된 거 아네요, 다지? 도대체 뭐한
      테 씌웠길래 그래요? 당신은 사람이 악해졌어요. 전엔 선량했었
      는데.

다지   그게 그거지, 뭐.

헤일리 당신은 낮이고 밤이고 여기 앉은 채, 곪아터지고 썩어 문드러지

고 있어요! 그 썩은 몸뚱어리를 가지고 집안에 온통 악취를 풍기고 있어요! 아침 내내 빈둥거리기만 하면서! 지 살붙이에 대해서 악랄하고, 야비하고, 어리석은 얘깃거리나 짜내느라고!

다지   그 놈은 내 살붙이가 아냐! 내 살붙이는 뒷마당에 매장돼 있어!

(그들은 얼어붙는다. 긴 사이. 두 사내는 그녀를 응시한다.)

헤일리 (조용히) 그만 됐어요, 다지. 이제 충분해요. 나 지금 외출해야 돼요. 듀이스 목사님하고 점심 약속이 있어요. 목사님께 동상에 대해서 물어봐야겠어요. 동상. 아니면 적어도 기념비 정도는.

(그녀는 오른쪽의 문을 향해 가로질러 간다. 선다.)

헤일리 필요한 게 있으면 틸덴한테 부탁해요. 장남이니까. 부엌 식탁 위에 돈을 놔뒀어요.

다지   아무것도 필요 없어.

헤일리 그렇겠죠. 그럴 거예요. (그녀는 문을 열고 현관을 통해 밖을 내다본다.) 아직도 비가 오네. 비가 멎은 직후의 냄새가 난 참 좋아요. 흙 냄새. 아주 늦진 않을 거예요.

(그녀는 문 밖으로 나가 문을 닫는다. 그녀가 무대 왼쪽의 스크린 도어를 향해 가로질러 가는 모습이 아직도 베란다에서 보인다. 그녀는 베란다의 한 가운데 서서 다지에게 말을 하는데 몸을 돌리지는 않는다.)

헤일리 다지, 틸텐에게 뒤뜰에 다시는 나가지 말라고 일러요. 비 맞으며 뒤뜰에 나가있는 게 걸려요.

다지　당신이 말해. 지금 여기 앉아 있어.

헤일리　그 애가 내 말 듣나요? 전에도 내 말은 한사코 안 들었어요.

다지　내가 말하지.

헤일리　우리가 늘 해오던 대로 그 애를 잘 지켜봐야 해요. 지금까지 그
래왔던 것처럼. 그 앤 아직 어린애예요.

다지　내가 잘 지켜볼게.

헤일리　고마워요.

(그녀는 왼쪽의 스크린 도어로 가로질러 간다. 우산을 하나 빼어들고
문밖으로 나간다. 문이 그녀의 뒤로 쾅 닫힌다. 긴 사이. 틸덴은 옥수수
껍질을 벗기며 양동이를 응시한다. 다지는 담배에 불을 붙이고 텔레비
전을 응시한다.)

틸덴　(아직도 벗기며) 어머니한테 그런 애긴 안 하셔야 했어요.

다지　(텔레비전를 응시하며) 무슨 애기?

틸덴　어머니한테 하신 애기요. 알잖아요.

다지　니 놈이 뭘 안다고?

틸덴　저도 알아요. 전부 다 알아요. 다들 알아요.

다지　그렇다면 뭐가 문제냐? 다들 안다지만, 다들 잊어버렸잖냐.

틸덴　어머닌 그렇지 않아요.

다지　잊었을 텐데.

틸덴　여자는 달라요. 어머닌 그걸 잊을 수가 없었어요. 어떻게 잊을 수
있겠어요?

다지　그 애긴 하기 싫다.!

틸덴　그럼 무슨 애길 하고 싶어요?

다지　아무 애기도 하기 싫어! 어려움에 대해서 애기하기도 싫고 50년

전에 또는 30년 전에 있었던 일들에 대해서도, 경마장에 대해서도, 플로리다에 대한 얘기도, 또 내가 마지막으로 옥수수를 심었던 얘기도 다 싫어! 난 얘기하고 싶지 않아!

틸덴 아버지, 죽기 싫죠, 그렇죠?

다지 그래, 죽기 싫다.

틸덴 그럼, 말을 하셔야 해요, 그러지 않으면 돌아가세요.

다지 누가 그러든?

틸덴 그냥 알아요. 뉴멕시코에 있을 때 깨달았어요. 전 죽는 줄 알았는데 사실은 목소리만 잃은 거더라구요.

다지 누구랑 같이 있었니?

틸덴 혼자였어요. 죽었다고 생각했었어요.

다지 죽은 거나 다름없었겠지. 헌데 뭣하러 돌아왔냐?

틸덴 딴 데 갈 데가 없었어요.

다지 난 부모한테 절대로 돌아가지 않았다. 한번도. 한번도 그럴 마음을 먹어본 적이 없어. 난 독립적이었거든. 언제나 독립적이었지. 언제나 길을 찾아냈어.

틸덴 뭘 할 지 몰랐어요. 아무 생각도 할 수 없었거든요.

다지 생각을 뭐하러 해. 그냥 앞으로 나아가면 되지. 생각할 게 뭐 있니?

(틸덴은 일어선다.)

틸덴 모르겠어요.

다지 어디 가냐?

틸덴 뒤뜰에요.

다지 거기 나가면 안 되잖아. 늬 엄마가 하는 소리 못 들었어? 나한테

　　　　　귀먹은 척하지 마라!

틸덴　　　저 바깥이 좋아요.

다지　　　비가 오는데도?

틸덴　　　특히 비가 올 때는요. 느낌이 참 좋아요. 언제나 비가 왔던 것 같
　　　　　아요.

다지　　　넌 날 돌봐야 돼. 필요한 걸 갖다주면서.

틸덴　　　뭐가 필요한데요?

다지　　　지금은 아무 것도 필요 없어! 하지만 금방이라도 뭐가 필요할 지
　　　　　몰라. 금방. 난 잠시도 혼자 남겨져선 안 돼!

　　　　　(다지는 기침을 하기 시작한다.)

틸덴　　　바로 요 바깥에 있을게요. 소리만 지르세요.

다지　　　(기침 사이사이로 말을 하며) 싫어! 너무 멀어! 넌 밖에 못 나가! 거
　　　　　긴 너무 멀어! 내 말이 들리지 않을 거야!

틸덴　　　(약 있는 데로 움직이며) 왜 약을 안 드세요? 약 드려요?

　　　　　(다지는 더욱 격렬하게 기침을 한다. 소파에 몸을 던져 기댄다. 목을 움
　　　　　켜쥔다. 틸덴은 속수무책으로 옆에 서 있기만 한다.)

다지　　　물! 물 좀 갖다 줘!

　　　　　(틸덴은 왼쪽으로 급히 나간다. 다지는 발작적으로 기침을 하며 약병들
　　　　　을 몇 개 바닥에 떨어뜨리며 알약을 찾아 손을 뻗는다. 작은 병을 집어
　　　　　들고 알약을 꺼내 삼킨다. 틸덴은 물을 한 잔 들고 급히 들어온다. 다지
　　　　　는 받아 마신다. 기침이 차차 잦아든다.)

틸덴   이제 괜찮으세요?

(다지는 고개를 끄덕인다. 물을 더 마신다. 틸덴은 가까이 다가간다. 다지는 물잔을 소파 곁 탁자 위에 놓는다. 이제 기침이 거의 사라졌다.)

틸덴   잠깐 누워계시지 그러세요? 잠깐 쉬세요.

(틸덴은 다지가 소파 위에 눕는 것을 돕는다. 담요를 덮어준다.)

다지   바깥에 안 나갈 거지?
틸덴   예.
다지   내가 깼을 때 네가 여기 없으면 안돼.
틸덴   예, 있을게요.

(틸덴은 담요를 끌어올려 다지의 몸 전체를 감싸준다.)

다지   거기 꼭 있을 거지?
틸덴   이 의자에 앉아 있을게요.
다지   그건 의자가 아냐. 내가 우유 짤 때 쓰던 건데 밀킹 스툴이라고 해.
틸덴   알아요.
다지   의자가 아냐.

(틸덴은 다지의 야구 캡을 벗기려고 한다.)

다지   무슨 짓이냐! 그냥 놔둬! 벗기지 마! 내 모자야!

(틸덴은 모자를 다지가 쓴 채로 그냥 놔둔다.)

틸덴   알아요.

다지   모자를 쓰고 있지 않으면 브래들리란 놈이 내 머리를 밀어버릴
       거야. 그건 내 모자다.

틸덴   알아요.

다지   모자를 벗기지 마.

틸덴   안 그럴게요.

다지   거기 꼼짝 말고 있어.

틸덴   (스툴에 앉는다.) 예, 알았어요.

다지   바깥에 나가지 마라. 바깥엔 아무 것도 없어.

틸덴   안 나갈게요.

다지   집 안에 다 있어. 너한테 필요한 건 다 안에 있어. 돈은 식탁 위
       에 있다. 티비. 티비켜 있냐?

틸덴   예.

다지   꺼! 그 빌어먹을 거 꺼버려! 그 망할 게 왜 켜 있지?

틸덴   (티비를 확 끈다. 빛이 사라진다.) 아버지가 켜 놓으셨어요.

다지   이제 꺼.

틸덴   (다시 스툴 위에 앉으며) 껐어요.

다지   다시 켜지 마라.

틸덴   예, 안 켤게요.

다지   내가 잠들고 나면 켜든지 맘대로 해.

틸덴   예.

다지   야구시합을 보렴. 레드 삭스. 너 레드 삭스 팀을 좋아하지?

틸덴   예.

다지   레드 삭스 팀 경기를 볼 수 있을 거야. 피 위 리즈. 피 위 리즈.

너 피 위 리즈를 기억하나?

틸덴   아뇨.

다지   그 친구가 레드 삭스 선수였었나?

틸덴   몰라요.

다지   피 위 리즈. (잠이 들기 시작한다.) 카디날즈 시합을 봐도 되고. 스
       탠 뮤지얼 생각나지?

틸덴   아뇨.

다지   스탠 뮤지얼. (잠 속에 빠져들며) 상황은 만루. 6회초 공격. 주자는
       만루. 아니 주자는 1루와 3루. 너클 볼이 완만하게 들어오는 거야.
       딱! 공이 마치 로켓을 쏠 때처럼 멀리 날아갔어. 대단했지. 난 공
       의 위치를 찍어뒀어. 눈으로 찍었어. 시계와 미얀마 면도기 광고
       사이에 떨어졌어. 내가 맨 먼저 달려갔지. 첫 번째로. 그 공을 줍
       느라고 얼마나 싸웠는지. 난 포기하지 않았어. 사람들이 내 귀를
       잡아당겨 찢을 듯 싶더라. 그래도 난 포기하지 않았어.

(다지는 깊은 잠에 빠져든다. 틸덴은 그냥 앉아서 잠시 그를 응시한다.
천천히 그는 다지가 정말 잠들었나를 알아보기 위해 소파 쪽으로 몸을
숙인다. 그는 방석 밑을 더듬거려 술병을 꺼낸다. 다지는 곤히 잠잔다.
틸덴은 조용히 일어선다. 병마개를 열고 길게 한 모금 마시면서 다지를
응시한다. 다시 마개를 잠그고 뒷 주머니에 병을 꽂는다. 그는 바닥의
옥수수 껍질들을 둘러보고 다시 다지를 본다. 그는 무대 중앙으로 가서
옥수수 껍질을 한 아름 모아 다시 소파로 돌아온다. 그는 껍질을 든 채
다지를 내려다본다. 그는 다지 몸 전체에 옥수수 껍질을 살며시 뿌린다.
그는 한 걸음 물러서서 다지를 본다. 병을 꺼내 한 모금 더 마신 후 다
시 뒷 주머니에 꽂는다. 그는 옥수수 껍질을 더 모아서 바닥의 껍질이
다 없어지고 다지가 머리만 빼놓고 껍질에 푹 덮일 때까지 같은 동작을

반복한다. 틸덴은 길게 한 모금 더 마시고 잠들어 있는 다지를 응시한
다음 조용히 무대 왼쪽으로 나간다. 빗소리가 계속되는 동안 긴 사이.
다지는 계속 잔다. 베란다의 스크린 도어 바깥으로 브래들리의 모습이
왼쪽에서 나타난다. 그는 비를 피하기 위해 머리 위에 젖은 신문을 머
리 위에 들고 있다. 그는 힘들게 문을 열다가 미끄러져 거의 땅바닥에
넘어진다. 다지는 전혀 눈치를 채지 못하고 잠잔다.)

브래들리 니미 씨발! 니미 좆도 씨발!

(브래들리는 발을 제대로 추스리고 스크린 도어를 통해 베란다로 들어
온다. 신문지를 바닥에 던진다. 머리에서 비를 털어 낸다. 어깨의 빗물
을 쓸어낸다. 거구인 그는 회색의 츄리닝복에 검은 멜빵, 헐렁한 암청색
바지를 입고 있으며 검정 작업화를 신고 있다. 왼쪽 다리는 목발인데
무릎 위쪽에서 절단됐다. 그는 과장된, 거의 기계적인 절뚝 걸음으로 움
직인다. 그가 걸을 때마다 가죽과 금속의 거슬리는 마찰음이 나는데 그
것은 의족의 가죽 끈과 경첩에서 나는 소리다. 평생 동안 다리가 할 일
을 철저히 상체로 해온 까닭에 그의 팔과 어깨는 대단히 강하고 근육질
이다. 그는 틸덴보다 다섯 살 가량 연하이다. 그는 무대 오른쪽의 문 쪽
으로 힘들게 걸어가서 문을 열고 들어온 후 닫는다. 그는 처음에 다지
를 알아보지 못한다. 계단을 향해 움직인다.)

브래들리 (계단 위쪽을 향해 부르며) 엄마!

(그는 멈춰 서서 듣는다. 뒷무대 쪽으로 몸을 돌려 잠들어 있는 다지를
발견한다. 옥수수 껍질을 바라본다. 그는 천천히 소파 쪽으로 움직인다.
양동이 옆에 멈춰 서서 속을 들여다 본다. 껍질을 본다. 다지는 계속 잠

잔다. 혼잣말로)

브래들리   씨발, 이게 다 뭐야?

(그는 잠자는 다지의 얼굴을 바라보고는 지겹다는 듯이 고개를 흔든다.
그는 주머니에서 검정색 전기 이발가위를 꺼낸다. 줄을 풀고 램프 쪽으
로 움직인다. 그는 목발을 무릎 뒤로 찔러 박아 조인트 부분에서 그것
이 굽게 한 다음 어색하게 무릎을 꿇고 코드를 바닥의 플러그에 꽂는
다. 그는 소파를 지렛대로 삼아 다시 일어선다. 그는 다지의 머리 쪽으
로 가서 다시 목발을 찔러 넣는다. 무릎을 꿇는다. 다지는 아직 잠들어
있다. 브래들리는 전기가위를 켠다. 조명이 암전되기 시작한다. 브래들
리는 다지가 잠자는 동안 그의 머리를 깎는다. 가위질 소리와 빗소리가
이어지면서 조명이 천천히 꺼진다.)

2막

장면   무대는 1막과 같다. 밤. 빗소리. 다지는 아직도 소파 위에서 잠을
자고 있다. 그의 머리는 지극히 짧게 깎이었고 머리 가죽 곳곳이
상처가 나 피가 흐른다. 그의 모자는 아직도 중앙에 있다. 옥수수
와 껍질, 양동이와 밀킹 스툴 등이 깡그리 치워져 있다. 왼쪽 무대
밖에서 젊은 여자의 웃음소리에 맞춰 조명이 들어온다. 다지는
계속 잠을 잔다. 셸리와 빈스가 베란다의 스크린 도어 바깥 쪽 뒷
무대 왼쪽에서 나타난다. 빈스의 외투로 둘이 함께 머리가 비 맞
는 걸 피하고 있다. 셸리는 열아홉에 검은 머리를 하고 있고 매우

아름답다. 그녀는 꼭 조이는 청바지에 하이 힐을 신었고, 보라색
티셔츠와 짧은 토끼털 코트를 입고 있다. 그녀는 짙은 화장을 했
으며 머리는 파마를 했다. 빈스는 틸덴의 아들로 스물두 살 가량
이며 격자무늬의 셔츠와 청바지를 입었고, 검은 안경을 썼으며
카우보이 부츠를 신었다. 검은색 색소폰 가방을 들고 있다. 둘은
비를 털어 내면서 스크린 도어를 통해 베란다로 들어온다.

셸리	(웃으며, 집을 가리키며) 여기라구? 말도 안돼!
빈스	여기가 맞아.
셸리	이게 그 집이란 말야?
빈스	맞다니까.
셸리	믿어지지 않아!
빈스	왜?
셸리	마치 노만 라크웰의 책표지 같잖아.
빈스	그게 뭐 어때서? 미국풍경이 그렇지, 뭐.
셸리	우유배달부하고 강아지는 어디 있지? 그 개 이름이 뭐더라? 스 팟. 스팟과 제인. 딕과 제인과 스팟.
빈스	그만 해.
셸리	딕, 제인, 스팟, 엄마, 아빠, 아들, 딸!

(그녀는 무릎을 치며 웃는다.)

빈스	그만 해! 이 집이 나의 근원이야. 뭘 기대했었니?

(그녀는 더 발작적으로 웃는다. 완전히 자제력을 상실했다.)

셸리   "그리고 터피, 토토, 두다, 본조가 어느날 모두 마샬 씨의 귀여운
        고양이를 먹일 리커리스를 큰 푸대로 하나 사려고 모퉁이의 식
        료품 가게로 찾아갔습니다!"

        (그녀는 너무 심하게 웃는 나머지 배를 움켜쥐고 무릎을 꿇는다. 빈스
        는 거기 서서 그녀를 바라본다.)

빈스   셸리, 제발 좀 일어나!

        (그녀는 계속 웃는다. 비틀거리며 일어선다. 배를 움켜쥐고 뺑뺑 돈다.)

셸리   (어린아이의 목소리로 그녀의 이야기를 계속한다.) "마샬 씨는 휴가중
        이었는데 네 명의 사내아이들이 자기의 귀여운 고양이를 그렇게
        좋아하는지 전혀 몰랐습니다."
빈스   야, 남의 집에 대해 존중심 좀 가져라!
셸리   (자제하려고 애쓰며) 미안해.
빈스   정신 좀 차려.
셸리   (거수경례하며) 알았습니다.

        (그녀는 낄낄거린다.)

빈스   정말 환장하겠네. 야 셸리.
셸리   (사이, 미소지으며) 그리고 마샬씨는—
빈스   집어쳐.

        (그녀는 멈춘다. 거기 서서 그를 응시한다. 웃음을 억지로 참는다.)

빈스　(사이) 다 웃었냐?

셸리　아휴, 죽겠네!

빈스　너 그렇게 바보 같이 굴면 같이 안 들어갈래.

셸리　고마워.

빈스　농담이 아냐.

셸리　너 곤란하게 안 할게. 걱정 마.

빈스　걱정 안 해.

셸리　안 하긴.

빈스　야, 셸리, 고개도 못 가눌 정도로 낄낄대는 여자를 데리고 들어가
　　　고 싶지 않단 말야. 어디가 잘못된 여자앤 줄 알 거 아냐.

셸리　그런 점도 있어.

빈스　있어?!

셸리　나한텐 분명히 뭔가 잘못된 게 있어.

빈스　없어!

셸리　너한테도 잘못된 부분이 있고!

빈스　너한테 없는 것처럼 나도 없어!

셸리　너한테 뭐가 잘못된 지 알고 싶어?

빈스　그래.

(셸리는 웃는다.)

빈스　(스크린 도어를 향해 왼쪽으로 가로질러 간다.) 나, 갈래!

셸리　(웃음을 그치며) 기다려! 잠깐! 거기 서! (빈스는 선다.) 너의 잘못은
　　　상황을 너무 심각하게 받아 들이는 거야.

빈스　식구들이 내가 어디선지도 모르게 또라이가 돼가지고 느닷없이
　　　나타났다고 생각할까봐 그래.

셸리   식구들이 어떻게 생각해주길 바라는데?
빈스   (사이) 관두자. 들어가자.

(그는 베란다를 가로질러 무대 오른쪽의 실내문을 향한다. 셸리는 뒤를 따른다. 무대 오른쪽의 문이 천천히 열린다. 빈스는 머리를 안으로 디밀어 보는데 다지가 자는 걸 알아차리지 못한다. 계단을 향해 부른다.)

빈스   할머니!

(셸리는 빈스 뒤에서 보이지는 않지만 다시 웃음을 터뜨린다. 빈스는 머리를 다시 바깥으로 빼어내고 문을 쾅 닫는다. 둘의 모습은 보이지 않고 얘기 소리만 들린다.)

셸리의 음성   (웃음을 그치며) 미안해. 미안해, 빈스. 정말로 미안해. 진짜, 정말로 미안해. 다시는 웃지 않을게. 참을 수가 없었어.
빈스의 음성   웃을 일이 아니잖아.
셸리의 음성   그래, 알아. 미안해.
빈스의 음성   나한텐 굉장히 긴장된 순간이야! 지난 6년 동안 한번도 식구들을 못 봤어. 식구들이 어떻게 변했을까 상상이 안돼.
셸리의 음성   알았어. 다신 안 그럴 게.
빈스의 음성   혀를 깨물든지 해.
셸리의 음성   그냥 "할머니" 소리만 하지마, 응? (그녀는 낄낄거리다가 멈춘다.) 또 "할머니" 소리를 듣다간 내가 참을 수 있을지 모르겠어.
빈스의 음성   노력해봐!
셸리의 음성   알았어. 미안.

(문이 다시 열린다. 빈스가 머리를 들이민 다음 들어온다. 셸리가 그의 뒤를 따른다. 빈스는 계단 쪽으로 가로질러 가서 색소폰 가방과 코트를 내려놓고 계단을 올려다본다. 셸리는 다지의 야구모자를 발견한다. 가로질러 다가간다. 주워서 머리에 써본다. 빈스는 층계를 올라가더니만 꼭대기에서 사라진다. 셸리는 그를 지켜보다 다시 몸을 돌려 소파 위의 다지를 본다. 그녀는 야구모자를 벗는다.)

빈스의 음성 (계단 위에서) 할머니!

(셸리는 다지에게 천천히 가로질러 가서 그의 옆에 선다. 머리맡에 서서 천천히 손을 뻗어 상처 하나를 만진다. 그녀가 머리를 만지는 순간 다지는 벌떡 일어나 눈을 뜬 채 소파 위에 앉는다. 셸리는 헐떡거린다. 다지는 그녀를 쳐다보고 자기의 모자가 그녀의 손에 쥐어 있는 걸 본다. 재빨리 깎인 머리에 손을 대본다. 그는 셸리를 노려보다가 그녀의 손에서 모자를 홱 나꿔챈다. 모자를 쓴다. 셸리는 그로부터 물러선다. 다지는 그녀를 응시한다.)

셸리 전 어—빈스랑 왔어요.

(다지는 그저 그녀를 노려보기만 한다.)

셸리 지금 위층에 있어요.

(다지는 계단을 쳐다보고 다시 셸리에게 고개를 돌린다.)

셸리 (위층에 대고 부르며) 빈스!

빈스의 음성 잠깐만!

셸리 빨리 내려와!

빈스의 음성 잠깐만 기다려. 사진 좀 보고 내려갈게.

(다지는 계속 그녀를 응시한다.)

셸리 (다지에게) 우린 방금 도착했어요. 고속도로에 비가 너무 와서 잠깐 들려 가자고 했어요. 빈스는 첨부터 여길 들릴 예정이었고요. 할아버지를 뵙겠다고. 오랫 동안 못 뵈었다면서요.

(사이. 다지는 멀거니 그녀를 응시하기만 한다.)

셸리 우린 빈스의 아버님을 뵈러 뉴멕시코까지 가는 길이었어요. 아버님이 거기 사시나 보죠. 가는 도중에 여길 들려서 할아버지도 뵙자, 일석이조 아니겠어요? (그녀는 웃는다. 다지는 응시한다. 그녀는 웃음을 멈춘다.) 빈스는 이제 가족을 특별하게 생각해요. 전보다 생각이 많이 바뀌었나 봐요. 난 가족하고 별 상관없이 사는데, 빈스는 그게 아주 중요하다고 생각해요. 제 말은요, 빈스가 이제 가족들을 전부 알고 싶어한다는 거예요. 이제 와서 새삼스럽게.

(사이. 다지는 그녀를 그저 응시하기만 한다. 그녀는 불안한 듯이 계단 쪽으로 가서는 빈스에게 소리지른다.)

셸리 빈스, 빨리 좀 내려 와!

(빈스는 계단을 반쯤 내려온다.)

빈스 잠깐들 나가셨나봐.

(셀리는 소파와 다지를 가리킨다. 빈스는 몸을 돌려 다지를 본다. 그는 계단을 다 내려와 가로질러 다지에게 간다. 셀리는 거리를 유지하며 계단 난간 뒤에 선다.)

빈스 할아버지?

(다지는 그를 올려다본다. 그러나 알아보지 못한다.)

다지 내 위스키를 가져왔니?

(빈스는 셀리를 뒤돌아본 다음 다시 다지를 본다.)

빈스 할아버지, 저 빈스예요. 빈스요. 틸덴의 아들. 기억나세요?

(다지는 그를 응시한다.)

다지 왜 약속을 안 지켰니. 여기 나랑 있겠다고 해놓구선.
빈스 할아버지, 전 조금 아까 여기 도착했는데요. 방금요.
다지 넌 나갔었어. 우리가 그러지 말라고 했는데 바깥에 나갔단 말야. 뒤뜰에. 비를 맞고.

(빈스는 셀리를 돌아다본다. 그녀는 천천히 소파를 향해 움직인다.)

셀리 정상이야?

빈스   모르겠어. (그는 선글래스를 벗는다.) 보세요, 할아버지, 날 모르시겠
어요? 빈스예요, 할아버지 손자.

(다지는 그를 응시하다가 야구모자를 벗는다.)

다지   (머리를 가리키며) 네가 날 혼자 남겨둬서 무슨 일이 생겼는지 봐
라. 보여? 이런 일이 생겼다.

(빈스는 그의 머리를 본다. 머리를 만지려고 손을 뻗는다. 다지는 모자
로 빈스의 손을 때려 뿌리치고 다시 머리에 쓴다.)

빈스   무슨 일예요, 할아버지? 헤일리 할머니는 어디 가셨어요?
다지   그 여편넨 걱정할 것 없다. 며칠 동안 안 돌아올 거야. 돌아온다
고 말은 하지만 절대 안 돌아와. (그는 웃기 시작한다.) 아직 그 늙
은 계집한테 여자가 남아 있다니! (웃음을 그친다.)
빈스   머리는 왜 그러셨어요?
다지   내가 이런 게 아냐! 바보 같은 소리 마!
빈스   그럼 누가 그랬어요?

(사이. 다지는 빈스를 응시한다.)

다지   누가 그랬다고 생각하나? 누구라고 생각해?

(셸리는 빈스에게 다가간다.)

셸리   빈스, 그냥 가자. 난 싫어. 즐거운 시간을 가질 줄 알았는데, 영

아닌 것 같아.

빈스 (셸리에게) 잠깐만 참아. (다지에게) 할아버지, 전 방금 도착했어요. 지금 막 왔어요. 지난 6년 간 여기 없었어요. 그 동안 무슨 일이 있었는지 전 전혀 몰라요.

(사이. 다지는 그를 응시한다.)

다지 아무 것도 몰라?

빈스 예.

다지 잘 됐다. 그 편이 나아. 아무것도 모르는 게 훨씬 좋아. 훨씬, 훨씬 더.

빈스 할아버지 여기서 혼자 계시는 거예요?

(다지는 천천히 고개를 돌려 무대 왼쪽 바깥을 내다본다.)

다지 틸덴이 저 밖에 있다.

빈스 아녜요, 할아버지. 아버진 뉴멕시코에 계세요. 지금 아버지를 뵈러 가던 길이었어요.

(다지는 천천히 고개를 빈스 쪽으로 돌린다.)

다지 틸덴은 이 집에서 살고 있어.

(빈스는 물러서서 셸리에게 붙는다. 다지는 두 사람을 응시한다.)

셸리 빈스, 우리 모텔에 가서 하룻밤 지내고 내일 아침에 다시 들리자.

여기서 아침을 먹든지. 밤새 풍경이 싹 바뀔 수도 있어.

빈스   무서워하지마. 아무 것도 무서워할 게 없어. 노인네라 저러신 거
야.

셸리   무서워하긴!

다지   너희 둘은 나한테 이상적인 쌍으로 보이지 않는구나.

셸리   (사이를 둔 뒤) 정말요? 왜요?

빈스   쉬잇! 건드리지 말고 가만 놔둬.

다지   너희 둘은 뭔가 맞지 않아. 양립할 수 없는 뭔가가 있어.

빈스   할아버지, 헤일리 할머닌 어디 가셨어요? 전화라도 했으면 좋겠
는데.

다지   무슨 소릴 하는 거야? 네가 지금 무슨 말을 하고 있는지 알고서
지껄이는 거냐? 아니면 그저 말이 하고 싶어서 하는 거냐? 입이
말라서 침을 바르려구?

빈스   이 집에 무슨 일이 벌어지고 있는지 알아보려는 겁니다!

다지   그러냐?

빈스   예. 기대했던 것하고 모든 게 너무 달라서요.

다지   네 놈이 뭔데 기대를 해? 네 놈이 뭔데?

빈스   저 빈스예요! 할아버지 손자!

다지   빈스. 내 손자라.

빈스   틸덴의 아들.

다지   틸덴의 아들, 빈스라.

빈스   할아버진 절 오랜 동안 못 보셨어요.

다지   마지막으로 본 게 언제냐?

빈스   기억 안 나요.

다지   기억이 안나?

빈스   예.

다지   기억이 안 난다. 네 놈이 기억이 안 나는데 내가 어떻게 나겠냐?
셸리   빈스, 그만 가자. 애써봐도 소용없어.
빈스   (셸리에게) 안달하지 마.
셸리   안달이 아냐! 네가 누군지 알아보지도 못하잖아!
빈스   (다지를 향해 가로질러 가며) 할아버지, 보세요―.
다지   거기 서! 가까이 다가오지 마!

(빈스는 멈춰 선다. 셸리를 뒤돌아본 다음 다시 다지를 본다.)

셸리   빈스, 난 정말 불안해. 우리가 여기 있는 걸 원치도 않는 것 같아.
       우릴 좋아하지도 않고.
다지   참 예쁜 아가씨다.
빈스   고마워요.
다지   정말 아름다워.
셸리   맙소사.
다지   (셸리에게) 이름이 뭐냐?
셸리   셸리요.
다지   셸리. 그거 남자 이름 아닌가?
셸리   제 경운 아녜요.
다지   (빈스에게) 똑똑하기도 하고.
셸리   빈스! 안 갈 거야?
다지   가고 싶다잖니. 금방 와서 금방 가고 싶대.
빈스   여기가 좀 낯선가봐요.
다지   곧 익숙해지겠지. (셸리에게) 어디 출신이야?
셸리   태어난 곳 말인가요?
다지   그래. 고향. 처음 태어난 곳.

셸리   L.A.요.

다지   L.A. 멍청한 도시.

셸리   더는 못 참겠어, 빈스! 정말로 믿어지지 않아!

다지   멍청하지. L.A.는 멍청해! 플로리다도 멍청해! 햇볕 많은 주들은
       다 멍청해. 전부 그래. 왜 멍청한지 알아?

셸리   가르쳐주세요.

다지   내가 일러주지. 잘난 척하는 자들로 가득하기 때문야! 그 때문야.

(셸리는 등을 다지에게 돌리고 층계로 가로질러 가서 맨 밑 계단에 앉
는다.)

다지   (빈스에게) 내가 창피를 줬나보다.

빈스   점잖으시진 않았어요.

다지   창피한가봐! 아가씰 봐라! 내 집에서 창피를 당하다니! 내가 창피
       를 줬다고 저기서 샐쭉거리고 있어!

셸리   (빈스에게) 정말 대단하다. 정말 멋져. 그러면서 나더러 첫 인상을
       잘 주라고?!

다지   (빈스에게) 성깔이 있구나. 대단한 성깔야. 내가 젊었을 때 저런
       여자 친구가 몇 있었어. 순간용. 전부 일주일을 못 갔으니까.

빈스   할아버지—.

다지   그 할아버지 소리 좀 작작해! 듣기만 해도 지겹다. 난 누구의 할
       아버지도 아냐!

(다지는 방석 밑을 더듬거리며 술병을 찾기 시작한다. 셸리는 층계에서
일어선다.)

셸리	(빈스에게) 집을 잘못 찾아왔는지도 몰라. 그런 생각 안 해봤어? 주소가 틀렸는지도 몰라!
빈스	주소는 맞아. 마당도 눈에 익고.
셸리	하지만 사람들은 못 알아보겠잖아? 본인이 네 할아버지가 아니라고 하고.
다지	(병을 찾으며) 술병 어디 갔지?!
빈스	어디가 좀 아프신가봐. 무슨 일이 있었는지 모르겠어.
다지	내 술병 어디 갔어?!

(다지는 소파에서 일어나 위스키 병을 찾으며 방석을 뜯어내어 앞무대 쪽으로 던진다.)

셸리	그냥 뉴멕시코로 운전해서 가면 안돼? 여긴 끔찍해, 빈스! 난 터키 요리랑 애플 파이랑 먹으면서 따뜻한 환영회 같은 게 있을 줄 알았었어.
빈스	실망시켜서 미안해!

(다지는 무대 왼쪽에 대고 고함친다.)

다지	틸덴! 틸덴!

(다지는 계속 소파를 뜯으며 술병을 찾는다. 그는 작은 탁자와 그 위의 병들을 넘어뜨린다. 빈스와 셸리는 다지가 소파를 뜯어내는 모습을 지켜본다.)

빈스	(셸리에게) 정신이 약간 가신 것 같아. 내가 도와드려야 할 것 같아.

셀리   너나 그래! 난 갈래!

(셀리는 떠나기 시작한다. 빈스가 그녀를 붙잡는다. 다지가 고함지르며
소파를 뜯어내는 동안 둘은 몸싸움을 벌인다.)

다지   틸덴! 틸덴 어서 그 똥방뎅이를 끌고 이리 들어오지 못해! 틸덴!
셀리   이거 놔!
빈스   가긴 어딜 가! 여기 나랑 있어!
셀리   이거 놔, 새꺄! 내가 니 물건인줄 알아?!

(갑자기 틸덴이 전에 그랬던 것처럼 무대 왼쪽에서 걸어서 들어온다.
이번에는 당근을 한 아름 가득히 들고 있다. 다지, 빈스, 셀리는 그를
보자마자 뚝 멈춘다. 그들은 틸덴이 당근을 안고 무대중앙으로 천천히
가로질러가서 서는 동안 틸덴을 지켜본다. 다지는 기진맥진해서 소파에
털썩 주저앉는다.)

다지   (숨을 헐떡이며, 틸덴에게) 어디 갔다 왔냐, 이 망할 놈아?
틸덴   뒤뜰에요.
다지   내 술병 어디 있니?
틸덴   갔어요.

(틸덴과 빈스는 서로를 응시한다. 셀리는 뒤로 물러선다.)

다지   (틸덴에게) 내 술병을 훔쳤어!
빈스   (틸덴에게) 아빠?

(틸덴은 멍하니 빈스를 쳐다볼 뿐이다.)

다지   내 술병을 훔칠 권리가 너한텐 없어! 전혀 없단 말야!
빈스   (틸덴에게) 빈스예요. 저 빈스예요.

(틸덴은 빈스를 응시한 다음 다지를 보다가 다시 셸리를 쳐다본다.)

틸덴   (사이를 두고 나서) 당근을 뽑아 왔어요. 필요하면 가져가요, 내가
       뽑은 거니까.
셸리   (빈스에게) 이 분이 아버지 맞아?
빈스   (틸덴에게) 아빠, 여기서 뭘 하세요?

(틸덴은 당근을 든 채 빈스를 그저 바라볼 뿐이다. 다지는 도로 담요
를 뒤집어쓴다.)

다지   (틸덴에게) 너 당장 가서 내 술병 새로 구해 와! 헤일리가 돌아오
       기 전에 새 병으로 하나 가져와! 식탁 위에 돈 있어. (무대 왼쪽의
       부엌을 가리킨다.)
틸덴   (고개를 저으며) 전 거기 안 가요. 시내엔 안 가요.

(셸리는 가로질러 틸덴에게 간다. 틸덴은 그녀를 응시한다.)

셸리   빈스의 아버님이세요?
틸덴   (셸리에게) 빈스?
셸리   (빈스를 가리키며) 저 친구가 아저씨의 아들인 줄로 알았는데! 아
       들 맞아요? 알아보시겠어요?! 난 차를 얻어타느라고 여기 들렀을

뿐예요. 다들 서로 아는 줄 알았더니!

(틸덴은 빈스를 응시한다. 다지는 담요로 몸을 둘러싸고 바닥을 응시한 채 소파 위에 앉는다.)

틸덴   전에 아들이 하나 있었는데 우리가 매장했어.

(다지는 재빨리 틸덴을 쳐다본다. 셸리는 빈스를 쳐다본다.)

다지   주둥이 닥쳐, 이놈아! 니 놈이 뭘 안다고 함부로 지껄여!
빈스   아빠, 난 아빠가 뉴멕시코에 계신 줄 알았어요. 차 타고 거기로 가서 아빨 뵈려고 했었죠.
틸덴   먼길인데.
다지   (틸덴에게) 그건 니 놈이 전혀 모르는 일야! 니 놈이 태어나기도 전에 있었던 일이니까! 아주 전에!
빈스   무슨 일이 있었어요, 아빠? 집안이 어떻게 돼가는 거예요? 다들 편안한 줄 알았는데, 헤일리 할머니는 어떻게 되셨어요?
틸덴   떠나셨다.
셸리   (틸덴에게) 제가 그 당근을 들어드릴까요?

(틸덴은 그녀를 응시한다. 그녀는 더욱 다가간다. 손을 뻗는다. 틸덴은 그녀의 팔을 응시하다가 천천히 당근을 그녀의 두 팔 안에 쏟는다.)

틸덴   (셸리에게) 당근 좋아해요?
셸리   그럼요. 전 야채는 다 좋아해요.

다지 (틸덴에게) 헤일리가 돌아오기 전에 술병을 갖다 놔!

(다지는 주먹으로 소파를 친다. 빈스는 다지에게 다가가서 그를 위로하려고 애쓴다. 셸리와 틸덴은 서로를 계속 쳐다보고 있다.)

틸덴 (셸리에게) 뒤뜰에 무진장 많아. 당근. 옥수수. 감자.
셸리 아저씨가, 빈스의 아빠 맞죠?
틸덴 채소란 채손 다 있어. 야채를 좋아해?
셸리 (웃으며) 예. 아주 좋아해요.
틸덴 이 당근 요리해 먹을 수도 있어. 아가씨가 잘라서 요리해봐.
셸리 좋아요.
틸덴 양동이하고 나이프를 갖다 줄게.
셸리 그러세요.
틸덴 금방 돌아올게. 가지 마.

(틸덴은 무대 왼쪽으로 나간다. 셸리는 당근을 한 아름 안고서 무대 중앙에 선다. 빈스는 다지 곁에 선다. 셸리는 빈스를 쳐다보다가 당근을 내려다본다.)

다지 (빈스에게) 네가 가서 술 한 병 사와라. (왼쪽을 가리키며) 식탁 위에 돈 있다.
빈스 할아버지, 잠깐 누워서 쉬지 그러세요?
다지 난 잠시라도 눕고 싶지 않아! 잠만 잤다 하면 무슨 일이 생기니까! (모자를 홱 벗고서 머리를 가리키며) 봐, 어떤 일이 생겼나! 이런 일이 생겨! (모자를 다시 쓰며) 너도 누워봐라, 무슨 일이 생기나 보게! 당하는 기분이 어떤지 알아봐! 술병을 훔쳐가지 않나! 머리를 밀질 않나! 네 자식도 죽여버릴걸! 그런 일들이 생겨.

빈스   그냥 잠깐만 쉬세요.

다지   (사이) 네가 가서 술 한 병 사다 달라니까. 네가 술 한 병 사온다
        고 누가 말릴 수 있겠냐.

셸리   가서 사다 드려. 빈스? 술이 혹시나 서로 알아보는 데 도움이 될
        지도 몰라.

(빈스는 가로질러 셸리에게 간다.)

빈스   당근은 왜 안고 서 있냐?

셸리   네 아빠를 기다리고 있잖아.

다지   아가씨가 너더러 술 사오라잖냐?!

빈스   셸리 그 당근 어서 내려 놔! 여기 상황이 골치 아프게 됐어! 네
        도움이 필요해.

셸리   벌써 돕고 있잖아.

빈스   돕기는커녕 문제를 더 만들고 있어! 사태를 더 악화시키고 있어!
        당근 내려놓으라니까!

(빈스는 그녀의 팔에서 당근을 떨어내려고 하나 그녀가 몸을 피해 당근
을 보호한다.)

셸리   저리 비켜! 그만 해!

(빈스는 그녀로부터 물러나 선다. 그녀는 아직도 당근을 안은 채 그에
게 돌아선다.)

빈스　(셸리에게) 너 왜 이러는 거야! 날 놀리는 거야? 이 사람들은 내
　　　가족이야, 알아!

셸리　날 놀린 게 누군데! 당장이라도 떠나고 싶어. 아주 멀리 달아나고
　　　싶어. 여기만 아니라면 아무데나 괜찮겠어. 네가 여기 있고 싶어
　　　하니까, 나도 있겠어. 남아서 당근을 깎을 테야. 당근요리를 할
　　　테야. 살아남기 위해서 뭐든 할래. 이 곤경을 벗어나기 위해서.

빈스　당근을 내려놔, 셸리.

(틸덴이 왼쪽에서 양동이, 밀킹 스툴, 나이프를 들고 등장한다. 그는 무
대 중앙에 셸리를 위해 스툴과 양동이를 놓는다. 셸리는 빈스를 쳐다본
후 스툴 위에 앉는다. 당근을 바닥에 내려놓고 틸덴으로부터 나이프를
넘겨받는다. 그녀는 다시 빈스를 쳐다본 다음 당근 하나를 집어서 양쪽
끝을 자르고는 껍질을 긁어내어 양동이에 넣는다. 그녀는 이 동작을 반
복한다. 빈스는 그녀를 노려본다. 그녀는 미소짓는다.)

다지　처녀가 술을 사다줄 수도 있겠네. 충분히 나한테 술 한 병 사다
　　　줄 수 있는 착한 아가씨 같애. 시내로 가서 카운터로 살랑 살랑
　　　다가가면 모르긴 몰라도 아마 한 병 값에 두 병을 내줄걸. 충분
　　　히 그럴 수 있어.

(셸리는 웃는다. 계속 당근을 깎는다. 빈스는 다지에게 가로질러 다가가
그를 쳐다본다. 틸덴은 셸리의 손을 바라본다. 긴 사이)

빈스　(다지에게) 전 별로 변하지 않았어요. 신체적으로 말예요. 신체적
　　　으로는 전과 거의 다름없어요. 키도 같고. 몸무게도 같고. 다 똑
　　　같아요.

(다지는 빈스가 자기한테 얘기하는 동안 내내 셸리를 응시한다.)

다지　참 예쁜 아가씨다. 보기 드문 미인야.

(빈스는 다지 앞으로 움직여서 셸리를 못 보게 한다. 빈스가 지난 날 자기가 했던 이상한 짓들을 다시 해 보이는 동안 다지는 셸리를 보려고 계속 모가지를 빼든다.)

빈스　보세요. 이것 좀 보세요. 이거 기억나세요? 제가 왜 자주 엄지손 가락을 뒤로 구부렸었죠. 생각나세요? 저녁 식탁에 앉아서 늘 그 랬잖아요.

(빈스는 엄지손가락을 뒤로 굽혀 다지에게 내밀어 보인다. 다지는 잠깐 쳐다보는 듯하다가 이내 셸리에게 시선을 돌린다. 빈스는 자세를 바꿔 다른 동작을 해 보인다.)

빈스　이건 어때요?

(빈스는 입술을 뒤로 말아 올린 뒤 손톱으로 이를 두드려서 탭댄스의 소리를 낸다. 다지는 잠시 쳐다본다. 틸덴도 소리나는 쪽을 향한다. 빈 스는 소리를 높인다. 그는 틸덴이 알아차리는 것을 보고 계속 이에다가 북을 치며 그에게 가로질러 다가간다. 다지는 티비를 켠다. 본다.)

빈스　생각나세요, 아빠?

(빈스는 틸덴을 위해서 계속 연주를 한다. 틸덴은 잠시 쳐다본다. 황홀

에 잠긴다. 다시 셸리에게 돌아선다. 빈스는 이에다 북 치는 연주를 더욱 크게 해대면서 다시 다지에게로 가로질러 돌아간다. 셸리는 틸덴에게 말을 걸면서 계속 당근을 깎는다.)

셸리   (틸덴에게) 가끔씩 저래서 아주 죽겠어요.
빈스   (다지에게) 조용해! 이건 기억하실 거예요. 이것 때문에 날 발로 차서 집 밖으로 내쫓고는 하셨으니까!

(빈스는 혁대에서 셔츠를 풀러 턱 밑에 괴인다. 배를 드러낸 채. 그는 배꼽 양 옆의 살을 잡아 밀어 넣다 뺐다 하면서 말하는 입의 모양을 만들어 보인다. 그는 자신의 배꼽을 주시하고 깊은 소리의 만화음성을 내며 동작과 시간을 맞춘다. 그는 다지에게 이 동작을 해 보인 다음 틸덴에게 가로질러 다가가서도 해 보인다. 틸덴과 다지는 아주 짧게 흥미 없이 바라본 다음 빈스를 무시해버린다.)

빈스   (깊은 만화음성으로) "아. 안녕하십니까? 저도 덕분에. 대단히 감사합니다. 이 화창한 일요일 아침에 건강하신 모습을 뵈니 참 좋군요. 전 물 양동이 하나 사려고 철물점에 가는 길이었습니다."
셸리   빈스, 제발 그만해, 보기 딱해!

(빈스는 멈춘다. 셔츠를 다시 집어넣는다.)

셸리   멍청하긴. 그런 걸로는 안 통해. 아직도 모르겠어?

(셸리는 계속 당근을 깎는다. 빈스는 천천히 틸덴에게 다가간다. 틸덴은 계속 셸리를 주시한다. 다지는 티비를 본다.)

빈스   (셸리에게) 모르겠어. 정말 모르겠어. 어쩌면 내가 착각하고 있는
      것 같아. 내가 뭘 까먹었나봐.

다지   (소파에서) 나한테 술 사다주는 걸 까먹었다! 그걸 까먹었어! 이
      집에 있는 사람 아무나 나한테 술을 사다줄 수 있는데. 아무나!
      그런데 아무도 그럴 사람이 없구나. 내게 술이 얼마나 시급한지
      아무도 이해를 못하니까! 당근을 깎는 게 더 중요하고. 이빨을 건
      반 삼아 피아노 치는 게 더 중요하고! 너희들이 나중에 늙어서
      이 일을 꼭 기억해주기를 바란다. 움직일 수 없는 나이가 됐을
      때 말야. 다른 사람들의 변덕에 의지해서 살아야 할 때 말야.

      (빈스는 다지를 향해 움직인다. 그를 쳐다보는 동안 잠시 사이.)

빈스   제가 가서 사오죠.

다지   네가?

빈스   예.

      (셸리는 나이프와 당근을 든 채 일어선다.)

셸리   날 이 집에 혼자 놔둘 생각은 아니겠지?

빈스   (그녀에게 다가가며) 이건 네가 시킨 일야! 나더러 "가서 술 한 병
      사드리지 그래?"라고 했잖아? 네 말대로 가서 술 한 병 사드릴
      거야!

셸리   난 여기 머물 수 없어.

빈스   이해를 못하겠네! 방금 전만 해도 넌 밤새도록 당근을 깎을 것
      같더니!

셸리   네가 옆에 있을 때만 그렇지. 뭔가 바쁘게 움직여야만 진정이 될

것 같아서. 나 여기 혼자 있고 싶지 않아.

다지   그 아가씨 말 듣지 마라! 나쁜 애야. 이곳에 발을 들여놓는 순간 부터 난 알아봤었어.

셸리   (다지에게) 그때 할아버진 주무시고 계셨어요!

틸덴   (셸리에게) 당근 그만 깎을 건가?

셸리   아뇨. 더 깎을 거예요.

(셸리는 다시 스툴에 앉아서 당근을 깎기 시작한다. 사이. 빈스는 머리를 어루만지며, 틸덴과 다지를 번갈아 응시하면서 주위를 빙빙 돈다. 빈스와 셸리는 서로 시선을 교환한다. 다지는 티비를 본다.)

빈스   정말! 정말 놀랍군. 진짜 놀라워. (계속 빙빙 돌며) 도무지 이해를 못하겠어. 내가 거꾸로 가는 시계를 탔단 말인가? 무슨 용서 받지 못할 죄라도 저질렀단 말인가? 맞아, 결혼을 하지 않았으니까. (셸리는 그를 쳐다본다. 다시 당근 깎는 일로 돌아간다.) 하지만 덕분에 이혼도 안 했는데. 물론 내가 앨토 색소폰과 죄 많은 사랑에 빠지기는 했지. 5번 리드악기를 밤새도록 빨아대기 일수였고.

셸리   빈스, 뭐 하러 그런 헛수고를 하고 있니? 어느 것 하나도 관심을 끌지 못하잖아. 이 사람들은 널 못 알아보는 거야. 그것 뿐야.

빈스   어떻게 날 못 알아볼 수가 있지! 세상에 어떻게 날 못 알아보냔 말이야! 내가 아들이고 손잔데!

다지   (티비를 보며) 넌 내 손자가 아냐. 나도 한창 땐 아들과 손자가 있었지만 넌 그 중에 하나가 아냐.

(긴 사이. 빈스는 다지를 응시하다가 틸덴을 본다. 셸리에게 돌아선다.)

빈스   셸리, 나 좀 나갔다 올게. 나갔다 와야겠어. 술을 사서 바로 돌아
        올게. 넌 아무 일 없을 거야. 정말야.

셸리   나 혼자서 여기를 감당 못할 것 같아, 빈스.

빈스   생각을 좀 해봐야겠어. 도무지 모르겠어. 정리할 시간이 필요해.

셸리   우리 그냥 가면 안돼?

빈스   안돼! 집안에 무슨 일이 벌어지고 있는지 꼭 알아낼 테야.

셸리   넌 억울하다고 생각하는 모양인데, 난 어떻고? 사람들이 날 알아
        보지 못할 뿐만 아니라 나도 이 사람들을 평생 한번도 보지 못했
        어. 난 이 사람들이 누군지 알지도 못해. 그냥 남이지, 뭐!

빈스   남이 아냐!

셸리   그건 네 말이지.

빈스   이 사람들은 내 가족이야! 가족이 누군지 내가 알아야할 것 아냐!
        나한테 시간을 좀 줘. 오래 걸리지 않아. 나갔다가 금방 돌아올
        거야. 아무 일도 없을 거야. 약속해.

        (셸리는 그를 응시한다. 사이)

셸리   알았어.

빈스   고마워. (그는 가로질러 다지에게 간다.) 지금 나갔다 올게요, 할아버
        지, 술 사올게요. 됐죠?

다지   마음을 바꿨구나, 응? (왼쪽 바깥을 가리키며) 식탁 위에 돈 있다.
        부엌에.

        (빈스는 셸리 쪽으로 움직인다.)

빈스   (셸리에게) 괜찮겠지?

셸리   (당근을 깎으며) 그럼. 괜찮아. 네가 없는 동안 그냥 바쁘게 일만
         할거야.

         (빈스는 셸리의 손을 계속 응시하고 있는 틸덴을 쳐다본다.)

다지   끈기. 그거 중요하지. 끈기. 끈기, 인내심, 결단력. 인생의 삼대 미
         덕이지. 이 세 가지만 지키면 문제될 게 없어요.
빈스   (틸덴에게) 뭐 원하시는 거 없어요, 아빠?
틸덴   (빈스를 올려다보며) 나?
빈스   가게 가는 길예요. 할아버지 술 사러.
틸덴   그 양반은 술 마시면 안돼. 헤일리 할머니가 싫어하실 거야.
빈스   저렇게 원하시는데요.
틸덴   술 마시면 안돼.
다지   (빈스에게) 그 놈하고 타협할 것 없다! 나한테 먼저 애기하기 전에
         는 어떤 결정도 내려선 안돼! 그 놈이 널 발가벗겨 먹을 거야!
빈스   (다지에게) 틸덴 아빠 말씀이 할아버진 술을 마셔선 안된다는데요.
다지   걘 머리가 이상해졌어! 봐봐! 돌았어. 잘 봐.

         (빈스는 틸덴을 응시한다. 틸덴은 당근을 계속 깎고 있는 셸리의 손을
         주시한다.)

다지   이제 날 봐. 여기 날 봐!

         (빈스는 다지한테 시선을 옮긴다.)

다지   자, 우리 둘만의 얘긴데, 네 생각엔 누가 더 신뢰할만하다고 느껴

지냐? 저 놈이냐, 나냐? 너 같으면 어디선지도 모르게 채소들을
연신 갖고 들어오는 사내를 믿을 수 있겠냐? 잘 봐봐.

(빈스는 틸덴을 다시 본다.)

셸리   가서 술 사와, 빈스.
빈스   (셸리에게) 정말 괜찮겠어?
셸리   내 걱정은 마. 이젠 맘이 아주 편해.
빈스   그래?
셸리   걱정 말라니까. 깎을 당근이 있는 한 난 괜찮아.
빈스   금방 돌아올게.

(빈스는 무대 왼쪽으로 가로질러 간다.)

다지   어디 가나?
빈스   돈 가지러요.
다지   그 다음엔 어딜 가고?
빈스   주류판매점에요.
다지   다른 곳은 가지 마라. 딴 데 가서 마시면 안 돼. 곧장 여기로 돌
        아와야 해.
빈스   그럴게요.

(빈스는 무대 왼쪽으로 나간다.)

다지   (빈스의 뒤에 대고 부르며) 이젠 네가 책임을 진 거야! 그리고 뒷길
        로 나가지 마! 이 길로 나가! 네가 떠나는 걸 내 눈으로 보고 싶

다! 뒷길로 나가지 마!

빈스　　(왼쪽 바깥에서) 알았어요!

(다지는 몸을 돌려 틸덴과 셸리를 쳐다본다.)

다지　　믿을 수 없는 놈. 뒷길로 나갔다면 아마 익사하고 말걸. 구멍에
　　　　홀렁 빠져서. 그럼 술은 다 날아가는거고.

셸리　　저 같으면 빈스 걱정은 안 해요. 자기를 돌볼 줄 아는 사람예요.

다지　　아, 그래, 응? 독립적이구나.

(빈스는 손에 2달러를 쥐고 무대 왼쪽에서 다시 나타난다. 그는 다지를
지나 무대 오른쪽으로 가로질러 간다.)

다지　　(빈스에게) 돈 찾았나?

빈스　　예. 2달러요.

다지　　2달러. 2달러면 2달러지 왜 빈정거려.

빈스　　어떤 걸로 사올까요?

다지　　위스키! 골드 스타 사우어 매쉬! 네가 알아서 사와.

빈스　　알았어요.

(빈스는 무대 오른쪽의 문으로 가로질러 간다. 문을 연다. 틸덴의 말소
리를 듣고 멈춘다.)

틸덴　　(빈스에게) 뉴멕시코에서 그 먼길을 달려왔단 말이지?

(빈스는 돌아서서 틸덴을 쳐다본다. 둘은 서로를 쏘아본다. 빈스는 고개

를 저으며 문 밖으로 나간다. 베란다를 가로질러 스크린 도어로 나간다.
틸덴은 빈스가 나가는 걸 지켜본다. 사이.)

셸리   저 친구를 정말로 못 알아보시는 거예요? 두 분 다요?

(틸덴은 몸을 돌려 다시 당근을 깎는 셸리의 손을 바라본다.)

다지   (티비를 보며) 누구 말이냐?
셸리   빈스요.
다지   알아보고 말게 뭐 있냐?

(다지는 담배에 불을 붙인다. 가벼운 기침을 하며 티비를 응시한다.)

셸리   만일 알아보시고도 시치미 뗀 거라면 그건 너무 잔인해요. 공평
        하지 않아요.

(다지는 담배를 피우며 그냥 티비만 본다.)

틸덴   난 알아봤던 것 같아. 어딘지 낯익은 데가 있어.
셸리   그래요?
틸덴   그 친구 얼굴 속의 얼굴을 본 것 같아.
셸리   이전의 모습이 생각나셨을 거예요. 벌써 6년이나 못 보셨는데요.
틸덴   그렇게 오래?
셸리   그 친구 말이 그래요.

(틸덴은 그녀가 당근을 계속 깎는 동안 그녀 앞을 이리저리 서성인다.)

틸덴　　마지막으로 어디서 봤더라?

셸리　　전 몰라요. 저도 사귄 지가 두어 달밖에 안됐거든요. 속속들이 얘
　　　　기도 잘 안하고.

틸덴　　그래?

셸리　　그런 따위의 얘기는요.

틸덴　　그럼 무슨 얘기를 하는데?

셸리　　일반적으로 말인가요?

틸덴　　응.

(틸덴은 그녀의 뒤를 서성거린다.)

셸리　　별 얘기를 다 하죠.

틸덴　　이를테면 어떤 얘기?

셸리　　모르겠어요! 그냥 아무 주저 없이 그 친구 기분이 어떤지 말씀드
　　　　릴 수가 없어요.

틸덴　　어째서?

(틸덴은 그녀의 주위를 원을 그리며 천천히 돈다.)

셸리　　왜냐면 나한테 사적으로 한 얘기거든요!

틸덴　　그 얘길 나한텐 못 해?

셸리　　당신이 누군지도 모르는데요!

다지　　틸덴, 부엌에 가서 커피 좀 끓여다오! 아가씬 가만 놔두고.

셸리　　(다지에게) 괜찮아요.

(틸덴은 다지를 무시한다. 셸리 주위를 계속 돈다. 그는 그녀의 머리와

코트를 응시한다. 다지는 티비를 응시한다.)

틸덴   그러니까 나한테 못할 얘기가 있다는 거지?

셸리   할 수 있는 얘기도 있어요. 우리가 대화를 나눌 수는 있다는 거
       죠.

틸덴   그래?

셸리   그럼요. 지금도 대화를 하고 있잖아요.

틸덴   그런가?

셸리   예. 지금 우린 대화를 하고 있어요.

틸덴   그런데 나한테 할 수 없는 얘기가 있다며?

셸리   맞아요.

틸덴   나도 아가씨한테 못할 얘기가 있어.

셸리   어째서요?

틸덴   모르겠어. 누구도 들어서는 안될 얘기거든.

셸리   원하시면 저한텐 무슨 얘기나 하셔도 돼요.

틸덴   정말?

셸리   물론이죠.

틸덴   좋은 얘기가 아니라도?

셸리   괜찮아요. 이래 뵈도 전 세상경험이 많거든요.

틸덴   끔찍할 텐데.

셸리   좋은 얘긴 없어요?

(틸덴은 그녀 바로 앞에서 멈춰 서며 그녀의 코트를 응시한다. 셸리도
그를 쳐다본다. 긴 사이.)

틸덴   (사이를 둔 뒤) 코트 좀 만져봐도 돼?

셸리　　내 코트를요? (그녀는 자기의 코트를 쳐다본 뒤 다시 틸덴을 쳐다본
　　　　다.) 그러세요.

틸덴　　싫지 않아?

셸리　　아뇨. 만져보세요.

(셸리는 틸덴이 만질 수 있도록 팔을 뻗는다. 다지는 꼼짝 않고 티비를
본다. 틸덴은 셸리의 팔을 응시하며 천천히 그녀에게 다가간다. 팔을 만
진다. 털을 살며시 쓰다듬어보고는 손을 물린다. 셸리는 계속 팔을 뻗고
있다.)

셸리　　토끼털예요.

틸덴　　토끼털.

(그는 아주 천천히 다시 손을 뻗어서 그녀의 팔 위의 털을 만져보고 다
시 손을 뒤로 뺀다. 셸리는 팔을 떨어뜨린다.)

셸리　　팔이 아파서요.

틸덴　　안아봐도 돼?

셸리　　(사이) 코트 말인가요? 그러세요.

(셸리는 코트를 벗어서 틸덴에게 건네준다. 틸덴은 천천히 받아서 털을
쓰다듬어본 뒤 입는다. 셸리는 틸덴이 털을 아주 천천히 쓰다듬는 걸
지켜본다. 그는 그녀에게 미소를 지어 보인다. 그녀는 다시 당근을 깎기
시작한다.)

셸리　　원하시면 가지세요.

틸덴   정말?
셸리   네. 차안에 우비가 하나 또 있어요. 그것만 있으면 돼요.
틸덴   차도 있나?
셸리   빈스 차예요.

(틸덴은 코트를 향해 미소짓고 털을 쓰다듬으며 빙빙 거닌다. 셸리는
그가 쳐다보지 않을 때 그를 지켜본다. 다지는 티비에 푹 빠져서, 담요
로 몸을 둘러싼 채 소파 위에서 사지를 뻗는다.)

틸덴   (이리 저리 거닐며) 나도 한 때 차가 있었어! 하얀 차였지! 운전을
       하고 온 군데를 다 다녔어. 산에도 갔고, 눈이 와도 운전했지.
셸리   재미있었겠네요.
틸덴   (아직도 움직이며, 코트의 감촉을 즐긴다) 가끔씩 하루 종일 운전하곤
       했어. 사막을 가로질러서. 사막을 건너 저쪽까지. 마을들을 지났
       어. 어디든 다 갔어. 종려나무숲도 지났고, 번개가 치기도 했고,
       별 일이 다 있었어. 일부러 번개 속을 운전하기도 했지. 번개 속
       을 운전하다가 섰다가 사방을 둘러보곤 다시 운전을 하는 거야.
       다시 차를 타서 운전을 계속하는 거지! 난 차 몰기를 좋아했어.
       운전을 난 최고로 좋아했어. 그 이상의 소망이 없었지.
다지   (티비에서 눈을 떼지 않고) 소리 좀 낮춰, 엉!

(틸덴은 멈춘다. 셸리를 응시한다.)

셸리   요즘도 운전을 많이 하세요?
틸덴   요즘? 요즘? 요샌 운전을 안 해.
셸리   왜요?

틸덴   이제 어른인데.

셸리   어른요?

틸덴   어린애가 아니거든.

셸리   어린애만 운전하나요?

틸덴   그럼 그게 운전이 아니었던가봐.

셸리   그럼 뭐였어요?

틸덴   모험. 안 가본 데가 없거든.

셸리   지금도 가실 수 있잖아요.

틸덴   지금은 안돼.

셸리   왜요?

틸덴   방금 말했잖아. 아가씬 통 말귀를 못 알아듣네. 내가 무슨 얘길
        해줘도 아가씬 이해를 못할 거야.

셸리   무슨 얘긴데요?

틸덴   어떤 진실한 얘기.

셸리   예를 들면?

틸덴   갓난아기 같은. 아주 작은 갓난아기 같은.

셸리   아저씨가 어렸을 때 얘기예요?

틸덴   내가 말을 하면 아가씨가 이 코트를 도로 뺏어갈걸?

셸리   안 그럴 게요. 약속해요. 말해주세요.

틸덴   못해. 다지 아버지가 허락 안 해.

셸리   못 들으실 거예요. 괜찮아요.

        (사이. 틸덴은 그녀를 응시한다. 그녀에게 약간 다가간다.)

틸덴   우리한텐 아기가 있었어. (다지를 가리키며) 아버지가, 다지가 그랬
        어. 한 손으로 아기를 들어서, 다른 손에 옮겼지. 아주 작은 아기

였으니까. 다지가 아기를 죽였어.

(셀리는 일어선다.)

틸덴   일어서지 마. 일어서지 마!

(셀리는 다시 앉는다. 다지는 소파에 똑바로 앉아서 그들을 쳐다본다.)

틸덴   다지가 익사시켰어.
셀리   그만 얘기하세요! 그만!

(틸덴은 그녀에게 더 가까이 다가간다. 다지는 관심을 더 보인다.)

다지   틸덴! 그 아가씰 가만 놔둬!
틸덴   (무시하며) 헤일리 어머니한테도, 누구한테도 말을 안 했지만, 아
         버지가 물에 빠트렸어.
다지   (티비를 끄며) 틸덴!
틸덴   아무도 아기를 찾지 못했어. 그냥 사라졌어. 경찰들이 찾아 나섰
         지. 이웃들도. 아무도 못 찾았어.

(다지는 소파에서 일어서려고 발버둥친다.)

다지   틸덴, 너 지금 아가씨한테 무슨 얘길 하고 있니! 틸덴!

(다지는 한참 기를 쓰다가 일어난다.)

틸덴   마침내 모두들 포기했지. 그냥 찾는 걸 멈춰버렸어. 저마다 대답
        이 달랐지. 납치다. 살인이다. 사고다. 모종의 사고다.

        (다지는 틸덴에게 다가가려고 바둥대다가 쓰러진다. 틸덴은 그를 무시
        한다.)

다지   틸덴, 주둥이 다물어! 그 얘기 그만 해!

        (다지는 바닥에 주저앉은 채 기침을 시작한다. 셸리는 스툴에 앉아서
        그를 지켜본다.)

틸덴   한 줌밖에 안 되는 아기가 사라진 거야. 단단하지도 않았어. 얼마
        나 작던지 거의 보이지도 않았어.

        (셸리는 다지를 도와주려고 움직인다. 틸덴은 그녀를 단호하게 스툴 위
        에 도로 앉힌다. 다지는 기침을 계속한다.)

틸덴   아버진 이유가 있다고 말했어. 길고도 오랜 사연이. 하지만 아무
        한테도 그것을 말하지 않았지.
다지   틸덴! 아가씨한테 아무 말도 하지 마! 입 다물어!
틸덴   아기가 어디 묻혔는지 아는 사람은 아버지밖에 없어. 혼자만 아
        셔. 마치 숨겨진 보물처럼. 우리 가운데 누구한테도 말 안 할걸.
        나나 엄마나 브래들리한테도. 특히 브래들리한테는. 브래들리가
        강제로 자백을 받아내려고 해봤지만 입을 열지 않았어. 왜 그랬
        는지, 그것조차도 말을 안 했어. 어느 날 밤 그냥 저지른 거야.

(다지의 기침이 잦아든다. 셸리는 스툴에 앉아 다지를 응시한다. 틸덴은 천천히 셸리의 코트를 벗고 그녀에게 넘겨주려고 한다. 긴 사이. 셸리는 몸을 떨면서 거기에 앉아 있다.)

틸덴   이제 코트를 돌려 받고 싶겠지.

(셸리는 코트를 유심히 보지만 돌려 받기 위해서 움직이지는 않는다. 브래들리의 다리가 끽끽 내는 소리가 무대 밖 왼쪽에서 들린다. 무대 위의 사람들은 꼼짝 않는다. 브래들리는 스크린 도어 바깥쪽 뒷무대 왼쪽에 나타난다. 노란 레인코트를 입고 있다. 그는 스크린 도어로 들어와서 베란다를 가로질러 무대 오른쪽의 문을 통해 무대 위로 들어온다. 문을 닫는다. 레인코트를 벗어서 비를 턴다. 그는 나머지 사람들 모두를 보고는 멈춰 선다. 틸덴이 그를 향해 몸을 돌린다. 브래들리는 셸리를 응시한다. 다지는 계속 바닥에 앉아 있다.)

브래들리 무슨 일이야? (셸리를 가리키며) 쟨 누구야?

(셸리는 일어선다. 브래들리가 가로질러 그녀에게 다가오자 그녀는 뒤로 물러선다. 그는 틸덴의 옆에 선다. 그는 틸덴의 손 안에 들린 코트를 보고 홱 나꿔챈다.)

브래들리 저 아가씨가 누구냐니까?
틸덴   뉴멕시코로 가던 길에 들렀대.

(브래들리는 그녀를 응시한다. 셸리는 얼어붙는다. 브래들리는 주먹으로 코트를 쥐고 그녀에게 절뚝거리며 다가간다. 그녀의 바로 앞에서 선다.)

브래들리 (셸리에게, 사이를 둔 뒤) 바캉스 가나?

(셸리는 몸을 떨면서 '아니'라고 고개를 젓는다.)

브래들리 (셸리에게, 틸덴을 가리키며) 쟬 데리고 갈 건가?

(셸리는 '아니'라고 고개를 젓는다. 브래들리는 다시 가로질러 틸덴에게 돌아온다.)

브래들리 데리고 가. 여기선 전혀 쓸모가 없는 존재야. 도무지 일을 안 해요. 손가락 하나 까딱 안 해. (서서, 틸덴에게) 내 말이 틀려? (셸리에게) 쟤가 한 때는 미국대표선수였어. 쿼터백인지 풀백인지, 뭐 정확히는 모르겠지만. 말 안 하대?

(셸리는 '아니'라고 고개를 젓는다.)

브래들리 맞아, 한 때는 대단했었어. 레터맨 스웨터를 입고 다녔어. 목에다 메달을 주렁주렁 달고 다녔지. 정말 멋있었어. 대단했어. (그는 혼자서 웃는다, 바닥에 앉아 있는 다지를 알아채고 그에게 가로질러 다가가 멈춰 선다.) 이 양반도. (셸리에게) 지금은 어디 쳐다보기나 하겠어? 뼈만 앙상하게 남아서, 힘도 없고.

(셸리는 다시 고개를 젓는다. 브래들리는 그녀를 응시한다. 주먹으로 코트를 꽉 쥔 채 그녀에게 가로질러 다가간다. 그는 셸리 앞에서 선다.)

브래들리   여자들은 그런 걸 좋아하지?

셸리   예?

브래들리   거드름. 남자의 거드름말야.

셸리   모르겠어요.

브래들리   몰라? 알면서, 내숭은. 내 앞에서 내숭떨지마. (셸리에게 더 가까이 다가간다.) 틸덴 여잔가?

셸리   아뇨.

브래들리   (틸덴에게 돌아서며) 틸덴! 네 여자냐?

(틸덴은 대답하지 않는다. 바닥을 응시한다.)

브래들리   틸덴!

(틸덴은 갑자기 무대 왼쪽 밖으로 튀어 도망친다. 브래들리는 웃는다. 셸리에게 말한다. 다지는 마치 바닥의 보이지 않는 누군가에게 말하듯 이 입술을 들리지 않게 움직인다.)

브래들리   (웃으며) 좆나게 겁 먹었구만! 늘 저 모양이었어!

(브래들리는 웃음을 멈춘다. 셸리를 응시한다.)

브래들리   너도 겁 먹었지, 그렇지? (다시 웃는다) 너도 겁 먹었어, 하긴 내가 누군지도 모를 테니까. (웃음을 멈춘다) 겁 먹을 거 없어.

(셸리는 바닥의 다지를 쳐다본다.)

셸리   할아버지를 어떻게든 도와드려야죠?

브래들리 (다지를 쳐다보며) 총으로 갈겨버릴까. (웃는다) 물에 빠져죽게 할
         까! 그래 그게 어때?

셸리   닥쳐요!

(브래들리는 웃음을 멈춘다. 셸리에게 더 가까이 다가간다. 그녀는 얼어
붙는다. 브래들리는 천천히 또박또박 얘기한다.)

브래들리 이거 봐! 아가씨. 나한테 그 따위로 말하지마. 그런 어조로 나한
         테 말하지 말란 말야. 거의 모든 사람들로부터 그 따위 어조로
         말을 들어야 할 때가 있긴 있었지. (다지를 가리키며) 특히 저 양반
         한테! 저 양반하고 방금 토껴버린 그 백치한테. 이젠 더 이상 나
         한테 그런 식으로 말하지 않아. 더 이상은. 이젠 상황이 완전히
         뒤바뀌었어. 360도로. 우습지 않아?

셸리   죄송해요.

브래들리 입을 벌려봐.

셸리   예?

브래들리 (입을 열라고 제스쳐를 쓰며) 벌려.

(그녀는 입을 약간 벌린다.)

브래들리 더 크게.

(그녀는 입을 크게 벌린다.)

브래들리 그렇게 가만히 있어.

(그녀는 하라는 대로 한다. 브래들리를 응시한다. 그는 자유로운 손으로
손가락들을 그녀의 입 속에 집어넣는다. 그녀는 빼내려고 애쓴다.)

브래들리 가만 있어!

(그녀는 얼어붙는다. 그는 손가락을 계속 그녀의 입 속에 넣고 있다. 그
녀를 응시한다. 사이. 그는 손을 빼낸다. 그녀는 입을 다문다. 눈을 그에
게서 떼지 않는다. 브래들리는 미소짓는다. 그는 바닥의 다지를 쳐다보
고 가로질러 그에게 간다. 셸리는 그를 예의 주시한다. 브래들리는 다지
위에 서서 셸리를 향해 미소짓는다. 그는 두 손으로 그녀의 코트를 다
지 위로 쳐들고 셸리에게 미소짓는다. 그는 다지를 내려다보다가 코트
를 다지에게 떨어트리는데 다지의 머리가 코트에 덮힌다. 브래들리는
코트를 든 동작으로 손을 올린 채 셸리를 건너다 보며 미소짓는다. 조
명이 까맣게 꺼진다.)

3막

장면   같은 장치. 햇빛 밝은 아침. 빗소리 그쳤다. 모든 것이 다시 말끔
히 치워졌다. 당근의 흔적도 없다. 양동이도, 스툴도 다 없다. 빈
스의 색소폰 가방과 오버코트가 아직도 계단 밑에 그대로 있다.
브래들리는 다지의 담요를 쓰고 소파 위에서 잠을 자고 있다. 그
의 머리는 무대 왼쪽을 향하고 있다. 브래들리의 목발은 그의 머
리 가까이 소파에 기대어 있다. 구두가 신긴 채다. 가죽끈이 풀어
져 있다. 다지는 야구모자를 쓰고서 텔레비전을 기댄 채 바닥에

곧추 앉아서 무대 왼쪽을 향하고 있다. 셸리의 모피코트가 그의 가슴과 어깨를 덮고 있다. 그는 무대 왼쪽 바깥으로 시선을 던진 다. 그는 이제 더욱 쇠약해 보이고 정신은 더욱 산만해 보인다. 새소리에 맞춰 조명이 천천히 밝아온다. 잠시 두 사나이를 말없 이 비춘다. 브래들리는 아주 곤하게 잠잔다. 다지는 거의 움직이 지 않는다. 셸리가 미소를 가득 머금고 무대 왼쪽에서 나타나 천 천히 다지를 향해 가로질러 움직이는데 김이 모락모락 나는 수 프 컵을 접시에 받쳐들고 흘리지 않게 매우 조심한다. 다지는 그 녀가 자기에게 가까이 다가오는 동안 그저 멍하니 쳐다보기만 한다.

셸리   (가로질러 가면서) 이걸 드시면 세상이 완전히 달라질 거예요, 할 아버지. 할아버지라고 불러도 괜찮죠? 빈스가 할아버지라고 불렀 을 때 역정을 내신 건 알지만 그거야 빈스가 누군지 모르시니까.

다지   그 놈은 내 돈을 가지고 이 마을을 도망쳤어. 널 인질로 잡아놔 야겠다.

셸리   돌아올 거예요. 걱정 마세요.

(그녀는 다지 옆에 꿇어앉아 수프와 받침접시를 그의 무릎 위에 내려놓 는다.)

다지   벌써 아침인데! 내 술 뿐만 아니라 내 2달러도 그 놈이 가로챘어!

셸리   이걸 드셔보세요, 네? 엎지르지 마세요.

다지   그게 뭔데?

셸리   쇠고기 수프예요. 기운이 좀 나실 거예요.

다지   수프라고! 그것도 음식이라구, 난 그런 거 안 먹어! 저리 치워, 구역질 나!

셸리   오래 공들여 겨우 만든 건데.

다지   일주일 내내 만든 거래두 마찬가지야! 난 안 마셔!

셸리   그럼 난 이걸 다 어떻게 하죠? 할아버지를 돕고 싶어서 그래요.
       어쨌거나 할아버지 몸에 좋은 거예요.

다지   저리 치우라니까!

(셸리는 컵과 받침을 들고 일어선다.)

다지   내 몸에 뭐가 좋은지 아가씨가 어떻게 알아?

(그녀는 다지를 쳐다보다가 그에게서 몸을 돌려 층계로 가로질러 가서
맨 밑바닥 계단에 앉아 수프를 마신다. 다지는 그녀를 응시한다.)

다지   내 몸에 뭐가 좋은지 말해줄까?

셸리   뭐죠?

다지   약간의 마사지. 약간의 접촉.

셸리   오, 안돼요. 최근에 충분한 접촉을 가졌었어요. 어쨌든 고마워요.

(그녀는 앉아서 계속 수프를 홀짝 홀짝 마신다. 다지가 그녀를 응시하
는 동안 침묵.)

다지   뭐가 안 된다는 거야? 어차피 아가씬 따로 할 일이 없는데. 그 녀
       석은 돌아오지 않아. 이곳에 다시 나타날 것 같지?

셸리   물론이죠. 나타날 거예요. 호른을 놓고 갔거든요!

다지   호른? (웃는다) 아가씨가 그 녀석 호른이구나!

셸리   참 재밌네요.

다지   내 돈을 갖고 도망간 놈인데, 절대 안 돌아와요.

셸리   돌아와요.

다지   아가씬 참 재밌는 영계야. 그거 알아?

셸리   고마워요.

다지   믿음으로 꽉 찼어. 희망. 믿음과 희망으로. 아가씨처럼 희망으로
       가득 찬 사람들은 다 똑같아. 하나님 아니면 남자들을 믿지. 남자
       가 아니면 여자를. 여자가 아니면 땅을, 혹은 어떤 미래를. 색다
       른 미래이긴 하지만.

       (사이)

셸리   (베란다 쪽을 바라보며) 비가 그쳐서 다행예요.

다지   (베란다를 내다보다가 다시 셸리를 보며) 내 말이 바로 그거야. 비가
       그치니까 벌써 좋아하거든. 이제 모든 것이 달라질 거라고 생각
       하고 있거든. 단순히 해가 나왔다는 이유로.

셸리   이미 달라진 걸요. 어젯밤엔 정말 무서웠어요.

다지   뭐가 무서워?

셸리   그냥요.

다지   브래들리가? (브래들리를 쳐다본다.) 쟨 종이호랑이야. 특히 지금은.
       저 목발만 집어서 뒷문 밖으로 내던져봐. 꼼짝 못하지. 꼼짝도 못
       해요.

       (셸리는 고개를 돌려 브래들리의 목발을 응시한 다음 다시 다지를 쳐다
       본다. 그녀는 수프를 조금씩 마신다.)

셸리   할아버지가 해봤어요?

다지   나? 난 숨쉴 기력도 없는 사람인걸.

셸리   할 수만 있다면 그렇게 하시겠어요?

다지   그렇게 쉽게 놀라지 말아, 아가씨. 남자가 못할 일은 없어. 아가
       씨가 뭘 상상하든 사내들은 능히 그럴 수 있어. 뭐든지.

셸리   할아버지 얘기군요.

다지   거기 앉아서 수프나 홀짝 홀짝 마시면서 날 판단하지 마! 여긴
       내 집이야!

셸리   잊었어요.

다지   잊었어? 그럼 이게 누구 집인 줄 알았어?

셸리   내 집요.

(다지는 멍하니 그녀를 쳐다보기만 한다. 긴 사이. 수프를 마신다.)

셸리   내 집이 아닌 줄은 알지만 어쩐지 그런 느낌이 들었어요.

다지   어떤 느낌?

셸리   이곳엔 나만 살고 있다는. 그러니까 다들 떠나고 없는 것 같은
       느낌요. 할아버지도 여기 계시긴 하지만 이곳에 계셔야 할 분 같
       지 않아요. (브래들리를 가리키며) 저 사람도 여기 있어야 할 사람
       같지 않고요. 그게 뭔지 나도 모르겠어요. 아마 집 때문일 거예요.
       왠지 친숙해서. 집안 풍경이 낯익어서요. 할아버지도 그런 느낌
       가져본 적 있어요?

(다지는 말없이 그녀를 응시하기만 한다. 사이.)

다지   아니. 한번도 그런 적 없어.

(셸리는 일어선다. 컵을 든 채 이리 저리 서성거린다.)

셸리   어젯밤 저는 위층 저 방에 자려고 올라갔었어요.

다지   어떤 방?

셸리   사진들이 많이 걸려 있는 방요. 십자가도 많이 걸려 있고.

다지   헤일리의 방 말야?

셸리   네. "헤일리"가 누군지 모르지만.

다지   내 마누라야.

셸리   부인은 기억하시네요?

다지   무슨 소리야! 물론 기억하지! 외출한지 하루밖에 안됐어. 아니 반
       나절이지. 얼마나 길게 느껴졌는지 몰라도.

셸리   부인의 머리가 밝은 빨강머리였을 때 생각나세요? 사과나무 앞
       에 서 계시던.

다지   이게 뭐야, 아가씨 지금 삼류소설 써?! 네가 누군데 내 마누라에
       대해서 사적인 질문을 퍼대지?

셸리   할아버진 이 층의 사진들을 한번도 안 보시죠?

다지   무슨 사진!

셸리   할아버지의 일생이 그 벽에 걸려 있어요. 할아버지와 똑같이 생
       긴 사람이. 할아버지의 옛날 모습과 똑같이 생긴 사람이.

다지   그건 내가 아냐! 난 그랬던 적 없어! 이게 나야. 바로 여기 있는
       내가 나야. 이게 나야. 나의 전부가, 실체가 바로 네 앞에 앉아 있어.

셸리   그러니까 할아버지한텐 과거는 없었던 거네요?

다지   과거? 좋아하네. 과거. 네가 과거에 대해 뭘 알아?

셸리   많이는 몰라요. 하지만 농장이 있었던 건 알죠.

(사이)

다지   농장?

셸리   농장 사진이 있던데요. 큰 농장이었어요. 소도 있구. 밀. 옥수수.

다지   옥수수?

셸리   아이들이 옥수수 밭에 빽빽히 서 있었어요. 전부 커다란 밀짚모
자를 흔들면서. 그런데 한 아이가 모자가 없었어요.

다지   그게 누구야?

셸리   갓난아기가 하나 있었어요. 여자의 팔에 안긴. 빨강머리를 한 여
자와 같은 여자였어요. 그 여자는 거기 서 있었지만 마치 길을
잃은 듯한 표정이었어요. 어떻게 자기가 거기 서 있게 됐는지 모
르는 것처럼.

다지   모르긴 왜 몰라! 난 그 여자한테 이곳이 도시로 발전하지 않을
것임을 골백번도 더 말해줬어! 충분히 경고를 했었어.

셸리   마치 다른 사람의 아이인 것처럼 아기를 내려다보고 있었어요.
자기 자식이 아닌 것처럼.

다지   이제 그만 떠들어! 별 해괴한 생각을 다 하고 있네. 황당무계한.
넌 사람들이 자식을 생산한다고 무조건 자식을 사랑해야 한다고
생각하나? 지 새끼 잡아먹는 개를 못 봤어? 넌 도대체 어디서 왔
니?

셸리   L.A요. 그런 얘긴 벌써 다 했잖아요.

다지   맞아. L.A. 생각난다.

셸리   멍청한 도시.

다지   맞아! 널 보니 틀림없군.

(사이)

셸리   아무튼, 이 가정에 무슨 일이 벌어졌어요?

다지   네가 뭔데 그걸 물어! 나랑 무슨 상관야? 무슨 사회복지과에서 나왔나?

셸리   전 빈스의 친구예요.

다지   빈스의 친구라! 대단하다. 정말 대단해. "빈스!" "미스터 빈스!" "미스터 도둑놈"이 차라리 어울리지! 그 놈 이름은 나한테 아무런 의미가 없어. 눈꼽만큼도. 내가 얼마나 새끼를 많이 깠는지 알아? 손자는 말할 것도 없고 증손자에 고손자에…?

셸리   그런데 아무도 기억 못하세요?

다지   기억할 게 뭐 있어? 가족 앨범을 갖고 있는 사람은 헤일리야. 그 사람하고 얘기해. 네가 관심 있는 게 족보라면 마누라가 궁금증을 다 풀어줄 거야. 무덤까지 죄 추적했던 사람이니까.

셸리   무슨 말씀이세요?

다지   무슨 말씀인 것 같아? 너 같으면 얼마나 멀리 거슬러 올라갈 수 있겠어? 시체들의 긴 행렬! 내 뒤로는 산 자가 하나도 없어. 한 명도. 그러니 누가 날 기억해주겠니? 누가 땅 속에 묻힌 뼈다귀에 대해서 신경을 쓰겠어?

셸리   틸덴의 얘기가 사실인가요?

(다지는 뚝 멈춘다. 셸리를 응시한다. 고개를 흔든다. 무대 왼쪽 바깥을 내다본다.)

셸리   사실예요?

(다지의 어조가 갑자기 바뀐다.)

다지   틸덴? (셸리를 향한다. 차분하게) 틸덴이 어디 있지?

셀리　어젯밤 말예요. 아기에 대한 그 분의 얘기가 사실이었어요?

(사이)

다지　(무대 왼쪽을 향하며) 틸덴한테 무슨 일이 생겼나? 왜 틸덴이 여기
　　　에 없지?
셀리　브래들리가 쫓아냈어요.
다지　(잠자고 있는 브래들리를 쳐다보며) 브래들리? 왜 저놈이 내 소파 위
　　　에 있지? (셀리에게 몸을 돌리며) 내가 이렇게 하구 밤을 샜단 말
　　　야? 바닥에 앉아서?
셀리　영 가려고 하지 않았어요. 저 사람이 잠들 때까지 전 밖에 숨어
　　　있었어요.
다지　밖에? 틸덴이 밖에 있어? 바깥에서 비 맞으면 안 되는데. 곤란한
　　　일이 생겨요. 걘 이제 여기 길을 잘 몰라. 전엔 잘 알았었는데. 서
　　　부에 가서 말썽이 생겼어. 아주 질 나쁜 말썽이. 여기서 또 그런
　　　일이 생기면 안 돼.
셀리　그 분이 뭘 했는데요?

(사이)

다지　(조용히 셀리를 응시한다.) 틸덴? 정신이 나갔어. 그런 일이 생긴 거
　　　야. 우린 걜 혼자 놔둘 수가 없어요. 이젠 말야.

(헤일리의 웃음 소리가 왼쪽 바깥에서 들린다. 셀리는 일어선다. 소리가
들리는 쪽으로 몸을 향한다. 그냥 눌러 있어야 할지 도망가야 할지 모
르는 채 컵과 받침을 들고 있다.)

다지   (셸리에게 손짓하며) 앉아 있어! 도로 앉아!

(셸리는 앉는다. 헤일리의 웃음소리가 다시 들린다.)

다지   (더욱 무겁게 그녀에게 속삭이며, 코트를 더욱 끌어올린다.) 날 혼자 버려 두고 떠나지마! 약속해줘. 혼자 도망가지 않겠다구. 누가 내 옆에 있어줘야 해. 틸덴도 가버리고 없으니까 너라도 있어야 해! 날 혼자 버려 두지 마! 약속해 줘!

셸리   (앉으며) 알았어요.

(헤일리가 베란다의 스크린 도어 바깥에 나타난다. 뒷무대 왼쪽이다. 듀이스 목사와 함께다. 그녀는 밝은 노란색 드레스를 입고 있는데 모자는 쓰지 않았다. 하얀 장갑을 끼고 있고 두 팔로 노란 장미를 한 아름 안고 있다. 듀이스 목사는 전통적인 검정 양복에 하얀 성직자칼라와 셔츠를 입고 있다. 그는 반백 머리가 아주 뚜렷한 60대의 남자다. 둘 다 약간 취해 있다. 두 사람이 스크린 도어를 통해 베란다로 들어오자 다지는 토끼털 코트를 머리까지 푹 뒤집어쓰고 숨는다. 셸리는 다시 일어선다. 다지는 코트를 떨어트리고 강하게 셸리에게 속삭인다. 헤일리도 듀이스 목사도 집안에 있는 사람들을 의식하지 못한다.)

다지   (셸리에게 강하게 속삭이며) 약속했어!

(셸리는 다시 층계에 앉는다. 다지도 다시 코트로 머리까지 뒤집어쓴다. 헤일리와 듀이스 목사는 무대 오른쪽 실내 문을 향해 가로질러 가면서 베란다에서 얘기를 한다.)

헤일리   어머나, 목사님! 끔찍해요! 정말로 끔찍해요. 그러구서도 벌 받는
        게 두렵지 않으세요?

        (그녀는 낄낄거린다.)

듀이스   이태리 사람한테 벌 받는 일은 없지요. 저희들끼리 벌주느라고
        정신이 없으니까요.

        (둘 다 낄낄 거리며 웃음을 터뜨린다.)

헤일리   하나님은 어떻고요?
듀이스   우리가 기도를 해도 하나님은 듣고 싶으신 것만 들으시지요. 물
        론 당신한테만 하는 얘기지만요. 아주 솔직히 얘기하자면 우린
        우리가 가톨릭 신자들과 똑같이 사악하다는 걸 알지요.

        (그들은 다시 키득거리며 무대 오른쪽 문에 도달한다.)

헤일리   목사님, 주일 설교에 그런 말씀하시는 걸 들어본 적이 없어요.
듀이스   재미있는 농담은 사적인 친교시에만 하니까요. 돼지에게 진주가
        무슨 소용이 있습니까.

        (그들은 웃으며 방에 들어온다. 셸리를 보고 멈춘다. 셸리는 일어선다.
        헤일리는 듀이스 목사 뒤로 문을 닫는다. 코트 속에서 셸리에게 말하는
        다지의 음성이 들린다.)

다지   (코트 속에서, 셸리에게) 앉아, 앉아! 저들에게 기죽으면 안돼!

(셸리는 층계에 다시 앉는다. 헤일리는 바닥의 다지를 보고 또 소파 위에서 잠들어 있는 브래들리와 그의 목발을 차례로 본다. 그는 듀이스 목사에게 당황스런 비명 소리를 낸다.)

헤일리   하나님 맙소사! 집안이 이게 무슨 꼴이지!

(그녀는 장미를 듀이스 목사에게 건넨다.)

헤일리   실례해요, 목사님.

(헤일리는 다지에게 가로질러 가서 코트를 홱 집어들고는 그것으로 목발을 덮는다. 브래들리는 계속 잠을 잔다.)

헤일리   내가 잠시 집을 비우기만 하면 악마가 바람을 타고 현관문으로 날아온다니까!
다지   그 코트 돌려줘! 얼어죽겠어, 어서 코트를 돌려줘!
헤일리   얼어죽지 않아요! 해가 나왔는데 얼어죽긴 왜 얼어죽어요!
다지   코트를 돌려줘! 그 코트는 살아 있는 살을 위한 거지 죽은 나무를 위한 게 아냐!

(헤일리는 브래들리에게서 담요를 홱 걷어내 다지에게 던진다. 다지는 담요로 다시 머리를 덮는다. 브래들리의 잘린 다리는 다리의 반을 소파의 방석 밑에 둠으로써 꾸밀 수 있다. 그는 옷을 다 입고 있다. 브래들리는 담요가 걷어치워지는 순간 약간 경련을 일으키며 곧추 앉는다.)

헤일리   (담요를 던지며) 자! 이걸 덮어요! 애당초 당신꺼니까! 단 한번만이라도 자기 몸 자기가 챙겨봐요!

브래들리 (헤일리에게 소리지르며) 담요 돌려줘요! 그 담요 돌려줘요! 내 껀데!

(헤일리는 장미를 들고 멍하니 서 있는 듀이스 목사를 향하여 가로질러 간다. 브래들리는 담요를 집으려고 소파 위에서 허우적거리지만 뜻대로 되지 않는다. 다지는 더욱 깊숙하게 담요 속에 몸을 숨긴다. 셸리는 아직도 컵과 받침을 든 채 층계 위에서 장면을 지켜본다.)

헤일리 죄송해요, 목사님, 이런 꼴을 뵈드리려고 초대한 게 아닌데.

듀이스 사과하실 필요 없습니다. 현실을 직면할 수 없다면 목사직을 택하지도 않았을 것입니다.

(그는 약간 자의식적인 웃음을 웃는다. 헤일리는 셸리를 다시 의식하고 그녀에게 가로질러 다가간다. 셸리는 계속 앉아 있다. 헤일리는 멈춰 서서 그녀를 응시한다.)

브래들리 내 담요 돌려줘요! 내 담요 돌려줘요!

(헤일리는 브래들리에게 몸을 돌려 그를 침묵시킨다.)

헤일리 입 닥쳐, 브래들리! 지금 당장! 더는 못 참아!

(브래들리는 천천히 후퇴하며 다시 소파 위에 눕는다. 등을 헤일리에게 돌리며 혼자서 꿍얼거린다. 헤일리는 다시 셸리에게 관심을 준다. 사이.)

헤일리   (셸리에게) 아가씨가 왜 내 컵과 받침을 들고 있지?

셸리   (컵을 쳐다보며, 헤일리에게) 다지 할아버지를 위해서 쇠고기 수프를 좀 만들었어요.

헤일리   다지를 위해서?

셸리   네.

헤일리   그래, 저 양반이 마시던가?

셸리   아뇨.

헤일리   아가씨가 마셨어?

셸리   예.

(헤일리는 그녀를 응시한다. 긴 사이. 그녀는 갑자기 셸리에게서 몸을 돌려 다시 듀이스 목사에게로 가로질러 걸어간다.)

헤일리   목사님, 우리 집에 낯선 사람이 하나 있군요. 어떻게 충고하시겠어요? 어떻게 하는 것이 기독교적일까요?

듀이스   (우물쭈물하며) 오, 글쎄…난…난 사실.

헤일리   아직 위스키가 좀 남았죠, 예?

(다지는 천천히 담요를 끌어내려 고개를 내밀며 듀이스 목사 쪽을 바라본다. 셸리는 일어선다.)

셸리   이보세요, 전 술을 안 마셔요. 전 그냥.

(헤일리는 위협적으로 셸리에게 돌아선다.)

헤일리   앉아 있어!

(셀리는 다시 계단 위에 앉는다. 헤일리는 다시 듀이스를 향한다.)

헤일리 아직 많이 남아 있을 거예요! 그렇죠, 목사님?
듀이스 아, 예. 그럴 겁니다. 부인이 직접 꺼내셔야겠군요. 내 손이 비질
        않아서.

(헤일리는 낄낄거린다. 듀이스의 주머니에 손을 넣어 술병을 더듬어 찾
는다. 그녀는 찾는 동안 장미의 냄새를 맡는다. 듀이스는 뻣뻣하게 선
다. 다지는 헤일리가 술병을 찾는 동안 그녀를 열중해서 지켜본다.)

헤일리 세상에서 제일 신비한 게 장미예요! 정말 신비롭지 않아요, 목사
        님?
듀이스 예, 예, 신비롭다마다요.
헤일리 이 집안에 가득한 죄의 악취를 거의 덮어주거든요. 정말 대단해
        요! 이 향기. 안젤의 동상 발치에도 장미를 갖다놔야겠어요. 제막
        식하는 날.

(헤일리는 듀이스의 조끼 주머니에서 은제 위스키 술병을 찾아낸다. 꺼
낸다. 다지는 열망하는 눈초리로 바라본다. 헤일리는 다지에게 가로질
러 다가간다. 술병 마개를 열고 한 모금 마신다.)

헤일리 (다지에게) 안젤의 동상이 세워져요, 다지. 알고 있었어요? 액자가
        아니라 진짜 살아 있는 동상이에요. 전신 크기로. 머리에서 발끝
        까지. 한 손엔 농구공을 다른 손엔 장총을 든 모습으로.
브래들리 (헤일리에게 등을 돌린 채) 형은 한번도 농구를 해본 적이 없어요!
헤일리 시끄럽다, 브래들리! 안젤에 대해선 입을 다물어! 안젤은 누구보

다도 농구를 잘 했어! 너도 알다시피! 걘 미국대표선수였어! 남의 영광을 가로챌 이유가 어디 있니?

(헤일리는 브래들리로부터 몸을 돌려서 은제 술병으로부터 위스키를 홀짝거리며 미소를 머금고 듀이스 목사를 향해 가로질러 걸어간다.)

헤일리　(듀이스에게) 안젤은 훌륭한 농구선수였어요. 최고선수 가운데 하나였죠.

듀이스　나도 안젤을 기억해요.

헤일리　그러시겠죠! 기억하시고 말고요. 걔가 농구를 어떻게 했는지 기억하실 거예요. (셸리를 향해 돌아서며) 물론 요즘은 성격이 다른 농구들을 하고 있지만 말야. 더 험악해졌어. 안 그래, 아가씨?

셸리　전 몰라요.

(헤일리는 술병을 홀짝거리며 셸리에게 가로질러 다가간다. 셸리 앞에서 선다.)

헤일리　훨씬 더 험악해졌어. 서로 부딪히질 않나 상대방 선수의 이빨을 부러뜨리지 않나. 농구코트 전체가 피투성이야. 야만스러워.

(헤일리는 셸리에게서 컵을 빼앗아 들고 위스키를 따른다.)

헤일리　옛날처럼 규율도 없어. 전혀. 자제할 줄을 몰라요. 마약과 여자에 빠지기나 하고. 특히 여자한테.

(헤일리는 위스키가 든 컵을 천천히 셸리에게 돌려준다. 셸리는 받아든다.)

헤일리   특히 여자한테. 계집애들. 슬프고, 가련한 어린 계집애들. (그녀는 다시 듀이스 목사한테 가로질러 돌아간다.) 이게 다 시대를 반영하는 것 아니겠어요, 듀이스 목사님? 우리가 어디 서 있는지를 가리키는 것 아니겠어요?

듀이스   그런 것 같군요, 네, 그래요.

헤일리   그렇죠. 조짐이 나빠요. 젊은애들이 괴물스러워진다는 게.

듀이스   글쎄요, 난 어.

헤일리   원하시면 제 의견에 동의 안 하셔도 돼요, 목사님. 전 토론을 좋아해요. 토론은 쟁점의 양 측면 모두를 풍요롭게 해주거든요. 안 그래요? (그녀는 다지에게 다가간다.) 장기적으로 보면 마찬가지지만요. 자기의 눈앞에서 사물이나 사람들이 악화되어가는 모습을 볼 땐 결국 이러나 저러나 다 마찬가지예요. 모든 게 내리막길예요. 젊음에 대해서 생각하는 것조차도 사실은 어리석은 거죠.

듀이스   아뇨, 전 그렇게 생각하지 않아요. 무언가를 믿는다는 것은 중요하다고 생각해요.

헤일리   그렇죠. 그래요, 무슨 말씀을 하시는 지 알겠어요. 맞아요. 말씀이 옳다고 생각해요. (그녀는 다지를 쳐다본다.) 어떤 기본적인 것들. 우리는 어떤 기본적인 것들은 흔들지 못해요. 잘못하다간 미치고 말테니까요. 우리 남편처럼. 저 사람 눈을 보세요. 얼마나 미쳤는지 금방 알 수 있어요.

(다지는 담요로 다시 머리를 뒤집어쓴다. 헤일리는 듀이스에게서 장미 한 송이를 취해서 다지에게 천천히 다가간다.)

헤일리   뭔가를 믿지 않을 수는 없죠. 믿는 걸 멈출 순 없어요. 멈추면 결국 죽을 테니까요. 죽는 걸로 끝나요.

(헤일리는 장미를 다지의 담요 위에 살며시 던진다. 장미는 그의 무릎 사이에 떨어져 거기 머문다. 헤일리가 장미를 응시하는 동안 긴 침묵. 셸리가 갑자기 일어선다. 헤일리는 그녀에게 돌아서지 않은 채 장미를 응시한다.)

셸리   (헤일리에게) 내가 누군지 알고 싶지도 않다 이거죠! 내가 여기서 뭘 하고 있는지 궁금하지도 않군요! 난 죽지 않았어요!

(셸리는 헤일리를 향해 가로질러 다가간다. 헤일리는 천천히 그녀에게 몸을 돌린다.)

헤일리   위스키를 마셨어?
셸리   아뇨! 앞으로도 안 마실 거예요!
헤일리   결심이 아주 단단하구나. 단호한 태도를 갖는 건 좋은 일이야.
셸리   그런 건 없어요. 난 그냥 정리를 좀 하고 싶을 뿐예요.

(헤일리는 웃는다. 듀이스에게로 가로질러 돌아간다.)

헤일리   (듀이스에게) 계속 놀랄 일이네요! 우리가 이런 꼴을 당할 줄 목사님은 아셨어요?
셸리   난 당신의 손자랑 잠깐 들린 것 뿐예요! 순수하게 우호적으로 잠깐 들렀어요.
헤일리   내 손자?
셸리   네! 그래요. 걜 아무도 기억 못하지만.
헤일리   (듀이스에게) 얘기가 좀 도를 넘어서는데요.
셸리   난 여기 오는 게 아무래도 바보 같은 일이라고 말해줬어요. 한번

　　　　　　떠난 데서 뭘 다시 줍겠다구.

헤일리　　그게 어딘데?

셸리　　　바로 여기에요! 6년 전! 10년 전! 언제라도 상관없어요. 한번 떠난
　　　　　사람은 아무도 신경 쓰지 않는다고 말해줬어요.

헤일리　　네 말을 안 듣던?

셸리　　　네!. 안 들었어요. 우린 그 친구가 어린 시절부터 기억하는 모든
　　　　　작은 마을마다 일일이 섰어요! 여자 애한테 키스했던 빵집들. 드
　　　　　라이브인. 드레그 레이스 코스하며. 뼈를 부러뜨렸던 모든 축구
　　　　　장하며.

헤일리　　(화들짝 놀라며, 다지에게) 틸덴이 어디 갔죠?

　　　　　(셸리는 헤일리에게 거칠게 다가간다.)

셸리　　　(헤일리에게) 내 얘기 안 끝났어요!

　　　　　(브래들리는 재빠르게 소파 위에 일어나 곧추 앉는다. 셸리는 물러선다.)

브래들리　(셸리에게) 우리 엄마한테 소리지르지 마!

헤일리　　다지! (그녀는 다지를 발로 찬다.) 틸덴을 내보내지 말라고 말했잖아
　　　　　요! 어디로 갔어요?

다지　　　술을 주면 얘기해주지.

듀이스　　헤일리, 내가 안 좋은 시간에 찾아온 것 같소.

　　　　　(헤일리는 다시 듀이스에게 가로질러 돌아온다.)

헤일리　　(듀이스에게) 내가 집을 나서는 게 아니었어요. 절대로 떠나면 안

되는 걸! 틸덴이 지금 어디 있을까! 어디 갔을까! 걘 지금 제 정
신이 아네요. 다지도 그걸 알고 있어요. 내가 외출하면서 말을 해
줬는데. 특별히 틸덴을 잘 지키라고 다짐을 해줬는데.

(브래들리는 손을 뻗어 다지의 담요를 잡고는 홱 나꿔챈다. 그는 소파
위에 누워 담요로 머리를 뒤집어쓴다.)

다지   저 놈이 내 담요를 또 뺏어 갔어! 내 담요를 뺏어 갔어!
헤일리   (브래들리에게 돌아서며) 브래들리! 브래들리, 담요를 돌려드려!

(헤일리는 브래들리를 향해 움직인다. 갑자기 셸리가 컵과 받침을 무대
오른쪽 문에다 내동댕이친다. 듀이스가 몸을 숙인다. 컵과 받침은 박살
이 난다. 헤일리는 멈춘다. 셸리에게 돌아선다. 모두가 그 자리에 얼어
붙는다. 브래들리는 천천히 담요 밑에서 고개를 빼들고 무대 오른쪽 문
을 본 다음 다시 셸리를 본다. 셸리는 헤일리를 응시한다. 듀이스는 장
미를 든 채 움칫거린다. 셸리는 천천히 헤일리를 향해 움직인다. 긴 사
이. 셸리는 부드럽게 말한다.)

셸리   (헤일리에게) 난 무시당하는 게 싫어요. 마치 내가 여기 없는 사람
처럼 취급당하는 게 싫어요. 어릴 때도 그걸 싫어했고 지금도 싫
어해요.
브래들리 (소파 위에 곧추 앉으며) 우리가 너한테 말할 의무는 없어. 아무 애
기도. 네가 뭐 경찰이라도 되나? 정부관리도 아니고. 넌 틸덴이
데리고 들어온 갈보일 뿐야.
헤일리   저 입! 내 집에서 그런 언사는 쓰지마!
셸리   (브래들리에게) 네가 내 입 안에 손을 쑤셔 넣어 놓고 나더러 갈보

라는 말이 나와!

헤일리   브래들리! 네가 이 아가씨 입 안에 손을 집어넣었니? 정말 창피
        하구나. 잠시도 널 혼자 놔둘 수가 없어요.

브래들리 전 안했어요! 쟤가 거짓말하는 거예요!

듀이스   헤일리, 이제 그만 가봐야겠소. 장미는 부엌에다 놓겠소.

        (듀이스는 무대 왼쪽을 향해 움직인다. 헤일리가 그를 세운다.)

헤일리   지금 가지 마세요, 목사님! 조금만 있다가.

브래들리 난 아무 짓도 안 했어요, 엄마! 손가락 하나 안 댔어요! 쟤가 그래
        달라고 했는데 내가 거절했어요! 내가 일언지하에 거절했어요!

        (셸리는 갑자기 목발에서 그녀의 코트를 집어들고는 코트와 다리 둘 다
        를 브래들리에게서 멀리 앞무대 쪽으로 가져온다.)

브래들리 엄마! 엄마! 쟤가 내 다리를 갖고 갔어요! 내 다리를 가져갔어요!
        난 아무 짓도 안 했는데! 내 다리를 훔쳐 갔어요!

        (브래들리는 목발을 집으려고 허공에서 발버둥친다. 셸리는 잠깐 동안
        목발을 내려놓더니 재빨리 코트를 입고는 목발을 다시 집어든다. 다지
        는 얕은 기침을 하기 시작한다.)

헤일리   (셸리에게) 젊은 아가씨. 이제 그만 하면 충분해. 우린 아가씨한테
        인내의 한계점에 거의 도달했어. 아가씨가 어디서 왔는지 또 여
        기서 뭘 하고 있는지 알 바 없지만 이제 아가씬 이 집에서 더 이
        상 환영받지 않아.

셸리   (웃는다. 목발을 든 채) 더 이상 환영받지 않는다!

브래들리 엄마! 내 다리! 내 다리 돌려 줘요! 다리 없이 난 꼼짝도 못해요.

          (브래들리는 계속 낑낑대는 소리를 내며 목발을 집으려고 허우적거린
          다.)

헤일리   내 아들한테 목발을 돌려줘요. 지금 당장!

          (다지가 기침을 하는 사이사이로 혼자서 웃기 시작한다.)

헤일리   (듀이스에게) 목사님, 어떻게 좀 해보세요! 내가 내 집에서 테러를
          당할 순 없잖아요!

브래들리 내 다리 돌려 줘!

헤일리   입 닥쳐라, 브래들리! 입 다물어! 당장 다리가 필요한 것도 아니
          잖니! 그냥 누워서 잠자고 있어!

          (브래들리는 꿍얼거린다. 누워서 담요를 끌어당긴다. 한 팔을 담요 밖으
          로 빼내서 목발 쪽으로 뻗는다. 듀이스는 장미를 안은 채 조심스럽게
          셸리에게 접근한다. 셸리는 목발을 가슴에 꼭 끌어안는데 마치 그것을
          유괴한 듯한 동작이다.)

듀이스   (셸리에게) 자, 아가씨, 우리, 말로 해결하는 게 낫지 않겠소? 이성
          적으로 말이지?

셸리   이 집엔 이성이 없어요! 아무것도 논리적으로 설명이 되지 않는
          집예요.

듀이스   아무것도 두려워 할 게 없어요. 다 선량한 사람들이니까. 다 의로

운 사람들이구.

셸리   전 무섭지 않아요!

듀이스   여기가 아가씨네 집이 아니잖아. 그러면 존중할 줄도 알아야지.

셸리   손님은 당신네들이지 내가 아네요.

헤일리   해도 정말 너무 한다!

듀이스   헤일리, 진정해요. 나한테 맡겨요.

셸리   가까이 오지 말아요! 아무도 가까이 오지 말아요. 당신의 말은 하나도 필요없어요. 난 지금 아무도 협박하고 있지 않아요. 내가 여기서 뭘 하고 있는지조차도 몰라요. 당신들은 전부 빈스를 기억하지 못한다고 말해요, 좋아요, 기억 못할 수도 있죠. 어쩌면 빈스가 미쳤는지도 모르죠. 어쩌면 걔가 이 가족에 대한 모든 얘길 꾸몄는지도 모르겠어요. 그랬대두 이젠 상관없어요. 난 차를 얻어 타려고 같이 왔을 뿐이니까요. 좋은 제스처라고 생각했어요. 그리고 사실 호기심도 있었구요. 걔가 당신들 모두를 아주 낯익게 만들어줬어요. 당신들 하나 하나를. 그래서 이름 하나 하나마다 내겐 이미지가 있었어요. 걔가 어떤 이름을 말할 때마다 난 그 사람을 보는 것 같았어요. 사실, 당신들 하나 하나가 내 마음 속에서 너무 뚜렷했기 때문에 난 당신들을 실제로 믿었어요. 그래서 저 문으로 들어왔을 때 난 여기 사는 사람들이 내 상상 속에 있던 그 사람들과 똑같으리라고 기대를 했었죠. 그렇지만 지금 난 당신들을 하나도 알아보지 못해요. 단 한 사람도. 조금도 닮은 점이 없어요.

듀이스   아가씨의 환상을 실현시켜주지 않는다고 이 사람들을 나무랄 순 없지.

셸리   환상이 아니었어요! 차라리 예언 같은 것이었어요. 당신은 예언을 믿죠, 안 그래요?

헤일리   목사님, 저 애랑 더 얘기해봐야 소용없어요. 경찰을 부르는 수밖에.

브래들리   안돼요! 경찰을 끌어들이지 말아요. 여기에 경찰은 필요 없어요. 여긴 우리 집이잖아요.

셸리   맞아요. 브래들리 말이 맞아요. 당신들은 보통 문제들을 몰래 사적으로 처리하지 않나요? 어둠 속으로 나가서, 뒤뜰에 나가서 말예요.

브래들리   우리 일에 끼여들지 마! 네가 뭔데 간섭이야!

셸리   나하곤 아무 상관없죠. 맞아요. 난 아무것도 잃을 게 없어요.

(그녀는 한 사람 한 사람을 응시하며 주위를 돈다.)

브래들리   넌 우리가 무슨 일을 겪어 왔는지 몰라. 넌 아무 것도 몰라!

셸리   비밀이 있다는 걸 알아요. 당신들 모두에게 한 가지 비밀이 있어요. 그것이 너무나 비밀스러운 나머지 이제 당신들은 그 일이 일어났다는 사실조차 믿지 않아요.

(헤일리가 듀이스에게로 간다.)

헤일리   오 맙소사, 목사님!

다지   (스스로에게 웃으며) 우리한테서 비밀을 캐내겠다는 거야. 진실을 반드시 규명해내겠다는 거야. 지가 무슨 탐정인 것처럼.

브래들리   난 아무 얘기도 안 할 거야! 우린 아무런 잘못도 없어! 한번도 잘못을 저지른 적이 없어! 모든 걸 순리대로 처리해왔어! 나쁜 일은 한번도 없었어! 우리 집은 만사가 오케이야! 우린 다 선량한 사람들이야!

다지   저 아가씬 많은 세월이 지난 지금 느닷없이 모든 걸 까발기겠다
      는 거야.
듀이스 (셸리에게) 이 사람들이 바라는 대로 편안하게 가만 놔둬요. 아가
      씬 자비심도 없소? 이 사람들이 아가씨한테 해꼬지한 게 없잖아.
다지   뿌리까지 캐내겠다는 거야. (셸리에게) 맞지, 안 그래? 맨 밑바닥
      까지 파보겠다는 거 아냐? 내가 말해줄까? 무슨 일이 있었는지
      내가 말해줄까? 못할 것도 없지. 차라리 털어놓는 게 낫겠어.
브래들리 안돼요! 저 양반 얘기 듣지 마. 아무 것도 기억 못해.
다지   처음부터 끝까지 다 기억한다. 그 아이가 태어나던 날이 생각나
      는군.

      (사이)

헤일리 다지, 당신이 그 얘길 하면—당신이 그 얘길 하면, 나하곤 끝장예
      요. 당신을 죽은 사람처럼 대할 거예요.
다지   그런다고 뭐가 달라질까, 헤일리. 이 아가씨, 여기 이 아가씨를
      보라구, 알고 싶대잖아. 뭔가 더 알고 싶대. 그리고 나한텐 말을
      하고 안하고 아무런 차이가 없을 것 같은 느낌이 들어. 지금 안
      한다 해도 얼마 안 가서 낯선 사람에게 털어놓고 말테니까.
브래들리 (다지에게) 우린 약속을 했어요! 서로 서로 약속을 했어요! 그 약
      속을 지금 깨뜨리려고 해요?!
다지   난 그런 기억 없다.
브래들리 (셸리에게) 봐, 아무 것도 기억 못하잖아. 식구들 중엔 나만 기억
      해. 나 혼자만. 하지만 난 말 안 해!
셸리   내가 정말로 알고 싶어하는 건지 나도 잘 모르겠어요.
다지   (스스로에게 웃으며) 저 말 좀 들어봐! 슬슬 겁이 나나보지!

셸리 겁 안 나요!

(다지는 웃음을 멈춘다. 긴 사이. 다지는 그녀를 응시한다.)

다지 겁이 안 난다? 좋아, 그럼. 나도 겁 안나. 말을 하자면, 우린 한때 참 화목한 가정을 이뤘어. 튼튼한 가정이었지. 사내놈들도 다 자랐고, 농장도 미시간 호수를 두 번 채울 만큼 많은 우유를 생산하고 있었고. 나하고 여기 헤일리는 바야흐로 우리 인생의 중간지점을 향해 돌아서고 있었어. 우리한텐 모든 것이 정착됐었어. 그냥 재밌게 사는 일만 남았을 뿐. 그런데 헤일리가 임신을 한 거야. 난데없이 임신을 한 거야. 우린 애를 더 안 가질 예정이었거든. 이미 애들은 충분했으니까. 사실을 말하자면 그 때 우린 6년째 같은 침대를 쓰고 있지 않았어요.

헤일리 (계단을 향해 움직이며) 난 안 듣겠어요! 이 따위 얘길 왜 들어요!

다지 (헤일리를 세우며) 어디 가셔! 이층에! 이층에 가면 안 들을 수 있을 것 같애?! 밖에 나가봐, 밖에서도 들릴 걸. 여기서 가만히 듣는 게 나아.

(헤일리는 계단 옆에 머문다.)

브래들리 내게 다리만 있었어도, 내게 다리만 있었어도 그 얘길 못할텐데.

다지 (셸리를 가리키며) 저 아가씨가 갖고 있잖니. (웃는다.) 아가씬 네 다리를 돌려주지 않을 거다. (셸리에게) 아가씨가 내 말을 듣고 싶어하거든. 안 그래?

셸리 모르겠어요.

다지 싫대두 난 얘길 하겠어. (사이) 헤일리가 이 아일 낳았어. 사내아

일. 기어코 낳았어요. 난 혼자 낳게 내버려뒀어. 그 전까지의 모
든 사내아이놈들을 낳을 땐 최고의 의사에 최고의 간호사, 뭐든
최고로 붙여줬었지만. 이 아이는 혼자 낳게 내버려뒀어. 이게 상
처를 크게 줬나봐. 산모가 거의 죽을 뻔했으니까. 어쨌든 아일 낳
았어. 그 애는 살았어요. 살아남았어요. 그 놈이 우리 식구로 자
라나길 원했어. 우리랑 똑같이 대접받고 싶어했지. 우리 가족의
일원이 되고 싶어했어. 내가 마치 지 아버지인 것처럼 위장해줄
것을 원했지. 에미도 내가 그렇게 믿어주길 바랬고. 우리 모두가
사실을 다 아는 대도 말이지. 다들 알았거든. 우리 아들놈들이 다
알았어. 틸덴도 알았어.

헤일리   입 다물어요! 브래들리, 저 입 좀 막아라!

브래들리 못해요.

다지   틸덴은 분명히 알고 있었어. 우리 누구보다도 잘 알았어. 그 아일
안고 몇 마일 씩 산보하곤 했으니까. 헤일리가 허락했거든. 어떤
땐 밤새도록 맡겼지. 그러면 그 놈은 아기를 안고서 밤새도록 저
바깥 풀밭을 걸어다니곤 했어. 아기에게 말도 하고. 노래도 해주
면서. 녀석이 아기한테 노래를 불러주는 소리를 자주 들었어. 이
야기도 만들어 해줬어. 그 놈은 아기한테 별 얘길 다 해줬어요.
아기가 지 말을 이해하지 못한다는 것을 뻔히 알면서도 말이지.
아기가 단 한 마디인들 알아들었겠어? 그럴 수가 없던 거지. 우
린 그런 일이 계속되는 걸 허용할 수 없었어. 그 아이가 우리들
의 삶 한복판에서 자라는 걸 방치할 수 없었어. 그 아인 우리가
이룩한 모든 것들이 마치 아무것도 아닌 것처럼 보이게 만들었
거든. 이 단 하나의 실수로 인해서 모든 것이 무너져버린 거야.
단 하나의 약점 때문에.

셸리   그래서 죽였어요?

다지   내가 죽였어. 물에 빠뜨려 죽였어. 발육이 제대로 안된 짐승 새끼를 죽이듯이. 그냥 물에 빠뜨려 죽여버렸어.

(헤일리는 브래들리에게 다가간다.)

헤일리   (브래들리에게) 안젤 같으면 저 입을 막았을 거다! 안젤 같으면 저 원수가 거짓말을 못하게 막았을 거야! 걘 영웅이었으니까! 남자였지! 완전한 남자! 도대체 이 집의 남자들은 어떻게 된 건지! 다들 어디 갔어?!

(갑자기 빈스가 뒷무대 오른편 베란다의 스크린 도어를 박차고 들어온다, 문의 경첩들을 뜯어내면서. 다지와 브래들리를 뺀 나머지 사람들은 전부 현관에서 물러서서 빈스를 응시한다. 빈스는 술에 취해서 베란다에 배를 깔고 쓰러져 있다. 그는 혼자서 큰 소리로 노래를 하며 천천히 힘들게 일어선다. 그는 빈 술병들로 가득한 종이 백을 들고 있다. 그는 한번에 한 병씩 꺼내 노래를 하면서 베란다의 다른 쪽 끝, 그러니까 무대 오른쪽의 실내문 뒤로 던져 박살을 낸다. 셸리는 목발을 들고 빈스를 지켜보면서 천천히 무대 오른쪽으로 움직인다.)

빈스   (병들을 던지면서 큰 소리로 노래를 부른다) "몬테수마의 전당에서 트리폴리의 해안까지. 우리는 육지에서 바다에서 조국이 전쟁에서 승리하도록 끝까지 싸우리라."

(그는 "몬테수마", "트리폴리", "전쟁", "바다" 등의 단어들을 병 깨는 소리로 강조한다. 그는 잠시 병 던지기를 멈추고 베란다의 무대 오른쪽을 응시한다. 마치 전쟁터에서 건너편을 바라볼 때처럼 손으로 눈 위를 가

리고는 입 주위로 손을 컵을 만들어 베란다 저쪽의 상상의 군대에게 소
리를 지른다. 나머지 사람들은 공포와 기대에 차서 주시한다.)

빈스　(상상의 군대에게) 거기 화력은 충분했는가! 그 화력의 진원지인
여기에 훨씬 더 많이 있잖아! (술병이 가득한 종이 백을 가리키며)
훨씬 더 많이! 너희 놈들을 여기서 하나님 나라까지 날려보낼 만
큼 이곳엔 화력이 충분해!

(그는 술병을 하나 더 집어들고 폭탄이 날아가는 휘파람 소리를 내면서
무대 오른쪽 베란다에 던진다. 술병이 벽에 부딪혀 박살나는 소리. 이
소리는 실제로 병이 박살나는 소리여야지 테이프에 녹음한 소리이어서
는 안 된다. 그는 계속 소리지르며 병을 하나씩 하나씩 던진다. 빈스는
탈진한 듯 숨을 무겁게 몰아쉬며 잠시 멈춘다. 다른 사람들이 그를 지
켜보고 있는 동안 긴 침묵. 셸리는 빈스 쪽으로 머뭇거리며 다가간다.
그녀는 아직도 브래들리의 목발을 들고 있다.)

셸리　(침묵 후) 빈스?

(빈스는 그녀를 향해 돌아선다. 스크린을 통해 엿본다.)

빈스　누구? 뭐라구? 빈스 누구? 거기 안에 있는 게 누구야?

(빈스는 베란다에서 스크린에 얼굴을 밀어대면서 안에 있는 모든 사람
들을 응시한다.)

다지　내 술병 어디 있어!

빈스   (다지를 들여다보며) 뭐라구? 당신 누구야?

다지   나다! 니 할애비! 바보짓 그만해! 내 돈 2달러 어디 있어?

빈스   당신 돈 2달러?

(헤일리는 듀이스에게서 벗어나 뒷무대 쪽으로 가서 밖에 있는 빈스를 엿본다. 그를 기억해내려고 애쓰면서.)

헤일리   빈센트? 너니, 빈센트?

(셸리는 헤일리를 응시한 뒤 다시 밖의 빈스를 쳐다본다.)

빈스   (베란다에서) 빈센트 누구? 어떻게 된 거야, 이거! 당신들 누구야?

셸리   (헤일리에게) 잠깐만요. 여보세요. 잠깐만요! 지금 무슨 일이 벌어지고 있는 거예요?

헤일리   (베란다의 스크린에 더 바짝 다가가며) 우린 널 살인강도 쯤으로 생각했잖니. 그런 식으로 문을 깨고 들어오니까.

빈스   나 살인자 맞어! 날 우습게 보지 말어! 난 한밤의 살인자다! 단 한 입에 가족 전체를 삼켜버릴 수 있는!

(빈스는 다른 병을 집어들고 베란다에 박살을 낸다. 헤일리는 뒤로 물러선다.)

셸리   (헤일리에게 접근하며) 쟬 아신다는 거예요?

헤일리   알다마다! 어떻게 내가 모를까.

브래들리 (소파에서 곧추 앉으며) 거기 베란다를 떠나지 못해! 병을 깨면서 거기 밖에서 뭐하는 짓야? 이 외부인들이 도대체 누구야? 어디서 온 놈들이야?

빈스   거기 안에 들어가서 깨뜨릴까보다!

헤일리   (베란다 쪽으로 움직이며) 그랬다만 봐라! 빈센트, 너 뭘 먹었길래
         그러니?! 왜 그런 행동을 해?

빈스   그 안에 들어가서 내 땅을 점령해 버릴까보다!

(헤일리는 듀이스를 향해 돌아서서 그에게 가로질러 다가간다.)

헤일리   (듀이스에게) 목사님, 목사님은 이 난리통에 거기 서서 구경만 하
         시기예요? 어떻게든 상황을 수습해주셔야죠.

(다지는 웃는다. 기침한다.)

듀이스   난 이 집의 손님일 뿐이요, 헤일리. 내 위치가 정확히 뭔지 모르
         겠소. 어쨌거나 이 집은 내 관할 밖이니까.

(빈스는 일이 진행되는 동안 더 많은 병들을 던지기 시작한다.)

브래들리 다리만 있다면 내가 수습할 텐데! 저 놈 새끼를 당장 혼내줄텐데!
         귀때기를 뽑아버릴텐데.

(브래들리는 베란다의 스크린에 주먹을 찔러 넣어서 빈스를 잡았다가
놓친다. 빈스는 뛰어서 브래들리의 손에서 벗어난다.)

빈스   아아아! 우리의 전선이 침범을 당했구나! 촉수가 있는 짐승들이!
         저 깊은 데서 튀어나온 짐승들이!

(빈스는 술병으로 브래들리의 손을 때린다. 브래들리는 손을 얼른 안으로 뺀다.)

셸리   빈스! 그만 집어치워! 나 여기 빠져나가고 싶단 말야!

(빈스는 다시 스크린에 얼굴을 밀어댄다. 셸리를 들여다본다.)

빈스   (셸리에게) 저 자들이 널 포로로 삼았나보지? 저렇게 예쁘고 젊은 것을. 앞날이 창창한데, 봉오리 때 잘렸어.
셸리   내가 그리 나갈 거야, 빈스! 내가 그리 나가면 우리 같이 차를 타고 여기서 빠져나가자. 어디든지. 여기만 아니면 다 좋아.

(셸리는 빈스의 색소폰 가방과 코트 쪽으로 움직인다. 그녀는 목발을 앞무대 왼쪽에 내려놓고 색소폰 가방과 코트를 집어든다. 빈스는 스크린을 통해 그녀를 응시한다.)

빈스   (셸리에게) 타협이 필요할 것 같아. 일종의 거래를 하자 이거야. 포로교환 같은. 우리 편 하나에 적들 두세 명. 작은 대가나마 치뤄야지.

(셸리는 코트와 가방을 들고 무대 오른쪽 문으로 가로질러 다가간다.)

셸리   잔말 말고 가서 차를 타! 내가 나가는 대로 당장 떠나는 거야.
빈스   나오지마! 감히 어딜 나와!

(셸리는 문에 채 이르지 못하고 무대 오른쪽에 선다.)

셸리   어째서?

빈스   경계 밖이야! 금지구역! 넘어서면 안될 영역이야. 남자든 여자든
      그 선을 넘고서 여태 살아남은 사람이 없어!

셸리   내가 한번 도전해볼래.

(셸리는 무대 오른쪽 문으로 가서 연다. 빈스는 커다란 접는 사냥용 나
이프를 빼서 날을 편다. 그는 스크린에 나이프 날을 대고 자기가 들어
올 만큼 구멍을 뚫기 시작한다. 빈스가 스크린을 찢는 동안 브래들리는
소파의 구석으로 움츠러든다.)

빈스   (스크린을 찢으며) 나오지마! 경고한다! 나왔다간 죽어!

(듀이스는 헤일리의 팔을 잡고 계단 쪽으로 그녀를 끌어당긴다.)

듀이스 헤일리, 이 난동이 끝날 때까지 이층에 올라가 있습시다.

헤일리 이해를 못하겠어요. 도무지 이해를 못하겠어요. 어릴 땐 그렇게
      상냥하고 귀여웠던 애였는데!

(듀이스는 장미를 계단 발치에 있는 목발 옆에 내려놓고 헤일리를 부축
해서 재빨리 계단을 오른다. 헤일리는 계단을 오르면서 계속 빈스를 뒤
돌아본다.)

헤일리 쟤 몸엔 나쁜 뼈가 하나도 없었어요. 다들 빈센트를 얼마나 귀여
      워했는데. 누구나 다. 정말 완벽한 아기였어요.

듀이스 시간이 지나면 괜찮을 겁니다. 술을 좀 과하게 마셔서 그래요.

헤일리 쟨 자면서 노래를 부르곤 했어요. 노래를. 한밤중에. 얼마나 목소

리가 달콤했는지. 천사 같았어요. (그녀는 잠시 멈춰 선다.) 난 그 노
랫소리에 잠에서 자주 깼어요. 이렇게 죽어도 좋겠다고 생각하며
누워 있곤 했죠. 왜냐면 빈센트가 천사였으니까요. 수호천사. 우
릴 지켜주는. 걔가 우리 모두를 지켜줄 테니까요.

(듀이스는 그녀를 층계 꼭대기까지 데려간다. 둘은 위에서 사라진다. 빈
스는 이제 베란다의 스크린을 뚫고 들어와 소파 위에 진출한다. 브래들
리는 담요를 꼭 쥔 채 담요로 몸을 싼 채 소파에서 굴러 떨어진다. 셸
리는 바깥 베란다에 있다. 빈스는 구멍을 충분히 넓게 뚫은 다음부터는
나이프를 입에 물고 있다. 브래들리는 목발을 향해 손을 뻗으며 천천히
기어가기 시작한다.)

다지   (빈스에게) 계속해! 집을 넘겨받아! 이 빌어먹을 집 전체를 다 인
수해버려! 가져버려! 네 꺼다. 첫 번째 저당을 잡히고 난 다음부
턴 이 집이 목의 가시였다. 어차피 난 금방 죽을 거다. 금방. 넌
알아차리지도 못할걸. 그러니 단번에 내 모든 문제들을 정리해버
릴 테야.

(다지가 그의 마지막 유언과 증언을 하는 동안 빈스는 나이프를 입에
문 채 방안으로 넘어들어 와서 천천히, 그러나 당당하게 걸어다니면서
자기가 물려받을 유산을 하나 하나 검사한다. 그는 브래들리가 목발을
향해 기어가는 모습을 우연히 발견한다. 빈스는 목발 쪽으로 가서 목발
을 계속 발로 밀어 브래들리가 잡지 못하게 하고 검사작업을 계속한다.
그는 장미를 집어들고 냄새를 맡는다. 셸리의 모습이 바깥 베란다에서
보인다. 그녀는 천천히 중앙으로 움직이며 빈스를 들여다본다. 빈스는
그녀를 무시한다.)

다지   이 집을 나의 손자 빈센트에게 물려준다. 집안의 모든 가구와 장
        식, 비품도 함께. 벽에 걸려 있는 모든 것, 또는 지붕 아래 모든
        것을 다. 내 연장들—이를테면 나의 띠톱, 긴자루 톱, 천공반, 쇠
        사슬 톱, 박판, 전기사포 등 이 모든 것은 나의 장남 틸덴에게 남
        긴다. 물론 큰 애가 다시 모습을 나타낼 때에만. 나의 헛간과 휘
        발유 동력장비들, 그러니까 트랙터, 불도저, 경작기 및 위에서 언
        급한 모든 기계의 부속품과 삭구장치들, 즉 나의 봄철 제초기, 깊
        은 쟁기, 둥근 쟁기, 자동비료기기, 수확기, 파종기, 존 디어 추수
        기, 기둥 구멍 파는 기구, 착암용 드릴, 박판— (혼잣말로) 박판은
        아까 말하지 않았나? 이미 박판은 말을 했고—내 베니 굿맨 레코
        드판, 마구들, 대팻날, 굴레, 걸쇠, 굵은 줄, 대장간, 용접설비, 구
        두못, 각도자, 평면자, 착유 의자—아니지, 착유의자는 안 돼. 망
        치와 끌, 경첩, 가축 우리 문, 철조망, 자동나사못, 말털 밧줄 및
        기타 관련된 모든 것들은 내 밭의 한복판에 다 모아서 크게 더미
        를 만들어 불을 지를 것. 불꽃이 최고로 타오를 때, 가능하면 차
        갑고 바람 없는 날이었으면 좋겠고, 그럴 때 내 몸을 불꽃 한 가
        운데로 던져서 재만 남을 때까지 태워주길 바란다.

        (사이. 빈스는 나이프를 입에서 빼고 장미의 냄새를 맡는다. 그는 관객
        을 향하고 있으며 셸리 쪽으로 몸을 돌리지 않는다. 그는 나이프를 접
        어서 주머니에 넣는다.)

셸리   (베란다에서) 나 지금 떠날 거야, 빈스. 니가 오든지 말든지 난 떠
        날 거야.
빈스   (장미의 냄새를 맡으며) 내 호른을 거기 소파 위에 남겨놓고 가.
셸리   (스크린의 구멍 쪽으로 움직이며) 넌 안 가?

(빈스는 앞무대에 그대로 남아 몸만 돌아서서 그녀를 쳐다본다.)

빈스 방금 집을 상속 받았잖아.

셀리 (베란다에서 구멍을 통해) 여기 남을 거야?

빈스 (브래들리의 목발을 손이 못 닿게 발로 밀면서) 가계를 이어가야지. 전통이 끊어지지 않게 내가 감독해야 돼.

(브래들리는 바닥에서 그를 올려다보며 계속 목발을 향해 움직인다. 빈스는 계속 목발을 민다.)

셀리 빈스, 너한테 무슨 일이 있었니? 네 모습이 실종됐어.

빈스 (사이, 정면을 향해 연설을 한다.) 어젯밤 난 달릴 참이었어. 계속 달리고 달려볼 참이었어. 밤새 차를 몰았지. 아이오와 경계까지 몰았어. 저 영감의 2달러가 내 옆 자리 위에 놓여 있었어. 밤새 비가 내렸고 한번도 그친 적이 없어. 난 한번도 서지 않았어. 앞 차창에 내 모습이 보이더군. 내 얼굴. 내 눈. 난 내 얼굴을 자세히 살펴봤지. 아주 꼼꼼하게 들여다봤어. 마치 다른 사람을 쳐다보고 있는 것처럼. 마치 그 뒤로 그의 인종 전체를 다 볼 수 있는 것 같았지. 미라의 얼굴처럼. 난 죽어 있으면서 동시에 살아 있는 그를 봤어. 동시에 말야. 차창 속에서 마치 시간 속에 얼어붙은 듯이 숨을 쉬고 있는 그를 봤어. 숨쉴 때마다 그에게 자국이 남았어. 본인도 모르게 영원한 자국을 남겼어. 그때 그의 얼굴이 바뀌었어. 그의 얼굴이 그의 아버지의 얼굴이 된 거야. 같은 뼈. 같은 눈. 같은 코. 같은 숨. 그리고 그의 아버지의 얼굴은 그의 할아버지 얼굴로 바뀌었어. 그리고 계속 그렇게 변해갔지. 내가 한번도 본적이 없지만 그러나 친숙한 얼굴들로 계속 바뀌어갔어. 그

밑의 뼈, 눈, 숨, 입들이 내가 본적은 없었어도 다 알아보겠더라 이거야. 난 아이오와에 진입할 때까지 내 가계를 분명하게 따라 갔지. 마지막 한 사람까지. 옥수수 벨트 너머까지 따라갔어. 그들 이 날 데리고 가는 데까지 끝까지 추적했어. 그러다가 한꺼번에 사라져버렸어. 모든 것이 없어져 버렸어.

(셸리는 잠시 그를 응시하다가 스크린의 구멍을 통해 들어와 색소폰 가방 과 빈스의 외투를 소파 위에 내려놓는다. 그녀는 다시 빈스를 쳐다본다.)

셸리   잘 있어, 빈스.

(그녀는 왼쪽으로 퇴장하여 베란다 바깥으로 나간다. 빈스는 그녀가 가 는 모습을 지켜본다. 브래들리는 목발을 집으려고 돌진을 시도한다. 빈 스는 재빨리 목발을 집어서 브래들리의 머리 위로 마치 당근처럼 대롱 대롱거리게 한다. 브래들리는 계속 목발을 잡으려고 필사적으로 몸부림 친다. 듀이스가 층계를 내려와 중간쯤에서 멈춰 서서 빈스와 브래들리 를 응시한다. 빈스는 듀이스를 올려다보며 미소짓는다. 그는 브래들리 가 그를 따라 기어오는 동안 목발을 갖고 뒷무대 왼쪽을 향해 뒤로 물 러난다.)

빈스   (브래들리를 계속 고문하면서 듀이스에게) 아, 용서하세요, 목사님. 집 안에 해충이 한 마리 있어서 지금 제거하고 있는 중입니다. 이 집은 이제 제 겁니다. 아시죠? 전부 다. 전기연장들 따위만 빼놓 고. 어차피 연장들을 전부 새 걸로 갈아치울 생각이었어요. 새 쟁 기, 새 트랙터, 뭐든지 다 새 걸로. 최신장비로 말이죠. (빈스는 브 래들리를 뒷무대 왼쪽 구석으로 유인한다.) 1층 밖으로 꺼져버려.

(빈스는 브래들리의 목발을 무대 왼쪽 바깥 멀리 내던진다. 브래들리는 목발을 찾아 땅 바닥을 기어서 꿍얼대며 무대 밖으로 따라간다. 브래들리가 나갈 때 빈스는 그에게서 담요를 나꿔채 자신의 어깨 위로 두른다. 그는 담요를 두른 채 듀이스 쪽으로 가로질러 가며 장미의 냄새를 맡는다. 듀이스는 층계의 맨 밑바닥까지 이른다.)

듀이스　올라가서 할머니를 좀 봐드리게.

빈스　(층계를 올려다 본 뒤 다시 듀이스를 보며) 할머니요? 이 집에 누가 있다구 그러세요. 당신 말고. 그리고 당신은 지금 떠나려는 거죠?

(듀이스는 무대 오른쪽 문을 향해 가로질러 간다. 빈스에게 돌아선다.)

듀이스　할머닌 지금 돌봐줄 사람이 필요해. 난 아무 도움이 안돼. 뭘 어떻게 해야할지를 모르니까. 내 위치가 뭔지도 모르겠고. 난 그냥 차를 마시러 들렸거든. 이런 골치 아픈 일이 생기리라곤 짐작 못했어. 전혀.

(빈스는 그냥 그를 응시하기만 한다. 듀이스는 문으로 나가서 베란다를 가로질러 왼쪽으로 퇴장한다. 빈스는 그가 떠나는 소리를 듣는다. 그는 장미의 냄새를 맡는다. 층계 위를 쳐다보다가 다시 장미의 냄새를 맡는다. 그는 고개를 돌려 뒷무대쪽으로 다지를 쳐다본다. 그는 다지에게 가로질러 다가가서 몸을 숙여 그의 뜬 눈을 바라본다. 다지는 죽었다. 다지의 죽음은 아무도 모르는 사이에 이루어져야 한다. 빈스는 담요를 벗어서 그의 머리를 덮어준다. 빈스는 소파에 앉아 장미의 냄새를 맡으며 다지의 시체를 응시한다. 긴 사이. 빈스는 다지의 가슴 위에 장미를 얹어 놓은 다음 두 팔을 고개 뒤로 접어 베고 누워 천장을 응시한다. 그

의 몸과 다지의 시체가 나란하다. 잠시 후 헤일리의 음성이 층계 위로
부터 들려온다. 헤일리가 말하는 동안 조명이 거의 눈에 안 띄게 어두
워진다. 빈스는 계속 천장을 응시한다.)

헤일리의 음성 다지? 거기 당신이우, 다지? 틸덴이 옥수수에 대해서 말한 게 맞
았어요. 저런 옥수수는 생전 첨 봐요. 당신 요즘에 언제 봤었어
요? 벌써 남자 키만큼 커요. 때가 아직 이른데. 당근도 마찬가지
예요. 감자. 콩. 마치 저 밖이 천국 같아요, 다지. 당신도 꼭 봐야
해요. 기적예요. 이런 광경은 정말 첨 봤어요. 아마 비 때문이었
나 봐요. 비 때문일 거예요.

(헤일리가 무대 밖에서 말을 계속 하는 동안 틸덴이 무대 왼쪽에서 무
릎 아래로 진흙을 뚝뚝 떨어뜨리며 들어온다. 그의 팔과 손이 전부 진
흙으로 덮여 있다. 그는 가슴께 쯤에서 두 손으로 작은 아이의 시체를
들고 있다. 그는 아이를 응시하고 있다. 시체는 진흙 투성이의 썩은 천
에 싸여 있는데 주로 뼈들만 남아 있다. 그는 소파 위의 빈스를 무시하
며 천천히 층계를 향하여 앞무대 쪽으로 움직인다. 빈스는 마치 틸덴이
거기 없는 듯이 줄곧 천장만을 응시한다. 헤일리의 음성이 계속되면서
틸덴은 천천히 층계를 오른다. 그의 눈은 잠시도 아이의 시체에서 떠나
지 않는다. 조명이 계속 어두워진다.)

헤일리의 음성 착하고 넉넉한 비였어요. 모든 것을 뿌리 깊숙한 데까지 곧장 닿
게 해줬어요. 나머진 저절로 이뤄지니까요. 우리가 뭘 강제로 자
라게 할 수는 없죠. 간섭할 도리가 없어요. 다 숨겨져 있고 다 보
이지 않는 가운데 이루어지죠. 우린 그저 그것이 땅을 뚫고 튀어
나올 때만을 기다리면 돼요. 미세한 새싹. 정말로 미세한 하얀 새

싹. 솜털이 난 연약한 것이지만 충분히 강하죠. 땅을 뚫고 나올
만큼 강해요. 기적예요, 다지. 내 평생에 이런 풍년은 첨예요. 해
때문일 거예요. 그래요. 해 때문일 거예요.

(틸덴은 위에서 사라진다. 침묵. 조명이 완전히 꺼진다.)

위대한 백인의 희망

3막

하워드 새클러 작

등장인물과 장면소개

극의 행동은 1차세계대전 이전부터 시작해서 전쟁기간 동안까지 일
어난다.

1막

1장
오하이오 주, 파치먼트. 브래디의 농장

브래디
프레드
캡틴 댄
기자들
트레이너들
스미티
골디
사진사들

2장
샌프란시스코, 작은 체육관

골디, 스미티 및
틱,
잭 제퍼슨

일리노어 백먼
기자들
클라라

3장
네바다주, 리노. 권투 경기장

브래디, 프레드, 캡틴 댄, 잭, 골디, 틱, 스미티 및
주사위 굴리는 사람
내기꾼
손님잡이
주사위도박꾼들
블랙페이스
콕스 대령
무장 순찰대원들
체중검사관(웨이터-인)
경기장의 사람들
세컨드들
기자들
집사
젊은 흑인
흑인 남자들
소년

독백. 캡틴 댄

4장
시카고. 챔피언 카페

잭, 틱, 엘리, 골디, 스미티 및
손님 끄는 사람
잭의 친구들
경찰들
시위하는 시민들
도넬리 씨
백먼 부인
딕슨 씨

5장
시카고. 지방검사의 사무실

엘리, 딕슨 씨, 스미티, 도넬리 씨 및
캐머룬 씨 (지방검사)
형사
시민 지도자들
출세한 흑인

6장
위스콘신 주 보 리바지. 오두막

잭과 엘리, 딕슨 씨 및
조수들

독백. 시피오

7장
시카고. 제퍼슨 부인의 집

잭, 골디, 틱, 클라라 및
목사
제퍼슨 부인
교회 성도들
루디
루디의 동료선수들

2막

1장
런던. 내무성 사무실

잭, 엘리, 골디, 틱 및
유뱅크스 씨
트리처 씨
윌리엄 그리즈월드 경
코우티즈 씨
킴벌 씨
웨인아이트 검찰관
엠 브랫비 씨

팔로 씨

2장
르 아브르

심판
쿨로우스키
기자들
짐꾼

3장
파리. 벨 디버

잭, 엘리, 틱, 골디, 스미티 및
프로모터
프랑스인 세컨드

4장
뉴욕. 팝 위버의 사무실

캡틴 댄, 프레드, 딕슨 씨 및
팝 위버

5장
베를린. 야외 카페

잭, 엘리, 틱, 골디 및
독일 장교들
웨이터
라고시
아프리카인 학생

6장
부다페스트 카바레

잭, 엘리, 틱, 라고시 및
져글러
무대조수들

7장
벨그레이드 기차역

잭, 엘리, 틱, 스미티

3막

1장
시카고 어느 거리

목사, 골디, 루디, 클라라, 시피오 및
문상객들

사진사들
경찰들

2장
뉴욕. 팝 위버의 사무실

캡틴 댄, 스미티, 프레드, 팝 위버

독백. 클라라

3장
후아레즈. 헛간

잭, 엘리, 틱, 딕슨 씨, 골디 및
파코
엘 제프
정부대리인
멕시코인들

독백. 캡틴 댄

4장
시카고 어느 거리

페일먼
사인 기록자

북치는 사람
기부자들

5장
하바나. 오리엔테 경마장

스미티, 팝 위버, 프레드, 정부대리인, 골디, 틱, 잭, 캡틴 댄, 루디 및
사다리 위의 사내 1
사다리 위의 사내 2
권투경기 팬들
핑커튼의 사람들
아이
기자들
쿠바 소년

1막

(볼드체의 대사는 관객에게 직접 전달된다.)

1장

브래디의 농장. 오른쪽 플랫폼 위에 현관. 두 개의 계단으로 오르게 돼 있다. 무대 앞 쪽에 작은 난간이 있다. 현관의 앞쪽으로 등받이가 없는 나무 벤치가 하나 있다.

헤비급 챔피언 브래디, 그의 매니저 프레드, 지난 날의 챔피언 캡틴 댄, 유명한 스포츠작가 스미티, 기타 여러 명의 기자들과 사진사들, 그리고 두어 명의 트레이너들이 무대 뒤편 왼쪽에서 등장한다. 다른 매니저 골디가 무대 앞 왼쪽에서 지켜보고 있다. 멀리서 양들이 음매애 우는 소리가 들린다.

브래디   (앞장 서서 들어온다.) 버크나, 키드 포스터를 붙여요. 빅 빌 브레인도 좋고! 난 깜둥이들하곤 상대 안 해.

프레드   (브래디의 앞 오른쪽으로 다가오며) 이거 봐, 프랭크.

캡틴 댄   (프레드의 오른쪽에서) 내 말 좀 들어봐, 프랭클린.

브래디   당신도 챔피언 벨트를 갖고 있을 땐 그랬잖소!

캡틴 댄   그때야 상대가 없었지. 내가 붙기 싫었던 게 아니라 그럴 필요가 없었어.

프레드   맞아. 하지만 자넨 달라.

브래디   당신 골통 속에서나 다르지! 난 은퇴한 사람이야. 은퇴가 뭔지 몰라? 그저 양이나 기르면서 (왼쪽으로 가며) 세금을 내겠다는 거지.

캡틴 댄 저 소리 들었지, 친구들? 천상 늙은이 농사꾼이군!

프레드 정말 은퇴한 사람처럼 보이는구만! 저 팔뚝 좀 보라구.

기자 1 석 달만 다시 훈련하면 돼, 그럼 완전히.

스미티 자네가 스탠코비츠를 물리친 게 얼마나 됐지?

프레드 일년도 안 됐어! 그때는 7라운드에 때려눕혔지만.

트레이너 1 이 친구는 5라운드면.

기자 2 4라운드!

프레드 2라운드! 개네들은 다 유리 턱이야, 안 그래요, 캡틴 댄?

브래디 깜둥이랑은 안 싸워. (층계를 향해 오른쪽으로 간다.)

캡틴 댄 (층계에서 브래디를 세우며) 이거 봐, 프랭클린. 자네가 그 골드 벨트를 가지고 작년 여름에 은퇴했을 땐 아무도 일이 이렇게 진전되리라고 생각을 못 했어. 다들 스위니가 우즈와 붙을 줄로 알았지. 누가 이기든 새로운 일인자가 태어날 거라고 대수롭지 않게 여겼던 거야. 아무도 그 깜둥이 새끼가 우즈를 엿먹이더니 스위니를 좇아 호주까지 그 먼 길을 갈 줄 몰랐다구!

(브래디가 앞 쪽으로 벗어나온다. 캡틴 댄이 따른다.)

스미티 (브래디의 왼쪽에서) 나도 신문 때문에 멜번에 갔었네, 브래디 군. 얼마나 비참하게 깨졌는지 여기 어떤 신문도 차마 기사를 사실대로 실을 수가 없었어. 그 놈은 말야, 자, 날 때려봐, 어서 토미, 라고 말을 하면서, 실제로 때리게 가만 놔두는 거야, 시종 기분 나쁘게 이를 드러내고 웃으면서, 그 다음에는 손바닥으로 탁탁 치거나 잽을 먹이고 관중들한테 건방지게 떠들어대고. 그냥 넉아웃을 시키면 차라리 인간적이지, 심판이 경기를 중단시켰을 때,

토미는 거기에 피를 흘리며 뻗어 있는데, 그 놈은 아직도 커다란 반조 웃음을 그에게 보내고 있었어. 맙소사.

기자 1 (앞쪽으로 나오며) 자넨 백인의 희망이야, 브래디 군!

브래디 내가 뭐라고?

기자 2 백인의 희망. 온 나라의 신문들이 당신을 그렇게 불러.

프레드 프랭크, 그 놈이 내일 샌프란시스코에 도착해. 어서 맘을.

브래디 (앞으로 빠져 나온다. 다른 사람들이 그를 뒤따른다.) 솔직히 얘기하죠, 캡틴 댄. 이런 말 하긴 싫지만 내가 너무 늙었다는 느낌이 들어요. 정말입니다, 사실이 그렇구요.

프레드 의사 얘기는 다르던데, 나도 마찬가지고.

트레이너 1 대사를 놓고 걱정이 돼서 스스로 늙었다고 생각하는 거야.

브래디 시끄러. 캡틴 댄, 당신은 내 말의 뜻을 알 거 아뇨.

캡틴 댄 자네가 날 신뢰하니까 하는 말인데, 이번 일은 피할 수가 없네. 그리고 말야, 프랭클린, 전능하신 하나님은 중간에 그만 두는 자를 증오하시네! 자, 프랭크, 안에 들어가 봐, 부인께서 내가 가져 온 편지를 보여줄 거야. 여기 오는 길에 워싱턴에 들러서 인사를 드렸지. 그 편지가 자넬 우쭐하게 만들어 감히 얘기도 못 붙이게 할지 모르지만, 하여튼 읽어봐, 그러고 나서 이리 다시 나와 우리들의 입장이 어떤지 살펴보자구.

(브래디가 층계를 올라 오른쪽으로 사라진다. 캡틴 댄이 뒤를 따른다. 골디가 왼쪽에서 앞으로 나온다.)

골디 잘 했어, 그럼 결정된 거지?

캡틴 댄 (두 번째 계단에서 서며) 누가 지금 뭐라고 했나?

골디 (오른쪽으로 가며, 스미티의 앞쪽에서) 날세, 그러니까 시합이 결정됐

으면, 됐다고 지금 말을 해줘야 내가 기차를 탈 수 있을 것 같아
서.

캡틴 댄 저 친구가 급하시다네, 프레드.

프레드 계약조건을 어떻게 할 거야?

골디 조건 가지고 내가 소리소리 지를 것 같은가? 이것들 봐, 우린 어
린애가 아냐, 자네들도 나만큼 잘 알 듯이, 우리 재키는 동전 한
닢을 준대도 내일 당장 싸울 거야. 하지만 자네들이 우리의 약점
을 너무 이용하다간 인상이 안 좋아져, 자네들이 제시할 수 있는
최하의 조건을 내놔봐, 동의해줄 테니까.

프레드 80 대 20, 어떤가, 골디?

골디 세계 챔피언 시합인데? 25 정도로 안 될까?

프레드 80 대 20. 싫으면 관둬.

골디 흠…미국만세다.

프레드 그리고 심판은 캡틴 댄일세.

골디 프레드, 설마 농담이겠지?

프레드 싫으면 관 둬. 업계 사정을 잘 알잖아.

골디 특별히 반대하는 건 아니지만.

캡틴 댄 (층계를 내려온다. 앞쪽으로 벗어 나오며) 누가 했으면 좋겠나, 친구?
부커 티. 워싱톤?

골디 (두어 걸음 왼쪽으로 가며) 좋아, 좋아, 대단들 하셔! 그 밖에?

프레드 그게 다야.

골디 설마 두발을 묶어놓고 싸우라는 건 아니겠지?

프레드 그게 다라니까.

캡틴 댄 시합장소를 정해야지.

골디 아무 데나 부르기만 해, 태평양 해안 쪽이든, 시카고든―.

캡틴 댄 대도시는 안 돼, 프레드. 깜둥이들이 사돈에 팔촌까지 다 끌고 몰

려들 테니까.

스미티   털사가 어떨까? 덴버? 리노?

사진사 1   (벤치에서 일어나 왼쪽으로 간다.) 맞았어, 리노, 거기가 좋아!

기자 1   너무 작아.

프레드   안 돼, 기다려.

트레이너 2   리노는―.

캡틴 댄   왜 안 돼? 록키 산맥의 유서 깊고 아늑한 마을이잖아.

프레드   맞아.

캡틴 댄   백인의 마을이고!

골디   그거야 그렇지만, 거기까지 관중들이 올까?

프레드   전국 방방곡곡에서 몰려들 걸, 간선철도가 닿는 데니까.

스미티   고지대고 건조해서, 브래디 군이 좋아할 거야.

트레이너 1   (층계 위로 뛰어 오르며) 건조할수록 좋아요! 깜둥이 새끼가 땀이
        날 때 한 대 먹이면 프랭크는 볼 일 끝.

        (브래디가 황금벨트를 들고 들어온다. 브래디는 층계 위에 머문다.)

브래디   챔피언은 아직 살아 있다!

캡틴 댄   그러면 그렇지.

        (프레드와 골디가 왼쪽으로 가로질러 간다.)

브래디   사진 찍고 싶지, 자네들?

사진사 1   물론이지, 브래디 군.

사진사 2   벨트를 매 주시죠, 예? (브래디는 그렇게 한다. 기자들이 수첩을 꺼내
        든다.)

골디 　 정식으로 계약 맺은 거겠지?

프레드 　 정식 계약이야. (둘은 악수를 한다. 왼쪽에서)

브래디 　 즐거운 놀이가 될 거야! 가서 깜둥이한테 내가 그렇게 말했다고 전하슈!

기자 　 포즈를 좀 취해주게, 브래디 군.

골디 　 이런 일로 내가 기차를 놓쳐야 되나?

(브래디는 벨트를 매고서 폼을 잡아준다. 사진사들은 이 장면이 끝날 때까지 마그네슘 불꽃을 계속 터뜨린다.)

프레드 　 깜둥이 운운한 걸 가슴에 새기지 않도록 가서 잘 타일러주게. 관중들이 엄청 몰려들 거라는 얘기만 해.

골디 　 그 친구도 다 알아. 행운을 비네! (무대 앞 왼쪽으로 나간다.)

스미티 　 (브래디를 쳐다보며) 저 친구, 잘 할까?!

캡틴 댄 　 저 정도면 아직 쓸만해. 다만 저 친구를 희망이라고 부르는 게 맘에 걸려. 자네들이 그런 딱지를 붙이지 말 걸 그랬어.

스미티 　 하지만 확실하게 먹혀들었잖아!

캡틴 댄 　 그래서 내 맘에 걸린다는 거야.

스미티 　 그 말 인용해도 될까?

캡틴 댄 　 아니. 빗 좀 빌려주게. 저기 서서 사진이나 찍어야겠어.

(암전. 권투하는 소리가 들린다.)

1막
2장

샌프란시스코. 작은 체육관. 왼쪽의 웨건 위에 접는 나무의자가 하나, 밤색의 로우브와 타월이 걸려 있는 옷걸이가 각각 하나 있다. 옷걸이 앞쪽으로 스툴이 하나 있는데, 그 위에 잭의 훈련용 권투장갑이 놓여 있다. 옷걸이 오른쪽에 잭의 가방이 놓여 있다. 중앙에서 왼쪽으로 2피트 가량 떨어져 샌드백이 걸려 있다.

잭 제퍼슨 새도우 복싱을 하고 있다. 그의 흑인 트레이너인 틱. 백인 여인 일리노어 백먼이 오른쪽의 스툴에 앉아 지켜보고 있다. 틱이 3번 웨건을 타고 들어온다. 잭은 3번 웨건 앞쪽으로 걸어들어 온다. 엘리가 무대 앞쪽 오른 편으로 들어와 앉는다.

틱   섞어 쳐, 잭, 따라 잡아, 따라 잡아, 손을 더 높이, 움직여, 놈이 잽을 먹인다. 머리짓을 따라 가지 마, 속임수야, 상대의 몸통을 보라구, 그렇지, 잽 먹여! 좋았어. 몸짓으로 유인해, 머리만 움직이지 말고. 페인트 모션! 잽! 뒤에서 훅을 넣어. 오른 손으로 한 방 넣고. 아니! 지금 뭐 하는 거야?

잭   (움직임을 계속하며) 오른 손으로 먹이라며.

틱   어디다 먹여?

잭   아래 턱.

틱   아래 턱, 좋아하네! 너 참, 걱정이다! 상대가 지금 그로기 상태란 말야, 알아, 놈이 완전히 탈진해서 눈빛이 멍해졌는데. 뭐하러 아래 턱을 먹이냐! 무슨 일이야?

잭   녀석을 깨워, 깨워.

틱　　상대를 잘 봐! 놈이 가벼운 펀치를 날리며 다가오고 있어, 막아.
　　　자 이제 어디다 한 방을 날릴 거지?

잭　　관자놀이.

틱　　어떻게!

잭　　훅으로, 훅으로 관자놀이를.

틱　　왜!

잭　　거기가 머리의 급소니까.

틱　　맞았어! 이제야 내 말을 알아듣는군! 다시 훅을 날려, 좋았어, 세
　　　방. (잭은 멈춘다. 소리를 낸다. 옷걸이로 가서 타월을 집는다.) 이거 봐,
　　　지금 뭐 해.

잭　　(일리노어에게 가로질러 다가가며) 어이, 자기말야, 여기 그냥 앉아
　　　있는 게 지루하지 않아, 어디 가서 쇼핑이나 하든지.

엘리　(일어선다.) 아니, 그냥 있을래요. 내가 여기 있는 게 싫다면 몰라
　　　도.

잭　　자기는 나의 행운의 아가씨. 싫다니 천만의 말씀.

틱　　당신이 쳐다만 봐주면, 만사가.

잭　　하지만 여기는 자기 같은 숙녀가 있을 곳이 못 되는데, 안 그래?

엘리　괜찮아요. 귀를 막고 있으니까.

틱　　아이구, 고마우셔라!

엘리　오, 틱, 미안해요.

잭　　(틱에게 간다. 다시 엘리에게 돌아서서) 저 여자, 물건이지, 그렇지!

틱　　자기, 그냥 거기 배짱 꼴리는 대로 앉아 있어요, 이 친구가 훈련
　　　을 하면서도 행복해하니까. 됐어요?

엘리　됐어요! (잭은 그녀에게 키스를 한다.)

틱　　계속 이렇게 빈둥거릴 거야, 연습할 거야?

잭　　(무대 앞 왼쪽으로 움직인다.) 저 글로브 가져와! (틱이 왼쪽의 스툴로

가서 훈련용 글로브를 취한다.) 샌드백을 작살 내놓고 밖에 나가서 샴페인 점심을 먹자구!

골디　(무대 앞 오른쪽으로 들어오며) 반숙 계란 네 개, 그게 자네 점심야─ (그는 엘리를 의식하지 못한다.)

잭　헤이, 골디!

틱　안녕하세요, 대장님. (글로브를 다시 스툴 위에 올려놓고 골디를 위해 접는 의자를 오른쪽으로 가져간다.)

골디　휴, 저 놈의 계단들.

잭　리노에 내일까지 계실 줄 알았더니만. (틱은 잭의 로우브를 가지러 옷걸이 쪽으로 간다. 잭은 머리 위로 타월을 두른다.)

골디　갔던 일은 다 정리가 됐어. 컨디션은 좀 어때?

틱　(잭에게 로우브를 걸쳐주며) 보시는 대롭니다, 대장님!

골디　음식을 너무 빨리 먹지 않고?

틱　아뇨, 잘 씹어요!

잭　아플 때까지 씹는다구요.

골디　웃어요, 웃어!

잭　어서 말해보슈, 시합은 언제요?

골디　7월 4일. 곧 신문사 사람들이.

잭　(왼쪽으로 가며) 7월 4일? (틱은 샌드백의 오른쪽에 있다.)

골디　왜, 뭐 문제가 되나?

잭　(무대 앞 왼쪽으로 성큼 성큼 걸어가며) 아니, 그냥 뼛속이 간지러워서.

틱　왜 7월 4일이냐, 뻔하지 뻔해!

골디　조심해야겠어, 우리 문이 따로 있을 지, 15,000이라니! 잭, 저들이 이 시합을 뭐라고 부르는 줄 알아? 벌써들 세기의 결투라고 난리 야. 20년 동안 이 일을 해먹고 살았지만 이런 법석은 처음이야! 세인트 루이스하고 시카고에서 직행열차가 가설되질 않나, 천막을 세운다질 않나, 완전히 정신병원이야.

틱 광란의 시간이여, 그대가 다가오는 소리를 나는 듣노라! 이봐, 자
 넨 세기의 결투를 이기는 거야!

잭 그렇지, 만약 진다면 나는 순간의 깜둥이가 되고 마는 거지. (틱은
 무대 후면 오른쪽으로 간다.)

골디 (엘리를 알아보며. 잭에게 다가간다.) 나 좀 보세, 잭.

잭 예상은 어떻디까?

골디 8대 5로 브래디가 우세해. 저 여자가 여기 왜 왔나?

잭 그냥, 구경나왔수. 전혀 방해가 안 돼요.

골디 뭘 구경한다는 거야?

잭 (오른쪽으로 엘리에게 간다.) 잘 대해주슈, 골디. 이리 좀 와봐, 자기.
 (그녀를 중앙으로 데려 온다.) 내 여자친구요.

엘리 안녕하세요?

잭 골디, 미스 엘리 백먼과 악수를 하쇼.

골디 (그들은 악수를 한다.) 만나서 반가와요, 미스 백먼. 와계신 걸 몰랐
 어요, 미안합니다. 여기가 워낙 난장판이라서.

엘리 아, 네, 이해해요.

골디 잭의 팬이신가보군요, 그렇죠?

잭 호주에서 같은 배편으로 돌아왔지. 마침 그곳을 방문 중이었대요.

골디 집에 돌아와서 얼마나 좋으실까. 프리스코만한 데가 없으니까!

엘리 예, 참 좋은 데죠. 하지만 제 집은 타코마예요.

골디 오…거긴 굉장히 습한 데죠, 안 그렇소?

잭 아하! 거길 아시누만!

엘리 맞아요, 사실은 저도 별로 안 좋아해요. (사이)

틱 (앞으로 나오며) 우리 삼촌이 거기서 세탁소를 한 적이 있는데, 그
 양반도 별로 거길 좋아하지 않았어요.

잭   항상 이슬비가 내리지!

틱   맞아!

골디   (잭 앞쪽으로 엘리에게 간다. 잭은 왼쪽으로 길을 비켜준다.) 저, 미스
       백먼, 곧 신문기자들이 들이닥칠텐데, 내가 무슨 말을 하는지 아
       실 거요, 잠깐 자리를.

잭   그럴 필요 없어.

틱   (뒤쪽으로 간다.) 아하.

골디   이거 봐 재키, 자네 왜 그래!

잭   한 발자국도 못 움직여.

골디   내 정말 여기서 까무러치겠네!

엘리   (무대 앞 오른쪽으로 나가기 시작한다. 멈춘다.) 방에서 기다릴게요,
       잭.

골디   방이라구! 맙소사!

잭   말 조심하쇼, 엉?

골디   (앞쪽으로 움직이며) 내 이럴 줄 알았어! 어젯밤 기차에서 이런 소
       리가 들리는 것 같았다구. "멍청아, 빨리 집에 가봐, 녀석한테 무
       슨 일이 벌어지고 있단 말야!"

잭   남이 상관할 일이 아뇨!

골디   (앞으로 움직이며) 철 좀 들어라, 제발.

엘리   제가 가죠, 괜찮아요.

골디   잠깐, 잠깐만 기다리슈. 틱, 가서 문을 잠궈. (틱은 무대 전면 오른쪽
       으로 간다. 돌아온다. 골디는 왼쪽으로 잭에게 다가간다.) 자네가 아직
       도 사정을 모른단 말이지, 엉? 그럼, 내가 말해주지. 당장 말해줄
       게. 그리고 아가씨도 같이 듣는 게 좋아요. (엘리를 의자로 인도한
       다. 그녀는 앉는다.) 난 당신이 얌전하고 정숙한 아가씨라는 걸 알

아요, 날라리가 아니라. 척 보면 알지. 그 점 오해 없길 바래요.
아가씨한텐 아무 감정도 없어요. (왼쪽으로 잭에게 다가간다.) 우선
말야, 잭, 사람들은 자네의 배짱을 다소 혐오해요. 그건 좋다고
하지! 모든 사람이 자넬 좋아하라고 권투장갑을 낀 건 아닐 테니.
그 다음, 사람들이 자네의 배짱을 혐오하는 정도가 더 심해진단
말야, 아직도 괜찮아! 그럴수록 자넨 싸우고 싶어질 거고 오히려
힘을 돋궈 주니까. 그 다음, 이젠 사람들이 너무나 증오하는 나머
지 백인 선수가 자넬 쓰러뜨리는 걸 보려고 돈을 내기 시작하는
거야. 그러면 더 좋지, 돈이 되니까, 게다가 자넨 흑인이니까, 보
너스를 줄 필요도 없어요. 하지만, 이보게, 사람들이 그 이상으로
미워하기 시작하면, 자네가 조심해야 되는 거야. 그게 무슨 말인
고 하니, 내게도 귀가 있어, 여러 소리가 들린다구. 시합장에서
자네 음식에 마약을 넣으려고 하질 않나, 권총을 겨눈 채 시합을
보겠다는 놈이 없나. 그것도 좋다고 쳐. 경찰들을 부르고 개를 풀
어서 대비하면 되니까. (오른쪽으로 그녀에게 간다.) 그러나 이 모든
것 위에 백인 여자라. 잭, 내가 꼭 벽에다 써 붙여야 알아먹겠어?
왜 사람들을 미치게 만들어? 자넨 귓구멍도 없어, 얘기도 못 들
었어?

잭　　　나더러 어떻게 하라는 거유! 이 여자를 깜둥이 촌 어딘가에 숨겨
　　　　놓고 밤 열두 시가 넘어 잠입해서 토끼새끼 모양 상자 안에 숨겨
　　　　놓고 데리고 다니라는 거요, 뭐요.

엘리　　(일어나서 중앙으로 간다.) 잭.

잭　　　아니면 얼굴에다 검정 칠을 하고 입에 바람을 넣어서 아무도 못
　　　　알아보게 할까. (문을 두드리는 소리) 기다리게 해! 당신도 알다시
　　　　피 난 바람을 많이 피웠었수, 골디. (엘리에게 가로질러 다가간다. 골
　　　　디는 앞쪽으로 벗어 나온다.) 이 여자도 그걸 알아요. 전부 다 알아

요. 하지만 지금은 내가 바람을 안 피웁니다. 알겠수? (틱을 가리
키며) 만일 저 자가 "전에도 그렇게 말했잖아."라고 비웃는다면
대가리를 박살내고.

틱   난 아무 말도 안 했어! (문 두드리는 소리)

골디   기다려요, 곧 갑니다. 잭, 내 맹세함세, 자넬 도와주겠어, 다만 저
들 면전에다 그걸 내동댕이치지만 말아 줘, 잭, 부탁이야.

잭   봤지? 이게 자기가 빠진 구렁텅이야.

엘리   이 분이 하라는 대로 하세요.

잭   자기는 저 양반 편인가?

엘리   당신 편이죠.

골디   (오른쪽 스툴을 가리키며) 저리 가서 앉아요. 들여보내, 큰일 났군.

(틱은 기자들을 불러들인다. 스미티가 앞장을 서 있다. 엘리는 스툴에
앉는다.)

스미티 안녕들 하쇼.

잭   어서 오쇼, 친구들. 안녕하쇼, 스미티. (악수하고 인사한다. 틱은 중앙
으로 가서 잭의 뒤에 선다.)

골디   2분 안에 끝내주셔들. 아셨지?

기자 1 컨디션이 아주 좋아 보이는데, 잭.

잭   고맙소!

기자 2 7월 4일 얘긴 들었겠지.

기자 1 걱정되지 않나?

잭   되지, 브래디가 마음을 바꿀까봐 두렵네!

(틱은 잭의 어깨를 주무르고 있다.)

스미티　아직도 그를 눕힐 수 있다고 생각하나, 잭?

잭　　　단번에 눕히겠다는 얘기는 아니고. 아니, 그러면 되겠어, 많은 사람들이 공휴일의 대결투를 잔뜩 기대하고 있는데. 내가 사람들을 일찍 집에 보내주면 그 기분이 어떻겠느냐 말요?

스미티　그러니까 자네의 유일한 걱정은 몇 회에 끝내주느냐 그거로구만.

잭　　　그렇소. 이게 그리 간단한 문제가 아니오! 내가 시합을 너무 오래 끌면, 그냥 방어만 하면서 상대방이 공격하도록 내버려두면, 관중들은 "저 깜둥이 형편없는 놈 아냐, 깜둥이놈들은 왜 늘 저렇게 게으르지?" 라고 말할 거고. 만약 3회나 4회도 안 돼서 작살을 내주면 관중들이 또 난리를 칠 거요, "첨부터 잘못된 시합이야. 저 불쌍한 사내는 고릴라를 상대로 싸우고 있어!" 아무튼 내가 묘안을 찾아내겠소.

기자 2　브래디는 자네가 겁쟁이라고 하던데?

잭　　　(뒤로 돌아서서 로우브를 걷어올린다.) 왜, 직접 보실래?

골디　　광대짓 그만 해, 재키.

기자 3　무슨 생각으로 싸울 때 늘 웃는 거지?

잭　　　알다시피 난 행복한 사내요. 항상 기분이 좋아. 그리고 싸울 땐 기분이 두 배로 좋아져. 찡그리고 다닐 이유가 없는 거지. 알다시피 권투는 스포츠요, 놀이요. 그러니 내가 때리는 상대가 누구든 그가 나를 친구로 여겨주기를 바라는 거지.

기자 2　시합이 끝나면 시카고로 돌아갈 건가?

잭　　　그럼, 우리 노모가 보고싶어서.

기자 1　(오른쪽에서) 닭튀김도 먹고?

잭　　　으음! 환장하겠네!

스미티　(엘리에게 간다. 골디와 기자들이 뒤를 따른다.) 저기 미스 백먼 아니신가, 맞지, 잭? 배 위에서 처음 만났다며? (잭과 틱은 중앙에 머문다.)

엘리 아니, 꼭 그런 것은 아녜요.

골디 미스 백먼은 내 비서요, 우리가 호주에서 채용했어, 여기 사람인데, 그게 말야, 그때 호주에 와 있더라구, 우리가 채용해서 함께 올라왔지.

스미티 아, 그래.

틱 대장님, 회견이 끝났다면, 이제 마사지를 해주고 싶은데요.

(잭은 로우브와 타월을 벗어서 옷걸이에 건다.)

기자 1 오늘은 이걸로 충분해, 잭. (엘리가 무대 뒷편 오른쪽 중앙에서 서성거린다.)

기자 3 고맙소.

잭 또 들리슈!

기자 2 (왼쪽으로 간다. 잭에게) 잭, 한 가지만 더 물어도 될까?

잭 어서, 말해보슈. (골디는 의자를 플랫폼에 도로 갖다 놓는다.)

기자 2 자넨 권투역사상 헤비급 타이틀에 도전한 최초의 흑인일세. 지금 백인들은 당연히 백인의 희망을 응원하고 있지, 브래디를 백인종의 구세주라 부르며. 그렇다면 자네, 잭 제퍼슨은, 흑인의 희망인가?

잭 글쎄, 난 흑인이고 희망을 갖고 있긴 하지.

스미티 (기자 2의 왼편으로 내려온다.) 돌리지 말고 솔직하게 대답해봐, 잭.

잭 글쎄, 내 사촌들이야 대부분 내가 이기기를 바라겠지.

스미티 바라지 않는 사람도 있다는 얘긴가?

잭 일부 사람들이 내가 그 벨트를 차지하게 되면 자기네들이 꽤 높은 대가를 치러야 한다고 생각하는 모양이라.

스미티   그 사람들 마음을 돌려볼 생각이 없나, 잭, 다들 자네를 뒤에서
          밀게끔?

잭   이봐요, 내가 국회의원에 출마하는 줄 아쇼?! 난 어떤 인종을 위
          해서 싸우지도 않고 누구를 구원하지도 않아. 우리 엄마 말씀이
          링컨 선생이 그러셨다대, 그래서 당신네들이 쏴 죽였다며?

          (일동 웃음. 흑인여인 클라라가 무대 전면 오른쪽으로 뛰어들어온다. 선
          다.)

클라라   어머나, 어머나! 저 커다란 깜둥이 수탉과 저 쬐그만 빨갱이 암탉
          같으니! 드디어 널 잡았다! (엘리가 일어선다.)

잭   여길 왜 왔어!

클라라   왜 왔는지 보여줄게. (엘리를 향해 무대 후면까지 좇아간다. 틱이 클라
          라를 막는다. 둘은 몸싸움을 하며 아래쪽으로 움직인다. 엘리는 왼쪽으
          로 비킨다.)

엘리   잭!

잭   야!

틱   (클라라를 제어하며) 이년이 미쳤나?

골디   (기자들이 모두 구경하고 있는 오른쪽으로 간다.) 사소한 집안 싸움이
          요, 친구들, 우리 내일 봅시다, 흔히 있는 일 아닌가. (기자들 움직
          이지 않는다.)

클라라   너 내 남자 곁을 떠나, 정 떠나지 않는다면 네 년을 갈기갈기 찢
          어서 저이한테 던져버리겠어.

골디   (앞으로 벗어 나오며) 오해하지 마, 클라라.

클라라   (틱으로부터 벗어나와 골디에게 간다.) 오해요? 파크 로열 호텔의 객
          실 청소 아줌마한테 직접 들었는데. 그 얘길 듣고 시카고에서 예

　　　　까지 달려 왔단 말예요—

잭　　　이제 네 까만 똥방뎅이를 끌고 왔던 데로 꺼져버려.

클라라　때리지 말아요!

잭　　　질긴 년, 마귀 같은 년!

골디　　(두어 걸음 오른쪽으로) 잭. 여러분.

클라라　차라리 노래를 부르지, 아빠! 이 신사분들한테 당신이 지 마누라
　　　　를 어떻게 떡칠하는지 보여줘요.

골디　　그게 무슨 소리야?

잭　　　저 여잔 내 마누라가 아냐.

클라라　누구의 뭐가 아니라구? 우린 사실혼상의 부부이고 난 아빠를 찾
　　　　아 집에 온 거야!

잭　　　헛소리 마! 나더러 아빠 아빠 하지마, 더 그랬다간 진짜로 잊지
　　　　못할 만큼 아빠 맛을 보여줄 거야! 난 네가 뚜쟁이 윌리랑 디트
　　　　로이트를 도망쳤을 때 널 깨끗이 단념했어.

골디　　여러분들, 자 그만, 이해하셔, 잭.

클라라　당신이 날 따라올 줄 알았어, 당신이 찾고 있었던 게.

잭　　　널 못 찾았기에 망정이지, 다행인 줄 알아, 내 옷, 내 반지, 은제
　　　　브러쉬까지 몽땅 팔아치우고.

클라라　(잭에게 간다.) 한번만 기회를 더 줘, 자기가 보고 싶어서 죽을 뻔
　　　　했어.

잭　　　(샌드백을 친다.) 날 따라다니지 마! 넌 단지 빵 냄새를 맡았을 뿐
　　　　야, 윌리가 감옥에 가서 날 찾아온 거지.

클라라　그 사람이 어디 있는지 당신이 어떻게 알았어!

잭　　　나도 너처럼 정글 출신이야, 북소리가 들려. (틱에게) 골디네 집으
　　　　로 데려 가서 20달라 하고 돌아가는 차비를 줘 보내.

틱　　　(클라라에게 간다.) 가지, 클라라.

잭   (무대 전면 중앙으로 가로질러 간다. 등을 관객에 대고) 마지막으로 한
        번 더 말하겠어. 이제 가거든 거기서 눌러 앉는 거야.

클라라   책을 그렇게 쉽게 덮을 수 있는 줄 알아, 아빠. (엘리에게) 내 말을
        잘 들어, 뜯을수 있을 때 뜯어!

틱   자, 나가자구. (클라라와 함께 앞쪽 오른편으로 나간다.)

잭   (왼쪽으로 엘리에게 간다. 그녀의 얼굴을 만진다.) 괜찮아, 자기?

골디   친구들, 이제 정말로 부탁인데, 남자 대 남자로, 우리 모두를 위
        해서 이 얘긴 쓰지 말아 줘. (잭은 왼쪽의 스툴로 가로질러 가서 권투
        장갑을 집는다.) 이 얘기가 새나가면, 무슨 일이 일어날지 아무도
        몰라요. 내 말은 우리가 시합을 갖겠다는 거 아니냐 이거지. 게다
        가 저 아가씨한테는 가족이 있어, 아 제기럴.

        (사이)

기자 3   알았어.

기자 1   걱정 마, 골디.

골디   고맙네, 친구들, 고마워. 다 같이 한 잔 하세. (기자들과 무대 앞 오
        른쪽으로 퇴장.)

        (잭은 이미 백을 두드리기 시작했다. 엘리는 가운데로 그에게 다가간
        다.)

엘리   오, 잭. 일이 칭칭 꼬이네요, 그렇죠?

잭   잘 모르겠어. 더 나빠진 것 같으면서 동시에 더 나아진 것 같기
        도 해.

엘리   내가 할 수 있는 일이 뭐 없을까요?

잭   있지! 내 곁에 꼭 붙어 있어 줘. 그리고 날 절대 아빠라고 부르지
          마.

1막
3장

리노. 무대를 횡단하여 천막의 배경막이 있고 그 위에 "리노, 우주의
중심지"라고 쓰여져 있다. 폭죽과 밴드 음악 소리. 무대를 가로질러
깃발이 걸려 있다. 무대 가득히 온갖 종류의 백인들이 떼를 짓고 있
다. 한 가운데 커다란 주사위 놀이장. 후면에 블랙페이스(흑인으로
분장한 연예인)가 다른 집단에게 여흥을 제공하고 있다. 한 쪽 옆에
취객이 하나 있다. 무대 앞쪽으로 손에 돈을 한 움큼 쥔 사내가 손님
잡이를 찾고 있다. 내기꾼이 휘파람을 분다.

손님잡이   쉬이잇! 얼마를 겁니까?
내기꾼   90달러.
손님잡이   깜둥이한테 90!
내기꾼   누구한테? 지 돈이 아니라구!
손님잡이   브래디 돈을 더 뺏을 수가 있어야죠!
블랙페이스   (무대 앞 중앙의 주사위 놀이장으로 뛰어들며, 손에 탬버린을 들고 있
          다.) 예 주인님, 예 주인님, 예 주인님.
도박꾼 1   어이, 아니 이게 누구야.
블랙페이스   저 쪽으로 갑시다, 형제들, 위시본 노박사께서 주사위를 던질 거
          야. 아하, 쓸쓸한 주머니여! 닭다리 하나로 들어갈 수 있을까요,
          대장님? (하나 던진다. 웃음. 소리가 잦아든다.)

도박꾼 3 하얀 고기는 어디 있습니까, 위시본.

블랙페이스 (무대 전면 오른쪽으로 튀어나와 중앙으로 간다.) 하얀 고기? 아, 그
친구 지금 벨트를 매고 있어. 그리고 검은 고기는 국물 속에서
벌벌 떨고 있고! (웃음. 환호) 오 주여, 나보다 더 까만 사람들을 이
곳에.

주사위 굴리는 사람   그건 왜!

블랙페이스 나 혼자서 그 깜둥이를 묻을 수가 없거든! (웃음) 그 위로 성경말
씀을 읽어주고 싶어서, 그뿐야.

내기꾼   들어봅시다!

블랙페이스 (무릎 꿇고 있는 사내들의 뒤쪽 중앙으로 간다.) "형제들이여," 이렇게
시작하는 거야, "접시 좀 돌려주시겠소." 아니지, 그게 아냐. (웃음)
"형제들이여", 이렇게 시작해, "이제 숲에서 나와." 아냐, 이것도
아냐. (웃음) "형제들이여." 이게 진짜야. "형제들이여", 가라사대,
"눕는 자는 복이 있나니, 저들이 일어나지 않으면 계속 누워 있
을 것이라." (웃음, 환호소리. 그는 노래한다.)

우리의 용사 브래디가
저 아래 남녘에서 올라온
곱슬머리 깜둥이 잭을 두들겨 패네.
(다른 사람들, 가세한다.)
그는 입을 다물지 못하고.

쿵, 쿵, 쿵, 아 내 얼굴이 하얘졌으면,
쿵, 쿵, 쿵, 주님이시여 나를 더 밝은 색으로 만들어주소서.
쿵, 쿵, 쿵, 아침에도, 밤이건 낮이건
아 내가 백인이었으면 얼마나 좋을까.

(몇 명의 네바다주 유격대원과 함께 콕스 대령이 등장한다.)

콕스　　　그만, 그만, 제 자리에 그대로.

도박꾼 1　왜 이러슈, 대령.

도박꾼 2　그냥 재미 좀 보는 건데.

콕스　　　(무대 앞 중앙으로 오며) 상부로부터 모든 무기를 압수하라는 명령
　　　　　을 받았소. (항의하는 소리들) 시합이 끝나면 다 돌려줍니다.

대원 1　　갑시다.

대원 2　　고맙소!

대원 1　　야, 그건 정말로 오래된 건데.

도박꾼 1　대령, 뭘 두려워 하슈, 이 총 써먹을 필요도 없을 텐데!

　　　　　(오른쪽의 웨건으로 체중기가 들어올 때 가까운 곳에서 밴드 음악이 터
　　　　　진다.)

내기꾼　　체중을 달려고 온다!

콕스　　　(블랙페이스에게) 스크램을 짜는 게 좋을 거야, 마이크.

블랙페이스　물론이죠, 대령. (환호. 저울이 바퀴를 달고 들어온다.)

도박꾼 1　(무대 밖을 내다보며) 브래디의 버스다. 드디어 나타나셨어.

　　　　　(음악이 "오, 그대 아름다운 인형이여."로 바뀐다.)

주사위 굴리는 사람　　깜둥이를 녹여버려, 프랭크.

도박꾼 2　우리 대신 버릇을 고쳐줘.

도박꾼 1　얼굴에서 웃음을 지워버려, 프랭크.

(브래디가 두 손에 테이프를 감은 채 로우브를 입고, 찡그린 표정으로 캡틴 댄, 프레드, 그리고 수행원—트레이너들, 기자들 등등—과 함께 저울 앞쪽으로 등장하자 사람들이 일제히 환호한다. 그는 저울 위로 올라 선다. 음악이 멈춘다.)

브래디   정말, 엄청 덥군. 갑시다!
기자 1   점심에 뭘 드셨소, 브래디 선생?

(웃음)

브래디   아무것도! 차 한잔!
프레드   (왼쪽 가운데에서) 곧 발표가 있을 거야, 친구들.
캡틴 댄   긴장 풀어, 프랭클린.
체중 재는 사람   2백 4파운드.

(환호. 그는 저울에서 내려와 무대 전면 왼쪽으로 간다. 프레드는 그에 게 종이를 한 장 준다. 침묵.)

브래디   내가 지금 이 글로브를 다시 끼고 여기 이 벨트를 지키는 것은 (프레드가 벨트를 치켜든다.) 은퇴한 나를 다시 끌어들인 대중들의 요청 때문이오. 나는 최선을 다할 것이고 아무도 실망시키지 않 겠소.

(박수. 브래디는 종이를 프레드에게 돌려준다. 프레드는 스미티에게 종 이를 넘긴다. 잭이 골디, 틱과 함께 오른쪽에서 등장한다. 침묵. 잭은 앞 쪽 중앙으로 간다. 틱은 무대 후면 오른쪽 중앙에 선다.)

잭   내가 들어올 땐 왜 음악이 없죠?

캡틴 댄 안녕하신가, 제퍼슨 군. 잘 알고 있겠지만, 내가 심판을 맡았네.

잭   캡틴 댄, 영광이우. 웨일즈 황태자의 손을 잡았던 손과 악수하게

        돼서 정말 자랑스럽수.

주사위 굴리는 사람   (후면 왼쪽에서) 입술을 못 놀리게 해요. (여기 저기서 쉬

        하는 소리.) 이리 와 깜씨, 내가 오른 주먹으로 일찌감치 끝내줄

        테니까.

        (군중들, 왁자지껄 소리.)

골디   대령.

콕스   (후면 왼쪽으로 주사위 굴리는 사람에게 간다.) 거기 조용히 해!

브래디 저울에 오르게 해, 어서.

잭   (올라 간다. 로우브를 벗는다. 틱이 받아든다.) 어이, 프랭크, 요새 재

        미가 어때? (브래디는 중얼거리며 돌아선다.) 프랭크가 곧 물에 빠져

        죽을 사람처럼 보이지 않수?!

체중 재는 사람   191파운드.

골디   브래디는?

체중 재는 사람   204.

틱   됐어, 잭, 내려와.

잭   (로우브를 다시 입으며) 어이, 프랭크, 이게 말이 돼? 이 양반 내가

        자네보다 가볍다는데!

브래디 그래, 정말 웃기는군.

캡틴 댄 어서 소감이나 발표하게.

잭   예? 아, 그러죠. 우선 여기 브래디 씨한테 감사드립니다. 나한테

        챔피언 벨트에 도전할 기회를 준 것에 대해서. 별의 별 놈의 더

러운 이야기들이 여기저기 나돌았지만. (야유)

콕스   조용히.

잭   아무튼 여기 우리가 이렇게 섰수다. 여기 나하고…여기 프랭크
는…깨끗하게 한판 붙기로 합의했어요. (무대 전면 왼쪽에서 한 무
리의 흑인들이 들어오면서 한두 차례 박수를 친다.) 오, 자비를 주소서,
이스라엘의 자녀들이 옵니다. 어이, 이보쇼, 고향분네들!

브래디   자 다들, 나갑시다.

(저울이 오른쪽의 웨건으로 실려나갈 때 악대가 연주를 시작한다.)

프레드   알았어.

브래디   계속 응원해, 친구들아.

주사위 굴리는 사람   우린 다 당신 편이오, 프랭크.

도박꾼 1   깜둥이 새끼 죽여버려.

손님잡이   박살내 버려.

주사위 굴리는 사람   급소를 찾아서.

(챔피언 벨트를 들고 오른쪽으로 나가는 브래디와 그의 수행원들을 사
람들이 환호하며 뒤따라간다. 악대가 "Hot Time in the Old Town
Tonight"를 연주한다. 골디와 틱은 그 자리에 남는다. 잭이 흑인 무리에
게 다가간다. 음악 소리와 환호 소리가 점차 잦아든다. 저울은 이제 완
전히 오른쪽 바깥으로 실려 나갔다.)

잭   안녕들 하쇼! (골디가 오른쪽에 멈춰 선다.)

집사   (잭과 악수하며) 우린 여기서 당신을 위해 기도할거요.

잭   표를 못 구하셨수? 예?

틱　　(잭과 집사 사이에서) 이 사람들은 안 들어오는 게 좋아.

잭　　그래, 그럴지도 모르지.

집사　　상관없소. 우린 그저 당신이 우릴 위해 이겨주기만을 기도할 뿐
　　　　이오.

잭　　당신들이 나한테 얹혀서 돈을 좀 벌어보겠다는 거라면, 아마 한 5
　　　　회전쯤에 기도가 진짜로 응답될 거요.

젊은 흑인　　그게 아닙니다, 제퍼슨 씨. 집사님 말씀은 우리 유색인종을 위해
　　　　이겨달라는 겁니다.

잭　　아, 그런 기도였군!

집사　　선하신 하나님께서 당신의 주먹을 인도해주시기를 빌겠소.

모든 흑인들　　아멘, 아멘.

잭　　그걸 기도하려고 이 먼길을 오셨단 말이오? 대단해, 대단해.

젊은 흑인　　집사님이 말씀하시는 뜻은.

잭　　나도 무슨 뜻인지 알아. 덩치는 커도 바보는 아니거든, 알아들어?

젊은 흑인　　왜 나한테 시빕니까.

집사　　우리가 고마운 줄만 알면 되요.

잭　　(젊은 흑인에게) 내가 이겨서 너한테 득될 게 뭐야!

젊은 흑인　　예? 저…저….

집사　　자존심을 갖게 되죠, 자존심!

흑인 모두　　아멘!

흑인 1　　말해요, 형제님!

젊은 흑인　　예. 난 내일 유색인인 걸 자랑하게 될 겁니다!

흑인들　　(전체적으로 반응한다.) 아멘.

잭　　아하. 이거 봐, 시골뜨기, 자네가 여태도 목적을 이루지 못했다면
　　　　죽어라고 권투를 하거나 깜둥이식으로 기도를 해봤자 말짱 헛일
　　　　야.

집사　당신은 피부색은 유색인인데 생각은 유색인이 아니군.

잭　　생각이야 항상, 절대적으로, 확고하게 유색인처럼 하죠. (멀리서 미국 국가가 연주된다.) 너무 그래서 어떤 땐 그거 외엔 아무 것도 안 보여요. 다만 나는 당신들처럼 우리 유색인, 우리 유색인 하지는 않아요. 당신들이 우리 유색인, 우리 유색인할 때마다 나한테 뭐가 떠오르는지 알아요? 바구니 속에 가득 든 바닷게들, 꼬물락, 꼬물락.

집사　하나님께서 당신한테 빛을 보내주시기를.

골디　(잭에게 다가가서 팔을 잡는다.) 갈 시간 됐어, 잭.

잭　　(팔을 뿌리치며) 여기서 기도를 하고 있겠다구! 그러면 내가 "아이구, 고맙습니다, 집사님!" 할 줄 아쇼! 당신들은 날 위해 기도하는 게 아냐! "오, 하나님, 저 자가 코를 부러뜨리지 않게 해주소서." 라든지, "저 자가 총 맞지 않고 도시를 빠져나가게 해주소서." 라고 기도한다면 또 몰라. 난 여기서 그냥 못 생긴 흑인 얼굴일 뿐야! 이 자들 들어와서 구경도 안 하겠다잖아!

(콕스 대령이 무대 후면 오른쪽으로 등장한다.)

콕스　(램프 꼭대기에서) 다 끝났나, 제퍼슨?

잭　　친구들, 아직 시간 있을 때 판돈이나 걸어두쇼. (그는 대령을 따라 무대 후면 오른쪽으로 나가고 그 뒤를 골디와 틱이 따른다. 조명이 아주 서서히 어두워진다.)

집사　오 하나님, 전쟁의 연기가 여기서 사라질 때 이 선량하고 힘센 사나이가 승리해서 우뚝 서 있게 해주시옵소서. 우리들 모두를 계속 핍박하는 사람들한테 저들이 항상 그럴 수는 없다는 걸 깨닫게 해주시고 이 일로 교훈을 삼을 수 있게 해주옵소서. 그리고

이 산 사람으로 하여금 오늘 우리한테 여호수아의 영을 보여주
게 하소서. 하나님, 우리에게 그것이 필요합니다. 저 젊은이가 그
이유를 깨닫게 빛을 주옵소서.

(악대가 미국국가의 연주를 마무리짓는다. 스타디움의 군중으로부터 늑
대울음소리 같은 것이 들린다. 조명 암전.)

흑인소년   (집사에게 간다.) 집사님.

집사   걱정 마라, 아이야. 여기 밖에 있는 우리한텐 아무 일 없을 거야.

(노성이 점차 커지면서 무대가 어두워진다.)

흑인들   (노래하며)
그곳은 너무 높아 넘어갈 수 없고
너무 낮아 밑으로 들어갈 수도 없고
너무 넓어 돌아갈 수도 없나니
꼭 문으로 들어오세요.

(함성이 급격히 고조되더니 갑자기 사라진다. 암전. 흑인들 모두가 무대
후면 오른쪽으로 퇴장한다. 무대 후면에서 성냥불이 켜진다. 셔츠와 멜
빵 차림의 캡틴 댄이 시가에 불을 부치고 있다.)

캡틴 댄   (어깨 너머로 말을 한다.) 사진 찍은 거 반은 내다버리는 게 좋겠어.
실제 경기보다 사진으로 보는 게 더 처참할 테니까… (앞으로 나
오며) 난 정말로 이것이 샌프란시스코 지진 이래 우리 나라를 강
타한 최대의 재앙처럼 느껴졌습니다. 정말예요. 천만에, 농담이

아녜요. 지진이야 샌 프란시스코 한 도시에 국한됐으니까, 낫죠.
어떤 종류의 재앙이냐구요? 글쎄 뭐라고 딱 잡아 말하긴 어렵군
요. 물론, 흑인놈들이 죄다 미쳐돌아가서 우리를 몰아낸다거나
강간한다거나 뭐 그러지는 않겠죠. 다소 말썽은 있겠지만, 다 진
정시킬 수 있어요. 어차피 그들 중에 하나가 헤비급 챔피언일 뿐
이니까…헌데 바로 그게 문젠 거 같아요. 챔피언이란 말입니다!
내가 그의 손을 들어주자, 갑자기 깜둥이놈이 세계 챔피언이 됐
더란 말입니다. 당신들은 "아 그거야 스포츠의 타이틀에 지나지
않는다."고 말들 하겠죠만, 그렇지 않아요, 그 이상입니다. 시인
하세요. 뭐 세계 최고의 엔지니어라거나 가장 영리한 정치가라
든가 최고의 오페라 가수라거나 또는 땅콩 제품을 만드는 데 세
계 최고의 천재라거나, 그런 것하고는 달라요. 거기엔 재앙이랄
게 없어요. 그러나 헤비급 세계챔피언이라면, 온 세계가 그 그림
자에 가리는 것 같은 느낌이 들지 않습니까? 모든 것이―농담이
아닙니다―더 어둡고, 달리 보일 거요. 세상이 쫄아드는 듯한, 짓
눌리는 듯한, 그래서 당신이 "그 위에서 그놈이 뭘 하는 거야?"
라고 소리치고 싶어도 그럴 수가 없는…왜냐면 그 그림자가 당
신을 덮고 있으니까, 그리고 당신은 그 기분 나쁜 미소를 느낄
테니까…그러니, 우린 어떻게 한다? 빤스에 오줌을 흘리고, 맥주
마시며 속이 상해 운다? 아니죠, 우리가 할 일을 말씀드리지. 또
다른 백인의 희망을 샅샅이 찾아보는 거요, 그 자가 시원찮거든
또 다른 백인의 희망을 찾고, 그래서 끝내 백인 챔피언이 나올
때까지 계속 밀어부치는 거요. 도대체 이 나라가 어딥니까? 이디
오피아요?

(암전   음악-"Sweet Georgia Brown." 조명이 즉시 밝아온다.)

제1막
4장

시카고. 챔피언 카페

정장 차림의 흑인들이 계속 모여든다. 활기찬 분위기. 작은 미국국기를 든 사람도 있다. 카페의 입구는 붉은 카페트가 깔린 계단 위 왼쪽에 있다. 카페 입구에 챔피언 카페(CAFE DE CHAMPION)이라는 간판이 조명을 받고 있다.

손님 끄는 사람   (흑인 2도 맡는다. 확성기에 대고 말한다. 계단 위에서 시작해서 온 무대를 휘젓는다.) 시카고의 모든 신사, 숙녀 여러분, 그리고 아이들까지 전부 초대합니다. 갈색이든, 핑크색이든, 검정, 노랑, 연갈색 할 것 없이 다 초대합니다. 다들 아래로 내려갑시다. 우리나라 최고 최강의 손과 악수하세요. 그의 이 훌륭한 새 카페가 문 연 것을 축하합시다. 차 타고 와도 좋고 걸어서 와도 좋아요, 돈은 안 가져와도 돼요, 자리만 함께 해줘요.

(무대 밖에서 자동차 경적 소리와 환호 소리가 계속 된다. 잭이 무대 후면 오른쪽에서 등장한다. 엘리가 그 옆에 있고 틱과 골디는 그의 뒤에 있다. 틱이 근사한 나무 상자를 들고 있다. 그 안에 챔피언 벨트가 들어 있는 것이다. 무대 전면 오른쪽에서 경찰관 하나가 군중들을 제지하고 있다.)

잭   어이―어이―괜찮아요, 경찰관 아저씨, 유색인들 들어오게 놔둬요. (경찰관은 명령받은 대로 집행할 뿐이다. 흑인들이 잭을 에워싼다.

어떤 이들은 꽃을 들고 있다.)

흑인들

사내 1 하나님의 가호가 있기를 비네, 잭.

여자 1 (빨갛고 하얀 꽃바구니를 잭에게 준다.) 당신의 이름을 따라서 우리 아기의 이름을 지을 거예요.

사내 2 나 기억나지, 잭?

여자 2 (화환을 잭의 목에 두르며) 화환이 열 타스만 되도 좋겠어요.

사내 3 손 좀 만져보세.

잭 (꽃다발을 품에 가득히 안고 카페의 충계를 오른다. 그의 주위를 군중들이 둘러싼다. 틱, 엘리, 골디는 무대 전면 왼쪽에 선다.) 아…아, 자네, 고맙네, 고마워…감사합니다…어휴, 이런! 꼭 장례식 같군, 안 그래?! (웃음) 잘 쉬고 났더니, 보시는 바와 같이 이제 시카고를 나의 정든 고향, 진짜 고향으로 만들 생각이 듭니다. (환호) 맞아요. 영원히. 당분간 일자리를 찾으러 여기 저기 찾아다니지 않아도 될 거 같으니까. (웃음) 게다가 여기 이 카페도 차려놨으니 친구들과 함께 놀면서 돈도 벌 수 있고, 일거양득이죠. (웃음, 환호)

흑인 사내 (루디. 무대 후면 중앙) 브래디의 대갈통을 벽에 박아놓진 않았겠지? (발구름. 웃음)

잭 물론이지, 루디, 네 정신을 번쩍 나게 할 옛날 클레오파트라 여왕의 사진이 있네. (웃음) 틱, 손 좀 빌려줘. 이 꽃들을 좀, 엘리 당신도. (그녀가 꽃을 받으러 다가가자 침묵이 흐른다. 틱은 잭으로부터 화환을 받아들고 충계 앞에 논다. 갑자기 박수갈채가 터진다.) 자, 모두들 내 약혼녀 엘리 백먼에게 인사들 하지! (환호. 엘리는 미소를 머금고 손을 흔든다.) 그리고 여긴 내 매니저이며 친구인 골디. (환호. 골디는 두 번째 계단 위에서 손을 흔든다. 그리고는 무대 후면 중앙으로 간다.) 그리고.

틱   (첫 계단 위에서) 봤지? 흑인은 당연히 맨 꼴찌로 들어오는 거야.
(웃음. 틱은 플러시 천으로 줄을 세운 케이스에 담겨 있는 황금의 벨트
를 흔들며 벌떡 일어선다.) 자, 이 물건을 바아 위로 높이 매달게 가
져갑시다, 여러분!

(함성, 환호, 드럼 소리. 틱은 벨트를 높이 든다. 모두는 벨트를 만져보
려고 앞으로 달려든다.)

잭   (무대 전면 중앙에서) 오케이, 그거 잠깐 어디다 치워두고. 여러분
들은 지금부터 내가 특별히 빚은 라자스 펙을 저 안에 쳐들어가
서 걸칠텐데. 그 안에 뭐가 들었는지는 묻지 말고 그냥 들어가서
마셔버려요. (환호) 자, 오늘은 내가 대접하는 날! 다들 신나게 놀
아봅시다!

(악대가 요란한 곡조를 연주한다. 잭이 스텝 댄스로 승용차의 주위를
돌면서 격식을 차려 엘리를 안내하여 현관을 향하는 동안 환호가 계속
이어진다. 흑인들이 모두 다 스텝 댄스로 그들을 뒤따라 들어간다. 악대
는 안에 들어가서도 계속 연주한다. 골디와 틱은 그대로 남아 있다.)

틱   (춤을 추며 골디를 안으로 이끌려고 한다.) 갑시다, 두목님!
골디   (벗어 나오며) 놀랬어. 놀랬어! 들었지, 저 친구 하는 말? 약혼녀라
고? 자네도 들었지?
틱   예, 신경쓰지 마요, 그냥 하는 말이니.
골디   어떻게 신경을 안 써! 일곱 개 주에서 흑백간의 결혼을 법으로
금지하고 있는데!

틱	두목님, 사람들이 그녀를 창녀로 여길까봐 그냥 약혼녀라고 말한 거유, 별거 아니라니까.
골디	자넨 귀도 없나? 분명히 그렇게 말했어. 딱한 친구, 사람들한테 통 열을 식힐 기회를 주지 않아. 아, 도대체 뭘 얻겠다고 그 여자를 세상에 공개하느냐 말야.
틱	오늘 말한 거 내일이면 까먹고 말아요.
골디	(승용차를 가리키며) 와바시가에만 내려 가도.
틱	아직 그걸 금지하는 법은 없어요.

(무대 밖 오른쪽 멀리서 베이스 드럼 소리가 계속 이어진다.)

골디	저게 무슨 소리야?
틱	모르겠네요. 장례식이 있나보죠.

(기자들 몇이서 등장한다.)

골디	벨트를 가지고 들어가. (틱은 카페 안으로 들어간다. 환호소리, 음악이 계속된다. 스미티와 기자 하나가 무대 전면 오른쪽으로 등장한다.)
스미티	신나게들 노는구만, 골디? (그들은 웃는다. 드럼 소리가 점점 다가온다.)
골디	이보게들, 무슨 일이지?
스미티	곧 사람들이 들이닥칠 거야, 골디. (드럼 소리, 아주 가깝다.)
골디	누구, 누가? (드럼 소리나는 쪽을 바라보며) 대체 뭣들 하는 거지?
스미티	이런 동네에 사는 사람들이 어떤지 잘 알 거 아냐. 자네들은 사냥감이 된 거야, 골디.
골디	어이구 맙소사, 큰일 났네, 여긴 그런 데가 아닌데, 내가 다 미리

체크해봤어. 시카고에서 이 지역은 절대 안 그래! (무대 밖 왼쪽에
서 악대 소리. 점차 사라진다.)

스미티   어디나 마찬가지야, 골디. 대청소하는 거지.

(행렬이 나타나자 그들은 뒤로 물러선다. 시위자들은 다음과 같은 표지
들을 들고 있다. '시민개혁위원회', '여성금주동맹', '죄악을 박멸하라', '오
로라 바이블 위원회', '망치를 든 우레의 신', '술집을 반대하는 노르웨이
인들', '헤프위스 노조', '우리는 그 동안 너무 참아왔다', '술이 없으면 악
도 없다.' 흑인 한 사람이 그들 사이에 끼여 있다. 카페 안의 음악은 멎
었다. 시위자들은 현관 앞에서 대열을 정비한다. 안에서 흑인들이 나와
호전적으로 그들 앞에 대치한다. 잭이 나온다.)

시위자 1   바알의 신전을 지키는 자들에게 화 있을진저! 패역의 구렁텅이에
서 헤매는 주정꾼들에게 화 있을진저! 악을 기뻐하는 자들에게
화 있을진저!

흑인 1   (층계 맨 위에서) 디비견가에서 파티를 깨는 자에게 화 있으라!

(흑인들이 으르렁거리는 소리. 골디가 층계를 내려오는 잭의 왼쪽으로
간다.)

잭   괜찮아, 설교하게 놔둬.

시위자 2   우린 단순히 설교하러 여기에 온 게 아니오, 제퍼슨 씨.

여자 시위자 이 카페의 문을 닫도록 경고합니다.

흑인들:

사내 1   뭐라구?

여자 1   누구한테 하는 말버릇야!

여자 2 어서 꺼져버려!

사내 4 어디 닿아만 봐!

사내 2 가.

잭   (시위자들에게 간다) 그만, 그만. 자, 선생, 나좀 보슈. (골디가 무대
        전면 왼쪽 맨 끝으로 비킨다.)

흑인들:

여자 3 말 붙이지 말아요, 잭.

사내   몰아내.

여자 시위자 부끄럽지도 않아요, 제퍼슨 씨!

시위자 1 이 사람들에게 모범이 돼 주지는 못할 망정.

흑인 2 (두번째 계단에서 그에게 빨대로 탄산음료를 쏘며) 내가 살 테니 한 잔
        하지!

경찰 1 조심해, 너, 이들은 허가장을 받고 왔어.

잭   이봐.

흑인 2 말할 때 밀지마, 이 사람아.

시위자 1 술 취함, 무질서, 이게 당신이 가르치고 있는 것이오. (스미티는 무
        대 후면 중앙 저 멀리서 일의 진행을 예의 주시하고 있다.)

흑인 3 어떻게 좀 해봐!

시위자 1 우린 허락할 수 없소.

흑인여자 4 유색인들을 학대하지 마, 알겠어.

경찰 2 이봐.

흑인 3 손 놔.

시위자 1 더 이상 타락이 번지는 걸 용납할 수 없소.

흑인 4 저 아줌마를 내가 알지, 그 밑에서 일한 적이 있어.

시위자 1 우린 가만히 앉아 있지 않을 거요.

흑인 3 우린 가만 있을줄 알구?

흑인여자 (층계 꼭대기에서) 유색인을 학대하지 마.

흑인 2 맛 좀 볼래.

경찰 3 거기 경고한다.

흑인 1 여자들을 안으로 들여보내.

시위자 1 노래하세, 친구들. "나와 함께 거하라."

경찰 1 뒤로 물러 서.

흑인 1 그것도 노래라구, 아이구 시끄러.

(다른 흑인 하나가 뚫고 나와 북 치는 사람과 씨름을 한다, 경찰이 그은 선에서 고함과 씨름)

잭 이봐, 이봐.

시위자 1 찬송. 찬송가.

흑인 2 여기가 어디라구 북을 치냐.

여자시위자 사람 살려.

잭 (경찰대장이 호각을 불려는 것을 막고 흑인을 제지한 다음 손으로 북을 친다.) 질서를 지킵시다, 다 같이 질서를! (마침내, 침묵. 그는 땅에 떨어진 스틱을 주어다가 드러머에게 건네준다.) 자, 이 낡은 북을 치고 싶소? 치시죠. (시위자들에게) 여러분들은 노래를 하고 싶소? 그럼 뒤로 기대서 노래를 해요. 우리도 따라 부를 수 있게, "이 세상은 내 집이 아니라, 다만 지나가는 곳", 이 노랜 어때요, 내가 제일 좋아하는 곡인데.

시위자 2 우린 지금 농담을 하고 있지 않소, 제퍼슨 씨.

잭 나도 마찬가지요, 선생! 만일 우리가 소동을 일으키면 여기 새로 연 나의 타락 카페도 문을 닫아야 할 테니까! 자, 좀 거친 말이 오고 간 것에 대해, 그리고 여러분들의 뜻을 충분히 헤아리지 못

　　　　한 것에 대해 내가 사과합니다.

시위자 1　우리는 여호와 하나님을 위해 증인이 될 것이오.

잭　　　좋아요.

시위자 1　이 현관에 꼼짝도 않고 서서 당신들이.

흑인 4　좋은 말론 안 통해, 잭!

흑인여자 4　언제나 우리 유색인들을 학대하지!

잭　　　이보슈, 당신들 머리가 그렇게 안 돌아가슈! 여기 이 사람들은 곳
　　　곳에서 말썽을 일으켰던 사람들이오. 그런데 여기서는 우리 안에
　　　흡수되고 있어요. 그 정도로 충분하지 않단 말요? 테디 대통령
　　　말씀마따나, 만인에 대한 공평한 취급. 자 이 분들을 잘 대해드립
　　　시다. 의자들을 꺼내와요, 더 머물겠다는데 서 있게 해서야 손님
　　　대접이 아니지, 그 중엔 노인들도 계신 것 같은데. (흑인들이 의자
　　　를 길거리로 건네며 꺼내온다.) 빨리, 빨리. 굉장히 많이 걸었을 거
　　　야, 그렇지, 틱, 접는 의자도 내오고, 여러분들이 모두 샌드위치나
　　　과일펀치 같은 게 필요하다면, 소리를 지르슈, 아셨소? 우리는 바
　　　로 요 안에 있을 테니까.

　　　(겁먹은 시위자들은 의자들의 출현에 밀려나가기 시작한다. 흑인들이
　　　카페로 다시 들어갈 때 무대 전면 왼쪽으로부터 두 명의 백인(그 중 하
　　　나는 딕슨이다)과 중년의 여인이 나타난다. 그들은 잭에게 다가간다.)

도넬리　당신이 잭 제퍼슨씨죠? (모든 움직임이 멈춘다.)

잭　　　(맨 아래 층계 위에서) 그렇소만, 왜 그러슈?

도넬리　내 이름은 도넬리요. 타코마에서 온 변호삽니다. 이분은 백면여
　　　사요. (사이)

잭　　　(중앙으로 가며) 안녕하십니까? 안으로 들어가시죠.

백먼 부인   아뇨, 들어가지 않겠어요. 내 딸이 안에 있나요?

잭   예, 여사님. 안에 있습니다. (도넬리가 안으로 들어간다. 침묵.) 어머
니를 뵈면 굉장히 반가워할 겁니다. (긴 침묵.) 잠깐 앉으시죠. (긴
침묵.) 엘리가 저한테 고향식구들 얘기를 많이 해줬죠…

(침묵. 도넬리가 나온다. 백먼 부인에게 간다.)

도넬리   떠나기를 거부합니다, 백먼 여사님. (사이)

백먼 부인   (소리친다. 무대 전면으로 두어 발짝 간다.) 엘리! (운다. 도넬리가 그녀
를 부축한다. 그녀를 이끌고 오른쪽으로 나가기 시작한다.)

골디   잠깐만, 도넬리 선생. 어디루 연락드리면 됩니까?

도넬리   머제스틱 호텔.

골디   알았소.

잭   호텔로 찾아 뵙도록 이르죠.

도넬리   그 이상의 조치를 취하시는 게 좋을 거요, 선생. 강력하게 충고하
는데, 그녀를 집으로 보내시오.

(베이스 드럼의 연주가 다시 시작되고 도넬리와 다른 백인(딕슨)이 백
먼 부인을 부축하고 나가며 그 뒤를 기자들이 따른다. 시위자들이 철수
한다. 흑인들은 카페로 돌아간다. 잭이 마지막이다. 그는 거리에 혼자
서 있는 골디에게 돌아선다.)

골디   참… 흥겨운 시간이로군.

(드럼 소리가 잦아지면서 조명이 서서이 꺼진다.)

1막
5장

시카고. 지방검사 사무실. 오크 나무 책상, 회전의자, 서류 캐비닛, 등받이가 높고 수직인 딱딱한 의자 넷.

회의가 이미 진행 중이다. 시민 대표들이 지방검사 캐머론을 마주하고 있다. 두 명의 여자와 아주 품위 있어 보이는 흑인이 한 명 끼여 있다. 그들 뒤에 스미티, 형사 한 명, 그리고 앞 장면에서 도넬리와 함께 있던 사내 딕슨이 앉아 있다. 어둠 속에서 소리가 들려온다.

여자 1 왜, 왜 못 하신다는 거죠?

남자 1 당신은 지방검삽니다!

남자 3 그 자가 특권층이라도 된다는 말씀이오? (왼쪽, 플랫폼 바깥으로 나간다. 이제 조명이 완전히 들어와 있다.)

캐머론 아니, 우린 그 자를 특권층이라고 생각하지 않아요!

남자 1 그런데도 그 자가 여태.

캐머론 잠깐만. (서류들을 참고하며) 그 자가 이 카페를 연 뒤 우리는 자그마치 13건의 체포영장을 발부했습니다.

여자 1 체포를 했어야죠!

캐머론 부인, 구실이 있어야.

남자 3 (캐머론에게 간다.) 총격사건이 있었잖소.

여자 1 애궂게 그 불쌍한 사실혼상의 처만 체포했어요.

여자 2 그 자도 개입이 돼 있었는데.

캐머론 맞아요, 하지만 총을 여자가 썼고 그 잔 표적이 됐을 뿐이요. 그걸론 체포하지 못 합니다.

남자 1   왜 백먼 양에 대해선 아무 조치도 취하지 않는 거요?!

캐머론   부모의 동의가 필요한 나이를 이미 지났거든요, 휴렛 씨.

남자 2   이. (흑인에게) 용서하십시오, 의사 선생. 내 심정을 솔직히 말씀드
          리지 않을 수 없군요. 둘 사이의 관계는. (일어선다. 책상 쪽으로 간
          다) 미국의 모든 점잖은 코카시아인을 불쾌하게 만들고 있습니다.
          아마 그 자는 권투시합에서 이겼기 때문에 일종의 전리품으로
          그럴 자격이 있다고 생각하는 모양인데.

남자 1   깜둥이들은 다 그래요!

남자 2   휴렛 씨! (다시 앉는다.)

남자 1   (흑인에게) 아, 죄송합니다, 의사 선생…

흑인   이 일의 핵심이 인종문제에 있음을 부인할 수는 없습니다. 선생
          께서 언급하셨듯이 이 자를 추방하면 그가 속한 인종에 상처를
          주게 됩니다. 여러분들이 이미 갖고 계실 그 인종에 대한 특정한
          관점들을 재확인해줄 테니까요. 그렇게 되면 우리도 상처를 받습
          니다. 왜냐하면 많은 흑인들한테 그의 삶이 바람직한 삶이라는
          믿음을 확인해주는 셈이니까요. 그러면 우리는 더 큰 상처를 받
          게 됩니다. 오늘날 흑인한테는 공장에서 1달러를 버는 것이 잭
          제퍼슨씨를 흉내내는 일에 그 1달러를 쓰는 것보다 훨씬 더 값지
          게 보여야 합니다. (플랫폼에 오른다.) 나는 이렇게 주장합니다. 흑
          인들의 절대 다수는 이자나 이자가 하는 짓을 용인하지 않습니
          다. 그는 법으로 제어해야 할 모든 것의 화신이기 때문에 그에
          대한 신속한 제제가 불가피하다고 봅니다.

          (전체적으로 동의하는 소리)

사내 2   (일어선다.) 동의하시는 분은 예하시고.

모두   예! (모두 일어선다. 캐머론도 함께 일어선다.)

캐머론   모두들 이 문제를 논의하려고 와주신 것에 대해 감사드립니다.

사내 2   우리 시민들은 당신을 잘 뽑았다고 생각했었소. 그 점을 잊지 마시오!

캐머론   충분히 알아들었습니다. (모두는 무대 후면 왼쪽으로 퇴장하고 스미티가 그 뒤를 따른다.) 안녕히들 가시오. 안녕히. 와줘서 고맙습니다. (딕슨과 캐머론이 무대 전면으로 나온다.) 워싱톤에도 이런 일이 있는가?

딕슨   거기 사람들은 이러지 않지.

캐머론   좋아, 자 그럼 일을 시작할까. 여자를 들여보내. (형사가 무대 전면 왼쪽으로 나간다.) 유혹…교사…강제…유괴…

딕슨   어디 한 군데 걸리겠지.

(경찰 속기사가 스툴과 받침, 연필을 들고 무대 후면 왼쪽 램프로 등장한다.)

캐머론   빌어먹을, 만일에 강한 백인의 희망이 하나 나타나서 그를 때려눕힌다면 내가 이 짓을 안 해도 될텐데 말야.

속기사   (앉는다.) 꿈 깨. 우리한테 지금 있는 최고라는 게 소방수 라일리야.

(형사가 엘리를 데리고 무대 전면 왼쪽으로 등장한다.)

캐머론   안녕하십니까, 미스 백먼. 앉으시죠. (엘리를 앉힌다.)

엘리   고마워요. (딕슨이 뒤로 물러서며 형사는 무대 전면 왼쪽으로 나간다.)

캐머론   (책상 뒤로 간다.) 아시겠지만, 이것은 비공식적인 심문입니다. 당신은 우리의 요청을 받고 자의로 오셨습니다. 맞죠?

엘리   예, 맞아요.

캐머론   좋습니다. 자, 그러면 미스 백먼. (서류를 참고하며) 아, 그렇군요. 이혼한 뒤엔 처녀 때 이름으로 다시 돌아갔네요.

엘리   맞아요.

캐머론   당신은 호주에 있는 마틴씨로부터 이혼을 허가 받으셨습니까?

엘리   예.

캐머론   참 먼 데까지 가셨군요.

엘리   그곳에 숙모님이 계세요. 멀리 벗어나고도 싶었구요.

캐머론   여행 전에는 제퍼슨 씨를 만난 적이 없습니까?

엘리   예, 없어요.

캐머론   제퍼슨 씨와 함께 지내려고 거기 간 거 아닙니까?

엘리   아네요. 그이는 배에서 첨 만났어요.

캐머론   그 사람이 어떻게 접근해 오던가요?

엘리   그 사람이 아니라 제가 선장에게 소개시켜 달라고 졸랐어요.

캐머론   왜 그러셨죠, 실례가 아니라면?

엘리   그이랑 알고 지내고 싶었어요.

캐머론   소개받은 뒤, 그 자는 당신께 뭘 제안하던가요?

엘리   자기 테이블에서 식사하자더군요.

캐머론   그것이 며칠 저녁 계속됐죠?

엘리   예.

캐머론   급기야 당신은 세 끼 식사를 다 그 자의 특등실로 가져갔지요.

엘리   맞습니다.

캐머론   (서류를 보며) 거기서 엄청난 양의 와인과 샴페인을 마셨구요.

엘리   그랬을 거예요.

캐머론   그 자는 계속 당신의 잔을 채우려고 했겠죠?

엘리   잔이 비었을 때는.

캐머론 하루 저녁에 열 잔? 여섯 잔?

엘리   아뇨, 전 아주 조금밖에 안 마셨어요.

캐머론 그 자는 얼마나 자주 당신에게 약 같은 걸 주었습니까?

엘리   한번도요. 전 아프지 않았어요.

캐머론 승무원의 보고에 따르면 당신은 그의 방을 거의 떠나지 않았고, 배에서 내릴 때에는 몹시.

엘리   바다에서 마지막 날 우리는.

캐머론 어떤 식으로든 아프지 않았던가요? 이상하게 느껴지거나 졸립거나.

엘리   사람들이 날 쳐다보는 눈초리가 불편했어요. 그런 데 익숙치 않아서.

캐머론 그 자가 당신을 배에서 호텔로 안내합디까?

엘리   예.

캐머론 당신이 그렇게 부탁했나요?

엘리   아뇨, 그냥 그이를 따라갔을 뿐예요.

캐머론 그리고 그 자는 당신에게 무엇을 약속했죠?

엘리   저랑 같이 시간을 좀 보내겠다고 했어요.

캐머론 그 뿐이었습니까?

엘리   나머진 당신이 관심 가질 게 못돼요. (딕슨이 파이프에 불을 붙인다.)

캐머론 하지만, 당신이 그곳에서 함께 있었으니까, 당연히 그 자한테서 돈을 받으셨겠죠?

엘리   내겐 마틴씨로부터 위자료를 받은 것도 있고 또 내 재산도 따로 얼마 있어요. 그 이한테 선물은 받았어요, 그래요.

딕슨   (무대 전면으로 오며) 시카고로 돌아오는 기차표는 본인이 직접 사

　　　　　신 거요, 아니면 일종의 선물로 받은 거요?

엘리　　　정직히 말씀드리지만, 잘 기억이 안 나요. 아네요, 내가 산 것 같
　　　　　아요.

딕슨　　　고맙소. (다시 무대 후면으로 돌아간다.)

캐머론　　참 질문을 요리저리 잘 빠져나가는군요.

엘리　　　난 이곳에 거짓말하러 오지 않았어요, 캐머론씨. 날 통해서 잭한
　　　　　테 덫을 씌우려는 당신들의 생각을 지우려고 온 거예요. 이젠 충
　　　　　분하다고 생각되는데요.

캐머론　　그렇지. 유감스럽게도 그런 것 같소. 솔직히 말해서, 당신이 대단
　　　　　하다는 생각이 듭니다. 당신 같은 여자는 그다지… (서류들을 치우
　　　　　며 책상 위에 앉는다.) 그 자한테 아주 헌신적이군요, 안 그렇소?

엘리　　　전 그이를 사랑해요, 캐머론 씨.

캐머론　　그 잔 여러 가지 면에서 굉장한 사람이죠, 정말로. 누구도 그 점
　　　　　을 의심하지 않아요.

엘리　　　저도 마찬가지예요.

캐머론　　대단한 권투선수요. 내가 한번 시합하는 걸 봤는데.

엘리　　　그게 다는 아네요. 너그럽고, 친절하고, 예민해요. 왜 웃으시죠?

캐머론　　미안해요. 그 자의 육체적 매력에 대해서 언급하는 걸 애써 피한
　　　　　다고 생각하니까. 내 말이 지나쳤다면 용서하시오.

엘리　　　잭을 사랑하는 것에 대해 전혀 부끄럽게 생각하지 않아요. 난 있
　　　　　는 그대로의 그이를 원했어요.

캐머론　　(책상 뒤로 앉는다.) 물론 그랬겠죠. 그 자도 물론 당신을 원했겠구!

엘리　　　왜 이래요, 내가.

캐머론　　아니, 오해하지 말아요, 난 아무 것도.

엘리　　　그 이는 어떤 여자도 가질 수가 있었어요, 흑인여자든 백―.

캐머론　　그렇소, 내 말은 단지 어떤 남자라도 당신을 아주 자랑스럽게―.

엘리　그이가 날 원했다는 게 자랑스러워요! 이제 분명히 아셨어요?

캐머론　잘 알았소. 제발 화내지 말아요, 우린.

엘리　도대체 내가 뭐예요! 예쁘지도, 잘 나지도 않은 내가—.

캐머론　진정해요, 자신을 그렇게 학대하지 말고—.

엘리　왜 사람들은 우리 둘을 가만 놔두지 못하죠? 무슨 차이가 있다고.
　　　(그녀는 운다.)

캐머론　물론 이상적으론 어떤 차이도 있어선 안 되죠. 사람들이 육체적
　　　인 측면에 그렇게 맹목적이 돼서도 안 되고, 젊은 여자가, 이혼을
　　　하고, 실의에 젖어 있을 때.

엘리　제발. 용건이 끝났으면.

캐머론　(일어선다. 무대 후면 책상 앞으로 간다. 무대 후면 구석에 앉는다.) 자
　　　자, 진정하시고, 울지 마세요, 미스 백먼. 일이 뭐 아주 나쁘게 돌
　　　아간 것도 아닌데, 안 그래요? 우선 이 근사한 남자가 연인으로
　　　있겠다. 뭣 때문에 웁니까?

엘리　난 절대로 그이를 포기하지 않아요. 절대로.

캐머론　물론 그러시겠지. 하지만 왜 부끄러워하죠?

엘리　천만에, 맹세코 그러지 않아요.

캐머론　그래 보이는데요, 실례지만.

엘리　그렇지 않아요.

캐머론　그렇게 말씀을 하신다면야.

엘리　난 그이한테 미쳤어요! 됐어요? 맘대로들 하라 그래요! 이게 진
　　　실이니까! 난 그이와 함께 자보기 전까진 그게 뭔지 몰랐어요! 누
　　　구한테도 이 말을 할 거예요. 어떻게 들리든 상관없어요.

캐머론　그 자가 당신을 그런 식으로 행복하게 만들어준다.

엘리　그래요.

캐머론　그리고 그 자를 사랑하며 그 자를 위해선 뭐든지 하겠다고?

엘리   예.

캐머론   부끄럼도 없이?

엘리   천만에요, 절대로.

캐머론   아무리 그게.

엘리   그래요.

캐머론   부자연스러워 보여도.

엘리   그래요.

캐머론   그 자와 잠을 잘 땐 당신은 오로지.

엘리   뭐라구요?

캐머론   그 자를 행복하게 만드는 데 열중한다, 이거죠? (그녀는 얼어붙는
         다. 사이.) 말하세요, 미스 백먼.

엘리   (흑인 억양으로) 더럽고 치사하고 나쁜 새끼. (사이. 그녀는 일어선
         다.) 다 끝났죠?

캐머론   예, 그런 거 같소.

엘리   그럼 안녕히.

캐머론   고맙소. 들려주셔서 감사합니다. (그녀는 무대 전면 왼쪽으로 나간다.
         형사가 무대 전면 왼쪽에서 다시 나타난다.)

속기사   (스툴을 들고 무대 전면으로 나온다.) 헛장사했군.

캐머론   (책상의 오른쪽으로 간다.) 실패야! 쓸만한 거 한 건도 못 건졌어!

형사   안 됐군. 571조로 녀석을 거의 잡을 뻔했는데.

캐머론   체!

속기사   머리가 쭈뼛해지지, 안 그래!

형사   그 여자 마치 초콜릿을 들고 있는 어린애 같더군.

캐머론   그만 해! 직업치고 참 드럽다! (속기사가 무대 전면 왼쪽으로 나간다.
         딕슨에게) 어떻게 생각해? 연방정부 쪽에서 먹일 방법은 없나?

딕슨   나도 아직 잘 모르겠어. 우선 변호사 애들을 만나서 자세한 걸

상의해봐야겠어. 그리고 도넬리와 상의도 해봐야겠구. 알겠나?

캐머론 (책상에 앉으며) 트집을 잡을 건덕지가 있어야지. 기차표?

딕슨 뭐 꼭 그게 아니더라도, 녀석이 표를 샀다는 걸 어떻게 증명할 수 있겠어.

캐머론 그렇다면 자넨.

딕슨 (캐머론에게 가로질러 다가오며) 얼핏 떠오른 생각인데, 이것 저것 다 해봐도 별 수 없었던 걸 감안해서—그냥 단도직입적으로 맨 법을 적용해서 녀석을 때려잡는 거야.

캐머론 뭐라구? 그거야 매춘에 대한 법인데. 저 여잔 직업매춘부가 아니 잖나!

딕슨 그래, 나도 알아. 하지만 "부도덕한 목적으로 사람을 주 경계선 너머로 인도하는 걸 금지하는" 조항이 있어.

캐머론 (일어선다.) 추가조항이 없나? 이를테면 "수익을 목적으로"라든지 "본인의 뜻에 반해서라든지?"

딕슨 없을 거야. (도넬리가 형사와 함께 무대 전면 왼쪽에서 등장한다. 도넬 리는 무대 전면 왼쪽중앙으로 간다.) 아, 안녕하쇼, 도넬리 선생. 우린 선생의 젊은 아가씨와 얘기해봤소.

도넬리 예. 그런데요—?

딕슨 선생도 기억하시겠지만 우리 국은 처음에 꼭 필요한 경우가 아 니고는 어떤 과정에서도 그녀를 개입시키지 않기로 했었소. 유감 스럽게도 이젠 말요, 도넬리 선생, 그럴 필요가 생긴 것 같소. 아 마 우리가 어떤 증빙자료를 요구하게 될 거요. 선생도 미리부터 이 점을 잘 알고 계셔야 한다고 믿었소. 타코마로 돌아가서 고소 인을 준비해주쇼.

도넬리 잘 알겠습니다.

딕슨 좋아요. 고맙소.

캐머론　내가 녀석을 밤낮으로 철저히 감시하겠네!
딕슨　　신경쓰지 마. 그 동안 우린 잘 해왔으니까.

(암전)

1막
6장

위스콘신 주 보 리바지. 오두막.

엘리는 침대 위에 시트를 두르고 일어나 앉아 있다. 타올로 몸을 감
은 잭은 무대 전면 오른쪽으로 등장한다. 크리켓 소리. 침대 옆 테이
블 위에 석유 등잔이 있다. 장작이 든 나무 상자가 무대 후면 오른쪽
중앙에 있고 그 앞의 등받이가 있는 의자에 잭의 스웨터와 엘리의
드레스가 걸려 있다. 잭의 구두가 침대 발치의 바닥에 놓여 있다.

잭　　　허 참, 하니, 춥지 않아, 지금이 수영하기 제일 좋은 때라구.
엘리　　드디어 우리가 갈림길에 이르렀네.
잭　　　아…커다란 은빛 달과 소나무.
엘리　　거북이, 독사.
잭　　　(침대 발치에서) 하나님, 로맨스를 끝낸 다음엔 뭘 해야 합니까?
엘리　　오, 잭, 난 저 문까지도 헤엄 못 쳐.
잭　　　(침대 위로 올라가서 그녀를 일으켜 세우려 한다.) 정말? 그럼 내가 저
　　　　아래까지 안고 내려가 던져 넣으면.
엘리　　그만.

잭　　　당신은 금방 꼴깍.

엘리　　(일어나 곧추 앉는다.) 그만! 제발. 잭! 간지럼 먹이지 마아. (빠져 나
　　　　온다.) 제발. 그만! 오! 잭, 쓰리다니까.

잭　　　아이구 우리 아기, 내가 모르고.

엘리　　살을 너무 태웠나봐.

잭　　　(침대 위에 무릎을 꿇고) 아, 미안해. 자 내가 뭘 좀 발라줄게. (테이
　　　　블 위에서 샴페인 병을 집는다. 그녀의 등에 샴페인을 조금씩 바른다.)
　　　　착하지…

엘리　　오, 고마워…아…아, 아 거기―잭?

잭　　　기분이 좋지?

엘리　　뭐야?

잭　　　시원하지?

엘리　　어머, 샴페인을, 안 돼, 잭!

잭　　　괜찮아, 우리 아기, 당신한텐 최고라도 아깝지 않아.

엘리　　그 아까운 걸 온 몸에…

잭　　　호숫물을 갖다 줄까?

엘리　　아니, 난―(그를 자세히 들여다보며) 잭, 이쪽으로 조금 돌아앉아
　　　　봐…조금 더…당신, 괜찮아?

잭　　　아무렇지도.

엘리　　정말?

잭　　　그렇다니까!

엘리　　조개를 그렇게 많이 먹더니. (잭의 머리를 만진다.)

잭　　　왜 이래? 열이 있는 것도 아닌데.

엘리　　당신이 좀, 좀 아파 보여, 잭.

잭　　　(침대 위로 선다.) 그래? 그러니까 좀 창백해 보인다, 그 말야?

엘리　　응, 조금 우습게.

잭   그건, 아파서가 아니고 햇볕에 타서 그래. (엘리는 웃지 않으려고 애
       쓴다.) 아니, 왜 웃지?

엘리   (웃음이 터진다.) 내 생각엔, 내 말은…오! 어, 잭.

잭   응?

엘리   참을 수가 없어, 미안해. 당신이─오─.

잭   그래. 말해봐, 어서. 참으면 나빠. (웃기 시작한다.) 뭘 생각했는데,
       하니?

엘리   난…당신 얼굴이 그냥…햇빛이 파고들지 못하고 튀어나온 것 같
       애. (둘은 포복절도한다.)

잭   (침대 위에 꿇어 앉는다.) 튀어나와.

엘리   응!

잭   (엘리와 악수한다.) 덜 구어진 아가씨여, 여기 잘 구어진 신사분이
       있노라! (박장대소) 내 사촌 체스터를 당신이 봐야했어. 걘 보라색
       이 돼.

엘리   오…우리 정말 내일 떠나야 해?

잭   (누우며) 가게를 너무 오래 비워둘 수가 없어, 서니.

엘리   알았어. 됐어.

잭   (그녀에게 팔을 두르며) 말썽이 생길 수도 있고.

엘리   쉬잇, 알았다니까.

잭   와, 당신 정말 냄새 좋다.

엘리   정말?

잭   으흠.

엘리   나랑 둘이만 있는 게 아직 싫증 안 나지, 그렇지?

잭   당신 농담하는 거야?

엘리   아니면 내가 이런 식으로 질문하는 게 싫증나거나?

잭   아, 나는 많은 일에 싫증을 내지만, 당신한테는 절대로.

엘리 당신한테 그런 말을 들으니까 너무 좋아…원하면 가서 헤엄쳐.
잭 아니, 여기가 더 아늑해. 나는 아늑하고 당신은 불그레하고.
  (엘리는 낄낄거린다. 잭은 등잔불의 밝기를 낮춘다. 부드럽게 노래한다.)

  오늘 아침 일어나보니
  내 머리 주위로 온통 브루스
  오늘 아침 일어나 보니
  내 빵 속이 온통 브루스…
  얼마나 오래, 얼마나 오래,
  내 묻노니 얼마나 오래…

엘리 햇볕에 누워서 꿈을 꿨어, 그렇게 누워서…계속 살을 태우면…하
  루 이틀 사흘 나흘…내 피부가 정말로 검어질 때까지…9월까지
  계속 태우면…나는 날마다 더 검어지겠지…정말로 까매지면…그
  담엔 머리를 염색하고…그 담엔 이름을 바꾸고…그런 다음에 당
  신을 시카고로 찾아가는 거야…새로 생긴 당신의 유색인 정부처
  럼, 크레올이래도 좋고…당신 외엔 아무도 못 알아보지…
잭 소용없을 거야, 허니.
엘리 왜?
잭 내가 유색여자를 싫어하는 걸 다 알거든.
엘리 (그를 때린다.) 오, 잭, 짓궂긴…
잭 우리 엄마만 빼놓고.
엘리 만일 내가…
잭 쉬잇.
엘리 우린 어떻게 하지…
잭 쉬잇. 눈 좀 붙여요, 서니… (그녀에게 키스한다. 등잔불을 더욱 낮춘
  다.) 나도 겁이 안 나는 건 아냐. (어둠. 노래한다.)

묻노니 얼마나 오래, 얼마 동안이나.
당신을 늘 허니라고 불렀지, 내가?

엘리　응.

잭　다른 여자들은 그렇게 부른 적이 없어. 그냥 이름을 불렀거나…
아기라고 불렀거나…당신한텐 한번도 이름을 부르지 않았어.

엘리　아…난 이름 따윈 상관 안 해.

잭　하니…벌이 가져다 주는 꿀.

엘리　그래요.

잭　이 세상에 그만한 게 없지. 아주 오래 전에 텍사스에서…우린 머
그에다 노란 꿀을 한 잔 가득히 담고 앉아서…그렇게 앉아서 가
지고 놀기도 하고 한 스푼 퍼서…조금씩 쏟아부으면…그것이 곡
선을 그리며 올라오다가…넘쳐서 흘러내리기 시작하는 거야…오,
서두르지도 않고, 천천히…천천히…오르기를 수백 년…내리는
데도 수백 년…. 그러면…그러면… (갑자기 그녀를 껴안는다.) 오,
내 사랑하는 아기, 난 그걸 다 갖고 싶어.

엘리　그래.

(여섯 명의 사내들이─한 놈은 랜턴을 들고 있다─쳐들어오는 소리. 불
과 몸들의 혼동.)

사내 1　일어서, 제퍼슨.

엘리　잭.

(잭은 침대 발치로 뛰어내린다.)

사내 2　창문을 맡아, 찰리.

사내 3 이봐.

사내 1 조심해.

사내 4 오!

사내 5 붙잡아.

사내 4 이 놈이 내 목을, 내 목을.

사내 1 거기, 당신. (쿵 소리. 엘리는 소리지른다.) 가만있지 않으면 네 몸에 구멍을 내주겠어.

사내 2 이 새끼 어디 있지?

사내 1 내 말 안.

(쿵 소리)

엘리   그만 해.

사내 4 맙소사.

사내 6 등잔 불을 켜, 쌍.

엘리   제발.

사내 5 거기 앉아요, 아가씨.

사내 1 우린 검찰이오.

(등잔불이 켜진다. 엘리는 침대 머리에서 몸을 웅크리고 있고, 잭은 침대 발치에서 장작을 하나 집어들고 있다. 다른 사람들은 부동의 자세로 잭을 노려보고 있다. 딕슨이 그 안에 있다. 모두 숨을 헐떡인다. 딕슨이 앞으로 나온다.)

딕슨   난 연방보안관일세, 제퍼슨. (배지를 보여준다.) 그거 내려놓지, 어서. (사이) 자. 사태를 더 악화시키고 싶지 않네. (사이. 잭은 장작을 떨어뜨린다.) 오늘 아침 10시에 자네는 미스 일리노어 백먼을 차에 실어 일리노이-위스콘신 주 경계선을 넘어섰다. 그런 다음 그녀와 관계를 맺었다. 그럼으로써 자넨 맨 법을 위반했고 나는 자네를 체포한다.

엘리　안 돼요. 안 돼요.

딕슨　옷을 입어요, 미스 백먼. 저희가 시내로 모시죠.

엘리　잭.

잭　걱정 말고 옷을 입어요. (그녀의 옷을 건네준다.)

사내 2　이리로.

딕슨　담요로 둘러싸든지 하쇼.

엘리　잭.

잭　두려워할 것 없어. (사내 2와 3이 담요로 그녀를 가려준다. 딕슨에게) 고맙소, 선생.

딕슨　천만에.

잭　몇 년쯤 먹을 것 같소?

딕슨　1년에서 3년.

잭　여자는 괜찮죠?

딕슨　자네만.

잭　그렇군요. 고맙소.

사내 1　(수갑을 보여준다.) 이게 필요할까, 짐?

딕슨　아니. 바지를 갖다주고 어서 여길 나가자.

(암전. 어둠 속에서 구슬픈 노래 소리가 들린다. 다음 장면 내내 노래 소리 계속된다. 무대 후면 오른쪽에서 기이하게 생긴 유색인 남자가 나온다. 시피오다. 그는 남루한 보라색 외투를 입고 있는데 역시 남루한 정장 위로 황금색 버클을 하고 있다. 긴 깃털이 달린 중산모자를 쓰고

있다. 엷은 황갈색 구두를 신었고 토템처럼 보이는 여러 개의 커다란 반지들을 끼고 있다. 그는 열변을 토한다.)

시피오 (어깨 너머로 어둠 속에다 대고 얘기한다.) 시작해, 그렇지, 형제들이여, 노래하고 곡을 하라! 백인이 그 사람을 여기서 끌어내 가니까 당신들 까만 파리들은 납작 엎드려 머리를 조아리고 백인들의 예수─그래, 그들의 하나님을 기쁘게 해드리고 있구만. 오, 주여! (침을 뱉는다.) 내 시간이 아까워…나 역시 당신들한테 얘기하기 싫다! 그러나 저 바깥에 두 세 사람은 나와 같은 피인 것을 알므로 난 그들에게 저녁인사를 드리는 것이지만 난 이렇게 묻는다. 당신들은 얼마나 하얀가? 당신들은 얼마나 칠했는가? 당신들은 얼마나 하얗기를 소망하는가? 당신들은 얼마나 하얗기를 원하는 가? 그리고 얼마나 하얘질 것 같은가. 대답해봐! 저 꼬마가 보이는가? 전혀 하얗지 않지, 음? 그런 쟤가 뭘 좇느냐? 백인들의 노리갯 상! 쟤가 뭣 때문에 가려워하는가? 백인들의 씹! 부자가 된들 그 삶은 어떨까? 백인의 깜둥이! 저는 자기가 원래 백인인 것처럼 말하고 걷는다고 생각하면서 사실은 지가 하얀 도료 속에 반쯤 빠진 채로 헤엄치고 있는 것을 깨닫지 못하는 거야. 저 사람들처럼, 당신들처럼, 다들 그랬던 것처럼, 매일 그것을 마시고 그 안에 절여지는 거지, 바로 저 집안에서. 아, 그렇지, 당신들은 말하겠지, 우리가 뭘 할 수 있냐고, 우리는 백인들의 세상에서 우리의 하루하루를 낭비하고 있어. 당신들의 삶을 살아, 형제들이여! 저들한테 끼어서 이기려고 노력하지 말고, 단번에, 전부 저들을 떠나란 말야, 짐을 싸! 임금을 긁어모으고 당장 요긴하게 쓸 것만 챙겨서 나머진 다 버려버려! 이젠 움직일 때가 왔다! 지혜롭고 자랑스럽고 검은 사람들의 큰 새 세상을 우리가 만들어야 할 시간이 됐다! 다시! 다시 말한다! 난 이미 우리가 전에 이룩했던 것을 말하는 거야! 저 노래 소리는 상관 말아. 배워라, 형제들이여, 배워야 돼! 이집트!! 탐북투! 이디오피아! 예루살렘보다도 더 오래된 붉은 황금색의 도시들, 우리를 붙어 다니는 귀신들에 대한 기도와 신전들, 상아를 새기고 법을 만드는 흑인들! 유럽의 모든 숲이 털복숭이 식인종들로 득실거렸을 때 우리 흑인들은 달과 해의 지도를 그릴 만큼 개화되고 문명화되어 마치 저 조각들처럼 늘씬하고 잘 생겼었지. (웃음 소리가 들린다.) 저 웃음은 우리한테 전혀 해가 되지 않아! 우리 5억의 형제들이 단결을 못 해서 저들과 맞서지 못 하는 것이 우리를 해치는 거야! 그것을 꿈꿔라, 형제들이여 5억씩이나 이 땅에 살면서 아무도 누구한테 얼마나 하얀지, 얼마나 하얗기를 원하는지 묻지를 않아.

(조명이 서서이 꺼지는 동안 그는 눈을 번득이면서 무대 전면 왼쪽으로 퇴장한다.)

1막
7장

시카고. 제퍼슨 부인의 집.

중앙의 웨건 위 흔들의자에 앉아 있는 제퍼슨 부인을 목사와 7, 8명의 형제자매들이 둘러 싸고 있다. 목사가 말씀을 전하는 동안 그들은 노래를 계속한다. 무대 후면 오른쪽에 빅토리아식 테이블이 있고 그 양쪽에 어울리는 의자가 하나씩 있다. 다른 형제자매들이 무대

위로 의자를 계속 나른다. 한 쪽에 평범한 차림의 클라라가 있다. 제
퍼슨 부인은 어깨 위로 숄을 걸치고 있으며 정장차림이다.

목사 주님, 우리는 이 병들고 불행한 어머니와 함께 기도를 드립니다.
이 분은 당신을 바라봅니다, 주님, 자기 아들이 죄인인 것을 알고
있고 그 때문에 죄송스럽게 생각하지만 이 분은 아들을 너무 사
랑합니다. 그 아들에게 다시 한번만 기회를 주십시오. 바라옵기
는 판사들의 눈을 자비로 만져주십시오. 오늘은 저들이 준엄하게
징계하고, 벌금을 많이 부과해서 아들이 빈털털이가 되어 절대로
이 일을 잊지 않도록 해주시되, 주님, 이 여인의 아들을 빼앗아
가지는 않게 해주십시오.

(노래 끝)

형제들 아멘.
제퍼슨 부인 꼭 빼앗아 간다면, 제발이지 주님, 잠깐동안만 그러게 해주옵소
서.
형제들 아멘.
목사 우리도 함께 기도하겠소.
제퍼슨 부인 고맙습니다, 목사님. 약소하게나마 뭔가 대접해드리고 싶습니다
만.
목사 괜찮습니다.
제퍼슨 부인 제가 몸을 가누기도 힘들어서 그만.
목사 신경 쓰지 마세요, 자매님.
클라라 (오른쪽으로 제퍼슨 부인에게 간다.) 제가 커피를 새로 올려 놓을게
요, 어머님.

제퍼슨 부인 (클라라가 갈 때) 먼저 틱이나 다른 사람이 거리로 내려오는지 살
         펴 줘. (클라라는 무대 전면 오른쪽의 의자 옆에 있는 창문으로 간다.)

자매 2   아직 좀 일러요, 자매님.

클라라   아무도 없어요, 어머님. 야구를 하려는 사람들만 몇 명 있어요.

제퍼슨 부인 (한숨 짓는다.) 알았다, 클라라. 고마워.

목사   (클라라가 무대 전면 오른쪽의 부엌으로 갈 때) 저기 이 집에 수호천
         사가 한 사람 있군요!

자매 1   매일 찾아와요. 자매님이 아프다는 얘기를 듣고.

제퍼슨 부인 소식이 올 때가 지났는데, 이렇게 오래 걸릴 리가 없어요.

목사   우리는 하나님의 장중에 있어요, 자매님.

형제들   아멘.

제퍼슨 부인 아들놈이 어렸을 적부터 나는 이런 날이 오리라는 것을 알았어
         요. 저거 봐, 엄마, 난 왜 안 돼, 엄마, 날 혼자 내버려둬, 엄마. 한
         번도 가만 있질 못했죠. 얼마나 싸돌아다니는지. 그리고 그 커다
         란 눈망울로 사방 군데 둘러보지 않는 데가 없었어요. 당신들처
         럼 나도 걔를 흑인답게 교육을 시키려고 무척 애썼어요. 안 돼,
         안 돼, 안 돼, 그건 너한테 안 맞아! 소용이 없었어요. 그걸 가르
         쳐주려고 아주 야박하게 굴었어요. 자식을 사랑한다면 아이가 많
         을수록 야박하게 굴어야 해요. 우리 유색인들의 평범한 상식이죠.
         내 손으로 때리면 그 아이는 "그래서요?" 라고 대꾸했죠. 구두로
         두들겨패도 웃기만 했어요. 면도칼 가는 혁대를 집어들면 잠깐
         사팔눈을 떴다가는 괴상한 춤을 한 바탕 추고서 나한테 돈을 달
         랬어요. 나는 하나님께 내 팔에 힘을 주십사고 기도했어요. 더 심
         하게 때리면 때릴수록 그 아인 더 자랐어요. 열 한 살이 되도록
         그 아인 말을 전혀 듣지 않았어요. 힘이 없어 못 때릴 때까지 매
         질을 하면 그 아이는 내게서 회초리를 빼앗어서 두 동강을 내놓

고는 밖으로 내빼곤 했어요.

목사　자매님.

제퍼슨 부인　하나님, 절 용서하세요. 그 아이를 너무 심하게 다룬 것에 대해서! 하나님, 절 용서해주세요, 이런 날이 올 줄 알면서도 그 아이를 일찍부터 때리지 못했거나 정말로 아프게 때려서 배우게 하지 못한 것에 대해서.

(아래층에서 노크소리. 무대 전면 왼쪽 밖에서.)

자매 1　내가 열게요. (무대 전면 왼쪽으로 간다.)

목사　우린 자매님과 함께 기도하겠소. 내 손을 잡으세요.

제퍼슨 부인　아니, 괜찮아요.

자매 1　집을 잘 못 찾아오신 것 같수.

루디　(무대 전면 왼쪽으로 들어오며) 231번지 아녜요?

동료　제퍼슨 부인의 집, 맞죠?

자매 1　맞긴 한데. 잠깐만, 그렇게 한꺼번에 많이 들어갈 수 없어요.

루디　알았어요, 너희들은 여기 이 층계에 있어.

(자매 1이 방안으로 돌아오고 그 뒤로 파란 재킷과 그에 어울리는 캡 모자를 쓴 세 명의 건장한 흑인청년들이 들어온다. 그들은 방망이와 다른 야구 기구들이 들어있는 손가방을 들고 있다. 등치가 가장 큰 대장 루디는 캡 모자를 벗는다. 나머지도 따라 한다. 클라라가 무대 전면 오른쪽으로부터 다시 등장한다.)

루디　안녕들 하세요.

제퍼슨 부인　법원에서들 오셨수?

루디　아닙니다. 저희들은 부탁을 받고 왔어요. 어, 이리로 와달라는. 우린 블루 제이스 팀예요.

제퍼슨　무슨 팀이라구요?

루디　디트로이트 블루 제이스요. 아시죠, 왜 저 유색인 야구팀? 토요일에 자이언츠를 박살 낸?

형제 2　아 예, 내 조카가 그 시합에 갔었어요.

루디　(제퍼슨 부인에게 가로질러 가며) 전 루디 심즈라고 합니다.

제퍼슨 부인　만나서 반갑수, 심즈 선생.

클라라　(중앙으로 가며) 누구한테서 이리 와달라는 부탁을 받았어요?

루디　예, 저희들은 잭하고 친구 같은 사이라서.

클라라　지금 이 자리는 축하 파티가 아네요. 아시죠!?

제퍼슨 부인　조용히 해, 클라라. 잭하고 친구라고 하잖니.

클라라　왜 남이 야구팀을 여기다 부르느냐 말예요!

루디　아무래도 저희가 바깥 홀에서 기다려야 될 것 같네요, 부인.

제퍼슨 부인　무슨 말씀을요! 클라라.

클라라　잭이 야구선수들과 어울리는 걸 본 적이 없어요!

(틱이 무대 전면 왼쪽에서 들어온다.)

루디　나도 그 친구가 당신과 함께 있는 걸 못 봤으니, 피차일반이요.

틱　그 여자와 다툴 것 없네, 루디. 와줘서 고마워.

루디　부탁만 하시면 언제든지. (틱은 무대 전면 오른쪽으로 간다. 창밖을 내다본다.) 빨리 온다고 온 게 늦었습니다, 제퍼슨 부인.

제퍼슨 부인　자, 오셨으니…말씀을 해보세요.

틱　(오른쪽 창문을 내다보며) 좋질 않습니다.

자매 1　주여 자비를.

제퍼슨 부인 어서 말씀을 다 해보세요.

틱   (중앙으로 온다.) 벌금 2만 달러에 3년 형이에요.

자매 2   맙소사.

형제 1   3년이나.

클라라   (틱을 향해 간다.) 그 빌어먹을 유태인 변호사들은 다 뭘 했답니까!? 뭘.

틱   아직 항소할 시간은 일주일 남았어요.

형제 1   3년이나.

제퍼슨 부인 우리 아들이 감옥에 가면 난 죽습니다! (클라라는 제퍼슨 부인의 오른쪽에, 자매1은 왼쪽에 무릎을 꿇는다.)

자매 2   진정하세요, 자매님.

목사   그 냄새 맡고 정신 차리게 하는 약 좀 가져와요-

자매 1   타이니.

제퍼슨 부인 아니, 다 필요 없어요.

틱   보석금을 내고 일주일 외출을 얻었습니다, 제퍼슨 부인. 저들이 다소 무겁게 보석금을 메겼지만 우린 좋다고 받아들였어요.

제퍼슨 부인 일주일. 걔가 미쳐버릴 거야!

클라라   (일어서서 틱에게 간다.) 뱀 같은 년, 회칠한 얼굴을 한 쌍년! 그년 어디 있어! 피를 빨아먹는 그년이 어디 있어! 내가 그년을 잡아서 구어먹을 테야.

목사   자매님.

클라라   그래서 백 삼 년을 먹어도 좋아!

제퍼슨 부인 그 여자 잘못이 아냐, 클라라.

클라라   그년은 일이 이렇게 끝날 줄 알고 있었어, 몰랐다면 귀머거리, 벙어리, 소경의 돌대가리지, 아빠, 그년은 재미 보느라고 정신이 빠졌던 거야. (모든 사람들 앞을 가로질러 왼쪽으로 간다.) 일이 한참일

때야 얼마나 좋아! (오른쪽으로 틱에게 간다.) 상관 말라고? 그렇지만, 아빠, 난 당신이 좋아!

제퍼슨 부인 아들이 그 여자를 여기 한번 데려왔었는데, 별로 나빠 보이지 않았어.

틱   상냥하고 조용하죠. (오른쪽으로 창을 향해 간다.)

클라라   당신한테 말한 게 아냐! 그년이 그이를 사랑한다고! 그럼 지 서방이 어려움에 빠졌는데 왜 도망을 가? 그년이 왜.

목사   자매님의 가슴에서 독뱀을 도려내시오.

클라라   사랑, 아이구 웃기고 자빠졌네!

목사   자매님!

제퍼슨 부인 (클라라가 오른쪽으로 부엌에 갈 때) 불쌍한 것, 너무 마음을 졸이더니.

(잭과 골디가 무대 전면 왼쪽에 등장한다. 잭이 모든 사람에게 인사한다. 골디는 제퍼슨 부인의 왼쪽으로 간다.)

목사   하나님을 찬양하라. 환영하네.

잭   목사님…다들 안녕. 좋은 친구, 루디.

루디   우린 다 준비됐어, 잭.

잭   (제퍼슨 부인의 오른쪽에 무릎을 꿇고) 좋아, 서두를 것 없어. 안녕하슈, 타이니 엄마.

제퍼슨   맞진 않았니, 잭? 잘 먹고?

잭   (제퍼슨 부인의 왼쪽에서) 그럼, 엄마. 나 아직 쌩쌩해.

골디   나도 저렇게 마음이 편했으면 좋겠네.

잭   어때요, 엄마?

제퍼슨 부인 오.

잭   아직 힘 많이 들지?

제퍼슨 부인 기력이 좀 빠진 것 같아.

잭   (어머니에게 키스한다.) 아, 엄마.

형제 2   고생 많았어, 잭.

제퍼슨 부인 우린 여기서 내내 기도했단다, 아들아.

잭   그럼…하나님이 어머니 기도는 꼭 들어주실 거유.

제퍼슨 부인 이번엔 안 그런 것 같아. 하지만 나를 일으켜 세우시려는가 보다,
            느낌이 그래! 그럼 나도 하나님을 도와야지, 잘 쉬고 잘 먹어서
            나도 곧 저 아래로 내려갈 거다, 잭.

잭   (일어선다. 허리를 굽혀 그녀의 손을 잡는다.) 엄마.

            (클라라가 무대 전면 오른쪽으로 등장한다.)

제퍼슨 부인 저 사람들이 허락해줄 때마다 나한테 커다란 옛날 소풍 바구니를
            가져와 팔에 안겨주렴.

잭   안 돼, 엄마, 내 말 좀.

클라라   (그에게 몸을 던져 안기며) 오, 우리 아기, 우리 아기, 난 절대로 당
            신이 감옥 가는 거 용납하지 않을 거야!

잭   이 여자가 여긴 왜!

골디   그것도 다 필요해.

잭   저리 비켜, 너! (왼쪽으로 간다.) 엄마, 어떻게 저 여자가.

제퍼슨 부인 클라라는 내가 아프다는 얘기를 듣고 달려왔단다.

클라라   자기 엄마를 위해서 내가 얼마나 애썼는데.

제퍼슨 부인 사람도 많이 얌전해졌어.

틱   (창밖을 훔치듯 내다보며) 잭. (잭이 그를 쳐다본다. 그는 끄덕인다. 사
            이)

잭   (클라라에게) 열 셀 때까지 꺼져. 하나.

클라라   싫어!

제퍼슨 부인 걔가 날 얼마나 도와줬는데, 얘야!

잭   가정부를 한 사람 들여 놔요!

클라라   내가 가정부가 돼 줄게, 자기야!

잭   다섯 셌다, 너.

틱   (긴장한다. 창가에서) 우선 그 여잘 가만 놔둬, 잭. 집안에 있는 한
          일을 망치지 못할 테니까. 거리에서 고래고래 소리지른다고 생각
          해봐.

골디   (얼굴을 훔치며) 글쎄 다 필요하다니까.

루디   일리가 있다, 잭.

제퍼슨 부인 뭘 망친다는 거냐? 선생님, 애들이 지금 무슨 일을 꾸미고 있죠?

형제 1   그래, 무슨 일이야?

클라라   (창가의 틱에게) 거기서 왜 바깥에 있는 자동차를 엿보고 있지?

목사   (플랫폼의 오른쪽 끝에서) 일을 더 그르치려는 건 아니겠지, 자네?

제퍼슨 부인 잭.

잭   좋아요. 여러분들을 믿고 말씀드리죠.

목사   이보게, 비록 오늘이 아무리 힘든 것처럼 보여도.

틱   이리 창가로 와서 서, 잭. 놈들이 쳐다보고 있어.

제퍼슨 부인 누가? 누가 쳐다본다는 게야?

잭   (무대 전면 오른쪽을 가로질러 창가로 간다.) 형사들이 차안에 타고
          있어, 엄마.

제퍼슨 부인 잭. (클라라가 제퍼슨 부인의 뒤쪽으로 간다. 틱은 무대 후면 중앙에서
          주시한다. 그는 모든 사람의 뒤편에 있다.)

잭   엄마, 잘 들어.

제퍼슨 부인 저 사람들이 뭐 땜에 밖에서 기다리고 있죠, 골디 선생님?

골디   네, 그건 비록 잭이 보석금을 내고 나오긴 했지만 아직.

잭   내가 보석 중에 튈까봐 걱정하는 거야, 엄마.

골디   그래요. 내가 어쩌다 이 일에 끼었는지.

제퍼슨 부인 잭…넌 방금 풀려 나왔는데.

잭   지금이 제일 좋은 시간야, 엄마. 저들은 내가 준비된 걸 모르거든.

제퍼슨 부인 하지만 널 따라다니고 있잖니!

잭   그런다고 생각하겠지.

제퍼슨 부인 잭, 그러다가 잡히면—.

잭   가까이 쫓아오지도 못해! 우선, 내가 첫 번째 할 일은 코트를 벗
         는 거야. (그렇게 한다. 나무딸기 색깔의 셔츠가 보인다. 창가에 앉아 있
         던 소녀가 그의 코트를 받는다.) 다음은 여기 이렇게 서서 얘기하는
         척한다. "사람 놀리지 마아!" 이제 내 얼굴을 보여주고. (밖을 내다
         본다.) "아이구, 비가 올 것 같은데…" 저들은 분명히 내 셔츠를
         봤을 거야. 아하! 어때, 이 셔츠 멋있지?! 그러곤 계속 얘기하는
         거야, 알아? 이제 저기 루디가. (루디가 자기 시계를 본다.) 오호, 저
         친구 또 시계를 보네! 기차시간이 다 돼서 그래. 블루 제이스가
         다음엔 몬트리올에서 시합하거든, 루드, 카나다 블랙스를 상대
         로?

루디   맞아, 잭.

잭   (그들은 서로에게 캡 모자를 던진다.) 갑시다, 친구들. (루디가 재킷을
         벗기 시작한다. 틱은 왼쪽으로 가서 루디의 재킷을 받아든다.) 와 여기
         이 루디 근사하지, 안 그래! 나만큼 예쁘지는 않지만 덩치는 비슷
         하고, 약간만 더 검겠다. 셔츠도 똑같은 걸 입었네! (루디는 그렇게
         한다.)

자매 1   오 주여, 저희를 보호하소서!

잭   (밖을 본다.) "드디어 때가 됐어."

골디   이보게 잭, 우리 얘기 좀더 해보는 게 어때.

제퍼슨 부인 이 애를 무슨 함정에 빠뜨리려는 거유?!

골디   제 생각이 아닙니다, 아드님이.

잭   걱정 마, 엄마! 루디가 창가에서 오후 내내 시간을 보낼 거고 난
           블루 제이스팀과 함께 주 경계를 넘을 거유! (무대 전면 왼쪽으로
           껑충 걸음으로 간다.)

형제 2   저들이 자네를 찾아내고야 말걸.

잭   아니! 내가 루디의 캡 모자를 쓰고 재킷을 입으면, (루디의 캡 모자
           를 쓴다.) 그리고 그의 팀동료들 한 가운데 박혀 있으면, 어떤 놈
           이 날 알아봐?! 깜둥이들은 다 똑같이 생겼다고 하는 소리를 못
           들어봤어?! 맞지, 친구들? (루디는 무대 전면 오른쪽으로 가서 잭의
           캡을 쓴 채 창가에 자리를 잡는다.)

목사   하지만 여보게, 캐나다는 바로 이웃 아닌가! 다른 나라라고 할 수
           도 없어. (루디의 재킷을 들고 제퍼슨 부인의 오른쪽으로 간다.)

틱   저들이 쫓아오기 전에 우리는 배를 타고 영국으로 갑니다. 맞죠?

골디   맞아, 맞아.

잭   완벽하게 꾸며놨어, 엄마!

제퍼슨 부인 다 정해진 대로 된다는 법이 어딨니.

목사   (왼쪽으로 가서 잭에게 다가간다.) 법을 위반하는 건 중죄에 해당되
           네, 잭! 저 사람들이 자넬 심하게 다룬 건 알지만, 한번 범법자로
           낙인 찍히면 평생.

잭   (오른쪽으로 가서 중앙에 있는 목사를 만난다. 목사는 곧 왼쪽으로 비킨
           다.) 보세요! 찍히면 찍히라죠, 난 상관 없습다! 난 이 나라에서 당
           할 만큼 당했어요, 하루 동안 갇히기는 수없이 했고 한번은 30일
           을 먹은 적도 있지만, 3년씩 썩는 거, 그거 난 못해요! 지금처럼
           땡전 한 푼 없이 파산해서 감옥을 나오는 것도 난 못 참아요! 난

지금 내 인생의 절정기에 있어요! 내 식으로 살고 싶습니다. 돈도 좀 벌고 싶고요, 권투도 하고 싶어요! 난 세계 챔피언이 될 차례가 됐고 또 실제로 됐어요! 무슨 일을 해서라도 챔피언으로 남아 있을 겁니다! (어머니 오른쪽으로 간다.) 미국의 48개 주가 세상 전부인줄 알아요?!

제퍼슨 부인 우리 아들에게 빛을 보여주신 하나님을 찬양합니다! 전에 널 사랑하지 않는다고 말했던 거 용서해라!

잭 역시 우리 엄마셔.

제퍼슨 부인 (형제들과 목사에게) 자?

형제들과 목사 (걱정이 돼서) 아멘…

골디 날 위해서 한 마디 끼워넣어줘도 될텐데.

루디 이제 움직여, 사람아.

잭 (왼쪽으로 블루 제이스에게 간다.) 알았어. (루디의 재킷을 입는다.)

골디 이것 참.

잭 우리가 완전히 사라질 때까지 여러분들은 여기 그냥 계슈, 알았수? 그 다음엔 계속 들락날락 거리며 저들의 시선을 뺏으란 말요.

(틱이 루디의 재킷을 들고 왼쪽으로 간다.)

클라라 (왼쪽으로 그에게 간다.) 오, 날 데리고 가요, 허니.

잭 (재킷을 입으며) 내 앞을 가로막지 마.

클라라 (팔로 잭을 두르며) 난 당신을 쫓아갈 테야! 어디든지!

잭 (단추를 끼우며) 잘 맞아?

골디 음, 아주 잘.

클라라 (잭으로부터 벗어 나오며) 그년이 따라가지! 이제 알겠어!

잭   자네 경기 시간에 맞춰 갈 수 있으면 좋겠는데 말야.

클라라 (창 쪽으로 달려간다.) 당신은 그년을 절대 못 만나! 내가 먼저 고발
        을.

틱   잡아.

클라라 (흔들며) 잭이 도망. (몸싸움.)

자매 1 입을 틀어막아요.

        (잭은 오른쪽으로 간다.)

클라라 잭이 도망.

        (사람들이 그녀를 창가 근처로 끌고가 앉힌다. 발길질.)

골디   허, 이런.

형제 1 되게 시끄럽네.

자매 2 그 여자 깔고 앉아요. "하늘을 보라, 땅을 보라."

형제 2 몇 장이지?

목사   준비됐죠.

제퍼슨 부인 "땅을 보라"는 빼고 합시다. 즐거운 걸로 불러요.

자매 1 빨리, 날 깨물어요.

제퍼슨 부인 찬송 시작, 여러분.

모두   (클라라만 빼놓고) (세 육중한 여자들이 클라라를 깔고 앉아 있다.)
        예수님과 얘기하네.
        얼마나 즐겁고 거룩한지
        내 속에 전기가 흐르는 것을
        난 느낄 수 있어.

하나님 아버지께서
지극한 사랑으로 세우신
천국의 전화로
예수님께 전화하세요.

잭   (노래 소리 너머로) 유대인의 하프가 어디 있더라. (찾는다.) 자 이걸
     들어, 얼굴이 가려질 테니까. (그에게 건네준다. 루디는 연주한다. 잭
     은 사람들 속에서 움직인다.) 행운을 빕니다. 고맙소. 고맙소. 곧 또
     봅시다. 자네도―걱정 마세요. 고마워요, 엄마―건강하시고요, 엄
     마, 노력하세요, 열심히―날 보러 오겠다고 말해줘요. 안녕, 엄마,
     안녕 내 사랑.

     (제퍼슨 부인은 고개를 끄덕이며 손뼉으로 박자를 정확히 맞추며 노래
     한다. 골디는 얼굴을 훔친다. 클라라는 발길질과 울음을 계속한다. 루디
     는 하프 연주를 계속하고 나머지 모두는 큰 소리로 합창한다. 잭은 캡
     모자를 쓰고 블루 제이스 팀과 함께 사라진다.)

모두

     모든 교환수들이
     하늘 나라 한 복판에서
     당신의 전화를 기다리고 있어요.
     시간이 걸리지 않아요.
     어서 전화하세요.
     하나님이 다정한 음성으로
     대답하시리니.
     천국의 전화로

예수님께 전화하세요.

(암전)

2막
1장

런던. 내무부 사무실. 왼쪽 웨건에 다섯 개의 의자가 커다란 책상을 맞대고 있다. 오른쪽 웨건의 반쯤에 역시 의자 세 개가 같은 책상을 마주하고 있다.

장면이 시작하면 예닐곱 명의 남자와 한 여자가 앉아 있다. 모두 중년이고 수수한 차림이다. 왼쪽의 램프로부터 차관보인 유뱅크스가 잭의 변호사인 트리쳐와 잡담을 하며 등장한다. 잭, 엘리, 골디, 틱이 왼쪽에서 들어온다.

트리쳐 (서류가방을 들고 있다.) 아, 안녕하십니까.
유뱅크스 가서 윌리엄 경을 모셔오겠소. (무대 후면 왼쪽으로 간다. 그는 서류가방을 들고 있다.)
잭 다들 안녕하쇼. 안녕하세요, 킴볼 여사님. 오늘은 어떤가, 맥? (그들은 앞만 응시한다.) 밀랍박물관이 여기다 분소를 차린 모양이군.
트리쳐 저기 가서 앉게, 잭. (잭, 엘리, 골디는 앉는다. 틱은 오른쪽에 서 있다.)
골디 그리고 모든 말씀은 트리쳐 선생께서 하시게 해. 알겠어?
트리쳐 고맙소.
잭 일이 잘 풀릴 거야, 하니.

엘리　　　그러길 바래요.

잭　　　　좀 불안한가 보지, 어?

엘리　　　(그의 손을 잡으며) 아니.

틱　　　　난 불안해.

유뱅크스　(무대 후면 왼쪽에서 등장하며) 윌리엄 그리스월드 경이십니다.

잭　　　　(엘리에게) 손 부러지겠어!

윌리엄 경　(무대 후면 왼쪽으로 들어온다. 골디가 일어선다.) 안녕하십니까. 아니,
　　　　　일어서실 필요 없습니다. 고맙소. (책상에 앉는다.) 예. 자 그럼. 이
　　　　　방인들의 계속된 방문이 바람직하지 않을 수 있다는 우려의 소
　　　　　리들이 계속 접수되고 있습니다. 물론 우리한테는 이 문제를 다
　　　　　룰 고유의 규정이 있긴 합니다. 정상적으로는.

코웃츠　　존경하는 윌리엄 경, 굳이 이런 자리가 필요하다니 전 놀랬습니
　　　　　다.

윌리엄 경　성함이?

코웃츠　　코웃츠입니다.

유뱅크스　(가죽 서류가방에서 서류를 꺼내 윌리엄 경에게 준다.) 영국 자경단에
　　　　　서 오셨습니다.

코웃츠　　이 문제를 정말로 토론하실 생각입니까? 유죄가 확정된 범인이
　　　　　고, 법과 정의로부터 도망쳐 나온 자를.

트리처　　제 의뢰인의 죄목에 대해서는 상부에서도 알고 계십니다. 그들의
　　　　　판단에 따라 입국이 허용된 것입니다.

윌리엄 경　그건 사실입니다, 코웃츠 씨.

코웃츠　　그리고 우리의 분별 있는 상부관리들은 처음의 잘못을 시정하기
　　　　　어렵다, 그런 언질의 말씀인가요?

윌리엄 경　전 아무 언질도 하지 않았습니다.

코웃츠　　(일어선다.) 경의 공식적인 침묵이 무언가를 암시합니다! 평화를

깨뜨리고 일반대중들에게 도덕적 결함을 과시하는 것을 공식적으로 승인하는 것이나 다름없어요.

잭   잠깐만! 내가 언제 일반대중한테 썩은 생선을 던졌다는 거요?!

코웃츠   뭐라구요.

틱   잭, 입다물어.

윌리엄 경   여러분, 조용히.

킴볼 부인   (일어선다.) 당신들이 한 짓을 가서 다 전하겠어요, 이 덩치 큰 깜둥이 양반!

유뱅크스   부인, 이러시면.

골디   (일어선다.) 그런 식으로 말하지 말아요, 부인. (앉는다.)

코웃츠   킴볼 부인은.

킴볼 부인   (코웃츠에게) 이제 제 말씀을 드려도 될까요?

유뱅크스   코웃츠 씨가 대리인ㅡ.

코웃츠   아뇨, 좋아요, 말씀하세요, 킴볼 부인. (앉는다.)

킴볼 부인   각하, 전 코트만 광장 10번지에 있는 제 집을 저 사람에게 세 줬습니다. 솔직히 말해서 흑백 부부에게 세를 줄 사람은 많지 않을 거예요, 정말예요, 하지만 전 저 사람들이 결혼했다고 생각했는데 사실은 결혼도 안 했어요, 그리고 적어도 여자는 백인이니까 집을 깨끗하게 쓸 줄 알았는데, 그것도 전혀 아니었어요, 게다가 둘이 죽자고 사랑하는 사이 같아서 일찍 일찍 잠자리에 들 줄 알았는데, 천만에 말씀! 허구한 날 파티다, 샴페인이다, 깜둥이 피아노곡 연주에, 더러운 춤까지 춰댔어요, 내가 다 봤다구요! 터키 트롯과 그밖에 유색인들이 추는 모든 스텝들!

코웃츠   (책상 쪽으로 움직인다.) 킴볼 여사는 근 400파운드에 달하는 손해를 입었습니다.

트리쳐   (윌리엄 경에게) 그 돈은 이미 지불했습니다.

윌리엄 경 다음은 누구죠, 코웃츠 씨?

코웃츠 웨인라이트 형삽니다.

유뱅크스 메트로폴리탄 경찰에서 왔습니다. (서류를 책상 위에 놓는다.)

웨인라이트 (노트북을 읽는다.) 11월 9일. 코벤트리가에서 음란한 언사를 구사한 죄로 고발. 11월 15일. 군중들을 모이게 한 혐의로 고발. 11월 25일.

윌리엄 경 (코웃츠에게) 경찰 쪽의 고발내용이 다 이런 성격의 것이라면—

코웃츠 1월 3일자로 넘어가, 웨인라이트.

웨인라이트 1월 3일. 엠. 브랫비 씨에게 폭력을 행사한 죄로 고발.

트리쳐 그 고소는 이미 취하됐습니다, 윌리엄 경.

코웃츠 이보슈, 사람이 주먹 쓰는 훈련을 받으면.

잭 주먹이라니, 조금 밀기만 했어요. (브랫비에게) 당신이 얘기 좀 해줘요.

윌리엄 경 당신은?

브랫비 (코웃츠 뒤의 플랫폼에 오르며) 엠. 브랫비입니다.

유뱅크스 (서류를 책상 위에 놓는다.) 올림피아 스포츠 클럽 소속입니다.

브랫비 제퍼슨이 저희더러 경기를 주선해달라고 찾아왔었습니다. 저희들은 전부터 그와 관계 맺는 것을 꺼려왔었는데. 그래서 저희 입장을 말했더니, 갑자기 거칠어지더니만.

코웃츠 (브랫비에게 돌아서며) 당신을 공격했단 말이죠!

트리쳐 그 사건은 이미 해결이 됐어요, 제퍼슨 씨가 사과를 했고.

코웃츠 맞소, 모든 사건들이 다 해결됐지, 대중지들이 그걸 재미있다는 듯이 보도하고 있고, 뮤직 홀에서는 밤마다 조크로 다뤄지고 있어요! 이 가운데 바람직한 게 있습니까? 혼란과 분열이 질서를 대신하고, 우리가 서 있는 이 땅이 사회주의자들, 무신론자들, 무정부주의자들에 의해서 무너지게 되면, 즉 무정부 상태에선 말뿐만 아니라 폭탄을 든 남자가 공공건물에.

윌리엄 경   코웃츠 씨.

코웃츠   그런데 당신은 이 사람이 이곳에 온 뒤로 아까 부인이 말한 춤들이 유행하기 시작했다는 사실을 즐기시는 것 같군요. 윌리엄 경, 플라톤을 읽으세요, 플라톤을 읽으세요.

윌리엄 경   내 말씀을.

코웃츠   "음악의 새로운 양식들이 국가의 격변을 알려준다."라고 돼 있지 않습니까.

윌리엄 경   코웃츠 씨, 나도 그 터키 트롯을 직접 봤습니다만.

코웃츠   (일어선다.) 왈츠를 기억하시기 바랍니다, 윌리엄 경.

윌리엄 경   왈츠요?

코웃츠   첫 번째 왈츠 말입니다.

윌리엄 경   나더러 춤을 춰보라는 말씀입니까.

트리쳐   (일어선다.) 윌리엄 경, 제가 대신.

잭   관두쇼. 내가 얘기로 해보죠. (일어선다.)

윌리엄 경   예, 어서 말씀해보시오. (트리쳐와 코웃츠는 앉는다.)

잭   전 직업권투선수로 이곳에 왔습니다, 각하. 그런데 도무지 제대로 된 시합이 맺어지질 않는 겁니다. 멀거니 살만 찌고, 그래서 발길질도 하고 사람들과 말썽을 일으켰죠. 이제 보니 내가 그래선 안 됐던가 봅니다. 왜냐, 나 같은 사람은, 나 같은 유색인은 일부 여기 사람들 생각에 괴물이나 다름없거든요. 하지만 내가 이곳 생활에 익숙해지는 데 시간이 걸렸고, 그래서 지금은 이 분들이 가져온 이야기들 전부에 대해서 사과드립니다. 내가 하고 싶은 말은 이겁니다. 우린 여기가 좋아요, 그리고 론세일 경께서 이미 시합을 주선해주셨기 때문에 이제부턴 훈련에 실전연습에 바쁠 테니까 더 이상 소란을 피우지 않을 겁니다. (앉는다.)

윌리엄 경   자, 코웃츠 씨, 이 시점에서 나는 미국의 법 같은 건 우리가 상관
          할 바가 아니라고 보고, 당신이 열거한 소란행위라는 것들도 다
          사소한 것들이고, 이 사람의 도덕성은 빅토리아 여왕의 기준에
          따르면 혹 부족할지 모르나, 그 여왕도 아시다시피 이제는 돌아
          가셨지 않소. 그리고 언론과 뮤직 홀의 재잘거림은 단순히 우리
          가 참아야 할 자유가 아니겠나. 그냥 우리 백인들이 짊어져야 할
          짐의 일부라고 생각하시오! 그러므로 제퍼슨 씨가 어떤 종류든
          범죄를 범하지 않는 한—. (코웃츠가 손을 흔들고 있다.) 더 보태실
          말씀이 있소?

코웃츠   (일어선다.) 제퍼슨 씨는 시합을 갖게 될 거라고 생각을 하시는 모
          양인데, 그 생각이 틀렸음을 가르쳐주고 싶습니다, 윌리엄 경.

잭   무슨 얘기요? 내가 거기서 저 양반하고 사인을 했는데—. (브랫비
          를 가리킨다.) 3월 18일 앨버트 린치와 시합을 갖는다는 계약서에
          다.

코웃츠   (브랫비에게 돌아선다.) 브랫비?

브랫비   런던 시의회가 이 시합을 허가할 것 같지 않습니다.

트리쳐   무슨 근거로 시합을 거부한답디까?

코웃츠   활로우씨?

활로우   (일어선다.) 코웃츠 씨의 말씀과 시의회의 입장이 일치합니다. (앉
          는다.)

골디   왜 이제 와서 발뺌을 하는 거지, 트리쳐? (코웃츠에게) 우린 꼭 런
          던을 고집하진 않겠소—.

코웃츠   어딜 가도 마찬가지로 거절당할 게요, 버밍햄, 맨체스터, 리즈—.

          (잭이 일어선다.)

엘리 이러시면 안 돼요.

틱 가만히 앉아 있어요—

엘리 공정하게 업무를 보셔야죠!

윌리엄 경 부인…앉으세요, 당신도. (다른 사람들에게) 한 사람이 정직하게 직업을 수행하는 것을 방해하기 위해 당신들이 적용하는 이상한 원칙들에 대해서는 나는 말을 하지 않겠소. (잭에게) 그러나 당신한테 한 가지 보장하겠소, 생계수단을 바꿀 자유, 이곳에 남아 어디서든 일할 자유—.

잭 알겠소, 갑시다.

틱 아직 얘기가—.

잭 일어나! (엘리가 일어선다.)

윌리엄 경 내 얘기를 잘 이해하셨기 바랍니다만.

잭 갑시다, 골디. (윌리엄 경에게) 저한테 시간을 내주시고 제 편을 들어주신 것에 대해 감사드립니다.

윌리엄 경 정말로 미안하게 됐소.

잭 이제 그만 가보겠습니다. (트리쳐에게) 또 봅시다, 트리쳐 선생.

엘리 잭.

코웃츠 당신의 의뢰인은 아마 이 나라를 떠날 모양이군.

잭 그렇네, 자네가 맞았어. 당신 다 가져.

(잭, 틱, 엘리는 무대 전면 왼쪽으로 나간다. 골디는 왼쪽, 현관 위로 사라진다. 암전. 악대 연주. 뱃고동 소리. 군중들의 소음. 조명이 켜진다.)

2막
2장

르 아브르: 세관의 창고. 밤. 무대 밖에서 악대의 연주소리. 무대 위에는 환영하는 군중들.

관리들, 기자들 등등. 그들 너머로 두안(DOUANE)이라는 사인이 보인다. 무대후면 오른쪽에서 짐꾼이 트렁크를 굴리면서 급히 그들 앞을 지나가고 그들 뒤에서 응원하는 소리가 고조된다. 수행원들의 뒤를 따라 폴랜드 헤비급 선수인 클로소우스키가 의기양양해서 머리 위로 두 손을 잡아 군중들에 답례하며 등장한다. 악대가 연주를 멈춘다.

군중들   브라보, 클로소우스키! 환영합니다! 잘 왔소!

클로소우스키 (무대전면 중앙으로 온다.) 메르시, 메르시, 친구들, 아주 아주 메르시--

기자 1   (오른쪽에 대고) 흑인 제퍼슨하고의 대 결전을 앞두고 준비는 잘 됐소--?

클로소우스키 그럼요, 기자 양반--여러분, 저는 완전 백 퍼센트--

기자 1   자신 있소?

클로소우스키 물론이지! 자-신-있-습-다! 내 불어가 엉망이지만 용서해주쇼--

군중들   천만에! 천만에! 클로우스키 만세!

클로소우스키 들어보슈--부에노스 아이레스에서 파코 플로레스랑 붙었을 때, 땡, 땡, 땡, 3회전만에 이겼소! 리오에선 파레이라랑 붙어서, 땡 하자마자 1회전에 뭉갰소. 프라페는 2회전에 눕혔소! 아프리카에선 거인 깜둥이랑 붙어서 공이 울리자 마자 1회전에 박살냈소! 퍽! 상대가 돼야지 말야! 이 제퍼슨이란 친구 말요, 그게 어떤 자요? 어떤 놈이냔 말야? 세계 챔피언? 웃기네, 웃겨--그 친구 권투 안

한 지가 벌써 얼마요! (흉내내며) 위스키도 마시지, 담배도 피우지, 이젠 뚱뚱해져서 움직임도 둔해요, 방탕하게 사는 꼴이--뭐랄까 --음--

기자 1   돼지 같다? (웃음)

클로소우스키 맞아! (웃음. 일일이 행동으로 흉내낸다.) 난, 매일 30 킬로를 달려요, 배 위에서도--그럼! 밧줄 메고 뛰어내리기를 100번씩 해요! 셰도우 복싱 한 시간! 샌드 백 치기 20분! 기계체조를 아침과 저녁, 40분씩 하루에 두 번! 더운 목욕도 하고 찬 물 샤우어도 해요! 한낮엔 마사지, 먹는 것도 잘 먹고, 하루 10시간 씩 수면-- (웃음) 내가 떠벌인다고 생각하슈? 제퍼슨과 시합할 때 와보슈-- (몸짓을 해보인다.) 퍽! 퍽! 왼쪽 아랫 배를 강타! 머리 오른 쪽을 강타! 다시 하복부 강타! 퍽! 프라페! 쿵! 딕스! 쿵! 다룰--꼭 보슈!

(응원하는 소리. 조명이 천천히 꺼질 때 악대 다시 연주. 먼 곳의 권투 경기장으로부터 들려오는 새로운 군중들의 소리가 점차적으로 응원 소리를 대체한다. 조명이 밝아온다.)

2막
3장

파리. 벨 디버.

청색 로우브를 입은 잭이 왼쪽 웨건 위의 테이블에 앉아 있다. 그의 오른쪽에서 틱이 손에 테이핑을 하고 있다. 엘리는 테이블 앞 왼쪽에 있는 스툴에 앉아 있다. 테이블 오른쪽에는 커다란 병사용 트렁크가 하나 있는데 그 위에는 잭의 턱시도 재킷과 바지가 놓여 있다. 테이블 위로 체육관의 램프가 걸려 있다. 프랑스인 훈련조수가 왼쪽에 있다. 벨트는 테이블의 전면 오른쪽 끝에 놓여 있다.

틱   (잭의 오른쪽에서) 챔피언, 심호흡을 계속해. 깊게, 천천히.

잭   (테이블에 앉아서) 나도 숨쉴 줄 알아.

틱   (잭의 왼쪽으로 간다.) 저 폴랜드 종자, 식탁에 오른 닭고기 모양 깨 끗이 잡숴버려!

잭   빨리 해, 엉?

틱   머리카락 하나 흐트러뜨리기도 전에 놈은 뻗을 걸.

(골디가 왼쪽에서 등장하여 잭의 앞 오른쪽으로 간다.)

잭   저 사람 앞에서 그 따위로 말하지 마.

엘리   (왼쪽 스툴에 앉아서) 잭, 괜찮아.

잭   당신은 언제부터 날 챔피언이라고 부를 거야?

틱   왜 또 이러셔. 너무 째지 않나 봐.

엘리   꽉 찼어요?

골디   (잭의 오른쪽에서) 사람들이 서까래까지 매달려 있어.

잭   물병. 입안을 헹구고 싶어.

골디   자네 괜찮지?

잭   왜 자꾸 물으슈?

골디   물으면 안 돼?!

잭   걱정되는 게 있수? 뭐가 그리 걱정이슈?!

틱   이번 폴란드 종자는 그리 간단치가 않아.

골디   헹구게 해. (엘리가 잭의 뒤 왼쪽으로 간다.)

틱   (왼쪽으로 훈련조수에게 간다. 조수의 오른쪽 바닥 위에 양동이가 놓여
        있다.) 저, 어이, 짐, 물병이 어디 갔나?

조수   예?

틱   물병. 물이 뭔지 알지?

조수   무―무―.

틱   아니, 물―.

조수   병 말입니까?

틱   누구라고?

잭   관둬라.

조수   아네요?

틱   물, 물!

조수   아, 물! (무대 왼쪽 바로 바깥에서 물을 구해온다.)

틱   그렇지! 봤지? 이 사람들도 조금만 참으면 다 통해. (잭에게 물을
        준다. 잭은 입안을 헹구고 뱉는다.)

        (엘리가 스툴로 다시 간다. 조수는 다른 양동이를 들고 왼쪽으로 나간
        다.)

잭   물에서 고약한 냄새가 나는데.

골디   (틱에게) 2분 남았어.

틱   일어 서. 위밍업을 좀 하지. 어? 왜 이래?

잭   워밍업은 시합하면서 해도 돼.

틱   내 말 들어, 제발. 가서 묵사발되지 않으려면.

엘리   틱!

잭   내 약점은 나도 잘 알아.

틱   내 말은 그게 아니라―.

잭   내 상태가 어떤진 내가 더 잘 알아. 그리고 내가 지금 시간을 낭
      비하고 있다는 것도 잘 알고! 5류급 쓰레기랑 붙는데 연습은 무
      슨 연습야.

골디   잭, 이 친군 달라.

잭   다르긴 뭐가 달라요!

골디   이 동네선 저 애가 최고야, 잭.

잭   한 방 먹이고 돈이나 긁어모으자, 그거 아뇨?! (벨트를 집어들며)
      이 커다란 황금벨트로 돈이나 벌자, 틀려요?

틱   (노래한다. 트렁크 위에 발을 올려놓고)
      깜둥이들은 악질,
      백인들도 마찬가지.
      나는야 중국사람,
      좋아서 어쩔 줄을 모르겠네, 그만.

프로모터 (왼쪽에서 등장) 그만들 나가시죠.

엘리   (일어선다. 잭에게 간다.) 이제 내 자리로 갈래.

잭   (테이블에서 일어나며) 허니-. (틱과 골디는 왼쪽으로 간다.)

엘리   (키스한다.) 행운을 빌어, 여보-.

잭   부탁이 있어. 여기 그냥 있어 줘.

엘리   오, 잭.

잭   (그녀를 밀어 자기 앞 오른쪽에 세운다.) 저 안에선 당신이 볼만한 장
      면이 없어.

프로모터 어서 나가십시다, 신사 여러분. (조수에게) 빨리, 빨리. (조수는 양동
      이를 둘 다 가지고 나간다. 잭에게) 잠깐, 제퍼슨 선생, 미소를, 그 유
      명한 미소를.

잭   알았소, 웃으리다. (테이블 왼쪽에서)

프로모터 하하. 아주 좋아요.

틱   오래 안 걸려요.

(그들은 떠난다. 틱이 벨트를 나른다. 엘리는 앉는다. 2, 3초가 지나면
군중들의 함성소리가 커진다. 엘리는 일어선다. 이리 저리 거닌다. 신문
을 훔쳐본다. 읽으려고 노력하다가 내려놓는다. 군중들의 함성 너머로
아나운서의 목소리가 들린다. 무슨 소린지 분간이 안 된다. 엘리는 타월
과 쪄지를 접고 다시 앉는다. 스미티가 왼쪽에서 들어온다.)

스미티   안녕하쇼, 미스 백먼.
엘리   안녕하세요.
스미티   이브닝 미러지의 스미스요. 스미티라고들.
엘리   아, 예.
스미티   잠깐 방해해도―.
엘리   시합 보려고 오신 것 아네요?
스미티   (스툴 위에 앉는다. 엘리는 서류가방과 타월을 정리한다.) 쥐약 좀 먹이
        고 들어왔소. 운동을 다시 시작했더군요. 그게 중요하죠.
엘리   그래요.
스미티   잭이 보고 싶었었소. 요즘 어때요?
엘리   괜찮아요.
스미티   신수가 훤해 보이더라구! 약간 우울해 보이기는 하지만―.
엘리   (서류가방을 집어든다.) 네, 약간.
스미티   곧 괜찮아질 테니 기운을 내요. 여행을 너무 많이 하는 것도 한
        가지 이유겠고.
엘리   맞아요.
스미티   일단 어디고 정착을 하게되면―. (엘리는 트렁크 위에 서류가방을 내
        려놓는다. 함성.) 시작했군요! 내 말 뜻을 알겠어요?

엘리   예.

스미티   당연하지. 이런 생활이 얼마나 오래 갈까요?!

엘리   몰라요, 전. 정말로.

(함성)

스미티   이런, 생활이 아주 힘든가보군요. 예? (대답이 없다.) 다, 잭한테 맡
       겨버려요! 당신이 좀 쉬고 기운을 차리면 아직—. (그녀는 그를 똑
       바로 쳐다본다. 함성.) 아니, 이건 아주 중요해요! 왜, 우리 엄마가
       내 아들하고 한 4, 5개월 동안 함께 지내시더니만.

엘리   (손으로 얼굴을 가린다.) 그만 가요, 어서.

스미티   나 재미 있는 사람야. 언제 쯤 시간을 내주겠소?

엘리   못 내줘요. 나가요.

스미티   지난 번 당신은 너무 수척해 보이더라구, 내가 아주 깜짝 놀랬어.
       (함성. 그녀는 돌아선다.) 너무 기분 나쁘게 생각지 말아요! 고향에
       있는 사람들은 말야.

엘리   싫다고 했잖아요!

스미티   고향분들, 실망시켜 미안합니다! (함성.)

엘리   그만, 제발. (함성.)

스미티   병원에 갔었죠, 미스 백먼? 그래 안 갖기로 결정했소? (함성.)

엘리   (트렁크의 오른쪽 끝에 앉는다. 치를 떨며 귀를 막는다.) 아, 언제나 끝
       나려나. (함성)

스미티   잭이 공격하고 있는 거요, 맞는 게 아니라—

엘리   제발—.

스미티   몸이 안 좋아 보여. 자, 한 모금 삼켜봐요. (함성이 계속된다. 벨소리
       가 다급하게 울린다.) 도대체 이런 생활을 얼마나 견딜 수 있을 것

같소?! 당신은 완전히 소진하고 말거요, 미스 백먼. 그걸 모르겠소? 소진이 뭔지 알아요? 당신은 그 친구처럼 강하지 못해. 이런 식으론 ─. (소음이 갑자기 성난 야유로 바뀐다. 뛰는 발자국 소리들. 경찰의 호각소리.) 대체 무슨 일이야. (방에서 쿵쾅거리는 소리. 엘리는 테이블에 털썩 주저앉는다. 더 많은 뛰는 발자국 소리들. 벨이 울린다. 가까이서 외치는 소리들 "야만이다! 살인이다!" 잭이 왼쪽에서 튀어 들어온다. 팔과 가슴이 피투성이다. 그는 병사용 트렁크 위에 피묻은 타올을 던진다. 곧 이어 골디가 왼쪽에서 뛰어 들어온다. 그를 지나 테이블 오른쪽으로 간다.)

골디 맙소사, 왜 계속 친 거야, 다 죽은 상대를?

엘리 무슨 일예요, 잭?

잭 (병사용 트렁크에서 재킷과 바지를 집어든다.) 곧 깨어날 거야.

골디 저 백을 집어.

잭 괜찮아, 허니.

틱 (잭의 로우브와 벨트, 권투장갑을 들고 왼쪽에서 등장한다.) 부상이 아주 심해.

프로모터 (왼쪽에서 등장하며) 빨리, 빨리.

엘리 오.

골디 차에 가서 옷을 입게, 잭. (무대 전면 오른쪽으로 퇴장. 틱이 그 뒤를 따라 나간다.)

프로모터 서둘러요, 어서. 부탁이요!

잭 (한 손에 재킷과 바지를 들고 무대 전면 오른쪽으로 나가기 시작한다.) 갑시다, 하니! 미안해. 미안해. (되돌아 와서 그녀를 밀고 오른쪽으로 나간다. 암전. 다음 장면에 조명이 다시 켜질 때까지 군중들 소리 이어진다. 프로모터가 왼쪽으로 나간다.)

2막
4장

뉴욕. 팝 위버의 사무실.

오른쪽 웨건에 밝은 주단이 바닥에 깔려 있다. 오른쪽에 책상이 하나 있고 그 뒤에 회전의자가 하나 있다. 그밖에 빨간 천으로 씌운 의자가 셋 있다. 머리 위에 샹들리에가 걸려 있다. 팝, 캡틴 댄, 그리고 브래디의 전 매니저였던 프레드가 필름을 보고 앉아 있는데 필름의 조명이 깜빡거린다.

캡틴 댄   체중이 얼마 나간다고 했지, 프레드?
프레드   237파운드. 신장 6피트 5인치. 잘 봐! 와아!
팝   나쁘진 않지, 캡틴 댄, 엉?
프레드   잠깐만, 이건 2주 전 뱅쿠버 경기를 담은 필름인데─잠깐만─저게 내가 데리고 있는 아이야! (일어선다. 왼쪽으로 그림 속으로 들어간다.)
캡틴 댄   눈에 띄긴 하는군, 프레드.
프레드   곧장 돌진해 들어가서, 펑! 내가 자랑하는 것은 아니지만, 이 친구가 처음 시작했을 땐─(갑자기 필름이 끊긴다. 빛만 깜빡거린다.) 소리가 안 나잖아!
음성   (무대 밖에서) 금방 됩니다.
프레드   자. 어떻게들 생각하셔?! 쟤가 백인의 희망이 아니라면 나는 여자다.
팝   저만하면 쓸만한 친구야, 댄. 아직 잘 다듬어지진 않았지만─.
프레드   싱싱해, 싱싱 그 자체야! 크고, 깨끗하고, 강한 진짜 시골청년야! 사람들은 저런 애를 학수고대하고 있어! (침묵. 그들은 빈 스크린만 응시한다. 프레드가 소리지른다.) 야, 어떻게 됐어!

캡틴 댄   더 안 봐도 될 것 같은데.

팝   불 켜, 해리. (방에 불이 들어온다.) 자, 말해보시지, 댄. 자네가 이
          경기를 추진하라고 말하면 난 언제든지, 어디서고 할 준비가 돼
          있어.

프레드   (캡틴 댄에게) 좋았어!

팝   자네 생각은 어때, 댄?

캡틴 댄   다 자란 북극 곰 같이 느껴져.

프레드   그럼 사람을 좀 보내볼까, 엉? 신문들이 난리야, 늙은 황소를 다
          시 끌어내라고.

캡틴 댄   쟤 정도면 괜찮은 상대이긴 해. 문제는 쟤를 보냈다가 그 흑인친
          구한테 또 당한다면 어떡하냐 이거야. 그럴 경우 우리 체면은 뭐
          가 돼?

팝   접시 위에 모가지를 얹어 올 수야 없지. 안 그래, 댄?

캡틴 댄   팝, 프레드. (일어선다. 책상 쪽으로 간다.) 자네들한테 비밀을 하나
          말하지. 다음 번 백인의 희망은 반드시 벨트를 되찾아오는 자라
          야 돼. 그러려고 했다, 거의 그럴 뻔했다, 폴랜드 친구처럼 까불
          다가 반 죽었다, 이러면 안 되는 거야. 그는 이 커다란 깜둥이를
          링 바닥에 영원히 눕혀놓고 제 발로 굳게 서서 챔피언 벨트를 되
          찾아야 해.

팝   무슨 말을 하는 거야, 댄? 예스야 노아?

캡틴 댄   자네한테 내 친구 하나를 소개하겠네, 팝. (부른다.) 딕슨 선생, 아
          직 거기 있죠?

음성   (무대 밖에서) 예!

캡틴 댄   (무대 후면 왼쪽으로 간다.) 들어오시게. (딕슨이 무대 후면 왼쪽에서
          들어온다.) 팝 위버. 프레드.

팝   앉으시죠, 딕슨 씨.

딕슨   (책상 왼쪽에 있는 의자에 앉는다.) 고맙습니다. (캡틴 댄에게) 생각들
       해보셨나요?

캡틴 댄 (왼쪽 의자에 앉는다.) 아, 아직 우리는 희망이 있는 것 같아. (다들
       웃는다.) 여기 딕슨은 워싱톤 연방수사국에서 왔네. 짐작들 하겠지
       만 저들도 제퍼슨 씨를 마음에 두고 있어요. 내가 워싱톤에 갔을
       때 우린 몇 가지 아이디어를 생각해냈어. 당신이 설명하시지.

딕슨   한 사람이 우리를 이렇게 두들겨 패면, 우린, 다시 말해 법은, 그
       특권을 많이 상실하게 되고 그건 대단히 심각한 문제가 됩니다.
       사람들이 법을 얼마나 존중해주느냐가 법의 효력의 일부인 것이
       죠. 법이 멍청해 보인다는 것은 있을 수 없는 일입니다. 특히 지
       금의 시점에선 우리의 흑인사회에 그렇습니다. 여러분들이 혹 모
       르시겠지만, 지금 아주 대단위의, 엄청난 규모의 흑인이민이 진
       행되고 있습니다. 농촌에서 다들 올라와 가지고 도시의 빈민가를
       꽉꽉 채우고 있어요. 유럽에서 소요가 일어나기 시작했고 우리의
       방앗간과 공장들은 그들의 일감을 갖고 있단 말입니다. 난 지금
       수십만, 아니 곧 수백만의 규모를 말하고 있습니다. 수백만의 무
       식한 흑인들이 급속도로 집단을 이루면 그들의 기호, 그들의 기
       분, 그들의 견해가 갑자기 그들이 떠나온 작은 마을에서처럼 규
       제가 안 되는 겁니다. 이미 그런 상황이 야기됐어요. 우리는 더
       이상 이 자의 이미지가 흑인사회를 흥분시키고 감동시키는 것을
       방치할 수가 없어요.

팝   나는 그저 스포츠 프로모토에 불과합니다, 딕슨 씨.

캡틴 댄 이 사람도 문패를 봐서 그건 알아, 팝. 계속하게.

딕슨   만일 그 자가 지금 누리고 있는 지위를 잃게 되면, 그가 다음에
       하는 일의 결과를 통해서, 말하자면, 그 효과는 곧 우리의 이익과

일치할 것이고, 그러면 우리도 그의 형량을 재고할 수도 있다 그 겁니다.

팝　　부언하면 그가 이기지 않는 것에 보상을 하겠다는 말씀이겠군.

딕슨　　제가 말씀드린 그 대롭니다, 위버 선생.

캡틴 댄　(딕슨에게) 최대한 어느 정도까지 줄일 수 있겠나?

딕슨　　1년으로 줄이고 그 가운데 6개월만 실제로 복역하면 됩니다. 우린 그 이상이라도 양보할 의향이 있습니다.

프레드　(오른쪽, 무대 후면 중앙으로 간다.) 우리 애가 충분히 실력으로 이길 수 있어!

팝　　흥분하지마, 프레드.

프레드　(책상 쪽으로 간다. 딕슨 앞으로) 만약 당신이 이 경기를 추진하지 않겠다면, 난 당장 우리 애와 배를 타고 딴 데 가서 그럴 사람을 찾겠어!

캡틴 댄　자네가 설마 그걸 원하진 않겠지, 프레드.

프레드　내가 뭔데, 엉?

캡틴 댄　(일어선다.) 프레드. 자네의 친구로서 하는 말일세.

프레드　(무대 전면, 사내들 앞으로 간다.) 내 마음에 안 들어서 그래.

팝　　내 맘에도 안 드네, 댄.

캡틴 댄　나 역시 마찬가지야! 비겁한 짓을 꾸미면서 내 기분이 어떠해야 되는지 남한테 연설을 듣고 싶지 않아! 우리 중 아무도 그걸 좋아 안 해. 만일 좋아하는 사람이 있다면 그건 남자가 아니지, 그리고 이 자리에 있지도 않을 거구! 나도 이게 더러운 일이라는 건 알아! (왼쪽으로 갔다가 다시 책상 쪽, 사람들 앞으로 간다.) 그러나 약간의 왜곡을 필요로 하는 상황이 발생한 거야, 이 사람은 그게 얼마나 심각한 지를 말하려고 했던 거고. 어떤 놈이 원칙대로만 살아?! 나도 마찬가지야. 거기 앉아서 맘에 안 든다고 말하는 자네들은 도대체 누구야?!

팝 챔피언의 의사는 물어봤나, 댄?

프레드 씨도 안 먹힐 걸! 우리 애도 그렇고. 이게 주일학교 출신이거든.

캡틴 댄 자네 애한텐 말할 필요 없어! 그리고 제퍼슨만 해도, 지난 번 시합 이후론 아무도 싸우려고 하질 않아서 여기 저기 떠돌고 있어, 거의 빈털털이야.

팝 그러나 6개월을 복역하라면—.

캡틴 댄 6개월의 시간을 죽이는 것보다 더 나쁠 것도 없어. 게다가 그 자의 노모가 상태가 안 좋아. 세상 떠나기 전에 노모를 만나고 싶을 걸. 결국 수락할 거야.

팝 (딕슨에게) 이 거래를 서면으로 할 수는 없겠소, 선생?

딕슨 죄송합니다, 팝. 제가 여기에 온 것도 비밀로 해야 됩니다. (사이)

팝 (일어선다.) 양보하지, 프레드! 이 다음부터 제대로 하면 돼. 다음부터 황금의 법칙으로 돌아가자구. 엉?

프레드 알았어. 알았어.

딕슨 (일어서며) 참, 고맙습니다, 신사님들—.

캡틴 댄 우리가 고맙소!

팝 하지만 바로 일이 성사될지 모르겠군.

딕슨 국가가 당분간은 기다려줄 겁니다. (그들은 웃는다. 딕슨은 말없이 손을 흔든다. 무대 전면 오른쪽으로 가서 관객에게) 실례합니다. 선생께선 화가 나신 것 같군요. 예, 들었습니다. 선생 같은 사람들로부터 늘 들어왔으니까요. 옛날 마키아벨리 때부터 말이죠. 더 자세히 들여다보십시오, 선생. 여기서는 말고, 집에서도 말고, 이 다음에 밤늦게 길거리에 혼자 계실 때 곰곰이 생각해 보시라구요. (캡틴 댄에게) 다시 연락드리죠. (딕슨은 무대 후면 왼쪽으로 나간다. 암전.)

2막
5장

베를린. 옥외 카페.

왼쪽 웨건에 잭, 틱, 그리고 네 명의 술 취한 독일 장교들과 함께 있다. 얼룩 투성이의 테이블 위에서 잭이 가장 덩치가 큰 경찰관과 인디안 레슬링을 하고 있다. 독일의 악대가 근처를 행진하는 소리가 들린다.

장교 1   자!

장교 2   햄내, 한스―

장교 3   힘내!

장교 4   저런!

장교 1   안 돼!

장교 4   맙소사!

장교 2   그래!

장교 3   어이, 한스―

장교 1   안 돼!

장교 4   엄마!

장교 2   그만 해―

장교 1   안 돼―

장교 3   그만, 그만―

(잭이 이긴다. 장교 4가 무대 전면 왼쪽 바닥에 넘어진다.)

모두   아아아아!

장교 1   (잭의 왼쪽에서) 놀라워! 대단해! 선생, 당신이 이겼어!

잭   찾아줘서 고맙네, 친구들—

(장교 4가 몸을 일으켜 세우고 무대 전면 오른쪽으로 간다.)

장교 2   (플랫폼의 오른쪽에서) 비르 무스 엔 디 파네 폰 레기멘트 프레젠티
          에렌!

장교 1   우리 연대기를 당신께 선물하고 싶다는 얘기야!

잭   아, 난 그걸 받을 수가 없어, 미국시민이기 때문에—

장교 4   (테이블로 가며. 테이블의 오른쪽에 앉는다. 팔을 내민다.) 한번 더, 한
          번만 더 합시다. (장교 3이 게임을 보러 테이블로 돌아간다.)

잭   (사양하며) 어이 친구, 당신 땜에 나 기운 다 빠졌수! (모든 장교들
          이 웃는다. 장교 4가 일어선다.)

틱   다들 내일 또 올 거지, 엉?

장교 1   (맥주 조끼를 집으며) 우정을 위하여! (다른 장교들도 똑같이 한다.)

잭   (일어나며) 좋았어.

틱   맙소사, 여기 술이 얼마나 쎈지 다리에 힘이 쑥 빠져버리네.

장교 4   뭘 꼭 주고 싶은데!

모두   (무대 후면 오른쪽으로 가며) 그래! 그래!

장교 1   우리가 적당한 기념품을 찾아서 드릴게.

잭   좋지, 기다리겠네.

틱   또 봐, 또 보자구.

모든 장교들 (무대 후면을 떠나며) 하나 둘, 하나 둘.

잭   (하품을 하고 팔다리를 뻗는다.) 아이구 뼈다귀야, 뭘 따라가?

틱   (테이블로 돌아오며) 호텔로 돌아갈까?

잭   아니. 거기선 할 일이 없어.

틱   (한 모금 살짝 마시며) 술 되게 독하네. 계란을 집어넣었나?

잭   내가 어떻게 알아?

(라고시가 무대 전면 오른쪽으로부터 달려온다. 테이블을 지나치도록
서둘러 다가온다. 엘리가 뒤 따라 온다.)

라고시   아, 제퍼슨 선생. 이렇게 다시 뵙게 되어 정말 반갑습니다.

잭   이 사람 뭐 땜에 데려 왔어.

엘리   찰싹 붙어서 따라오는 걸 어떻게 해.

잭   이미 말을 했잖소, 선생.

라고시   라고시라고 합니다, 실례. (명함을 잭에게 준다.)

틱   이 사람이 누구였지?

잭   가만…생각을 해보고…나더러 서커스 같이 하자고 한 사람 아뇨.

라고시   아닙니다, 아네요.

잭   아니면, 나더러 흑인으로 연극에 출연하라던 분인가?

라고시   드디어 라고시를 기억하시는군요!

틱   아, 그 헝가리 사람!

잭   아, 맞아, 그래.

(웨이터가 왼쪽에서 들어온다.)

라고시   말씀을 더 드리기 전에 우선 샴페인 한 병 올리겠습니다. (왼쪽으
        로 나간다. 웨이터는 맥주조끼들을 모아서 왼쪽 밖으로 나간다.)

잭   (엘리에게) 저 사람을 골디한테 보내지 않구? 골디가 잘 솔질해
        줄텐데!

엘리	외출하고 없어.
틱	그래? 뭔가 시작되나보지?
엘리	그냥 그 기자를 만난댔어.
잭	스미티말야?
엘리	응, 전화를 했더라구.
잭	그 자가 여긴 왜?
틱	일자릴 찾는가보지, 뭐.
잭	죽은 도시에 무슨 일거리가.
라고시	(왼쪽으로부터 샴페인을 갖고 등장한다. 웨이터가 잔을 들고 따라온다.) 자, 내 손으로 직접 가져왔어요! 너무 영광스러워서요. 챔피언, 좋은 친구들.
틱	사탕발림야, 속지 마, 들.

(웨이터는 라고시로부터 병을 받아서 샴페인을 따른다. 라고시가 잭의 왼쪽으로 움직인다.)

라고시	아, 제퍼슨 선생! 선생이 이곳에서 아직도 일이 없다는 게 가슴 아픕니다. 선생의 이름은 아직 다이아몬드나 한 가진데.
잭	그렇지!
라고시	그래서 난 스스로 탄원하기를, 라고시가 당신을 위해 장면을 꾸며드리자. 노래! 춤! 연극!
잭	(무대 앞 오른쪽에서 빠른 탭댄스를 추며) 날씨가 좋은 샌프란시스코에서 사람들이 추는 춤이 하나 있지. 그리즐리 베어라는 춤인데 다른 어떤 춤도 그와 비교가 되지 않아.

(잭은 라고시를 왼쪽으로 몰아부치며 춤을 춘다.)

엘리   잭, 그만 해.

잭   (의자로 돌아간다. 테이블의 왼쪽에서) 뭐라구?

엘리   그냥 싫다고 거절하면 되잖아?

잭   내 배짱 꼴리는 대로 얘기하는데, 뭐.

엘리   잭, 우린 지금 거리에 나와 있어.

잭   내가 원해서 나왔어. 그런데?

틱   이봐, 엘리 얘기는.

잭   누가 자네한테 물었어?! (엘리에게) 거리가 어떻다는 거야? 사람들
       이 당신을 쳐다보는 게 그렇게 걸린다면 안 나와도 돼!

엘리   (일어선다.) 당신의 이런 모습을 사람들이 보는 게 싫어.

잭   싫어? 그래 나도 싫다! 하지만 난 이 거리를 떠날 수 없고 당신은
       있어, 그러니 아무 때나, 어디 가! (엘리는 오른쪽으로 간다. 그녀에
       게) 궁둥이 도로 붙이지 못해! 사람이 샴페인을 산다는데.

라고시   (테이블의 오른쪽으로 간다.) 자, 제퍼슨 선생.

잭   당신도 앉아! (라고시가 테이블의 오른쪽에 앉는다.)

엘리   방에 가 있을래.

잭   그래. 그러면서 호텔 방에서 기다리는 게 지겹다는 말을 하는군!

엘리   (왼쪽으로 테이블을 향해 움직인다.) 난 그런 말 한 적 없어.

잭   불행한 표정이 너무 역력해서 말할 필요도 없지. 당신은 만사에
       흥미를 잃어버렸어!

엘리   더 이상 대꾸도 안 할래.

잭   왜, 대꾸해봐!

엘리   뭘 바라는 거야, 잭!

잭   다 귀찮다!

엘리   (무대 전면 오른쪽으로 간다.) 실례하겠어요.

잭   거기 앉아, 여자야.

틱   보내줘, 무서워서 떨고 있잖아.

잭   (그녀의 뒤에 대고 부른다.) 일리노어!

틱   (무대 전면 오른쪽으로 그녀를 뒤따라 간다.) 내가 바래다 줄께.

         (무대 후면 오른쪽에서 쨍그랑하는 소리, 외치는 소리가 리드미컬하게
         들린다.)

잭   골디더러 내가 보잔다고 전해, 들었어! 씨! (귀를 막는다.) 아, 저 군
         발이 개새끼들! (라고시에게 건배하며) 행복하쇼, 선생.

라고시   건배, 건배, 간절히 바라건대 우리가 — (네 명의 장교들이 즐겁게 돌
         아올 때 그는 무대 전면 오른쪽으로 빠져나간다. 장교 1은 의자 다리로
         쓰레기통 뚜껑을 두들긴다. 장교 3과 4는 아주 젊은 흑인 청년의 팔다리
         를 잡고 강제로 끌고 온다. 청년은 격렬하게 발버둥친다.) 내버려 둬!
         내려가게 놔 둬요!

잭   어이 —.

장교 1   (그룹을 이끌며) 자, 약속대로 데려왔네. 정지!

장교 4   자, 여기 까만 친구를 받아. (웃으면서 그들은 흑인을 민다. 잭은 그를
         부축해 일으킨다.)

잭   (흑인에게) 자, 내가 먼지를 털어드리지.

장교 2   이만하면 적당한 선물이 되겠지?

흑인   군인들이 애들처럼 까불고 있네! (야유, 웃음)

잭   자네가 참아, 이 사람아.

흑인   뭐라구요?

잭   뭐, 자네 어디 출신이야?

장교 1   어디냐구! 자기들끼리도 물어야 아나봐!

(웃음의 홍수)

흑인   아프리카요.

장교 2   붐붐붐!

장교 4   (오른쪽으로 떨어져 나오며) 크루크루크루!

장교 3   (무대 전면, 흑인의 왼쪽으로 온다.) 진짜 순종야!

잭   (무대 전면 중앙으로 간다.) 죽겠네.

장교 1   여기, 자네들 보여? (흑인의 얼굴을 가리킨다. 잭은 숨막혀 한다. 웃음
         더.)

흑인   예. 부족 마크요.

장교 2   왈라왈라왈라!

흑인   여기선 관습이 대단히 중요하거든요. (결투의 제스처를 만들어 보인
         다. 장교 4가 왼쪽으로 그에 맞서러 간다.)

장교 4   똥개 자식.

(장교 3이 그를 막는다. 장교 1이 그를 뒤로 잡아끈다.)

장교 2   안 돼, 한스, 그만 해.

잭   저기 가서 앉아, 짐.

흑인   가만 놔둬요?

잭   (그에게 달려간다. 그를 왼쪽으로 끈다.) 움직여. (몸싸움을 하는 장교들
         에게) 여러분들, 정말 감사합니다, 정말로 내가. (장교 4가 뚫고 나와
         흑인에게 달려든다.) 그만 하쇼, 한스. (흑인을 팔로 두른다.) 우리 검
         둥이끼리 서로 인사하게 자리를 좀 비워주쇼. 바나나도 좀 먹어
         야겠고.

장교 3   (웃으며) 바나나를 먹어야 한대!

장교 2   저 새 친구가 당신 맘에 들기를 바래, 권투선수 양반!

잭   (장교 4에 붙어서 그를 무대 후면 왼쪽으로 인도한다. 다른 장교들이 뒤
         따른다.) 난 지금 젖꼭지가 여섯 달린 암소처럼 행복해. (폭소. 그들
         은 간다. 잭은 그들에게 손을 흔든다.) 잘 가! 또 봐! (돌아와서 무대 전
         면 중앙으로 간다.) 새로 전쟁을 일으켜서 저 자들을 바쁘게 만들
         어야지, 원.

흑인   (테이블 곁에 서서) 소란을 피워서 죄송합니다.

잭   (테이블로 돌아간다.) 괜찮아, 추장. 어차피 운동을 해야 하니까. (테
         이블의 왼쪽에 앉는다.)

흑인   난 추장이 아니라 추장의 아들입니다.

잭   아, 그래? 여기 우리 불쌍한 깜둥이들과 함께 앉아 보시지, 나으
         리. (오른쪽 의자를 때린다.)

흑인   (테이블의 오른쪽에 앉는다.) 권투선수시죠, 맞죠?

잭   맞아. 지금은 놀고 있지만.

흑인   미국에서 오셨고요.

잭   왔다갔다 하지.

흑인   고향을 너무 오래 떠나 와서 괴로우신가 봐요.

잭   그렇다고 할 수 있지.

흑인   나도 같은 느낌입니다. 3년 전에 유럽으로 왔죠.

잭   저런. 영원히 고향을 등진 거야?

흑인   예?

잭   조국으로부터 허벌나게 뺑소니쳤구나. 아프리카 말이야.

흑인   아! 당신은 내가 그곳이 싫어서 도망쳐 나온 줄 아는 모양이군요.
         아닙니다, 난 돌아갈 겁니다.

잭   왜?

흑인   더 배우려고 왔어요.

잭   아! 알겠다.

흑인   학생입니다.

잭   그래. 난 학교 근처에도 못 가봤어.

흑인   창피주려고 드린 말씀이 아닌데.

잭   엉? 알아, 난 자네 편일세. (그의 캡 모자로 흑인을 때린다.) 그래 뭘
       공부하셔?

흑인   법학, 회계학, 화공학.

잭   (머리를 때리며) 와, 와, 와.

흑인   예, 골치 아픈 것들이죠.

잭   난 백인들이 그곳을 통치하는 줄 알았지.

흑인   지금은 그래요.

잭   자네 도움이 필요하대, 엉?

흑인   언젠가 그러겠죠.

잭   그들은 안 떠날 걸. 절대로.

흑인   당장 내일은 안 떠나겠죠.

잭   다음 수요일에도 안 떠나고.

흑인   아, 복서님. 미국에선 흑인들이 다 당신 같습니까?

잭   아니, 다 나 같다고 생각 말어.

흑인   그럴 리가. 다들 강할 텐데요. 강한 사람들은 그래야 하는데.

잭   아, 이 사람. 미국에서 우린 우는 데만 강해.

흑인   아뇨, 다 노예였잖아요. 약한 노예들은 다 죽었어요. 울음은 내적
       생활에서 비롯되는 거에요.

잭   이런 개새끼가 있나?

흑인   당신은 대단히 출세했네요.

잭   그렇게 생각해?

흑인   예.

잭　　난 모르겠어. 끝까지 가 본 거지. 총을 다 쏴버렸어. 자네도 알겠
　　　지만. (제스처를 해보인다.)

흑인　예, 챔피언님.

잭　　자, 그럼.

흑인　나도 복서다! 그러니까…당신하고…내가…시작할까요?

잭　　이봐, 내가 시작한 거 아냐.

(흑인은 그를 쳐다본다. 그리고 웃으면서 소리지른다. 골디가 무대 전면
오른쪽으로 들어온다.)

골디　잭, 시내가 온통−. 아, 지금 바쁜가? (흑인이 일어선다.)

잭　　도망가지 마, 사람아−.

골디　(테이블 위쪽으로 간다.) 자네한테 할 말이 있어, 잭.

흑인　그만 가볼게요. (잭이 일어선다. 흑인은 주머니에서 물건을 꺼낸다.) 받
　　　으세요, 우리 아버지 선물.

잭　　(받는다.) 자네한테 큰 행운이 있기를 비네. 고마워.

흑인　당신도요. 우리 계속 만날 거죠?

잭　　물론. 헌데 이게 뭐 하는 거야? 행운?

흑인　아뇨. 귀신들한테 받은 상처를 달래는 겁니다. 안녕히 계십쇼, 권
　　　투선수 양반. (절을 하고 무대 전면 오른쪽으로 나간다.)

잭　　(무대 전면 오른쪽으로 가로지른다.) 자, 말해보슈.

골디　(잭의 뒤를 따르며) 어…시합을 하게 됐어.

잭　　져 주는 대가가 얼마요?

골디　어?

잭　　듣고 있으니까 말을 해요.

골디　아니 어떻게 알았지!

잭   내 마술사가 말해줬시다.

골디   아! 먼저 스미티가 뭘 제안했는지—

잭   두목님, 나도 스미티는 알아요. 저들이 정정당당한 시합을 하려
        고 스미티를 보내지는 않아요.

골디   그렇게 성내지 마, 그 사람이 전화를 해서.

잭   성 안 내요. 그래 얼마랍디까?

골디   프레디가 키우는 앤데, 봐.

잭   두목님, 귀가 먹었어요?

골디   80대 20으로 나누쟤. 큰 걸로 100은 보장하고.

잭   아이구나! 가만히 누워 있는 대가 치곤 엄청나네요!

골디   그리고 자네 형량도 6개월로 줄여주겠대.

잭   저런! 다들 한 통속이 돼서 난리들이군. (왼쪽으로 가로질러 간다.)
        나더러 몇 회에 쓰러지랍디까?

골디   그건 나중에 상의하자고 했어.

잭   아하. 그래 뭐라고 하셨수?

골디   썩은 냄새가 나지만 가서 얘기는 해보겠다고 했지.

잭   (무대 후면, 테이블로 간다.) 잘 했수. 이거 한병 갖고 가서 빨대로
        빨아먹으라고 하슈.

골디   (잭을 따라다니며) 생각도 안 해보구?

잭   내 매니저를 몇 년 하셨수?

골디   5, 6년 쯤.

잭   그러면서 왜 물어요?

골디   왜 묻냐구? 나도 먹어야 하기 때문에 묻는다, 왜! 내가 여기서 매
        니저로 하는 일이 뭐야, 제기랄! 자네 앞에 지금 뭐가 있어.

잭   날 팔아넘기지 마슈, 두목.

골디   잘 났다! 샴페인을 보내라고? 뭘 걸고서? 자네 여자랑 싸우는 걸

걸까? 이젠 시범경기도 주선하기 어려워. 이런 조건의 십 퍼센트
만 줘도 내 적들은 살겠다!

잭   알아요, 나도. 신선한 고기를 찾을 때가 됐어요.

골디   자넨 대체 내가 뭐 땜에 필요한 거야!

잭   예, 나도 그걸 오래 생각해왔는데. (웨이터를 부른다. 웨이터는 왼쪽
        에서 등장한다.) 어이! 웨이터! (웨이터는 빈 샴페인 병을 들고 나간
        다.)

골디   잭, 가서 그 자와 얘기하세. 저들은 끝까지 자네 뒤를 쫓아다닐
        거야. 자넨 여기서 병들고.

잭   (빈 병을 웨이터에게 준다. 웨이터는 왼쪽으로 나간다.) 싫수다. 옳은
        일이 아녜요.

골디   (테이블의 오른쪽에 앉는다.) 잭, 자넨 싸우지 않고는 먹고 살 수가 없
        어. 제발.

잭   서운하게 생각마슈, 두목.

골디   자넨 여기서 광대밖에 될 게 없어.

잭   (주머니를 뒤진다. 테이블에 돈을 놓는다.) 필요한 노자를 집어서 고
        향으로 가슈, 두목.

골디   강한 자가 연기를 한다. 촌극에! 자네가 여기서 뭘 더 할 수 있나
        잘 생각해봐! (웨이터가 새 샴페인 병을 들고 들어온다.)

잭   내가 찾아보겠수, 두목, 새 일, 새 일자리.

골디   오, 잭, 자네 지금 꼴을 한번 봐.

잭   형편 없죠, 두목, 그러나 지금은 이게 나의 최선이유. (무대 전면
        오른쪽으로 나간다.)

(골디가 3번 웨건을 타고 무대 왼쪽으로 나간다. 암전.)

2막
6장

부다페스트. 중앙의 웨건에 카바레의 작은 무대가 있고 관객은 보이지 않는다. 져글러가 왈츠의 박자에 맞춰 묘기를 보이며 그의 순서를 끝내고 있다. 그가 고개 숙여 인사를 하자 큰 박수 소리. 이브닝드레스 차림의 라고시가 무대 후면 좌측으로부터 화려하게 등장하여 그이 곁에 서서 박수를 더욱 부추긴다. 져글러가 왼쪽으로 퇴장. 라고시는 손을 들어 관객을 조용하게 시킨다.

라고시　신사 숙녀 여러분, 드디어 모두가 기다리셨던 순서입니다. 라고시 카바레의 최고 명장면, 미국의 고전인 "엉클 톰의 오두막집"의 막을 엽니다. (색소폰이 "My Old Kentucky Home"을 연주하기 시작하면, 조명이 장미빛으로 변하고 무대조수 두 명이 버드나무가 그려진 두 겹의 스크린을 세우고 잔디를 깐다. 라고시는 진행상황에 맞춰 장면을 묘사한다. 무대조수들은 스크린 뒤쪽에 숨은 채 남아 있다.) 지금 펼쳐지는 장면은…. 미시시피 강변입니다…엉클 톰과 에바 아가씨는 석양을 즐기고 있습니다. (두 사람을 소개한다.) 세계 챔피언 잭 제퍼슨과 그의 매혹적인 아내와 그의 흑인친구를 함께 소개드립니다!

(요란한 박수소리. 잭은 엉클 톰으로 분하여 오른쪽에서 나오는데, 차림이 궁색하고 잿빛 가발 등을 썼다. 엘리는 에바 아씨로 분하여 그의 뒤를 따른다. 금발의 곱슬머리다. 그녀는 "나무" 아래 앉는다.)

엘리　(잔디 매트리스에 앉으며) 여기야, 엉클 톰, 와서 내 옆에 앉아.
잭　(웨건의 아래 쪽 왼편에 앉는다.) 예, 예, 그럽죠, 에바 아씨. 이 아름다운 강둑의 풀밭에 앉겠습니다.

엘리   저 구름이 얼마나 아름다운지 봐봐, 톰. 그리고 강물도.

잭   그 중에 에바 아씨가 제일 예뻐요.

엘리   그런데, 내 동무는 어째서 이 저녁에 표정이 그렇게 슬플까?

잭   오, 에바 아씨, 아씨와 주인님이 이 늙은 톰에게 너무나 잘 대해
       주셔서 시도 때도 없이 눈물이 나오는 구만요.

엘리   그래. 우린 여기서 참 행복해.

잭   꼭 복음서에 나오는 농장 같아요. 아씨는 내가 지금까지 본 제일
       예쁜 꼬마 요정입죠, 에바 아씨.

엘리   오, 톰, 빛의 요정들에 대해서 노래해봐. 해줄 거지, 응?

잭   (일어선다. 중앙으로 간다.) 잠깐만 준비하굽쇼. (피아노가 그에게 화음
       을 던져준다. 이어서 반주. 그는 노래한다.)
       한 무리의 빛의 요정들이 보이네.
       저기서 영광을 드리고 있는 모습을 보라.
       (객석에서 신음소리)
       얼룩 하나 없는 새하얀 로우브를 입고서
       종려나무가지를 흔들고 있네.

       (또 다른 신음소리. 킥킥 웃는 소리. "형편없군." 떠드는 소리. 잭은 멈춘
       다. 잠시 어찌할 줄을 모른다.)

엘리   오, 봐, 저기 우리를 재미있게 해줄 사람이 오고 있어, 톰!

       (틱이 탑시로 분해 빨강과 하양의 체크 무늬 드레스를 입고 검정 가발
       을 쓴 채 무대 앞 왼쪽에서 등장한다. 틱의 구두가 드레스 밑으로 보인
       다. 잭은 돌아서서 오른쪽으로 움직인다.)

틱   히, 히, 히!

엘리   이것 봐, 탑시, 왜 그렇게 이상한 짓을 하지?!

틱   (엘리의 오른쪽에서 무릎을 꿇으며) 지가 원래 별 볼일 없이 늙고 사
       악한 놈입죠, 에바 아씨! 히, 히, 히!

엘리   몇 살인데, 탑시?

틱   모릅죠, 아씨.

엘리   나이를 모른다구? 엄마가 누구야?

틱   몰라요, 아씨. 언제 엄마가 있어 봤어야지.

엘리   그게 무슨 말이야? 어디서 태어났지?

틱   몰라요, 아씨, 태어난 적도 없습죠.

엘리   하지만, 탑시, 누군가 널 낳았을 거 아냐!

틱   아무도 날 낳지 않았어요, 아씨. 난 그냥 자랐을 뿐입죠! 히, 히,
       히! (오케스트라. 엘리가 탬버린을 친다. 틱이 노래한다. 그는 앞쪽 중앙
       으로 움직인다.)
       내가 딕시랜드에 내려와 있을 때
       난 언제나 저 위 천국에 있다고 생각해요.
       저 알라바마엔
       엄마 같은 천사가 한 분 계셔.
       사랑스럽고 구식인 천사가.
       내가 외박했다고 야단 치시지만 그것뿐,
       가서 자거라, 나의 귀여운 아가야, 하신다네.
       그것은 엄마의 천사 노래.

       (틱은 다음 합창곡 내내 춤을 춘다. 잭은 그와 합세하고 엘리는 계속
       탬버린을 친다. 관중들은 이 장면을 더 좋아하는 것 같다. 틱이 숨을 몰
       아쉬며 다시 노래를 시작하자, 객석의 불만도 점점 고조된다. 잭이 무대

뒤쪽 오른 편으로 움직인다.)

눈을 감을 때마다

테네시에서 나를 기다리고 있는 나의 라스투스가 보이는 듯,

그러나 내가 키스할라 치면

늘 일이 꼬인다네.

마치 내가 저 캐롤라인에서 니코데무스를 만날 때처럼.

(라고시가 관중을 조용히 시키려고 애쓴다.)

나도 몰라, 누가 더 좋은지,

나도 몰라.

(라고시가 틱을 왼쪽 바깥으로 무대에서 끌어낸다. 그는 잭과 엘리에게 계속하라는 신호를 보낸다. 오케스트라가 "Old Black Joe"의 연주를 시작한다. 잭은 무대 뒤 쪽 왼 편으로 도망가려하나 라고시가 그를 도로 밀어 넣는다.)

잭	에바 아씨, 다시 현기증이 나세요?
소리	다음!
엘리	응. 너한테 꼭 할 말이 있어, 엉클 톰.
소리들	끔찍해! 끔찍해!
잭	아직, 아직, 시간이 안 됐어요, 에바 아씨.
소리들	웃기네! 집어쳐!
엘리	우울해 하지마! 봐, 저 구름을, 진주로 된 대문 같지 않아?

(항의의 소리들이 점점 더 고조된다. 라고시는 말을 하려고 하지만 불만의 소리에 묻혀 들리지 않는다. 엘리는 오른쪽으로 달려 나간다. 라고시가 조명을 끄라고 지시하자 무대가 뒤쪽으로 이동한다. 느린 박수소

리가 객석에서 시작된다. 발구르는 소리와 병 두드리는 소리와 함께 점
점 커진다.)

소리들 다 꺼져버려! 다 꺼져버려! 다 꺼져버려!
(잭이 무대 뒤로 돌아온다. 가발을 벗고 움직임 없이 서서 앞을 응시한
다. 카바레 안은 크레셴도에 이른다. 암전. 객석의 소음은 천천히 멀리
서 들려오는 포성으로 변하는데, 이 소리는 다음 장면 내내 계속된다.)

2막
7장

벨그레이드. 기차역

중앙의 웨건에 잭은 서 있고, 엘리는 여행가방 위에 앉아 있다. 둘
다 비에 젖은 더러운 레인코트를 입었다. 다른 여행가방들. 불빛들.
정거장은 텅 비어 있다. 기적 소리가 들린다.

틱   (무대 후면 램프로 들어오며) 아무 것도 없어. 어쩌면 오늘 밤 한 차
        가 나갈지도 모른데.
잭   저 총소리가 뭔지 누구 아는 사람 있어?
틱   포터 얘기가 그냥 연습하는 거래.
잭   아.
엘리   이제 어떡하지, 잭?
잭   아직 모르겠어.
엘리   당신 생각엔 우리가.

잭 　모른다고 말했잖아!

엘리 　알았어, 나도 들었어. (왼쪽으로 틱에게 간다.)

잭 　(무대 전면 중앙으로 가로질러 간다.) 저 사람하고 카드놀이라도 해
　　줘, 엉?

스미티 　(무대 밖에서) 잭! (무대 후면 오른쪽 끝에서 들어온다. 숨을 헐떡인다.
　　무대 전면 중앙의 잭에게 간다.) 아이구 간신히 잡았네.

잭 　가까이 오지 마.

스미티 　(잭의 오른쪽에서) 긴급상황이 생겼어, 잭. 저기 고향동네에. (전보
　　문을 꺼낸다.) 자네 어머니가 안 좋으셔.

　　(엘리와 틱이 잭의 왼쪽으로 다가선다.)

잭 　(쪽지를 나꿔채며) 이리 줘. (읽는다. 이 장면 내내 쪽지를 붙들고 있다.)

스미티 　참 안됐네, 친구.

잭 　그래. 고마워.

스미티 　우리가 자넬 위해서 무슨 일을 할 수 있을 것 같아, 잭. 당장 솔직
　　하게 까놓고, 나머지 문제를 해결하자는 얘기야. 자네가 귀국을
　　원한다는 걸 난 알아. (사이) 그건 어려운 일이 아냐, 잭. 이미 내
　　가 차를 하나 빌려 놨고, 수속문제도 다 해결 봤어.

잭 　(혼잣말로) 여기서 단추가 헐거워지는군.

엘리 　오, 잭. 정말 안 됐어. (잭은 차갑게 그녀를 쳐다본다. 그녀는 왼쪽으로
　　움직인다. 사이.)

스미티 　제기랄, 되든 안 되든 한 번 해볼 만한 일 아냐? 자네가 제 길을
　　간다는 느낌을 여자한테 주기 위해서라도.

잭 　찾아와 줘서 고마워.

스미티 　자넨 어쨌거나 여기서 더 체류할 수도 없어, 잭! 이곳은 전쟁 중

이야, 아는지 모르겠지만. 어디 가나?

잭   오늘은 아무 얘기도 하고 싶지 않아.

틱   진정해, 친구, 진정하라구.

스미티   알았어, 기분 나쁘게 생각하지 마, 내 생각엔 정말로. (오른쪽으로 두어 걸음 간다.)

잭   나중에 한번 만나지. (사이.)

엘리   잭, 정말이야?

스미티   좋아. (무대 후면 쪽으로 가다가 다시 잭한테 돌아오며) 도대체 이 고생을 왜 하는 거야? 자네가 보이스카웃도 아니고. 뭐 땜에 이 고생이야? 챔피언 벨트를 조금 더 간직하려구? 챔피언으로 좀더 남아 있기 위해서? 난 자넬 이해할 수가 없어.

잭   챔피언은 나한테 전혀 의미가 없어. 난 이미 챔피언을 먹어봤고 그래서 그 헛소리들이 다 뭘 뜻하는지 잘 알아. 저 당신네들의 벨트는 쇳조각에 지나지 않아. 바지가 흘러내리는 것도 막아주지 못해. 그러나 난 안 놔. 형편없는 고철덩어리에 지나지 않지만, 난 안 버려. 내 몸 위에서 퍼렇게 녹이 스는 한이 있더라도 난 안 버려. 당신들이 내게서 그걸 뺏어가려고 혈안이 되어 있는 것처럼 나도 절대 못 놔. 흔들어서 풀러 가 봐! 열까지 셀 동안 날 눕혀 놓고, 가져가란 말야. 알겠어? 그럼 정말 고맙겠어!

스미티   이거 봐, 우리도 정정당당하게 싸우고 싶어.

잭   아, 그러서?

스미티   물론이야, 잭, 자네가 그렇게 강하지만 않다면.

잭   (그의 코트 자락을 잡고 그를 돌려 무대 전면 중앙의 바닥에 앉히며) 미국에 사람이 얼마나 많아, 아냐?

스미티   그래, 하지만.

잭   그 중에서 최고의 희망을 뽑아냈지, 아냐?

틱　　　(무대 전면 왼쪽으로 온다.) 잭.

잭　　　난 그 자와 시합을 하고 싶어. (스미티를 무대 전면 오른쪽으로 내동
　　　　댕이친다.)

스미티　우리가 원하는 대로 하거나 말거나, 둘중의 하나야. (몸을 추스려
　　　　일어난다.)

잭　　　그 자와 시합을 원한다니까! 만일에 자네들이 그걸 원치 않는다
　　　　면, 내가 전에 늘 해왔던 대로. (그를 풀어준다.) 내가 만들어보지,
　　　　뭐! 이 그지 같은 가방들과 3-4백 달러를 챙겨 들고 맥시코로 가
　　　　겠어, 이 생각 어때? 자네들 코 앞에서, 저기 저 선로 위에 앉아
　　　　서 그 싸구려 벨트를 흔들어대겠어, '나 여기 있노라'를 노래하면
　　　　서.

스미티　그래봐야 소용없을 거야, 잭.

잭　　　나 여기 있다! 나 여기 있다!

엘리　　(잭에게 간다.) 오, 잭―

잭　　　(그녀를 밀어내며) 날 내버려 둬!

(총소리가 점점 커지면서 조명 서서히 암전.)

3막
1장

시카고.

어둠 속. 멀리서 느린 템포로 "How Long Blues" 소리가 다가온다. 베
이스 드럼, 클라리넷, 트롬본. 조명이 밝아오면 흑인들이 무대를 조

용히 채우고 있다. 그들은 마치 거리 양쪽에서 줄을 서는 것처럼 정
렬한다. 그들 사이에 두어 명의 경찰관이 자리 잡고 있다. 장례의 행
렬이 관과 함께 나타난다. 관측장송자로서의 골디의 모습이 눈에 띤
다. 그 뒤를 클라라가 자매의 부축을 받고 뒤따른다. 그 뒤로는 목사.
사람들이 관을 내려놓을 때 음악이 멈춘다. 흑인들이 관 주위로 바
짝 다가서면 목사가 말씀을 시작한다.

목사 (무대 전면 중앙에서) "너희가 강을 건널 때 내가 너희와 함께 하리
니 강물이 넘치지 않을 것이라, 나는 이스라엘의 거룩한 자, 곧
너희의 하나님 여호와이니라."

회중 아멘.

목사 (관의 앞쪽 끝으로 간다.) 오늘 이 자리에 오신 여러분의 대부분은
돌아가신 타이니 자매님께 예를 표하러 왔다기보다는 그녀의 아
들 잭을 지지하기 위해 오신 것이오. 좋습니다! 그가 여러분들의
가슴에 한 자리를 차지하고 있고 하나님께서는 잭이 챔피언이기
를 원하시는 것이 틀림없으니까. 하지만 형제들이여, 이 겸손한
여인, 그 어머니를 위해서도 함께 자리를 비워두시오. 자매님을
여러분들의 가슴 속에 모셔들여요. 그녀가 뭔가를 보여줄 수 있
도록. 형제들이여, 여러분은 잭이 여러분한테 보여준 것을 잘 받
아들였습니다. 그러나 여러분은 이 자매님으로부터 똑같이 좋거
나 아니면 더 좋은 것을 받을 수 있을 것이오. 여호와를 찬양합
시다.

회중 아멘.

목사 "너희가 강을 건널 때 내가 너희와 함께 하리니." 이 여인은 그녀
에게 허용된 삶의 모든 날들을 건너갑니다. 여러분들의 많은 어
머니 아버지들처럼 노예로 태어나 그 강물을 건넜어요. 굶주림의

강물, 인정머리 없는 강물, 더러운 강물. 우리를 삼킬 것 같은 격 랑도.

회중   주여!

목사   그 강물엔 피가 흘렀소! 한 강물을 지나면 또 다른 강물이.

회중   주여!

목사   앞이 안 보이는 새벽부터 아무 것도 안 보이는 밤에 이르도록 그 강물 속에서 땀을 흘렸고, 이어서 다른 강물로.

회중   예수여!

목사   그러나 그녀와 동행하신 분이 계셨으니!

회중   우리 구주님!

목사   말하시오!

회중   영광 받으소서!

목사   아멘! 여호와께서 가라사대 "내가 너희와 함께 하리라" 하셨으니 여호와께서 그녀와 함께 그 강물들을 건너신 것이오, 자매를 물 위로 안으시고 자매 안에 기쁨을 일으키시며.

회중   할렐루야!

목사   그렇소, 자매님은 기쁨이 있었소, 형제들이여! 자매님은 그것을 여러분께 보여주고 계시오. 그녀가 강물을 건넌 것은.

회중   오, 주여!

목사   이 자리의 여러분들이 다 아는 것을 자매도 알고 있었소, 강물은 언제나 있을 것이며, 환란도 언제나 있을 것임을 말이오. 하나가 지나면 새 것이 와서 (무대 전면 왼쪽으로 간다.) 우리는 항상 건너 야 하고.

회중   견딜 수 있어요!

목사   나도 여러분도 여러분의 자식들도, 그리고 어느 누구의 자식들도 하늘 나라가 도래할 때까지.

(클라라가 관 옆 바닥에 주저앉아 흐느낀다.)

회중   오, 예!

목사   자매님은 여호와께서 옛날 홍해 바다처럼 강물을 갈라주지 않았
         다고 불평도 안 했습니다! 자매님은 여호와께서 "강물이 넘치지
         아니 하리라" 말씀하신 것을 알았기 때문이오.

회중   예수여!

(두 명의 사진사가 무대 전면 오른쪽으로 등장한다.)

목사   (오른쪽으로 갔다가, 다시 관으로 돌아온다.) 자매는 알았어요, 50년
         전 우리가 거의 익사할 지경에 이르자 하나님은 우리에게 모세
         를 주셨고 그 바다를 가르셔서 우리를 멍에로부터 해방시켜주신
         것을!

회중   할렐루야!

(클라라가 흐느끼기 시작한다.)

목사   아들을 애타게 그리워하는 동안에도 자매는 언제나 알고 있었소.

(무대 전면 오른쪽에서 갑자기 동요가 일고 사진용 플래시가 터진다.)

흑인 1   거기 무슨 일이오.

사진사 1 이쪽으로.

사진사 2 잠깐만요.

골디   이거들 보슈, 사진사양반.

클라라	(무대 전면 오른쪽의 사진사들을 향해 가며) 이리 줘, 이 씹 새끼들.
목사	자매님.
흑인 5	누구야, 저 사람들.
골디	(그녀를 제지하며) 아, 제발.
경찰 1	거기 밀지들 마.
목사	신사여러분.
클라라	이거 놔.
골디	(오른쪽에서) 무시해버려요, 그냥.
클라라	당신도 마찬가지야, 이 더러운 핑크 빛 얼굴의 뚜쟁이 놈아.
목사	(클라라에게 다가간다.) 자매, 지금은 이럴 때가―.

(경찰이 사진사들을 무대 전면 오른쪽 바깥으로 내몬다.)

클라라	(빠져 나오며, 중앙에서) 왜요, 왜 아네요! 지금이야말로 따질 때예요! 저 사람이 여기 왜 왔지, 저 사람들, 무슨 구경 났다고 여기에 왔냐고.
자매	클라라.
클라라	저 꼴들 좀 봐! 기분이 어떠슈, 여러분! 다 정장을 차려 입고 장례식을 구경하는 기분이? 꽃이라도 사들고 왔어야 할 거 아냐?
골디	(목사에게) 저 때문에 죄송합니다.
클라라	그래야지! 당신, 그 백인 갈보년, 또 나머지 패거리들. (무대 후면의 관으로 가며) 다 이 상자 가까이 와봐, 관 뚜껑에 못을 박을 때 기분이 얼마나 좋은지.
목사	자매.
클라라	어림없지! 난 마마 타이니의 심장이 터지는 것을 봤어, 뼈만 남은 채 병들어 떨면서 저기 누워 있는 걸 봤어, 잭을 애타게 찾는 소

리를 들었어. 누가 그이를 도망치게 만들었어?! 누가 그에게 표시를 달았어! 왜 마마가 이렇게 비참하게 죽어야 해! 누구 땜에 속을 그렇게 썩혔어?! 저 사람들, 저 사람들, 저 사람들야, 내가 한 놈을 잡아서 그냥. (객석을 향해 간다.)

목사　자매. (몸싸움.)

경찰 1　(목사에게) 이보슈, 사람들을 자제시킬 수 없다면.

목사　형제들.

흑인 5　아니, 그 여잘 놔둬요.

클라라　본 때를 보여줄 거야.

자매　(그녀의 빰을 때리며) 얌전히 굴어!

클라라　(관 위로 쓰러지며) 오, 도와줘요, 마마 타이니. 곁에 있고 싶어요. 날 떠나지 말아요, 마마 타이니. 말 잘 들을게, 제발… (많은 사람들이 무릎을 꿇는다.)

목사　(오른쪽으로 간다.) 형제 자매 여러분! 사탄이 그 증오의 불을 붙이기 시작할 때를 조심하시오! 복수가 누구에 속한다고 여호와께서 말씀하셨는지를 기억해요, 하나님은 핍박 받는 자들의 울음소리를 결코 잊지 않으십니다.

시피오　(무대 후면 왼쪽으로 들어와 관의 무대 후면 쪽 끝으로 간다.) 암, 그래야지, 얌전하게 순하게 고통을 받아들여야지. 계속 가르치시지, 두목 나으리!

목사　거기 누구야!

시피오　(나타나며) 나요. 이름 없는 형제!

(한 사나이가 클라라를 일으켜 세워 무대 후면 중앙으로 데려간다.)

목사　그런 생각을 버려야 해.

시피오	(무대 전면으로 관을 향해 온다.) 아니! 한번은 내가 모자를 사러 가게에 들어갔더니 머리를 손수건으로 덮고 써보라는 거야.
목사	부끄러운 줄도 모르고!
시피오	그래, 말씀 잘 했어. 내가 부끄러워 해야지, 우리 모두 창피한 줄 알아야 하지, 핍박을 받으면서도 꿈틀거리지도 못하는 것에 대해서! 2백년 동안 납작히 엎드려 신음소리만 낸 것에 대해서! 백인 모세를 아버지로 모시려고 했던 것에 대해서!
흑인	아멘, 형제님.
목사	뭐.
시피오	맞아! 당신처럼 성경책 가지고 협박해대는 사람들이 부끄러운 줄 알아야 해! 백인들은 당신들 대갈통에서 계속 이빨들을 뽑고 있는데 여기 이 목사님은 웃기는 방귀 소리나 하고 있으니.
목사	경고한다, 너 이교도.
시피오	난 모두한테 경고한다! 저 백인여자한테, 저 경찰 나으리들한테 경고하는데, 영원한 것은 아무 것도 없어!
흑인 5	말해요!
시피오	예수가 함께 헤엄치지 않았던 저 죽은 여인에게 경고하오! 저 아들은 하나의 그림자에 불과하다는 것을 경고하오. 우리 흑인들은 오래 오래 살아서.
흑인 4	아멘!
시피오	나한테 아멘 아멘 하지 마! 여러분들이 마치 이스라엘의 자손인 양 사기치는데, 당신들은 이스라엘이 아냐! 저기. (골디를 가리키며) 저 사람은 유대인야. 사실을 봐! 거울을 똑바로 들여다보고 거기 무엇이 보이나 보란 말야! 거울을 봐, 당신들이 거울로 삼는 파란 눈들을 보지 말고! 저들이 증오하는 걸 같이 증오하지도 말고, 당신들의 머리카락, 당신들의 코, 당신들의 입, 당신들의─.

목사　　경찰, 이 자를―.

경찰 1　(시피오를 향해 움직인다.) 알았소―.

흑인 4　저들이 하는 짓은―.

시피오　저 꼽슬꼽슬한 머리를 당신들은 증오하지, 꼽슬머리를 했다고 증
　　　　오해, 형제들아, 저 친구―.

경찰 2　(시피오에게) 움직여.

시피오　그런 걸 증오하면 안 돼.

흑인 5　이거 놔요.

흑인 6　막아줘요.

시피오　(경찰이 그를 끌어갈 때) Champeen in your heart, but dey ain one a
　　　　you―

　　　　(조명이 서서히 꺼지기 시작한다.)

흑인 4　도와줘.

흑인 6　매맞고 있어.

흑인 7　빨라.

흑인 8　저러다 맞아죽겠다.

흑인 4　내버려둬.

경찰 3　움직여.

목사　　형제들.

흑인 1　(클라라를 붙잡은 채) 자매님.

흑인 5　막지 마.

흑인 여인 2　사람 살려.

흑인 8　막아.

경찰 3　자.

흑인 4 이리 줘.

경찰 1 움직여. 내 가!

(경찰이 아수라장을 뚫고 호각을 분다. 야경봉들이 번쩍이고 주먹들이 난무한다. 관은 플랫폼 위에서 왼쪽 밖으로 옮겨진다. 군중들이 무대 후면 오른쪽으로 사라진다. 혼자서 조명을 받으며 골디가 서 있다.)

흑인들의 목소리   조심해. 아니, 이쪽으로. 형제들―끌어내―안 돼―이런 개―여기―하나 이리 줘―움직여―테디―뛰어―여기야―.

(어둠. 침묵. 조명이 켜진다.)

3막
2장

뉴욕. 팝 위버의 사무실
캡틴 댄과 스미티, 그 뒤를 팝과 프레드가 뒤따르며 무대 후면 왼쪽에서 등장한다. 바닥에 신문지들이 즐비하다.

캡틴 댄 (신문을 들고 있다.) 이걸 봐, 이걸 보라구. 머리가 어찔어찔해.

스미티 (무대 전면 왼쪽으로 내려오며) 내가 말했잖아, 그 녀석이.

캡틴 댄 (왼쪽으로 간다.) 그 얘긴 그만 해! 그 자와 챔피언 벨트 사진을 한 번만 더 보면, 기자 놈들이 한번만 더 그 자를 만나러 잠입한다면 난.

프레드 (책상의 윗쪽에서) 내가 보유하고 있는 애들에 대해선 뭐라고 변명하지?

캡틴 댄   시합을 주선할 수 없다고 해! 그 자가 너무 많이 요구해서!

프레드   신문에 그런 기사가 났는데도?

스미티   (왼쪽의 의자에서 신문을 집어든다.) 봐.

프레드   노자와 수박 한 개 값만 받고도 꼬마와 싸우겠다.

캡틴 댄   맙소사.

팝   (책상의 오른쪽에서) 돈 주고 은퇴시키면 어떨까, 댄.

캡틴 댄   이십 년을, 난 지난 이십 년을.

팝   그 자로선 드러눕지 않아도 되고 우리는 벨트를 되찾을 수 있고.

캡틴 댄   좋지, 그렇게 깜둥이 챔피언을 무패의 기록으로 은퇴시키잔 말이지!

스미티   (무대 전면으로 뚫고 나오며) 이번에 우리가 원하는 대로 협조해주면 나중에 공정한 시합을 약속하겠다고 하면 어떨까?

프레드   나중에?

스미티   알잖아.

캡틴 댄   녀석이 얼마나 영리한데 그 따위에 속아?! 맙소사, 우리들 하는 얘기를 들어보지, 어쩌다 우리가 이렇게 타락했지, 그 놈 땜에.

팝   흥분하지 말게, 댄.

캡틴 댄   미치기 일보직전야! 내 꼴이 이게 뭐야! 오도가도 못하고 몇 달을 변명만 해왔는데, 녀석은 국경 바로 너머에서 (왼쪽으로 다시 간다.) 미국 전체를 약올리듯이 비웃고 있잖아.

프레드   좋아! 그럼 당장 사인을 하고 시합을 하면 되잖아, 쌍! 그 놈도 이젠 리노 때와는 다를 거야.

캡틴 댄   문서로 약속해.

프레드   (바닥에서 신문을 주어들고 캡틴 댄에게 간다.) 자, 그 놈을 보고. 우리 꼬마를 봐봐.

팝   프레드.

프레드   하나님께 맹세하지만 이 친구 시합을 할 때마다 나아지고 있어,
        내 말 들어, 4월 이후 네번 KO승에 세 번 판정승야, 그리고 현재
        브래디한테 지도를 받고 있어. (책상에 앉아 있는 팝에게 간다.) 우린
        지금 깜둥이 새끼를 모든 각도에서 분석해주고 있어, 예를 들면
        그 놈이 미소를 지을 땐.

캡틴 댄   내가 그 얘길 또 들어야 해?

프레드   잠깐, 잠깐만 들어봐. 사람이 웃을 땐 말야, 알아, 입이 벌어지기
        때문에 이빨을 꽉 물 수가 없어요, 그러니까 놈이 웃을 때 치면
        턱주가리를 날려버릴 수 있다니까. 이건 해부학적으로 증명이 되
        는 얘기야! (무대 후면으로 빠진다.)

캡틴 댄   (오른쪽으로 책상에 다가간다.) 팝, 자네가 해봐, 직접 내려가서.

팝   (일어선다.) 댄, 난 쉽게 실망하는 사람은 아니지만, 우리가 안전하
        게 내기를 할 수 있는 방법은 하나밖에 없어. 물론 이상적인 얘
        긴 아닐세.

        (스미티가 왼쪽 의자에 앉는다.)

캡틴 댄   그만 해, 그만 해.

팝   설령 놈이 아직도 옛날 실력을 갖고 있다 하더라도, 나이가 이젠
        청춘이 아니란 말이지. 나이를 지가 어쩌겠어? 당장 내일이나 모
        레 어떻게 되는 건 아닐 테지만 언젠간 효과가 나타날 거야, 댄.
        다리에 힘이 빠지기 시작할 테고, 다들 그러니까. 하향곡선일 뿐
        이지.

캡틴 댄   2년 뒤? 3년 뒤?

팝   충분히 힘이 빠졌다 싶을 때 프레드의 꼬마한테 붙이는 거야.

캡틴 댄 (책상 왼쪽에 있는 의자에 앉는다.) 팝, 날 좀 도와주게.

팝 (책상 뒤에 앉는다.) 애당초 이 일을 맡지 말았어야 했는데. 실수였어. 나도 끝까지 따라가고 싶지만 우리한텐 그게 최선야.

프레드 난 자네와—.

스미티 전쟁 때문에 기다리는 거라고 말하면 되잖을까.

프레드 (스미티와 캡틴 댄 사이에서) 대신 미들급을 크게 붙이자구.

캡틴 댄 팝, 맙소사!

팝 그렇게 합시다, 이 경기는 일단 보류하구.

캡틴 댄 이 썩을 놈의 세상엔 보류할 날이 그렇게 많지 않아.

프레드 그럼 어떻게 할까. 죽여버려? (사이)

캡틴 댄 녀석의 경제사정이 지금 어느 정도던가, 스미티?

스미티 싸구려 여관에서 살고 헛간에서 연습할 정도니까.

캡틴 댄 외부 도움은 없고?

스미티 친구들이 조금씩.

캡틴 댄 누군지 알아내서 그것도 끊어버려. 스파링 파트넌 있어?

팝 댄, 무슨 얘길 하려는 건가.

스미티 텍사스 출신의 건달들 한두 명.

캡틴 댄 걔들도 끌어내서 집으로 돌려보내. 시범경기든, 계약이든 일체 끊어, 완전히 고립시켜버려.

팝 그래도 항복하지 않을 거야, 댄.

캡틴 댄 그 자로서는 마지막 카드를 던졌어, 우리도 이번에 끝장을 봐야해. (일어선다. 책상으로 간다.) 놈에게 그 마지막 카드가 얼마나 악수였는지 보여주겠어, 이번엔 우리도 비굴하게 부탁하거나 제안하거나 노력하거나 눈치를 보거나 일체 그런 짓은 안 해. 놈은 우리가 손을 뻗으면 닿을 만큼 아주 가까이 다가왔어. 이 깜둥이 새끼를 꽈악 조여서 담합경기가 곧 소풍가는 것처럼 보이게 만들어줄 거야!

(프레드는 책상으로 간다. 의자 너머로.)

팝	댄, 녀석을 지금보다 더 미치게 만들지 마.
캡틴 댄	(왼쪽으로 간다.) 시합할 장소를 물색해 봐.
팝	우린 연달아 두 번의 실수를 하는 거야, 댄.
캡틴 댄	하바나가 어떨까, 클수록 좋아.
팝	농담이 아냐. 사람들에게 솔직히 일이 잘 안됐다고 말해.
캡틴 댄	싫어. 도움이 필요하다고 말하겠어.
프레드	자, 잠깐.
캡틴 댄	자네도 서둘러 골디를 만나 얘기해. 각본을 완벽하게 짜야 해!
팝	우리가 정신이 완전히 돌았군. 자네도 아나?
캡틴 댄	그 놈도 마찬가지야. 누가 이기나 두고 보자구.

(암전. 멀리서 벨소리가 천천히 울리면서 클라라가 등장한다.
그녀는 얼룩진 나이트가운을 움켜쥐고 있다.)

클라라 어서 그렇게 해, 지금 아주 잘 하고 있어, 그이를 끌어내려, 나랑 그이의 엄마랑 그리고 그이가 배반한 모든 멍청한 흑인여자들을 위해서, 그리고 그이가 갖고 있는 것을 한 조각이라도 나눠 가지려고 옆에서 나란히 꿈꾸고 있는 모든 계집애들을 위해서, 그 이 때문에 실망한 모든 자매님들을 위해서, 제1인자의 어리고 못 생긴 누이들을 위해서—쉬잇—우리가 함께 그이를 질질 끌고 갈 테야, 한번도 서지 않고, 저 높은 말 위에 타서, 저 긴 진흙길을 그이가 보는 바로 앞에서 내려가는 거야, 몇 년이 걸리면 어때,

절뚝거리며, 미끄러지며, 쪼그라들며, 기며 바로 가라앉게 하는
거야. (나이트가운을 좌악 펴들며) 그이를 데려가세요, 마마! 어서요,
어서.

3막
3장

후아레스. 헛간.

석유등에서 나오는 불빛에 잭이 펀칭 백을 두드리고 있는 모습이 보
인다. 멕시코의 소년이 뒤에서 펀칭백을 붙잡고 있다. 왼쪽 웨건에
볼품없는 훈련용 테이블과 스툴이 하나씩, 잭의 여행 가방 등이 놓
여 있다. 플랫폼 바깥으로 왼쪽에 의자가 하나. 틱이 잭과 시간을 맞
춰 가며 손뼉을 친다.

틱   천천히, 천천히.
잭   뭐라구?
틱   천천히 하라구, 땀을 빼야지. (천천히 손뼉을 치며 노래한다.)
        세상살이 힘들어
        나한테 10전 어치 돼지비계만 있다면
        프라이팬에 기름칠을 할 수 있으련만,
        그럴 수만 있다면,
        그럴 수만 있다면….
        (잭이 마지막 펀치를 신경질적으로 먹이고서 펀칭백으로부터 몸을 돌
        린다.) 다 했어?

잭	그래, 충분해. (잭이 백을 떠난다. 파코가 그의 왼쪽에, 틱이 그의 오른쪽에서 잭의 글로브를 벗긴다.)
잭	6시 30분이다.
소년	예, 챔피언님. 뛸까요?
잭	그래. 뛰자. (틱이 글로브를 받아서 테이블 오른쪽 바닥에 떨어뜨린다.)
소년	내가 깨우러 올까요? (잭의 땀복을 벗겨서 테이블 밑으로 던진다.)
잭	아니, 알아서 일어날게. (소년은 기어를 챙기기 시작한다.)
틱	(그를 가대 테이블로 데려간다.) 자네가 날 녹초로 만들수록 자넨 더욱 쌩쌩해지는 거야. (잭이 앉는다. 틱이 그의 글로브를 벗겨내어 테이블 오른쪽 밑으로 집어던진다.) 내일 빽을 더 높이 세워야겠어. 역기 운동은 시작했지? (잭은 테이블 위에 눕는다. 파코가 담요로 그를 덮어준다. 틱은 테이블 뒤 쪽에서 그를 문지르기 시작한다.) 그래…한 피트 쯤 올려야지. 그 꼬마라는 친구, 정말 되게 크대. (잭이 대답을 않는다.) 꼬마 치곤 웃기는 사이즈야. 무슨 홀몬샘에 이상이 생겼나봐!
잭	날 웃기려 들지 말고 그냥 주무르기나 해.
틱	예, 예, 알았습니다, 반들반들하게.
잭	(글로브를 주어들고 있는 소년에게) 그거 내려놔라.
소년	예, 챔피언님. (왼쪽으로 가서 테이블 앞쪽에 선다.)
틱	오늘 밤은 이만 하지.
잭	그 자가 얼마 주겠대?
틱	오.
잭	50?

(개짖는 소리가 들린다.)

소년   (왼쪽 무대 밖을 내다보며) 아줌마가 오세요.

잭   종이에 싸서 안 보이게 해.

틱   당분간 무거운 놈을 끼고 연습해야겠어. 어쨌든 자네한테 좋아.

(개짖는 소리, 더 커진다. 틱은 신문종이로 글로브를 싸서 테이블의 왼
쪽 끝 밑에 넣는다. 엘리가 접시와 내프킨, 스푼을 쟁반에 얹고 들어온
다. 그녀는 선글라스를 쓰고 있다.)

소년   안녕하세요—

틱   으-음! 오늘은 주인할마씨가 뭘 만들었나?

소년   (문가에서 개들을 쫓으며) 가! 가!

엘리   사람들이 개들을 좀 먹였으면 좋을 텐데. (테이블 왼쪽의 스툴로 간
      다.)

잭   당신이 이렇게 먹이듯 말이지?

(파코가 왼쪽 바닥에 앉는다.)

틱   (마사지를 다시 시작하며) 앉아요—오늘은 좀 어때요, 우리 아가씨?

엘리   좋아. 당신은? (스툴 위에 쟁반을 놓고 왼쪽의 의자에 앉는다.)

틱   좋지. 이 친구가 오늘 아침 다리에서부터 페드릴라까지 신발에
      불이 나게 달리는 모습을 봤어야 하는데.

잭   (엘리에게, 쳐다보지 않은 채) 무슨 소식이라도 있어?

엘리   아무 것도 없었어, 잭. 전보도 없고. 아무 것도.

잭   고마워.

틱   곧 무슨 소식이 있겠지. 우선 몸이나 잘 만들어. 몸이 안 좋으니
      까 땀도 안 나잖아.

잭   문지르기나 해, 자넨.

틱   솔직히 아직 조인식을 안 한 게 얼마나 다행이야. 이렇게 준비하
        라고 충분한 시간을 주니까.

엘리   식기 전에 어서 들게 해요, 틱.

틱   (쟁반을 집으러 움직인다.) 자, 잠시 머리를 식히시고.

잭   거기 놔둬.

틱   알았어, 알았어. (긴 사이)

엘리   잭.

        (기차 경적 소리)

소년   엘 파소에서 기차가 왔어요.

엘리   그래?

틱   맞아. 경적소리가 그런 것 같아.

소년   저 갈 게요, 아저씨들. (왼쪽으로 퇴장.)

틱   잘 가라, 꼬마야.

엘리   이제 그만 씻지 그래, 잭?

잭   냄새가 지독하다 이거지.

엘리   그런 말이 아니라는 건 당신이.

잭   (일어나 앉으며) 됐어, 그만해.

엘리   나하고 얘기 안 할 거야?

        (틱은 신문지로 싼 글로브를 집는다.)

잭   틱이 심부름 갈 일이 있어, 당신도 산보 삼아 같이 다녀오지, 그
        래.

엘리   싫어, 당신하고 얘기할래.

잭   아이스크림을 먹든지, 미국사람을 찾아보든지.

엘리   잭.

틱   난 싫어요, 두목님. 내가 왜 텍사스에서 백인 여자랑 쏘다니나!
      (짐을 들고 나가며) 잠깐 기다리슈, 금방 돌아올테니. (퇴장. 긴 사이.
      경적 소리.)

엘리   그냥 하자는 대로 해, 잭.

잭   안경 좀 벗어. 얼굴이 안 보여.

엘리   (그렇게 하며) 보고 싶지 않을 거라고 생각했지.

잭   이제 내 마음을 다 읽나보지?

엘리   잭.

잭   당신은 이 일에서 빠지라고 했잖아, 못 들었어?

엘리   어떻게 빠져? 제발, 저 사람들 하자는 대로 해. 방법이 없어.

잭   마침내 친정 팀을 응원하겠다, 엉?

엘리   오늘 밤에 보를 쳐, 제발.

잭   마침내 본색을 드러내는군.

엘리   잭, 날 나쁜 여자로 만들지 말아.

잭   난 분명히 말했어.

엘리   (일어서서 중앙의 펀칭 백 쪽으로 간다.) 상관없어! 당신이 한 말 따
      윈 잊어버려! 좋다고 하고 어서 이 지긋지긋한 일을 끝내! 당신이
      이럴수록 일은 더 나빠져.

잭   아마 당신한텐 그렇겠지.

엘리   잭, 여기서 이러고 있는 건 독약을 먹는 거나 마찬가지야. 서서히
      효과가 나타나는. 이제 더 이상 기다릴 게 없어. 독약만 더 먹게
      돼. 이미 충분히 먹었어, 벌써 마비증세가 나타나고 있잖아.

잭   당신한테나 그렇지.

엘리　　(펀칭백을 친다. 그리고 테이블의 왼쪽 끝으로 간다.) 맞아, 나한테도
　　　　그래, 뭐든 다 마찬가지야, 저 멍청한 펀칭백만 두들겨 패대니 그
　　　　럴 밖에! 당신은 제 사람이 아냐.

잭　　　혓바닥 함부로 놀리지마.

엘리　　당신을 누가 제 사람이라 하겠어? 저들이 당신을 소유하고 있어.
　　　　당신도 그걸 잘 알아. 저들이 당신의 주인이라는 것. 그러니까 돈
　　　　으로라도 저들한테 당신을 되사오란 말야.

잭　　　팝니다. 숙녀님을 위해 깜둥이를 1달러에 팝니다.

엘리　　남들이 뭐라든 상관 말아! 저들이 밀며 뛰고 당기면 돌아오고, 이
　　　　지옥 같은 데서 몸은 병들어 가고 있고, 그런데도 당신이 제 사
　　　　람이란 말야? 자, 봐봐, 당신이 저들을 위해 삼키는 싸구려 기름
　　　　들, 팔뚝에 빈대 물린 자리들, 주머니엔 잔돈푼만 있고, 눈엔 부
　　　　스럼.

잭　　　악취는 왜 빼.

엘리　　우리 둘 다 악취가 나! 무엇이 사람들을 깜둥이가 되게 하는지
　　　　몰라도 봐―. (목을 보여준다.) 우리 둘 다 그렇게 되고 있어.

잭　　　소원이 이뤄졌네.

엘리　　아니, 내 소원은 이런 게 아니었어.

잭　　　그럼 뭐야, 똑바로 말해봐!

엘리　　난 당신이 저들과 다시 싸우기를 바래, 그게 지금 내 소원이야.
　　　　이렇게 만든 저들을 당신이 수없이 때려눕히는 걸 보고 싶어. 하
　　　　나님이 도와주실 거야, 싸워서 이 자국들을 다 지우자구.

잭　　　닭싸움이나 구경하지, 그래? 여기선 아주 인긴데.

엘리　　(오른쪽으로 잭에게 간다.) 제발 내 말을 들어.

잭　　　이미 귀가 아프도록 들었어.

엘리　　당신은 다시 싸우고 그럼 친구들과도 같이 있을 수 있고 또.

(잭은 수탉처럼 홰를 친다.)

잭   누가 나하고 계약을 하겠대?

엘리   그때 가선 우리도 사람답게 살 수 있단 말야!

잭   작은 목조가옥에 집 앞에는 나무를 심고?

엘리   뭐든지!

잭   깨끗하고 조용한 거리에 말이지?

엘리   어디든지! 아무데나!

잭   자고 아담한—.

엘리   부엌도 있고!

잭   고양이를 집밖에 내보내고 아이들 담요를 머리까지 끌어올려주고, 나더러 그런 일을 하라는 거지?

엘리   오, 비열한 사람!

잭   (뒤에서 그녀의 목을 잡는다. 그녀를 홱 돌려서 테이블 앞쪽 끝에 밀어붙인다.) 나한테 사는 게 진짜 뭔지 말해주지, 아가씨.

엘리   저리 비켜요.

잭   (중앙에서) 그래, 똑바로 얘기해줄 테니 잘 들어. 언젠가 한번 박람회에 갔더니, 한 늙은 권투선수가 있더란 말야, 알겠어, 자기랑 싸워서 1라운드를 버티면 누구한테나 2달러를 주겠다면서. 설비도 링도 다 정식이었어, 다만 한 가지, 로프가 3면에만 둘러쳐져 있었지, 정말야, 뒤쪽은 천막이었어. 그래서 두어 사람이 순식간에 대짜로 눕는 것을 봤지만 내가 보기에 그 잔 별 게 아니더라구. 그래서 내가 함께 링으로 올라갔지. 잠깐 동안은 나도 풋내기 치곤 그럭저럭 잘 해 나갔어, 그런데 갑자기 이 자가 나를 그 천막 쪽으로 세게 밀어붙이는 거야, 누군가가 뒤에서 내 머리를 내리쳤어, 펑, 펑, 틀림없이 각목이었을 거야, 그리고 내가 일어설

때마다, 그 자는 나를 다시 밀어붙였고, 또 뒤에서 각목으로 날
내리쳤지, 퍽—재미난 얘기지, 엉?

엘리   잭.

(잭은 테이블 왼쪽 끝을 돌아서 뒤로 간다.)

잭   내가 아는 세상살이는 이래요, 아가씨.

엘리   그렇지만 가끔은, 가끔은.

잭   늘 그래! 지금 내가 받고 있는, 그리고 앞으로 받을 대접도 마찬
        가지야, 굽실거려 봐도 소용없어, 내가 무슨 일을 하든 상관없어.
        내 처지를 알겠어? 난 당신이 지켜보는 것도, 도와주는 것도, 기
        다리는 것도, 애걸하는 것도 다 싫어, 당신이 세상살이가 어떻다
        는 등 수다떠는 것도 싫어, 그러니까 가, 가란 말야.

엘리   뭐라구.

잭   (테이블 오른쪽 끝을 돌아서 왼쪽 의자로 간다.) 이렇게 쉽고 분명한
        얘길 못 알아들어!

엘리   잭. 당신이 다른 여자를 원한다면—.

잭   어서 짐을 싸고 열 시 기차로 떠나.

엘리   싫어, 싫어, 난 안 가.

잭   (중앙으로 돌아오며) 틱이 돌아오면 바래다 줄 거야.

엘리   잭.

잭   어서 가라니까.

엘리   그만 해.

잭   무례하게 군 것에 대해 사과하지.

엘리   기다려, 그만해.

잭   내가 할 일은 깜둥이로 죽는 것 밖에 없어요, 아가씨.

엘리   (그에게 다가간다.) 남아 있을래, 당신이 아무리—.

잭   당신네 사람들한테 돌아가.

엘리   무슨 짓이야!

잭   어서 어서 끝내란 말야, 아가씨.

엘리   난 안 가.

잭   (무대 앞 오른쪽으로 간다.) 당신도 이미 알고 있었어, 어서 움직여.

엘리   기다려.

잭   내 말대로 해.

엘리   (뒤를 따르며) 잭, 우리한텐 버릴 수 없는 게 아직 남았어.

잭   가라니까.

엘리   제발, 그냥.

잭   가! 그쯤에서 끝내.

엘리   (무릎을 꿇는다. 테이블 오른쪽 끝의 앞에서) 잭.

잭   더 이상 궁상떨지도 말고, 더 이상 넝마 같은 얼굴 보이지도 말
         고, 눈을 흘기지도 마.

엘리   난 상관 없어. 상관 안 해.

잭   어서 가.

엘리   (일어선다.) 내가 더 잘 해볼게.

잭   그 무게로, 나한테 얹혀서.

엘리   당신을 위해서가 아니라—.

잭   어서—.

엘리   잭, 일 자릴 찾아볼게, 제발.

잭   우리 엄마가 돌아가셨을 때 당신한테 말했었지, 날 잠시 혼자 있
         게 해달라고, 자—.

엘리   (잭에게 간다.) 잭, 난 이제 혼자서는 살아갈 수 없게 됐어—

잭   친척들이 있잖아.

엘리   아니, 내 말 들어봐.

잭   당신은 아직 젊어.

엘리   제발, 난 절대로─.

잭   좋은 남자 만나서.

엘리   다른 사람은 싫어, 절대로.

잭   정말 더럽게 질기네.

엘리   그냥.

잭   가, 보기 싫어.

엘리   조금만 더 기다려줘! 당신을 행복하게 만들어줄 테니까 나한테 기회를 줘. 딱, 딱 한번만. 이제까진 그럴 기회가 없었어.

잭   말도 드럽게 안 듣네.

엘리   싫어, 안 가.

잭   질질 끌겠다 이거지, 엉.

엘리   안 가, 못 가.

잭   정 그렇다면 내가 정신을 차리게 만들어주지, 못 된 것. (테이블 위로 뛰어 올라 타월을 집고 다시 바닥으로 뛰어내린다. 타월로 엘리를 때린다. 그녀를 테이블로 민 다음 중앙으로 뒷걸음질친다.)

엘리   당신이 무슨 짓을 해도 난 못 가, 그만 해.

잭   내가 당신한테 오래도록 손을 안 댄 게 뭐라고 생각해, 내가 왜 당신 얼굴만 쳐다봐도 김이 샌다고 생각해.

엘리   그만 해.

잭   당신이 남겠다는 이유를 내가 모를 줄 알아? 내가 모를 줄 아냐구, 이 닭대가리야? 당신이 그 지겨운 얼굴을 내게 디밀 때마다 난 내 초라해진 모습을 보게 돼. 당신 얼굴은 곧 내 얼굴이야, 이 세계 제1인자가 왜, 그리고 어디까지 추락했는지가 보인단 말야, 이 계집아, 난, 당신한테, 당신한테 아무 것도 줄 게 없고, 주고 싶지도 않아, 알아들어? 그러니 당장 꺼져버려!

엘리   치사한 인간―.

잭   맞아, 너도 다른 년들처럼. (무대 후면 왼쪽으로 움직인다.)

엘리   오, 널 때려주고 싶어.

잭   (돌아온다.) 나 같은 멍청한 깜둥이가 또 있다면 기꺼이 맞아줄걸! 어서 집으로 가서 사람들이 아직 모를 때 한 놈을 꼬셔둬, 당신 이라면 얼마든지 꼬일걸. 조심들 하쇼, 형제 여러분! 종을 달아서 사람들이 당신이 오는 소리를 듣게 하는 게 좋겠어.

엘리   진심이야?

잭   내 붉은 눈을 쳐다봐.

엘리   당신이 이겼어요, 아빠. (돌아서서 왼쪽으로 나간다. 사이. 잭은 물병의 물을 한 모금 입에 넣고 양치질을 한 다음 뱉는다. 펀칭백으로 가서 잽을 넣기 시작한다. 2, 3분 가량 그는 다소 초라한 형색의, 그러나 매우 위압적인 모습의 멕시코인 엘 제페가 들어온 것을 알아차리지 못한다. 잭은 누군가 뒤에 있음을 느끼고 멈춘다.)

엘 제페 (문가에서) 크게 다투는 소리가 들려 들어오질 않았소, 챔피언.

잭   (백에 붙어서) 누구시죠, 선생은?

엘 제페 날 선생이라고 부르지 마쇼, 챔피언. 이곳에선 날 제페라고 불러요. 아시겠소? 정부에서 나왔소. 좀 앉겠소. (앉는다.)

잭   무슨 일로?

엘 제페 (병을 꺼내 내밀며) 한 잔 하시겠소?

잭   아뇨, 훈련 중입니다.

엘 제페 한 잔만?

잭   훈련 중이오, 권투시합이 있어서.

엘 제페 참 안됐군. 흑인을 위해서, 챔피언을 위해서, 모든 가난한 사람들을 위해서. 사람은 엄마의 자궁을 나오는 순간부터 싸우는 거지.

잭   용건을 물었잖소?

엘 제페   예, 들었소, 챔피언. 건배. (마신다.)

잭   난 당신들 어느 누구하고도 말썽을 일으킨 적이 없소.

엘 제페   (약간 웃는다.) 날개는 어디 있지, 친구?

잭   뭐요?

엘 제페   날개. 날개말요. 천사처럼 하늘 높이 날 날개 말요, 이 독불장군!

잭   당신 지금 뭘 노리는 거요?

엘 제페   당신도 곧 혼자서는 안 된다는 걸 알게 되겠지. 그렇지 않소?

잭   (문쪽으로 움직이며) 지금 날 데리고 노는 거요? 난.

엘 제페   (일어서며) 아니. 난 당신 처지를 동정하고 있소, 친구. 여기 멕시
         코는 내 나라요, 나도 배고파서 사람을 죽인 적도 있고 당신처럼
         여러 번 도망 다녔었지. 하지만 언제나 사랑은 있었어. 당신은 당
         신 조국을 사랑하지 않고 당신 조국도 당신을 사랑하지 않아. 서
         로 나쁜 꿈을 꾸고 있을 뿐이지.

바깥에서 나는 소리   제페, 할 말이 있네.

엘 제페   들어와.

         (사이. 딕슨, 골디, 그리고 젊은 대리인이 왼쪽에서 들어온다.)

딕슨   (펀칭백의 왼쪽으로 간다.) 안녕하쇼.

엘 제페   안녕하십니까.

골디   (잭을 향해 중앙으로 간다.) 잘 지냈어, 잭?

잭   (무대 앞 오른쪽으로 간다.) 예, 괜찮수. 어서 말해보슈. (젊은 대리인
         이 엘 제페의 왼쪽에 자리 잡는다.)

골디   자, 그럼. (딕슨에게) 됐어요? (딕슨은 덤덤하다. 골디는 잭을 향해 무
         대 앞 오른쪽으로 간다.) 일이 훨씬 쉽게 됐어, 잭. 무슨 말이냐 하

면…저들이 선고유예처분을 결정했어.

잭　　　아.

골디　　하바나에서 시합을 치르고 자수해서 법원에 가면 돼, 그걸로 끝
　　　　야. 간단해.

잭　　　그 밖엔 뭐 없수, 두목?

골디　　글쎄.

잭　　　주저 말고 말해보슈.

골디　　잭, 이제 끝내자. (멈춰 선다. 고통스럽다.)

잭　　　(딕슨에게) 당신이 말해보슈.

딕슨　　자네가 처음 유죄판결을 받았던 죄목말고도, 기억할지 모르겠지
　　　　만, 그것만도 3년형까지 가능한데, 그 밖에도 범법사실이 무수히
　　　　많다는 거야, 이를테면 보석 중에 도망친 것, 캐나다에서 관리들
　　　　에게 뇌물을 주고 우편을 이용한 것, 세금 포탈, 여권위조.

골디　　책으로 써도 한 권은 족히 될 거야. 어디서 끝날지 누구도 몰라.

잭　　　나머지 얘길 마저 하쇼, 선생. 당신들 법은 저 위에 있고 난 여기
　　　　아래에 있소. 그 점을 잊지 마쇼. (엘 제페에게) 안 그렇소? 난 지
　　　　금 당신네 나라에 있죠, 틀려요?

엘 제페　(풀이 죽어) 그렇소.

대리인　일단 수배자의 거처가 확인된 이상, 그 쪽의 책임자에게 협조를
　　　　요청하는 것은 전혀 위법이 아닙니다.

엘 제페　용서하시오, 챔피언. 우린 저들에게 도움 받을 필요가 있소. 알겠
　　　　소? 좋아하진 않지만 필요하단 말요.

잭　　　알겠군.

엘 제페　하바나로 가쇼. 그게 낫소.

딕슨　　나도 동감일세.

골디　　이렇게 저 안에서 끝내면 자네한테 결국 뭐가 남겠어? 늙기밖에

더 하겠냐구.

잭　　　글쎄올시다. 난 이미 충분히 늙었수, 두목. 난 여기 서서 매 순간 늙어가고 있수다. 그래서 난 저 문으로 나갈거요. (움직인다.)

엘 제페　안 돼. (일어선다. 권총을 꺼낸다. 의자를 무대 후면 중앙으로 찬다. 딕슨이 무대 후면 중앙으로 간다.) 동지!

(골디는 테이블 오른쪽 끝을 돌아서 자리를 비켜선다.)

잭　　　필요하면 쏘쇼.

엘 제페　이 사람아, 설령 내가 허락한다 해도, 자네가 어디서.

잭　　　그건 내 문제요. (왼쪽으로 더 간다.)

엘 제페　밧줄로 자네를 묶어서라도!

잭　　　그 전에 내가 당신을 먼저 죽일 걸. (왼쪽으로 더 간다.)

엘 제페　아, 그러서, 내 맹세하지만, 자네가 어디를 가더라도 다들 자넬 미국놈들한테 넘겨주고 말걸.

잭　　　(더 나아가며) 난 문 밖으로 나갈 거요.

엘 제페　잠깐. (공이를 클릭한다.) 서.

잭　　　날 좀 가만 놔둬, 제발.

엘 제페　안 돼! 자넨 살면서 누구를 돕고 있지? 지금 난 안기부를 돕고 있어. (잭이 더 나아간다.) 이거봐, 한번만 더 경고.

잭　　　당신은 지금 내 소원을 들어주고 있는 거야. (엘 제페의 주위를 돌며 계속 걷는다.)

골디　　잭. (엘 제페는 권총을 들어올리고 무대 앞 오른쪽으로 간다.)

딕슨　　다리에.

대리인　쏘지 마.

엘 제페　서라, 미국놈. (무대 앞 오른쪽으로 달려가서 잭의 등에 총을 겨눈다.)

멈춰 서. 안 서면 쏜ㅡ.

(잭이 문간에서 갑자기 멈춰 선다. 그리고 천천히 뒷걸음질 쳐 돌아온다. 틱과 두 멕시코인들이 들어온다. 그들은 진흙으로 얼룩진, 물방울이 툭툭 떨어지는 엘리의 시체를 운반하고 있다.)

멕시코인 세 티로 엔 엘 포조. 아카바다.

엘 제페 디오스.

잭   (오른쪽으로 물러서며) 무슨…무슨…?

틱   우물 속에, 우물 속에.

잭   이럴 수가, 이럴 수가ㅡ. (엘리의 몸을 두 팔로 안는다. 멕시코인들은 왼쪽으로 나간다.)

틱   우물 속에 몸을 던져버렸어. 내가 손 쓸 사이도.

잭   (그녀를 테이블로 옮긴다.) 사람을 불러줘, 그 병 이리 줘. 왜, 이 사람이. (테이블 위에 그녀를 내려놓는다.)

틱   목이 부러졌어.

잭   (테이블 윗쪽에서 무릎을 꿇고 그녀의 흔들거리는 팔을 잡는다.) 여보! 여보, 우리 아기, 제발, 제발, 오 안 돼! 내가…내가…내가…당신한테 무슨 짓을 한 거지, 여보, 보, 당신 이게 무슨 짓야, 저들이 우리한테 한 짓 좀 봐. (테이블 뒤로 쓰러진다.)

엘 제페 (돌아선다.) No puedo mirarlo.

골디   잭. 잭. 내가 도울 일이… (잭은 고개를 끄덕인다.) 뭐든지 말해봐. 뭐라구, 잭?

잭   (천천히 일어선다.) 시합을 준비하쇼! 준비, 준비해요! 내가 수락하겠수!

(잭과 엘리는 3번 웨건을 타고 무대 밖으로 나간다. 딕슨, 엘 제페, 및 젊은 대리인은 무대 앞 왼쪽으로 퇴장한다. 암전. 윤전기 돌아가는 소리. 캡틴 댄이 무대 앞 오른쪽에 나타난다. 그는 시가를 피고 있고 하얀 카네이션 꽃을 달았다. 작은 여행가방을 들고 있는데 몹시 신 나 있다.)

캡틴 댄 이 일로 온 나라가 얼마나 시끌법석한 지, 마치 우리가 예수님의 재림이라도 기획한 것 같아요! 티켓요? 사람들은 티켓 없이도 내려가고 있어요. 솔직히 그러는 게 당신네들 심장에 좋아요, 어디가나 꼬마의 노래를 부르고, 창문마다, 가게마다 꼬마의 사진이 붙어 있고, 벽돌담을 지나가다 보면 꼬마의 그림이 그려져 있고, 거리의 사람들은 "우리한텐 희망이 있다, 댄"이라고 말하지요— 나, 시가 값만 벌써 200달러 들었어요. 아, 잠깐, 잠깐, 누가 심판을 보게 돼 있는지 아직 모르시지—브래디요! 그 친구가 카운트를 셀 때 관중들의 함성이 어떨까? 그리고, 뭐요? 아니, 브래딘 관계 없어요, 꼬마도 마찬가지고, 도대체 누가 그걸 원하겠소?! 하지만 브래디는 바로 그 챔피언 벨트를 잃었던 사람이고, 그리고 이제 전세계가 그 손으로 벨트를 되찾아 높이 쳐들어 보인 다음 꼬마에게 넘겨주는 모습을 보게 될 거요. 그러면 꼬마는 옆사람에게. (뱃고동 소리가 그를 방해한다.) 알았어요! 이번엔 기필코 우리 가족 안에 벨트를 지키겠소!

(조명 서서이 암전.)

3막
4장

캡틴 댄이 나가자 한 무리의 흑인들이 베이스 드럼 소리에 맞춰 나
타난다. 다른 흑인이 한 손에는 횃불을 들고 다른 손에는 양동이를
들고 등장한다. 세번 째 흑인은 길다란 대판양지 위에 낙서를 하고
있다. 다른 흑인들이 시끄럽게 그들을 둘러싸고 있다. 서로의 이름을
부르면서 양동이에 돈을 던져 넣는다. 시종 드럼소리.

흑인 1   오스카 죤스.

흑인 2   펄 휘트니.

흑인 3   제스퍼 스몰렛.

양동이를 든 남자   거기다 기입하고 동전들을 던져 넣어요.

흑인 4   찰리 웹.

흑인 5   빌 몬트가머리.

양동이를 든 남자   자, 더 없소? 아직 안 한 사람. 잭한테 보내는 전보문에
사인하고 5센트를 넣어요.

흑인 4   뭐라고 썼는지 읽어보슈.

흑인 1   다 듣게 큰 소리로 읽으슈!

양동이를 든 남자   "세계 최고의 타고난 권투선수 잭, 안녕하신가." (환성)
"여기 고향 사람들이 당신과 함께 펀치를 날리네. 서명." (그가 환
성 소리에 묻힌다. 그 너머로 한 음성이 노래를 부른다.)

음성   뜨겁게 끓어오르는 태양이 넘어오는데.

흑인 9   월터 피터즈!

여러명의 흑인   (노래에 가세한다.) 뜨겁게 끓어 오르는 태양이 넘어 오
는데.

흑인 2   우리가 보여주지!
더 많은 흑인들   (노래에 가세한다.) 태양이 넘어 오는데.
흑인 7   나도 거기 갈래!
모두   그가 내려 오질 않아.

(와와거리는 소리, 환호하는 소리. 그들은 무대 후면 오른쪽과 무대 전
면 오른쪽으로 나간다. 조명이 밝아오면서 그들의 소리들은 군중의 함
성 속으로 사라진다.)

3막
5장

하바나. 오리엔테 경마장의 정문. 화려하게 장식된 거대한 기둥 셋.
백인 권투선수와 흑인선수가 싸우는 모습을 단순하게 그린 현수막
이 무대 후면에 걸려 있다.

티켓이 없는 일단의 백인들이 말뚝 울타리에 매달려서 관중들의 함
성소리를 따라서 경기의 흐름을 열광적으로 따라가려고 애쓴다. 같
은 패 가운데 하나가 사다리 높은 데에 앉아서 중계를 한다. 열기가
너무 맹렬해서 다들 코트를 벗었고 대부분 셔츠마저 벗었다. 머리에
는 손수건을 동여매었거나 값싼 밀짚모자를 쓰거나 했다.

사내 1   (사다리 위에서) 안 돼, 꼬마. 막아. 가만히 맞지 말고. (함성)
사내 2   또 맞아?
사내 3   밀리나 보지.

사내 1   아냐—깜둥이가 꼬마를 구석에 몰아놓고. 꼬마! 맙소사.

사내 4   왜 그래?

사내 1   물러서지 마.

사내 6   (종이 확성기로) 두 팔을 써.

사내 7   벌써 10회전이 끝났는데, 아직 한 라운드도 못 뺏었어.

(함성과 함께 일사병에 쓰러진 사내 9가 한 탐정의 도움을 받아 문으로 나온다.)

사내 1   꼬마.

사내 4   붙여주지 말고 떨어져.

(무대 앞 오른쪽의 옆문으로 팝이 나타난다. 사내 9가 몸을 구부리고 헛구역질을 한다.)

사내 1   공이 울렸어!

사내 8   천만다행이야!

사내 2   도저히 상대가 안 되겠어!

스미티   (무대 앞 오른쪽의 옆문으로 나오며) 맙소사, 팝.

팝   재들한테 분명히 신호를 보냈지?

스미티   두 라운드 전에 보냈지!

팝   헌데 왜 저래.

스미티   팝, 네 번씩이나 보냈어. 재들이 분명히 받았다구. 골디가 타월을 펄럭였다니까. 팝, 한두 번 확인한 게 아냐.

사내 4   (사내 10에게) 좀 어때.

사내 1   기진맥진이야, 깜둥이도 마찬가지구. 들소가 숨넘어갈 때처럼 헐떡거리구들 있어.

사내 2   얼마 못 버틸 것.

사내 6   피땀을 흘리기 시작했어, 쿤!

프레드   (땀을 흘리며 광분해 있다. 무대 앞 오른쪽의 옆문을 통해 나온다.) 내가 경고했지, 내가 경고했지.

팝   도로 들어가.

프레드   자넨 눈도.

스미티   쉬이잇!

팝   쟤들이 약속을 지킬 거야.

프레드   깜둥이가 돌았어.

사내 1   11회전! (프레드가 오른쪽으로 다시 뛰어들어갈 때 "오오오" 하는 탄식 소리가 군중들로부터 나온다.) 헛방을 날렸어, 깜둥이가 (대리인이 무대 후면 오른쪽에서 나타나 팝과 스미티를 향해 다가온다. 함성.) 꼬마가ㅡ. (함성) 쳐다보지만 말고 쳐!

사내 7   근성이 없어! 오기가 없어!

(대리인이 스미티에게 귓속말로 속삭인다. 스미티가 안으로 뛰어 들어 간다.)

사내 4   힘 내, 꼬마.

사내 7   온도가 102도야ㅡ애당초 백인들한텐 무리야.

사내 1   오, 또 클린치.

사내 3   꼬마가 또 붙잡았어?

사내 1   아, 저걸 (함성) 아니, 깜둥이가! 놈이 기대고 있어, 그래.

사내 4   힘이 빠지고 있어!

사내 2   내가 뭐랬어.

사내 1   심판, 떼어 놔.

사내 2   쉬지 못하게 해.

사내 1   잘 한다, 심판.

사내 3   놈이 비틀거려?

사내 1   음, 조금, 그래! 그래. 놈이 뒷걸음질친다, 눈을 부빈다.

사내 6   계속 몰아붙여.

사내 1   꼬마가 다가간다. 깜둥이는 움직이지 못하고 그 자리에서 피하기
         만 한다. (함성)

사내 9   도망 가, 깜둥이 놈아, 네 코너로 도망 가.

사내 1   잘 한다, 좋았어, 놈이 다리가 풀렸어.

사내 2   계속 밀어.

사내 1   씨발. 파고 들어.

         (스미티가 야구선수 루디와 함께 다시 들어온다.)

대리인   자, 그럼 루디.

루디   당신 누구요.

사내 6   파고 들어!

대리인   셔츠를 벗어요. (스미티에게) 타월을 하나 갖다 줘. (스미티는 다시
         안으로 달려간다.)

루디   뭐라구?

대리인   (단추를 끌어당기며) 벗어! 어서! 전에도 한번 그런 적 있잖아, 기억
         안나.

사내 1   아냐, 꼬마, 쫓아가, 놈에게 쉴 틈을 주면 안 돼.

루디   뭘 꾸미려는 거야.

대리인   저쪽 코너로 살짝 들어가란 말야, 루디, 가서 자네 친구에게 누워

　　　　　있으라구 말해, 루디, 안 그러면. (함성 때문에 그의 말소리가 묻힌
　　　　　다.)

사내 1　조심해. 아니, 잽으로 막아. 맙소사, 깜둥이 새끼가 막무가내로 달
　　　　　려드네. 커버를 올려. 몸을 숙여. 오, 맙소사, 꼬마는 속수무책으
　　　　　로.

루디　　(스미티가 갖고 돌아온 타월을 나꿔채며) 그거 이리 줘, 이 비열한.
　　　　　(셔츠를 벗으면서 안으로 달려간다.)

사내 1　커버 올려, 꼬마야, 돌아, 돌아. 커버, 갈빗대 부러지기 전에. (함성)

사내 2　중지시켜.

사내 1　기다려, 아, 다시 기운을 차렸어. 깜둥이가 맹공격을 개시했어.

사내 6　꼬마, 가만히 당하지만 말고.

사내 1　마치 백정 같은 기세야.

사내 2　안 돼.

사내 7　아이구 저러다.

사내 5　꼬마, 힘내라. 꼬마 힘내라!

사내 9　꼬마, 힘내.

사내 1　레프트 혹, 라이트 혹. 아, 저 눈.

사내 6　아웃 복싱해.

사내 7　손을 움직여.

사내 1　살인이다, 이건 살인이다.

사내 4　더 맞으면 안 돼.

사내 2　클린치해.

사내 1　심판.

사내 6　클린치해, 이 멍청아.

사내 2　그만 해.

사내 1　심판!

사내 5   중지시켜.

사내 2   심판, 그만.

흑인소년 더! 더! 더! 더!

사내 1   꼬마가 로프에 기댔어, 보이지도 않는가 봐, 몸을 돌리며 펀치세
         례를 받고 있어.

사내 2   도대체 저 놈은 어떻게. (함성)

사내 6   쓰러졌나.

사내 1   아니, 공이 울렸어. 나 내려갈래. 나 좀 내려가게 해줘. (사다리를
         미끄러져 내려온다. 사내 4가 그 자리를 인계 받으러 올라간다.)

팝   (스미티에게) 프레드에게 타월을 던지라고.

대리인   (스미티에게) 그 자리에 가만히 있어!

사내 4   (링 쪽을 바라보며) 하나님 맙소사!

사내 1   (사내 4에게) 눈을 치료하고 있나?

사내 4   엉, 하지만 나머지도 눈뜨고 못 보겠어! 온통 피투성이야.

사내 5   다음 번엔 깜둥이 새끼한테 50을 걸어야지.

사내 2   아가리 닥쳐.

사내 6   걱정 마, 고마….

사내 1   눈알이 마치 포도송이처럼 튀어나왔어!

팝   (대리인에게) 여보시오, 선생.

탐정 1   (안에서 나와 접근하며) 이리로 나와서 말이야.

         (울타리 뒤에서 움직임)

사내 2   맙소사, 놈이 열이 단단히 올랐어.

         (탐정 1과 2가 의자에 골디를 앉힌 채 들고 들어온다. 대리인이 그들에

게 손짓을 한다.)

사내 6 유태인이 없어졌으니 이제 어떻게 싸울래, 이 깜둥….
골디 (대리인에게) 선생, 도저히 못 하겠소, 소용이 없어.
대리인 쉬이잇!
사내 4 다시 붙었어.

(탐정들이 골디를 옆문가에 내려놓고 다시 무대 앞 오른쪽으로 달려간
다.)

대리인 (골디에게) 메시지를 전달했소? (함성)
사내 4 깜둥이가 축 늘어졌어.
골디 선생, 이 친구가 말을 통 안 들어요.
사내 4 깜둥이 다리가 좀 굳은 것 같아. 꼬마가 기다렸던 대로.
골디 누우라고 내가 통 사정을 해봤소만.
사내 4 깜둥이가 기진맥진.
골디 마치 내 아들처럼, 통 사정을 했었다니깐!
사내 4 꼬마도 조금 흔들거리고 있고, …똑바로 서, 꼬마…제발… (함성.)
깜둥이가 크게 펀치를 먹였어!
사내 5 드디어. (함성)
사내 4 아직 꼬마가 버티고 서 있어. …아직은 서 있어. …머리를 흔들려
고 애를 쓰고 있어. (함성이 바뀐다.)
사내 2 버티고 서.
사내 7 꼬마.
사내 4 아직 버티고 있어! 아직 서 있어! 깜둥이도 완전 탈진야. 때리기
는 해도 전혀 솜방망이야! 깜둥이 주먹이 힘 다 빠졌어!

사내 2 이럴 줄 알았지.

사내 4 꼬마! 아무 것도 아냐! 아이들 뺨 때리는 것 같아.

사내 1 꼬마.

사내 6 맞아도 걱정 마.

사내 1 놈의 팔은 무겁고.

사내 9 꼬마야, 제발.

사내 6 아니 저 친구 지금 뭐. (함성)

사내 4 꼬마가 되받아친다! 쎄게 몰아붙인다. 거세게 휘몰아치며.

사내 1 보지도 못하는데.

사내 2 꼬마.

사내 4 깜둥이 새끼가 판세를 잃었어.

사내 7 계속 휘둘러.

사내 4 저기, 깜둥이가 꼬마를 붙잡고 비틀거린다.

사내 6 죽여, 죽여.

사내 4 저런. 오, 깜둥이를 강타해서 링 저쪽으로 몬다.

사내 1 (소년을 끌어내리며) 나 좀 올라가자, 이 놈아.

사내 2 더.

사내 4 계속 몰아 붙여…아니, 끝났어. …끝났다.

사내 1 만세!

사내 2 만세!

사내 6 또 그렇게 웃어봐, 이 깜둥아.

사내 1 놈이 비틀거린다.

사내 2 박살내.

사내 4 당장 끝내, 꼬마.

사내 2 끝장내.

사내 1 깜둥이가 가드를 올릴 힘도 없는 가봐.

사내 2 끝내 줘.

사내 4 꼬마가 놈을 코너로 몰아 넣었다. 미친 듯이 주먹을 날린다.

사내 1 두 눈에서 피가….

사내 2와 다른 사람들   어서…어서…어서….

사내 4 저런…깜둥이가 로프를 잡고 있어.

사내 6 넌 끝났다.

사내 4 꼬마가 놈을 계속 내려친다. 놈은 붙잡고, 버티고, 붙잡아보지만,
속수무책….

(대단한 함성. 사내 1이 심판의 카운트를 자신의 팔로 센다. 그의 음성
은 거의 들리지 않는다.)

사내 1 휘…화이브…식스…세븐…에잇… (군중들의 함성이 마지막 두 카운
트와 함께 절정에 달한다. 그 다음엔 온통 난장판이다. 끌어안고, 춤추고
등등. 사내 1이 아래에 있는 사람들의 팔에 몸을 던진다.) 역시 멋져, 정
말 멋져….

(대리인이 자리를 뜬다.)

사내 2 야호. (팝이 스미티와 함께 안으로 들어간다.)

사내 6 되찾았어.

사내 2 야호.

사내 6 내 50전 어디 있지.

사내 5 우리도 들어가자.

사내 2 꼬마가 정말 대단해.

사내 1 밀지 마.

(안에서 악대 소리)

사내 4   사람들이 깜둥이를 끌어내고 있어.
사내 2   그러거나 말거나.
사내 6   이러다가 구경거리 다 놓치겠다.
사내 7   뚫고 들어가.
사내 2   (울타리를 뚫고 들어가면서) 야호…야호…야호!

(그들은 모두 무대 후면 오른쪽으로 달려들어간다. 다만 사내 9만이 가
다가 멈춰서 흑인소년에게 동전을 하나 던진 뒤에 일행의 뒤를 따른다.
환희의 소리들이 아직도 드높다. 흑인소년이 구경하려고 사다리 꼭대기
를 오른다.)

탐정 2   (안에서 나와 접근하며) 길을 비켜요, 어서, 여기로 지나가게.

(잭이 틱과 골디의 부축을 받으며, 그리고 네 명의 탐정들의 경호를 받
으며 문으로 다리를 절룩거리며 나온다. 기자들이 뒤를 따라 온다.)

기자 1   한 마디만 하게, 잭.
탐정 2   자, 갑시다, 여러분.
골디   나중에.
기자 2   잭, 10 라운드 때 자넨….

(음악소리와 군중들의 함성이 갑자기 잦아지면, 승리에 찬 아나운서의
음성이 가늘게 들린다. 잭이 멈춘다.)

틱   자, 가세. (잭은 서서 듣는다.)

기자 3   잭…어째서 이렇게 됐다고 생각하나? (잭은 서서 듣는다.) 내 질문
        은 (음성이 드디어 결론에 다다른다. 대단한 환호소리. 소년이 사다리를
        내려온다. 잭은 기자 3에게 돌아선다.) 왜 그랬어, 잭?

잭   꼬마가 나를 이겼어, 그게 다야. 내가 실력이 모자랐어. (소년이 그
        에게 침을 뱉고 무대 앞 오른쪽으로 달려나간다.) 내 말이 틀렸니, 애
        야?

틱   (그를 움직이며) 천천히, 천천히 움직여.

기자 3   글쎄 왜 그랬어? 정말로 왜?

잭   (웃는다. 멈춘다.) 아, 이 사람 참, 난 말야 날 때부터 정말을 모르고
        살았지…정말을 아는 사람이 있다면 당장 나와서 까노라고 해.
        (관객들이 들어온다. 북소리 시작.) 아니…당신도 여기가 낯선 데군
        요, 나처럼. (음악개선행진곡) 자, 여러분. 길을 비켜요. 저들이 지나
        가게!

        (그는 팔을 뻗어 틱과 골디를 한쪽으로 민다. 환호하는 군중들이 문으
        로 쏟아져 나오고 그는 천천히 움직인다. 꼬마는 군중들의 무등을 타고
        있다. 하얀 로우브를 입은 채 거의 움직임이 없다. 글로브를 낀 한 손은
        뻗고 있다. 챔피언 벨트가 그의 목 주위를 감고 있고 머리 위로 타올을
        썼다. 뭉개진 붉은 얼굴은 거의 보이지 않는다. 그는 가톨릭 행렬의 나
        무로 만든 성자의 모습과 흡사하다. 그를 태우고 있는 사람들이 기쁨에
        들떠서 그를 관객 앞으로 데려 온다. 그리고는 무대 후면 왼쪽 바깥으
        로 나간다. 잭, 골디와 틱은 조명이 서서히 꺼질 때 무대 후면 중앙으로
        천천히 간다. 암흑 속에서 그들은 무대 후면 맨 왼쪽으로 나간다.)

                                                        -막

저자 **김윤철**은 연기, 연출, 제작 등 연극의 현장작업을 거쳐 평론활동에 몸을 담는다.

1972년 서울대학교 사범대학 영어교육과를 졸업하고, 극단 맥토를 창립하여 연극을 직접 만드는 작업에 뛰어든다. 1970년대 중반에 〈마로위츠 햄릿〉을 직접 번역하고 또 햄릿 역으로 출연하면서 고전의 해체와 재해석을 시도하는 실험을 선도하기도 한다. 1986년 미국 브리검 영 대학교에서 현대미국희곡에 대한 논문으로 박사학위를 취득한 후 세종대학교 영문과에서 영미희곡문학을 가르치다가 1994년 한국예술종합학교 연극원이 개원되면서 자리를 옮겨 지금에 이르도록 연극학과에서 연극평론, 희곡문학을 주로 가르치고 있다.

1990년부터 연극평론활동을 시작한 그는 지난 10여년 동안 주요언론매체에 연극평을 기고하면서 평론가로서 활발하게 활동하고 있다. 1999년 1월부터 2003년 2월까지 한국연극평론가협회의 회장을 역임하였다. 그는 지난 20년간 정간되었던 〈연극평론〉을 2000년 12월에 한국연극평론가협회의 연극전문저널(계간)로 복간하기도 했다. 2008년 4월 그는 세계 50여 개국의 연극평론가들이 참여하는 국제연극평론가협회(I.A.T.C.)의 불가리아 소피아 총회에서 회장으로 추대된 이후 두 번을 더 추대되어 2014년 10월 중국 베이징 총회까지 6년 반 동안 이 국제조직을 이끌고 있다. 현재 (재)국립극단 예술감독으로 재직하고 있다.

저서로는 평론집 『우리는 지금 추학의 시대로 가는가?』와 『혼돈과 혼종의 경계에서』가 있고, 『영미희곡연구』(공저), 『영미극작가론』(공저) 등이 있고, 오스카 브로케트의 『연극개론』, 마틴 에슬린의 『극마당: 기호로 본 연극』, 우타 하겐의 『산 연기』, 『아서 밀러 희곡집』, 『영미 실험, 전통극 모음』 등을 번역하여 출판하기도 했다.

동시대 미국 대표 희곡 선집 1

– 실천적/관습적 읽기

초판 1쇄 찍음 · 2014년 11월 17일
초판 1쇄 펴냄 · 2014년 11월 20일
지은/옮긴이 · 김윤철
펴낸이 · 박성복
펴낸곳 · 도서출판 **연극과인간**
서울특별시 강북구 노해로25길 61
등록 · 제6-0480호 / **등록일** · 2000년 2월 7일
대표전화 · (02) 912-5000 / **팩스** · (02) 900-5036
http://www.worin.net

ⓒ 김윤철, 2014

배포처 · 도서출판 월인(912-5000)

ISBN 978-89-5786-510-1　(세트)
ISBN 978-89-5786-511-8　04840

값 20,000원